BASTEI LÜBBE

Taschenbücher
im BASTEI-LÜBBE-Programm

24 173 Nancia –
Das Raumschiff, das ein Mensch war

24 175 Tia –
Das Raumschiff, das sich verliebte

Anne McCaffrey & S. M. Stirling

Channa

Die Frau, die ein Computerwesen schützte

Science Fiction Roman

Ins Deutsche übertragen
von Ralph Tegtmeier

BASTEI
LÜBBE

BASTEI-LÜBBE-TASCHENBUCH
Band 24 182

Erste Auflage:
April 1994

Deutsche Lizenzausgabe 1994
Bastei-Verlag
Gustav H. Lübbe GmbH & Co.,
Bergisch Gladbach
Originaltitel:
The City who Fought
Lektorat: Reinhard Rohn
Titelillustration:
Tim White
Umschlaggestaltung:
Quadro Grafik, Bensberg
Satz: Fotosatz Schell, Bad Iburg
Druck und Verarbeitung:
Brodard & Taupin,
La Flèche, Frankreich
Printed in France

ISBN 3-404-24182-7

Der Preis dieses Bandes
versteht sich einschließlich der
gesetzlichen Mehrwertsteuer.

PROLOG

»Wie lange noch?« fragte Amos ben Sierra Nueva verzweifelt.

»Schätzungsweise fünfundvierzig Minuten, ehrwürdiger Gebieter«, antwortete der Techniker in einer vor angestrengter Konzentration ausdruckslosen Stimme.

Amos berührte die Empfängereinheit in seinem Ohr und wandte sich wieder der flachen Hügelkette vor ihm zu. Die Kette war von einem Nadelwald bedeckt – jedenfalls war sie das vor einer Stunde noch gewesen. Jetzt standen die Hügel in Flammen, ein Hochofen harzgetränkter Kerzen von fünfzig Meter Höhe. Mit dem Feuerstoß des Luftfahrzeugs hatten die Invasoren sich selbst den Zugang versperrt, doch sie schienen von träger Indifferenz zu sein, wenn es darum ging, ihren eigenen Streitkräften Schaden zuzufügen. Der Edelmann von Bethel knirschte angesichts dieser hochherrschaftlichen Herablassung und Verachtung vor Wut mit den Zähnen; leider schien die Sache allerdings gerechtfertigt zu sein.

Bisher. Den heftigsten Widerstand gegen die Invasion der Kolnari hatten die Polizeikräfte Bethels und die Tempelwächter geleistet. Jene wenigen, die in der Invasion keine Bestrafung für die Sünden des gottlosen jungen Amos ben Sierra Nueva und seiner Anhänger sahen, hatten sich natürlich gewehrt. Die Gläubigen dagegen hatten dem Piratenmesser praktisch ihre Kehle dargeboten. Es war reines Glück, daß Amos und die Anhänger sich vorbereitet hatten, auch wenn dies ursprünglich auf jenen Tag abgestellt hatte, da die Wächter *ihnen* an die Gurgel gehen würden.

»Alles ist an Ort und Stelle, mein Bruder«, sagte der Mann neben Amos auf dem Rücksitz des Lastenfahrzeugs. Joseph ben Said war ein Gemeiner – noch schlimmer, ein Bastard aus den Elendsvierteln von Keriss; doch er war der erste von

Amos' Anhängern geworden und hatte sich als der allertreueste erwiesen.

Ganz zu schweigen von bestimmten Fertigkeiten, gemahnte Amos sich selbst.

»Bring mich nach vorn zum Bunker«, sagte er und schnitt Josephs Protest mit einer brüsken Handbewegung ab.

Der Kanonier hinter dem mit Protzzapfen befestigten Raketenwerfer geriet ins Schwanken, als der Fahrer die Propeller startete und das Fahrzeug über den Feldweg gleiten ließ. Er war unerfahren; das waren sie alle. Die Zweite Offenbarung hatte mit ihren gehorteten Waffen nur im Geheimen üben können, in Vorbereitung auf den Zweiten Exodus nach Al Mina. Die offizielle Tempelpolitik hatte die Linie vertreten, daß es keinerlei Bedarf gebe, sich über Bethel hinauszuwagen, da die Auserwählten nach drei Jahrhunderten strammer Zuchtanstrengungen im ursprünglichen Siedlungsgebiet immer noch sehr dünn gesät waren. Es hatte nicht allzuviel Zeit gegeben, um sich mit den Werkzeugen der Vernichtung richtig vertraut zu machen. Tatsächlich hatte es sich dabei um reine Vorsichtsmaßnahmen für den Fall gehandelt, daß die Ältesten tatsächlich bereit sein sollten, die Besiedelung des anderen bewohnbaren Planeten im System Safran mit Waffengewalt zu verhindern.

Vor ihnen pulste und röhrte das Feuer. Die Föhren waren ein heimisches Gewächs; sie wurden auch Kerzenbäume genannt. In dieser Jahreszeit waren sie von explosiver Brennbarkeit, und die Luft war dichtgeschwängert vom schweren, harzigen Rauch. Staub wirbelte unter dem Fahrzeug hervor, als sie sich hinter den Bunker schoben, der gerade eben erst mit Ackerbaugeräten ausgehoben und mit nacktem Erdreich bedeckt worden war. Der Fahrer setzte zurück, dann ließ sich das Fahrzeug auf seiner flexiblen Schürze nieder, während die Propeller weiterliefen und die Zielvorrichtung des Kanoniers knapp über die Grabenspitze hinauszeigte.

»Guter Mann«, sagte Amos und schlug ihm auf die Schulter, bevor er absprang und sich duckte, um den Bunker zu betreten.

An einer Wand war ein Monitor befestigt, der die Bilder eines Aufnahmegerätes zeigte, das einen Kilometer die Straße hinauf stationiert war. Ein halbes Dutzend Männer und Frauen in Einteilern und Mützen redeten auf Funkgeräte ein oder beugten sich über Skizzen, die auf einem wackligen Feldtisch lagen. Die Atmosphäre im Bunker knisterte vor Spannung, was den Nerven lauter vorkam als der Waldbrand den Ohren. Amos nickte ihr zu ... *der Offizierin,* ermahnte er sich. Sie waren nicht mehr Freunde oder Lehensleute, sondern Krieger.

»Sie kommen«, erklärte Rachel bint Damscus.

Ihr farbloses, knochiges Gesicht war von angespannter Ausdruckslosigkeit. Sie war Spezialistin für Informationssysteme, was für eine Frau auf Bethel ungewöhnlich war, wo sich die meisten Mitglieder des weiblichen Geschlechts eher an traditionelle Frauenberufe hielten, wie sie die Gebiete der Medizin oder der Literatur boten. Joseph verneigte sich förmlich.

»Geht es Ihnen gut, edle Dame?« fragte er.

Sie nickte knapp, dann wandte sie sich wieder Amos zu. »Sie haben den Wald mit irgendeiner indirekten Zündungswaffe befeuert, und jetzt stoßen sie hindurch. Kraftfahrzeuge. Spuren von starken Neutrinofusionsbläschen.«

»Die wissen wahrscheinlich nicht, wie häufig es hier zu schlimmen Bränden kommt«, erwiderte Amos. Er fuhr sich mit der Zunge durch den ausgetrockneten Mund. Die Fahrzeuge auf Bethel verwendeten Druckspeicherbatterien.

Rachel machte sich gut, besser als er erwartet hatte. Sie besaß ein heftiges Temperament, und er argwöhnte auch eine verborgene Neigung zur Hysterie. Außerdem war sie klaustrophobisch veranlagt, so daß der Aufenthalt im Bunker sie wohl noch mehr belasten dürfte. Um so anerkennenswerter war es, daß sie ihre Phobie in den Griff bekommen hatte.

»Sie wollten ihren Vormarsch durch die Flammen dekken«, sagte er laut.

Bei ihrem ersten Überfall hatten sie mehrere Infanteristen der Invasoren getötet. Binnen weniger Stunden hatte sich gezeigt, wie die Fremden auf Provokationen reagierten: mit Vergeltungsschlägen von überwältigender Wucht. Er räusperte sich und fragte gefaßt:

»Wie weit sind sie von der Mine entfernt?«

»Nur noch zwei Kilometer, sie rücken mit zwanzig Stundenkilometer vor. Auf dem Bildschirm.«

Das Bild auf dem an der Wand befestigten Schirm flakkerte. Das bedeutete, daß irgend etwas den Boden unter dem Aufnahmegerät ins Beben brachte, obwohl es in solides Felsgestein versenkt war. Rechts und links erhoben sich Hügel, auf denen alles lichterloh brannte bis auf den schmalen Fluß und den daneben verlaufenden Weg, der zwischen den Abhängen aus massivem Granit hindurchführte. An den unteren Hängen bewegten sich Gestalten durch das brennende Holzwerk. Dumpf schimmernde Gestalten, die sich vor dem Hintergrund kaum abzeichneten, als würden sie sich chamäleonartig in ihrer Bewegung daran anpassen. Niedrige Silhouetten mit Rücken wie Schildkrötenpanzer und langen Rohrwaffen, die aus ihren vorn abgeschrägten Panzerplatten hervorragten, die Rohre aus abgesetzten Ringen aufgebaut, bestückt mit einer Art Wellenleitsystem oder elektromagnetischer Abschußvorrichtung.

Eins der Kampffahrzeuge machte kehrt. Die Mündung blitzte auf, selbst durch die Weißglut der Feuer hindurch wirkte es noch grell. Der Bildschirm vernebelte sich leicht, als ein Aufnahmegerät in Plasma verwandelt wurde, dann wurde das Bild wieder scharf, als das System die Eingabe anderer Sensoren spreizte und den Ausfall damit kompensierte.

»Nun, das gibt uns einen Hinweis auf die Empfindlichkeit ihrer Detektoren«, bemerkte Joseph. Er beugte sich vor. »Sind alle dort raus?«

»Rückzug zum Landeplatz. Dort ist niemand im Umkreis von fünfzehn Kilometern mehr«, antwortete Rachel. »Wir sind am nächsten.«

»Dann tun Sie es«, sagte Amos.

Sie legte einen Finger auf ein Instrumentenpaneel. Der Schirm blitzte weiß auf und fiel aus. Eine halbe Sekunde später durchzuckte ein aktinisches Gleißen den Bunker, zwar nur vom Hintereingang reflektiert, aber immer noch grell genug, daß sich ihre Schutzbrillen sofort verdunkelten. Wenige Herzschläge später trafen Geräusch- und Druckwelle ein: ein Brüllen, als würde Gott im Zorn zurückkehren, ein erdbebenartiges Durchrumpeln des Bodens, dann eine Woge der Hitze und des Luftdrucks, der ihre Ohren zum Knacken brachte.

»So ist Keriss untergegangen«, meinte Rachel zerstreut bei sich. »Tamik hat es gesehen. Er sagte, der Blitz sei wie das Schwert Gottes gewesen, und die Wellen waren einen Kilometer hoch, als sie sich über den Bergen der Halbinsel brachen.«

»Alles raus«, sagte Amos leise mit einem Blick auf die in seinen Ärmel eingewobene Uhr. Es gab nicht mehr zu sagen. Rachels Familie hatte in Keriss gelebt, der Hauptstadt von Bethel. Ebenso die meisten von Amos' überlebenden Verwandten, wie auch Josephs, sofern der überhaupt Angehörige hatte. »Rendezvous in vierzig Minuten am Shuttle.« Er hielt inne. »Ach, und noch etwas, Rachel?«

»Jawohl, mein Herr?«

»Gute Arbeit. Sehr gute Arbeit.«

Als sie den Bunker verließen, flachte sich die Wolkensäule bereits hoch oben in der Atmosphäre wieder ab.

KAPITEL 1

»SSS.« Die sensorengestützte Kontroll-KI filterte eine potentielle Nachricht aus dem interstellaren Hintergrundrauschen und leitete sie an den Kontrolleur der Station SSS-900 weiter.

»Zischen wir wieder rum, wie?« murmelte Simeon das Subprogramm zerstreut an, dann richtete er seine Aufmerksamkeit wieder auf den Simulator.

Napoleon hatte die Briten gerade nördlich von Nottingham zurückgetrieben. Verwundete, erschöpfte Soldaten übersäten die Felder, wo die geschlagene Armee kampierte, während der Regen niederprasselte und sich der graue Himmel über den zertrampelten schlammigen Äckern verdunkelte. In der Ferne des wogenden Geländes flackerten noch immer die Feuer, wo tote Männer mit aufklaffenden Mündern um zertrümmerte Kanonen lagen. Die Frauen waren mit Laternen draußen, suchten nach ihren Männern und Söhnen.

Ein Depeschenreiter kam klappernd auf Wellesleys Zelt zugeritten, er brachte Nachricht von den jakobinischen Aufständen in Birmingham und Manchester sowie von einer Landeoperation der irischen Rebellen. Der große Mann mit der Hakennase stand im Zelteingang, als der Milizionär tolpatschig salutierte und ihm die Depeschen überreichte, er blinzelte dabei gegen den peitschenden Regen an.

»Zum Teufel damit«, murmelte er und wandte sich dem Kartentisch im Inneren des Zelts zu, wobei er die schweren, wachsversiegelten Papiere entfaltete. »Wirklich zu schade. Wenn wir diese letzte Schlacht gewonnen hätten ... wenn Wünsche Pferde wären, würden Bettler reiten. Trotzdem, es war verdammt knapp daneben – reichlich nahe am Ziel vorbei.«

Er hob den Blick. »Er informiert Seine Majestät darüber, daß er und die königliche Familie sich sofort nach Indien einschiffen müssen. Die hier ...« Er überreichte ihm die Berichte aus dem Klappschreibtisch, »... sind für Vizekönig Arnold in Kalkutta.«

Ich gebe auf, sagte der Computer.

»Natürlich«, erwiderte Simeon selbstzufrieden.

Er schaltete seine Primäroptik von der Simulation zurück in die Empfangshalle und blickte auf den großen Holotisch hinunter. Die mit taktischen Symbolen übersäte Karte Englands war ein hervorragendes Modell für Kriegsspiele. Man konnte sich immer mehr Einzelheiten anschauen, je mehr man individuelle Abschnitte vergrößerte – bis zu den Animationen von Soldaten und Pferden. Oder von Panzern und Artillerie, wenn man eins der anderen Spiele spielte. Er konzentrierte sich: auf ein Pferd, das müde einen Artgenossen hinter der Postenlinie verbiß, auf das unrasierte, von Zahnlücken gezeichnete Gesicht eines gähnenden Postens.

»SSS.«

»Was *ist* denn das?« fragte Simeon.

Die Antwort trieb aus den Peripheriesystemen in sein Bewußtsein: ein Bündelstrahlsignal, modulierte Subraumwellen, von einer der passiven Bojen draußen am Außenrand des Systems aufgefangen. Eine Subroutine hatte es als möglicherweise von Interesse markiert.

Nun, dachte er. *Merkwürdig*. Es könnte gerade noch das letzte verklingende Geräusch einer versickernden Minisingularität sein, die kurz vor dem Platzen stand. Die Dinger bündelten sich in diesem Gebiet, das von Sternen der dritten Generation und schwarzen Löchern nur so wimmelte; obwohl dieses hier doch eher nach einem Signal aussah. Das Problem war nur, daß es da draußen nicht allzuviel gab; nichts, was im Umkreis von weniger als zweihundert Lichtjahren als besiedelt galt. Ganz bestimmt aber kein Raumflugverkehr in der Beobachtungssphäre der Raumstation Simeon-900-X. Er würde die Sache im Auge behalten müssen, um zu sehen, ob sich daraus etwas entwickelte. Wenn jemand ihn rufen sollte, würde er es gewiß noch einmal versuchen.

Lässig ging er eine Checkliste der Stationsfunktionen durch. Die lebenserhaltenden Systeme entsprachen natürlich der Norm; hätte sich daran etwas geändert, wären sofort die roten Lichter angegangen. Zur Zeit waren einhundertzweiundsiebzig Raumfahrzeuge verschiedenster Arten angedockt, vom Kreuzer *Altair* bis zu Schlepperbarkassen. Siebenundzwanzig Megatonnen verschiedener Mineralpulver befanden sich im Transit, im Lager oder wurden gerade in den zu SSS-900-X zugehörigen Fabrikmodulen weiterverarbeitet. Auf der Werft wurden gerade zwei neue Schlepper gebaut. Im Augenblick stand eine Bürgerwahl an, bei der Anita de Chong-Markowitz im Stationssektor Drei, den Freizeitdecks, als Bürgerschaftskandidatin in Führung lag. Noch immer führte *Tod im einundzwanzigsten Jahrhundert* die Hitliste der beliebtesten Holos des Monats an. Sich historische Dramen anzusehen war für einen ernsthaften Forscher ein Ding der Unmöglichkeit, weil die Hersteller einfach nicht ihre Hausaufgaben machten.

Es war nicht erforderlich, noch allzu viele Einzelheiten zu überprüfen. Mit seinen zugeschalteten Einheiten *war* der Hüllenmensch Simeon SSS-900-X. Der gelähmte Körper in seiner Titanschale in der Mittelsäule der Empfangshalle gab nur wenige sensorische Reize ab. Simeon war die Station selbst, und jede Schwäche, jedes Versagen war, wie der Schmerz, heftiger und persönlicher Natur. Was sein kinästhetisches Bewußtsein anging, war *er selbst* eine Metallröhre von einem Kilometer Länge, an deren beiden Enden zwei riesige Kugeln befestigt waren.

Die *Altair* war eingelaufen. Simeon hatte das Schiff mit

seiner üblichen Effizienz angedockt, aber ohne seine übliche genaue Überprüfung. Gezielt richtete er seine Aufmerksamkeit von den aussteigenden Passagieren ab, weigerte sich, ihre Gesichter zu studieren, vor allem die der Frauen.

An Bord dieses Schiffs befand sich der Ersatz für Radon, Simeons Partner, und alles, was er über diese Frau wußte, war ihr Tätigkeitsverzeichnis und ihr Name. *Channa Hap*. Wahrscheinlich stammte sie von der Station Hawking Alpha Proxima, denn Hap war ein häufiger Nachname unter den Leuten, die in dieser alten und reichen Gemeinde geboren wurden. Doch er war sich nicht ganz sicher. Radons Dienstende hatte ihm allzusehr zugesetzt, um sich sonderlich für seinen Ersatz zu interessieren. *Na schön, ich habe geschmollt*, gestand er sich ein. *Es wird Zeit, mit dem Programm fortzufahren*. Er hatte eine Subroutine installiert, welche die Bewerbungen der Ersatzleute entsorgen sollte. Das war nichts Persönliches gewesen.

Er hatte sie nicht haben wollen, aber nun hingen sie miteinander fest.

Am Nordpolende der beiden miteinander verbundenen Kugeln, aus denen die Station bestand, dockten die Passagierschiffe. Die Röhre war einen Kilometer lang und halb so breit, mehr als groß genug für die Mahlzeiten und mit einer Abflughalle versehen, die elegant genug war, um die kollektive Eitelkeit der Station zu befriedigen: zwanzig Meter breit und lang, fünfzehn hoch, verziert mit Wandgemälden, Boden und Wände mit Platten aus exotischem, im All geschlagenen Gestein gefliest, Informationsboutiquen und überhaupt alles, was ein Besucher brauchte, um sich zu Hause zu fühlen.

»Ich bin Channa Hap«, sagte eine Frau soeben zu einem der Kioske. »Ich benötige einen Weghinweis zur Gesamtleitung.«

Das ist sie also. Langgezogenes Gesicht mit hohen Wangenknochen, mittellanges, dunkles Lockenhaar.

»Sie werden erwartet, Miss Hap«, erwiderte das Terminal. Es besaß eine weiche, gebieterische Stimme, die Simeon aus jenen einiger seiner Lieblingsschauspieler synthetisiert hatte, von denen manche im vierundzwanzigsten Jahrhundert gelebt hatten. »Wünschen Sie Transport?«

»Wenn es keine Eile hat, gehe ich lieber zu Fuß. Dann kann ich gleich mein neues Zuhause kennenlernen.«

»Bitte hier entlang.«

Sie nickte. Simeon ließ das optische Bild einfrieren und studierte sie. Groß, athletisch. In einen schlichten Einteiler gekleidet, aber sie besaß *Ausstrahlung*. Eine nette Figur. *Ein Fuchs*.

In überraschend kurzer Zeit signalisierte die Türglocke einen Zutrittsantrag. Simeon, der sich so nervös fühlte wie damals, als er seinen ersten Partner kennengelernt hatte, sagte: »Herein«, und die Türen glitten auf.

Channa trat ein. Er stellte den Betrachter auf eine, wie er glaubte, übliche Gesprächsdistanz ein. Das war manchmal ein Vorteil, da Weichhüllen ja nicht dazu fähig waren, eine psychologisch behagliche Distanz zu einem herzustellen. Sie hatte feine, scharfe Züge und ernst dreinblickende dunkle Augen, das schwarze Lockenhaar war mit disziplinierter, keinen Unfug duldender Nüchternheit aus dem Gesicht gebürstet. *Die reinste Videoheldin. Perfekt!* dachte er. *Ich werde die Sache gleich richtig einläuten*. Er schaltete auf einen Monitor mit seinem eigenen »Gesicht« – so, wie er es sich vorgestellt hatte, von bärbeißiger Attraktivität und sonnengebräunt, mit einem Heidelberger Schmiß, gleichmütig dreinblickenden grauen Augen, dichtgeschorenem blondem Haar und einer Fanmütze der *Centauri Jets* –, dann sagte er laut:

»Aber hallo!«

Die dunklen Augen weiteten sich leicht. »Wie bitte?«

Er lachte. »In der Umgangssprache der alten Erde heißt das ›ganz schön sexy‹.«

»Ich verstehe.«

Die Worte kamen so abgehackt, daß Simeon beinahe das leise Scheppern vernehmen konnte, als sie während der kurzen Gesprächspause zu Boden fielen.

Ach, herrlich, dachte er, *das fängt ja gut an.* »Äh, ich meinte es als Kompliment.« *Warum haben die mir keinen männlichen Partner geschickt?* fragte er sich selbst, wobei er bequemerweise seinen eigenen Antrag vergaß. Wie man mit Männern zurechtkam, wußte er.

»Ja, natürlich«, erwiderte sie kühl. »Es ist nur nicht die Art von Kompliment, die ich sonderlich schätze.«

Sie hat eine nette Stimme, dachte Simeon unbehaglich. *Schade, daß sie so ein Aas zu sein scheint.* »Was für Komplimente schätzen Sie denn?« fragte er in einem Tonfall erzwungener Jovialität, was sich über einen digitalen Lautsprecher allerdings nicht so leicht herstellen ließ.

»Nur solche, die sich entweder auf meine schnelle Auffassungsgabe und meine Effizienz beziehen oder die anerkennen, daß ich gute Arbeit leiste«, sagte sie, trat dabei ein Stück in den Raum hinein und nahm vor seiner Säule Platz. Erst nachdem sie aufgehört hatte zu sprechen, blickte sie ihn direkt an.

»Also die Art von Kompliment, wie man sie Servomechanismen machen würde, wenn man Servomechanismen überhaupt welche machte«, bemerkte er.

»Ganz genau.« Sie lächelte lieblich und verschränkte die Hände.

»Sie haben eine interessante Einstellung, Miss Hap«, sagte er und legte dabei eine leise Betonung auf die uralte Ehrenbezeichnung. *Wenn sie förmlich werden will, werde ich ihr mal zeigen, wie das geht!* »Die meisten Frauen, mit denen ich zusammengearbeitet habe, hatten keine Probleme mit einem gelegentlichen Kompliment über ihr Aussehen.«

Sie hob leicht die Augenbrauen und legte den Kopf schräg. »Vielleicht haben Sie es ja als Teil einer ›Einstellung‹ abgetan, wenn sie vielleicht doch welche haben sollten.«

Wenn ich weinen könnte, ich täte es sofort, dachte Simeon. Die letzten Wochen ohne Tell Radon war er einsam gewesen. Er hatte sich schon auf den Spaß gefreut, den er mit einem neuen Partner haben würde. Jemand, mit dem man sich unterhalten konnte ... Wie konnten die ihm nur diese ... diese *Eisprinzessin* zuteilen? Sicher, sie hatten schon gewußt, daß er recht umgänglich war, aber er hatte ihnen durchaus präzise Vorstellungen davon übermittelt, was er für einen Partner verlangte. Ganz genaue Spezifikationen, denen Channa Hap aber nicht ganz entsprach. Versuchte irgend jemand in der Zentrale, sein gutmütiges Wesen auszunutzen, hoffte gar jemand, daß er ihr den Kopf waschen oder sie vielleicht zu etwas mehr Lockerheit erziehen würde?

»Übrigens finde ich *Ihre* Einstellung recht interessant«, murmelte sie und verengte dabei die Augen. »Haben Sie in letzter Zeit einmal Ihren Hormonspiegel überprüft?«

»Das ist eine ziemlich persönliche Bemerkung ...« *Vielleicht wollen die ja auch nur, daß ich sie irgendwann aus einer Luftschleuse schmeiße, wenn gerade niemand hinsieht.*

»Ach, und ›ganz schön sexy‹ soll das nicht sein?« Sie lächelte und hob sarkastisch eine Augenbraue.

»Das war ein Kompliment mit dem Zweck, es Ihnen behaglich zu machen. Haben Sie vielleicht in letzter Zeit einmal Ihren eigenen Hormonspiegel überprüft?«

Schweigen.

Nach einem Augenblick beugte sie sich vor und blickte ihn geradeheraus an. »Hören Sie, auch wenn es wohl kaum lohnen dürfte, sich die Mühe zu machen, Ihnen offiziell meine Befehle an Sie zu übergeben, sollten wir, was die praktische Ebene angeht, einander zugestehen, daß wir bis auf weiteres zusammenhängen. Sie brauchen einen Partner, und ich bin hier. Ich bin gut ausgebildet, erfahren und arbeite hart.

Wir brauchen einander ja nicht gleich zu lieben, um zusammenarbeiten zu können.«

»Das stimmt zwar, aber es wird ein wenig frostig, wenn man versucht, bei jemandem, den man täglich zu Gesicht bekommt, immer die Distanz zu halten. Es wäre um einiges einfacher, wenn wir Freunde werden könnten. Ich mache Ihnen einen Vorschlag. Warum löschen wir nicht einfach, was gewesen ist, und fangen noch einmal von vorne an? Was halten Sie davon?«

Sie schürzte die Lippen, dann lächelte sie. »Ich bin dabei. Aber wir sollten es ganz langsam angehen und für eine Weile die persönlichen Bemerkungen beiseite lassen. In Ordnung?« Sie sah ihn mit schräggelegtem Kopf an und hob wieder eine Augenbraue. »Dann fangen Sie mal an.«

»Hallo, Sie müssen Channa Hap sein. Willkommen auf der SSS-900-C.«

»Danke. Ich hoffe, ich störe Sie nicht.«

»Nö, ich habe doch immer Zeit für eine hübsch- ... für eine Kollegin.« Er merkte, wie sich ihre Augen leicht zu Schlitzen verengten. »Junge, Junge, Sie sehen vielleicht effizient aus!«

»Na, Sie aber auch, so richtig *stählern*.«

»Komisch, das gleiche wollte ich gerade über Sie sagen.«

Sie stand auf. »So funktioniert das nicht.«

»Mein Fehler. Das hätte ich nicht sagen sollen. Hören Sie, Sie müssen von der langen Reise ganz schön müde sein. Warum machen Sie es sich nicht gemütlich, sehen sich ein wenig um, entspannen sich ein bißchen – dann sieht doch alles gleich ganz anders aus.«

»Das hat nichts mit meiner Müdigkeit oder Ihren Hormonen zu tun ...«

»Wieso sind Sie nur so sehr auf meine Hormone fixiert?«

»Jetzt-halten-Sie-gefälligst-mal-den-Mund-und-hören-Sie-mir-zu.« Channa warf ihm einen Blick zu, den er beinahe körperlich spüren konnte. Sie machte eine Pause, dann hob sie die Hände und nahm wieder Platz. »Hören Sie einfach nur zu«, fuhr sie ernst fort. »Ich denke, es wäre wohl das beste, wenn wir beide unsere Karten auf den Tisch legen. Ich habe Ihre Akten noch nicht vollständig studiert«, gestand sie mit einem müden Lächeln. »Ich konnte mich einfach noch nicht dazu überwinden. Aber ich weiß trotzdem einiges über Sie.« Sie beugte sich vor und schlug die langen Beine übereinander. »Ich weiß, daß Sie eine ganze Menge Einfluß und auch Kontakte in der Zentralverwaltung haben. Und ich weiß auch, daß Sie so praktisch sämtliche Register gezogen haben, was Ihren Ersatzpartnert anging.« Sie warf ihm einen strengen Blick zu. »Damit haben Sie auf ziemlich allen Verwaltungsebenen ganz schön für Wirbel gesorgt.«

Das brachte ihn ein wenig aus der Fassung. Gewiß, er hatte eine Menge Stunk gemacht, als man Tell Radon zwangspensioniert hatte. Aber was hatte das mit ihr zu tun?

»Und falls Sie sich fragen sollten, weshalb ich dieses Thema gerade zur Sprache bringe ...«, fuhr sie fort.

Mann, dachte Simeon, *das ist ja gespenstisch! Die kann doch wohl nicht meine Gedanken lesen, oder?*

» ... Es mag Sie interessieren, daß ich meine eigenen Kontakte in der Zentrale habe. Und die haben mir erzählt, daß Sie eine Liste von Qualifikationen aufgestellt haben, die nur sehr schwer zu erfüllen waren. Tatsächlich war ich die einzige Kandidatin, die Ihrem Anforderungsprofil entsprach, mit der einzigen, furchtbaren Ausnahme der Altersqualifikation. Wie ich höre, bin ich nämlich vier Jahre zu jung für diesen Posten.«

»Na ja, verstehen Sie ...«

»Entschuldigen Sie bitte, ich war noch nicht fertig. Mir wurde außerdem mitgeteilt, daß Sie meine Dienstakte durchgegangen sind, um irgendwelche Flecken auf meiner Weste ausfindig zu machen. Und als Sie keine finden konnten, haben Sie statt dessen Ausschau nach irgendwelchen Schatten gehalten, von denen Sie vorgeben konnten, daß es Flecken seien ...«

»He! Ich weiß überhaupt nicht, mit wem Sie da geredet haben wollen.«

»Gedulden Sie sich noch ein paar Augenblicke«, sagte Channa und hob dabei den Zeigefinger. »Dann können Sie gern sprechen. Ich laufe schließlich nicht weg.« Sie musterte sein Abbild auf dem Monitor, und als er schließlich verstummte, nickte sie. »Wie man mir mitteilt, kann man inzwischen so gut wie jedem Beamten in der Verwaltung mühelos den Tag verderben, indem man einfach nur meinen Namen erwähnt. Anscheinend haben Sie, nachdem sich der Rauch verflogen hatte, den Eindruck hinterlassen, daß es ja doch keinen Rauch ohne Feuer gibt. Und wenn Sie, dieses bekannte und respektierte Gehirn, das Sie ja zweifellos sind, sich so nachhaltig gegen meine Versetzung auf SSS-900 wehren, obwohl ich doch, mit einer einzigen Ausnahme, allen von Ihnen zur Bedingung gemachten Qualifikationen entspreche, dann muß doch tatsächlich irgend etwas an mir fundamental faul sein.«

»Oh.« Daran hatte er wirklich noch nicht gedacht. Er war so versessen darauf gewesen, Tell vor seiner Zwangspensionierung zu bewahren, daß ihm keinerlei andere Überlegungen wichtig erschienen waren. Auf Channa Hap als Person hatte er dabei nicht den leisesten Gedanken verschwendet.

Channa sprach weiter. »Ich habe mir gesagt, daß es möglicherweise nichts Persönliches ist.«

Mein Gott, das ist wirklich angsterregend, wie die so einfach meine Gedanken lesen kann!

»Ich habe mir gesagt, ich sollte aufgeschlossen bleiben. Wenn Sie mich einfach nur als professionelle Kollegin begrüßt hätten, dann glaube ich, daß ich das ganze Durcheinander gern vergessen hätte. Aber schon die ersten Worte, die aus Ihrem Lautsprecher kamen, haben mir gezeigt, daß Sie entweder nicht den Unterschied zwischen einem Kompliment und einem feisten Hinterherpfeifen kennen, oder daß Ihre Kampagne, mich loszuwerden, noch immer nicht zu Ende ist.«

»Nun aber mal langsam!« erwiderte Simeon. Sie öffnete den Mund, um weiterzusprechen, doch er ließ es nicht zu. »Jetzt bin ich an der Reihe. Also schön, Sie haben gesagt, daß ich mich auch noch dazu äußern kann, und das werde ich jetzt auch tun.« Sie hob die Brauen und überließ ihm mit einer ausladenden Geste das Wort. »Ich weiß zwar nicht, wer Ihr Informant ist, aber auf jeden Fall sehen Sie die Sache völlig entstellt. Ich werde einmal voraussetzen, daß Sie das System gut genug kennen, um zu wissen, daß jeder, der für diesen Posten in Betracht kam, fein ausgewählt wurde. Eine Raumstation von der Größe einer Kleinstadt verlangt nach vielseitigster Flexibilität. Und ich werde auch davon ausgehen, daß Sie reif genug sind, um zu begreifen, daß sechsundzwanzig Jahre für einen solchen Posten *tatsächlich* ziemlich jung sein dürfte. Tell war achtunddreißig, als wir hierherkamen, und das war auch das ungefähre Alter, das ich mir vorgestellt hatte. Ich meine nicht, daß es von mir sonderlich überzogen war, wenn man dabei auch die Bedeutung der SSS-900 bedenkt. Ich kann mir allerdings vorstellen, daß jemandem, der darüber nicht informiert ist, eine derart gründliche Untersuchung wie eine Rufmordkampagne erscheinen mag. Das war, ganz ehrlich gesagt, nicht meine Absicht. Wenn meine Begrüßung eine Spur zu vertraulich gewesen sein sollte, möchte ich mich dafür entschuldigen, aber ich konnte ja auch nicht ahnen, welch finsteren Argwohn Sie hegten. Tatsächlich bin ich nämlich sehr aufgeschlossen, Miss Hap.«

Sie lächelte freundlich und nickte. »Diese ganze, sehr charmante Erklärung, die Sie mir da bieten, basiert auf der Annahme, daß mein Informant irgend jemandes Sekretär oder Sekretärin gewesen sein muß.« Traurig schüttelte sie den Kopf. »Nein.«

Vielleicht bin ich tatsächlich ein wenig zu weit gegangen … »Äh …«

»Sie dürfen beruhigt sein«, versicherte sie. »Ich bin sehr

gut in meinem Beruf. Und wie Sie doch so genau wissen, habe ich ein beinahe makelloses Dienstzeugnis ...«

Tatsächlich hast du ein vollkommen makelloses Dienstzeugnis, dachte Simeon bedrückt.

» ... also wird die Station auch nicht darunter leiden, ob wir nun persönlich miteinander zurechtkommen mögen oder nicht. Und ich verspreche Ihnen, daß ich nicht einfach hinausspazieren und wieder verschwinden werde, nachdem Sie sich erst einmal an mich gewöhnt haben. Denn ich weiß aus den *bestinformierten* Kreisen, daß ich, nach dem, was Sie meiner Karriere und meinem Ruf angetan haben, wollte ich auch nur einen zweitrangigen Posten auf dem mickrigsten Bergwerksasteroiden am äußersten Ende der bisher erforschten Galaxie bekommen, das nur noch durch Bestechung und Beschlafung erreichen würde.« Sie stand auf und sagte: »Ich möchte mir jetzt meine Unterkunft anschauen.«

»Na klar ... äh.« Simeon ließ die Tür zur Partnerunterkunft aufgleiten. »Machen Sie es sich erst einmal gemütlich. Wir bekommen die Sache schon hin, Miss Hap – das werden Sie noch sehen. Ich bin nicht so schlimm, wie Sie anscheinend glauben. Ich werde Ihre Behauptungen überprüfen und schauen, ob ich die Sache wieder hinbiegen kann. In Ordnung?«

Sie ließ den Blick erst zur Türöffnung und dann wieder zu Simeon schweifen. Schließlich seufzte sie, während sie auf die Tür zuging. »Nein, ich glaube, es wäre das beste, wenn Sie die Sache für eine Weile einfach auf sich beruhen ließen.«

»Miss Hap«, rief Simeon. Sie drehte sich um. »Wenn ein neuer Partner an Bord kommt, empfiehlt das Stationsprotokoll ein kleines, formloses Beisammensein der Abteilungsleiter. Ich habe ein solches für heute abend um 20:00 Uhr arrangiert. Sofern Ihnen das recht sein sollte?«

Channa nickte lächelnd. »Das halte ich für eine hervorragende Idee.« Hinter ihr schloß sich gleitend die Tür.

KAPITEL 2

»Ich kann sie nicht geradehalten! Ich kann sie nicht geradehalten!«

Amos ben Sierra Nueva beugte sich vor, packte den Rand der Konsole, als wollte er sich mit schierer Willenskraft das Comlink unterwerfen und den Strahl auf den beschädigten Transporter lenken.

»Keine Panik, Shintev«, sagte er fest, aber gelassen. »Du bist schon zu nahe am Ziel, um jetzt noch in Panik zu geraten.«

Panik schien überall angesagt zu sein. Die Kommandobrücke der *Exodus* – eines seit dreihundert Jahren in Betrieb befindlichen Kontrollzentrums einer Substation – war ein einziges Durcheinander, während die geflohenen Techniker sich abmühten, Geräte zu aktivieren und zu improvisieren. An der Stelle, wo sie ein Stahlrohr durch die Druckhülle getrieben hatten, um Guiyons Hülle mit seinen Koaxkabeln zu versorgen, zischte es die ganze Zeit. Keine der großen Frachtraumschleusen funktionierte, so daß sie die Boden-Schiff-Transporter an der Außenhülle des uralten Schiffs hatten festschnallen müssen, um durch die Wartungsluken ins Innere zu klettern. Die Luft war dünn und kalt, matt erhellt von der Notbeleuchtung, und sie roch nach Angst und Schweiß und versengter Isolierung.

»Ehrwürdiger Herr. Ich glaube, der Feind hat uns geortet«, sagte eine Stimme aus einer Ecke.

»Du *glaubst?*«

»Ich bin mir nicht sicher!« jammerte der Techniker, den Tränen nah. »Sie bewegen sich … ja! Sie haben uns entdeckt!«

Amos' Kopf fuhr herum. Da stieß das Comlink des letzten Shuttle ein einziges, schrilles Kreischen aus. Er blickte wieder zurück und sah, wie ein Gesicht gegen die Aufnahmelinse gerammt wurde, es war von der Zentrifugalkraft dagegengeschleudert worden. Fleisch und Blutlachen wallten über den Schirm, bevor er erlosch.

»Die sind erledigt«, sagte Amos in die plötzliche Stille hinein. »Die verbliebenen Shuttles abkoppeln. Startklar machen.«

Ein weiterer Chor von Schreien, Proteste, daß man noch nicht bereit sei.

»Die Maschinen laufen«, sagte Guiyons ruhige, tiefe Stimme. »Das genügt fürs erste.«

Amos drehte sich um und setzte den Befehl mit ein paar Tastendrücken aus. »Schubkraftaktivierung vorbereiten! Aktivierung in zehn Sekunden. Zeit läuft!«

An einem der Außenfelder glühte ein Lichtfleck auf.

»Die haben Shintev erwischt«, flüsterte jemand. Ein Raumjäger war über die Troposphäre geschossen wie ein hüpfender Stein und nahe genug herangekommen, um einen Marschflugkörper auf den aus der Kontrolle geratenen Shuttle abzufeuern.

»Alles bleibt gefälligst auf seinem Posten!« brüllte Amos. *Später ist noch genug Zeit für Gebete. Und für Tränen.*

Die Schubkraft zerrte an dem uralten Schiff. Summen und berstende Geräusche vibrierten durch die Hülle. Außensensoren boten ein Schauspiel sich biegender und zerberstender Gerüste, die plötzlich einer Belastung ausgesetzt waren, für die sie nie erschaffen wurden. Auch die Boden-Orbit-Shuttles brachen ab, ebenso ein paar Gestalten in Raumanzügen.

Verdammt, dachte Amos und wandte den Blick ab. *Sie waren vorgewarnt!* Das Schicksal allzu vieler Leben lastete auf seinen Schultern.

Die große, wolkenumgürtete Gestalt Bethels auf dem Heckbildschirm wurde immer kleiner. Der aufgewühlte Staub und das Flammenmeer der Kämpfe verdeckten die Oberfläche des Planeten. Der Andruck preßte Amos gegen seinen Sessel, als er die Zahlen auf den flackernden Schirmen begutachtete.

»Guiyon!« rief er. »Wir sind zu langsam!«

»Immer mit der Ruhe, Amos. Ich versuche gerade ... ja, ich leere die Lebenserhaltungstanks.« Zehntausende Kilotonnen Wasser wurden freigesetzt. »Das wird uns helfen. Und den Feind behindern.«

»Wie stark ist die Verfolgermacht?«

»Fünf Schiffe kleiner bis mittlerer Größe. Ich vermute, es sind die Wachen des Feinds. Die anderen sind nicht in Position oder dazu ausgerüstet, uns zu verfolgen.«

»Werden sie uns einholen können?«

»Ich weiß es nicht. Aber ich muß die Maschinen stark belasten, und es wird zu Opfern unter den Passagieren kommen.«

»Tu, was getan werden muß.«

Der Druck gegen seinen Körper wurde immer stärker, bis seine Knochen unter der Schwerkraft knirschten, die die uralten Kompensatoren nicht auszugleichen vermochten. Die tatsächliche Fliehkraft aber hätte sie zermalmt.

Hinter der *Exodus* verschwand das halbe Universum in einem Feuerstoß der Antriebsaggregate. Die Hülle *summte* nicht mehr; sie knirschte, gelegentlich von reißenden und krachenden Geräuschen unterbrochen, als Komponenten, die während der langen Jahre der Nutzung als Raumstation geschwächt worden waren oder sich verschoben hatten, unter der Belastung auseinanderbrachen und heckwärts donnerten. Irgendwo rief ein Kind nach seiner Mutter, immer und immer wieder.

»Was können wir tun?« wollte Amos wissen.

»Nur wenig, bis wir den Gravitationsschacht hinter uns gebracht haben«, erwiderte Guiyon. »Vielleicht beten, das entspricht doch euren Sitten?«

Einer nach dem anderen begannen die Flüchtlinge in einen Singsang einzustimmen.

Patsy Sue Coburn sah zu der in Seide gehüllten Channa Hap hinüber. Channa nippte am Champagner und lauschte höflich einem Sanitätsoffizier, der sie in eine Ecke manövriert hatte, um ihr dort eine Geschichte zu erzählen, zu der anscheinend viele hektische Bewegungen gehörten. Der Raum war voller hoher Tiere der Station, Sektionsvertreter, Abteilungsleiter, Firmenvertreter, Kapitäne der Handelsmarine, dazu hier und da auch ein Künstler oder Unterhalter. Tabletts schwebten auf Schulterhöhe vorbei, beladen mit Getränken, Kanapees und Stimulantien. Alle Welt schien voller frischer Begeisterung für Unterhaltungen zu sein, die sie schon hundertmal zuvor geführt hatten, ganz so als hätte der neue Partner alten Themen neues Leben eingehaucht. Patsy Sue spürte die Gegenwart Florian Guskys, noch bevor seine tiefe Stimme leise in ihr Ohr zu dröhnen begann.

»Na ... was hältst du von dem neuen Mädchen?«

Patsy sah ihn aus dem Winkel ihrer flaschengrünen Augen an und warf die langen blonden Haare zurück. Er hatte den Unterkiefer vorgestreckt, und sein kräftiger Hals preßte sich zwischen die schweren Schultern, was von seinen rauhgeschnittenen Gesichtszügen noch betont wurde. Ein großer Mann und tatsächlich auch annähernd so zäh, wie er selbst glaubte. Gusky war ein Liebhaber wiederentdeckter Spiele, vor allem Rugby; er schien bereit zu sein, es mit Channa aufzunehmen.

Oder mit Schuhnägeln auf ihr herumzutrampeln, dachte sie. »Ich meine, die neue Frau ist elegant«, erwiderte Patsy. *Und sie läßt mich wünschen, daß ich mich ein bißchen mehr beherrscht hätte*, fügte sie bei sich hinzu. Ihre eigene, junohafte Gestalt stak in einer engen roten Hülle mit tiefer Furche und einem geschlitzten Rock. Ihr aschblondes Haar – es war ihre eigene natürliche Farbe mit nur einem Hauch von Unterstützung durch moderne Technologie – war mit schwarzen Perlenketten verwoben.

»Ich halte sie für einen Snob«, sagte Gusky entschieden.

»Sie wirkt ein bißchen reserviert«, räumte Patsy ein. *Aber wer wäre das nicht, wenn man ihn in diesem Tohuwabohu absetzt?*

»Sie wirkt flachköpfig.«

»Was hast du bloß für ein Problem? Du schaust die arme Frau ja an, als würdest du meinen, daß sie unter diesem Kleid Kakerlakenbeine hat. Habe nie erlebt, daß du voreilige Urteile fällst. Weißt du vielleicht irgend etwas, was man unbedingt wissen sollte?«

Mit gerunzelter Stirn blickte er in sein Getränk. »Nein ... es ist nur ... Simeon ist so schrecklich still.« Mit einem sorgenvollen Ausdruck seiner braunen Augen sah er zu ihr auf. »Das paßt überhaupt nicht zu ihm.«

Patsy grinste und ließ die blonden Zöpfe schaukeln. »Na ja, ist ja etwas Neues für ihn«, meinte sie. »Schließlich war er mit Tell Radon jahrzehntelang zusammen. Vielleicht vermißt er ihn und hat einfach keine Lust auf eine Party.«

Gus nickte mit geschürzten Lippen. »Ja, vielleicht will er ihr auch nur etwas Gelegenheit geben, ein wenig Glanz um sich zu verbreiten ...«

Beide hielten eine Weile den Blick gesenkt und scharrten mit den Füßen. Dann hoben sie im selben Augenblick den Kopf und sagten im Chor: »Simeon?« Worauf sie in Gelächter ausbrachen.

»Habt ihr mich gerufen?« Auf einem Schirm neben ihnen erblühte das vertraute Antlitz.

»Ach! Oh, hallo, Sim, wir, äh ... wir ...«

»Wir haben uns gerade darüber unterhalten, daß du heute abend ziemlich still zu sein scheinst«, beendete Gus den Satz.

»Na ja, da der größte Teil meiner aufsichtführenden Mitarbeiter gerade auf der Party ist, habe ich gewissermaßen Doppelschicht«, erwiderte Simeon rastlos. »Entschuldigt mich«, und schon war er wieder verschwunden.

Patsy und Gus blickten einander überrascht an, dann drehten sie sich noch einmal zu Channa Hap um, die soeben einem Frachtspezialisten vorgestellt wurde.

Gus schüttelte den Kopf. »Was hat sie ihm bloß angetan?«

Patsy lächelte. »Ihm säuberlich die Flügel gestutzt.«

»Diese Ehe wurde bestimmt nicht im Himmel geschlossen«, brummte Gus.

»Ach, ich weiß nicht«, erwiderte Patsy und verengte nachdenklich die grünen Augen zu Schlitzen. »Die Frau hat Stil, Gus. Und dieser Ort kann etwas Stil gebrauchen. Schau dir doch mal die Party an. Wann hast du bei Simeon zum letztenmal mehr als Bier und Brezeln bekommen?«

Gus musterte sie überrascht. »Was soll denn das schon wieder heißen? Willst du mir etwa erzählen, daß man dich mit den richtigen Kanapees kaufen kann?«

»Nein. Vielleicht mit Schokoladentrüffeln, aber nicht mit synthetisiertem Kaviar auf Karbonkeksen.« Als er zu knurren begann, fuhr sie in ernsthafterem Ton fort. »Ich will damit sagen, daß es hier eher zugeht wie in einem Feldlager für Jungen als in einem Zentrum der Kultur, der Wissenschaft und des Kommerzes, das diese Station ebenfalls darstellen könnte. Sicher, sie wird uns ganz schön aufrütteln, aber das ist vielleicht sogar ganz gut so. Von jetzt an wird es hier um einiges interessanter zugehen.«

Er verlegte sich wieder auf eine mürrische Miene. Patsy schritt zu Channa hinüber, um ihr ein Kompliment zu machen, weil sie die Zweite Himmelssuite von Rovolodorus als Hintergrundmusik ausgesucht hatte.

»Es freut mich, daß sie Ihnen gefällt, Miss Coburn«, erwiderte Channa. Ihr Lächeln hatte die leicht angekünstelte Qualität eines Menschen, der die letzten Stunden damit zugebracht hatte, potentielle Gunstsucher abzuwehren. »Aber Sie stammen doch aus Larabie, nicht wahr?«

»Dort bin ich weg«, erwiderte Patsy. »Die Hausmachermusik da hat mir nicht sonderlich zugesagt, und der *Kumpel Song* und der andere Pionier-Stomp-Kram, den Simeon sonst spielt, geht mir voll auf den Wecker. Ist nicht böse gemeint, Simeon.«

»Habe ich auch nicht so aufgefaßt«, sagte eine Stimme mitten aus dem Nichts, um nach der letzten Silbe wieder zu verstummen.

Channas nächstes Lächeln wirkte schon um einiges echter. »Ich hätte eigentlich gedacht, daß die Chefökologin doch mehr Wert auf Stabilität legen würde«, bemerkte sie.

»Das geht mir vielleicht auf den Keks, Algen bei der Zucht zuzusehen«, entgegnete Patsy, und beide mußten lachen. »Vielleicht hatte ich ja deshalb vier Ehemänner in fliegendem Wechsel – nur um zu zeigen, daß ich kein Einzeller bin.«

»Gute Nacht«, rief Channa, als sich die Tür sirrend hinter dem letzten Gast schloß. Der große, runde Raum wirkte noch größer, nachdem die Schar verschwunden war; die Holos an den Wänden zeigten nun beruhigende Unterwasserszenen mit tropischen Fischen.

Sie drehte sich zu Simeons Monitorbild auf der Säule um – dort befand sich schließlich auch der Körper eines Gehirns, und so war es unter Partnern zu einer Frage der Höflichkeit geworden, diese Stelle anzusprechen, obwohl das Gehirn sie überall auf der Station wahrnehmen konnte. Einen Augenblick blieb Channa stehen und musterte den großen sinosischen Webteppich, der geschmackvoll um seine Säule angeordnet war.

»Das ist ja ein herrlicher Behang«, bemerkte sie schließlich. »Ich bewundere ihn schon den ganzen Abend.« Sie verschränkte die Hände hinter dem Rücken und trat langsam auf ihn zu. »Danke«, sagte sie sanft. »Es war eine sehr angenehme Party, Simeon, und eine sehr aufmerksame Geste.«

Nachdem du etwas aufgetaut warst, dachte Simeon etwas überrascht, *warst du auch ganz vergnüglich. Wenn ich dich nur die ganze Zeit halb abgefüllt halten kann, kommen wir vielleicht noch miteinander zurecht.*

»Na ja, bei so einer Zusammenkunft sind alle etwas lockerer als sonst«, meinte er, »wenn es nicht gleich immer um ihre offizielle Stellung hier geht. Man muß erst einmal die gesellschaftliche Seite gesehen haben, bevor man mit der beruflichen zurechtkommen kann.«

Channa nickte. »Bevor ich herkam, hatte ich gerade noch genug Zeit, mir jedermanns Akten anzuschauen. Ich wollte mit diesen Leuten nicht denselben Fehler machen wie mit Ihnen.«

»Sie haben meine Akten nicht gelesen?«

»Nein«, erwiderte sie herablassend, »ich wollte mich überraschen lassen.«

»Ich auch«, gestand er.

Sie lachte. »Dann haben wir vielleicht doch noch etwas gemeinsam. Wir können nämlich beide Mist bauen. Gute Nacht, Simeon.«

Lächelnd winkte sie der Säule ein letztes Mal zu, bevor sie in ihrem Zimmer verschwand.

Sie hat ein nettes Lachen, dachte Simeon, als sich die Tür surrend hinter ihr schloß.

Puh, dachte Channa.

Dann überlegte sie und holte einige versteckte Ausrüstungsgegenstände aus ihrer Tasche.

Als diese ihr gemeldet hatten, daß die Wandsensoren nicht aktiviert waren, schämte sie sich ein wenig, weil sie Simeon mit solchem Argwohn begegnete.

»Keine Möglichkeit, es zu reparieren?« fragte Amos ben Sierra Nueva.

»Nicht die geringste«, rasselte der Techniker. »Ehrwürdiger Gebieter«, fügte er hinzu und fuhr sich mit der Hand über das Schmieröl auf seiner Wange.

Gemeinsam verließen sie den Gang und versperrten die

Durchgangsluke. Um sie herum ein subliminales Summen; Amos war der einzige unter den Flüchtlingen, der dies als schlechtes Zeichen zu interpretieren wußte. Ein asynchrones Triebwerk, was auch kein Wunder war, nachdem das Kolonieschiff drei Jahrhunderte lang als Raumstation hatte dienen müssen. Es war ein Wunder, daß die Maschinen überhaupt noch funktionierten, und ein Tribut an die Ingenieure der Zentralwelten. Ein ebensolches Wunder war es auch, daß sie die unnatürliche Belastung durchhielten, so lange Subraumgeschwindigkeiten aufrechtzuhalten, die weit über die Warnmarke hinausgingen. Das war Guiyons Werk.

»Dann müssen wir eben Sauerstoff sparen«, entschied Amos mit fester Stimme.

»Sollen wir etwa aufhören zu atmen?« wollte der Techniker wissen.

»Kälteschlaf«, erwiderte Amos. »Das senkt unseren Verbrauch um mindestens die Hälfte. Das Schiff kann von einer kleinen Mannschaft geführt werden. Dazu ist es gebaut. Im Notfall könnte Guiyon es sogar allein unterhalten.«

Auf der braunen Haut des Manns brach mehr Schweiß aus, als es die Anstrengung rechtfertigte, durch verlassene Gänge kriechen zu müssen. Amos zwang sich, normal zu atmen, während er auf die Kommandobrücke zurückkehrte. Sein Brustkorb fühlte sich schwer an, aber im Augenblick war es noch nicht möglich, eine verstärkte CO_2-Konzentration festzustellen. *Das ist rein psychologisch*, ermahnte er sich streng.

»Die Maschinen lassen sich nicht reparieren«, teilte er der versammelten Kommandomannschaft mit. Einige der Leute begannen zu grunzen, als hätte er sie ins Gesicht geschlagen. »Beim gegenwärtigen Stand werden wir alle verfügbaren Luftvorräte auf zwei Drittel der Strecke bis zum Ziel aufgebraucht haben.«

»Und weshalb wurde das Schiff nicht ordentlich gewartet?« sagte jemand, es war fast ein Schreien.

»Weil es sich um eine Orbitalstation mit unbegrenzten Vorräten und einem Algentank handelte!« fauchte Amos, dann riß er sich wieder zusammen. Sie hatten das überschüssige Wasser in den Tanks notgedrungen abwerfen müssen. Zuviel Masse, wo Geschwindigkeit im Vordergrund gestanden hatte. »Und wir haben noch weitere Vorräte eingebüßt, als der Feind unsere Außenhülle durchstieß. So sieht die Lage aus«, fügte er in gezielter Gelassenheit hinzu. »Damit müssen wir nun zurechtkommen. Einhundert Leben und das Schicksal Bethels hängen davon ab.«

Alle nickten. Die Kolnariflotte könnte nicht geheim bleiben, nicht einmal im abgelegenen System Safran, wenn nach ihrem Verlassen des Planeten noch irgendwelche Augenzeugen zurückblieben. Wenn sie auf Bethel die Zeit dazu hatten, würden sie ihre Spuren also auch dementsprechend verwischen.

»Was ist … was ist mit Kälteschlaf?« fragte Rachel und fuhr sich dabei mit der Zunge über die Lippen.

»Eine Möglichkeit, die es jetzt abzuwägen gilt«, antwortete Amos. »Guiyon?«

Die Stimme des Gehirns klang unmenschlich-distanziert wie immer. Guiyon hatte vierhundert Jahre zu verbuchen und verfügte über Fähigkeiten, mit denen keine Normalperson Schritt halten konnte. Amos schauderte. *Abscheulichkeit* war noch der gütigste Ausdruck, den der Glauben für dergleichen parat hielt. *Beherrsch dich,* tadelte Amos sich selbst. *Schließlich hat Guiyon uns alle gerettet. Er ist unsere einzige Hoffnung.* Die Anstrengung ließ archaische Ängste wiederaufflackern.

»Marginal«, meldete Guiyon. »Durchführbar. Wir sollten das ganze Personal in ein oder zwei Kabinen konzentrieren, die Atmosphäre aus den anderen in die Reservetanks zurückpumpen und sofort mit der Kälteschlafbehandlung beginnen.« Er machte eine Pause. »Wir sind dafür allerdings nicht hinreichend ausgerüstet – die interne Temperaturkontrolle ist äußerst unstabil. Es besteht das Risiko substantieller Verluste.«

»Tu es«, befahl Amos mit autoritärem Klang in der Stimme. Er spürte, wie die anderen sich entspannten. Die Gefahr war zwar noch immer vorhanden, aber wenigstens leitete jemand jetzt Maßnahmen ein. *Wenn ich doch nur die entsprechende Gestalt hätte,* dachte er wehmütig. *Aber irgendwo muß die Verantwortung wohl auch ein Ende haben.* »Und möge Gott uns gnädig sein.«

»Amen.«

Amos wartete, bis die anderen die Kabine verlassen hatten, um die etwa hundert Flüchtlinge neu zu organisieren.

»Und der Feind?« fragte er leise.

»Vier Schiffe«, erwiderte Guiyon. »Eins ist umgekehrt, wie ich vermute, mit Triebwerkschaden – die Emissionen wiesen Diskontinuitäten auf. Die anderen holen langsam auf. Ich belaste die Triebwerke ohnehin schon mehr als zulässig, aber für eine derartige Leistung wurden sie nie gebaut. Meine Einschätzung lautet, daß wir nur deshalb soviel Vorsprung erringen konnten, weil die Kolnarischiffe zusätzliche Treibstoffmasse und Manövriertriebwerke für unterlichtschnellen Flug an Bord haben. Und außerdem belasten sie ihre Triebwerke nicht über das äußerste Maß hinaus.«

»Haben wir genug Vorsprung, um bis zur Basis Rigel zu kommen?«

»Das läßt sich unmöglich berechnen«, erwiderte Guiyon. Seine Stimme begann langsam etwas mehr Lebhaftigkeit anzunehmen, wie eine rostige Maschine, die sich nach langer Untätigkeit wieder warmzulaufen begann. »Dazu hängt zuviel von Störfaktoren ab – Massedichte im interstellaren Raum, das Verhalten des Feindes sowie die Frage, was uns am Ziel erwartet. Es stehen uns zwar immer noch mehrere andere Ziele zur Verfügung, doch seit der letzten Speichererneuerung könnte es zu vielerlei Veränderungen gekommen sein. Meine Daten sind sehr alt.«

»Also wie es Gott gefällt«, bemerkte Amos nachdenklich.

»In der Tat.«

Die Datenströme hüpften und perlten durch die improvisierten, zusammengeflickten Zuleitungen. Schmerz durchzuckte Guiyons Nervenbahnen – in Sympathie mit dem überforderten Gewebe des Schiffs. Die Sorge fraß an ihm, während ein Sektor nach dem anderen erlosch und sich eine Lähmung in ihm ausbreitete wie Lepra.

Hinter ihm wurde die Rosette der folgenden Kolnarischiffe vom Feuerstoß seiner eigenen Triebwerke fast verdeckt. Die körnigen, energiespendenden Partikel ihrer Strahlenwaffen setzten nicht dazu an, die Antriebsspulen des alten, verfallenden Schiffs unter Beschuß zu nehmen und in Stücke zu reißen. Gespenstererinnerungen an das Schiff, als es noch jung und stark gewesen war, suchten ihn heim und brachten seine Reaktionen durcheinander. Seine eigene Nährstoff- und Sauerstoffzufuhr rutschte immer wieder unter die rote Alarmlinie, und jedesmal brauchten die Notausgleichsaggregate länger, um die Indikatoren wieder auf den alten Stand zu treiben.

Wir schaffen es nicht bis zur Basis Rigel, wußte Guiyon. Er würde es nicht schaffen und das Schiff auch nicht. Und selbst wenn sie es könnten, die Normalpersonen an Bord würden es ganz gewiß nicht schaffen. *Ich muß ein anderes Ziel suchen.*

Sofern es eins gibt.

KAPITEL 3

»Ist eine persönliche Inspektion wirklich erforderlich, Miss Hap?« fragte der Chief der Überwachungssysteme. »Für Fernsteuerung haben wir ein virtuelles System«, fuhr er hilfsbereit fort.

»Kein Ersatz für ehrlicher Hände Arbeit«, meinte Channa mit entschlossener Fröhlichkeit.

Sie griff an die Luke und stemmte sich hinauf, glitt in den schmalen Inspektionsgang. »Reichen Sie mir doch mal den Werkzeugkasten, ja?«

Zwei Stunden später stand der Chief wie festgefroren da, während Channa ihre Checkliste beendete. Unter dem natürlichen Braun schien seine Haut von schlammigem Grau geworden zu sein, und es sah auch so aus, als würde er leise zittern.

» ... und die Abweichungen betragen *mehr als dreißig Prozent* über der Zulässigkeitsgrenze«, sagte sie forsch.

»Miss Hap ...« sagte der glücklose Bürokrat und versuchte einmal mehr, das Heft an sich zu reißen. »... diese Langstreckensysteme dienen doch ausschließlich der Rücksicherung. Die sind nicht mehr benutzt worden, seit die SSS in Dienst gestellt wurde!« Als er ihre hochgezogenen Augenbrauen bemerkte, fuhr er hastig fort: »Außerdem fehlt es mir an Personal und ...«

»Chief Doak«, fuhr sie fort. »Regelmäßige persönliche Inspektionen gehören bei allen Installationen dieser Art zur Standardprozedur. Es ist mir *völlig gleichgültig*, ob das Gerät nur selten eingesetzt wird. Sicherheitssysteme existieren für den *Notfall*, und dann sollten sie besser auch die Funktionen erfüllen, für die man sie gebaut hat. Und es ist mir auch *völlig egal*, daß Sie immer wieder mal ferngelenkte Servos hineinschicken. Maschinen tun, was man ihnen sagt, ob es das Richtige ist oder nicht. Erfahrene Techniker sollten ein Gespür für ihr Gerät haben. Ihre Leute haben das offensichtlich nicht. Das ist unzufriedenstellend. Haben Sie mich verstanden?«

»Jawohl, Miss Hap«, erwiderte er hölzern.

Aas, las sie in seinem Blick. *Das ist schon in Ordnung. Du hast ein Recht darauf, deine eigene Meinung von mir zu haben, und ich habe ein Recht darauf, von dir zu erwarten, daß du deine Arbeit tust*, dachte sie, machte kehrt und schritt forsch zur Tür.

»Es ist mir völlig gleichgültig, was irgend jemand meint und sagt, Miss Hap. Ich finde, daß Sie großartige Arbeit leisten.«

Das war eine der Funktechnikerinnen. Channa lächelte sie freundlich an und sagte leise, nachdem sie einen Blick auf ihr Namensschild geworfen hatte: »Ehrlich gesagt, Miss ... Foss, es ist mir verdammt egal, was Sie denken. Mir geht es nur um die Qualität Ihrer Arbeit. Der Sie übrigens im Augenblick nicht nachkommen.« Sie eilte den Gang weiter.

»Entschuldigung«, sagte Simeon zu Channa, als sie außer Hörweite war.

»Ja?«

»Mußten Sie unbedingt so gehässig zu ihr sein?«

»Simeon, es wäre unprofessionell, wenn ich zuließe, daß die Leute auf diese Weise Partei ergreifen. Wir können einem Sektionsleiter durchaus den Kopf abreißen, aber sich derart in die Befehlskette einzumischen ist kleinlich, zersetzend und gefährdet die Arbeitsmoral. Vielleicht bin ich nicht sehr lange hier, dann möchte ich um so weniger einem anderen ein derartiges Durcheinander übergeben müssen. Solche Tendenzen muß man im Keim ersticken.«

»Ersticken ist eine Sache. Aber Sie haben ihr die Beine an den Knien amputiert.«

»Ach so, ich verstehe. Sie glauben, daß ich unfreundlich war.«

»Das waren Sie allerdings! Genau genommen waren Sie sogar verdammt grausam.«

Channa blieb einen Augenblick stehen, die Hände in die Hüfte gestemmt. Nachdenklich blickte sie zu Boden. Dann verlagerte sie ihr Gewicht und verschränkte die Arme. »Simeon, mir ist aufgefallen, daß Tell Radon zwölf Jahre über die normale Pensionsgrenze hinaus an Bord geblieben ist.«

»Er wollte eben nicht gehen«, erwiderte Simeon mißtrauisch.

»Aber vor sechs Jahren hat er seine Pensionierung beantragt.«

»Er hat es sich anders überlegt und den Antrag zurückgezogen. Und ich hatte nicht vor, ihn hinauszudrängen. Er ist mein Freund.«

»Nun, als ich einige der Konferenzberichte der letzten Jahre durchgegangen bin, blieb mir nichts anderes übrig als zu bemerken, daß alle sich so benahmen, als sei er überhaupt nicht da. In den wenigen Fällen, in denen er etwas zu den Beratungen beisteuerte, wurde es sofort in Zweifel gezogen. Oder klingen Ihnen die Worte ›Tatsächlich, Simeon‹ vielleicht unvertraut?«

»Worauf wollen Sie hinaus?«

»Ich will auf einen grundlegenden Unterschied hinaus, was unseren Stil angeht, Simeon. Wenn ich grausam bin, dann geschieht es, um späteren Schmerz zu verhindern. Wenn Sie grausam sind, dann geschieht es, um sich durchzusetzen.«

»Wie bitte!«

»Sie wissen doch bestimmt, daß die Sorge um einen Freund durchaus aus zwei Richtungen betrachtet werden kann? Vielleicht ist Tell Radon ja nur geblieben, weil er wußte, daß Ihnen das lieber wäre. Der ganze Laden läuft schon ziemlich lange so, wie Sie es gern haben. Ich kann mir nicht vorstellen, daß Sie sich darauf gefreut haben, einen

Neuen einarbeiten zu müssen. Irgendeinen Fremden, der die Sache lieber auf *seine* Weise angeht, anstatt sich der netten, reibungsfreien Routinen zu bedienen, die Sie so im Laufe der Zeit entwickelt haben.«

»Wo nehmen Sie denn diesen ganzen Quatsch her?«

Sie zuckte mit den Schultern. »Entweder das, oder Sie haben sich einfach nur so sehr daran gewöhnt, mitanzusehen, wie er täglich gedemütigt wurde, daß es Ihnen schon nicht mehr auffiel. In beiden Fällen wird er es aber wahrscheinlich so empfunden haben.«

»Ich kenne ihn, Hap; Sie nicht. Wenn Tell ein Problem gehabt hätte, hätte er auch etwas gesagt. Weshalb hätte er denn stumm vor sich hin leiden sollen, wenn er doch wußte, daß er zu mir kommen konnte?«

»Haben Sie sich die Aufzeichnungen einmal angeschaut?«

»Ich brauche mir nichts anzuschauen. Ich war schließlich dabei.«

»Die würden nämlich bestätigen, was ich gerade gesagt habe, wissen Sie.«

Du Aas mit einem Korykiumpanzer! »Ist Ihnen vielleicht schon einmal der Gedanke gekommen, daß Sie voreingenommen sein könnten? Seit unserer ersten Begrüßung mekkern Sie an mir herum. Ich will Ihnen mal etwas sagen, werte Allwissende: Aus den Aufzeichnungen bekommen Sie keinen allzu genauen Eindruck von Tell. Er hat die verdammten Konferenzen verabscheut. ›Herrje‹, pflegte er zu sagen, ›diese dämlichen Beratungen bringen mein Gehirn zum Schmelzen.‹ Er hat selten etwas auf Konferenzen gesagt. Sie entsprachen einfach nicht seinem Stil.«

»War es üblich, jede seiner Bemerkungen in Zweifel zu ziehen, wenn er sich doch einmal zu Wort meldete?«

»Sie machen aus der schlichten Abfrage einer Bestätigung gleich einen Mordversuch.«

Channa biß sich auf die Unterlippe. »Simeon, die Aufzeichnungen werden bestätigen, daß das, was ich darin vorgefunden habe, sehr deutlich zu erkennen ist, unzweifelhaft, klar, offensichtlich. Ein nochmaliges Durchgehen der Aufzeichnungen wird Sie in diesem Punkt erhellen. In Ordnung?«

Nach kurzer Überlegung ging etwas in Simeon auf wie ein Auge, und er schaute einen verbitterten Zug um Tell Radons Mund. Tell hatte seine entsprechende Feststellung zwar immer als »Übertreibung« abgetan, aber …

»Sie gehen wirklich unter die Gürtellinie, Channa«, erwiderte er.

Sie errötete, doch ihr Gesichtsausdruck blieb feindselig. »Ich bin wütend«, gestand sie offen. »Meine ganze Karriere liegt in Schutt und Asche, nur weil Sie wollten, daß er bleibt. Als ich dann gesehen habe …« Wieder biß sie sich auf die Lippe. Schließlich fuhr sie etwas gelassener fort. »Was mich betrifft, sollten Sie vorsichtig mit Ausdrücken wie ›Sie haben sie knieabwärts amputiert‹ und ›Sie waren grausam‹ sein. So etwas bringt mich leicht auf die Palme. Außerdem hätten Sie auch auf mein Wort vertrauen können, anstatt gleich selbstgerecht zu werden.«

»Ja … ich werde es mir merken.« Er hielt inne. »Hören Sie mal, wenn Sie wirklich so scharf darauf sind, von hier wieder wegzukommen, unterstütze ich Ihr Versetzungsgesuch bis aufs Messer. Da ich das letztemal ohnehin nicht bekommen habe, was ich angefordert hatte, ist man mir noch den einen oder anderen Gefallen schuldig …«

»O nein. Das letztemal, als Sie jemanden bis aufs Messer gedeckt haben, steckte das Ding plötzlich zwischen meinen Schulterblättern. Vielen Dank. Jetzt, da ich darüber nachdenke, habe ich vor, der Zentralverwaltung möglichst viel Zeit zu lassen, um die ganze Affäre zu vergessen, und auch, welche herausragende Rolle ich dabei gespielt habe. Sie sind jetzt mindestens zwei Jahre mit mir gesegnet, also stellen Sie sich auch besser gleich darauf ein. Ach ja, und was das Thema des Übersehens angeht …«

»Nun?« *Was denn jetzt? Liegt vielleicht Staub auf den Lampenfassungen?*

»In einem der Maschinenräume am Heck bin ich auf einen kleinen Jungen gestoßen.«

Stille.

»Wie? Gar keinen Kommentar auf Lager? Soll das etwa heißen, daß Sie alles über ihn wissen? Immerhin sind Sie doch tatsächlich dazu in der Lage, alle Teile der Station zu beobachten.«

In dem nun folgenden Schweigen schritt sie zur Wand hinüber und lehnte sich lässig dagegen. »Er war schon fort, bevor ich reagieren konnte. Aber wissen Sie, was an der Sache wirklich merkwürdig ist? In den Dateien findet sich nicht das geringste über so ein Kind.« Das Schweigen zog sich in die Länge. »Simeon?« fragte sie etwas schneidend.

»Ein kleiner Junge?«

»Ja, Simeon, ungefähr zwölf Jahre alt – Standardjahre, meine ich –, plusminus vielleicht zwei. In der Triebwerkskabine am Heck. Wo Unbefugten der Zutritt verboten ist, wie ich meine. Ein Kind, das so aussieht und riecht wie ein Schlammwelpe von Sondee. Wessen Kind ist das? Was können Sie mir über den Jungen erzählen? Sie brauchen gar nicht erst zu tun, als wüßten Sie nichts. Über Nacht setzen Kinder nicht eine solche Patina an. Er sah übrigens auch so aus, als würde er regelmäßig essen, wenn auch nicht sehr gut. Also kümmert sich jemand um ihn … geringfügig.«

Ich glaube, es wäre jetzt keine gute Idee, wenn ich »Du bist richtig süß, wenn du wütend bist« zu dir sage, dachte Simeon. Er fror ihr Bild ein und untersuchte es auf Temperaturabweichungen und Pupillenerweiterung. Sie war wegen eines vernachlässigten Kindes wütend, nicht auf ihn. *Das war ja mal glatt eine willkommene Abwechslung.*

Außerdem könnte er bei diesem Problem einen Verbündeten gebrauchen.

»Er nennt sich Joat«, gestand Simeon seufzend. »Ich weiß

auch nicht, wie lange er schon hier ist. Ich habe ihn selbst nur zufällig entdeckt. Was Technik und Mechanik angeht, ist er brillant. Das Revier, das er sich abgesteckt hat, brauchte plötzlich keine Reparaturen mehr. Das war wahrscheinlich auch der einzige Grund, weshalb ich der Sache nachging. Ich meine, schließlich gibt es hier genügend quietschende Zahnräder. Was soll man sich da um eins kümmern, das leise bleibt? Doch dann fiel mir auf, daß die letzte Reparatur in diesem Abschnitt zwei Jahre zurücklag. Ich wurde neugierig, weil dort nie etwas schiefging. Also habe ich mich auf die Suche gemacht, mit mobilen Wanzen, und habe ... na ja, Normalpersonen beschreiben so etwas als Wahrnehmungen aus dem Augenwinkel. Ich dachte immer, das hätte was mit dem Blinzeln zu tun, Sie wissen schon, daß sich einem die Wimpern ins Gesichtsfeld drängen oder so. Aber ich habe ständig so ein Bewegungsflackern wahrgenommen, und dabei blinzle ich doch überhaupt nicht. Als ich meinen Geräuschempfang aufdrehte, habe ich manchmal ein leises Scharren und auch Bewegungen gehört, aber es wurde von sehr viel weißem Rauschen überlagert. Es schien mir höchst unwahrscheinlich, daß in diesem Sektor alles ganz perfekt lief bis auf meine Sensoren, deshalb habe ich mich auf die Lauer gelegt. Irgendwann wurde er dann unvorsichtig und schlenderte direkt in mein Gesichtsfeld. Als ich ihn das erstemal ansprach, machte es *husch!*, und schon war er verschwunden. Es hat sehr lange gedauert, bis ich ihn dazu bringen konnte mit mir zu sprechen. Beachten Sie, daß ich vom Sprechen rede, nicht vom Vertrauen. Er ist unglaublich scheu. Ich kann mir gar nicht vorstellen, daß er tolpatschig genug gewesen sein soll, sich vor Ihnen blicken zu lassen.«

»Seit zwei Jahren?«

Darauf ist doch wirklich Verlaß, du Zimtzicke, daß du dir immer die wichtigsten Informationen herauspickst! »Ich habe gesagt, daß die letzten dokumentierten Reparaturen zwei Jahre zurücklagen. So etwas soll vorkommen. Was soll ich dazu sagen? Zwischen zwei Jahren und zwei Monaten, wer weiß?«

»Wer ist er, Simeon?«

»Er behauptet, daß er von einem Trampfrachter davongelaufen ist. Joat hat mir erzählt, daß der Kapitän ihn von seinem Onkel beim Kartenspiel gewonnen hat. Ich weiß, ich weiß, so etwas ist illegal, aber hier draußen im Busch passiert es trotzdem gelegentlich. Der Tramper hat irgendwann abrupt abgelegt und ist an irgendeinen Ort verschwunden, der nicht in den Karten steht. Joat hatte noch nie ein leichtes Leben, aber es scheint, als ob der Kapitän, vor dem er davonlief, gleich von einer ganz anderen Brutalität besessen war.«

Channa rümpfte die Nase. »Klingt wie eine Geschichte von Dickens.«

»Ja, und je mehr sich die Dinge ändern ...« Er ließ den Satz unbeendet stehen. »Was werden Sie jetzt tun?« fragte er vorsichtig. Nach seinem ersten, fatal falschen Eindruck war es ihm nicht so vorgekommen, als neigte Channa nicht gerade zu blutenden Herzen. Würde sie jetzt vielleicht vorschlagen, die Kabine zu fluten, um das arme Kind hinauszuspülen?

»Wir müssen ihn dort herausholen. Wir können es nicht zulassen, daß sich ein kleiner Junge in einem gefährlichen und für Unbefugte verbotenen Abschnitt aufhält. Das ist mindestens ungesetzlich und nach jeder anderen Norm verantwortungslos.«

»Dem Jungen ist sehr übel mitgespielt worden, Channa. Er will sich nicht unter Menschen aufhalten. Der kleine Bursche erträgt ja selbst mich nur mit Mühe. Er mag Maschinen lieber als Leute, und ich habe mich bei ihm als Grenzfall qualifiziert. Außerdem kann nicht einmal ich ihn aufspüren, wenn er nicht gefunden werden will. Vielleicht sollten wir ihn vorläufig in Ruhe lassen. Im Augenblick befindet er sich genau dort, wo er auch sein will.«

Mit angespanntem Kiefer hob Channa den Blick.

»Simeon, kein Kind will *freiwillig* in der Dunkelheit und Kälte einer Triebwerkskabine bleiben, oder wo immer er sich auch eingerichtet haben mag. Er braucht es, daß man sich um ihn kümmert, und das hat er auch verdient. Das ist sein gutes Recht.«

»Prinzipiell stimme ich zwar zu, aber ich glaube, daß er mehr Zeit braucht. Ich übernehme schon die Verantwortung.«

»Was soll denn das heißen?«

»Ich übernehme die volle Verantwortung für alles, was ihm zustoßen sollte.«

Channas Miene hellte sich auf. »Wirklich?«

»Ja, wirklich.«

»Also schön«, sagte sie. »Dann werde ich gleich ein paar Informationen über Adoptionsvorgänge abrufen, dann machen wir Nägel mit Köpfen.«

»*Was?*« Ständig schreie ich diese Frau mit *Was?* an. *Langsam komme ich mir vor wie ein geistesgestörter Papagei.*

»Na ja, was haben Sie denn sonst gemeint, als Sie sagten, daß Sie die Verantwortung übernehmen würden?«

»Doch nur, wenn irgend etwas schiefgehen sollte. Dann werde ich auch dafür geradestehen.« *Ich schwöre, wenn ich Haare hätte, ich würde sie mir jetzt raufen. Diese Normalpersonen haben doch den einen oder anderen Vorteil. Aber was will diese ... dieses ... Luder mir da eigentlich gerade antun?*

»Hervorragend! Wenn er also getötet oder verstümmelt wird, sind Sie bereit, sich ablösen zu lassen? Wie großmütig von Ihnen!« Channa schnitt Simeon das Wort ab, als er protestieren wollte. »Inzwischen sollten Sie eigentlich gemerkt haben, daß ich genau zuhöre, was Sie sagen, auch wenn Sie es selbst nicht tun. Ich verspreche es Ihnen, Simeon. Ich werde Sie *immer* daran erinnern, wenn Sie versuchen, mir den Mund zu verbieten oder mich abzuwimmeln. Diese Geschichte schütteln Sie nicht so einfach ab. Das werde ich nicht zulassen.«

»Wovon reden Sie überhaupt. Ich habe ihn doch nicht in diese Situation gebracht. Ich will dem Kind nur helfen. Herrje, ich helfe ihm doch auch! Ich sehe nur keine Notwendigkeit, ihn zeitlich unter Druck zu setzen. Die Tatsache, daß Sie ihn gesehen haben, könnte bedeuten, daß er schon fast soweit ist, freiwillig hervorzukommen. Ich bin auf jeden Fall dagegen, ihn zu zwingen. Meine Güte, Sie sind vielleicht feindselig! Sie sind so sehr darauf erpicht, immer nur das Schlimmste über mich anzunehmen, daß ich jedesmal, wenn ich mit Ihnen rede, das Gefühl habe, als würden meine Schaltkreise umgestöpselt. Bin ich wirklich so eine miese Type? Oder«, und er wechselte vom Vorwurfsvollen ins Zänkische, »könnte es vielleicht sein, daß Sie nur die gehässigste, unmöglichste Frau sind, der ich je begegnet bin?«

»Ach, Simeon«, flötete sie, »Sie haben ja gar keine Vorstellung, wie schwierig ich sein kann. Wenn Sie das mal kennenlernen wollen, brauchen Sie mir nur in die Quere zu kommen.«

Ein eisiger Schauer durchfuhr Simeon. *Soll das etwa heißen, daß sie bisher noch ganz vernünftig gewesen ist? Ach du liebe Güte!*

»Sie werden bald Vater, Simeon. Das bedeutet es nämlich, die volle Verantwortung für ein Kind zu übernehmen. Gratuliere, es ist ein Junge. Falls Ihr Wort etwas wert ist.«

»Die werden es nicht zulassen, daß ich ein Kind adoptiere.«

»Warum nicht? Sie sind ausgiebig auf Ihre emotionale Stabilität überprüft worden, Sie haben einen verantwortungsvollen Job. Sogar seine Gefühle scheinen Ihnen viel zu bedeuten. Glauben Sie etwa, daß sich mögliche Adoptiveltern um ein derartig verwundetes Kind in seinem Alter prügeln werden? Ich schätze, Sie haben gute Chancen.«

Sie klatschte in die Hände und rieb sie sich schadenfroh. »Also … ans Werk!«

Mit einer ausladenden Geste präsentierte Mart'an die Speisekarte und verließ sie mit einer Verneigung.

Channa blickte sich mit staunenden Augen in der mattbeleuchteten, gedämpften Eleganz des Restaurants Perimeter um. Es gab sogar echte Bienenwachskerzen, die auf den Tischen brannten. Ein Vermögen an Material- und Luftkosten.

Es geht doch nichts darüber, anderer Leute Geld auszugeben, dachte sie. Das Perimeter kam für die Kosten auf, es war eine Art Bezeugung guten Willens. Und es war ja auch nur zu logisch, daß sie eine der Haupttouristenattraktionen der Station kennenlernte.

Das beste Restaurant von SSS-900 befand sich unmittelbar unterhalb der nördlichen Andockstation. Hier bestand die Außenhülle aus einer hundert Meter langen Synthometallschicht, die auf Transparenz eingestellt war. Riesig und hell zogen draußen die Sonnen vorbei – Fixsterne und der frostige Bogen des Schlangenkopfnebels, dazu die glänzenden beweglichen Lichtpunkte: Shuttles und Schlepper. Im Inneren bestand der Boden aus glänzenden Steinfliesen, die mit Goldquadraten abgesetzt waren – SSS-900 verarbeitete eine Menge Gold als Abfallprodukt –, und die Tische bestanden aus echtem und kostbarem Holz, das unter den schneeweißen Decken glänzte. Unter leisem Geklirr von Silberbesteck huschten die Kellner umher, und von den Tabletts, die sie trugen, wehten köstliche Düfte. Ein echtes Orchester spielte leise und uralte Musik.

»Sterne und Kometen – ein bißchen üppig für so einen Außenposten!« meinte Channa. »Ich hatte zwar schon vom Perimeter *gehört,* aber irgendwie hatte ich nie damit gerechnet, es tatsächlich einmal zu besuchen.«

Patsy grinste. »Ach, kommen Sie, die Station Hawking war ja nun auch nicht gerade ein Asteroidenbergbauzentrum. Jedenfalls nicht von der Sorte, wie es unser geheiligter Simeon liebt.«

»Na ja, das nicht ... aber zu Hause konnte ich mir so etwas nicht leisten. Außerdem hatte ich gar nicht die Zeit dazu. Seit ich meinen Abschluß gemacht und meinen Beruf angetreten habe, habe ich meine Zeit fast nur auf Außenposten zugebracht. Und zwar auf schlimmeren als Simeons.«

Kellner füllten ihre Wassergläser, legten ihnen Servietten in den Schoß, brachten warme Brötchen und aufgeweichte Butter. *Das einzige, was noch fehlt, ist, daß sie uns die Zähne putzen und die Füße massieren,* dachte Channa. Es war etwas entnervend. In den meisten Restaurants ließ man sich die Auswahl kommen, teilte dem Tisch mit, was man haben wollte, dann brachte ein Zimmergleiter einem das Essen. Allein die schieren Unkosten, all das von echten Menschen tun zu lassen!

»Ich wäre hier auch nie essen gegangen, wenn die Station nicht die Zeche bezahlen würde«, gestand Patsy flüsternd, als die Kellner einmal Pause machten. »Es sei denn, ein Rendezvouspartner würde wirklich versuchen, bei mir Eindruck zu schinden. Mit einer Frau ist das entspannender – da kann man sich mehr auf das Essen konzentrieren, ohne gleich beleidigend zu wirken.«

»Wenn das nicht auf Gegenseitigkeit beruhen würde, wäre ich jetzt auch nicht hier.«

Sie grinsten einander an.

»Na ja, danke für die Einladung«, meinte Patsy. »Ich hätte eigentlich gedacht, daß Sie den Sanitätschef einladen würden, mit dem Sie sich gestern abend unterhalten haben.«

»Bitte, ich freue mich auf dieses Essen. Aber ich bekomme keinen Bissen herunter, wenn ich mich an ihn erinnern soll. Haben Sie sich einige seiner Anekdoten einmal angehört?«

»Alle«, erwiderte Patsy mit ernstem Nicken. »Da sagen Sie was, gute Frau. Chaundra ist ja ein ganz netter Bursche, aber sein Magen ist mir doch eine Spur zu stark.«

»Und außerdem haben wir beide einen ähnlichen Musikgeschmack. Und mit jemandem, der die gleiche Musik mag, kann man sich immer unterhalten.«

Und so unterhielten sie sich auch, umspannten die Themen von geranianischen Volksballaden bis zu den Komponisten des achtzehnten Jahrhunderts auf der Erde, um schließlich das Stationspersonal bestimmten Musikrichtungen zuzuordnen.

»Simeon? Reiner Honky-Tonk, keine Frage«, meinte Channa entschieden.

Patsy lachte. »Ach, kommen Sie, Channa, das ist ein stilles Wasser. So schlicht gestrickt ist der gar nicht. Es ist nur so, daß er seinen Bergbauposten in einem sehr beeindruckbaren Alter angetreten hat. Der rauhe, starke Untertagekumpel, wissen Sie. Sein öffentliches Image.«

»Na ja.« Sie musterte die Speisekarte. Als sie mit dem Finger über die Seite fuhr, leuchteten bewegliche Holos der angebotenen Mahlzeiten auf. »Als Vorspeise nehme ich die Feuerkrabben. Danach die klare Brühe. Gegrillten Jumbuk von Mutter Huttons Welt – meine Güte, die haben hier aber auch alles! Dazu junge Möhren und Salat. Als Nachspeise blauen Flechtkonfekt mit Port Royal Kaffee. Und Castiliari Brandy.«

»Klingt gut. Den Jumbuk nehme ich auch, aber ... Vorher eine Fenchellauchsuppe. Und Wein?«

»In der Regel trinke ich nicht ...« fing Channa an.

»Wenn ich einen Vorschlag machen darf?« Mart'an erschien an ihrem Tisch. Erschien, dachte Channa, wie aus einem hypothetischen Subraum hervorgezaubert. »Zur Vorspeise eine halbe Flasche Mon'rach '97. Dann, zum Hauptgang, ein Hosborg '85, Originalabfüllung. Ich werde ihn gleich öffnen, damit er atmen kann.«

»Gewiß«, sagte Channa, dann seufzte sie behaglich. »Wissen Sie, ich habe mich wirklich auf das Perimeter gefreut, seit man mir mitteilte, daß mein nächster Posten die SSS-900 ...«

»Jetzt ist es die SSS-900-C, Miss Hap.«

Channa errötete. »...sein würde.«

Da traf der erste Gang ein. Die rosa Teufelskrabben kringelten sich dampfend auf einem Bett aus duftendem Safranreis, daneben die Soße. Channa nahm einen Schluck Wein, er war gekühlt und duftete leicht nach Veilchen, dann hob sie mit einer zweizackigen Gabel eine der Krabben auf.

»Heute habe ich wirklich hart gearbeitet«, murmelte sie bei sich. Sie öffnete den Mund und ...

Der Panzerverband der Konföderation bahnte sich nördlich von Indianapolis seinen Weg durch Wald und Feld. Die brennende Stadt hatte hinter ihnen einen Rauchschleier an den Himmel gehängt. Dieselmotoren dröhnten, als die glatten, flachen Gestalten der Panzer und Panzerzerstörer durch das Gebüsch und die zwölf Fuß hohen Maisstauden krachten, vorbei an den flammenden Ruinen eines Bauernhofs und seiner Scheune. Die langen 90mm-Rohre der Panzerkanonen richteten sich auf die ausgedünnten Reihen der Unionskonvois, die bei dem Versuch, den Frontabschnitt zu wechseln, an der Flanke erwischt wurden. Die Kampffahrzeuge ruckten jedesmal auf ihrer eigenen Spur ein Stück zurück, wenn das ungeheuerliche Krachen des Hochgeschwindigkeitskanonenfeuers ertönte, und die Luft war geschwängert vom bitteren Geruch des Schießpulvers. Chaos machte sich in den blauen Reihen breit, als ein Spürer und das Kanonenfeuer Lastwagen in magentafarbene Feuerbälle verwandelten. Ein Panzer der Nordtruppen löste sich auf; wie eine Bratpfanne schoß der Turm hundert Meter in die Luft.

Hinter den kämpfenden Fahrzeugen folgten lange Reihen von Männern in grauen Uniformen, die halbautomatischen Gewehre im Anschlag. Hier und dort trug ein Offizier ein Schwert, flatterten die Sterne und Riegel von einer Fahnenstange.

»Jetzt!« sagte General Fitzroy Anson-Hugh Beauregard III. in das sperrige Mikro, das an seinem Fahrzeughelm hing.

Sein Kommandopanzer stand ein kleines Stück abseits des Gefechts, die Schutzhülle war gesenkt. Der General ragte mit Kopf und Schultern aus der Kommandantenkuppel. Unter ihm drehte sich der Turm, geschmeidig fuhr das Gußmetall über seine Gleitschiene. Das lange Kanonenrohr feuerte mit einem Lichtblitz, der ihm das Augenlicht zu versengen schien, als über ihm die Eröffnungssalven der Artillerie losgingen. Ein Stück den Weg entlang spritzten hohe Pappeln aus schwarzem Erdreich gen Himmel. Eine weitere Explosion ließ die Erde erzittern und warf die schweren Fahrzeuge umher wie Kindermodelle unter einem achtlosen Stiefel; der Schuß des Kommandantenpanzers hatte die Gleitschiene einer selbstangetriebenen Kanone der Unionisten getroffen.

Der General nickte. »Jetzt kann uns nichts mehr aufhalten außer den Seen«, sagte er. Nichts, um sich mit dem Panzerkorps der Britischen Garde zu vereinen, um aus dem besetzten Detroit nach Südosten vorzurücken und die Union in zwei Stücke zu zerteilen …

»Ich gebe auf«, sagte Florian Gusky und hob den Visor seines Simulationshelms. Er seufzte schwer und nahm einen Schluck von seinem Bier, dann blickte er sich im Raum um, als sei er überrascht, allein mit Simeon zu sein. Er vertrieb blinzelnd das Bewußtsein um eine Welt und einen Krieg, die nie gewesen waren. Über seinen dicken Augenbrauen lag eine dünne Schweißschicht, und er ließ die kräftigen Partnern seiner Schultern spielen, um die Spannung daraus zu lösen.

»Du könntest es ruhig zu Ende spielen«, meinte Simeons Bild vom Schirm über seinem Schreibtisch.

»Hat doch keinen Zweck. In dieser Simulation hast du mich schon zweimal verprügelt, auf der Seite der Union genauso wie auf der der Konföderation.«

»Ich könnte ja mit Handicap antreten«, sagte Simeon mit erheblich geminderter Begeisterung, wie Gus bemerkte.

Also nickte er. Das letztemal, als er Simeon geschlagen hatte, war es in einer Schlacht von Cäsar gegen Rommel gewesen, auf der Seite Karthagos, wobei der Hüllenmensch Cäsars mit Lanzen bewaffnete Heerscharen befehligt hatte, die gegen Panzer und Stukas hatten antreten müssen. Und selbst dann hatte er noch einige peinliche Verluste erlitten.

»Wo ist sie?« fragte Gus. Er brauchte die Frau gar nicht erst zu benennen.

»Sie ißt im Perimeter zu Abend.«

Erstaunt hob Gus die Augenbrauen. »Im Perimeter? Das muß ja ein hübsches Gehalt sein.« Das Perimeter zog zwei Sorten von Gästen an: die Reichen und die Raumfahrer, die es darauf abgesehen hatten, einen Sechsmonatslohn in einer Nacht auf den Kopf zu hauen.

Simeon lachte. »Nein, sie ist Gast der Direktion. Zusammen mit Patsy.«

»Ja, Patsy mag sie«, erwiderte Gus in einem Tonfall, der andeutete, daß dies einen ernsthaften und bis dato unvermuteten Fehler in Patsys Charakter offenbarte. »Kannst du sie sehen?«

»Ja.«

»Was tun sie denn gerade?«

»Reden.«

»Über uns?«

»Ich weiß es nicht. Ich höre nicht zu. Jetzt lachen sie gerade.«

»Bestimmt reden sie über uns«, meinte Gus düster.

»Ach, Gus, kehren wir doch ans Spiel zurück.«

Simeons Stimme hatte einen klagenden Unterton. Gus griff nach dem Helm, dann bremste er sich, und ein träges Grinsen legte seine Gesichtszüge in Falten.

»Ist es nicht langsam Zeit für einen Probealarm?« fragte er nachdenklich.

»Wir hatten gerade einen. Vor ungefähr vier Stunden, erinnerst du dich?«

»Als ich bei der Marine war, hatten wir manchmal sechsmal am Tag welche«, erwiderte Gus.

Er wußte, daß Simeon nur zu gern zur Marine gehen würde. Aber es gab nur wenige Stabs- und Befehlsfahrzeuge mit Hüllenkontrolleuren, und Simeon war dafür noch nicht qualifiziert. In der Zwischenzeit gab er große Stücke auf Gus' Erfahrung als Feuerleitoffizier an Bord einer Raumpatrouillenfregatte. Das lag schon einige Zeit zurück – Florian Gusky hatte zehn Jahre harte Arbeit damit zugebracht, sich die Karriereleiter bis zum Posten eines regionalen Sicherheitschefs bei Namakuri-Singh, der großen Triebwerksfirma hochzukämpfen. Aber Simeon war eben ein schlimmer Militärromantiker. *Und ein echtes Talent*, erkannte er neidlos die Fähigkeiten des Gehirns an.

»Ich weiß ja, daß es ein bißchen früh ist«, fuhr Gus eindringlich fort, »aber es ist auch wichtig, daß die Intervalle unberechenbar bleiben. Damit wir nicht selbstzufrieden werden.«

»Na ja ...«

»Ich würde nur zu gerne ihre Gesichter sehen.«

»Wenn du es schon so ausdrückst ...«

Channa zuckte zusammen, als die Sirenen aufheulten. Sie klangen völlig anders als alle, die sie je gehört hatte: ein schneidendes, wiederholtes *Ouuuuga-Ouuuuga*-Geräusch. Das elegante Menuett der sich bewegenden Kellner verwandelte sich in einen eleganten, aber effizienten Sturm auf die Ausgänge; einige eilten den Gästen zur Hilfe. Dicke Platten schoben sich entlang der Außenwand aus dem Boden, und die Lichter flackerten hell.

»BRUCH IN DER DRUCKHÜLLE!« verkündete eine harte männliche Stimme. »NOTFALLPERSONAL SOFORT AUF

DIE POSTEN. ALLE NOTUNTERKÜNFTE IN DEN UNTERSEKTIONEN SICHERN.«

Patsy stand auf und musterte niedergeschlagen ihre Vorspeise, die sie kaum angerührt hatte. »Verdammt! Das ist schon das zweitemal während dieser Schicht!« Angewidert warf sie ihre Serviette auf den Tisch. »Simeon setzt diese Alarmübungen an wie ein Junge, der gegen einen Ameisenhaufen tritt, nur um die Insekten davonhuschen zu sehen.«

»Simeon!« schrie Channa.

»Ja?« Um sie herum wurden die Sirenen wie in einer Kuppel ein Stück leiser.

»Ist das ein echter Notfall oder nur ein Probealarm?«

»Entschuldigen Sie, o mein Partner, aber diese Information steht Ihnen von Rechts wegen nicht zu.« In der Stimme des Hirns schwang eine Spur Selbstzufriedenheit mit.

»Wenn Sie glauben, daß ich mich von der besten Mahlzeit erhebe, die mir je serviert wurde, nur weil Ihre Gonaden gerade durchdrehen, blüht Ihnen noch etwas. Hören Sie sofort damit auf!«

Als die Sirenen mit einem Mal verstummten, blieben die Leute stehen und blickten sich mit verwirrtem Lächeln unruhig um.

»Sagen Sie ihnen, daß es vorbei ist, Simeon. Lassen Sie sie nicht einfach da herumstehen.«

»Dies war ein Probealarm«, informierte Simeon sie mit der weiblichen Stimme, die er für derlei Ankündigungen zu verwenden pflegte. »Kehren Sie wieder auf Ihre Stationen zurück. Dies war ein Probealarm.«

»Darüber reden wir noch«, versicherte Channa ihm eisig. »Probealarme zu übertreiben ist gefährlich, verantwortungslos und generell kontraproduktiv.«

Ach, zum Teufel, dachte Simeon erschöpft, *warum habe ich nur auf dich gehört, Gus? Ich glaube, Kumpel, ihr Gesichtsausdruck wird dir am Ende doch nicht passen. Das weiß ich sogar mit Sicherheit.* Er fragte sich, was er wohl unternehmen könnte, damit sie die nächste Woche keinen Zugang zu ihm bekäme.

Patsy nahm langsam wieder Platz, behielt die geweiteten Augen auf Channas gerötetes Antlitz gerichtet. »Sie mögen ihn wirklich nicht, wie?« sagte sie mit leisem Staunen.

Channa musterte sie ausdruckslos. »Wie kommen Sie denn darauf?«

Patsy schüttelte den Kopf. »Nur so eine Eingebung.«

Channa seufzte und lächelte reumütig. »Na ja, um fair zu bleiben, liegt hier möglicherweise doch ein Hauch von Projektion vor. Wissen Sie, ich wollte immer auf einem Planeten arbeiten. Ich liebe einfach das Gefühl von Wind in meinem Haar und Regen im Gesicht. Ich genieße es, in einem Meer zu planschen, und das Gefühl von Boden unter den Füßen. Also habe ich die letzten zwei Jahre um einen ganz bestimmten Posten gekämpft.« Fragend blickte sie Patsy an. »Waren Sie schon einmal auf Senalgal?«

Patsy nickte und lächelte dabei verzückt. »Und ob. Da war ich auf meiner ersten Hochzeitsreise. Was für ein wunderbarer Ort! Wunderschöne Strände, warmes Meer, überall Blumen, und dann das Essen! Dort würde ich auch gerne leben, jedenfalls eine Zeit lang.« Sie seufzte. »Na, dann fahren Sie mal fort.«

»Nun, wie Sie sich vorstellen können, war die Konkurrenz mörderisch. Ich hatte zwölf Vorstellungsgespräche, darunter auch eins mit Ita Secand, der Managerin von Kelta, mit der ich dann zusammengearbeitet hätte. Mein Gott! Was hätte ich nicht darum gegeben, mit ihr zu arbeiten. Sie ist witzig, charmant, kultiviert. Ich dachte, daß ich soviel von ihr würde lernen können. Schließlich waren nur noch zwei im Rennen, ich selbst und noch jemand.«

Sie schüttelte den Kopf. »Ich habe nie erfahren, wer der andere Kandidat war, aber ich hatte das sichere Gefühl, daß es eine extrem schwierige Entscheidung werden würde. Und dann, ganz plötzlich, nachdem er zwölf Jahre über Soll durchgemacht hat, beschließt Tell Radon, daß er sich unbedingt jetzt pensionieren lassen muß! Und diese süße kleine

Pflaume, die ich schon fast in den Händen hielt, wurde mir so schnell weggerissen, daß sie auf meinem Nagellack regelrechte Brandspuren hinterließ. ›Sie sind auf einer Station geboren und aufgewachsen‹, hat man mir gesagt. ›Sie sind perfekt für diesen Posten geeignet‹, sagten sie. ›Es ist ein extrem wichtiger und prestigeträchtiger Posten‹, wurde mir versichert. Grrrrr! Wie man so sagt, ich würde am liebsten ausspucken.«

Patsy musterte Channas verbitterte Miene.

»Ja, das war mächtig aufgedreht. Sieht so aus, als würden Ihre ganzen Fähigkeiten gegen Sie arbeiten anstatt Ihnen zu nützen. Und das lassen Sie vielleicht jetzt auch ein wenig an Simeon aus?« Sie grinste und zeigte mit Daumen und Zeigefinger einen Mikrometer. »He, vielleicht ist das ja ganz gut für ihn. Also, was mich betrifft«, sie legte eine Hand auf den Busen, »ich finde, daß wir Sie nötiger haben als Senalgal. Ich meine, Senalgal wird doch immer etwas Besonderes bleiben, egal, wer es leitet, nicht? Aber eine Station, na ja, das kann einfach nur so eine alte Fabrik sein, die von den falschen Leuten geführt wird. Sie brauchen Ita Secand nicht, um witzig und kultiviert zu werden – das sind Sie schon. Genau so etwas fehlt uns hier, Miss Hap, und ich mache keine Witze.«

Channa errötete und grinste, dann nahm sie einen Schluck von ihrem Wein, um ihre Verlegenheit zu überspielen.

»Na ja, danke schön. Da haben Sie mir aber eine ganz schöne Herausforderung in den Weg gelegt«, murmelte sie, dann wechselte sie das Thema. »Wer war eigentlich dieser große, stattliche, grauhaarige Typ, mit dem Sie sich gestern abend unterhalten haben? Irgendwie wurde er mir nie vorgestellt.«

»Florian Gusky?«

»Florian?«

»Wir nennen ihn Gus.«

»Das verstehe ich.«

Patsy lächelte warmherzig. »Das ist wirklich ein toller Bursche … ein ehemaliger Marinemann, hervorragender Navigator. Die Geschichten, die der erzählen kann …«

»Wie ich sehe, hat er seine Fürsprecher«, erwiderte Channa grinsend.

»Nicht, was Sie vielleicht denken«, erwiderte Patsy steif. »Aber ich gebe zu, daß ich ihn mag. Ich höre ihn einfach gern erzählen. Als ich noch ein Kind war, dachte ich mir, ich würde gern tun, was er gemacht hat. Sie wissen schon, zur Marine gehen und das Universum von Bösewichtern befreien, genau wie irgendein wildgewordener Holoheld.« Sie seufzte. »Aber jetzt bin ich hier, nichts als eine Algenhirtin.«

»Eine Algenhirtin?« fragte Channa amüsiert. »Reisen Algen denn in Herden?«

»Ach, Sie wissen schon, was ich meine. Anstatt etwas Aufregendes zu tun, beobachte ich bloß diese blasenschlagenden Schleimtanks. Von der Aufregung bekomme ich bestimmt keine Magengeschwüre.« Sie seufzte. »Manchmal wünsche ich mir eine richtige Katastrophe. Irgend etwas Besonderes.«

Channa blickte sie ernst an. »Seien Sie vorsichtig mit Ihren Wünschen«, erwiderte sie. »Sonst werden die noch wahr.«

Channa summte unmelodisch vor sich hin, während sie die Adoptionsformulare ausfüllte. Sie sah vollkommen zufrieden und mit der Welt im reinen aus. Das Geräusch irritierte Simeon aufs heftigste. Sicher, in gewissem Sinne könnte er den Raum auch »verlassen«, und das hatte er auch schon getan. Aber er kehrte immer wieder zurück, wie zu einem durchgebrannten Schaltkreis: angezogen von der Irritation, um immer wieder nachzusehen, ob sich etwas geändert haben mochte.

Schließlich sagte er: »Sie wirken aber happy.« *Hap. Happy. Das wird sie sicherlich furchtbar ärgern.*

»Ich liebe es, Formulare auszufüllen«, erwiderte sie. »Je komplizierter, um so besser.«

Irgendwie paßt das, dachte Simeon. *Als du ein Partner wurdest, ging dem Universum eine große Steuerprüferin verloren.*

»Ihren Teil auszufüllen, ist kein Problem«, fuhr sie fort. »Schließlich liegt Ihr ganzes Leben auf Datei vor. Aber ich werde schon bald mit dem Kind reden müssen.«

»Das kann ich schon tun«, wehrte er ab. *Außerdem kann ich die gottverdammten Formulare in weniger als der Hälfte der Zeit ausfüllen, ohne dabei widerliche Geräusche auszustoßen.*

Channa wandte sich seiner Säule zu. »Simeon ... ich räume ja ein, daß wir so behutsam wie möglich vorgehen sollten.« Sie hielt inne und machte eine hilflose Geste. »Ich ... wir müssen ihn in die Medizinalabteilung bringen. Wir müssen mit Hilfe von Retinaabdrücken und Genanalysen beweisen, daß er überhaupt existiert. Sie wissen doch selbst, wie Bürokraten sind: *Ohne Schein kommt keiner rein.* Wir müssen ein Gespräch mit ihm aufzeichnen. Also muß er hervorkommen, in voller Pracht – na ja, wenigstens fast ... aus den Maschinenräumen hinaus in die richtige Welt«, fuhr sie hastig fort.

»Schön, ich rede mit ihm.«

»Simeon«, meinte sie zögernd, »warum stellen Sie uns einander nicht vor? Ich meine, Sie können doch mit ihm über die Adoption reden. Und ich kann solange in der Nähe außer Sichtweite bleiben, bis er mich kennenlernen will.«

Sie macht Zugeständnisse, begriff er. *Aber warum beruhigt mich das nicht?* Er unterdrückte ein nichtexistentes Herzflimmern und erwiderte in neutralem Ton: »Klar, warum nicht?«

Von ihrem Sitzplatz an dem kalten Schott konnte Channa die beiden sprechen hören.

»Du willst mich adoptieren?« fragte eine junge Stimme ungläubig. Sie wurde durchpulst von einem sehnsüchtigen Hoffen.

»Klar«, erwiderte Simeon und war überrascht, daß ihm der Gedanke zu behagen begann.

Joats Kopf schoß scheinbar aus dem Nichts in Simeons Gesichtsfeld.

»Das kannst du nicht«, sagte er in völliger Gewißheit, seine Stimme klang wieder ausdruckslos. »Die lassen es nicht zu, daß du ein Kind adoptierst. Du bist nicht wirklich.«

Simeon reagierte verblüfft. »Was soll das heißen, ich bin nicht wirklich?«

Joats junges Gesicht strahlte von amüsiertem Staunen. »Es ist mir zwar nicht lieb, deine Seifenblase zum Platzen zu bringen, aber wer sollte es schon zulassen, daß ein Computer ein Kind adoptiert?«

»Wie kommst du denn darauf, daß ich bloß ein Computer bin?« fragte Simeon mit hartem Unterton.

Channa biß sich in den Handballen. *Dieser Junge teilt gut aus,* dachte sie. *Aber Simeon Hirn spielt die gekränkte Unschuld auch ganz nett* ... Mit einem Schlucken unterdrückte sie einen aufsteigenden Lachanfall. Eine hörbare Reaktion wäre jetzt deutlich deplaziert. Ganz und gar.

»Das hast du mir doch gesagt«, erwiderte Joat, und Empörung schlich sich in seine Stimme ein. »Du hast gesagt: ›Tatsächlich bin ich selbst die Station.‹ Das bedeutet, daß du eine Maschine bist. Ich habe schon von KIs und sprachgesteuerten Systemen gehört.«

Beide Zuhörer konnten die Herablassung in seiner Stimme vernehmen, aber seine Miene drückte eine tiefsitzende Sorge aus, daß dieser Computer möglicherweise im Begriff sein könnte, seinen winzigen Verstand zu verlieren.

Und das hält er wahrscheinlich noch für äußerst *interessant, daß der Stationscomputer seine Funktionsfähigkeit einbüßen könnte*, dachte Simeon empört. *Kinder!*

Es war ihm aufgefallen, daß Joat zwar seine Stimme gut im Griff hatte, daß seine Miene aber seine wirklichen Gefühle verrieten. Simeon fragte sich, ob es ihm wohl gelingen würde, diese Zweiteilung auch in Gegenwart der optisch Bevorzugten aufrechtzuhalten. Nicht daß er, Simeon, in irgendeiner Weise visuell benachteiligt gewesen wäre. Ganz im Gegenteil, wie Joat schon früh genug feststellen würde. »Joat, ich glaube, es wird Zeit, daß du diese Vorstellung etwas revidierst. Es gibt hier jemanden, den ich dir gern vorstellen würde. Sie ist meine mobile Partnerin.« *Was wenigstens in gewissem Sinne ja auch stimmt*, berichtigte Simeon sich stumm.

Joat blickte argwöhnisch drein. »Ich will aber niemanden kennenlernen«, murmelte er mürrisch und blickte sich wachsam um. »Eine Sie, hast du gesagt?« Wieder eine Pause. »Nein, ich will überhaupt niemanden kennenlernen.«

»Aber wir sind uns doch gewissermaßen schon begegnet«, rief Channa.

Sofort war Joat verschwunden.

»Er ist fort«, sagte Simeon.

»Nein, ist er nicht«, widersprach Channa. »Er ist ganz in der Nähe. Joat? Simeon ist wirklich ein richtiger Mensch, genauso wirklich wie du oder ich. Aber er ist auch auf eine Weise mit der Station verbunden, daß die Station eine Erweiterung seines Körpers darstellt. Ich will es dir gern erklären.«

Keine Antwort, aber eine Empfänglichkeit, die sie jenseits ihres schmalen Zugangsschachts fast körperlich spüren konnte.

»Nun«, fing sie an, »Hüllenmenschen wurden erschaffen, um den Behinderten ein Leben zu ermöglichen, das so normal war, wie es nur ging. Zu Anfang beschränkte es sich auf miniaturisierte Zungen oder digitale Kontrollen oder

Körperprothesen. Später wurden diese Geräte weiterentwickelt, bis sie den gesamten Körper aufnehmen konnten, obwohl manche Leute immer noch glauben, daß es nur das Gehirn eines Menschen sei – weil man sie eben als ›Gehirne‹ bezeichnet. Aber trotz solcher gängigen Märchen ist eine solche Unmenschlichkeit nicht erlaubt. Simeon ist schon da, sein Körper, sein Verstand und ...« Sie hielt inne, und ihr wurde klar, daß sie es nicht zulassen durfte, ihre Erklärung von persönlichen Gefühlen entwerten zu lassen. »... und sein Herz. Simeon ist ein echter Mensch, komplett mit natürlichem Körper, aber er ist auch diese Stationsstadt in dem Sinne, daß er, anstatt in ihr umherzugehen, Sensoren besitzt, die Informationen für ihn sammeln, und er kontrolliert sämtliche Funktionen der Station aus seiner eigenen Zentrale.«

»Wo ist ...« Auch Joat hielt inne, versuchte, das Ganze zu verstehen. » ... er? Es ist doch ein Er, nicht wahr?«

»Ich bin ebenso männlich wie du«, erwiderte Simeon, der an solche Erklärungen des gewöhnt war, aber seine eigene Menschlichkeit betont wissen wollte. Er merkte erst gar nicht, daß seine Stimme inzwischen noch unter die Baritonstufe gefallen war, die er normalerweise verwendete. *Warum auch nicht?*

»Oh!«

»Anstatt Untergebenen Befehle erteilen zu müssen«, fuhr Channa fort, »beispielsweise, um die lebenserhaltenden Systeme zu überprüfen, oder die Luftschleuse 40, oder um einen Probealarm anzuordnen, kann er das selber sehr viel schneller und gründlicher machen, als es jeder unabhängig mobile Mensch vermag.«

»Und ich brauche auch keinen Schlaf, deshalb kann ich rund um die Uhr Dienst tun.« Simeon konnte es sich nicht verkneifen, dies noch hinzuzufügen.

»Du brauchst überhaupt keinen Schlaf?« Joat war entweder entsetzt oder von Ehrfurcht erfüllt.

»Ich brauche keine Ruhepausen, obwohl ich mich durchaus gern entspanne und auch ein Hobby habe ...«

»Jetzt nicht, Simeon, obwohl ...« Und in Channas Stimme schwang ein Lächeln mit. »... ich zugebe, daß Sie das menschlicher macht.«

»Warst du denn ein Mensch ... Ich meine, warst du ... hast du so gelebt wie wir alle?« wollte Joat wissen.

»Ich bin ein Mensch, kein Mutant und auch kein Humanoide, Joat«, erwiderte Simeon beruhigend. »Aber als ich geboren wurde, ist mir etwas zugestoßen, so daß ich niemals hätte gehen und sprechen oder auch nur allzulange leben können, wenn die Technik der Verschalung nicht erfunden worden wäre. Meistens werden Babys zu Hüllenpersonen gemacht. Wir sind psychologisch besser an unsere Situation angepaßt als Erwachsene. Obwohl es manchmal auch Unfallopfer vor der Pubertät gibt, die sich zu hervorragenden Hüllenpersonen entwickeln. Ich kann einem langen und sehr nützlichen Leben entgegenblicken. Trotzdem bin ich ganz und gar menschlich.«

»Und ob«, erwiderte Channa mit amüsiertem Unterton.

Simeon behagte die Anspielung zwar nicht, aber wenigstens sagte sie die richtigen Dinge.

»Und du leitest die Stadt?«

»Das tue ich, und dazu habe ich sofortigen Zugriff auch sämtliche Computer dieser großen und multifunktionellen Raumstation, wie auch zu den peripheren Überwachungsgeräten im Rahmen eines Raumfluglotsennetzes.«

»Ich dachte immer, Gehirne würden nur Schiffe steuern«, sagte Joat nach langer Pause.

»Ja, das tun einige natürlich«, erwiderte Simeon etwas herablassend, »aber ich wurde für diese anstrengende Aufgabe besonders ausgesucht und ausgebildet.« Er ignorierte das leise Schnauben Channas, das ihn irgendwie daran erinnerte, daß er seine Karriere auf einem weitaus weniger prestigeträchtigen Posten begonnen hatte. »Begreifst du jetzt, daß ich tatsächlich ein Mensch bin?«

»Ich schätze schon«, lautete Joats wenig begeisterte Antwort. »Du bist schon in dieser Hülle, seit du ein Baby warst?«

»Und möchte nirgendwo anders sein«, sagte Simeon stolz und verlieh seiner Stimme eine Ernsthaftigkeit, die kein Hüllenmensch jemals zu heucheln brauchte.

Es setzte eine etwas längere Pause ein. »Dann stimmt es also nicht, was ich gehört habe?« fing Joat zaghaft an.

»Kommt darauf an, was du gehört hast«, erwiderte Channa, die auf der Akademie die ganze lange Liste angeblich verübter Greueltaten kennengelernt hatte.

»Daß die Waisenkinder in Kästen sperren?«

»*Absolut nicht!*« sagten Channa und Simeon laut im Chor.

»Daran stimmt überhaupt nichts«, fuhr Channa entschieden fort. »Aber das sind eben die gemeinen Dinge, die man Kindern erzählt, um sie zu erschrecken. Das Programm akzeptiert überhaupt keine vollkommen gesunden Körper. Zum einen sind die medizinische Versorgung und die Ausbildung unglaublich teuer. Ebenso die allgemeine Versorgung für Hüllenmenschen. Aber es ist doch besser, als einem gesunden Geist das Leben zu verwehren, nur weil sein Körper nicht normal funktionieren will. Meinst du nicht auch?«

Schweigen war die Antwort auf diese Frage.

»Und wenn man dir auch noch die Geschichte erzählt haben sollte, daß man den Obdachlosen angeblich das Gehirn herausoperiert ... nein, das ist auch ganz und gar verboten.«

»Bist du sicher?«

»Ganz sicher!« erwiderten Simeon und Channa.

»Und wir sollten es ja wohl wissen«, fuhr Channa fort. »Ich mußte vier Jahre lang auf der Akademie lernen, wie man mit Hüllenmenschen umgeht.«

Was, wie Simeon wußte, *ein weiterer Stich gegen ihn war. Gab sie denn niemals auf?* Soviel war sicher: Joats Fehlinformationen steigerten seine Entschlossenheit mehr denn je, den

Jungen zu adoptieren und ihm soviel Geborgenheit zu verschaffen, daß dieser makabre Kram ein für allemal vergessen wurde.

»Und ganz gleich, was für ein Raumfahrerlatein man dir sonst noch erzählt haben sollte, die Zentralwelten machen auch niemanden zum Sklaven«, sagte Channa mit äußerster Heftigkeit. »Schon der bloße Gedanke daran jagt mir Schauer über den Rücken.«

»Nicht einmal Verbrecher?«

»Verbrecher am allerwenigsten«, antwortete Channa mit leisem Lachen. »Bei all der Macht, die man als Hüllenmensch hat, kannst du völlig sicher sein, daß die Zentralwelten schon dafür sorgen, daß er psychologisch auf einen hohen ethischen und moralischen Standard konditioniert wird.«

»Was heißt denn äth-isch?« wollte Joat wissen.

»Verhaltenskodex«, erklärte Simeon, »Aufrichtigkeit, Ehrlichkeit, Pflichtbewußtsein, persönliche Integrität allererster Güte.«

»Und dir gehört diese Station?« fragte Joat mit Ehrfurcht in der Stimme.

Angesichts dieser Vermutung mußte Channa überrascht lachen.

»Ich wünschte, es wäre so«, erwiderte Simeon mit Nachdruck.

»Weißt du noch, wie ich sagte, daß die Herstellung und Ausbildung eines Hüllenmenschen sehr teuer ist? Ich habe keine Scherze gemacht. Als Simeon seine Ausbildung abgeschlossen hatte, hatte er bei den Zentralwelten ganz enorme Schulden.«

»Du hast doch gesagt, daß es keine Sklaven sind.«

»Sind sie auch nicht. Jeder Hüllenmensch hat das Recht, seine Schulden abzubezahlen und als freier Agent zu arbeiten. Viele Gehirnschiffe tun das, bis sie sich selbst gehören. Und eine Managerhüllenperson wie Simeon überträgt ihre

Schulden oft an eine Firma, und wenn sie sie dann abgetragen hat, macht sie unter Arbeitsvertrag weiter.«

»Hast du sie denn schon abgetragen, Simeon?«

»Nein, obwohl ich durchaus ein großzügiges Gehalt bekomme. Aber wie ich schon sagte, ich habe auch Hobbys ...«

»Was denn?« wollte Joat wissen.

»Ich habe eine große Sammlung von Schwertern und Dolchen, darunter auch eine echte Fahne aus dem Bürgerkrieg, ein Regimentsadler.«

»He, das ist ja toll! Hast du auch *Gewehre*?«

Wieso sind nur alle Männer gleich? dachte Channa.

»Klar«, erwiderte Simeon eifrig. »Ich habe eine echte Brown Bess mit Steinschloß und eine M22. Und eine der ersten rucksackgestützten Laserwaffen, die je ausgegeben wurden!«

»Das darf doch nicht wahr sein!« Für einen Augenblick schien Joat Channas Anwesenheit völlig zu vergessen. Seine Stimme klang lauter, so als käme er aus seinem Versteck wieder hervor. »Alle möglichen alten Waffen, wie?«

»Das kannst du wohl sagen. Sogar ein römisches Gladius.«

»Ein was?«

»Gute Frage«, warf Channa ein.

»Ein Kurzschwert. Über dreitausend Jahre alt«, unterbrach Simeon. Eine Pause. »Natürlich ist es möglich, daß es nur eine Kopie ist. Aber selbst wenn, ist sie für einen Gegenstand von solchem Alter in einem wirklich erstaunlich guten Zustand. Ich kann es mindestens fünfhundert Jahre zurückverfolgen. Den Aufzeichnungen nach gehörte es als erstes dem legendären Sammler Powgitti, danach wurde es in den Ruinen seiner Villa ausgegraben.«

Ich werde langsam heiser, merkte Channa eine Stunde später. *Erstaunlich, was er alles weiß.* Joat hatte höchstwahrscheinlich jede förmliche Schulbildung sauber umgangen, sich aber jede Menge Wissen auf seinen Interessengebieten angeeignet. Zorn stieg in Channa auf. Es war ein Verbrechen, daß ein Verstand wie Joats ignoriert worden war, wie ein Stück Unkraut in einer abgelegenen Ecke. Und auf welch barbarische Weise man Behinderte vor dem Hüllenstadium als unproduktive Menschen ignorierte. Und Joat war auch nicht einfach nur daran interessiert zu zeigen, daß er Dinge wußte, von denen sie nichts verstand. In seiner Stimme schwang der nackte Wissensdurst mit. Näher und näher ... Sie konnte einen kleinen, zusammengekauerten Schatten ausmachen sowie ein gelegentliches Augenglitzern, wenn er den Kopf umdrehte.

»Und Waffen sind nur ein Teil dessen, was ich im Laufe der Jahre gesammelt habe«, sagte Simeon gerade. »Ich habe auch hervorragende Strategiespiele – ganze Bretter ...«

Channa war schockiert. Wollte Simeon dieses Kind etwa als Spielpartner adoptieren? Doch dann wurde ihr klar, daß er nur versuchte, die Pille zu versüßen.

»Ich weiß zwar von keinem Hüllenmenschen, der schon einmal jemanden adoptiert hat, aber ich denke, es würde dir zum Vorteil gereichen, Joat. Ganz bestimmt würde es jedenfalls Sicherheit bedeuten und einen Ort, den du dein eigen nennen kannst, anstatt von einem Versteck ins andere zu hetzen, wenn die Inspektionsmannschaften hier durchkommen. Dann bekommst du auch regelmäßig deine Mahlzeiten und könntest auf die Ingenieurschule gehen.«

Channa vernahm ein leises »Ja« aus der kalten Finsternis.

»Vielleicht denkst du heute nacht mal darüber nach?« schlug Simeon vor. »Dann kannst du ja morgen mal vorbeikommen und dir das Zimmer angucken, das ich dir zuweisen kann. Vielleicht ißt du dann mit Channa zu Abend und unterhältst dich noch ein wenig mit uns darüber.«

»Ja«, ertönte es nun noch deutlicher aus der Dunkelheit.

»Also schön«, Simeon klang erfreut. »Und wenn du heute nacht noch irgendwelche Fragen haben solltest, immer raus damit, ich werde schon antworten.«

KAPITEL 4

Es ist eine Ehre, das Vertrauen eines Kindes zu gewinnen, dachte Simeon, *vor allem, wenn es soviel durchgemacht hat wie dieses hier. Ich glaube, ich bin noch nie so glücklich gewesen.* Er hatte eine Ahnung, daß sich dieses Gefühl dem annäherte, was man als »gekitzelt« bezeichnete, und er meinte auch, daß es sich so anfühlen müsse, wenn man lächelte. Seitdem Joat eingezogen war, hatte Simeon sich Mühe gegeben, das Weltbild der Normalpersonen besser zu verstehen.

Natürlich gab es auch einige Überraschungen ...

Wenn man ihn zum erstenmal im vollen Licht der fluoreszierenden Tageslichtröhren erblickte, wirkte Joat nicht gerade einnehmend. Er war klein für sein Alter, hager bis ausgemergelt, mit großen blauen Augen in einem Gesicht, das unter der grauen, eingeriebenen Schicht aus Schmutz und Maschinenöl beinahe schwarz war. Das mausbraune Haar war abgehackt und stand in Büscheln ab. Der Junge trug den Einteiler eines Erwachsenen, dessen Arme und Beine passend abgeschnitten waren. Der stechende Geruch wurde von einem Ausdruck mürrischen Argwohns begleitet.

»Den Namen ›Joat‹ habe ich noch nie gehört«, begann Channa wie beiläufig. »Er läßt nicht darauf schließen, wo du herkommst, wie es einige andere tun. Ich selbst benutze beispielsweise den Nachnamen ›Hap‹, weil ich auf Station Hawking Alpha Proxima geboren bin.«

»Und *mein* Name ist eben Joat«, erwiderte Joat und schob aggressiv das Kinn vor. »Ich habe ihn mir selbst gegeben. Er bedeutet ›Jack-of-all-trades‹, also ›Hans-Dampf-in-allen-Gassen‹, weil ich genau das tue, ein bißchen von allem etwas.«

»Dann ist es also ein Spitzname«, meinte Channa. »Sollen wir dich dann im Formular als Jack eintragen?«

Joat musterte sie in kalter Verachtung. »Warum? Das ist doch ein Jungenname.«

»Bist du vielleicht ein ... Mädchen?« fragte Simeon, wobei er das »M« aus den Tiefen seiner Stimmritze hervorholte und es schaffte, das Wort in mehrere erstaunte Silben aufzuteilen.

»Was ist denn daran verkehrt? Sie ist doch auch ein Mädchen!« verteidigte sich Joat und zeigte auf Channa, wie um die Verantwortung umzulasten.

Channa gluckste in stark unterdrücktem Gelächter, bis sie wieder die Fassung fand. »He, das ist schon in Ordnung, daß du ein Mädchen bist. Es ist nur, daß ... dieser ganze Schmutz ...« Sie durfte es nicht riskieren, diese Richtung weiterzuverfolgen, so daß sie schnell abbrach. »... ist eine wirkungsvolle Tarnung.«

»Eine gute Tarnung«, meinte Joat stolz. »Ist keine gute Idee, es die Leute wissen zu lassen, wenn man ein Mädchen ist. Kann einem Ärger einbringen. Aber da du schon meinst, daß ich zu einem Arzt muß«, sie hielt inne und blickte Channa fragend an, die daraufhin nickte, »ist es wohl besser, wenn du dann nicht verblüfft aus der Wäsche guckst.« Sie grinste tückisch, dann sah sie zu Simeons Säule hinüber. »Hast du es wirklich nicht gewußt?«

»Ich hatte nicht die geringste Ahnung«, meinte er verwundert und Joat kicherte angenehm berührt. »Den biologischen Studien zufolge, die ich absolviert habe, läßt es sich nicht leicht auseinanderhalten bei diesen präpubertären ... jedenfalls nicht, wenn sie be- oder verkleidet sind.«

»*Ich* erkenne den Unterschied aber immer«, sagte Joat voller Verachtung für seine Unwissenheit.

»Du bist ja auch eine Normalperson.«

»Bist du sicher, daß du kein Computer bist?«

»Ja, das bin ich – hör auf mich aufzuziehen!«

Joat grinste. Simeon verspürte eine ihm unvertraute Wahrnehmung und versuchte sie zu identifizieren. *Ein Flattern im Magentrakt?* fragte er sich verwundert.

»Warum haben die noch nicht auf die Bündelstrahlnachricht reagiert?« fragte Simeon eine Woche später nervös. »Ich habe doch alles eingeschickt. Die Formulare waren alle korrekt ausgefüllt.«

»Das ist eine Bürokratie«, meinte Channa tröstend.

»Ach ja? Und das soll mich beruhigen?« erwiderte Simeon. Einen Augenblick später: »Weshalb ist Joats Zimmer immer so ein Durcheinander? Zweimal am Tag schicke ich die Servoroboter hinein, und trotzdem befindet es sich in einem Zustand maximaler Entropie.«

»Das nennt man ›Jugend‹, Simeon«, versetzte Channa. »Wenigstens scheint sie sich in der Schule einzuleben.«

Simeons Abbild schnitt eine Grimasse. Im gereinigten Zustand hatte Joat sich als unerwartet hübsch herausgestellt, obwohl sie die Nase gerümpft hatte, als er es erwähnte. Sie schien ihm zu vertrauen – auch Channa –, allerdings nur in begrenztem Umfang. Jeder weitergehende soziale Kontakt ... fand nicht statt.

»Sie prügelt sich zuviel«, meinte er. Außerdem kämpfte sie wirklich äußerst schmutzig. Er zuckte wieder bei dem Gedanken zusammen, an welchen Stellen sie überall schon Hiebe, Tritte und Stöße verteilt hatte.

»Sie ist es nicht gewöhnt, mit anderen anders umzugehen als ein potentielles Opfer«, erwiderte Channa. »Ich glaube nicht, daß sie jemals mit jemandem aus ihrer eigenen Altersklasse zusammen war. Ganz gewiß aber kennt sie die örtlichen Rituale noch nicht. Sie ist eine Außenseiterin – praktisch ein Wolfskind. Wir können von Glück sagen, daß sie überhaupt auf andere Menschen reagiert.«

Für eine Weile herrschte verlegenes Schweigen. Unausgesprochen blieb: *Und dich hat sie ja gar nicht für einen Menschen gehalten, als sie dich kennenlernte.*

»Immerhin hat sie gelernt, sich täglich zu duschen«, warf Simeon hilfreich ein.

»Ach, Joat hat durchaus ihre guten Seiten.« Channa zog

eine Grimasse. »Auch wenn ihre besondere Ethik etwas ungewöhnlich ist, bleibt sie bei ihrer Umsetzung doch immerhin stringent. Sie braucht nur etwas Geborgenheit und eine Chance im Leben.«

»Braucht das nicht jeder?«

Mehrere Stunden später war Simeon noch immer von einer zufriedenen Behaglichkeit erfüllt, wenn er daran dachte, was sie bisher mit Joat erreicht hatten. *Vater zu sein ist wirklich großartig*, dachte er und begann sich deutlich für Channa zu erwärmen. *Das habe ich ihr zu verdanken.*

Zum ersten Mal seit ihrer Ankunft warf Simeon ein Blick in ihr Wohngemach und mußte überrascht feststellen, wie sehr sich der einst von Tell Radon bewohnte spartanische Raum binnen kürzester Zeit verändert hatte. Channa hatte die Wände mit einem weichen, matten Rosa versehen und »Gemäldechips« in die festintegrierten Rahmenprojektoren gesteckt. Die edelsteinleuchtenden Farben und romantischen Bilder der Präraphaeliten Alma-Tadema und Maxfield Parish leuchteten von den Wänden, dazu einige moderne Mintoro-Reproduktionen. Die Bettdecke war von eisgrauem Satin, auf dem pfirsichfarbene, graue und blaue bestickte Kissen verteilt lagen.

»He, Channa«, sagte er im Tonfall erfreuter Anerkennung, »das gefällt mir aber, wie du diesen Raum gestaltet hast.«

Channa trat in einem blauen Seidenkleid mit gestickter Bordüre aus dem Badezimmer, eine Haarbürste in der Hand, und stürmte ohne ein Wort zu sagen aus ihrem Wohngemach in die Haupthalle. Vor Simeons Säule blieb sie stehen und verschränkte mit böse funkelnden Augen die Arme. Simeons ganze Gefühle der Warmherzigkeit lösten sich in kalte Asche auf, als er sie musterte. Vielleicht würde sie ja einfach weggehen und nicht sagen, was in diesen

Augen in brennender Schrift geschrieben stand, wenn er jetzt den Mund hielt. *Ach was, dieses Glück habe ich bei ihr doch noch nie gehabt.*

Ihr Körper war stocksteif, obwohl die Schultern zuckten und die Lippen sich mehrmals öffneten. Vielleicht sollte er doch lieber etwas sagen, bevor die Säureblase platzte.

In einem so beiläufigen und anerkennenden Tonfall wie möglich fing er an: »Sie haben einen sehr romantischen Geschmack, Channa«, was das Lodern in ihren Augen um ein bis zwei Grad abzumildern schien. Nie sollte er hinterher begreifen, weshalb er nun fortgefahren war: Vielleicht war es ja der schiere Schabernack, um selbst ein wenig auf seine Kosten zu kommen. »Obwohl Ihr Bett eine erstaunliche Ähnlichkeit mit einem Eiswürfel hat.«

Sie blinzelte erstaunt und er dachte: *ein Treffer! Ein absoluter Volltreffer!* Doch dann atmete sie tief durch.

»Ich hätte eigentlich nicht gedacht«, fing sie an, und jedes Wort kam ganz präzise heraus, »daß es tatsächlich erforderlich sein würde, dies auszusprechen. Aber da dem nun einmal so ist, werde ich es auch tun. Da unsere erste Begegnung nicht gerade glückhaft verlief und da ich Ihnen ganz eindeutig *nicht* vertraute, habe ich meine Wohnräume auf aktive Scanner untersucht.« Sie verschränkte die Arme. »Sie werden in Zukunft bitte«, fuhr sie mit sorgfältiger Betonung fort, »niemals meine Wohnräume betreten, ohne zuvor anzuklopfen und um Erlaubnis zu bitten und darauf zu warten, bis Ihnen diese ausdrückliche Erlaubnis erteilt wurde. Ist das klar, Simeon?«

»Ich entschuldige mich, Channa. Natürlich haben Sie recht. Ich bin einfach achtlos geworden ... all diese Jahre mit Tell.«

»Und was die Qualität meines Geschmacks betrifft ...« sagte sie mit einer Stimme, die noch brüchiger klang als zuvor.

Ach, bitte, dachte er, *halt doch ausnahmsweise mal den Mund und laß es dabei bewenden.*

» … so geht Sie das gar nichts an.« Böse funkelte sie ihn an. »In Anbetracht Ihrer eigenen Präferenzen, was Innendekoration betrifft«, sagte sie und wies auf seine Sammlung von Schwertern und Dolchen, »empfinde ich es doch als ganz schön starkes Stück, daß Sie sich ein Urteil über meinen erlauben.«

»Aber es gefällt mir. Ich habe doch gesagt, daß es mir gefällt!«

»Und was«, fuhr sie fort, ohne ihn zu beachten, »sollte wohl jemand mit einer solchen morbiden Faszination, was die Rückfälle der Menschheit in rituelles Gemetzel angeht, überhaupt von Romantik verstehen?«

Simeon war wie vor den Kopf gestoßen. »Ich habe nie … mein Interesse an Militärgeschichte als eine ›morbide Faszination‹ aufgefaßt. Strategie und militärische Taktik faszinieren mich ehrlich. Aber selbst wenn das tatsächlich morbide sein sollte, nun, Romantik und Morbidität haben ja wohl eine lange und interessante Beziehung miteinander.«

Channa seufzte empört. »Sagen wir doch einfach, daß beide zwar morbid sein können, Romantik und Militarismus aber nur schlechte …« Sie schnitt eine Grimasse. » … Bettgesellen abgeben.«

»Channa, einige der romantischsten Leute der Geschichte waren beim Militär. Ruft nicht schon der bloße Begriff ›Krieger‹ romantische Bilder hervor?«

Entmutigend schüttelte sie den Kopf. »Bei mir nicht!«

»Nicht einmal ›Ritter in glänzender Rüstung‹?«

Sie stöhnte. »Hören Sie, Simeon, es ist spät und ich bin müde. Sagen wir einfach, daß ich es nicht mag, wenn jemand in mein Privatleben eindringt.« Sie schürzte die Lippen zu einem reumütigen Grinsen. »Aber ich denke, ich habe wohl eine Spur überreagiert. Vor allem, als Sie sich über meine Innendekoration lustig gemacht haben.«

»Na ja, Sie könnten ruhig ein wenig abwarten, bis man sich *tatsächlich* lustig macht, bevor Sie die Leute gleich in Stücke reißen.«

»Tut mir leid.«

»Romantik hat durchaus ihren Platz«, murmelte er.

Sie lächelte sarkastisch und hob eine Augenbraue. »Bei allem gebührenden Respekt, Simeon, bezweifle ich doch, daß Sie jemals an Romantik gedacht haben. Echte, wirkliche Romantik mit ihren Aspekten der Zärtlichkeit und des Gefühls, liegen, wenn Sie mir verzeihen mögen, doch deutlich außerhalb Ihres Erfahrungshorizonts.«

In ihrer Stimme klang mehr Herausforderung als ehrliches Bedauern mit, und so reagierte er auch beleidigt. »Weil ich ein Hüllenmensch bin?« fragte er und schnurrte dabei förmlich vor unterdrücktem Zorn.

Channas Kieferlade klappte herunter. »N-nein, natürlich nicht!« sagte sie leicht stammelnd. Dann hatte sie sich wieder gefangen und schüttelte die Haarbürste nach ihm. »Was für ein bösartiger, rhetorischer Trick! Sie wissen ganz genau, daß ich nicht einmal daran gedacht habe! Was ich damit meinte, war vielmehr, daß Sie bisher im Rahmen unserer Bekanntschaft erst noch unter Beweis stellen müßten, daß Sie sensibel sind oder idealistisch oder ... na ja, zärtlich. Leidenschaft dagegen – ich glaube, rohe, grundlegende, tierische Leidenschaft haben Sie sehr wirkungsvoll verinnerlicht. Die existiert allerdings nicht im selben Universum wie die Romantik.«

»Ich will Ihnen einmal etwas sagen, Miss Hap. Ich bin sehr wohl damit vertraut, daß Romantik im Geist und in der Seele und im Herzen stattfindet. Ich weiß, daß es nicht unbedingt etwas Körperliches sein muß. Erinnern Sie sich an Heloise und Abelard ...«

»Ein richtig großartiges Kriegerpaar, nicht wahr?« fragte sie lächelnd.

Er seufzte bei sich. *Was lernen die bloß heutzutage an der Uni?* »Nein, die nicht, werte Dame. Ich sehe schon, daß ich Sie gänzlich zweifelsfrei überzeugen muß. Sie haben meinen Stolz herausgefordert.« Sie legte den Kopf schräg, während sie ihn anblickte. »Ich werde um Sie werben, *belle dame sans merci*, und Ihr Herz gewinnen.«

Sie lachte laut auf vor Erstaunen. »Da haben Sie sich aber etwas vorgenommen! Ich mag vielleicht das Romantische als Dekoration – aber ich bin bestimmt keine Sentimentalistin mit Tau in den Augen und überhaupt nicht anfällig für Verführungskünste.«

»Ach, Sie halten sich also für gefeit gegen Verführungskünste?«

»Das will ich nicht einmal einer Antwort würdigen. Gute Nacht, Simeon.«

»Gute Nacht, Channa«, sagte er leise, als sie wortlos davonging.

Überhaupt nicht empfänglich, wie, Happy Baby? Na, Süße, dann mach dich mal auf was gefaßt – das wird die Erfahrung deines Lebens! Romantik willst du haben? Dir werde ich Romantik geben, kleine Dame, in derart subtilen und raffinierten Portionen, daß du nicht einmal merken wirst, wie dich ein sehr persönlicher Phantomgeliebter umwirbt.

Er zog sich zurück, um seine Strategie zu entwickeln. Weichhüllen konnten sich immerhin auf körperliche Anziehung als Einstieg verlassen; das war ihm natürlich unmöglich.

Wie soll ich anfangen, fragte er sich. *Nun, bei Channa könnte ich beispielsweise mit geschickter Kooperation und Manieren aus dem neunzehnten Jahrhundert beginnen. Ich sollte mich wohl mal etwas mehr über die Sitten auf Station Hawking Alpha Proxima informieren und nachsehen, wie man einander dort umwirbt. Bloß nicht sofort mit plumpen Geschenken anfangen. Aha! Musik! Den Zauber hat sie zu betören, sei's wilde Kreatur oder das Herz. In diesem Falle beides. Also werde ich einmal ihr Musikrepertoire durchgehen – damit greife ich nicht in ihr Intimleben ein, sondern schaue mir nur ihre öffentlich zugänglichen Dateien an ...*

»He, Simeon, was ist los?« fragte Joat und richtete den Blick von ihrem Frühstück auf seine Säule.

»Was los ist, Liebes?« fragte Simeon.

»Ja, was los ist. Du bist plötzlich so aalglatt, daß selbst eine Beutelratte kotzen könnte, und Channa sieht aus, als hätte sie gerade eine Leiche entdeckt, die schon reichlich lange tot ist.«

Channa begann plötzlich zu schnauben. Da sie gerade den Mund voll Kaffee hatte, waren die Folgen spektakulär. Stumm reichte Joat ihr eine Serviette, während sie hustete und prustete.

»Das bildest du dir nur ein«, erwiderte Simeon mit einem Hauch Schärfe in der Stimme. Dann wurde er wieder etwas weicher. »Alles in Ordnung, Channa?«

»Was ist denn mit Simeon los?« fragte Patsy mit gedämpfter Stimme. Sie standen im Schatten einer Treibpumpe, wo die Schwingungen jede Stimmüberwachung erschwerten.

»Was soll los sein?« fragte Channa stirnrunzelnd.

»Na ja, er stimmt einem plötzlich die ganze Zeit zu.«

»Jetzt, wo Sie es erwähnen ...«

Die Frau aus Larabie zuckte mit den Schultern. »Einem geschenkten Gaul schaut man nicht aufs Maul, Chan. Aber wenn doch, sollte man die Zähne lieber auf Feilspuren überprüfen.«

Der Verwaltungschef Claren betätigte eine letzte Taste.

»Das ist die Extrapolation, beruhend auf den Daten der vergangenen fünf Jahre«, erklärte er. »Sie werden feststellen, daß die Umschlagrate etwas hoch ausfällt, aber auf einer Transitstation ist es auch nicht leicht, die Leute zu halten.«

Channa furchte die Stirn. »Ich hätte gedacht, daß es hier etwas müheloser wäre«, meinte sie. »Schließlich gibt es auf dieser Station mehr großstädtische Annehmlichkeiten.«

»Es ist aber auch müheloser, wieder zu gehen«, versetzte Claren und deutete auf das große Passagierterminal.

»Wir sollten mehr auf dem Gebiet der gesellschaftlichen und kulturellen Aktivitäten tun«, meinte Channa. »Das ließe sich aus dem Etat für Sonderausgaben decken, und auf lange Sicht tragen sich solche Unternehmungen selbst und werfen auch noch etwas ab. Hier in der Gegend gibt es wirklich viele Rohstoffabbau- und Erkundungssektoren ...« Genau aus diesem Grund war SSS-900-C ja auch mitten in einem Haufen an mineralienreicher Sonnen der fünften Generation eingerichtet worden. »... und da brauchen die Leute ebensosehr ihre Freizeitaktivitäten, wie ihre Schiffe und Ausrüstung der Wartung bedürfen. Das Perimeter ist eine Goldgrube für seine Besitzer und die Station, um einmal die einzige wirkliche Topattraktion hier zu benennen. Wenn die Leute an den Außenposten Unterhaltung und Warenangebote in einem Spektrum bekommen, das von billig bis teuer reicht, brauchen sie nicht mehr weiter in Richtung Zentrum zu fliegen. Das wäre für dieses ganze Gebiet ein großer Schritt auf das Ziel zu, Teil der Zentralwelten zu werden und nicht nur eine primitive Zone am Außenrand zu bleiben.«

»Völlig richtig, Miss Hap«, erwiderte Claren. Er war ein mausig aussehender kleiner Mann mit schütterem schwarzen Haar, das er über den Kopf zurückgekämmt trug. Er kleidete sich wie die Karikatur eines Bürokraten, bis zum Tastaturhalter und Gürtel. »Genau dasselbe sage ich schon seit Jahren.«

»Was meinen Sie, Simeon?« fragte Channa.

»Klingt gut«, antwortete der liebenswürdige Manager.

Claren mußte heftig husten. Einer seiner umherstehenden Assistenten huschte mit einem Glas Wasser herbei.

Channa wartete, bis er sich wieder erholt hatte. »Er hat Sie wohl überrascht?«

»Mich überrascht? Mich? Nein, nein, ich habe mich nur

verschluckt. Die Luft ist doch ziemlich trocken, finde ich.« Hastig nahm er noch einen Schluck, um diese Interpretation zu bekräftigen. »Hier«, und seine Finger flogen förmlich über die Tasten seines Terminals, »sind einige Pläne, die wir entwickelt hatten, mit dem projektierten ...«

»Beantworten Sie bitte meine Frage, Verwaltungschef Claren«, sagte sie fest aber ruhig. Sie mochte vielleicht neu hier sein, aber ein »bitte hier unterschreiben« erkannte sie jederzeit.

»Nun, es ist nicht das erste Mal, daß diese Projekte vorgeschlagen wurden«, antwortete Claren. »Aber die Reaktion war nie hinreichend positiv, um die Pläne umzusetzen. Das heißt, bis jetzt. Es ist ein wirkliches Vergnügen, mit jemandem zusammenzuarbeiten, der etwas für weitsichtigere Planung übrig hat und von natürlicher Entschlossenheit ist. Ach, du liebe Güte.« Er verstummte.

Channas Stimme bekam einen stählernen Unterton. »Da haben wir es uns wohl anders überlegt, wie, Simeon?«

»Diese Station war nicht in der Lage, sich in ein derartig ehrgeiziges Projekt zu stürzen. Und schon gar nicht, die entsprechende Initiative aufzubieten«, erwiderte Simeon geschmeidig. »Tell war ein rauher Bursche, genau wie ich. Keiner von uns besaß hinreichend Erfahrung, um solche Unternehmungen zu koordinieren. Jedenfalls nicht hier.«

Channa drehte sich um, als sie spürte, daß sich hinter ihr irgend etwas durch die Luft bewegte. Es war ein Nachrichten-tablett, das auf Ellenbogenhöhe herangeschwebt kam. Die kuppelförmige Abdeckung klappte auf und gab geeiste Gläser und eine gefrostete, entkorkte Flasche eines edlen Jahrgangs frei. Auf der weißen Serviette lag eine rote Rose. Channas Lippen wurden schmal, doch als sie sah, daß Claren sie eindringlich beobachtete und daher auch bemerken mußte, wie sie errötete, beherrschte sie ihren Impuls, die Flasche gegen den Sensor zu schleudern, der Simeon mit diesem Büro verband.

»Ja, lassen Sie uns doch auf den Erfolg dieser Unternehmung trinken, Claren«, sagte sie und begann einzuschenken.

Umständlich prostete sie dem Sensor zu und nippte. Sie war leicht überrascht von dem trockenen, herben Geschmack. »Kein schlechter Weißer! Ich wußte gar nicht, daß so etwas in Ihnen steckt, Simeon.«

»Ich darf sehr wohl das eine oder andere Talent mein eigen nennen«, erwiderte er und wünschte sich dabei, daß es in Clarens Büro doch einen Projektionsschirm gäbe, um das glückselige Lächeln dort erscheinen zu lassen, das er dabei empfand.

Channa leerte das Glas und stellte es auf dem Schwebetablett ab. »Wenn Sie die Pläne einfach auf mein Terminal überspielen würden, Verwaltungschef Claren, dann kann ich sie durchgehen, sobald ich die Zeit dafür finde.« Dann verließ sie zielstrebig das Büro.

Als sie in die Kommandozentrale kam, war sie bereits im Sturmschritt. »Ich wette, das fanden Sie wohl furchtbar subtil! *Subtil* wie eine Kollision mit einem Asteroiden, Sie ...« Channa fuhr zu dem Bildschirm herum, den er vorsichtigerweise leergelassen hatte, um ihrem Zorn kein Angriffsziel zu bieten. Da begann sie die Töne zu vernehmen, die den Raum ausfüllten.

Entzückt sah Simeon mit an, wie ihr Gesichtsausdruck sich erst vom Lebhaften ins Erstaunte und schließlich Verzauberte verwandelte, während die sibilierenden Klänge des retikulanischen Paarungsgesangs den Raum erfüllten. Die Töne waren langgezogen, leise, verträumt. Es gab zwar keine formale Melodie, doch irgendwie deutete das Thema die Stille des tiefen Waldes und den Tau an, der wie flüssiger Diamant in den Streifen des durchs Laubwerk blendenden Sonnenlichts herabfiel.

Channa blieb einen Augenblick still stehen. Sie zuckte leicht zusammen, als sich die Tür mit einem vernehmbaren Rauschen schloß, verärgert, daß ein anderes Geräusch die Perfektion der Laute störte. Dann trat sie vorsichtig, als fürchte sie, daß sich Stoff an Stoff oder Schuh an Teppichboden reiben und ihr dadurch eine kostbare Sekunde der komplizierten Musik entgehen könnte, auf einen Sessel zu. Sie nahm so langsam darin Platz, daß sie zu schweben schien, ja es hatte den Anschein, als wagte sie kaum zu atmen, während sie die Musik in sich aufnahm.

Mein erster Eindruck von ihr war doch richtig, überlegte Simeon, wie er Channa zusah. *Sie ist* tatsächlich *ein Fuchs!* Doch als er näher hinsah, war er sich dessen nicht mehr so sicher, denn sie hatte die Augen halb geschlossen, Tränen funkelten sternengleich darin, und seine hohe Sehschärfe ließ ihn erkennen, wie sich ihre Gesichtshaut entspannte und glättete. *Im Augenblick sieht sie gar nicht so fuchsig aus! Tatsächlich wirkt sie eher ... lieblich.*

Als der Gesang in eine betörende Stille gemündet war, saß Channa regungslos da. Dann schloß sie die Augen gänzlich und lehnte sich zurück, verschränkte die Hände vor sich. Als sie die Augen wieder öffnete, schimmerten sie, und ihre Stimme klang heiser.

»Ach, Simeon ... *dafür* kann ich Ihnen eine Menge Streiche verzeihen! Ich könnte Ihnen sogar einen Kuß geben. Als Anerkennung, natürlich. Das war ja so schön. Danke.« Sie lächelte.

Simeon modulierte seine Stimme so, daß in seinem Tonfall ebenfalls ein »Lächeln« zu vernehmen war, als er ihr antwortete. »Gern geschehen. Wissen Sie zufällig, was das war?« Das hielt er für recht unwahrscheinlich, achtete aber darauf, dies sich nicht anmerken zu lassen.

Sie wischte sich über ein Auge und erwiderte: »Ich hatte nie die Gelegenheit, dieses besondere Stück zu hören, aber es muß ein retikulanischer Liebesgesang sein.«

»Da haben Sie recht«, erwiderte Simeon. »Aber ich wette, Sie raten nie, wer ihn gesungen hat.« Er bemühte sich angestrengt, jede Selbstzufriedenheit aus seiner Stimme fernzuhalten.

»Na ja, woher soll ich wissen, wer da gesungen hat, ja wer könnte das überhaupt außer den Retikulanern, und die leben am anderen Ende dieser Galaxie. Ach so! Das kann doch wohl nicht ...« In ehrfürchtiger Überraschung weiteten sich ihre Augen. »Doch wohl nicht Helva? Es heißt, daß sie das singen kann. Aber ... Sie ... und Helva, das singende Schiff?«

»Keine geringere.« Simeon freute sich über ihre Reaktion.

»Kennen Sie sie denn?«

»Das tue ich tatsächlich.« Simeon gestattete sich, mit beachtlichem Stolz zu sprechen. »Sie kommt gelegentlich vorbei ... um ...« Die kleine Kunstpause konnte er sich nicht verkneifen. » ... mich zu besuchen. Dann unterhalten wir uns über zeitgenössische Musik in der ganzen Galaxie und tauschen sie auch aus. Da es so wenige Aufzeichnungen von retikulanischen Liebesgesängen gibt, hat sie mir diese Aufnahme ganz persönlich geschenkt.« Die Erinnerung an seine Freude über dieses Geschenk färbte auf seinen Ton ab.

Channa lächelte. »Sie haben wohl doch inzwischen meine Personalakte studiert, wie?«

»Na ja, ich würde ja gern behaupten, daß ich nur furchtbar aufmerksam bin, aber die Musik ist dort ja ausdrücklich als wichtiges Interessengebiet erwähnt. Ich habe mir nur gedacht, daß diese Aufzeichnung Ihnen vielleicht Freude machen würde.«

»Oooh«, sagte Channa mit einem bebenden Lachen, »das ist wohl die Musik-verzaubert-Abteilung? Wie Sie erst kürzlich feststellten«, und nun hatte sie einen Unterton von Sarkasmus und Trauer, »dürfen Sie durchaus einige Talente Ihr eigen nennen.« Dann fügte sie fröhlich hinzu: »Singen Sie selbst vielleicht auch? Das steht gar nicht in Ihrer Akte.«

Simeon gab ein räusperndes, bescheidenes Geräusch von sich. »Ich bin nicht wie Helva und behaupte auch nicht, musikalisch anspruchsvoll zu sein. Ich höre mir an, was mir gefällt, aber ob mir etwas gefällt, weiß ich erst, wenn ich es höre.«

»Was haben Sie denn noch so gehört und gemocht?« fragte Channa. »Außer Felsenstomp, meine ich?«

Nun klang er verlegen. »Ich mag Rant in Wirklichkeit nicht besonders. Ich habe mich nur daran gewöhnt, verstehen Sie? Die Burschen auf meinen früheren Posten im Erzgürtel spielten nie etwas anderes. Das meiste, was mir gefällt, ist entweder klassisch, oder es handelt sich um Opernmusik.«

»Das geht mir auch so«, erwiderte sie und lächelte die Säule mit einer Güte an, die er bei ihr noch nicht wahrgenommen hatte. »Nun, wenn Helva Sie genug mochte, um Ihnen diese wunderbare retikulanische Aufzeichnung zu schenken, und wenn Sie tatsächlich zugeben, daß Sie klassische und Opernmusik bevorzugen, sollten wir dann nicht vielleicht einen Waffenstillstand vereinbaren?«

»Einen Waffenstillstand? Brauchen wir denn einen?«

Ihre Augen verengten sich. »In gewissem Sinne schon. Immerhin haben wir schon einige Funken stieben lassen.« Sie grinste. »Eine gemeinsame Vorliebe für Musik dürfte bisher die stabilste Gemeinsamkeit zwischen uns sein. Als ich die Hälfte meiner Schulzeit hinter mir hatte, merkte ich, daß meine besten Freundinnen auch mit mir zusammen im Chor waren.« Sie beugte sich der Säule entgegen, die erste vertrauliche Geste, die sie ihm bisher gewährt hatte. »Damals haben wir Gespensteropern produziert und besetzt.«

»Was haben Sie getan?«

»Wir haben uns ein Thema oder einen Stoff vorgenommen, dazu einen Komponisten und eine Besetzung. Die Regel besagte, daß Komponist und Besetzung bereits tot sein mußten.«

»Wirklich? Wie bizarr!« Simeon hielt inne und dachte darüber nach. »Erzählen Sie doch weiter.«

»Angefangen haben wir ... mit dem Namen der Oper. Sagen wir einmal ›Rasputin‹. Haben Sie von dem schon mal gehört?« Der fröhliche Tonfall ihrer Stimme neckte ihn und forderte ihn heraus.

»Natürlich habe ich das. Es wird ihm oft zugeschrieben, die indirekte Ursache einer erfolgreichen Revolution gewesen zu sein.«

Sie musterte seine Säule mit einem schiefen Blick. »Wenn er einen Krieg auslöste, müssen Sie ihn ja wohl kennen, wie?«

»Haben wir nun einen Waffenstillstand oder nicht?«

»Haben wir«, sagte sie und hob beide Hände kapitulierend in die Höhe.

»Wer schreibt denn diese Oper ›Rasputin‹?«

»Verdi«, erwiderte sie sofort. »Ein derart großartiger Stoff und auch diese Epoche hätten ihm zusagen müssen. Meinen Sie nicht auch? Schön, jetzt sagen Sie mir doch mal, wer die Hauptrolle spielen soll.«

Simeon griff auf die erforderlichen historischen Informationen in seinen Datenbanken zu. »Auf den zur Verfügung stehenden Bildern besitzt Rasputin riesige Augen und einen vernichtenden Blick, also brauchen wir einen Sänger, der körperlich kräftig und dramatisch dazu in der Lage ist, einer solchen Rolle zu entsprechen. Wie wäre es mit !Tlac Suc, dem Sondeetenor?«

»Äh ... ich gebe zu, daß er einen hypnotischen Blick hat und daß seine Augen groß sind. Aber meinen Sie nicht auch, daß er ein paar zu viele davon hat? Außerdem ist er nur pensioniert, nicht tot.«

Simeon machte einen riesigen Sprung zurück in seiner Datenbank. »Äh, Placido Domingo?«

»Den kenne ich! Er lebte in einer Zeit, die mit großen Tenören gesegnet war. Der ist perfekt! Groß, hager, große braune Augen, und was für eine Stimme! Schöne Wahl, Simeon.«

»Und tot ist er auch.«

»Ich sehe es schon richtig vor mir«, sagte sie, stand plötzlich auf und griff sich theatralisch an die Kehle. »Sie vergiften ihn, verstehen Sie«, und sie breitete die Arme aus, »und er singt. Sie erdolchen ihn«, sie mimte einen Stoß in ihre Brust, bevor sie wieder die Arme weit ausbreitete, »und er singt! Sie ertränken ihn«, sie ruderte mit den Armen, als würde sie verzweifelt schwimmen, dann legte sie beide Hände aufs Herz, »und er singt! Sie erschießen ihn«, sie taumelte auf Simeons Säule zu und lehnte sich dagegen.

»Channa, irgendwann muß er auch einmal aufhören zu singen.«

Sie hob einen Finger. »Sotto voce, singt er: ›Es ist vollbracht.‹« Sie glitt die Säule hinunter und nahm eine anmutige Haltung ein. »Und er stirbt.« Ihr Kopf ruckte vor, und die Hände hingen schlaff herab.

Das Intercom ertönte, und der Schirm wurde freigegeben, um der Kommunikationspezialistin Keri Holen einen ungehinderten Blick auf Channa zu gewähren, wie sie zusammengesackt am Fuß von Simeons Säule lag. »Oh! Was ist denn … ich meine, Miss Hap! Simeon, ist alles in Ordnung mit ihr?«

Channa war sofort auf den Beinen und hob die Handfläche zu einer beruhigenden Geste. »Mir geht es hervorragend«, erwiderte sie und richtete gelassen ihre Hemdbluse. »Was ist los?«

»Äh … eine Nachricht vom Jugendamt in der Zentrale, eine Miss Dorgan. Sie hat für heute 16:00 eine Konferenz anberaumt, falls Ihnen das paßt.«

»Prima«, erwiderte Simeon, »und richten Sie ihr unseren Dank aus.« Dann unterbrach er die Verbindung.

»Den Mächten sei Dank, daß das nicht Miss Dorgan persönlich war«, meinte Channa nervös.

»Dieses ›falls es Ihnen paßt‹ gefällt mir«, meinte Simeon nachdenklich. »Channa, haben Sie vielleicht jemals darauf geantwortet: ›Nein, das finde ich aber verdammt unpassend‹?«

Channa musterte ihn mit einem einzigartig ausdruckslosen Gesicht. »Nein, habe ich tatsächlich nicht. Aber in meiner Branche sollte das eigentlich auch nie der Fall sein!«

Simeon begutachtete Joat nervös, fragte sich, ob sie das Mädchen nicht vielleicht anders hätten ankleiden sollen. Alle anderen Kinder in ihrem Alter trugen die gleichen unförmigen Kleidungsgegenstände, abstoßende und oft schreiende Farbkombinationen, aber nicht unbedingt das, was ein vorsichtiger Vormund für diese Art Gespräch empfehlen würde. Das Comlink läutete.

Zu spät, dachte er. Channa wirkte gelassen, aber das tat sie ja immer. *Eigentlich seltsam, wo sie doch zu einer solchen Feindseligkeit fähig ist* ... Aber selbst diese Feindseligkeit übte sie stets mit kontrollierter und eisiger Miene aus. Ja, Channa war schon in Ordnung. Joat hatte die Hände im Schoß verschränkt. *Armes Kind, ihre Knöchel sind ja weiß.* Ansonsten aber schien sie ganz gefaßt zu sein. *Mir geht es auch gut*, dachte er. *Ich bin zwar nicht gelassen, aber mir geht es gut.*

Miss Dorgan studierte sie vom Monitor aus, wie eine Lehrerin es mit einer Klasse von Straffälligen hätte tun können. Dann lächelte sie. Es war ein verspanntes, überlegenes Lächeln. Ihr Haar war grau und kurzgeschoren, in einem schlichten, strengen Stil gekämmt. Sie trug einen strengen dunkelblauen Anzug mit einer weißen Bluse und keinen Schmuck. Ihr Hintergrund war offiziell gehalten und wurde auch nicht durch den allerkleinsten nichtoffiziellen Gegenstand abgemildert.

Ich wette, die stärkt noch ihre BHs, dachte Simeon. Er erinnerte sich, wie Patsy Sue diesen Ausdruck einmal gebraucht hatte: Hier schien er völlig angebracht zu sein.

Miss Dorgan nickte Channa zu, dann heftete sie ihre kalten kleinen Augen auf Joat. »Hallo, meine Liebe«, sagte sie in südlichem Tonfall. »Ich bin Miss Dorgan, deine Sachbearbeiterin.«

Joats Gesicht war zur argwöhnischen Wachsamkeit versteinert, ihr ganzer Körper angespannt. Simeon fragte sich, wie seine Nährflüssigkeit plötzlich so kalt hatte werden können, aber er wagte es auch nicht, auch nur ein einziges Erg seiner Aufmerksamkeit von dem Geschehen abzuwenden. Ja, er wagte es nicht einmal, Joat zu beruhigen. Sie murmelte ein kaum hörbares »Hallo« zur Antwort.

»Nun, meine Liebe, du hast ja einige recht beeindrukkende Ergebnisse bei den Tests erzielt. Wußtest du das schon?«

Ein kaum hörbares »Nein« war die Antwort.

Miss Dorgan blickte auf etwas, das außerhalb des Sichtfelds lag, dann tauchte wieder ihre rechte Hand auf und schien den Knopf zu betätigen, der ihre Datei vorspulen ließ.

»Allerdings bist du in ziemlich vielen Fächern weit hinter deiner Altersklasse zurück, mit der Ausnahme von Mathematik und Mechanik, wo du ganz eindeutig herausragende Ergebnisse aufweist.« Das klang sogar echt begeistert. »Du machst dir ja gar keine Vorstellungen, wie sehr du in manchen Kreisen für Aufregung gesorgt hast. Ich denke, du darfst dich jetzt auf eine sehr viel freundlichere Zukunft freuen, als du aufgrund deiner bisherigen Vergangenheit vielleicht erwartet haben magst, meine Liebe.«

Simeon sprach als erster und hielt damit das Versprechen, das er seinem Schützling gegeben hatte. »Joat möchte Ingenieurswissenschaften studieren. Offensichtlich sind Sie auch der Meinung, daß sie auf diesem Gebiet über ein herausragendes Talent verfügt?«

Miss Dorgans einstudiertes Lächeln geriet ins Wanken. »Sie sind die ... Hüllenperson?« Sie schien ihre dünnen Lippen von dem Wort abhalten zu wollen, als könnte sie sie damit beschmutzen. Ihr Blick huschte zwischen Channa und Joat hin und her, als hoffte sie, daß eine der beiden die männliche Stimme nur als Bauchredner imitierte.

»Ja. Ich bin Simeon, die SSS-900-C. Ich habe den Antrag gestellt, Joat als vollgesetzliche Tochter und Verwandte zu adoptieren.«

Vorsichtig strich Miss Dorgans Hand eine Haarsträhne zurück.

»Nun, was das betrifft«, sie hob die Augenbrauen, als sei sie überrascht, daß er sich überhaupt zu Wort gemeldet hatte, »so werden Sie begreifen, daß auch andere potentielle Eltern Anträge auf Adoption von Kindern mit Joats Potential gestellt haben. Im allgemeinen bevorzugen wir Paare.« Eine leichte Betonung auf dem letzten Wort. Nervös befingerte sie ihren Kragen. »In Joans Fall ...«

»Joat«, sagten Joat, Simeon und Channa im Chor.

»... Joats Fall habe ich die Akte einem Quantengitteringenieur gezeigt, es ist ein Professor aus meiner Bekanntschaft, und er hat sofort Interesse an ihr angemeldet. Er freut sich schon sehr darauf, jemanden unterrichten zu können, der so vielversprechende Ansätze hat. Er ist auch verheiratet und hat einen Lebensvertrag mit einer Dichterin. Eine solche Situation hätte viele Vorteile für das Kind.«

Simeon sah, wie Joat erbleichte. »Als Stationsmanager bin ich mit einer Vielzahl von Wissenschaften sehr gut vertraut, was auch regelmäßige Informationsberatungen auf neuestem Stand einschließt. Daher bin ich durchaus in der Lage, sie zu unterrichten. Beruhige dich, Joat, Miss Gorgon erwähnt doch nur weitere Möglichkeiten und Optionen.«

Die Sachbearbeiterin räusperte sich. »Mein Name, Stationsmanager Simeon, ist Dorgan, mit D. Was mich an etwas erinnert, Joat. Irgendwo auf dem Antrag heißt es, daß dein Name eine Abkürzung für ›Jack-of-all-trades‹ ist. Dort, wo ›Jack‹ ein geschlechtlich falscher Vorname war, haben wir statt dessen ›Jill‹ eingesetzt. Wie würde es dir gefallen, Jill genannt zu werden?«

»Ungefähr genausogut, wie wenn mich jemand Scheiße nennt«, erwiderte Joat verächtlich und zornig; von ihrer Schüchternheit war nicht mehr die Spur zu erkennen. »Und ich würde auch nicht darauf antworten, weil es nicht mein Name ist.«

»Joat!« keuchte Channa.

»Seht ihr das denn nicht, Simeon, Channa?« fragte Joat und ihre blauen Augen funkelten vor Verachtung. »Das Ganze ist doch ein Witz! Diese alte Miss Organ ...«

»Dorgan, wenn ich bitten darf.«

» ... diese Kuh hat sich doch schon längst entschieden. Was vergeuden wir unsere Zeit und das ganze Geld darauf, mit ihr weiterzuquatschen?«

»Beruhige dich, Joat«, warf Simeon ein. »Laß uns jetzt keine voreiligen Schlüsse ziehen. Miss Dorgan, obwohl ich über unbegrenzte Kommunikationsschnittstellen verfüge, ist meine Zeit doch streng begrenzt, und mir wurde von den Behörden versichert, daß es sich hierbei um eine bloße Formalität handeln würde. Wollen wir uns jetzt an die Erledigung der Einzelheiten machen?«

Mit leichter Wangenrötung atmete Miss Dorgan tief ein und ließ die Luft in einem kleinen Stoß entweichen.

»Mir will nicht in den Kopf, daß Sie auf diesem Antrag tatsächlich beharren, obwohl Sie doch wissen, daß sich ein Menschenpaar für das Kind interessiert. Es wäre ja etwas anderes, wenn niemand sie haben wollte, aber dem ist nicht so. Zum einen befindet sie sich auf einer sehr empfindlichen Entwicklungsstufe, und es ist völlig ausgeschlossen, daß jemand wie Sie richtig würdigen kann, was sie gerade durchmacht.«

»Weil Simeon ein Mann ist?« fragte Channa ruhig.

»Weil er ein Hüllenmensch ist. Meine liebe Miss Hap, als professioneller Partner sind Sie doch bestimmt sehr gut mit den Eigenarten dieser Personen vertraut. Was soll man bestreiten, daß sie praktisch eine ganz andere Rasse sind? Ohne echtes Verständnis dafür, wie das ist, wenn man über uneingeschränkte Bewegungsfreiheit verfügt? Wie soll er denn da jemals ein aktives, im Wachstum befindliches Kind aufziehen?« Die leise Betonung auf den beiden Eigenschaftswörtern provozierte bei Channa ein angewidertes Zähneknirschen. Außerdem war Dorgans Frage ohnehin rein rhetorisch gemeint.

»Nun ja, Joat«, meinte Simeon schleppend, wobei er wieder starke Anleihen an Patsy Sue machte, »ich schätze, du hast doch recht gehabt. Miss Gorgon hat sich schon entschieden, bevor sie mit uns gesprochen hat.«

»Der Name lautet Dorgan«, widersprach die Sachbearbeiterin und betonte stark das »D«.

»Hab ich dir doch gesagt«, meinte Joat. »Die alte Miss Organ hat sich schon entschieden.«

»Dorgan. Dorgan. DORGAN!«

»Aufhören! Alle drei.« Channa ließ ihren wütenden Blick von Simeons Säule über Joats gerötetes Gesicht schweifen, um ihn schließlich auf die Vertreterin des Jugendamts zu heften. »Sie haben einige merkwürdige Vorstellungen von Hüllenmenschen, Miss Dorgan. Ich würde Ihnen jedoch raten, etwas vorsichtiger zu sein, bevor Sie weitere bigotte Bemerkungen vom Stapel lassen. Ganz besonders verabscheuungswürdig empfinde ich, daß Sie Simeon seine Menschlichkeit abstreiten. Ich bin noch nie einem Hüllenmenschen begegnet, der nicht mindestens so fähig und verantwortungsbewußt war wie eine Normalperson. Und ganz bestimmt ethisch höherstehender! Tatsächlich weisen Ihre Bemerkungen auf ein höchst akutes Vorurteil auf Ihrer Seite hin. Ein Vorurteil, das, wie ich Sie erinnern darf, rechtlich anfechtbar ist.«

Miss Dorgan reckte das Kinn. »Es gibt keinerlei Notwendigkeit, aber auch wirklich nicht die geringste, Miss Hap,

Drohungen auszustoßen. Es muß wohl zweifellos an Ihrem langjährigen Zusammensein mit solchen Personen liegen, daß Sie diese nicht mehr für ... anomal halten.« Bevor Channa explodieren konnte, lächelte die Sachbearbeiterin schon selbstzufrieden. »Im Interesse des Kindes selbst befürchte ich, daß wir diesen Antrag abschlägig bescheiden müssen. Ich werde für ihren Transport zur Zentrale Sorge tragen, wo sie nach kurzem Aufenthalt in unserer Einrichtung für Waisenkinder zweifellos von einer richtigen Familie adoptiert werden wird.« Immer noch lächelnd, unterbrach sie die Verbindung.

»Na?« Simeon schrie es fast in das nun einsetzende Schweigen hinaus. »Sie werden doch wohl nicht zulassen, daß sie das letzte Wort behält, oder?«

»Hat sie das nicht schon? Zumindest, was dieses Waisenkind angeht?« versetzte Joat verbittert. »Ich habe doch gewußt, daß das passieren würde. Ich habe mir selbst gesagt, daß es so kommen würde. Aber ihr beiden ausgebildeten Idioten wart ja auch so gottverdammt sicher.« Sie verzog den Mund, während sie ihre Einwände aufzählte. »Ihr wußtet ja ganz genau, wohin man sich zu wenden und mit wem man zu reden und was man zu tun hatte. Aber wißt ihr was? Ihr wißt ÜBERHAUPT NICHTS! Aber woher hättet ihr das auch wissen sollen?« fragte sie, während ihr die Tränen in die Augen schossen. »Es ist ja schließlich immer alles so gekommen, wie ihr es wolltet. Euch ist doch alles auf dem Silbertablett gereicht worden.« Sie begann zu schluchzen. »Hüllen, Schulbildung, Ernährung, ein Zuhause. Na ja, so was gibt es aber eigentlich nicht umsonst, das kann ich euch sagen. Und jetzt schaut euch mal an, was ihr mir angetan habt! Jetzt wissen die, daß ich existiere und wo ich bin, und jetzt werden sie mich holen kommen! Wer weiß, vielleicht will dieser komische Gitteringenieur ja nur mit seinen Pfoten an meinem Gitter herumpuhlen. Hauptsache, er ist ein Mensch und ein Professor und hat bei ihr einen Stein im

Brett. Ihr habt mich in die Sache hineingezogen, aber ich werde ganz bestimmt nicht warten, bis ihr mich da wieder rausholt. Ich gehe mit niemandem irgendwohin, den ich nicht haben will!« Ihre Stimme war zu einem schrillen Schrei geworden, als sie kehrtmachte und aus dem Aufenthaltsraum rannte.

»Joat!« Channa wollte ihr nachlaufen, doch Simeon ließ die Tür vor ihr zugleiten. »Simeon!« rief sie ungläubig.

»Lassen Sie das Mädchen gehen, Channa. Was wollen Sie jetzt noch tun? Sie in ihrem Zimmer einsperren, bis man sie holen kommt?« Channa machte eine Miene, als hätte er ihr eine Ohrfeige verpaßt. »Sie braucht etwas Zeit für sich allein. Sie muß sich erst wieder fangen. Lassen Sie sie in Ruhe.«

»Wir können aber durchaus etwas unternehmen, Simeon. Ich werde nicht zulassen, daß diese Frau am Ende siegt. Wir können uns an ihre Vorgesetzten beim Jugendamt wenden. Wir können uns an die GWRIM und an die MM um Hilfe wenden. Sie haben dieses Gespräch doch wohl aufgezeichnet, oder?«

Er lachte. Ausnahmsweise war er mal erfreut, sie so kämpferisch zu sehen. »Ja, das habe ich, und wie sich die Mutantenminderheiten und die Gesellschaft zur Wahrung der Rechte Intelligenter Minderheiten auf La Gorgon und ihre Einstellung stürzen werden! Sauberes Denken, Channa. Ich bin soeben dabei, sie von diesem Vorfall zu unterrichten. Wissen Sie was, die Sache könnte richtig spaßig werden.«

Später in dieser Nacht bemerkte Simeon, wie in Channas Unterkunft das Licht anging. Er hatte sich peinlich genau an sein Versprechen gehalten, doch das matte Schimmern unter der Tür war deutlich zu erkennen. *Na ja, jedenfalls für jeden, der, wie ich, über Photonenscanner verfügt,* berichtigte er sich. Dennoch hielt er sich an den Wortlaut der Abmachung.

Channa hörte ein leises Läuten und sagte nach einer überraschten Pause: »Ja?«

Simeons auf niedrige Hörbarkeitsstufe eingestellte Stimme erwiderte aus der Halle: »Darf ich eintreten?«

Sie lächelte und legte das Lesegerät ab. »Ja, Sie dürfen.«

Sie lag im Bett, sah zerzaust und schläfrig aus. Simeon fand, daß sie selbst wie ein Kind aussah. »Können Sie nicht schlafen?« fragte er.

Sie schüttelte den Kopf. »Ich denke immer an Joat, wie sie dort allein in der Dunkelheit ist.«

»Joat schläft schon seit Stunden.«

»Woher wollen Sie das wissen? Es kann genausogut sein, daß sie sich gerade die Seele aus dem Leib weint.«

»Ich weiß es, weil ich aus einem ihrer Lieblingsverstecke leise Schnarcher vernehmen kann.«

»Hat sie denn ihren Geräuschverzerrer gar nicht angestellt?«

»Nein. Sie war wirklich aufgeregt!«

»Nein, sie war nur aufmerksam und entgegenkommend. Langsam wird sie etwas zivilisierter, wenn sie nicht möchte, daß wir uns Sorgen machen.« Und Channa lachte erleichtert, bis sie wieder ernst wurde. »Sie ist ein so gutes Kind. Sie hat es nicht verdient, daß sich ausgerechnet diese Gorgone über ihren Fall hermachen muß. Hören Sie, Simeon, Hirne und ihre Partner werden von den Zentralwelten als Paare anerkannt. Unsere Verträge laufen meistens sehr viel länger als bloße Ehen. Wenn ich beispielsweise zehn Jahre bliebe und mit Ihnen zusammen gemeinsames Sorgerecht beantragte, wäre damit den meisten Einwänden der Gorgone der Boden unter den Füßen weggezogen.«

»Gemeinsames Sorgerecht, wie? Na ja, die Gorgone kann bestimmt nicht behaupten, daß ein weiblicher Partner kein gutes Rollenvorbild wäre. Meine Kommunikationsschnittstellen laufen langsam heiß, aber ich weiß nicht, wie viele andere Leute im Jugendamt die gleichen Vorurteile hegen wie Dorgan. Ich empfände es als höchst bedauerlich, wenn Sie ein derartig ›hehres Opfer‹ für nichts und wieder nichts erbrächten. Gegen Miss Gorgon im Dschungel der Bürokratie anzukämpfen wird uns vielleicht nicht gleich versteinern lassen, aber es könnte durchaus sein, daß unsere Gehirne danach taub wie Haferschleim sind.«

Channa schnalzte verächtlich. »Es ist ja nicht so, als hätte ich irgendein anderes Ziel vor mir.«

»Ich weiß, ich habe von Senalgal gehört. Tut mir leid, Channa. Ich weiß, wie das ist, einen Posten zu verlieren, für den man seine Seele verkaufen würde.«

Fragend hob sie die Augenbrauen. »Was war es denn bei Ihnen, wenn ich fragen darf – eine Planetenstadt, ein Kundschafterschiff? Oder wollten Sie vielleicht so hoch hinaus, einen ganzen Planeten zu bekommen?«

»Eine Stadt habe ich schon, mehr oder weniger. Ganz bestimmt kein Kundschafterschiff. Das Hirn-Partner-Kundschafterschiff ist mir viel zu eng und beschränkt. Ich gehe gern mit vielen Leuten um. Ich genieße das Geben und Nehmen verschiedenster Persönlichkeiten und Situationen. Da ist mir eine Station diesen Kalibers eine größere Herausforderung, und ich liebe Herausforderungen.«

»Keine Stadt, kein Schiff. Dann haben Sie es also auf einen Planeten abgesehen?«

»Nein, *soviel* Verantwortung möchte ich nun auch wieder nicht tragen. Und außerdem ist mir das Planetenleben zu seßhaft. Aber ein Schiff sollte es schon sein, damit ich viel herumkommen kann.«

»Aha«, sagte sie und stellte die Verbindung zwischen seinen Freizeitinteressen und den einzigen Schiffsposten her, die darauf zutrafen, »also ein Kommandoschiff der Raummarine.« Sie legte den Kopf schräg. »Stehen Sie denn schon auf der Warteliste?«

»Theoretisch ja. Ich habe mich beworben, und was habe ich bekommen? ›Sie sind viel zu wichtig dort, wo Sie sind‹«, begann er in monotonem Singsang, »›Sie sind viel zu perfekt für Ihren gegenwärtigen Posten geeignet, es gibt niemanden sonst, der so gut für eine derart hochspezialisierte Situation ausgebildet ist.‹ Ich selbst habe«, fügte er wehmütig hinzu, »SSS-900-C immer nur als Posten auf Zeit aufgefaßt.«

»Vierzig Jahre auf Zeit?«

»Für einen Hüllenmenschen? Durchaus.«

»Vielleicht passen wir ja doch nicht so schlecht zusammen.« Channa hielt einen Augenblick inne, dann ergänzte sie in flapsigem Ton: »Mit Joat als Zuckerguß der Vereinbarung glaube ich nicht, daß ich es als ›hehres Opfer‹ sehen würde, länger hierzubleiben. Bäh! Einrichtung für Waisenkinder! Sie abholen? Wie irgendein Paket?« Channa spähte durch ihren Raum zu seiner Säule hinüber. »Meinen Sie, wir haben eine Chance, Dorgans Entscheidung rückgängig zu machen?«

Darauf hätte Simeon nicht unbedingt wetten mögen, aber er hatte die Angelegenheit ja auch erst in Angriff genommen. Außerdem spürte er, wie sich tief in seinem Inneren etwas löste. »Mit einer Hirn-Partner-Verbindung haben wir durchaus eine Chance. Ich weiß Ihre Bereitschaft, sich darauf einzulassen, wirklich sehr zu schätzen, Channa. Und nun, werte Dame, sollten Sie die Sache doch wohl einmal überschlafen, nicht wahr?«

Sie seufzte. »Hm, aber ich finde keine Ruhe, und«, sie nestelte an einer Kante des Lesegeräts, »es gibt auch nichts, was ich gern lesen würde.«

»Dann«, sagte er und dämpfte sanft das Licht, »werde ich Ihnen ein Gedicht zur Nacht vorlesen. Machen Sie es sich gemütlich.« Er wartete ab, bis sie sich hingelegt und das Bettzeug und die Kissen gerichtet hatte, was er lächelnd mitansah. Dann fing er an: »Die wir mit Sängen deine Pilgerfahrt verzaubern ...« Ihre Augen schlossen sich, und langsam glitt sie in den Schlaf hinüber, während Simeon rezitierte.

» ... sanft durch den stummen Schlag der Glocken
auf goldnem Pfad nach Samarkand.«

KAPITEL 5

Channa betrat den Saal und steuerte auf den Tisch und ihren morgendlichen Kaffee zu. Eine Schallwelle traf sie – ganz wie eine Woge, als würde sie in eine strudelnde jadegrüne Mauer stürzen, die sie ergriff und wieder dem Strand zuspülte.

Sie erkannte die Musik geradezu reflexhaft: es war der »Triumphmarsch« aus *Die Kaiserin von Ganymed* von User.

Mit leisem Stirnrunzeln blieb sie stehen, als ihr auffiel, daß sie ihren Gang unbewußt an das Tempo des Marschs angepaßt hatte. Sie hielt inne, und diese Pause entsprach auch einem Takt. Als sie es bemerkte, mußte sie lachen. »Soll das etwa heißen, daß ich heute Königin werde?«

»Nach Ihrer rastlosen Nacht dachte ich eigentlich, daß Ihnen etwas Lebhaftes zusagen würde.«

»Na, dann bin ich ja wirklich mit dem richtigen Fuß zuerst aufgestanden«, konterte sie mit einem Geräusch, das einem Kichern nahekam.

Simeon war erfreut. Ihre Beziehung hatte letzte Nacht eine entscheidende Wendung genommen. Jetzt würde alles gut werden.

»Na, dann auch dir einen schönen guten Morgen, Simeon«, sagte Channa mit verschmitztem Lächeln.

»Den schmiere ich dir gleich wieder selbst aufs Brot, wie Patsy Sue sagen würde.«

Langsam verwandelte sich Channas wohlwollendes Lächeln in ein Stirnrunzeln. »Ich fände es einen hervorragenden guten Morgen, wenn ich sobald wie möglich mit Joat sprechen und sie sehen könnte. Ich mache mir große Sorgen, daß sie uns weglaufen könnte, was wiederum jeden Fortschritt zunichte machen würde, den wir in ihrer Sache bereits erreicht haben.«

»Ich wünschte, ich könnte dir diesen Wunsch erfüllen,

Channa, aber ich weiß selbst nicht, wo sie ist. Sie hat heute morgen ihren Geräuschverzerrer eingeschaltet und ist so gut wie verschwunden.« Als sich auf Channas Miene die Enttäuschung deutlich abzeichnete, setzte er hastig hinzu: »Ich glaube aus zweierlei Gründen nicht, daß sie uns verlassen wird. Erstens kennt sie sich gut zwischen den Hüllen dieser Station aus, das Areal ist zweifellos groß genug, um ihr Versteck bei Bedarf stündlich zu wechseln. Und zweitens ist keins der heute abdockenden Schiffe dazu geeignet, sich an Bord zu schleichen oder sich als Hilfskraft zu verdingen. Ich habe sämtliche Sensoren auf ihre gespeicherten Grundmuster eingestellt und diskret das Schlüsselpersonal benachrichtigt.«

Channa nickte und trat an die Konsole, wo sie ihren Notizbildschirm heranzog. »Dann machen wir uns wohl besser an die Arbeit. Inzwischen dürfte sich bei der GWRIM nach deiner Meldung von letzter Nacht auch einiges in Bewegung gesetzt haben.« Ihre Sorge linderte sich, als sie Simeons wissendes Glucksen vernahm. Sie trommelte mit den Fingern auf der Konsole. »Und ich vermute, daß das Jugendamt es nicht sonderlich schätzen dürfte, auf ihrer Abschußliste zu stehen.«

»Abschußliste?« Simeon klang beunruhigt. »Sind die etwa so drauf?« Er wollte nicht, daß Miss Dorgan *körperlich* etwas zustieß.

»So, wie die GWRIM gegen *humanozentrischen Chauvinismus* tobt, kann selbst der Toleranteste noch zum Fremdenhasser werden. Die haben Geld und sind unermüdlich damit beschäftigt, Schutzmaßnahmen zu ergreifen. Diese abfällige Bemerkung über Hüllenmenschen, na ja ... und gegen die MM sieht die GWRIM noch aus wie der reinste Häkelkreis.«

»Ein Häkelkreis?« Simeon durchsuchte sein Lexikon nach dem Begriff.

»Das war eine altmodische Art, einen produktiven und

gesellschaftlich anregenden Abend zu verbringen«, erklärte sie zerstreut.

»Ach so. Dann können wir wohl nicht allzuviel unternehmen, bevor die sich nicht bei uns gemeldet haben, nehme ich an.«

Simeon klang unglücklich. Channas Mundwinkel zuckte.

»Wir können nicht mit lodernden Laserwaffen hineinstürmen und die Zentrale des Jugendamts in Schlacke verwandeln, falls es das sein sollte, was du meinst. Wenn die Station volle Autonomie besäße, könnten die sich bei uns nicht einmischen – also konzentrieren wir uns fürs erste einmal auf die Stationsgeschäfte, ja?« Sie räusperte sich. »Ich bin mal deine Buchführung durchgegangen, Simeon, und ich muß sagen, daß du dort doch einige wirklich seltsame Einträge gemacht hast. Beispielsweise findet sich irgendwo ganz versteckt im vierten Quartal der Vermerk ›Zeug‹. Du mußt schon etwas genauer formulieren als ›Zeug‹.«

»Wieso denn? ›Zeug‹ ist doch für die meisten Buchhalter ganz akzeptabel«, sagte er in spöttischem Ton.

»Ich bin kein Buchhalter. Ich sollte eigentlich dein Partner sein. Würdest du mir mal erklären, was ›Zeug‹ bedeuten soll?«

»Das ist so, Channa. Ich kaufe Dinge, die mich interessieren. Ich, Simeon, nicht das Leitungsgehirn der Station.« Was spielte es schon eine Rolle, daß das auch erklärte, weshalb er seine Geburtsschulden bei den Zentralwelten noch nicht abbezahlt hatte. *Ich bin eben ein Horter und Sammler. Geht sie das vielleicht etwas an?*

Weit draußen im All begannen Simeons periphere Monitore, der Sensorenring, der vor einlaufendem Verkehr warnte, Informationen zu übertragen, die darauf hinwiesen, daß ein außerordentlich großes Objekt auf sie zukam. Den Wellen zufolge, die es im Subraum schlug, war es entweder sehr schnell oder sehr groß oder beides. Simeon teilte seine Aufmerksamkeit zwischen Channa und dem Alarm auf und sendete einen Kommunikationsimpuls in Richtung der Störung. Der Anflug auf eine Station unterlag strengen Reglementierungen. Unangekündigt einzutreffen, verstieß gegen ein halbes Dutzend Vorschriften und sorgte für reichlich hohe Bußgelder.

Beantworten Sie den Anruf, sendete er. *Antworten Sie sofort.*

»Nun, in zwei Wochen findet eine Inspektion und Betriebsprüfung statt«, hörte er Channa in ernstem Tonfall sagen. »Wir *müssen* das Schiff auf Vordermann bringen, Partner.«

Er wußte es durchaus zu schätzen, daß sie ihm auf subtile Weise an ihr Versprechen erinnerte, ihm bei Joat zu helfen, doch war dies nicht die Zeit für hübsche kleine Details.

»Ich habe aber kein Schiff, Channa«, murmelte er abgelenkt, »aber dafür habe ich da draußen etwas höchst Ungewöhnliches, das sich mir nähert, ohne das vorgeschriebene Protokoll zu beachten.«

Inzwischen trafen auch visuelle Informationen ein. Das Objekt war aus dem interstellaren Transit getreten und kam mit ... *Großer Ghu, 0,17 c* auf sie zu! Ein großes Fahrzeug, dessen Umrisse keinem bekannten menschlichen Schiff glichen. Die Hülle besaß zwar eine grundlegende Kugelform, trug aber außen ein richtiges Durcheinander aus Trägern und Gerüsten. Einige von ihnen sahen so aus, als wären sie mit Energiestrahlen abgeschnitten worden, und die Schnittstellen waren schartig. Normalerweise gingen Leute nicht so unvorsichtig mit Schneidewerkzeugen um. Feinde dagegen schon. Simeon strahlte die übliche Identifizierungsaufforderung ab und aktivierte die Schlepper.

»Und wir werden auch keins aus mir machen«, fuhr er, an Channa gewandt, fort. »Die Inspekteure dagegen dürften ziemlich ins Schlingern kommen.«

Channa stöhnte. »Das war selbst für deine Verhältnisse lahm. Du bist wirklich ungewöhnlich albern, Simeon. Du weißt genau, welche Mentalität hinter diesen Inspektionen steht – erst kommt das Urteil, dann die Verhandlung.«

»Mit anderen Worten: Rübe ab. Sofern sie an meine herankämen.«

»Ja, und dann sollten wir so schnell es geht abhauen, um bei guter Gesundheit zu bleiben. Was du ebenfalls nicht kannst. Nun, da dies mein erstes Mal mit dir ist ...«

»Ach, Channa ... hechel, hechel.«

»Simeon«, sagte sie drohend. »Ich weiß, wo die Regelinstrumente für deinen Hormonspiegel sind.«

»Hähä, tut mir leid. Was können die mir schon antun? Mich ins Asteroidenfegefeuer zurückschicken? Wie ich dir schon sagte, ich bin hier ohnehin nur vorübergehend im Dienst.«

Channa war die Aufzeichnungen durchgegangen. »Das sind ja zwölf Eintragungen des Begriffs ›Zeug‹! Du möchtest, daß dies hier nur ein vorübergehender Posten bleibt? Na, der Wunsch dürfte dir möglicherweise in Erfüllung gehen.«

»Das ist kein Wunsch, meine Liebe. Ich habe nie gesagt: ›Ich wünschte, die würden mich von hier wegholen und mich irgendwo anders deponieren.‹ Ich habe vielmehr ein ganz bestimmtes Ziel vor Augen, wie du selbst neulich abend so scharfsinnig feststelltest. Wenn es nach mir ginge, würde ich ein Kommandoschiff steuern und Sternenkrieg am galaktischen Außenrand führen. Aber«, und er stieß ein gewaltiges, hörbares Seufzen aus, »wer glaubt heute schon noch daran, daß Wünsche helfen könnten?«

»Du doch – mit deinen ganzen Kriegsspielen und taktischen Tagträumen.«

Das nahende Schiff hatte immer noch nicht reagiert, auch verlangsamte es nicht so stark, wie es das eigentlich tun müßte. Tatsächlich hatte sein Befehlshaber, wer immer das sein mochte, schon viel zu lange gezögert, um jetzt noch damit zu beginnen. Das Feuern der Triebwerke hätte eigentlich den ganzen Quadranten überstrahlen müssen, während der Neutrinostrom gerade kräftig genug für einen unter Höchstleistungsdruck stehenden Reaktor war. Simeon gelangte zu einem ungemütlichen Schluß.

»Hoppla, Channa. Da kommt gerade Zeug auf uns zu, das uns zu Hackfleisch verarbeiten wird, wenn wir nicht aufpassen. Willst du mal sehen?«

Simeon aktivierte einen Hauptmonitor mit dem Bild des Eindringlings, wie er auf sie zukam. Überraschtheit und Sorge ließen Channa für den Bruchteil einer Sekunde erstarren, bis sie schließlich reagierte.

»Ich benachrichtige die Außenposten«, sagte sie, wischte ihr früheres Programm beiseite und gab die Neuigkeiten ein.

»Genau!« Obwohl er das bereits getan hatte, ließ sich ein Notfall immer noch eindringlicher gestalten, wenn er gleich aus zwei verschiedenen Quellen bestätigt wurde. »Ich bin gerade dabei zu berechnen, wie wir den Aufprall dieser riesigen Masse abmildern können, die da gerade auf uns zupfeift. Ich hoffe nur, die wissen, wo die Bremse sitzt.« Es war schön, während eines Notfalls einen Partner zur Verfügung zu haben. Das Stationspersonal sollte sich besser daran gewöhnen.

Channa betätigte den Alarmknopf auf der Hauptkonsole, dann holte sie das Objekt in höherer Auflösung auf den Schirm, wo es wie eine dunkle Masse vor dem schwarzen Hintergrund des Alls aussah.

»Unangekündigte Ankunft!« Sie übertrug das Bild an das Fluglotsenpersonal an der Peripherie und gab den kritischen Vektor durch, zusammen mit dem Befehl, einlaufenden Verkehr dementsprechend umzuleiten.

»Woher willst du wissen, daß es auf uns zupfeift?« fragte sie mit einer ebenso gelassenen Stimme wie er, während ihre Finger über die Konsole huschten. »Im All gibt es doch gar keine Geräusche.«

Simeon konnte einen allerleisesten Hauch von Furcht in ihrem nüchternen Tonfall ausmachen. »Wenn ich glaube, daß es pfeift«, erwiderte er, »dann pfeift es auch.«

»Die Außenposten melden, daß sie noch nie so etwas gesehen haben. Und ...« Channa hielt inne und fuhr sich mit der Zunge über die Lippen. » ... es steht im Begriff, eine breite Schneise durch die regulären Flugleitbahnen zu schneiden.«

Simeon übernahm die vollständige Kontrolle über die Flugleitinstrumente. Er konnte die entsprechenden Veränderungen in den Flugleitmustern schneller wahrnehmen und darauf reagieren als jeder hüllenlose Mensch. So führte er gleichzeitig Dutzende von Schiffen und beantwortete ihre Anfragen.

Plötzlich begann Channa zu fluchen. »Verdammt! Diese verfluchten Zivilisten stellen nur Fragen, anstatt zu tun, was im Notfall erforderlich wäre. Jetzt begreifst du, weshalb ich es nicht mochte, daß du diese Fehlalarme ausgelöst hast. Jetzt beachtet niemand mehr diesen echten Notfall!«

»Ich habe sämtliche öffentlichen Bildschirme damit versorgt. Sie werden schon wissen, daß es kein bloßer Übungsalarm ist«, sagte Simeon mit vor Bösartigkeit samtener Stimme, »und es fliegt direkt auf uns zu. Ich glaube auch nicht, daß es damit aufhören wird.«

Ich wußte gar nicht, daß du scherzen kannst, nachdem dich erst einmal das Grauen gepackt hat, dachte er in angestrengter Selbstbeherrschung, obwohl es durchaus hilfreich war, wenn man dazu in der Lage war, das eigene Gegenstück zu Adrenalindrüsen selbst aussteuern zu können.

Channa sah benommen und erstarrt zu, wie das fremde Schiff das Monitorbild ausfüllte. »Hast du den Abwehrschirm noch nicht aktiviert? Tu das doch, um Gottes willen!« Sie preßte auf ihren Kippschalter – um den Bruchteil einer Sekunde langsamer als Simeon.

Joat knirschte mit den Zähnen und fuhr sich mit dem Ärmel über Augen und Nase. Es war ein gutes Hemd und sauber. *Blöd*, tadelte sie sich selbst heftig. *Blöde, blöde, blöde Gans, blöde Kuh, genau wie der Kapitän es dir gesagt hat.* Vor allem, wenn er betrunken gewesen war. Dann war er immer am schlimmsten.

Sie richtete die Aufmerksamkeit wieder auf den kleinen Computer zurück. Es war der beste, den sie hatte stehlen können, ein echter Spuglish; im Augenblick war er mit dem Stationssystem verbunden, und zwar über die Skippereinheit, die sie angezapft hatte, damit die Station nicht feststellen konnte, wo sie sich befand und was los war.

Schiffspläne/Abfahrten/Außensystem –, sagte sie zu ihr. Maschinen belogen einen nicht! Maschinen konnte man trauen, und wenn sie nicht taten, was sie sollten, geschah es wenigstens nicht, weil sie gelogen hatten. Mathematik und Maschinen durfte man glauben.

Ein Schluchzen brach über ihre Lippen hervor. Joat biß sich in die Hand, bis der Schmerz und der Geschmack ihres eigenen Bluts es ihr erlaubten fortzufahren. Dann wischte sie die Maschine mit ihrem Hemdzipfel ab. Maschinen ließen einen auch nicht im Stich.

Abfahrten, sagte der Computer. *Hör mal, Joat, du mußt nicht von hier verschwinden. Vertrau mir, wir …*

»Nein!« schrie sie.

Joat stopfte die Verzerrer in ihre Taschen und kroch schnell den Schacht entlang, wobei sie alle Ausbuchtungen und Krampen ignorierte, die ihr Vorankommen nur unwesentlich behinderten. Ihre Motorik verlief reflexartig, sie war von kunstloser Effizienz.

Niemand wird mich wieder weggeben, dachte sie. *Erst gewöhnen sie mich an regelmäßiges Essen und an die Schule und alles, und dann geben sie mich weg!* Der Gedanke kreiste immer und immer wieder in ihrem Kopf, füllte ihn aus, so daß es Minuten dauerte, bis die Sirene ihre Selbstverlorenheit durchbrechen konnte.

»Ach, verdammt«, flüsterte sie mit immer noch leiser Stimme, als sie ihr gelauscht hatte. Dann machte sie kehrt und ging den Weg zurück, den sie gekommen war. Dort hinten war der Computer; ohne Computer war sie nicht in der Lage festzustellen, was wirklich los war. Und außerdem war da auch ihr Raumanzug. Die Sache klang ernst.

»DIES IST KEINE ÜBUNG! ICH WIEDERHOLE, DIES IST KEINE ÜBUNG!« Die Worte hallten durch die Gänge und Säle, doch diesmal ohne die melodramatischen Sirenen, die Simeon sonst immer verwendet hatte. »Entbehrliches Personal hat sich sofort in den Sicherheitstrakten zu melden. Melden Sie sich in den Sicherheitszonen. Vorbereitung auf Durchbrechung der Außenhülle.«

Diesmal lauschten die Bürger von SSS-900-C, stiegen hastig in ihre Raumanzüge, sammelten Kinder und Haustiere ein und strömten den Schutzräumen im Kern oder in der jeweiligen Abteilung der Station zu. Mannschaften bestiegen ihre Schiffe, deren Vertauungen bereits gelöst wurden, Zutrittsluken schlossen sich, und jede »Alle Mann an Bord«-Meldung wurde sofort an Simeon weitergeleitet. Notmannschaften besetzten ihre ihnen zugeteilten Posten. Lazarettpatienten, die nicht transportfähig waren, wurden in individuelle Lebenserhaltungseinheiten verbracht, die über eine unabhängige Stromversorgung verfügten. Schon bald blieb den meisten Bürgern von SSS-900-C nichts anderes mehr übrig, als abzuwarten und sich vorzustellen, wie ihre Station von dem auf sie zurasenden Eindringling zerschlagen wurde wie ein Ei.

Simeon arbeitete fieberhaft, wies Schiffe aller Größen an, der berechneten Bahn des anlaufenden Schiffs auszuweichen, ließ sie brutal in Unwissenheit darüber, daß Schiffe mit gewöhnlichen, schalenlosen Piloten kaum die superschnellen Reaktionen würden aufbringen können, die er ihnen abverlangte. So weit, so gut – immerhin war niemand dort draußen dazu verurteilt, noch heute zu sterben. Einen langen Augenblick lang glaubte er zu bemerken, wie das fremde Raumschiff bremste, doch das Energiefeuer flakkerte nur kurz auf und erlosch wieder. *Es hat nur 7 % seiner relativen Geschwindigkeit reduziert,* berechnete Simeon verdrossen. *Das ist nicht einmal annähernd genug.*

»Warum haben die bloß keine Mobilität einprogrammiert?«

»Wer?« fragte Channa abwesend. »Wo?«

»In mir! In dieser Station! Ich kann mich nicht einmal dukken! Ich verfüge über keine Waffensysteme, um das Schiff wegzupusten. Ich kann nicht einmal eine solche Masse abwehren. Ich kann nur noch zusehen. Die wenigen Laser, über die ich verfüge, können höchstens einen mittleren Meteoriten vernichten. Ich kann lediglich diese Hülle ein wenig aufwärmen, und selbst dazu muß ich erst warten, bis er mir schon in den Hintern kriecht! Verdammt! Diese Station ist doch ein einziges querschnittgelähmtes Raumschiff!«

»Hoppla! Hast du das gesehen?« rief Channa. Die Masse schien gezielt einen Schlenker zu fliegen, um einem gewöhnlichen Bergbauschiff auszuweichen, etwas, was der Bergbauschiffskapitän höchstwahrscheinlich nicht selbst hätte vollziehen können. »Schau mal«, sagte sie. »Da! Siehst du? Es hat ein wenig den Kurs geändert, um dem einlaufenden Fährverkehr auszuweichen. Es wird doch gelenkt.«

»Aber wovon?« wollte Simeon wissen. Er unterzog die Ballistik dieser Manöver einer Berechnung. Die Abweichungen waren absolut minimal und reichten gerade aus, um den gewünschten Effekt zu erzielen. »Es ist inzwischen so schnell, daß kein menschlicher Pilot es aufhalten könnte, ohne dabei das Bewußtsein zu verlieren. Sie antworten nicht auf Funknachrichten. Sie ignorieren die verdammten Warnfeuer. Verdammt, vielleicht glauben die sogar noch, daß wir sie willkommen heißen. Ja, wirklich hervorragend!«

»Aber sie bremsen doch schon wieder, Simeon«, warf Channa ein und hob den Blick von ihren eigenen Monitoren zum Hauptbildschirm, bevor sie sich den anderen Aufgaben wieder widmete, die sie übernommen hatte.

»Ja, diesmal noch kürzer. Nein, Bremsung – nein, schon wieder eine Bremsung. Energiefreisetzungsrate ... Gott, aber sie bremsen immer noch nicht genug! Und sind immer noch auf Kollisionskurs!« Seine Stimme schnappte leicht über. »Die *wollen* uns zerstören!«

»Ich kann keine Waffen erkennen«, erwiderte Channa und versuchte, rechtzeitig ihre Aufgaben zu meistern.

»Wer kann das bei diesem Durcheinander von Streben und Schachteln und Mist schon sagen! Außerdem ist das Ding selbst eine Waffe.« Simeon hatte nur noch eine einzige Karte in der Hand, und die durfte er nur im richtigen Augenblick ausspielen, wenn er maximale Wirkung erzielen wollte. »Partner, du steckst noch nicht einmal im Raumanzug. Begib dich wenigstens in den Schutz meines Säulenkerns, Channa.«

Sie schüttelte den Kopf. »Nicht bevor ich damit fertig bin, den Quadranten des Aliens zu evakuieren. Außerdem erschrecken sich diese Lether sowieso schon viel zu leicht, auch wenn ich nicht in voller Montur dort erscheine.«

Endlich war es ihr gelungen, eine Verbindung zum Anführer des Kontingents aus Lethe herzustellen. Dieses Volk war derartig förmlich, daß es selbst für sämtliche Notfälle eigene Zeremonien entwickelt hatte, die glücklicherweise nur sehr kurz verliefen. Hätte Channa die geforderte Zeremonie nicht ausgeführt und ihnen die Lage erklärt, wären sie lieber gestorben, als einen solchen Verstoß gegen die guten Manieren zuzulassen. Endlich brach Channa die Verbindung wieder ab und rief: »Joat!«

»Sie besitzt einen Anzug«, erwiderte Simeon. »Das war das erste, was ich ihr gegeben habe. Wahrscheinlich steckt sie schon darin. Warum tust *du* das eigentlich nicht?«

Channa eilte zu dem Spind mit ihrem Raumanzug und begann sich hineinzuzwängen.

»Komm zu mir, Channa«, sagte er in einem wilden, lockeren Ton, »komm und berühre den harten, männlichen Kern meines innersten Seins.«

»Pfui Teufel, ist das etwa die Art von Romantik, die du studiert hast? Versuch es doch mal mit einem anderen Modus.«

»Wenn ich Welt genug habe und Zeit, Liebste, aber schau dir doch einmal an, was ich als Stoppschilder zu errichten geschafft habe.«

Wie aus dem Nirgendwo kamen drei Kommunikationssatelliten auf das nahende Schiff herangestürzt, zwei von ihnen trafen es frontal, das andere ein Stück steuerbord. Ganze Abschnitte des Gerüsts und der Außenhülle des Übeltäters gingen in weißen Blitzen auf, die sich mit der Perfektion von 0g zu Kreisen ausdehnten. Das fremde Schiff wurde dadurch zwar nicht gebremst, dazu hatte seine Masse zuviel kinetische Energie, aber sein Vektor veränderte sich leicht.

»Kommunikationssatelliten dürfen sich doch gar nicht so bewegen können!« rief Channa gepreßt. Simeons Sensoren konnten das Klopfen ihres Herzens vernehmen und die Ketone analysieren, die ihre schweißnasse Haut von sich gab. Furcht, unter starker Kontrolle. *Die Dame hat gute Nerven,* dachte er.

»Eine kleine Überraschung, die ich mir ausgedacht habe«, sagte er selbstgefällig.

»Aber in der falschen Denkschule, du verrückter Narr! Ohne diese Satelliten können wir wochenlang mit der Hälfte des Universums keinen Kontakt mehr herstellen.«

»Channa, wenn ich das nicht getan hätte, könnten wir sogar mit dem gesamten Universum keine Kommunikation mehr herstellen, und zwar auf Dauer. Außerdem hat meine Satellitentaktik funktioniert!«

Channa blickte zum Hauptmonitor hoch und sah, daß der

vorausberechnete Vektor sich leicht verschoben hatte. »Nicht genug«, brummte sie. »Bitte benutze keine weiteren Kommunikationssatelliten mehr als Billardkugeln, Simeon. Wenn wir die Sache tatsächlich überleben sollten, werden wir die Satelliten dringender brauchen denn je!«

»Oh, oh«, murmelte Simeon.

»Oh, oh?« wiederholte sie besorgt.

Das bedeutet, daß ich die Sache versiebt habe, dachte Simeon. Laut dagegen sagte er: »*SS Conrad*, koppeln Sie Ihre Frachtmodule ab und verschwinden Sie bloß aus diesem Sektor. Sie liegen im Augenblick genau auf der Einlaufbahn des fremden Schiffs.«

»Das geht nicht, SSS-900-C. Ich habe hier eine volle Ladung an Bord. Die Firma reißt mir den Arsch auf, wenn ich die im Stich lasse.«

»Dann wird die Firma wohl eine Séance dazu abhalten müssen, denn wenn Sie dort bleiben, sind Sie bald unsterblich. Hauen Sie gefälligst ab!«

»Und zwar sofort!« brüllte Channa. »Das Ding ist keine zweitausend Kilometer – tausend Kilometer von Ihnen entfernt. Sofort, verdammt!«

»Ach, du großer Gott!« rief der Pilot und koppelte die »Droschke«, die Mannschaftsunterkünfte und die Steuerungsabteile des Schiffs von den um einiges größeren Frachtmodulen ab.

Sie sahen zu, wie sich das winzige Fährschiff mit nervtötender Langsamkeit über den scheinbar endlosen Bug des fremden Schiffs schob.

»Hinunter auf Stationshorizont«, instruierte Simeon es. »Neunzig Grad senkrecht hinunter.«

»Hinunter? Wollen Sie etwa, daß ich bremse? Während dieser Drecksack direkt auf mich zukommt! Sind Sie verrückt geworden?«

»Es ist Ihre einzige Chance, Kumpel. Am Kiel ist sie flach, aber sie ist verdammt breit! Zeigen Sie mir mal, was als Pilot in Ihnen steckt! Und nicht, was für Schmierstreifen von Ihnen bestenfalls übrigbleiben werden.«

Gehorsam gab das kleine Schiff Energieschub, nahm einen Kurs, der im rechten Winkel zu seinem vorhergehenden Bewegungsvektor stand. Seine Flugbahn verschob sich, zunächst nur langsam, dann mit wachsender Geschwindigkeit und zog wie eine Bellsche Kurve über einen der Computerschirme. Langsam, ganz langsam, sackte es tiefer, ein heller Punkt vor der immer größer werdenden Masse, die weiterhin auf die Station zukam.

»Scheiße, Scheiße!« flüsterte der Kapitän verzweifelt. »Hilfe?«

Der Eindringling war nun weniger als einen Kilometer von der kleinen Fähre entfernt, die jetzt vor der schwarzen Hülle des Fremden wie ein weißer Nadelkopf wirkte. In einem halben Kilometer Entfernung schob sich der Schlepper an der Frontkante des einlaufenden Schiffs vorbei, und der Pilot begann wie wild zu lachen.

»Weiterhin auf Kurs bleiben«, befahl Simeon scharf und in lautem Ton, um sich über der Hysterie Gehör zu verschaffen. »Er rammt gleich Ihren Frachter. Fliegen Sie weiter, bis ich Sie auffordere anzuhalten.«

»Es ist Erz«, keuchte der Kapitän, obwohl es schon eher nach einem Weinen klang, »Eisenerz. Kohleführendes Eisennickel, in Zehn-Kilo-Kugeln.«

Ach, Mist! dachte Simeon, als der Eindringling den Frachter mit majestätischer Langsamkeit rammte. Das vordere Drittel seiner Hülle verschwand in dem Feuerball, ebenso ein großer Teil der Last des Frachters. Der freigesetzte Energieschub und die spektrographische Analyse würden ihm sehr viel über die Zusammensetzung mitteilen. In diesem Augenblick prasselten Millionen von Meteoriten wie auf Bestellung aus den aufgerissenen Frachträumen seiner Station entgegen. Ein hervorragendes Beispiel Newtonscher Physik: *actio et reactio*.

Glücklicherweise hatte die Kollision einen großen Teil der Geschwindigkeit des näherkommenden Schiffs verbraucht, doch dafür hatten die Trümmer des Schiffs und der Fracht sie selbst aufgenommen. Simeon verfolgte die Zehntausende von Flugbahnen des Raumtreibguts. Er gab die Informationen an die Schiffe im Verteilungsgebiet weiter und befahl ihnen noch unmöglichere Flugmanöver. Er gab die Rechnerkapazitäten frei, die für die Verfolgung und Zerschmetterung der größeren Erzbrocken durch die Laserkanonen der Station erforderlich waren. Die Verteilung stellte kein Problem dar, wenn das Zeug einem gerade ins Gesicht flog. Auf der anderen Seite war es verdammt viel. Simeon überließ es dem Computer auszurechnen, wieviel davon durchdringen würde.

Er bemerkte, wie Channa den Monitor mit entsetzter Faszіniertheit betrachtete. »He Hap, Happy Baby, begib dich in den Kernschacht!«

»Weshalb?« fragte sie. »Es bremst doch.«

»Ja, es wird zwar langsamer, aber wenn es mir auch nur einen Kuß auf die Wange hauchen sollte, reißt es damit ein Loch in die Station, und schon bist du auf einer Reise in den Sternennebel. Wir brauchen dich noch hier, also beröhre mich, Baby.«

»Beröhre dich doch selbst«, konterte sie. »Es hat die Vorwärtsbewegung vollends eingestellt.«

Ein letztes Energieaufflackern brachte das letzte Drittel der Außenhülle des Eindringlings zum Zerschmelzen, während die Triebwerkskerne und Leitflügel weiß erglühten und sich mit Dampfschwaden aus Titan-Rutil-Monofibern überzogen.

»Tatsächlich«, erwiderte Simeon.

Channa stieß ein wildes Jauchzen aus und sackte gegen die Mittelsäule. Sie versuchte dabei, den Schweiß wegzuwischen, der ihr Gesicht bedeckte. Doch ihr Handschuh klickte nur gegen das Visier des Helms.

»Tot. Stockstill«, sagte er und empfand dabei eine gewaltige Erleichterung. »Das heißt, relativ zur Station.«

Mit einem Blick auf seine Säule schlug Channa auf den Abschalter, und die roten Warnleuchten hörten auf zu blitzen. In lieblichem, väterlichem Tonfall begann Simeon Alarmstufe Gelb anzusagen. Channa nahm den Helm ab und konferierte mit dem Anführer der Lether, stellte die üblichen förmlichen Beziehungen wieder her.

Als sie schließlich ihre verschiedenen wichtigen Pflichten erfüllt hatten, musterte Channa die bei ihr eingelaufenen elektronischen Meldungen und lachte. »Mein Gott, wir sind wirklich eine zähe Rasse. Schau dir das mal an.«

Simeon ging die Meldungen durch und mußte auch lachen. »Ich habe noch nicht mal das überschüssige Adrenalin aus meinem System gespült, da beklagen die sich bereits über Frachtverluste und mahnen Versicherungsleistungen an. Ich liebe die menschliche Rasse. Wir machen uns konsequent immer mehr Sorgen über Nebensächlichkeiten als über echte Gefahren.«

»Und dabei sind wir doch noch nicht einmal außer Gefahr, oder?«

»Nur außer tödlicher Gefahr. Das Ding hätte uns erledigen können. Das Erz wird noch eine Menge Ärger und Kosten verursachen, also wollen wir für eine Weile die Alarmstufe Gelb aufrechterhalten.«

So würde er dafür sorgen, daß keine für den Notfall autorisierte Personen die äußeren Abteile aufsuchten, bei denen es sich ohnehin überwiegend um Industriekomplexe handelte, während sich alle in ihren Raumanzügen, die Helme griffbereit, in Sprungweite ihrer Schutzräume aufhielten. Natürlich gingen gerade Megacredits an Geld verloren, von denen der größte Teil von Lloyds' Interstellar ausgeglichen werden würde.

Channa musterte das fremde Schiff in einer Nahaufnahme.

»Die nächste Frage lautet, wer oder was an Bord sein mag.«

»Und ob überhaupt noch etwas von dem Piloten übriggeblieben ist«, fügte Simeon hinzu, »der gegen unzählige Vorschriften verstoßen hat, von deren Existenz ich bis heute überhaupt nichts wußte. Ich habe ein Dutzend Sonden ausgeschickt, um verfügbare Informationen darüber einzusammeln, was noch übrig ist. Aha! Da kommt schon Input!«

Der Hauptmonitor erlosch, dann erschien darauf ein Grundriß des fremden Fahrzeugs, der schließlich in ein dreidimensionales Modell überging, das die Computer extrapolierten.

»So hat es also ausgesehen, bevor es kollidiert ist und seine Triebwerke eingeschmolzen hat«, murmelte Simeon, als er und Channa eine langgezogene Kugel inmitten ihres Wirrwarrs von Erweiterungen musterten. »Und jetzt werde ich davon einmal abziehen, was offensichtlich nicht zur ursprünglichen Konstruktion gehört.«

Das daraus errechnete Modell hatte nicht mehr viel Ähnlichkeit mit der zusammengeschmolzenen Ruine, die träge durch den Raum trudelte, wie sie in dem Echtzeitbild zu erkennen war, das Simeon in der rechten unteren Ecke des Bildschirms wiedergab. Channa beugte sich vor und runzelte die Stirn angesichts einer solch unvertrauten Konstruktion. Auf jeden Fall war es riesig: mindestens achtzig Kilotonnen Masse, mit extravaganten Schiffsdocks und Luftschleusen, altmodischen Kühlpropellern um den Äquator …

»Das sieht mir nach einer menschlichen Konstruktion aus«, meinte sie nachdenklich. »Es ist nur kein Modell, das ich jemals gesehen oder von dem ich je gehört hätte.« Zu Beginn des Raumflugs war die menschliche Zivilisation noch vereint gewesen, so daß ihre Schiffe eine gewisse Ähnlichkeit aufwiesen.

»Es sieht zwar entfernt nach einer menschlichen Konstruktion aus«, stimmte Simeon zu, »aber ich finde nicht einmal eine Entsprechung in den historischen Dateien von *Janes' Alle Raumschiffe der Galaxie* für das letzte Jahrhundert. Auch die Zusammensetzung ist merkwürdig – eine Metall-Metallfaser-Matrix. Eisenhaltige Legierungen. Keine vergleichbare Konstruktion in den letzten beiden Jahrhunderten.«

»Hast du etwas gefunden?«

»Das hier.« Er brachte neben dem rekonstruierten Schiff ein weiteres Bild auf den Schirm.

»Große Ähnlichkeit, aber keine Zigarre«, meinte Channa.

»Das ist der letzte einer Reihe von Schwertransportern – ein Truppentransporter der Raummarine der Zentralwelten. Die Konstrukteure waren Dauvigishipili und Söhne. Die haben eine Menge Militärfahrzeuge gebaut, auf Stationen außerhalb des Systems New Lieutas. Siehst du, es hat doch einen Nutzen, Militärhistoriker zu sein.«

Das Bild veränderte sich, und nun entsprach es fast eins zu eins dem rekonstruierten Raumschiff.

»Kolonialtransporter«, erläuterte Simeon. »Der Bau wurde vor ungefähr dreihundert Jahren eingestellt, also könnte es bis zu vierhundert Jahren alt sein. Ursprüngliche Kapazität zehntausend Kolonisten, natürlich im Kälteschlaf, dazu eine Mannschaft von dreißig Leuten. Damals gab es eine Menge merkwürdiger kleiner Kolonien, suchten die Leute nach Orten, wo sie jede seltsame Religion praktizieren konnten, die ihnen behagte, ohne daß die Zentralwelten ihnen deswegen zusetzten. Die wenigen Exemplare, die noch überlebt haben, sind immer noch ganz intakt. Überrascht es dich zu erfahren, daß man diese Schiffsklasse als *Typ Vorsehung* bezeichnete? Einige der späteren Modelle waren mit Gehirnkontrolleuren ausgestattet, bevor die Zentralwelten diese Praktik aus Gründen der Humanität verboten. Einige dieser kleineren Kulte waren ...« Er machte eine kurze Pause, um sein Lexikon zu konsultieren.

» ... deviant! Ich wette, daß man aus diesem Schiff eine Orbitalstation gebaut hat. Schau dir nur das ganze Zeug an!«

»Deine Art von ›Zeug‹?« fragte Channa heimtückisch.

»Gerätschaft«, berichtigte er mit fester, ernster Stimme, »die man einfach an der Außenhülle befestigt hat: Beobachtungszeug, Übertragungszeug, das übliche. Für den Gebrauch im Orbit bestimmt. Ich meine, wer will schon ein Schiff fliegen, aus dem soviel Mist herausragt? Zum einen würde die Schubachse dabei nicht mehr genau durch die Mitte der Schiffsachse führen, so daß das Ding im Ungleichgewicht wäre.«

Channa ging noch weitere Sondenübertragungen durch, darunter einige Aufnahmen der Außenrandsensoren, die den sich drehenden Rumpf zeigten. So konnten sie die Verwüstungen begutachten, die durch die Kollision und die viel zu schnelle Bremsung entstanden waren.

»Möglicherweise hatten sie ja einen Grund für ihr unangemeldetes Eindringen«, sagte sie und fror ein Bild der Radar- und Funkantennen ein. »Das sieht mir nach Gefechtsschäden aus.«

»Nun ja.« Simeon führte eine schnelle Nahuntersuchung durch und glich sie mit den Marineaufzeichnungen in seinen Dateien ab. »Du hast recht, liebste Channa. Die Übertragungsantennen wurden abgesäbelt, so daß sie auf unsere Funkrufe gar nicht hätten antworten können. Wer immer diese Pfeile abgeschossen hat, verstand sein Geschäft, und er wußte auch um ihre Schwachstellen. Siehst du die langen, sternförmigen Rißmuster in der Hülle? Und diese langen, etwas verwaschenen Verzerrungen, die sich im hinteren Drittel der Hülle häufen? Die stammen von Strahlwaffen aus extremer Entfernung, würde ich sagen. Es läßt sich schwer feststellen, weil alles so ein Durcheinander ist.« Er sprach etwas langsamer, in einem beinahe düsteren Ton. »Mensch, Channa, solche Beamer sind Gefechtswaffen der Marine. Der echte Kram.« *Junge, Junge, das ist wirklich* überhaupt *nicht wie eine Simulation.* »Irgend jemand hat versucht, dieses Schiff zu vernichten.«

»Während die Opfer verzweifelt genug waren, beinahe blind und völlig taub zu fliehen«, ergänzte Channa. Das war alles andere als risikoarm, nicht einmal in den riesigen Gebieten des interstellaren Raums. »Meine nächste intelligente Frage lautet: Sind sie entkommen? Oder werden sie immer noch verfolgt?«

»Da bin ich dir schon voraus, Partner«, erwiderte Simeon mit einer gewissen Selbstzufriedenheit, weil er ihren Gedankengang vorweggenommen hatte. »Ich kann nichts entdekken, was auf demselben Vektor näher käme.« Er stieß einen hörbaren Seufzer der Erleichterung aus. »Oder ... nein, die waren ja tatsächlich blind. Möglicherweise wurde die Verfolgung schon vor langem eingestellt, ohne daß sie etwas davon mitbekommen konnten. Aber wir sollten besser feststellen, wer und warum. Falls jemand von ihnen überlebt haben sollte, der uns noch die Fakten erläutern kann. Ich neige nicht zum Mitleid. Nach allem, was wir wissen, könnten es ebensogut Piraten oder Entführer sein, die vor den Marineschiffen der Zentralwelten geflohen sind. Und überhaupt – um Haaresbreite hätten sie einen Trümmer aus uns gemacht.«

»Trümmer in der Mehrzahl«, berichtigte Channa nachdenklich, »weil es sich um Einzelteile handelt und die in der Vielzahl sein müssen, um gefährlich zu werden. Ich glaube eigentlich nicht so recht, daß es Gesetzlose sind. Irgend etwas muß sie dazu getrieben haben, in einem raumfluguntüchtigen Fahrzeug davonzurasen. Irgend etwas, das plötzlich ihren Planeten heimgesucht hat. Weshalb hätten sie sich sonst nicht die Zeit genommen, diese ganze Masse zu entfernen, die da an ihrem Schiff herumhing? Vielleicht ist ihre Sonne ja zur Nova geworden. Und überhaupt«, fügte sie forsch hinzu, »wenn es Leute an Bord geben sollte, sind sie bestimmt in einem schlechten Zustand. Und was hast du bisher unternommen, um sie zu retten und/oder zu warnen?«

»Channa, du bist doch der mobile Teil dieser Partnerschaft. Erinnerst du dich noch? Also geh und mach an die Arbeit. Und sei vorsichtig!«

Channa hielt inne. »Danke, daß du mich daran erinnerst!« Ihr Ton klang ziemlich spröde. »Irgendwie war das nicht gerade die Art von Pflicht, mit der ich auf diesem Posten gerechnet habe.«

»Nun, so ist das eben!« sagte er leichthin. »Ich wäre ja auch untröstlich, wenn ich dich für nichts und wieder nichts in diesen klobigen Raumanzug gescheucht hätte.«

Channa hob ihren Helm auf.

»Braves Mädchen!« sagte Simeon ziemlich herablassend. Sie ignorierte ihn. »Ach, und noch etwas, Channa ...«

»Was?«

»Bevor du deinen Helm versiegelst, schalte doch bitte dein Implantat ein.«

»Ach ja!« Sie berührte den Schalter, der unmittelbar hinter ihrem Ohr in den Knochen eingelassen war, und dessen Kontakt nur auf ihre eigene, individuelle Bioenergie reagierte. »Kannst du mich empfangen?«

»Bestätigung.«

»Darf ich jetzt gehen?« fragte sie ziemlich schnippisch.

»Bestätigung.«

»Und aus, Simy Baby.«

»Da habe ich ihn«, brummte Joat vor sich hin, als sie den Computer von der überschatteten Kante hob und aktivierte, was mit den klobigen Handschuhen ihres Raumanzugs recht schwierig war. Joat war mit den Probealarmen der Station wohlvertraut, doch wegen ihrer hochentwickelten Überlebensfähigkeit hatte sie den Raumanzug tatsächlich angelegt, als die Sirene Alarmstufe Rot verkündete. Außerdem hatte ihr das Gelegenheit gegeben zu testen, wie schnell sie das blöde Ding tatsächlich anlegen konnte.

»Mann!« war ihre Reaktion auf die vom Computer pflichtschuldig berichteten Aktivitäten. Das System bekam jede Menge schwerwiegender Daten herein, die es konvertierte und auf dieselbe Weise an Simeon weiterspeiste, wie es sie von den Aufnahmesonden erhielt, wiewohl noch nie in einer solchen Dichte oder Komplexität. »Schwierig auszuwerten!«

Joat gab ihr Bestes, um die Sache zu verfolgen, doch es war alles viel zu schnell. Und dann: »Verstanden!« Jetzt dekodierte der Hauptcomputer den Datenstrom auch für seine kleine Freundin. Sie führte einige Einstellungen durch, um zu einer feineren Abstimmung zu gelangen und das Gelaber auszufiltern, so daß sie nur das visuelle und hörbare Zeug erhielt. Überrascht wich sie zurück, stieß dabei mit dem Kopf gegen das Metallschott, ignorierte aber den Schmerz, als sie begriff, was sie da gerade hatte.

He, das stammt ja von Channa. Merkwürdig, echt merkwürdig – ich bekomme, was sie im Moment sieht. Sie muß ein Implantat haben, daß sie Simeon so direkt Input liefern kann. Und was Channa sah, erfüllte Joat doch mit wachsendem Wohlwollen.

»Das ist ja um Klassen besser, als sich ins Holosystem einzuhacken«, brummte Joat und behielt den Blick auf den winzigen Schirm geheftet. Sie rutschte in eine etwas bequemere Position, legte ein Kissen aus, um sich nicht wieder den Kopf zu stoßen, stemmte die Füße gegen die Decke des Schachts, stöpselte den Kopfhörer in den Helmanschluß und verschlang das Geschehen.

»Ein Abenteuerholo in Echtzeit!« Perfekt, bis auf eine flimmernde Zeile, die an einer Seite des Bildwürfels herabspulte und wahrscheinlich die Atmung wiedergab. »Los, Channa, los!«

KAPITEL 6

Channa, die auf einer Station geboren und aufgewachsen war, hatte ihre ersten Raumspaziergänge bereits absolviert, als sie alt genug gewesen war, um in einen Kinderanzug zu passen. Aber da endete auch schon die Ähnlichkeit ihrer Zeit auf der Station Hawking Alpha Proxima mit der Situation jetzt.

Sie wußte, daß SSS-900-C theoretisch am Rande des Shiva-Nebels lag. Hier kreuzten sich Handelsrouten und wurden geförderte Erze transportiert, die für die Herstellung von Triebwerken lebenswichtig waren. Während das Schiff sich der hantelförmigen Station näherte, verfolgte sie den Vorgang mit großem Interesse auf ihrem Kabinenbildschirm. Doch die Theorie und dieser Anblick von Bord des Schiffs in völliger Sicherheit hatten sie nicht auf den großen Bogen perligen Nebels vorbereiten können, der nun ihr Visier ausfüllte: ein Nebel, der von Dutzenden von Protosonnen in einem Dutzend Farben glühte.

»Spektakulär, wie?« fragte Patsy.

Channa fuhr erschrocken zusammen. »Was machen Sie denn hier draußen?«

»Dieser Schlepper ist meine Notstation«, erwiderte Patsy und grinste breit in ihrem Kugelhelm. »Die Algen werden sich auch eine Weile ohne mich fortpflanzen, die geilen kleinen Penner. Und außerdem bin ich eine richtig gute Schlepperpilotin.«

»Das will ich Ihnen gerne glauben, Madame«, sagte Channa und entbot ihr aus ihrem eigenen Kugelhelm einen Salut. *Was jammert Simeon eigentlich? Er hat doch schon eine ganze Flotte, die er herumkommandieren kann.* »Gehen wir.«

Nacheinander ließen sie sich in die überfüllte Kabine des Schleppers gleiten und stöpselten die Anzugleitungen ins Schiffssystem ein. Bei den Schleppern handelte es sich um auf das Nötigste reduzierte kleine Fahrzeuge, die nur aus einem Kraftwerk und einem Antrieb mit einem Minimum von Bedienungselementen bestanden. Sie waren keilförmig gebaut und besaßen Dregganker sowie einen aufblasbaren Überlebens- und Wohntrakt, um Überlebende aufnehmen zu können. Andockstation und Kabine selbst waren dem Vakuum geöffnet, doch spürte Channa ein leises Heulen, als Patsy das Antriebsaggregat belastete und sie hinausmanövrierte. Es gab den üblichen, desorientierenden Ruck, als sie aus dem Schwerkraftfeld der Station heraustraten. Jetzt war das einzige Gewicht nur noch die Beschleunigung, und die Kugelhantelgestalt der Station war zu einer riesigen Masse *unter* und nicht mehr *hinter* ihnen geworden. Die Sinne versuchten Channa einzureden, daß sie innerhalb eines Gravitationsfelds senkrecht nach oben kletterten, doch dann setzte sich ihre Ausbildung durch, als sie sich dazu zwang, Oben und Unten zugunsten des allumfassenden Blicks aufzugeben, der im Raum der nützlichere war.

»Kursvektor eingenommen«, sagte Patsy in ihr Helmmikro.

Andere Schlepper wirkten wie Lichtpunkte, Glühwürmchen vor schwarzem Hintergrund. Die Analogie verlor nicht an Gültigkeit, als sie im Kreis die trudelnde Masse des Eindringlings umflogen; er war wirklich riesig. Der Bug war eine zerrissene Masse aus Fangarmen, während das Heck immer noch weißrot glühte, da die Hitze im Vakuum nur langsam abstrahlte.

»Meßdaten?« fragte Channa. Ihre Nase juckte; das tat sie immer, wenn sie einen Helm trug.

Simeons Stimme antwortete ihr. »Die Hauptstromversorgung ist ausgefallen, als sie ihren Antrieb ausbrannten«, meldete er. »Sei übrigens vorsichtig – es gibt Gammastrahlen ab, ein echtes Museumsstück. Das innere Hauptgravitationsfeld ist zusammengebrochen. Mittschiffs gibt es lokale Hilfssysteme, die noch funktionieren, sowie Spuren von

Wasserdampf und Atmosphäre. Es ist möglich, daß es eine Kabine gibt, in der die lebenserhaltenden Systeme noch laufen.«

Channa untersuchte noch einmal den Kommandobrükkenteil des Schiffs. Doch die im Cockpit des Schleppers zur Verfügung stehenden Instrumente waren kaum mehr als bloße Bewegungsmelder.

»Ich bekomme überhaupt nichts«, sagte sie frustriert. »Entgeht mir da irgend etwas?«

»Nicht viel«, teilte Simeon ihr mit. »Da draußen ist zuviel Schmutz, was die Messungen durcheinanderbringt. Schau mal, ob du an Bord gehen kannst.«

»In Ordnung«, sagte Channa und ließ den Blick die Hülle hinab bis zum Äquator schweifen, wo die Shuttledocks sein mußten. »Bring uns dorthin, Patsy.«

Mit einem Schnippen aktivierte Channa ein Positionslicht an der Außenhülle. Sie sanken langsam herab, bis das uralte Schiff den halben Himmel ausfüllte.

»So etwas baut man heute nicht mehr«, meinte Patsy, als sie die Shuttledockschleusen erblickte, die bequem zweihundert Meter lang waren, groß genug, um einen kleinen Raumkreuzer einzulassen.

»Das braucht man auch nicht«, erwiderte Channa zerstreut. Die Antriebskerne waren heute sehr viel billiger und sicherer, weshalb Schiffe dieser Größe veraltet waren. »Irgend jemand hat die ganz und gar nicht gemocht.«

Aus dieser Nähe sahen die Narben in der Hülle gewaltig aus: bis zum Schmelzpunkt erhitztes Metall, das an den Schnittkanten verschlackt aussah, doch schienen wie durch ein Wunder keinerlei strukturelle Schäden vorhanden zu sein, als sie tiefer ins Dock eindrangen.

»Sie müssen einfach noch am Leben sein«, murmelte Channa. »Leute, die soviel Glück haben, bringt nichts um.«

»Außer, die Glückssträhne läuft aus«, warf Simeon grimmig ein.

»Da ist etwas dran.« Endlich erreichte sie ein kleineres Shuttledock und versuchte mit verschiedenen Standardcodes die Luke zu öffnen. »Simeon, was empfiehlt die Bibliothek denn bei einem derartig alten Schiff? Mit den üblichen Codes habe ich keinen Erfolg.«

»Drei eins sieben, drei eins sieben fünf?«

»Das habe ich versucht. Nichts.«

Simeon überspielte ihr noch einige weitere Codes.

»Nichts davon funktioniert«, meldete sie. »Ob sie die Luke vielleicht verriegelt haben?«

»Schwer zu sagen, bis wir sicher sein können, ob sie verrückt sind oder nicht. Versuch es mit einem anderen Dock. Möglicherweise ist dieses Dock nur nicht mehr funktionstüchtig.«

Also ließ sie Patsy an der riesigen Schiffsseite hinunterfliegen, bis sie eine weitere Andockluke erreichten. Doch auch hier gelangten sie nicht hinein.

»Das ist doch albern«, sagte Channa genervt. »Es muß einfach einen funktionsfähigen Eingang geben!«

»In Anbetracht des erkennbaren Schadens wirst du vielleicht etwas mehr Glück mit einer Wartungsluke haben. Von denen gibt es an die hundert, aber nur sechs Shuttledocks. Versuch es einmal mittschiffs.«

»Das ist eine gute Idee«, sagte sie, da diese Wahrscheinlichkeit ihr frischen Auftrieb gab. »Aber nur für alle Fälle – was sollen wir denn als Büchsenöffner benutzen? Ich möchte nicht unbedingt, daß etwaige Überlebende schon an Altersschwäche gestorben sind, bis wir endlich zu ihnen durchkommen.«

Schon die erste Schleuse, mit der sie es versuchten, öffnete sich – ungefähr einen halben Meter weit. Channa blickte hinein, und Simeon tat es über ihr Implantat gleich.

»Du bist gar nicht so groß, aber auch nicht so klein«, sagte er mit wehmütigem Unterton.

»Ich setze uns jetzt auf«, meldete Patsy. »Kontakt.« Ein

leises *kling* durchhallte das Metall des Schleppers, als die Felder die große Hülle packten.

»Und ich werde es mit dem Einstieg versuchen. Ich denke, es ist breit genug«, sagte Channa zu Simeon.

»Sei ja vorsichtig, Channa …«

»Um Ghus willen, Simeon, ich habe schon mit fünf Jahren Raumspaziergänge unternommen.«

»Ja, aber ich bezweifle, daß deine Station jemals unter Feindbeschuß geraten ist. Und außerdem ist da noch dieser ganze herumfliegende Müll! Der könnte dich glatt von der Hülle fegen … oder dich als Schmierfleck auf ihr verteilen.«

»Du weißt wirklich, wie man ein Mädchen aufmuntert. Ich werde gehen, Simeon, und damit basta.« Halblaut murmelte sie etwas von Titantrotteln und agoraphoben Eseln, während sie den Ausstieg aus dem Schlepper vorbereitete. Patsy Sue gewährte ihr wenigstens ein fröhliches Grinsen und zeigte den hochgereckten Daumen. »Wir müssen unbedingt wissen, wer oder was dort drin ist.«

»Kein Problem«, warf Patsy ein und griff in den Werkzeugkasten unter dem Pilotensessel. Dann kam ihre Hand wieder hervor – mit der häßlichen schwarzen Form einer Bogenpistole.

Als Channa sich zu ihre umblickte, klappte ihr die Kieferlade herunter. »Sind die nicht verboten?«

Patsy wedelte mit dem gezinkten Lauf herum. »Auf Larabie nicht.«

Channa schüttelte den Kopf, dann machte sie mit ihren Vorbereitungen weiter. »Weißt du, Simeon, wir Partner eines Gehirnschiffs bekommen tatsächlich so eine Art Ausbildung. Das ist nicht meine erste Forschungs- und Rettungsaktion.«

»Wie oft hast du das denn schon mal gemacht?«

»Einmal. Meine Unerfahrenheit wird mich um so vorsichtiger machen. Ich kann das, Simeon. Wenn ich erst einmal drin bin, kann ich die Schleuse vielleicht irgendwie weiter öffnen. Schick ein paar von den anderen Schleppern hier vorbei, damit ich notfalls Verstärkung habe.«

Patsy wedelte mit der Bogenpistole, offenbar war sie mit der Waffe recht vertraut.

»Mal angenommen, ich brauche welche«, fügte Channa fröhlich hinzu. »Hast du irgendwelche positiven Lebensdaten, Partner?« fragte sie, als sie sich in geübter Vorsicht aus dem Schlepper stemmte. Mit einer Hand eine Hüllenkrampe festhaltend, ließ sie sich der Hülle entgegengleiten, wo das Haftfeld ihrer Stiefel sie sicherte.

»Meinen Sensoren zufolge ist niemand bei Bewußtsein. Aber es könnte auch ...«

»Hör auf, so ermutigend zu wirken«, sagte sie. »Hast du eine Sanitätsmannschaft in Bereitschaft?«

»Dabei haben wir uns doch gerade erst kennengelernt«, meinte er bedauernd.

Channa hielt inne, verblüfft von der Emotion seines Tonfalls. »Du bist wirklich die ausgekochteste Kreatur, der ich jemals zu meinem Unglück begegnet bin«, sagte sie kalt und befestigte eine Spule Optikfaser an ihrem Anzug. Simeon seufzte. »Hör mal, ich bin keine Vollidiotin. Der Schlepper wird mich auf einer Seite abschirmen, und außerdem bin ich sowieso nur zwei Schritte von der Luke entfernt.«

»Ich? Ausgekocht? Es ist schließlich meine Pflicht, einen Partner daran zu hindern, sein Leben zu riskieren.«

Sorgfältig löste sie den Stiefelkontakt und tat erst den ersten Schritt zur Luke, dann den zweiten. Nun löste sie beide Füße und schwebte zur Öffnung, um sie genauer zu untersuchen. Der in den linken Unterarm ihres Anzugs eingebaute Magnetgreifer zuckte, es fühlte sich wie ein leichter Stoß an. Die Kontaktscheibe schnellte hervor, zog einen geflochtenen einfasrigen Draht hinter sich her und schlug auf der Luke des Docks auf. Channa aktivierte den Schalter, der sie hereinholte. Patsy folgte mit einem gekonnten Purzelbaum, der sie auf die Entfernung einer knappen Armlänge neben ihre Freundin katapultierte.

»Angeberin«, meinte Channa.

»Sie sind nicht die einzige mit Raumerfahrung«, entgegnete Patsy. Ihr Ton war zwar heiter, doch hielt sie die Bogenpistole bereit, als sie durch die halbgeöffnete Luke spähte. »Coburn an Rettungsmannschaft. Dringen gleich in das Monstrum ein. Halten Sie sich bereit.«

Channa fuhr sich mit der Zunge über die trockenen Lippen. *Es ist die Luft im Anzug*, sagte sie sich entschieden. *Die ist immer zu trocken.* Und laut zu Simeon: »Du bist ja nur neidisch auf mich, weil ich Bellona Felsenkinn bin, das Idol der Raumpioniere.«

»Ich bin doch direkt bei dir, Channa«, erwiderte Simeon mit einem bedauernden Unterton.

Keuchend zwängte Channa sich in die schmale Öffnung.

»Bleib bloß nicht stecken«, riet er.

Channa begann zu kichern. »Bring mich nicht zum Lachen«, tadelte sie ihn. »Und hör auf, meine Gedanken zu lesen.«

Mit dem unangenehmen Gefühl von schabendem Metall und Plastik gelangte sie schließlich ins Innere. Die Kabine hatte vor langer Zeit einmal irgendwelches Wartungszubehör enthalten; sie besaß Anschlußleitungen und Hänger für EVA-Anzüge, ebenso leere Werkzeughalterungen. Das düstere Innere wurde von einem einzigen Leuchtstreifen erhellt. An der Hüllenseite befand sich eine massive, klobig aussehende Luftschleuse, daneben eine Reihe blinkender Anzeigeinstrumente.

»Irgendein System muß noch aktiv sein«, meinte sie. »Patsy, stemmen Sie sich doch mal gegen den Rahmen, vielleicht können Sie die Lukentür ja aufdrücken.«

»Da passe ich nie durch«, murmelte die ältere Frau. »Da wünsche ich mir glatt, ich hätte auch eine flache Brust.«

»Hat sie gar nicht«, versetzte Simeon heftig.

Channa grinste, doch Patsy Sue war damit beschäftigt, sich in der Lukenöffnung in Position zu bringen, wobei sie ihre Halteleine innen befestigte, um schließlich den oberen Teil der Lukentür zu packen und sich mit aller Wucht dagegenzustemmen. Doch die Tür öffnete sich keinen Millimeter.

»Nein, das Ding ist schlimmer verklemmt als … egal. Haben Sie ein polarisierendes Visier?« fragte Patsy.

»Standardausführung.«

»Okay. Dann versuch' ich mal etwas anderes.«

Sie trat zurück, hob die Bogenpistole und gab vier Feuerstöße ab. Der Riegel aus aktinischem blauweißem Licht war zwar im Vakuum völlig stumm, dafür spritzte aber ein Nebel aus Metallpartikeln wie glitzernde Schmalzkringel auf die Zielpunkte zu. Patsy nickte zufrieden und drehte sich herum, stemmte die Füße gegen die Luke und packte zwei Handschlaufen an der nahe gelegenen Hülle. Channa hörte sie angestrengt keuchen, da schoß die Lukentür auch schon ins All hinaus.

»Nette Dinge, die Sie da auf Lager haben«, bemerkte Channa.

»Kleinigkeit«, meinte Patsy und tat, als würde sie Rauch von der Mündung der Bogenpistole pusten. »Schon Erfolg gehabt?«

Channa beugte sich über die Tastatur neben der Luftschleuse. »Nicht viel. Ja, das ist es. Simeon, wie ist die Verbindung?«

»Laut und deutlich, seit Patsy die Tür aus dem Weg geräumt hat. Es könnte sein, daß ich weiter drinnen Patsys Signal nicht mehr empfange. Vielleicht solltet ihr lieber warten? Es sind vier Schlepper unterwegs zu euch.«

Channa ignorierte den flehenden Unterton, nicht ohne einen Anflug von Schuldgefühl. *Was soll's, die Sache ist einfach unwiderstehlich*, gestand sie sich ein. Sie war zwar als Verwaltungschefin, Partnerin und Problemlöserin ausgebildet worden, doch die meiste Zeit verlief alles in konventionellen Bahnen. Nicht etwa langweilig: Sie hätte die Ausbildung zum Partner eines Gehirnschiffs niemals durchgestanden, wenn das Ganze sie gelangweilt hätte. Andererseits wäre sie auch niemals ausgesucht worden, wenn nicht auch eine Spur Abenteuerlust bei ihrem psychologischen Profil gehört hätte.

»Würden Sie das bitte befestigen, Patsy?« fragte sie und überreichte ihr die Spule. Die Optikfaser war in gesponnenen Tungstendraht eingehüllt, in den in regelmäßigen Abständen Verstärker eingebaut waren. Er war kaum dicker als ein Zwirnfaden, konnte aber eine Belastung von mehreren Tonnen aushalten. Wenn er erst einmal hinter ihnen an der Wand befestigt war, würden weder ihre Implantate noch Patsys Anzugfunkgeräte an Sendekraft verlieren. Patsy verschweißte das äußere Ende neben der Luke mit der Hülle, wozu sie den Punkthitzer im Handschuh ihres Konstrukteursanzugs benutzte.

»Fertig?« fragte Channa und atmete tief ein.

»Und ob.« Patsy trat hinter sie, die Bogenpistole schußbereit.

»Achtung«, sagte Simeon.

Die Lampen an der Tastatur blinkten grün und bernsteinfarben. »Ich glaube, das besagt, daß die Atmosphäre zweifelhaft ist«, meinte Channa. »Auf jeden Fall herrscht dort drin Druck.« Sie befestigte eine Sensorleine an der Oberfläche.

»Die stecken in Schwierigkeiten«, meldete Simeon. »Hörst du dieses Winseln?« Channa schüttelte den Kopf und spürte, wie er die Tonempfangsanlage ihres Helms verstärkte. Jetzt vernahm sie ein leises, knirschendes Geräusch.

»Was ist das denn?«

»Das sind die Kerne des Innenhauptantriebs«, erwiderte Simeon grimmig. »Der Reaktor ist zwar heruntergefahren, aber sie fungieren immer noch als Supraleiter. Die Legierungen, die man damals verwendete, waren zäh. Damals hat man auch mehr Redundanzen eingebaut.«

»Und das bedeutet?«

»Das bedeutet ... daß der Pilot alles in den Antrieb geben mußte, was der Reaktor aufzubieten hatte, um dieses Ding zu bremsen. Die Außenspulen sind schon ausgefallen, bevor alles entweichen konnte. Jetzt wird auch die Innenspule bald hochgehen.«

»Schlechte Nachricht«, meinte Patsy.

»Wird sie explodieren?« fragte Channa besorgt. Die Energien, derer es bedurfte, um ganze Megatonnen zwischen den Sternen zu befördern, waren wahrhaft gewaltig.

Simeon lauschte. »Nicht sofort, aber schon sehr bald. Es wird stärker, aber das Geräusch sollte erst noch erheblich lauter werden, bevor man sich zur Panik entschließt. Mach die Innenluke auf, Frau! Ich schicke die Truppen rein. Du hast ungefähr dreißig Minuten, dann mußt du verschwunden sein.«

Die innere Luftschleuse glitt auf. Die beiden Frauen behielten die Helme fest auf, als sie wieder zuglitt und die Luft zischend eindrang. Channa blickte auf die Meßwerte an ihrem Ärmel und betätigte die Analysetaste.

»Sauerstoff niedrig, CO_2 viel zu hoch«, sagte sie grimmig. »*Nekrotische Ketone,* das steht hier jedenfalls – Zersetzungsprodukte. Dieses Zeug möchte ich nicht einatmen müssen. Würde man das überhaupt überleben?«

»Das hängt wohl von der natürlichen Toleranzschwelle ab«, erwiderte Patsy. »Und weiter drinnen ist es vielleicht auch nicht so schlimm.« Als Spezialistin für ökologische Wartung waren ihr die Parameter vertraut. »Dem Volumen der NKs zufolge müssen ihre Filteranlagen schon eine ganze Weile ausgefallen sein.«

Das innere Schott der Luftschleuse glitt auf. Nun, da sie sich nicht mehr im geräuschlosen Vakuum befanden, übermittelten die Außenmikrofone ihrer Anzüge das Zischen. Leider war zugleich auch ein schrilles Winseln zu vernehmen: eins, das ihnen die Haare zu Berge stehen ließ. Channa blickte den langen Korridor entlang. Er war schäbig und nur matt von dem blauen Licht der Notleuchtstreifen erhellt.

Um sie herum summten Fliegen. Patsy schlug eine davon gegen die Wand.

»Schmeißfliegen«, sagte sie, nachdem sie sie genauer untersucht hatte. Ein leichtes Beben schwang in ihrer Stimme mit. »Die hatten wir auf der Ranch.«

»Die akustischen Sensoren meinen, daß es unten noch Überlebende gibt«, erwiderte Channa. »Gehen wir.«

Doktor Chaundras Hände flogen über seine Tastatur, als er sich Notizen machte. Er war ein kleiner, braunhäutiger Mann von zierlichem Körperwuchs.

»Maximal fünfzig, sagen Sie?«

Simeon schaltete zu den Implantatdaten zurück, die einen anderen Teil seines Bewußtseins ausfüllten. Channas Atmung klang abgehackt. Ihr Puls raste, und der Magensäurepegel wies auf unterdrückte Übelkeit hin. Das überraschte Simeon nicht. Die Dinge, die sie zu sehen bekam, verursachten selbst *ihm* etwas Übelkeit, auf eine völlig unkörperliche Weise, die dennoch außerordentlich unangenehm war.

»Kurzfristig anberaumter, improvisierter Versuch der Herstellung des Kälteschlafs«, sagte sie, wobei ihre Stimme um die Objektivität einer Meldung rang. Er musterte das Gewirr zusammengeschusterter Geräte, die Lebende und Tote umgaben. »Wahrscheinlich, um den Luftverbrauch zu reduzieren. Schwere Geräteausfälle.«

In der letzten Kabine hatte es fast nur Tote gegeben: eingefallene Augen und ausgetrocknete Lippen, die sich über grinsende Zähne zurückgezogen hatten. Ebenso Maden. Einige der Leichname waren Kinder, tote Kinder, die sich an ihre toten Mütter schmiegten. Die Maden verliehen ein paar von ihnen eine grausige Lebensähnlichkeit, wie sie die geschwollenen, schwarz angelaufenen Gliedmaßen in Bewegung hielten. So ziemlich das einzig Versöhnliche an der Szene waren die elastischen Netze, die die Lebenden wie die Toten auf ihren Bahren an Deck oder auf den Pritschen festhielten. Augenscheinlich hatte irgend jemand vorausgesehen, daß die internen Gravitationsfelder zusammenbrechen könnten. Simeon stellte sich vor, wie er in eine dieser Kabinen kam, in der die Leichen frei umherschwebten ...

»Dieser hier ...«, setzte Channa an, schluckte und beugte sich über einen Körper, der entweder noch am Leben oder erst kürzlich gestorben war. Schwebende Maden strichen über die Oberfläche ihres Helmvisiers, klebten sich feucht und zappelnd daran. Channa würgte, dann zwang sie sich, sie beiseite zu streichen.

Ein *klänggg* hallte durch die Stille. »Was war das?«

Simeon spaltete seine Perspektive aufs neue. Das seitlich neben dem Ungetüm schwebende Rettungsschiff hatte eine Rakete mit einem Schlauch von großem Durchmesser abgefeuert, der an ein Pumpensystem angeschlossen war: ein Decköffnungssystem, das die Außenhülle durchbohrte und sich selbst danach wieder versiegelte.

»Luftharpune«, erklärte er. »Wir beginnen gleich mit dem Hereinpumpen.«

»Ich höre es«, sagte Patsy aus dem Gang. Ihre Bogenpistole krachte und öffnete eine versiegelte Luke. »Hier drin sind noch mehr. Ungefähr das gleiche.«

»Bei fünfzig Überlebenden sollten wir eigentlich keine Schwierigkeiten haben«, meinte der Arzt zu Simeon im sicheren, sauberen Büro des Lazaretts. Chaundra gab einen Zoombefehl ein, um sich eine der Aufzeichnungen genauer anzuschauen, betrachtete die Lebenszeichenanzeigen neben dem ausgemergelten Gesicht eines der Flüchtlinge. »Kälteschlafdosierung, die alte Partialmethode; sehr unsichere Dosierung, dazu Sauerstoffmangel. Dehydrierung, Unterernährung, aber hauptsächlich unzureichende Luft.«

Er blinzelte. »Körpertyp? Manchmal kommt es in isolierten Kolonien zu genetischen Divergenzen. Das muß ich überprüfen. Sie scheinen zu einer südeuropäischen Rasse zu gehören – archaischer Typ. Wir sollten sie so schnell wie möglich evakuieren.«

»Ich arbeite daran«, erwiderte Simeon mit beherrschter Leidenschaft. *Ich werde diese Schlachtfeldrekonstruktionen nie wieder mit denselben Augen sehen*, dachte er.

Durch Channas Ohren vernahm er das Scheppern der Füße draußen im Gang, wo die Haftfelder der Anzugschuhe die Gravitation ersetzten. Die Freiwilligen traten durchaus forsch ein, in den Händen hielten sie aufblasbare Rettungskugeln, dann blieben sie abrupt und ungläubig stehen. Einer von ihnen versuchte einen Augenblick, sein Würgen zu beherrschen, dann überkam es ihn, und er bekam einen schmerzhaften und gefährlichen Anfall von Erbrechen in seinem geschlossenen Helm. Seine Kameraden entfernten den Schutzhelm, was seinen Krampf nur noch verschlimmerte, als nun auch der Gestank in seine Nase drang. Der glücklose Freiwillige war der erste, der in einer der Blasen verstaut wurde.

»An die Arbeit!« befahl Channa. Nur Simeon konnte das Beben in ihrer Stimme vernehmen, das außerhalb des Spektrums gewöhnlicher Ohren lag. »Die Überlebenden werden mit einem gelben Streifen von einem Frachtprüferblock gekennzeichnet. Geben Sie ihnen einen Plasmatropf und die Notfallgegenmittel, dann schaffen Sie sie hier heraus. Diese Leute müssen in die Regenerierung. Und zwar sofort.«

Erst mit abgehackten Bewegungen, dann immer schneller, machten sich die Leute von der Station ans Werk. Channa zog sich in den Korridor zurück, atmete Luft aus, von der sie gar nicht gewußt hatte, daß sie sie angehalten hatte.

Simeon war zutiefst dankbar dafür, daß sie nicht versucht hatte, ihre Anzugsiegel aufzubrechen, als der Luftschlauch eingeführt wurde. Es würde Monate im Vakuum dauern, bis der Gestank aus diesem Schiff verschwunden war. Sehr viel mehr Zeit, als dem Schiff noch blieb. Das endgültige Feuer der Innenspulen würde es wenigstens wieder reinigen.

»Wie lange noch?« fragte sie.

»Nicht weniger als eine Stunde, nicht mehr als drei«, erwiderte er. »Ich denke, die Piratenhypothese dürfte wohl entfallen.«

Channa nickte; dazu waren zu viele Familien und Kinder an Bord. Außerdem traten Piraten viel häufiger in der Dichtung als im wirklichen Leben auf. In der nächsten Kabine trieben Körper umher, und die Sanitäter machten sich an drei Überlebenden zu schaffen, bevor sie sie in den Lebensblasen verstauten.

»Miss Hap, ich bin !Tez Kle.« Der Sondee trug das Abzeichen eines Hilfsarztes am Anzugärmel.

Channa blickte überrascht auf. Nicht allzu viele Aliens spezialisierten sich auf terranische Medizin. Natürlich waren die Sondee ziemlich humanoid, wenn man ihre vier Augen außer acht ließ – zwei große, goldene, in ungefährer Höhe, wo sich Augen zu befinden hatten, sowie zwei weitere über den Wülsten, die ihnen als Ohren dienten; an einen Sondee konnte man sich niemals anschleichen – und dann war da noch das Fehlen jeglicher Gesichtsmerkmale bis auf einen Nüsternschlitz und einen runden, saugerähnlichen Mund. Sie hatten wunderschöne Stimmen, die sich in einem weitaus breiteren Spektrum bewegten als beim Menschen und über die sie auch sehr viel mehr Kontrolle hatten.

Channa trat neben eine der Blasen. »Sind Sie der Leiter?« Er nickte. »Lassen Sie mich Ihnen helfen«, sagte sie.

Die erste Gestalt, der sie sich zuwandte, besaß rötlichschwarzes Haar, es war ein gedrungener, muskulöser Mann mit kantigem Gesicht. Sie löste seine Befestigung und hob ihn auf, dann verpaßte sie ihm einen sanften Schub in den körperlangen Sack, versiegelte und aktivierte ihn. Sofort schien sich seine Gesichtsfarbe zu bessern. Sie wandte sich zu seinem Gefährten um und erstarrte.

»Channa, deine Lebenssignale haben gerade einen merkwürdigen kleinen Hopser getan. Was ist das Problem?« fragte Simeon.

Dieser junge Mann war groß, an die zwei Meter, breitschultrig und von schmalen Hüften, wohlgeformt und muskulös wie ein Athlet. Er hatte ein deutlich umrissenes Profil von klassischer Perfektion, mit festgeformtem Kinn und sensiblem Mund. Seine leicht geschwungenen Wangenknochen wurden von langen Wimpern berührt, seine Augenwinkel zeigten schräg nach oben. Das lange Haar war blauschwarz und lockte sich von seiner hohen, intelligenten Stirn nach hinten, um ihm beinahe auf die Schultern zu fallen.

Channa seufzte vor Bewunderung, dann riß sie sich wieder zusammen. *Dieser Bursche ist so hübsch, daß er sogar krank noch gut aussieht.*

»Oho«, krähte Simeon. »Sehr nett, Channa, aber wenn du Adonis nicht bald in seinem Sack verstaust, wird er gleich einen ziemlich unschmeichelhaften blauen Teint bekommen.«

»Äh ... stimmt.« Sie schnallte den Mann los und versiegelte ihn in seinem Sack, worauf sie die beiden Beutel miteinander verband. Dann schob sie die Säcke hinter sich zu der Luke, wo die Sanitäter sie in Empfang nahmen. Der Frachtraum des Warentransporters füllte sich mit umherschwebenden Säcken, während Channa und der Sanitätschef in der Schleuse standen und ihre Sensoren auf Herzschläge überprüften.

»Ich schätze, jetzt haben wir sie alle«, sagte !Tez Kle. »Aber ich glaube nicht, daß wir sie alle retten. Wir haben jene zurückgelassen, bei denen wir uns sicher waren, daß wir ihnen nicht mehr helfen können«, fügte er bedauernd hinzu.

»Mehr konnten Sie nicht tun«, erwiderte Channa. »Für etwas anderes haben wir keine Zeit. Also los«, sagte sie und schlug ihm auf die Schulter. »Ich habe draußen einen Schlepper.« Sie versiegelte das Ende der Raupenschleuse hinter ihm und wartete ungeduldig, daß der Pilot sie einzog. »Verdammt, ich wünschte, wir hätten es noch bis zur Brücke geschafft.«

»Du kannst es ja mit Patsy versuchen«, antwortete Simeon. »Jede Information kann uns nützen, aber es wird ziemlich eng. Ich bringe Schlepper in Position, um das Wrack möglichst bald von der Station fortzubringen.«

Channa hob scharf den Blick. »Stellt es immer noch eine Gefahr für dich dar?«

»Nichts, womit dieses Gehirn nicht fertig würde«, sagte Simeon fröhlich. »Tu, was du kannst, Partner.«

Channa blickte auf den Notizschirm an ihrer Hüfte und studierte die Karte des Schiffsinneren, die sie aus seinen eigenen Datenbanken hatte übertragen können, so uralt diese auch waren.

»Ich werde es hier versuchen«, sagte sie und kämpfte mit den Schaltern des Schotts. »Wenn es offen ist, ist das der kürzeste Weg. Wenn nicht, vollziehe ich sofort mit Patsy das Rendezvous.«

»Ich brauche ein paar Leute für Abschlepp- und Sprengarbeiten«, verkündete Simeon. »Die Sache wird etwas heikel.«

Der Versammlungsraum unterhalb der Andockbucht am Südpol der Station war voller Freiwilliger der zweiten Woge, die nicht für die medizinische Notversorgung gebraucht wurden oder dafür qualifiziert waren. Ohne Ausnahme traten alle einen Schritt vor. Trotz des Ernstes der Lage gönnte Simeon sich die Zeit für ein grimmiges Lächeln. *Dieser alte Spruch mit der Herausforderung hat schon seit Gilgamesch funktioniert*, dachte er, *was nur beweist, daß selbst die ältesten Bücher über Militärpsychologie recht haben.* Die Leute waren eben äußerst zurückhaltend, vor anderen als feige dastehen zu sollen, vor allem vor ihren Freunden. Simeon nannte die Namen jener, die er brauchte. Sie trugen bereits ihre Raumanzüge. Dazu gehörten natürlich Gus und sechs weitere erfahrene Schlepperpiloten sowie sechs der Sprengexperten, die gerade ihren Urlaub auf der SSS zubrachten. »Ich danke euch und allen anderen auch.«

Als sich der Raum wieder geleert hatte und nur noch die ausgewählten Teilnehmer übrigblieben, begann Simeon, ihnen reinen Wein einzuschenken.

»Dieses Schiff da draußen wird explodieren. Die Triebwerke hören sich an, als befänden sie sich in einem kritischen Ungleichgewicht, weit über jede Alarmmarke hinaus. Wir haben die Überlebenden von Bord gebracht. Aber wir müssen das Schiff nun weit genug von der Station wegschaffen, damit es uns nicht noch mitreißt. Das ist aber nicht das einzige Problem. Wir müssen sicherstellen, daß es in seine kleinsten nur möglichen Bestandteile explodiert und daß diese in einem für uns günstigen Verteilungsmuster verstreut werden.«

Die Sprengmeister grinsten einander an. »Die leichteste Sache der Welt, Simeon«, sagte ihr Sprecher mit spitzbübischem Lächeln. »Sofern man weiß, was man tut.«

»Das tun wir«, erwiderte einer der anderen und klopfte dem Sprecher jovial auf die Schulter.

»Gut zu wissen, Leute! Kommt ihr Schlepperpiloten auch an ihr Können heran, indem ihr eure Maschinen ein bißchen über die rote Marke treibt, um das Schiff so weit von uns fortzuschleppen, wie ihr nur könnt?«

»Ach, Simeon«, erwiderte Gus, »du solltest doch eigentlich wissen, daß wir keine Schwierigkeiten haben, dir diesen kleinen Gefallen zu tun.«

»Ich werde die Sache überwachen und sollte eigentlich in der Lage sein, euch rechtzeitig zu warnen, damit ihr euch in Sicherheit bringen könnt.« Simeon machte eine kurze Pause; er war besorgt, trotz ihrer offensichtlichen Verachtung für die mit der Operation verbundenen Gefahren. »Habe ich die Situation deutlich genug geschildert?«

Gus grinste. »Deutlicher geht es nicht, Stationsmann«, sagte er und zuckte seine breiten Schultern, wie um sich für eine Herausforderung zu rüsten. »Außerdem haben wir nicht mehr viel Zeit für Plaudereien!«

Da meldete sich eine andere Stimme zu Wort: Patsy. Simeon leitete ihre visuelle Übertragung auf einen der Schirme im Besprechungsraum; sie saß bereits wieder im Pilotensessel ihres Schleppers.

»Junge, das ist ja wieder die reinste Macho-Orgie hier, wie? Ein Schlepper ist bereits an Ort und Stelle, Simeon – meiner. Auf mich kannst du auch zählen.«

Gus schnitt eine Grimasse. »Hör mal, Patsy, wir stecken ziemlich tief in …«

»Ziemlich tief in der Scheiße«, beendete sie seinen Satz und grinste ihn dabei an. »Ich kenne diese Ausdrücke schon, Gus.«

Alles lachte. Simeon musterte die Leute und unterdrückte einen Anflug verbitterter Sehnsucht. Jeder militärische Kommandant, der sein Pulver wert war, führte seine Truppen von vorne aus und nicht aus einer unverwüstlichen Titansäule. *Keine Sorge, sollten sie scheitern, bist du der einzige, der noch übrig ist, um zu berichten, was geschah. Und zwar dank dieser Titansäule. Das heißt, sofern du es dann noch mit deinem Gewissen vereinbaren kannst.*

»Ich behalte die Spulen im Auge und warne euch rechtzeitig, damit ihr euch verdrücken könnt«, versprach Simeon.

Fast gleichzeitig schoben sich die Helme über die Köpfe dieser kleinen Heldenbande.

»Es dauert länger, als es die Sache wert ist«, sagte Channa angewidert und verpaßte dem Kontrollpaneel einen letzten Fausthieb. Da öffnete sich das Türventil.

»Verdammt! Und ich dachte immer, das wäre nur eine Stationslegende«, meinte sie. »Funktioniert das bei dir auch, Simeon?«

»Daß mir jemand vom Wartungspersonal eins mit dem Schraubenschlüssel überhaut, damit ich richtig arbeite?« fragte er. »Nein, nicht allzuoft. Die Kommandobrücke müßte direkt dort hinten sein. Und beeil dich.«

»Wie läuft es mit dem Abrißprojekt?« fragte sie ihn, während sie durch die halbgeöffnete Tür trat und den dunklen Gang entlanglief, den ihr Helmscheinwerfer fächerförmig beleuchtete. Glücklicherweise trieben in diesem Abteil keine Leichen umher.

»Ich habe eine Mannschaft zusammen, die das ganze Schiff mit Sprengstoff umgibt, um es in Trümmer zu sprengen.« Er hielt inne, seine eigenen Nerven ließen ihn den Clown spielen. »Echte, wirkliche Trümmer. Es wäre doch wohl eine Schande, von herumfliegenden Trümmerstücken durchbohrt zu werden, nachdem wir diesen Morgen überlebt haben, meinst du nicht auch? Die Freiwilligen sind schon an Ort und Stelle, bereit anzugreifen. Aha! Jetzt haben sie das Schiff aus seiner orbitalen Trägheit gerissen.«

Hier unten, tief im Inneren des sterbenden Schiffs, war keine Bewegung zu bemerken. »Wer leitet denn die Mannschaft?« wollte Channa wissen.

»Gus.«

»Patsy hat gesagt, daß er ein guter Pilot ist«, bemerkte Channa. »Sobald ich hier fertig bin, kehre ich zu ihr zurück. Sie steht doch noch an der Luke bereit?«

»Das tut sie, um dich aufzunehmen und geradewegs zur Station zurückzubringen, mit allen Informationen, die du vorfinden magst.«

»Die Infos kann ich dir zurückspielen, Sim-Kumpel, aber erst einmal muß ich sie finden, wie du weißt.« Sie stolperte über irgendein Durcheinander im Gang und fand ihr Gleichgewicht wieder.

»Du und Patsy kommt sofort hierher zurück. Ich kann es

nicht zulassen, daß mein Partner Kopf und Kragen riskiert, wenn ...«

»Simeon«, wandte sie in vernünftigem Tonfall ein, »von einem Partner wird nun mal erwartet, daß er für sein Hirn Kopf und Kragen riskiert. Und wenn du und die Station in Gefahr schweben, wird von mir erwartet, daß ich diese Gefahr auf jede erdenkliche Weise verringere. Und das kann ich diesmal tun, indem ich dabei helfe, das Risiko wegzuschleppen. Habe ich mich deutlich genug ausgedrückt?«

»Mir gefällt das nicht«, erwiderte Simeon. »Du gehst ein törichtes Risiko ein.«

»Danke für deinen Input, aber Simeon ...«

»Ja?«

»Versuche *niemals*, mir zu verbieten, den Job zu erledigen, für den ich hier bin. Hast du das kapiert?«

»Voll in die Stirn reingeröhrt, Süße.«

»Da hatte ich zwar nicht genau hingezielt, aber es genügt«, meinte Channa.

»Wenn du zufällig die Brücke dieses Schiffs erreichst, darf ich dich dann um einen *Download* bitten?« fragte Simeon.

»Weshalb steige ich denn wohl in dieses kurz vor der Explosion stehende Wrack?« konterte Channa. »Patsy, hören Sie mich?«

»Willkommen auf der Party, Channa«, ertönte Patsys fröhliche Stimme.

»Haben Sie nichts dagegen, wenn ich dort einbreche?«

Patsy lachte. »Passen Sie auf, welche Begriffe Sie verwenden, Mädchen.«

»Mir ist etwas aufgefallen«, sagte Channa und verlangsamte ihren Schritt.

»Was denn?«

»Papier. Was hat bloß all dieses viele Papier hier zu suchen?« Blätter trieben den Korridor entlang und hefteten sich, statisch angezogen, an die gummiartigen Wände.

»Dieses riesige Ungetüm muß doch mit Geräten angefüllt sein, die so alt sind, daß es schon wieder exotisch ist«, bemerkte Simeon.

»Ein Papierlager?« fragte sie zweifelnd.

»Vielleicht haben die sich ja zurückentwickelt.«

»Könnte es ursprünglich von einem Hüllenmenschen gelenkt worden sein?« fragte Channa und gelangte plötzlich zu einigen Folgerungen, die sowohl ihr selbst als auch Simeon mehr als offensichtlich hätten sein müssen. Wenn sie ihn in diesem Punkt überrundet haben sollte ...

»Höchst unwahrscheinlich«, erwiderte Simeon herablassend. »Gehirn-Schiffe waren damals noch nicht so verbreitet. Alle diese kleinen Kolonien waren bloß ein Schuß ins Leere, viel zu riskant, um damit unsere Existenz aufs Spiel zu setzen. Komm schon, vorne rechts ist ein weiterer Gang, dann bist du schon im Kontrollraum.«

»Ja, Sir«, sagte Channa. Sie arbeitete sich vor, vorbei an undichten Leitungen und gelegentlichen, funkensprühenden Instrumentenkästen, die durch die Überladungen der katastrophalen Bremsung zerfetzt worden waren.

»Papier«, sagte Channa verwundert und wünschte sich, daß sie die kostbare Substanz doch mit unbewaffneten Händen anfassen könnte.

»Und Bücher! Ich meine jedenfalls, so etwas gesehen zu haben, als du in die Ecke geschaut hast. Nein, weiter nach rechts. Ja! Tatsächlich! Bücher!«

»Keine Zeit zum Herumstöbern«, sagte Channa entschieden.

»Richtig«, bestätigte er. »Nur ein Antiquarsreflex, tut mir leid.«

»Ah, jetzt bin ich vor dem Kommandoraum«, meldete sie.

Der Raum war groß und kreisförmig; die meisten Konsolen befanden sich unter einstmals elastischen Plastikabdekkungen, die inzwischen steif vor Alter aussahen. Grobe, hastige Improvisation hatte einige der Paneele zu neuem

Leben erweckt. Sie mußte sich unter einem Gewirr von Kabeln ducken, die ohne erkennbares Muster durch die Kabine gezogen waren. In dem matten Licht erblickte sie improvisierte Kontrollkästen, die an Konsolen geschnallt waren. Die ganze Brücke schien in wilder Hast rekonstruiert worden zu sein.

»Beim Ghu! Haben die dieses Ding etwa selbst geflogen?« rief Simeon. *Die müssen verrückt gewesen sein,* dachte er und spitzte ein Wetterohr nach dem Geräusch des Triebwerks. »Das Logbuch«, gemahnte Simeon sie. »Obwohl ich dazu neige, daran zu zweifeln, daß dieser Laden überhaupt so etwas besitzt. Und mach auch die Datenbank leer. Wir brauchen alle Informationen, die wir bekommen können.«

»Wenn du mir erst sagst, wie man Informationen aus diesem antiken Durcheinander holt, sollst du sie gern haben«, erwiderte Channa und spähte von Workstation zu Workstation, während sie überlegte, welche davon wohl eine Verbindung zum Hauptspeicher haben könnte.

»Da muß ich ziemlich weit in meinen Aufzeichnungen zurück, bis ich etwas Vergleichbares gefunden habe«, meinte er. »Es sind zwar nur drei Jahrhunderte zu dekodieren, aber ... Aha, versuch es doch mal mit der zweiten Konsole rechts. Das ist ungefähr die einzige, die sie nicht zu benutzen versucht haben.«

Channa holte die Informationsleitung aus ihrem Handschuh und preßte sie auf die Induktionsfläche. Der Schirm daneben erwachte klickend zum Leben und begann einen Strom komplexer Symbole herunterzuspulen.

»Ach, ach o ach«, murmelte Simeon.

»Probleme, Sim?«

»Nichts, was der alte Simeon nicht hinbiegen könnte«, meinte er. »Aber der Code ist wirklich ziemlich alt. So etwas Esoterisches habe ich nicht in meiner Datei. Aber es gibt nichts, was ich nicht irgendwann dechiffrieren könnte.«

»Daß du mir nicht noch an deiner Bescheidenheit

erstickst«, murrte sie und sah auf ihren Armbandchronometer. *Jede Menge Zeit*, dachte sie. *Hoffe ich.*

»Ich knacke gerade die Schnittstelle und lade das Zeug rüber, um es später zu decodieren«, erwiderte Simeon. »Mach dir bloß nicht ins Hemd.«

»Was sagst du da?«

»Alte Umgangssprache«, antwortete er ausdruckslos.

»Zweifellos ein weiterer Antiquarsreflex«, meinte sie kühl.

»Touché. Schön, jetzt habe ich es«, sagte er. »Und jetzt raus da.«

»Gottverdammtes Mistding!« sagte Patsy verärgert.

Der Schlepper hatte sein breites Heck der Oberfläche des alten Kolonienschiffs zugekehrt. Channa suchte es auf der visuellen und der Tiefenmagnetanzeige nach einer Stelle ab, wo sie ihren Greifer plazieren konnten.

»Die Zeit ist ein kritischer Faktor dabei, Miss Hap.« Gus' Stimme klang etwas gereizt. Einen zusätzlichen Schlepper miteinzuplanen, hatte mehr Zeit als erwartet gekostet.

»Ich bin eben erst hier eingetroffen, Mister Gusky. Ich suche nach einer flachen Stelle zwischen diesen ganzen Streben. Ich sehe schon, warum Sie sie übergangen haben. Das ist ein einziges Durcheinander. Moment mal, ich glaube, ich sehe gerade etwas, das ist ...« Sie blickte genauer hin und erhöhte die Vergrößerung. »Verdammt noch einmal!« schrie sie.

»Du liebe Güte!« Simeons Stimme übertönte alles. Die anderen brauchten einige Augenblicke länger.

»Das kann ich nicht glauben«, flüsterte Channa.

»Was denn?« wollte Patsy wissen. »Was sehen Sie denn?«

»Eine Hülle. Da draußen ist eine Hüllenperson, an die Außenwand geschnallt.«

»Sind Sie sicher?« schaltete sich Gus ein. »Hören Sie mal,

alle anderen sind plaziert, wir müssen dieses Ding von der Station fortschaffen ...«

Simeons Befehl kam als Brüllen herüber, daß ihnen fast die Trommelfelle geplatzt wären. »OPERATION AUFHALTEN, GUSKY!« Es folgte ein Augenblick gelähmten Schweigens. »Überprüft die Sache, Channa. Sofort!«

»Ja, Sir«, sagte Channa, während sie bereits einen Landeplatz ausmaß, wo Patsy den Schlepper absetzen konnte. »Ja, Mister Gusky, es ist tatsächlich eine Hüllenperson. Zugegeben, sie sieht zwar nicht so aus wie etwas, was Sie schon einmal gesehen haben dürften, aber Partner lernen eben, alle Typen zu erkennen.«

Sie hoffte nur, daß Simeon nie wieder Anlaß haben würde, derartig loszubrüllen, daß die Dezibelwerte sämtliche Instrumente überforderten. Das war natürlich verständlich, jedenfalls für sie. Wenn die Gehirne einen kollektiven Alptraum hatten, so den, von ihrer Ausrüstung abgeschnitten zu sein und hilflos zurückgelassen zu werden. Solange eine Hüllenperson mit ihren Zuleitungen und Maschinen verbunden war, war sie so gut wie unsterblich, ein High-Tech-Halbgott dieser Welt. Davon abgetrennt jedoch, waren sie Krüppel. *Dosenfleisch*, wie es der obszöne Scherz ausdrückte. Weder Simeon noch sie selbst wären dazu fähig gewesen, eine Hülle im Stich zu lassen, selbst wenn ihr Bewohner sich als tot herausstellen sollte.

»Gus, beginnen Sie mit der Schleppaktion«, sagte Channa in dem Wissen, daß ihre Prioritäten sich verändert hatten. »Patsy und ich werden diese Hüllenperson bergen.«

Sie befestigte den Greifer dicht oberhalb der Hülle und holte den Schlepper so schnell wie möglich ein. Während sie näher kamen, studierte sie die Hülle auf dem Monitor. »Sie zeigt nach innen, wenigstens das haben sie richtig gemacht.«

»Was soll das heißen, *richtig?*« fluchte Simeon. »Richtig gemacht? Daran ist nicht das geringste *richtig!* Was für ein

Idiot hat das angerichtet? Diese Hüllenperson war auf der Außenseite des Schiffs befestigt! Da hätte ihr alles mögliche zustoßen können! Drecksäcke, Drecksäcke, Drecksäcke. Holt ihn dort raus!«

Channa vernahm die kalte Leidenschaft in Simeons Stimme und erkannte einen anderen Aspekt von ihm, den sein häufig so achtloses Gebaren und seine manchmal jungenhafte Begeisterung verdeckt hatten. Hüllenleute waren ganz normale Individuen. Warum hatte sie ihn nur für flach, ja trivial gehalten? Bloß weil er sich für alte Kriege und Waffen interessierte?

»Bin schon unterwegs, Simeon«, meldete sie. »Gusky, geben Sie Gas! Wir werden Ihnen aus dem Weg gehen. Die Sache dauert nicht lang.«

»Sollte sie auch besser nicht«, meinte der ehemalige Marinemann; noch immer schwebte eine Spur von Verärgerung in seiner Stimme. »Wilco. Out.«

Der Beschleunigungsschub war schwach, aber eindeutig, als sich das riesige Gefährt in Bewegung setzte. Channa befestigte eine Sicherheitsleine an ihrem Anzug, bevor sie sich auf die pockennarbige, korrodierte Oberfläche der Raumschiffhülle schwang und sich ihren Weg durch den wahnwitzigen Dschungel von mit Querbalken verschmolzenen Trägern bahnte, der sie wie Pilzbewuchs bedeckte. Das Licht hatte die gestochene Schärfe von Helligkeit und Schatten, wie sie für den Weltraum typisch war, doch der Schaum an den Stellen, wo verdampftes Material rekondensiert war, wirkte deplaziert.

Ich bin daran gewöhnt, daß die Dinge neu und funktionstüchtig sind, ermahnte sie sich selbst, als sie etwas unterhalb der Schwelle maschineneffizienter Hand- und Fußbewegungen vorwärtsschritt. Noch tiefer in ihrem Inneren spannte sich die Furcht wie eine Feder, protestierte lautstark, daß sie zwei Menschenleben um einer Hüllenperson willen aufs Spiel setzte, die möglicherweise schon vor langer Zeit gestorben war. Doch eine Hüllenperson *durfte* nicht zurückgelassen werden, jedenfalls nicht solange ein Partner sie noch bergen konnte.

»Ist das Hirn in Ordnung?« fragte Patsy.

»Kann ich noch nicht sagen«, erwiderte Channa. Zur Linken blitzte etwas weiß auf, und das Metall unter ihren Füßen hallte.

»Was war das denn?« Sie krächzte es fast hervor.

»Eisenerz«, meldete Gus. »Bewegt sich in den Verteilungskegel des Kugelerzes. Da draußen ist eine Menge von dem Zeug. Beeilung.«

Ich beeile mich ja schon, dachte Channa. Die Hülle hatte die Form eines in der Mitte gespaltenen Eies, in dessen geöffneten Zugangspaneelen ein Wirrwarr von Datenkabeln und Telemetrie angeschlossen war. Drei weitere Lichtpunkte: Erzbrocken, die mit Hunderten von Kilopond ein Stück entfernt auf die Hülle des führerlosen Schiffs einschlugen, dann gleich ein ganzer Haufen davon. Mit träger Anmut sprangen Trümmer ins All davon.

»Channa …«, begann Simeon. Der Zorn war aus seiner Stimme gewichen, an seine Stelle war die Furcht um sie getreten. Irgendwie fühlte sich Channa davon berührt, trotz der kalten Faust, die sich um ihr eigenes Herz gelegt hatte.

»Läßt sich nicht ändern«, sagte sie und pflanzte ihren eigenen Greifer oben an der Hülle.

»Es ist eine andere Konstruktion als meine«, teilte Simeon ihr mit. »Ich recherchiere, um festzustellen, wo du einen schweren Magneten plazieren kannst, ohne eine lebenswichtige Funktion zu unterbrechen.«

»Prima«, erwiderte sie zerstreut. »Sieht so aus, als hätten die nur ein Dutzend Kabelschlaufen genommen und sie druckverschweißt, um die Hülle zu befestigen. Das nenne ich improvisieren!«

Simeon beobachtete ihre Hände, als sie mit einem kleinen Laser eines der Kabel durchtrennte, mit der die Kapsel an der Raumschiffwand befestigt war. Das Kabel riß, und die Hülle löste sich leicht von der Außenwand, feine Drähte schwebten wie Wurzeln in einem Wasserglas umher. *Mein Gott, sieht es nackt aus*, dachte er hilflos.

Channas Blick fuhr über den in die Hülle eingravierten Codenamen. PMG-266-S, ein Gehirn niedriger Nummer, von hohem Alter. *Guiyon*. Der Name trieb aus dem tiefen Speicher herauf, wo alle Namen seiner Art ruhten. Ein Managerhirn. Arbeitete damals für das Kolonialministerium. Hatte seinen Vertrag abbezahlt und den Kontakt abgebrochen; man hatte vermutet, daß er auf die schiefe Bahn geraten sei. Ein Einzelgänger.

»Er gehört zu einer Zweihunderterserie«, sagte Simeon zu ihr. »Und nun befestige den Greifer genau in der Mitte, an der oberen Seite.«

Channa benutzte eine Fernsteuerung, um einen der kleineren Greifer aus dem Schlepper herabzulassen und ihn vorsichtig an der bezeichneten Stelle zu befestigen. Dann machte sie sich wieder daran, die Kabel zu durchtrennen. Gerade wollte sie sich über das letzte Kabel beugen, als ein kieselsteingroßes Stück Eisenerz sie hinten am Helm traf – kräftig genug, um sie beiseite zu schleudern und sich von links nach rechts durch ihren Luftregler zu schneiden. Simeon sah Plastik hinter dem winzigen Meteoriten aufwirbeln. Die Außenansicht durch die Sensoren des Schleppers zeigten weißglühendes Metall.

»Channa!« rief Simeon. Die Medizinaldaten zeigten Bewußtlosigkeit an. Er überging die Anlage des Anzugs und befahl ihm, Stimulantien zu injizieren, eine wahre Roßkur, alles, um Zeit für sie herauszuschinden.

»Aua.« Channa zuckte, dann schüttelte sie sich und zog sich an der Sicherheitsleine hoch, bis ihre Füße wieder die Schiffsoberfläche berührten. Eine rote Lampe blitzte im Inneren ihres Helmvisiers und dazu die Nachricht:

»Systemdefekt – Luftregelung. Nur noch zehn Minuten Notvor-

rat.« Danach erschien »10:00«. Dann »09:59«, und nun spulten die Sekunden unaufhaltsam ab.

»Channa, alles in Ordnung? Soll ich runterkommen?«

»Nein!« keuchte Channa. »Bereithalten für Aufnahme.«

Simeon rief: »Channa, begib dich hinein.«

»Ich bin fast fertig«, erwiderte sie.

»Sofort«, sagte er.

Sie ignorierte ihn. Er sah, wie ihre Hände nach dem letzten Kabel griffen. Aus einer anderen Perspektive beobachtete er, wie das uralte Kolonienschiff mit immer größer werdender Beschleunigung fortgeschleppt wurde.

»Channa! Beweg deinen Hintern sofort in diesen Schlepper!«

»Halt dein Maul!« fauchte sie.

Das letzte Kabel löste sich, und die Hülle war frei. Zum ersten Mal sah Simeon, daß die Versorgungsleitung beschädigt war. *Nein*, dachte er.

08:38

Channa begann damit, die Zufuhrleitungen der Hülle abzukoppeln. In den klobigen Anzughandschuhen war es eine schwierige Arbeit, doch ihre langen Finger bewegten sich mit sorgfältiger Feinaussteuerung. Sie schloß das Ventil der defekten Versorgungsleitung.

»Möglicherweise ist es nicht so schlimm«, murmelte sie. »Es gibt mit Sicherheit noch ein internes Notsystem. Wurde wahrscheinlich durchtrennt, als sie bremsten.«

Dann befahl sie der Fernsteuerung, beide in vorsichtigem Tempo zurück zum Schlepper zu ziehen, wobei sie die Außenknaggen festhielt und die Füße benutzte, um ein Ausscheren zu verhindern. Die Hülle streifte scheppernd die leichten Dreggteile an der Spitze des gedrungenen Keils; die mechanischen Krallen schlossen sich mit unausweichlichem Druck über der harten Legierung.

06:58

Channa drehte sich um, schwang sich über einen Haltegriff und sprang mit den Beinen zuerst in den Kontrollsessel.

»Stöpseln Sie sofort Ihren Anzug ein!« brüllte Patsy; sie war um wenige Nanosekunden schneller als Simeon.

»Kann ich nicht. Das ist ein normaler EVA-Anzug, das Zustromventil liegt oberhalb der Bruchstelle. Und jetzt setzen Sie sich in Bewegung, wir müssen dieses Ding abschleppen helfen!«

»Kontra«, bemerkte Simeon. »So schnell wie möglich wieder zurück zur Station, Patsy.«

»Kontra dagegen«, widersprach Channa. »Wenn wir dieses Ungetüm nicht weit genug fortschaffen, gibt es keine Station mehr, zu der wir zurückkehren könnten.«

Patsy biß sich auf die Lippe und berührte die Instrumente. Der Schlepper sprang senkrecht hoch, und das führerlose Raumschiff verwandelte sich binnen Sekunden von einem, das Firmament ausfüllenden Ungetüm in ein Kindermodell, als die große, weiche Hand der Beschleunigung gegen sie andrückte.

»Dann sorgen Sie für das Dreggfeld«, drängte sie. »Wir können den Schub mit unserem eigenen Aufstieg verstärken. Aber wenn wir das erledigt haben, geht es nach Hause, Mädchen!«

Channa machte sich an die Einstellungen. Der Schlepper war für langsame Zugaktionen ausgelegt, nicht für dieses alle Sicherheitsmarken übersteigende Wettrennen mit einer Katastrophe. Sie mußte den ungleichmäßigen Zug aussteuern, der den Schlepper in Stücke reißen könnte, und die Schwäche des Schiffs so gut wie völlig intuitiv kompensieren. Denn wer wußte schon, welche Strukturelemente im Inneren bereits zusammengebrochen waren? Es würde sehr wenig nützen, nur ein großes Stück herauszureißen ... Das riesige Schiff wurde ein Stückchen kleiner.

Channa blickte auf die Anzeige. »Ich verabscheue diese Uhren«, sagte sie heftig. »Die muß irgendein Sadist erfunden haben. Ich werde schon selbst wissen, wann mir die Luft ausgeht.«

»Hör auf zu reden«, befahl Simeon, »du vergeudest nur Sauerstoff. Wenn diese Uhr dreißig Sekunden weiter ist, kehrst du zur Station zurück!«

Gus' Befehl unterbrach das Gespräch. *»Ablösung synchronisieren, Bedienerkontrolle an mich, sobald Patsy losläßt.«*

Channa gab es ein. »Fünf Sekunden. *Zeit läuft.*«

Patsy fluchte, als das kleine Fahrzeug loslegte. Dann überschlug es sich, und der Raum hinter ihnen wurde fahl, als der Antrieb hart an der Geschwindigkeitsdrosselung arbeitete. Sie mußten ihr Delta-V erst weitab von der Station gedrosselt haben, bevor sie zurückkehren konnten.

»Priorität«, schrie Patsy über den offenen Kanal. »Alle gehen mir aus dem Weg, denn ich bremse nicht!«

Aus Brems- wurde wieder Antriebsschub. Channa keuchte protestierend, als ihre Rippen sich um die Lungen klammerten.

04:11

Simeons Monolog bekam einen panischen Unterton. Er zwang seinen Geist, keine Zeiten zu berechnen, und diese Anstrengung verbannte beinahe die Angst.

Informiere sie, dachte er: » ... verrückt, so eine Art von Verbindung zu versuchen. Die Nährstoffe hätten auf der Reise ausgehen können. Es hängt davon ab, wann die Versorgungsleitung beschädigt wurde. Möglicherweise war sogar ich dafür verantwortlich. Vielleicht ist es ja passiert, als ich sie mit den Satelliten getroffen habe. Was meinst du? Nein, antworte mir nicht, spar dir die Luft. Ich weiß selbst, daß wir es erst werden feststellen können, wenn wir ihn untersuchen.

Was sind das überhaupt für Leute?« fragte er wohl zum zwanzigsten Mal. »Piraten vielleicht, die das Gehirn gestohlen haben? Warum haben sie es dann nicht innen angebracht? Der Zugang? Klar, das muß es wohl gewesen sein, sie haben es nicht durch die Luke bekommen. Trotzdem, eine Hüllenperson ist schließlich eine wertvolle Ressource. Da hätte man doch erwartet, daß sie ihn etwas besser geschützt hätten, wenn sie ihn schon unbedingt draußen lassen mußten. Es könnte auch irgendeine Strafaktion einer verrückten religiösen Sekte sein. Nein, einer solchen Gruppe würde die Zentrale niemals ein Hirn zuweisen. Das ergäbe doch keinen Sinn.« Er fing wieder an zu fluchen. »He, Channa, hör auf, so mit den Augen zu rollen. Da wird mir ja noch schwindlig.« Die Kreisbewegungen wurden immer schneller. »Schön, schön, wechsle ich eben das Thema. Herrje, wenn man einer Frau die Möglichkeit nimmt zu reden ...« Channa schloß die Augen. »Das war doch nur ein Witz, Channa!« Ihre Augen blieben geschlossen. »Ihr nähert euch der Station. Du wirst schon hinsehen müssen, wo ihr hinfliegt. Um dich daran zu erinnern, wie es da draußen so ist.« Keine Veränderung. »Also gut, ich entschuldige mich. Das war eine dumme, idiotische Bemerkung, und sie tut mir leid. Ich habe es nicht einmal so gemeint. Schlechter Witz, okay?«

03:01

Sie befand sich auf halber Strecke zwischen dem Kolonienschiff und der Station.

»Nach meiner Schätzung geht dir die Luft drei Minuten vor Erreichen der Station aus«, sagte Simeon. »Aber wenn ihr die kürzeste Strecke nehmt, führt euch das leider direkt durch die dickste Konzentration des verstreuten Erzes.«

»Scheiße!« zischte Patsy. »Erzähl mir doch mal was Neues!«

Channa rang ein Seufzen nieder. »Sicherheitsstrecke?«

»Dann fehlen dir vier Minuten und acht Sekunden.«

»Sicherheitsstrecke. Will keine Hülle voller Löcher.«

Simeon schwieg einen Augenblick, fütterte die Pilotin mit Instruktionen, um den schlimmsten Teil der Erz-Meteoriten-Wolke zu vermeiden.

»Sie haben mehr Mumm als Verstand, Channa.«

Patsy schloß ein Auge und lachte. »Bitte, ich habe nicht gesagt, daß mir das nicht gefallen würde. Habe es nur festgestellt.« Sie öffnete das Auge wieder. »Halten Sie sich fest, jetzt zischen wir nämlich durch wie ein verbrühtes Stachelschwein.«

Channas Atmung verwandelte sich in ein Keuchen; das war zwar rein psychisch bedingt, vergeudete aber Luft.

O Gott, laß sie nicht sterben, dachte Simeon. *Die Hülle hängt dort draußen. Reicht die Masse des Schleppers aus, um ihn vor den Trümmern abzuschirmen?*

Ein einziger Brocken im richtigen Winkel, und ihr ganzes Opfer wäre umsonst. Simeon wußte, daß Channa eine Erfahrung vor sich hatte, die sich wie Sterben anfühlen würde. Menschen konnten mehrere Minuten ohne Luft überleben – manchmal, in kaltem Wasser, sogar stundenlang. Wie lange es dauerte, bis der Hirntod einsetzte, ließ sich nicht vorherberechnen, aber Sauerstoffmangel konnte zu Hirnschädigungen führen.

Trotz seiner äußerst realen und heftigen Sorge um Channa kehrten seine Gedanken unweigerlich immer wieder zu der Hülle zurück … zu *Guiyon. Er ist allein in der Dunkelheit,* sagte Simeon sich, *Channa hat wenigstens noch Patsy und mich.* Die sensorische Deprivation würde jede Sekunde subjektiv wie eine Stunde erscheinen lassen, und die Notsysteme würden die Hüllenperson bei Bewußtsein halten, bis auch die letzten kostbaren Nährmoleküle aufgebraucht waren. Simeon wünschte sich verzweifelt, daß er ihm diesen Alptraum ersparen könnte.

»Kopfschmerzen«, keuchte Channa. »Tut weh.« Ihr Kopf wackelte und wäre nach vorn abgesackt, wenn die heftige Beschleunigungskraft es zugelassen hätte.

Ihre Atmung ging jetzt lauter und keuchender, und das war nicht psychosomatisch bedingt. Es war der Instinkt – das Stammhirn, das den Lungen mitteilte, daß sie am Erstikken waren. Die Anzeigen wiesen auf einen Adrenalinstoß hin, genau die falsche Reaktion. Reflexe, die noch älter waren als ihre fernen Reptilienvorfahren, bereiteten den Körper darauf vor, sich gegen alles zu wehren, was ihn von der Luftzufuhr abhielt.

»Halt durch, Channa, halt durch«, sang Simeon. Und dann: »Kannst du denn nicht schneller fliegen?«

»Nicht, wenn du nicht willst, daß dieser Schlepper über das ganze Ladedock verschmiert wird«, erwiderte Patsy grimmig.

»Ist Masseträgheit nicht etwas Wunderbares?« murmelte Gusky bei sich, als er wieder auf die Anzeigen blickte. *Vierzehn Kilopond, steigend.* Nicht allzu schnell, aber schließlich hatten die geschundenen Überreste des Ungetüms immer noch eine Masse von mehreren Kilotonnen.

»Ziemliches Paradox«, meinte einer der Freiwilligen. »Ich will dieses Ding so weit von der Station haben, wie ich es nur bekommen kann – aber ich selbst möchte auch so weit davon entfernt sein wie nur möglich.«

»Ho. Ho. Ho«, machte Gusky. »Nummer drei, du läufst ein bißchen asynchron. Vergeude nicht unser Delta-V.«

»Welche Sicherheitsmarge haben wir denn, Gus?«

»Das hängt davon ab, wann Simeon uns sagt, daß wir loslassen und abhauen sollen.« *Es tut mir wirklich, wirklich leid, daß du böse auf mich geworden bist, Simeon!* »Ich wäre gern zwanzig Klicks von der Station entfernt, bevor wir das Ding abladen. Aber was soll ich sagen? Wenn sie ohne Vorwarnung explodiert, wenn die Sprengstoffe nicht leisten, was sie sollen, wenn wir nicht weit genug entfernt sind, bevor sie hochgeht ... Genaugenommen glaube ich gar nicht, daß wir überhaupt irgendeine Sicherheitsmarge haben.«

»Tut mir leid, daß ich gefragt habe.«

»Nun ja.«

Simeons Stimme unterbrach sie. »Bereitet Abwurf in einer Minute und sieben Sekunden vor. *Zeit läuft*. Feinarbeit, Gus.«

»Ja«, meinte einer der Erzarbeiter, der die Sprengladungen befestigt hatte, »das Ding muß in derselben Stellung bleiben. Die Ladungen sind nicht halb so effektiv, wenn es trudelt.«

»Stimmt genau«, bestätigte Simeon. Keine Zeit für einen Zusammenschluß mehr. Sie mußten äußerst sorgfältig zuhören. »Hat jeder diese Zeitmarke empfangen?«

Ein Chor von Bestätigungen. Gusky leckte sich Schweiß von der Oberlippe. Er hatte es Simeon nie so richtig erzählt, doch seine fünf Jahre bei der Marine waren ziemlich ereignislos verlaufen: Patrouillenflüge, Fahnenehrung, Kartographieren von Expeditionen. Die aufregendsten Augenblicke waren die Handballmeisterschaften der Flotte und die unangekündigten Inspektionen gewesen.

»Du drückst ab, ja?« fragte er.

»Ganz genau, Kumpel«, erwiderte Simeon. Seine Stimme besaß weniger Timbre, weniger Menschlichkeit als sonst.

»Ich hasse es, mit einer derart gelassenen Stimme beruhigt zu werden.«

Ich habe andere Dinge am Hut. »Channas Anzug ist getroffen worden. Ihr geht die Luft aus.«

»Oh.« *Gottverdammt, habe ich schon wieder Mist gebaut*. »Tut mir leid.«

»Alles vorbereiten.«

Die Schlepper waren über den großen, zerrissenen Rumpf des eindringenden Schiffs verteilt wie die Beine eines Seesterns, miteinander verbunden durch die unsichtbaren Bänder der Dreggfelder. Gusky behielt den Monitor mit der Heckansicht ständig auf 25facher Vergrößerung. Als sie die Felder lösten, schien sich das Bild des Ungetüms in weniger als einem Herzschlag auf einen bloßen Lichtpunkt zu verkleinern. An den Rändern verschwamm das Bild, bis die Triebwerke auf ein erträglicheres Tempo abbremsten. Schleppfahrzeuge hatten konstruktionsbedingt ein hohes Kraft-Gewicht-Verhältnis. Dann blinzelte der schrumpfende Punkt des führungslosen Schiffs in farblosem Feuer.

Gusky stellte eine stärkere Vergrößerung ein. »Puh«, sagte er prustend. Die Sprengladungen hatten den verbliebenen Bugteil von dem halbzerschmolzenen Maschinenraum und seinem Kern gerissen. Alle Teile des Schiffs, die mit dem Triebwerk verbunden waren und nicht sofort verdampften, würden sich in Geschosse mit Hypergeschwindigkeit verwandeln, die in alle Richtungen davonstoben. In einem Vektor, der von der Station fortführte, konnte weitaus weniger schiefgehen. Eine Explosion war weniger gefährlich, wenn es keine Atmosphäre gab, in der sie sich fortpflanzen konnte. Da gab es nichts, was die Schockwelle weitertransportieren konnte bis auf die Gase der Explosion selbst, und die würden sich schnell auflösen. Mit etwas Glück würde die Explosion nur das, was von dem Schiff noch übrig war, weiter davonschnellen lassen.

»Wann wird es ...«

Der Schirm erlosch vorsichtshalber. Ebenso sein Helmvisier und die Sichtscheiben der Schlepperkabine. Neben ihm riß der Copilot die Hand in einem nutzlosen Reflex hoch. Selbst von hinten kommend war die Intensität des Lichts überwältigend.

»*Hat es funktioniert?*« rief Gusky, als die Sehfähigkeit wieder einsetzte. Doch was er da zu sehen bekam, war nicht so beruhigend, wie es hätte sein können. Die Hälfte der Sensoren und Meßinstrumente auf dem Paneel blinkten rot.

»Tut mir leid.« Diesmal klang es so, als täte es Simeon *wirklich* leid. »Dieses Schiff ... die Maschinen waren so alt, die Parameter waren anders ... Da ist eine Menge mehr Sekundärstrahlung und Kraftfluß, als ich erwartet habe.«

»Danke«, meinte Gusky in heiterem Tonfall. »Also gut, Leute, meldet euch.«

»Ich habe einen Kraftfluß in meinen Triebwerkskernen, den ich nicht gedämpft bekomme«, meldete sich sofort einer der Freiwilligen. »Induktion, schätze ich. Wird schlimmer.«

»Das will ich mir ansehen«, sagte Gusky, überrascht über seine eigene Gelassenheit. Das war viel besser als abwarten: jetzt gab es wenigstens keine Zeit, um sich Sorgen zu machen. »Also schön, du hast da eine Feedbackschlaufe, und die übersteigt die Höchstwerte. Stell die Steuerung auf maximale Beschleunigung auf Kurs neunzig Grad zur Ekliptik, mit einer Minute Verzögerung, und dann steig aus.«

»*He, das ist mein Schlepper!*« jammerte der Freiwillige.

»In ungefähr zehn Minuten wird das nur noch dein Ball Leuchtgas sein«, entgegnete Gusky grimmig. »Oder auch heißes Gas, das dich umhüllt. Such es dir aus.«

Simeon meldete sich zu Wort. »Die Station übernimmt den vollen Schadenersatz.«

»Lobachevsky und Wong, ihr seid am nächsten dran«, sagte Gusky, »nehmt sie auf!« Guskys Sensoren zeigten die glücklosen Freiwilligen, wie sie mit ihren Rucksackantrieben davonschossen, während ihr Fahrzeug auf Autopilot ins weite All hinausjagte. »Und der Rest überträgt mir gefälligst ein paar Daten.«

»Jawohl, Herr Admiral«, erwiderte einer von ihnen trokken.

Gehorsam trudelten die Informationen ein. »Also gut, Lobachevsky, Wong, ihr seht funktionstüchtig aus. Ihr nehmt die anderen mit den überbelasteten Triebwerken ins Schlepp, dann kehren wir hübsch langsam und gemütlich zurück.« *Mit einer Schlepplast, die mehrere Millionen wert war und jetzt nur noch Schrott ist. Plötzlich erscheint einem die nervtötende Alltagsroutine als äußerst anziehende Art, sein Leben zu verbringen. Kriegsspiele sind Aufregung genug.*

Gus betätigte die Instrumente, um eine geschlossene Verbindung zur Station herzustellen. »Simeon, was ist mit uns?«

»Drücken wir es so aus, Gus. Keiner von euch wird sterben. Aber einige von euch werden für eine Weile nicht allzu glücklich sein. Das Lazarett dürfte überfüllt werden.« Eine lange Pause. »Gratuliere.«

Gus grinste; zur Hälfte geschah es aus Erleichterung. Jeder, der im Weltraum lebte, fürchtete sich vor Dekompression, weshalb auch so viele Leute auf Planeten agoraphob wurden. Wer viel EVA-Arbeit leistete oder an Bord von Kriegsschiffen Dienst tat, entwickelte eine vergleichbare Furcht vor Strahlung, die um so schrecklicher war, weil sie nur unterschwellig tötete. Andererseits ließen die meisten Gefahren im All einen entweder einen sauberen Tod sterben, oder man überlebte sie.

»Gern geschehen«, fuhr der große Mann fort. »Was ist mit Channa?«

Patsys Stimme meldete sich. »Sie kommt schon durch. He, Gus«, fuhr sie träge fort, »meinst du, die Leute werden uns für das hier respektieren?«

Gusky schaltete auf optischen Empfang. Er bekam ein doppeltes Bild, einmal von der Andockkabine, wo der Schlepper in seiner Koje ruhte, und aus dem Fahrzeug selbst. Auf beiden sah man, wie Channa Hap auf einer Schwebebahre davongetragen wurde.

»Puh. Bin froh, daß sie es geschafft hat.«

»Ja, ja, ganz mein Denken.«

Gusky nickte. *Auf der Station hatte Channa sich verhalten wie ein kryonisches Ekel*, dachte er, *aber wenn es um die Wurst geht, ist sie dabei.* Dies war der schlimmste Notfall, dem SSS-900 jemals ausgesetzt worden war, seit er dort Dienst tat. SSS-900-C, erinnerte er sich.

»Ich weiß nicht«, meinte er, »ich habe jedenfalls nie jemanden respektiert, der von der Etappe aus geführt hat.«

Sie lachte. »He! Vielleicht bekommen wir dafür ja eine nette Erholungskur, irgendwo, wo es hübsch ist. Da könnten wir ja vielleicht zusammen hin.«

»Wenn es überhaupt noch irgendwelche Stücke von uns gibt, die zusammenhalten, Patsy, hast du dir gerade eine Verabredung eingefangen.«

»Ach ja!« rief sie begeistert.

He, erster Treffer! dachte Gusky. Nach dreißig Monaten ritualisierten Sparringskampfs, der so routiniert und kühl verlaufen war wie die Kriegsspiele mit Simeon. *Das heißt, sofern ich mir nicht ständig die Seele aus dem Leib kotze, wenn das Lazarett mich erst einmal in die Finger kriegt.* Doktor Chaundra pflegte das Prinzip, einen *schnell* wiederherzustellen. In manchen Kreisen hieß er deshalb »Stirb-oder-gesunde-Chaundra«.

»Ich brauche einen Drink«, sagte er feierlich.

»Der geht auf mich«, erwiderte Patsy.

KAPITEL 7

Channa erwachte von einem nervtötenden, schrillen Geheul.

Die Triebwerke! dachte sie. *Ich bin immer noch auf dem Schiff! Ich muß hier raus!*

Keuchend hob sie den Kopf und ließ ihn mit heftigem Stöhnen wieder sinken. *Das muß ein tödlicher Kopfschmerz sein*, dachte sie, *So kann sich niemand anfühlen, der es noch überlebt.*

Die Decke war von beruhigendem Blaßblau, ebenso die das Bett umschließenden Raumteiler. Auf dem Nachttischschrank stand eine Vase mit Blumen, auf der anderen Seite eine Reihe tragbarer Geräte, die sich mit sich selbst unterhielten und gelegentlich eine Sonde über ihren Körper fahren ließen. Ein Arbeitsanzug, Überkleidung und Jacke und Gürtel hingen an einem Kleiderständer am Fuß des Betts. Die Luft war von einem leisen, angenehmen Zederngeruch erfüllt.

Lazarett, dachte sie. Das Ambiente war unverwechselbar.

Das Geheul ging immer weiter, brach manchmal in scharfes Japsen aus. *Ich hoffe, ich lebe noch lange genug, um den umzubringen, der diesen Lärm veranstaltet.*

»Wer ist denn das?« fragte sie schließlich.

»Ach, Channa«, sagte Simeon in einer Stimme, so weich wie Regenwasser.

Channa seufzte und schloß wieder die Augen. Das entspannte, und auch ihr Körper begann langsam die Tatsache zu akzeptieren, daß sie am Leben und außer Gefahr war. Was schon schwierig genug war, wenn man mit der Sorge das Bewußtsein verloren hatte, möglicherweise nie wieder aufzuwachen.

»Willkommen im Land der Lebenden«, sagte eine etwas tonlosere Stimme. Sie hörte das Geräusch einer Bewegung.

Als sie die Augen öffnete, erblickte sie Doktor Chaundra, der sich über sie beugte. Er hatte seine professionelle Miene angelegt: eine Art aseptisches Lächeln, nicht vergleichbar mit der echten Begeisterung, die er in einer gesellschaftlichen Situation aufzubieten wußte, wenn er über sein Spezialgebiet sprach. Channa bewältigte die komplexe Prozedur, gleichzeitig zu lächeln und zusammenzuzucken.

»Mein Kopf«, sagte sie mit krächzender Stimme und hob matt eine zitternde Hand, um sich die Stirn zu reiben.

»Dafür habe ich genau das richtige«, erwiderte er. Er berührte ihre Halsfalte mit einem Injektor, der kurz darauf zischte, und sie verspürte Kälte.

Fast im selben Augenblick begann der Schmerz, der sich in ihr Hirn gebohrt hatte, wieder zu verschwinden. »Ach, beim Ghu! Das ist schon besser.« Sie fuhr sich mit der Zunge über die trockenen Lippen.

»Nein, ich habe lediglich den Schmerz betäubt«, widersprach der Arzt. »Die organischen Schäden sind zwar minimal, aber es wird doch einige Tage dauern, bis es verheilt ist.«

»Durst?« Sie hob die Brauen in mitleiderregendem Flehen.

Chaundra schenkte ihr ein Glas Wasser aus einer auf dem Nachttisch stehenden Karaffe ein, gab einen Strohhalm hinein und reichte ihn ihr.

Gierig saugte sie an dem Halm, nahm Rücksicht auf ihre eigene Kopfstellung, dann reichte sie ihm das leere Glas zurück. »Mehr«, verlangte sie. Er füllte es aufs neue, und einmal mehr leerte sie es fast sofort. Das Geheul ging wieder los. Channa furchte die Stirn. »Wer hat denn da solche Schmerzen?«

Der Arzt schnitt eine Grimasse. »Sie gehört zu den Leuten, die wir vom Schiff evakuiert haben. Es ist die erste, die wieder bei Bewußtsein ist. Wir wissen nicht, wer sie ist. Bisher hat sie nur geschrien, seit sie aufgewacht ist. Aber sie ist nicht schwer verletzt. Sie ist dehydriert und hat Kopfschmerzen und Nasenbluten.«

Nun ertönte ein besonders heftiges Kreischen und das Geräusch von Gegenständen, die sich über den Boden verteilten. Stimmen murmelten tröstende Worte.

»Wenn die Frau mit einem Kopfschmerz, wie ich ihn beim Aufwachen hatte, noch schreien kann, ist sie verrückt«, bemerkte Channa.

Chaundra nickte. »Das ist natürlich auch eine Möglichkeit, aber ich glaube, daß sie im Augenblick nur Hysterie als Nebenwirkung des Kälteschlafs in Erscheinung bringt.« Er seufzte. »Die frühesten Methoden hatten manchmal die Wirkung, daß sie grundlegende Hemmungen unterdrückten.«

»Können Sie ihr nicht irgend etwas geben?« fragte Simeon aus seinem Wandmikrofon. »Dieser Lärm ist ja ohrenbetäubend.«

»Nein«, erwiderte der Chefarzt. »Oder, genauer, im Augenblick lieber noch nicht. Die haben sich selbst schon unter Medikamente gesetzt, vermutlich, um den Sauerstoffverbrauch zu senken. Ich weiß zwar nicht, wie lange, aber ihrem körperlichen Zustand nach zu schließen, muß es viel zu lange gewesen sein.« Er ließ einen weiteren seiner typischen Seufzer entweichen. »Ich möchte lieber nicht noch mehr in ihren Organismus einführen. Vor allem, da viele der Substanzen, die sie verwendeten, ihre Haltbarkeit überschritten haben dürften oder heute nicht mehr in Gebrauch sind.«

»Es heißt, daß man jemandem, der hysterisch wird, einfach nur ein Ohrfeige …« fing Simeon an.

Chaundra unterbrach ihn. »Ich denke, das hat wohl mehr damit zu tun, die Frustration der Zuhörer zu lindern als das Leiden des Patienten«, bemerkte er mit resigniertem Lächeln.

»Sie sind ein Heiliger, Doktor«, sagte Channa zu ihm. Tatsächlich wußte sie, daß er ein pazifistischer Witwer mit einer

Leidenschaft für Chirurgie war, doch es spielte keine Rolle. »Ich dagegen nicht. Und bevor ich mich dazu gezwungen sehe, hinüberzugehen und das kleine Aas durch die Wand zu prügeln, möchte ich doch lieber von hier verschwinden.«

Er lächelte und berührte die Maschine. Die wedelte mit weiteren Sonden über ihr herum und befühlte dabei zwei oder drei empfindliche Stellen. Als er die Meßdaten sah, nickte er fast unverzögert. »Ja, Sie dürfen jetzt gehen.«

Mit befriedigtem Seufzen erhob Channa sich. »Äh, ist schon jemand bei Bewußtsein?«

»Ja, ein junger Mann. Er ist immer noch sehr durcheinander, deshalb haben wir ihn noch nicht aufstehen lassen. Er will diesem Mädchen helfen.«

»Können Sie ihn nicht auf eine Bahre oder in einen Stuhl setzen und hinüberschieben?« fragte Simeon. »Vielleicht hilft es beiden.«

»Das hängt davon ab«, erwiderte Chaundra, »wie es ihm geht.«

»Vielleicht hilft es ihr ja schon, wenn sie ihn nur sieht«, warf Channa ein.

»Einen Versuch ist es wert.« Chaundra zuckte mit den Schultern und griff einen Schwebesessel von einem Stapel neben der Tür. »Hier entlang«, sagte er, und Chaundra folgte ihm, während sie einen Bademantel überstreifte.

Bei dem fraglichen Mann handelte es sich um den schönen Jungen, den sie selbst verpackt hatte. Simeon sah, wie sich Channas Pupillen weiteten, und gelangte zu dem Schluß, daß sie damit sogar noch begeisterter reagierte, als sie es schon an Bord des Schiffs getan hatte. *Pheromone,* meinte er weise bei sich. *Und weniger Ablenkungen.*

Der junge Mann hatte sich auf einen Ellenbogen gestemmt, seine wohlgeformte Stirn glänzte leicht von Schweiß. Er blickte die beiden mit Qual in den hellblauen Augen an.

»Bitte, lassen Sie mich zu ihr«, flehte er. Sein Akzent war

exquisit, seine Stimme ein leichter Bariton. Er sprach erkennbaren Standard, wiewohl die Vokale eine archaische Tonalität aufwiesen.

Ihrem Gesichtsausdruck nach zu schließen, würde Channa ihn wohl noch bis in die Hölle selbst bringen, wenn er nur dorthin wollte. Simeon dagegen wollte ihn von der Station haben.

Solche Typen machen mehr Ärger als schöne Frauen, dachte Simeon. *Andererseits – wenn er diese Heulsuse zum Verstummen bringen kann, setze ich ihn sofort auf die Gehaltsliste.*

Channa und Chaundra halfen dem Adonis in den Sessel und schoben ihn zu der Pritsche hinüber, auf der die junge Frau lag. Er griff nach ihrer Hand und begann sie zu streicheln.

Sie hatte hüftlanges dunkles Haar und ein bleiches, knochiges Gesicht von schmucklosem Schnitt und hohen Wangenknochen. Langgestreckte Augen, mit goldenen Wimpern und von einem Dunkelblau, das schon beinahe schwarz wirkte, starrten ihn an, und für einen herrlichen Augenblick verstummten die Schreie. Dann zeigte sich das Weiße um ihre Iris, und bevor Channa oder Chaundra sie daran hindern konnten, hatte sie schon die Karaffe vom Nachttisch gerissen und schlug damit auf ihn ein.

»Du hast das getan! Du hättest mich umbringen können! *Ich wäre fast gestorben!*«

Mit einem furchtbaren Krachen traf die Metallkaraffe seine Schläfe. Der junge Mann sackte schlaff aus dem Sessel, während das Mädchen, nicht zufrieden mit dem Schaden, den sie gerade angerichtet hatte, versuchte, über die Schutzverstrebungen an der Seite ihrer Pritsche zu klettern, wobei sie unentwegt schrie, daß es seine Schuld, allein seine Schuld sei. Dann begann sie mit gleicher Heftigkeit zu schluchzen. »Mein Liebster, mein Liebster, was haben sie mit dir getan?«

Chaundras Assistenzärzte und die Oberschwester sprangen auf die Pritsche zu. In diesem Lazarett kamen viele Erzarbeiter zu Besuch, die immer noch aufgekratzt von verschiedenen Freizeitdrogen waren, ganz zu schweigen vom schlichten, altmodischen Äthanol, so daß sie wußten, was zu tun war. Einer hielt ihre Arme fest, und der andere schlug einen Injektor gegen die Frau. Sofort sackte sie bewußtlos zusammen.

»Doktor«, sagte Simeon entschieden, »schnallen Sie das Mädchen fest, bis sie wieder bei Verstand ist. Das kann sie dann ruhig mir in die Schuhe schieben.«

»Wie Sie wünschen«, erwiderte Chaundra. Die Krankenschwestern legten die bewußtlose Frau wieder auf die Pritsche, waren aber viel zu professionell, um auch nur das leiseste Anzeichen von Gehässigkeit zu zeigen, als sie die Riemen festschnallten. Chaundra beugte sich über den bewußtlosen Mann.

»Doch nur ein leichter Schlag«, sagte er, während er ein Augenlid hochhob. »Sollte schon bald wieder bei Bewußtsein sein.«

»Ich bin in meiner Unterkunft, Doktor«, sagte Channa und nahm ihre Kleidung auf, um matt zum Lift zu gehen. Sie trat ein, lehnte sich gegen eine Wand und schloß die Augen.

»Alles in Ordnung?« fragte Simeon besorgt.

Sie lächelte. »Hervorragend, danke.« Sie öffnete die Augen und richtete sich auf, ruderte mit den Schultern, um die Verspannungen zu lösen. »Ich bin immer noch durstig«, meinte sie. »Und hungrig. Und am Leben.« Da weiteten sich ihre Augen entsetzt. »Wie konnte ich das nur vergessen? Das Gehirn – hat er es geschafft?«

Simeon machte eine Pause. »Nein.«

Channa sackte zusammen und legte die Hände vors Gesicht. Sie hob den Blick, behielt die Lippen für den Rest der Fahrt fest zusammengepreßt. Dann fragte sie leise: »Hast du schon Gelegenheit gehabt, etwas über unsere Überlebenden in Erfahrung zu bringen?«

»Nicht soviel, wie ich mir erhofft hatte, aber ich habe einiges über die Hüllenperson erfahren. Es war der Planetenmanager Guiyon. Sein letzter Auftrag war ein Kolonialplanet namens Bethel, der um die Sonne GK728 kreist, die man in dem betreffenden System Safran nennt. Ich habe die Zentralwelten über seinen … seinen Tod informiert: über bloße Pflichterfüllung hinaus, würde ich sagen. Dort hat man mir mitgeteilt, was in den Akten steht. Nachdem sein ursprünglicher Vertrag auslief, ist er einfach geblieben, offensichtlich nur, weil er Safrans hübsche gelbe Farbe mochte.

Bethel scheint eine ziemlich unspektakuläre Kolonie von recht kleiner Bevölkerungsdichte zu sein, etwas abseits der vielbefahrenen Routen gelegen, mehr als nur ein wenig fremdenfeindlich. So verweigern sie beispielsweise jeden Handel mit Nichtmenschen. Die Kolonie wurde vor ungefähr dreihundert Jahren von einer ›stark durchorganisierten, religiös orientierten Gruppe‹ gegründet.« Simeon hielt inne. »In dreihundert Jahren kann eine Religion alle möglichen Macken entwickeln. Vielleicht hat man die Flüchtlinge ja ausgestoßen. Vielleicht sind sie auch aus freien Stücken abgereist, um eine weitere Basis für ihre Sekte aufzubauen. Darüber habe ich keine Informationen.« In weicherem Tonfall fuhr er fort: »Guiyon muß eine sehr, sehr lange Zeit dort gewesen sein. Eine sehr lange Zeit – und ein sehr langer Tod, so allein dort draußen in der Dunkelheit.«

Die letzten Worte waren ein kaum vernehmbares Flüstern, und Channa merkte, wie die Tränen in ihr aufwallten. Es war schicklich, daß ein Partner um ein Hirn trauerte. So ließ sie die Tränen strömen. Sie konnte es wenigstens tun, Simeon nicht.

Channa trat aus dem Lift und kam in die Halle, ließ sich matt in den nächsten bequemen Sessel sinken. Dann lehnte sie den Kopf zurück und schloß die Augen, ließ die Tränen strömen. Lange Zeit verharrten sie und Simeon in Schweigen.

»Was ist mit den Daten, die wir von der Kommandobrücke bekommen haben?« fragte sie schließlich und wischte sich die Tränen mit dem Handrücken ab. »War das eine Niete?«

»Ich kann sie nicht lesen«, erwiderte Simeon. Bei aller Trauer war seine Stimme doch auch von Verlegenheit gefärbt. »Die Codes sind *uralt*. Tatsächlich ist es möglicherweise gar kein Code, sondern eine Sprache. Eine, die ich nicht gespeichert habe, was bedeuten würde, daß sie schon vor Entwicklung der Raumfahrt ausgestorben und selbst damals nur begrenzt in Gebrauch war.«

Channa begann zu lachen, konnte es nur mit Mühe unterdrücken, bevor es sie gänzlich überwältigte. Stöhnend erstickte sie es. »Ich traue mich schon gar nicht, es zu fragen, aber ...« Und sie ertappte sich, wie sie zur Säule hinüberblickte. »Wie steht es denn um die Leute, die wir gerettet haben? Außer der Kreischerin.«

»Vierzig von den fünfzig, die wir vorfanden, haben den Transport zur Station überlebt.«

»Ach, Ghu!« sagte sie und beugte sich vor, schlang die Arme um die Knie und legte die Stirn darauf. »Wir hatten nicht einmal Zeit, die Toten zu zählen, nicht wahr? Verdammt! Wenigstens das hätten wir tun können!« Sie lehnte sich wieder zurück und blickte verbittert durch den Raum, als verabscheue sie sein gemütliches, unverändertes Aussehen.

»Ich weiß«, teilte Simeon ihr mit. »Ich habe das Gefühl, daß ich versagt habe.«

»Da bist du nicht der einzige«, antwortete sie und schluchzte einmal kurz. Sie legte die Hand auf den Mund, preßte sie fest dagegen, um etwaige weitere Schluchzer zu ersticken. Einen Augenblick später fragte sie mit belegter Stimme: »Und die Station?«

»Die ist ganz in Ordnung«, erklärte er und erstattete ihr Bericht, lange genug, damit sie die Selbstbeherrschung wieder gewann: gute Nachrichten darüber, daß glücklicherweise niemand vom Stationspersonal zu Schaden gekommen war; ebensowenig hatte die Station echte strukturelle Schäden aufzuweisen; und auch die Schiffe waren unversehrt, mit einziger Ausnahme des Erzlasters. Simeon berichtete, daß die einlaufenden Schiffe sich am gegenüberliegenden Ende der Station drängten und endete mit der Einladung zu einer Party, die von den Schlepperpiloten ausgerichtet wurde und zu der jeder kommen konnte, der wollte. Als er damit fertig war, hatte Channa Mühe, die Augen offenzuhalten.

»Ich hätte nie geglaubt, daß ich den Tag einmal erleben würde, da ich zu erschöpft für Ausschweifungen bin«, meinte sie mit heiserer Stimme. »Ich werde wohl alt.«

»Nun mach mal halblang, Kindchen«, sagte Simeon im Rückgriff auf seine jugendliche Ausdrucksweise. »Schließlich bist du *tatsächlich* gestorben. Subjektiv, meine ich. Ich finde, es ist ein bißchen viel verlangt, zwei Stunden, nachdem man wieder ins Leben zurückgeholt wurde, in Partylaune sein zu sollen. Vergiß nicht, der Spruch lautet ›Iß, trink und sei glücklich, denn *morgen* könnten wir sterben‹. Damit bist du also voll abgesichert.«

Channa brachte ein mattes Grinsen zustande.

Sie sieht scheußlich aus, dachte er besorgt, *und wahrscheinlich fühlt sie sich auch genau so.* »Wie wäre es, wenn ich etwas in deinem Namen vorbeischickte, vielleicht Champagner?«

»Hervorragend«, sagte sie matt.

»Und außerdem mußt du etwas essen. Doc Chaundra hat gesagt, daß du dich dann besser fühlst. Das wehrt die Kopfschmerzen ab.«

»Da bin ich durchaus dafür.« Sie erhob sich und taumelte etwas auf dem Weg zu der kleinen Kombüse, wo sie nachsehen wollte, was sich am leichtesten zubereiten ließ. Sie starrte in einen Schrank und merkte nicht einmal, was sie da eigentlich betrachtete, als die Tür zum Raum sich öffnete. Sie stolperte hinüber, um nachzusehen, wer es war, und kam gerade an, um Mart'an persönlich zu erblicken, wie er mit einer Schar von Kellnern in den Hauptraum stolzierte.

»Ach, meine teure und tapfere Mademoiselle!« Er knallte die Hacken zusammen und verbeugte sich forsch aus der Hüfte. »Ich grüße Sie. Die Mitarbeiter des Restaurants Perimeter möchten Ihnen für Ihre außerordentliche Tapferkeit danken, die das Überleben der Station gesichert hat.« Anmutig machte er eine ausladende Geste und wies auf den Servierwagen. »Eine rein symbolische Anerkennung, wie ich weiß, aber wir bereiten alles von Herzen zu, und an diesem Abend, glaube ich, haben wir uns selbst übertroffen. Wie auch unsere Dankbarkeit keine Grenzen kennt.« Er verneigte sich erneut, diesmal etwas maßvoller, die rechte Hand über dem Herzen gespreizt.

Channa lächelte ihn benommen an, bis sie sich wieder hinreichend gefaßt hatte, um ihm mitzuteilen, daß er sehr gütig sei.

Er bot ihr seinen Arm an und führte sie zu einem Sessel. Sofort setzte sich seine Kohorte in Bewegung. Ein Tisch wurde herbeigeschafft, eine Decke darauf ausgebreitet, das Gedeck ausgelegt, Wein eingeschenkt, schließlich folgte die Serviette und dann das Essen auf ihrem Teller. Das Arrangement war selbst schon ein Kunstwerk für sich. Simeon erkannte echte terranische Trüffel auf der Vorspeise, und das Entrée war nichts Geringeres als *Carré d'agneau Mistral*. In einer Datei stand, daß das Rezept von Escoffier stammte, Mart'ans Jugendidol.

Ich wette, die kauen es ihr auch noch vor, wenn sie nur darum bittet, dachte Simeon amüsiert.

»Ach, Monsieur Simeon.« Mart'an stieß ein tragisches Seufzen aus, sein Gesicht nahm die ausdruckslose Miene an, wie sie Weichhüllen pflegten, wenn sie jemanden ansprachen, den sie nicht sehen konnten. »Wie wir uns doch wünschten, Ihnen einen ähnlichen Tribut zollen zu dürfen.«

Simeon überspielte sein Ebenbild auf den Säulenschirm, ließ es anerkennend lächeln und sich leicht verneigen. »Indem Sie meinem Partner auf diese Weise zu Hilfe kommen, Monsieur, erweisen Sie sowohl mir selbst als auch der Station einen herausragenden Dienst. Ich wüßte gar nicht, wo anfangen, wollte ich Ihnen meine Wertschätzung kundtun.«

Channas Augen weiteten sich, doch ihr Mund war voll beschäftigt.

Ha! dachte er triumphierend. *Das hast du mir gar nicht zugetraut, Happy? Ich, der tadellose Diplomat!*

»Ich frage mich«, sagte er vertraulich zu Mart'an, »ob es Ihnen wohl möglich wäre, zu einem späteren Zeitpunkt abzuräumen? Miss Hap ist außerordentlich erschöpft, und ich muß sie schleunigst auf den neuesten Stand bringen, was die Stationsgeschäfte anbelangt, bevor sie sich zur Ruhe legt ...«

»Aber mit Vergnügen«, erwiderte Mart'an. Mit einem Flattern der Hände versammelte er seine Zauberschar von Dienstboten, und die ganze Gruppe entfernte sich ebenso geschmeidig, wie sie eingetreten war.

Channa nippte an ihrem Wein; in ihrem Gesicht spielte ein anerkennendes Leuchten.

»Sei vorsichtig damit«, ermahnte er sie. »Ich weiß, daß du durstig bist, aber Wasser wäre jetzt besser.«

»Jawohl, Papi.« Sie nahm die Gabel auf und begann wieder zu essen. »Zu schade, daß du keine Nahrung kosten kannst, aber ich kann dir versichern, dieses Lamm ist einfach süüüperb!« Sie rollte die Augen. »Also, dann bring mich mal auf den neusten Stand. Was gibt es noch als Krönung der frohen Nachricht des Tages?«

»Eigentlich nichts mehr«, erwiderte er, »nur daß der Computer endlich ein Übersetzungsprogramm für mich zusammengestellt hat. Die Sprache war tatsächlich ausgestorben – Chuvash, was immer das sein mag. Die KI hat Lehnwörter bekannter Sprachen zurückgerechnet, aber sie warnt mich, daß es Lücken im Vokabular gibt und ganz bestimmt bei den Bedeutungsschattierungen ...«

»Was meinen denn die Zentralwelten zu dieser Katastrophe?« Channa gähnte. »Oder haben wir nicht mehr genügend Satellitenkapazität übrig?«

»Ich habe ihnen die Ereignisse im Umriß geschildert, ebenso das Wiedererscheinen von ... Guiyon. Sie haben sich größere Sorgen darüber gemacht, ob ich noch funktionstüchtig sei. Natürlich erwarten sie einen vollständigen Bericht, aber ich hoffe, daß ich dann auch mehr Informationen über das Schiff einfügen kann. Immerhin wissen sie jetzt Bescheid, was das Wesentliche angeht.«

»Und Neuigkeiten von Joat?«

»Nichts Spezifisches«, antwortete er mit einem Seufzen. »Da ja alle Raumanzüge trugen, war es unmöglich festzustellen, wer eigentlich wer war. Nicht alle Anzüge haben Namensschilder und Tätigkeitscodes. Aus der Triebwerksabteilung habe ich nicht das leiseste Geräusch vernommen.«

»Aber ich will wissen, daß es ihr gutgeht«, explodierte Channa in wütender Sorge. »Du öffnest sofort einen Kanal hinunter und teilst ihr mit, daß wir wissen müssen, ob sie es überlebt hat. Ein lausiges ›Ja, habe ich‹ genügt schon.« Sie nahm die Gabel wieder auf, schob das Essen aber nur noch über den Teller, sie schien beinahe zu schmollen.

Simeon musterte sie mit einem leicht empörten geistigen Lächeln. Wenn sie müde war, hatte Channa erstaunliche Ähnlichkeit mit Joat. Nachdem er die erforderliche Anfrage abgeschickt hatte, war er auch erleichtert, als er prompt Antwort erhielt, obwohl ihn Joats merkwürdiger Unterton verwirrte.

»Sie hat es geschafft. Ich habe ihr gesagt, daß ein Wort genügt, und sie hat mir zwei gewährt. Zitat, ›Bin okay‹, Zitatende. Du solltest dich jetzt etwas ausruhen, Channa.« Eine Pause. »Nein, einen Augenblick noch. Sie fügt noch etwas hinzu. Ach, tatsächlich? Zitat, ›Sag Channa, sie hat einen tollen Job abgeliefert‹.«

Mit unendlicher Erleichterung schob Channa den Tisch beiseite. Irgendwie half ihr das Wissen, daß Joat in Sicherheit war, die Spannung loszuwerden, die sie solange im Griff gehabt hatte. Wie ein Roboter marschierte sie auf ihre Unterkunft zu, schaffte es bis zur Tür, dann blieb sie stehen, hielt sich dabei im Rahmen fest.

»Simeon«, sagte sie und blickte über die Schulter gewandt auf seine Säule, während ihr Kopf sich von allein gegen das kühle Metallpaneel legte, »ich bin dein Partner, weißt du das noch? Du bist verpflichtet, mich über alle ungewöhnlichen Vorfälle auf dem laufenden zu halten. Ja?«

»Jawohl, gnädige Frau«, antwortete er unterwürfig.

Sie nickte knapp. »Und besser, du tust es auch!« Dann verschwand sie in ihrer Unterkunft. Das Bett winkte ihr unwiderstehlich einladend zu. Wie im Traum erinnerte sie sich noch, daß sie an der Lazarettkleidung nestelte, um dann ins Bett zu kriechen, wo ein Servomechanismus die Decke über sie zog. Sanfte Musik lullte sie in den Schlaf.

»Guten Morgen«, begrüßte Simeon sie am nächsten Tag. »Du siehst ausgeruht aus«, fügte er hinzu. *Ich lerne dazu*, lobte er sich selbst. *Ich habe nicht gesagt, du hast letzte Nacht ausgesehen, als hätte die Hölle dich ausgespuckt, oder auch nur, du siehst ja schon* viel *besser aus. Langsam entwickle ich Feingefühl*, dachte er selbstzufrieden und unterdrückte dabei den Gedanken, daß *sie* es schließlich war, die ihn dazu gebracht hatte.

»Ich fühle mich auch ausgeruhter«, sagte Channa etwas überrascht. »Nach dem gestrigen Tag wundre ich mich, daß ich heute überhaupt aufgewacht bin. Du hast mich doch wohl nicht«, und schon wurde ihr Ton wieder argwöhnisch, »zulange schlafen lassen?«

Die eigentliche Channa hat sich nicht über Nacht geändert!

»Nichts Neues zu vermelden. Ich plage mich immer noch durch die Sprache, aber es ist wahrscheinlicher, daß wir mehr aus den Passagieren herausbekommen als aus den Schiffsaufzeichnungen.«

»Wie geht es ihnen? Ist inzwischen noch jemand aufgewacht?«

»Doktor Chaundra sagt, daß der arme Kerl, den die kreischende Walküre bewußtlos geprügelt hat, ihr Anführer ist, er heißt Amos ben Sierra Nueva. Die Walküre ist Rachel bint Damscus. Ich weiß ja, daß du gern wissen möchtest, wie er heißt ... und sie natürlich auch«, fügte er hastig hinzu, um den Mann in keiner Weise in ihrer Aufmerksamkeit besonders hervorzuheben. »Der Doktor meint, daß er zu unserer Versammlung kommen kann.«

»Und wer noch?«

»Der Anführer Amos und seine rechte Hand, ein Bursche namens Joseph ben Said.«

Channa nippte an dem Kaffee, den sie sich zubereitet hatte. »Wann werden sie da sein?«

»Wir haben in ungefähr einer Stunde ein Stationsleitertreffen. Chaundra kommt auch, falls niemand in einen kritischen Zustand gerät. Wenn wir damit fertig sind, werde ich Sierra Nueva und diesen Burschen Joseph rufen lassen.«

»Tust du mir einen Gefallen«, sagte Channa, »nennst du ihn bitte Amos? Sierra Nueva klingt wie einer von diesen Tänzen, die angeblich das Blut zum Kochen bringen und die Libido entfesseln sollen.«

»Da triffst du den Nagel auf den Kopf. Schließlich wollen wir doch wohl nicht, daß irgendwelche verbotenen Leidenschaften auf der Station Amok laufen, oder?«

»Na ja«, meinte sie mit einem Grinsen, »dieser Teil ist wohl verhandelbar.«

Na, na, Channa ma belle, es geht doch nichts über den Tod, um einen ein bißchen aufzulockern, wie? Wollen hoffen, daß die »weiche Tour« ein bißchen bei dir vorhält.

Simeon bemerkte einen Besucher draußen im Korridor und öffnete die Tür, bevor der Junge läuten konnte: ein hochgewachsener, dünner Zwölfjähriger, von dunklem und hageren Gesicht, aber mit grünen Augen und einem rötlichen Ton im braunen Haar. Der Junge stand einen Augenblick überrascht da.

»Komm doch rein«, lud Simeon ihn ein. Channa hob den Blick von ihrem Notizschirm und wiederholte die Einladung.

»Hallo«, meinte der Junge nervös. Simeon bemerkte, daß er am Stock ging. »Ich bin Seld Chaundra? Ich bin in Joats Klasse?«

»Ach, wirklich?« warf Simeon hilfreich ein.

»Ja.« Selds freie Hand knüllte den Stoff seines Hosenbeins. »Ist sie da?«

»Im Augenblick nicht«, antwortete Channa und stemmte das Kinn auf die Faust. »Wir können ihr etwas ausrichten. Gibt es Probleme?«

»Oh, nein.« Er schüttelte den Kopf. »Es ist nur ... na ja, sie war heute nicht im Unterricht und da habe ich mir Sorgen gemacht, daß sie sich gestern vielleicht verletzt hat.«

»Das ist sehr nett von dir«, sagte Channa lobend. »Aber sie hat es geschafft ... ganz okay!«

»Wir werden ihr ausrichten, daß du nach ihr gefragt hast, Seld«, teilte Simeon ihm mit.

»Kommt sie morgen in die Schule?«

»Durchaus möglich«, antwortete Simeon. »Ich werde ihr ausrichten, daß du nach ihr gefragt hast, und ihr sagen, sie soll Kontakt mit dir aufnehmen. Hat sie deinen Rufcode?«

»Ja, Sir.« Wie alle auf Station geborenen Jugendlichen war Seld damit vertraut, daß Simeon aus dem nächstgelegenen Lautsprecherwürfel zu ihm sprach, aber er besaß die guten Manieren, sich vor der Säule zu verbeugen. »Tut mir leid, Sie belästigt zu haben.« Er winkte Channa noch einmal zu und trat wieder durch die Tür.

»Na ja!« meinte Channa erfreut. »Sie hat also einen Gleichaltrigen, der sich genug Sorgen um ihr Wohlergehen macht, um dich in deiner Drachenhöhle aufzusuchen.«

»Glaubst du, das genügt, um sie wieder hervorzulocken?«

Channa überlegte. »Ich meine, es wird ihr Denken verändern. Wenn man sicher ist, daß sich niemand Sorgen um einen macht, ist es leicht, deprimiert zu werden und die Hoffnung zu verlieren. Mach schon«, sagte sie mit aufmunterndem Lächeln an die Säule gewandt, »sag ihr, daß Seld hier war und daß er sich Sorgen gemacht hat, sie könnte verletzt sein, und daß er sich darauf freut, wenn sie wieder in die Klasse zurückkehrt.«

»Ja, der ist schon in Ordnung ... Seld, gewissermaßen«, meinte Joat. »Ein bißchen ein Kind, verstehst du?«

»Chronologisch gesprochen«, bemerkte Simeon, »bist du selbst noch ein Kind.«

Joat lachte mit mehr als einer bloßen Spur Verbitterung; es klang wie ein japsender Kojote. »Hatte nie Zeit oder Gelegenheit, eins zu sein. Da ist es ein bißchen spät, von mir zu erwarten, daß ich mich wie eins benehme.«

Schweigen legte sich über das improvisierte Nest an der Schachtkreuzung, doch das Mädchen vernahm das allerleiseste Seufzen des Bedauerns, das Simeon von sich gab.

Softy, dachte sie in wehmütiger Zuneigung. Selbst wenn er ... wie hieß das Lied doch noch? Dosenfleisch? *Netter Typ,* entschied sie. *Er braucht jemanden, der sich um ihn kümmert.* Außer Channa Hap. Channa mochte vielleicht sein Partner sein, aber gestern schien sie sich um jeden anderen gekümmert zu haben, nur nicht um ihn.

»Ja, Seld ist kein übler Junge. Kennt sich auch auf der Tastatur aus. Kann aber überhaupt nicht kämpfen.«

»Er sagt, daß sie dich auf der Schule vermissen«, erwiderte Simeon neutral.

Joat stieß ein zweites bitteres Lachen aus. »Diese Drecksau Louise Koprekni bestimmt nicht.«

»Ihr Gesicht in die Toilettenschüssel zu schieben, war schon etwas extrem, findest du nicht, Joat?«

»Sie hat gesagt, daß ich rieche.«

»Du hast auch gerochen. Damals! Das war ungefähr der Zeitpunkt, als du zu dem Schluß gelangt bist, daß regelmäßiges Waschen vielleicht doch keine so verrückte Idee ist.«

Joat schob die Unterlippe vor und wandte sich wieder ihrer Tastatur und der Anhäufung verschiedensten elektronischen Mülls zu, den Simeon zu gern identifiziert hätte.

»Was baust du denn da zusammen?« fragte Simeon.

»Einen Platzer.«

»Darf ich fragen, was ein Platzer ist?« *Will ich es eigentlich wirklich wissen?*

»Ultraschall. Läßt die Korken knallen.« Auf Simeons fragendes Geräusch hin erklärte sie es ihm. »Bringt die Kapillargefäße zum Platzen, wie ein wirklich schlimmer Sonnenbrand.«

»Was tut es?« Dann modifizierte er seinen Tonfall wieder mehr in Richtung Konversation. »Wir haben nicht vorgehabt, dich mit Gewalt dort herauszuzerren, weißt du.«

»Das habe ich auch nicht geglaubt.«

»Du hast ihn doch wohl ... äh ... noch nicht ausprobiert, oder?«

»Noch nicht.«

»Wie willst du dann wissen, ob er funktioniert?«

»Das wird er!« Die Zuversicht in dieser Antwort war entnervend.

»Ist er ...«

»Bringt niemanden um, aber danach überlegt es sich jeder zweimal, mich zu verfolgen.«

»Ah, verstehe.«

Simeons Optiksensoren konnten gerade noch ein Grinsen auffangen, als Joat sich wieder über ihr Werk beugte.

»Manches«, sagte sie kryptisch.

Wieder Schweigen. Die Gespräche mit Joat erinnerten Simeon an Dokumentarfilme, die er mal gesehen hatte, in denen es darum ging, Forellen mit der Hand zu fangen. Wenn man damit Erfolg haben wollte, mußte man äußerst geduldig vorgehen.

»Sieht so aus, als wäre Ärger im Anmarsch«, sagte sie in neutralem Ton.

»Der Ärger ist *vorbei*«, widersprach Simeon. »Hör mal, Joat, ich möchte mich entschuldigen, weil ich während des Alarms gestern nicht nach dir gesehen habe, aber ...«

»Nicht nötig. Du hast mir schließlich einen Raumanzug gegeben. Mehr brauchte ich nicht«, versetzte Joat vernünftig. »Wenn etwas dich bedroht, die Station, stecken wir alle bis zum Kinn drin. Richtig? Besser, du bringst deine Zeit damit zu, uns davor zu bewahren, so tief hineinzugeraten, daß wir nur noch mit der Schaufel hinauskommen.«

»Du hast ja eine extrem realistische Einstellung, Joat«, sagte Simeon mit einem gewissen Ton der Bewunderung für jene Selbständigkeit, die ihm zugleich soviel Sorgen bereitete.

»Bin kein Blödmann«, verkündete Joat befriedigt. »Und Ärger kommt auch nicht allein – auch nicht zu zweit. Den kriegt man gleich kilobyteweise. *Ich* bin bereit.« Sie tätschelte den Platzer.

»Da bin ich mir sicher«, erwiderte Simeon beruhigend.

»Bis zum Abendessen.«

»Abendessen?« Er klang überrascht, aber das erfreute sie. »Ja, bis dann«, fügte er hinzu, und es gelang ihm ganz gut, beiläufig zu klingen.

Joat pfiff tonlos vor sich hin, als sie spürte, wie sich Simeons Aufmerksamkeit zurückzog – jedenfalls zum größten Teil. Sie schaltete auch den Generator für weißes Rauschen ein, ebenso den Verzerrer, den sie sich gebaut hatte. Sie war sich zwar nicht mehr *völlig* sicher, daß sie noch funktionierten, nachdem Simeon ihre Geräte ausreichend hatte begutachten können, um sie vielleicht zu neutralisieren. Nicht daß er in letzter Zeit allzuviel Zeit dafür übrig gehabt hätte, um sich so intensiv um sie zu kümmern. Selbst ein Gehirn hatte seine Grenzen.

Sie wollte kein Publikum, während sie das Zeug abspielte, das sie während Channas Untersuchungen auf dem eindringenden Schiff aufgenommen hatte. Erst ging sie etwas durch, das heute über den Datenstoß der Zentrale eingetroffen war. Das von Joat eingeschleuste Überwachungsprogramm hatte es abgefangen und automatisch in ihr System weitergeleitet.

Sie rekelte sich behaglich und stellte das Gerät auf eine Dose Fastbier. Von dem echten Zeug ließ sie lieber die Finger, weil sie sich danach nur schwer und beduselt fühlte. Sie biß ein großes Stück von einem Schokonußriegel und grinste mit vollem Mund vor Schadenfreude, als die Szene abspulte.

Eine Menge umgab ein offensichtlich offizielles Gebäude, und ihr Gebrüll klang schrill und bedrohlich, während sie ihre Plakate schwenkten, auf denen dieselbe Nachricht stand, die sie auch im Chor brüllten.

»Dorgan ist bigott! Dorgan raus! Dorgan ist bigott! Dorgan raus!«

Die Fensterscheiben im Erdgeschoß waren zerschmettert, und eine Reihe von Bereitschaftspolizisten hielt die GWRIM-Demonstranten in Schach. Das Bild schwenkte in einen Innenraum, wo Miss Dorgan vom Jugendamt wild gestikulierte.

»Und ich *bestreite kategorisch*, daß ich gesagt haben soll, daß Hüllenmenschen widernatürliche Scheußlichkeiten seien, die kein Recht haben zu leben!« jammerte sie. »Oder daß sie mich zum Kotzen bringen!«

Joat grinste. Sie wollte gern Systemingenieur werden,

wenn sie groß war, aber Editieren war auch ein hübsches Hobby. Beispielsweise das Editieren von Übertragungen aufgezeichneter Gespräche an die GWRIM und MM. Channa hatte schon die richtige Idee gehabt, aber Erwachsene hatten einfach nicht genug *Begeisterung*, um sich eine Idee zu schnappen und damit richtig ernst zu machen.

»Wie der Lehrer schon meinte«, murmelte sie und nahm noch einen Bissen. »Ich habe eine Menge unterdrückter Feindseligkeit, die ich erst auszudrücken lernen muß.«

»Mir war auch ganz schön danach, zu brüllen«, sagte Joseph.

Amos seufzte und ließ sich in einen Sessel gleiten. Nachdem Joseph darauf bestanden hatte, hatte der hiesige Arzt – merkwürdigerweise ein Mann – ihn in eine kleine Unterkunft mit eigenem Wohnzimmer verlegt.

Es scheint mein eigenes zu sein, gemahnte er sich, *es können aber auch Abhöranlagen versteckt sein.* Ansonsten hatte es die gleiche allgemeine Fremdartigkeit an sich wie alles hier, beispielsweise weiche Synthetikstoffe als Wände, die die Beleuchtung wechseln oder sich plötzlich in Sichtscheiben verwandeln konnten. Er hatte befohlen, daß sich die Szenerie etwas Beruhigung vermitteln möge, worauf der Holograph eine neutrale braune Festigkeit angenommen hatte. Das aber beruhigte ihn auch nicht so recht. Was wie schlichtes, kahles Plastik *schien*, war offensichtlich alles andere als das.

»Es fällt schwer zu glauben, daß wir in Sicherheit sein sollen«, sagte er und fuhr sich mit einer Hand über das Gesicht, das inzwischen genug Bartwuchs aufwies, um dabei zu knistern. Er beschloß, um einen Schallrasierer zu bitten. »Um ganz ehrlich zu sein, mein Bruder, ich habe nicht mehr damit gerechnet, jemals wieder aufzuwachen.«

»Ich auch nicht«, erwiderte Joseph, während er in träger

Rastlosigkeit umherging. Die Gravitation war um eine Spur stärker als in Bethel. »Aber wir wissen noch nicht, ob wir wirklich in Sicherheit sind – nicht einmal vor den Kolnari.«

Amos hob abrupt den Blick. »Nicht?«

»Die Hülle – Guiyon«, berichtigte sich Joseph, als er Amos die Stirn runzeln sah, » ... hat gesagt, daß es ...«

»Er.« Nach dieser Korrektur preßte Amos die Lippen fest zusammen; um so mehr, weil er selbst sich in Guiyons Anwesenheit auch nie so recht wohlgefühlt hatte.

Guiyon hat uns gerettet, erinnerte er sich. Guiyon war der erste gewesen, der seinen jugendlichen Zweifeln gelauscht hatte, ohne sich entsetzt von ihm abzuwenden und ihm Buße aufzutragen. Nur Familien, die vom Propheten abstammten, durften mit dem Planetenmanager sprechen. Die meisten Betheliter dachten, daß diese Wesenheit bestenfalls eine Legende sei, schlimmstenfalls eine Abscheulichkeit der Ungläubigen. *Ich bin zu alt, um noch an Märchen zu glauben*, dachte Amos. Er war jetzt ein Mann, und viele hingen von ihm ab.

»Er«, sagte Joseph und machte eine beschwichtigende Geste. »Er wollte uns zur Basis Rigel bringen. Das hier ist aber nicht Rigel.«

»Nein«, gestand Amos. »SSS-900-C. Obwohl sie zurückhaltend damit sind, uns mehr zu erzählen.«

»Was verständlich ist, Herr. Würdest *du* Flüchtlingen sofort trauen, die so kurz davorstanden, sie zu vernichten? Obwohl *wir* es gar nicht wußten? Andererseits gibt es Dinge, die sie uns einfach mitteilen *müssen*, ob sie wollen oder nicht.«

»Ja«, antwortete Amos schleppend. »Beispielsweise, daß dies kein Militärstützpunkt ist.«

»Ganz genau, mein Bruder. Es ist ein friedfertiges Volk.« Als er Amos' zweifelnden Blick bemerkte, fuhr er fort. »Du wirst dich erinnern, daß ich in den Docks aufwuchs. Ich verstehe mehr von Händlern und vom Handel als die meisten.

Das hier sind *ehrbare* Händler und Raumfahrer, jedenfalls nach Maßgabe ihrer eigenen Ethik, wenn auch vielleicht nicht nach den Sitten Bethels. Auf den Docks hätten wir sie als leichte Beute bezeichnet.«

Sie blickten einander an, heimgesucht von dem, was keiner als erster aussprechen mochte. Amos riß sich zusammen. Ein ehrbares, ein ethisches Volk hatte die Wahrheit verdient.

»Und wir wissen auch noch nicht, ob die Kolnari uns nicht immer noch verfolgen«, flüsterte Amos. Übelkeit zerrte an seiner Magengrube. *Um so wenige in Sicherheit zu bringen und ihre Retter dafür zu gefährden.* »Wir müssen mit ihnen reden!«

KAPITEL 8

»Alles in allem sind wir gar nicht schlecht aus der Sache herausgekommen«, sagte Verwaltungschef Claren und fuhr einmal mehr mit seinem Griffel seinen Notizschirm entlang, um sicherzugehen, daß er nichts ausgelassen hatte.

Mit gesenktem Kopf gelang Channa ein verstohlenes Gähnen. Für Claren waren Versammlungen wie Brot und Wasser. Wenn er Gelegenheit erhielt, seine sorgfältigen Grafiken und Statistiken vor einem Publikum vorzutragen, begann er förmlich zu leuchten und zu wachsen. *Wie ein unscheinbares Mädchen, das gerade vom Idol der ganzen Hochschule zum Tanz aufgefordert wurde,* dachte Channa bösartig.

»Wir haben ungefähr drei Millionen Verrechnungseinheiten verloren«, versetzte sie und griff nach der Wasserkaraffe.

Zwei Abteilungsleiter sprangen auf, um ihr Wasser einzuschenken: Langsam wurde der Ruhm ein bißchen lästig. Die Konferenz hatte eigentlich als Arbeitsfrühstück beginnen sollen. Teller und Brotkrumen waren über den ganzen Tisch verteilt. Gusky war ebenfalls anwesend, ein bißchen bleich im Gesicht – entweder von seiner medizinischen Behandlung oder von der Party. Er war nicht nur ein herausragender Könner auf seinem Gebiet, er war auch zugleich Sektionsvertreter, und angesichts der positiven Publicity in jüngster Zeit schien es wahrscheinlich, daß er wiedergewählt werden würde.

Patsy feilte sich einen Fingernagel. »Irgend jemand muß mal die Ausgaben durchkämmen«, warf sie ein. »Zum Beispiel haben wir Ausrüstung von Namakuri-Singh angefordert – und die sind nicht gerade als Wohlfahrtsunternehmen bekannt.«

Gusky grunzte. »Ich habe die Ausrüstung angefordert, die ersetzt werden muß, zu deren Gebrauch du, Simeon, mich autorisiert hast.«

»Nicht ich persönlich. Die Station!« sagte Simeon in scharfem Ton. Hirne neigten zu empfindlichen Reaktionen, wenn es um persönliche Schulden ging, da sie exorbitante Summen für ihre Frühversorgung und Ausbildung abzuzahlen hatten. »Niemand wird behaupten können, daß ich nicht alles Erdenkliche getan habe, um den Schaden zu begrenzen.

Der Verlust der Schlepper ließ sich nicht vermeiden, und die Station ist moralisch in der Pflicht, ihre Eigentümer für den Verlust zu entschädigen. Was wir uns von Lloyd's zurück holen werden, Claren, indem wir uns auf die Klausel über höhere Gewalt berufen.«

»Ja, natürlich werden wir das«, murmelte Claren und notierte schnell etwas.

»Die anderen unvermeidlichen Verluste und Schäden, über die wir heute gesprochen haben, werden unseren Verfügungsetat allerdings restlos plündern.«

»Tatsächlich?« fragte Gus unglücklich.

»In der Tat«, bekräftigte Claren in kummervollem Ton.

»Für eine gute Sache«, warf Simeon fröhlich ein.

»Was diese Forderung gegen Lloyd's angeht«, fuhr Gus fort, »so bekommen wir es dort mit Bürokraten zu tun, mit bürokratischen Buchhaltern. Ja, sogar mit bürokratischen Buchhaltungsbeamten, die dazu noch ihre Rechtsanwälte im Schlepptau haben.«

»Die verdorrte Hand auf den Steuerungsinstrumenten«, intonierte Simeon.

»Wir könnten uns ja statt dessen auch einfach auf ihren Anstand, ihren guten Willen und ihre angeborene Großzügigkeit verlassen«, schlug Gus vor. Da mußte selbst Claren lachen.

Channa schauderte. »Das bedeutet also, daß wir uns auf Vorwürfe wegen schlechter Betriebsführung gefaßt machen müssen. Und auf händeringende Analysen der Kosten jeder Mutter, jedes Bolzens und jeder Verbindungsmuffe.« Sie legte sich einen nasalen Tonfall zu. »Ist Ihnen denn nicht klar gewesen, daß ein Schubstoß von siebzehnkommadrei Sekunden durchaus ausgereicht hätte, anstatt siebzehnkommasieben Sekunden lang zu zünden?«

Der Verwaltungschef Claren versicherte ihnen, daß seine Einträge sorgfältig überprüft, daß alle Formulare ordentlich ausgefüllt, rechtzeitig eingereicht und an die entsprechenden, zuständigen Abteilungen weitergeleitet werden würden.

»Ich will nicht so weit gehen, eine Garantie für prompte oder auch nur zeitige Zahlung abzugeben«, sagte er und gestattete sich ein leises Lächeln, »da wir es hier mit Abteilungen und Referaten zu tun haben, die sich meiner Kontrolle entziehen. Aber ich kann Ihnen versprechen, daß ich mein Bestes tun werde.«

Gemurmelte Zustimmung.

»Wenigstens können *wir selbst*«, fügte Channa entschieden hinzu, »die sofortige Freigabe der Verfügungsgelder zur Auszahlung an Privatpersonen anordnen, die Schäden oder Verluste erlitten haben, oder um Reparaturen durchzuführen, die für das Funktionieren der Station erforderlich sind. Claren, sorgen Sie nur dafür, daß die Forderungen so schnell wie möglich an die Versicherungsgesellschaften weitergeleitet werden.«

»Viel Glück«, sagte der Besitzer einer Mineralerzfirma trocken. »Mir ist aufgefallen, daß die mit sehr viel größerer Begeisterung Prämien einsacken als Forderungen auszubezahlen.«

Das löste erneute Heiterkeit aus. Channa wandte sich der Säule und Simeons Abbild zu.

»Was die Schäden am Äußeren der Station betrifft, gibt es da nicht in der Stationspolice eine Klausel, die uns unverzügliche Reparaturen garantiert?«

Das Holo wurde für einen Augenblick statisch, bis Simeon wieder lächelte. »Ja, tatsächlich – Notausgaben zwecks Aufrechterhaltung der Stationsfunktionen und der Rettung von Leib und Leben werden durch die allgemeine Stationspolice von Lloyd's abgedeckt. Damit sollten wir eigentlich alles geltend machen können.«

»Hervorragend«, sagte Claren und tippte auf seiner Tastatur herum.

»Da ist noch eine Kleinigkeit. Trotz all der vielen Probealarme, Simeon, durch die wir eigentlich genau hätten wissen müssen, was wir tun sollen, liefen eigentlich verdammt viele Leute wie aufgeschreckte Hühner durch die Gegend. Die sollten eine Geldstrafe aufgebrummt bekommen, damit sie das nächste Mal besser zuhören.«

»Eine Geldstrafe? Hervorragend! Gute Idee, Patsy«, meinte Simeon. »Und je länger sie schon auf der Station arbeiten, je besser sie es eigentlich wissen müßten, um so höher die Strafe. Was den Geldbeutel schmerzt, merkt man sich besser. Was mir jedoch Sorge macht, ist die Frage, *weshalb* die nicht wußten, wo sie hin sollten. Auch wenn ihr euch immer wieder darüber beschwert – ich führe diese Probealarme häufig genug durch, so daß jeder genau wissen müßte, wohin er zu gehen und was er zu tun hat. Die Namen werden ständig auf den Mitteilungsbrettern überprüft, also warum sind die dann umhergerast und gegen die Wände geknallt?«

»Ach, es gibt immer Leute, die in Panik geraten, Simeon«, meinte Patsy. »Die meisten von uns waren ja dort, wo sie sein sollten. Und wir haben doch alles gepackt, oder nicht?«

»Ich neige zu der Auffassung, daß wir hier lieber im Zweifel für die Angeklagten entscheiden sollten«, warf Channa ein. »Aber vielleicht solltest du mal ein Auge auf die Gruppenführer werfen, für den Fall, daß sie einfach automatisch jeden Namen auf ihrer Liste abhaken, ohne sich davon überzeugt zu haben, daß alle auf Posten und vollständig sind.«

»Teil ihnen doch einen Kumpel zu«, schlug Gus vor. »Wenn die zu hilflos sind, um zu wissen, wohin sie müssen und wie sie dorthin kommen, dann mach daraus doch eine gemeinsame Verantwortung.«

»Das sollten eigentlich die Gruppenführer tun«, meinte Chaundra in angewidertem Tonfall.

»Gemeinsame Verantwortung! Hervorragend«, antwortete Simeon, »genau wie die Hirn-und-Partner-Mannschaften.«

Der Antrag wurde einstimmig angenommen.

»Antrag auf Mittagspause«, sagte jemand. »Es ist 13:00.«

»Diesen Antrag unterstütze ich«, erwiderte Channa. »Ich glaube, ich möchte mir nicht auf nüchternen Magen anhören müssen, was uns unsere Gäste zu erzählen haben. Das Raumtreibgut weist darauf hin, daß es ein ziemlich bunter Stoß von Abenteurern sein dürfte. Irgendwelche Einwände? Also dann – Tagungspause.«

Ein bißchen anders als gestern abend, wie, Happy? Simeon sah zu, wie Channa ihr dünnes Sandwich kaute. Er hoffte, daß sie diese Mahlzeit tatsächlich mit dem Fest verglich, das Mart'an für sie zubereitet hatte. Der Kantinenpächter konnte mit dem Standard des Perimeter nun einmal nicht Schritt halten, obwohl Gus behauptete, daß es spät nachts eine recht genießbare Pizza gäbe.

»Dann sag uns doch mal alles, was du über unsere neuesten Ankömmlinge weißt, Simeon«, schlug Gus vor.

Simeon stellte ein räusperndes Geräusch her. »In der Datenbank werden sie ursprünglich als ›stark durchorganisierte, religiös orientierte Gruppe‹ bezeichnet«, meldete er. »Jüdisch-sufistisch-buddhistische Wurzeln.«

»Großer Gott«, meinte Patsy. »Das ist ja ein Zungenbrecher. Aber an Gott glauben sie schon?«

Verwunderte Blicke, weises Nicken und fragende »Ohs« machten die Runde.

»Wahrscheinlich beten sie irgendwelche Schnecken an

und heiraten ihre Kinder, oder irgend so eine genetisch dumme Sitte«, warf Vickers ein. Die Sicherheitschefin der Station war eine kleingewachsene, ziemlich gedrungene Frau aus Neu Neufundland. »Buddhisten, sagst du? Kein Wunder, daß sie fast mit uns zusammengestoßen sind. Solche Leute haben meistens keine allzugroße Ahnung von Mechanik und Technik.«

»Warten Sie, nur eine präzise Minute.« Doktor Chaundra hielt protestierend die Hand hoch. »Erstens habe ich keine medizinischen Anzeichen gefährlicher Inzucht bemerken können. Sie mögen zwar so ausgesehen haben, als ob sie unsere Anweisungen oder Bemerkungen nicht verstehen, aber schließlich waren sie auch alle noch benommen von ihrem Erlebnis. Sie brauchen Ruhe und Erholung, doch im Grunde sind sie gesund. Die genetische Vielfalt ist zwar begrenzt, aber es gibt nur wenige Rezessive. Ich würde vermuten, daß sie von Anfang an ein gutes Überwachungsprogramm hatten. Die Gruppe liegt jedenfalls oberhalb der Norm. Der eine oder andere mag vielleicht Probleme mit den endokrinen Drüsen haben, was von den Kälteschlafdrogen herrührt. Sie haben Drogen verabreicht, deren Haltbarkeitsdatum schon lange abgelaufen war. Der Anführer der Betheliter ist ein sehr gebildeter und intelligenter Mann. Obwohl er«, fuhr er mit leisem Stirnrunzeln fort, »bisher nicht besonders kommunikativ gewesen ist.«

»Leider gehen Bildung und Intelligenz nicht immer zusammen«, bemerkte Simeon. »Es ist keineswegs so, daß ich mich nun auf das Szenario ›Religiöse Fanatiker vertreiben die Häretiker‹ festgelegt hätte, aber es würde durchaus zu dem Wenigen passen, was ich von Guiyons Logbuch entziffern konnte. Ausdrücke wie ›Verdammt unflexible Älteste, die behaupten, daß die Unmoral und der Zweifel der Jugend das Verderben gebracht hätten‹; ›habe ihnen mitgeteilt, daß ihre Kinder ein Recht auf Überleben haben‹; ›befürchtet, daß einige von ihnen uns verraten könnten‹;

›entkommen, so gut wir konnten‹; und ›mußten einige zurücklassen, dem sicheren Tod ausgeliefert‹.«

Patsy legte ihr Sandwich ab. »Ich habe plötzlich keinen Hunger mehr.«

»Ich auch nicht«, erwiderte Channa grimmig. »Es wird wohl Zeit, sich die Sache mal aus erster Hand anzuhören.«

Aus seiner ersten Hand, meinst du wohl, bemerkte Simeon insgeheim.

Amos ben Sierra Nueva wurde von dem kleineren, gedrungenen Mann begleitet, der im Kolonienschiff neben ihm vorgefunden worden war. Zwei von Vickers' Wächtern standen diskret bereit, mehr, um die Schwebesessel zu lenken, als um die beiden im Auge zu behalten.

Die sind schwach wie die Kätzchen, dachte Simeon, *ganz zu schweigen davon, daß sie unbewaffnet sind und nichts haben, wohin sie könnten – und auch nichts, um dorthin zu kommen.* Stationspersonal entwickelte eine besondere Art der Paranoia als Form das Überlebensinstinkts: nichts und niemand durfte ihrer Station Schaden zufügen. Jede Station war hochgradig gefährdet, gleich wie modern und sicherheitsbewußt sie sein mochte. Hatte er in aller Unschuld tatsächlich Terroristen an Bord willkommen geheißen, die vor »starren Ältesten« flohen? Merkwürdig genug, daß ausgerechnet Guiyons Anwesenheit diese Möglichkeit ausschloß.

Als ihre Sessel sanft von ihren Luftkissen zu Boden glitten, blickten die beiden Fremden die um den Tisch Versammelten ausdruckslos an.

Simeon hörte, wie Patsy etwas murmelte; es geschah ganz leise, fast unterhalb der Hörbarkeitsgrenze. Er konzentrierte sich darauf, verstärkte seine Sensoren:

»Ach, der ist aber hübsch«, sagte sie gerade.

Patsys offensichtliches Interesse an dem Mann überraschte Simeon zwar nicht, wies aber darauf hin, daß er es möglicherweise mit einem gänzlich anders gelagerten Problem zu tun bekommen könnte. Sollte Patsys Charme Amos allerdings für sich vereinnahmen, könnte Simeon sich entspannen. Dann ertappte er Channa dabei, wie sie verstohlen Amos' klassisches Profil musterte, das von einer Sorge umwölkt schien, die ihm eine um so stärkere jupiterhafte Feierlichkeit verlieh. Und als er den Blick bemerkte, den Amos und Joseph wechselten, fragte Simeon sich hoffnungsfroh, ob der kleine, muskulöse Mann vielleicht sein Geliebter war.

»Doktor Chaundra meint, daß wir Sie nicht ermüden dürfen«, sagte Simeon und rief die Versammlung damit zur Ordnung, »aber wir würden es doch schätzen, wenn Sie uns mit einigen Einzelheiten weiterhelfen könnten.«

Amos zuckte zusammen, und seine Augen weiteten sich, als er plötzlich zu der Säule am Kopf des Tischs hinüberblickte und dort Simeons synthetisiertes Antlitz erspähte. *Aha, er weiß also von Hüllenleuten, ist aber überrascht, hier einen Hüllenmenschen vorzufinden.*

»Wir sind dankbar für Ihre Hilfe«, begann Amos förmlich und verneigte den Kopf, wobei er Stirn und Herz mit einer Hand berührte. »Ich bin Amos ben Sierra Nueva, und mein Gefährte ist Joseph ben Said.« Der kleine Mann ahmte Amos' Geste nach.

Als er es bemerkte, runzelte Gusky leise die Stirn und bewegte die Finger. Simeon entzifferte die Nachricht. *Den Kleinen halte ich für einen schweren Brocken.*

Das Gehirn akzeptierte dieses Urteil. Es gab einige Dinge, die nur die persönliche Erfahrung lehren konnte. Amos fuhr fort zu reden, wobei er gelegentlich innehielt, um nach dem passenden Wort zu suchen, sprach aber schließlich immer flüssiger, und seine blauen Augen begannen vor Ernsthaftigkeit zu leuchten.

»Wir gehören zu der Kolonie Bethel. Es mißbehagt mir, Ihnen angesichts Ihrer Großzügigkeit von einer schrecklichen Geißel zu künden, einem gleißenden Übel, das uns gerade jetzt heimzusuchen strebt.«

»Ein ... gleißendes Übel?« fragte Channa verunsichert.

Geißel? Übel? Herrje! wunderte sich Simeon. Die archaische Syntax ließ den Mann so gestelzt klingen wie in einem historischen Holodrama. *Wovon redet er überhaupt? Von Teufeln? Damit er die ganze Katastrophe auf das Übernatürliche abwälzen kann?* Ein Rascheln ertönte, als die anderen am Tisch sich vorbeugten. Sie hatten erwartet, von etwas zu vernehmen, was in der sicheren Vergangenheit lag, keine neue Bedrohung ihrer Station. Das gestrige Abenteuer genügte eigentlich für eine ganze Weile.

»In der Tat, meine Dame, Sie schweben in großer Gefahr.« Er bemerkte die ausdruckslosen oder erschrockenen Mienen um den Tisch. »Hat Guiyon Ihnen denn nichts gesagt?«

»Guiyon ist tot«, antwortete Simeon und sah, wie beide Männer sich vor Schreck und Trauer versteiften. Das ließ sie in seiner Achtung steigen. »Das Schiffslogbuch ist praktisch unlesbar. Vielleicht möchten Sie uns ja informieren?« schlug Simeon ruhig vor.

»Er ist tot?« Amos' Gesicht war blaß geworden. »Aber wie ist das denn möglich? Er war doch eine Hüllenperson, ein Unsterblicher. Ach, vielleicht sind wir deshalb nicht auf der Basis Rigel oder einer anderen Einrichtung der Zentralwelten, wo wir um Hilfe ersuchen wollten.«

»Er hat Sie hierhergebracht, nach SSS-900-C, einer Raumstation, viele Lichtjahre von der Basis Rigel entfernt.«

»Wie kann denn ein Unsterblicher sterben?« fragte Joseph leise, wobei er die Hände in seinem Schoß spreizte.

»Die Versorgungsleitungen seiner Nährstoffquellen waren gekappt, und da es kein Notreservesystem gab ...« Simeon beendete den Satz nicht, und beide Betheliter senkten einen Augenblick den Kopf, um den Toten zu ehren. »Angesichts des Zustands Ihres wahrhaft altertümlichen Fahrzeugs war es schon eine beachtliche Leistung von ihm, Sie so weit zu bringen.«

Amos blickte seinen Gefährten an. Das harte, kantige Gesicht des Manns war angespannt und er nickte zweimal langsam, als wollte er ihn aufmuntern. Amos zögerte, räusperte sich und streckte schließlich das Kinn vor, um Simeon direkt anzusprechen.

»Dann ist es ja noch schlimmer, als ich es mir ausgemalt habe. Guiyon muß wirklich verzweifelt gewesen sein. Können Sie sich selbst verteidigen?«

»Na ja, Ihr aus der Kontrolle gelaufenes Schiff haben wir ja ziemlich erfolgreich abgewehrt«, erwiderte Simeon. »An was denken Sie denn so?«

Amos beugte sich vor, stützte sich dabei auf die Armlehnen seines Sessels. Sein Blick nahm ein heftiges Glühen an.

»Ich werde es Ihnen sagen«, antwortete er voller Leidenschaft und ließ den Blick um den Tisch schweifen. »Wir auf Bethel sind ein friedliches Volk. Praktisch ein schutzloses Volk.« Der Mund verzerrte sich vor Schmerz. »Wir wurden aus dem Himmel über unserem friedlichen Planeten angegriffen. Ich weiß nicht, wie Sie die Stunden eines Tages oder die Tage einer Woche zählen, einen Monat, ein Jahr. Ich weiß nicht, wie lange wir im Schlaf bewußtlos waren. Wir waren seit vier Fünfundzwanzigstundenperioden auf der Flucht von unserer Welt, bevor ich die Droge nahm. Kurz bevor ich es tat, sagte Guiyon zu mir, daß wir seiner Vermutung nach einen Vorsprung von fünf Tagen hätten. Also neun Tage zu jeweils fünfundzwanzig Stunden – das macht zweihundertundfünfundzwanzig Stunden.«

»Hat Ihre Stunde sechzig Minuten, Mister Sierra Nueva?« fragte Patsy.

Er blickte ausdruckslos zu ihr hinüber und nickte langsam.

Simeon ließ eine Holoaufnahme von Bethel erscheinen, wie er sie aus der Datenbank des Kartographischen Diensts geholt und berechnet hatte.

»Das ist unsere Welt, wie sie vor diesem Exodus aussah«,

sagte Amos düster, während er die träge Rotation auf dem Schirm beobachtete. »Unsere Hauptstadt war dort«, und er zeigte an eine Stelle, wo zwei große Flüsse in eine Bucht mündeten. »Wir haben sie Keriss genannt. Die Stelle, wo die Pilger landeten und unseren Tempel errichteten. Die Kolnari ...« Er brach ab, preßte die Augen zusammen, sein Gesicht zu einer Maske des Schmerzes verzerrt.

Recherche, befahl Simeon stumm und spürte, wie der Computer sich an die Arbeit machte. Dann empfand er einen geistigen Hieb, als er noch einmal durchging, was Amos gerade gesagt hatte. Dort war die Stadt Keriss: Vergangenheitsform. Auch Gus bemerkte es, seine Pupillen weiteten sich.

»Sie verlangten die bedingungslose Kapitulation«, sagte Amos, jede Emotion war aus seiner Miene entwichen. »Durch einen Angriff aus dem Hinterhalt schalteten sie unsere Orbitalstationen aus und unser Kommunikationsnetz, alles, was wir hätten benutzen können, um Hilfe herbeizurufen.«

Er verschränkte die zitternden Hände. »Der Ältestenrat kam zusammen«, fuhr er fort. Seine Lippen wurden schmal. »Sie kamen zu dem Schluß, daß diese Heimsuchung eine Strafe für die fortschreitende Unmoral der jüngeren Generation sei. Damit meinten sie mich!«

Er stach sich mit den Fingern auf die Brust. »Und andere wie mich, die nur ein wenig mehr Freiheit wollten, die nur Antworten auf vernünftige Fragen wünschten. Sie weigerten sich, mich *anzuhören* – obwohl ich ein männlicher Abkömmling in der Linie des Propheten selbst bin.«

In seine verbitterten Erinnerungen versunken, bemerkte Amos nicht, welche Überraschung seine Worte auslösten.

Aha, patrilineale Nachfolgeregelung, dachte Simeon.

»Ich danke dem Allwissenden für Guiyon, denn als ich das letzte Mal den Ratssaal verließ, rief er mich an. Ich solle fliehen, meinte er. ›Wohin? Und wie?‹ fragte ich ihn. Da erzählte er mir von dem Kolonienschiff, das uns nach Bethel gebracht hatte. Dreihundert Jahre lang hatten wir es als Wetter- und Relaisstation verwendet. Also ging ich, jene zu versammeln, die mir vielleicht folgen würden.«

Er faltete unruhig die Hände. »Und die Kolnari ... als sich die Ältesten weigerten, zu kapitulieren, haben sie die Stadt mit einer Fusionswaffe vernichtet!«

Ein schockiertes Murmeln machte die Runde am Tisch. Seit Generationen hatte niemand mehr eine Fusionswaffe eingesetzt. Jedenfalls in keinem Sektor, der den Zentralwelten unterstand.

»Mörder! Plünderer! Piraten!« Er spuckte die Worte förmlich aus und rieb sich mit den Händen das Gesicht.

Ein weiteres Murmeln. SSS-900-C befand sich in einem sehr friedlichen Sektor; die einzigen Nichtmenschen hier waren Arten, die keine institutionalisierte Gewalt praktizierten. Die Siedler waren meistens anständige Charaktere, vielleicht ein bißchen rauh, aber nicht mehr, als man von Pionieren erwarten konnte. Piraterie war ein rein historisches Phänomen geworden oder fand allenfalls sporadisch im Außenarm der Galaxie statt.

Mit ruhiger Stimme, die um so eindringlicher wirkte, fuhr Amos fort. »Ein Zehntel unseres Volks ist in diesem Augenblick gestorben, ebenso alle unsere Anführer. Die Kolnari haben uns mitgeteilt, daß wir kapitulieren müßten, sonst würden sie erneut zuschlagen. Sie haben ihre Botschaft von einem dunklen Schirm abgestrahlt. Sie würden immer und immer wieder zuschlagen, bis wir bis zum letzten Mann ausgerottet seien. Wir hörten immer nur eine ungerührte Stimme. Diese Feiglinge! Sie haben sich vor ihren Feinden nicht einmal offen zu erkennen gegeben! Sie gewährten uns zwei Stunden, um uns zu entscheiden.

Und so fingen wir an. Es war äußerst schwierig. Wir mußten entscheiden, wen wir mitnehmen konnten.« Seine Wangen röteten sich vor Scham, als er fortfuhr. »Als erstes haben wir Guiyon aus seiner Säule geholt. Wir konnten die Schotts des Hautfrachtraums nicht öffnen. Ach, wir waren so dumm, so unschuldig, so unausgebildet! Wir konnten Vorräte beschaffen, Guiyon ausstöpseln, sammelten unsere Leute ein, flogen zum Schiff, ohne dabei entdeckt zu werden, und dann ...« Ein rauhes, grobes Lachen. » ... gingen die Luken nicht auf! Irgend jemand murmelte, daß die Ältesten wohl doch recht gehabt hätten. Es sei die Strafe für unsere Sünden.

Dann hat Joseph hier«, und Amos legte dem kleinen Mann die Hand auf die Schulter, »eine der Wartungsluftschleusen aufbekommen. Nur daß die Schleuse zu klein für Guiyons Hülle war. Er bestand darauf, daß er nicht unbedingt im Inneren des Schiffs mitfliegen müsse, daß wir ihn in Nähe der Kommandobrücke an die Hülle schnallen sollten, damit seine Gehirnsynapsen mit dem Instrumentenpaneel verkabelt werden konnten. Er mußte uns alles erklären, was zu tun war. Wir verstanden nur wenig von solchen Dingen.« Ein weiteres verbittertes Schnauben. »Und wir hatten solche Angst. Niemand von uns verstand auch nur das geringste von Raumnavigation. Ich hatte zwar schon mal ein kleines Schiff gesteuert, aber niemals über Bethels Monde hinaus. Jenseits von Bethels Monden war Gebiet, das zu besuchen für die Menschen Bethels nicht schicklich war. Außerdem wußten wir nichts über die Welten außerhalb unseres eigenen kleinen Systems. Alles, was uns auf Bethel an externem Handel gestattet war, wurde von Guiyon abgewickelt.«

Amos hielt inne, schluckte schwer, und Chaundra schenkte ihm ein Glas Wasser ein. Der Mann nickte dankbar und trank, bevor er seine Geschichte fortsetzte.

»Guiyon wollte es nicht riskieren, uns zu einer der nahegelegeneren Kolonien zu bringen, weil er fürchtete, diese Ungeheuer damit zu einem gleichermaßen schutzlosen Planeten zu führen. Statt dessen«, er lachte freudlos,

»haben wir sie nun möglicherweise zu einer noch schutzloseren Raumstation geführt. Auf einem Planeten kennt man wenigstens ein paar sichere Verstecke. Ich weiß auch nicht, weshalb wir hier und nicht auf der Basis Rigel sind. Guiyon muß den Kurs wieder geändert haben. Als ich die Droge einnehmen mußte, hatten wir vier Verfolger. Hervorragende bewaffnete Kriegsschiffe, meinte Guiyon das. Und wir haben sie hierhergeführt, zu Ihnen, die Sie den armseligen Rest unseres Volks gerettet haben, der von unserem einst so schönen Planeten geflohen ist.« Er neigte den Kopf, und seine Schultern sackten in Verzweiflung zusammen.

Auf entsetztes Schweigen folgte ein immer lauter werdendes Geplapper: »Die haben den Ärger gleich mitgebracht«; »Die haben diese Ungeheuer ausgerechnet zu *uns* geführt?«; »Aber wir sind doch völlig schutzlos«. Simeon stieß ein moduliertes Geheul aus, worauf alles verstummte.

»Danke«, sagte Simeon ironisch, als die Stille zurückgekehrt war. *Herrscht Gefahr ganz zweifelsfrei, lauf im Kreise, mach Geschrei*, fügte er bei sich hinzu.

»Guiyon hat Sie hierhergeführt, weil erstens die Triebwerke im Begriff standen zu explodieren, weil zweitens ohnehin immer mehr Leute an Bord starben, und weil SSS-900-C drittens auf der Hauptroute in diesem Quadranten der Einflußsphäre der Zentralwelten liegt. Könnten wir das Problem jetzt vielleicht ein wenig gelassener untersuchen?«

Claren wandte sich an May Vickers. »Als Sicherheitschefin obliegt es Ihnen, uns zu verteidigen!«

Vickers musterte den Mann. »Mit Betäubungspistolen?« fragte sie ungläubig. »Ich bin Polizeibeamtin mit fünfzig Teilzeitkräften. Ich sperre betrunkene Erzarbeiter ein und sorge dafür, daß Hauskräche nicht aus dem Ruder laufen«, sagte sie. »Ich habe noch nie Erfahrung mit Ungeheuern sammeln können, und ich will auch nichts mit vier Kriegsschiffen zu tun bekommen.« Sie verschränkte die Arme vor ihrem üppigen Busen und blickte Simeon vorwurfsvoll an.

»Ist es möglich, daß Sie sie vielleicht abgehängt haben?« fragte Chaundra.

Die beiden Betheliter schüttelten düster den Kopf.

»Unwahrscheinlich«, meinte auch Simeon, »nicht nachdem Guiyon die Triebwerke überbelastete und eine Äonenspur hinterließ, die selbst der blindeste Alien noch verfolgen könnte.«

Gus nickte. »Das könnte jedes Kriegsschiff.«

»Und selbst wenn sie die Spur nicht wahrnehmen, fliegen da draußen immer noch genügend Schiffstrümmer herum.« Patsy wedelte mit dem Arm wie ein Signalgeber. »Da können wir schlecht behaupten, daß die nur an uns vorbeigeflogen sind.«

»Meine Datenbanken führen keinerlei Informationen über irgendeine Gruppe oder ein Sonnensystem mit der Bezeichnung Kolnari«, warf Simeon ein. »Ich weiß zwar selbst, daß Sie nur kurz Erfahrungen mit diesen Leuten sammeln konnten, aber haben Sie denn jemals auf Bethel von ihnen *gehört*, bevor sie zuschlugen?«

Amos schüttelte den Kopf. »Guiyon hatte Gerüchte über eine Horde von Plünderern im Außenarm vernommen, von den wenigen Händlern, die nach Bethel kamen. Es wurde ihm aber von den Ältesten verboten, irgend jemandem Mitteilung davon zu machen, welche Nachrichten die Händler von den Welten jenseits von Bethel mitbrachen. Das durften nur sie selbst erfahren. An Bord hat er mir dann gesagt«, und Amos runzelte die Stirn und versuchte sich an die genauen Worte zu erinnern, »daß sie so schnell zuschlagen, daß kein Alarm mehr greift. Auf diese Weise entgehen sie der Entdeckung durch jede Streitmacht, die es mit ihnen aufnehmen könnte.«

»Beispielsweise der Macht der Zentralwelten«, versetzte Channa und schürzte die Lippen.

Amos nickte. »Die erste Vernichtungswelle richtete sich gegen unsere Luft- und Raumhäfen, gegen die Kommunikationseinrichtungen. Der Schlag war ebenso vollständig, wie er unerwartet kam. Sie haben sich uns erst gezeigt, als unsere gesamte Raumfahrtkapazität vernichtet war ... jedenfalls, als sie das glauben mußten. Alles, was wir über sie wissen, rührt von der äußerst kurzen Zeit her, da wir gegen sie kämpften. Sie verfolgen uns, um den Beweis für die Vernichtung von Bethel, ihr jüngstes Verbrechen, zu beseitigen. Sie werden uns töten, und zwar schnell. Zweifellos«, fügte er verächtlich hinzu, »fühlen sie sich unbehaglich, weil sie nur zu viert anstatt zu dreihundert sind.«

»Dreihundert?« fragte Simeon.

»Dreihundert Schiffe. Das hat Guiyon mir gesagt. Er hatte sie kommen sehen, doch die Ältesten verbaten ihm darüber zu reden, bevor sie nicht entschieden hatten, was zu tun sei.«

Gus pfiff durch die Zähne. »Wenn das dreihundert Kriegsschiffe sein sollten, Leute, dann haben nicht nur *wir* ein Problem, dann kriegt dieser ganze Raumsektor Probleme.« Die Marine war zwar sehr viel größer, aber weitverstreut.

»Hast du in letzter Zeit Nachricht von der Zentrale bekommen, Simeon?« fragte Channa.

»Im Prinzip kaum mehr als die Bestätigung des ... Vorfalls, mit dem Tenor: ›Ach, wie schlimm, aber ihr seid ja ausgerüstet, damit zurechtzukommen, und wenn wir eure Berichte haben, werden wir mal sehen, was wir tun können‹. Aber das beruhte natürlich nur auf den gestrigen Geschehnissen. Jetzt könnte man dort vielleicht schon in Aktion treten.«

Ich hoffe jedenfalls, daß es geschieht, dachte Simeon. *Dreihundert Schiffe! Verdammt!* Simeon stellte einen Kompaktstrahl zur Zentrale her und markiert ihn mit der obersten Dringlichkeitsstufe. Hoffentlich bekam er bald konkrete Nachricht.

»Wie waren die Angreifer denn bewaffnet?« fragte Gus, während die anderen Stationsleiter dasaßen und versuchten, sich gegenseitig nicht anzusehen, am wenigsten aber Amos und Joseph. Amos war noch bleicher geworden; das Blau seiner Augen war verblaßt. Er saß nur schweigend da. Joseph dagegen begutachtete nacheinander jeden der Stationsleiter mit kritischem Blick und der Andeutung eines wissenden Lächelns auf den vollen Lippen.

Simeon erkannte, daß die anfängliche Benommenheit seiner Leute langsam der Furcht zu weichen begann. Gus kämpfte zwar mit trainierten Reflexen dagegen an, doch die anderen näherten sich langsam, aber sicher der Panik.

»Sie müssen doch irgend etwas haben, mit dem Sie kämpfen können«, sagte Joseph. Er legte plötzlich die Arme auf den Tisch und ließ einen stechenden Blick von einem Gesicht zum nächsten schweifen. »Wir haben schließlich auch gekämpft, und wir hatten wesentlich weniger zur Verfügung als Sie, die Sie gestern das Fahrzeug von Ihrer Station entfernten. Womit haben Sie es in Stücke gerissen? Haben Sie noch mehr davon? Das ist doch schon etwas. Es ist jedenfalls mehr, als wir hatten, die wir mitansehen mußten, wie unsere Schiffe in Schlacke verwandelt wurden. Unsere Stadt ...« Er brach ab und schlug hilflos mit den Fäusten auf den Tisch. »Wir haben Ihnen wenigstens eine Vorwarnung mitgebracht. Wir selbst hatten keine!«

Amos packte seinen Freund an den Handgelenken, bevor er sich noch die Hände verletzte. »Frieden, mein Bruder«, sagte er sanft.

»Ach, Sie sind Brüder?« fragte Patsy leicht überrascht und musterte beide eindringlich, um irgendeine Familienähnlichkeit festzustellen.

»Nicht vom Blut her«, und Amos berührte seine Schläfe mit dem Zeigefinger, »sondern im Geiste.«

»Aha!« Patsy errötete.

»Ich habe eine Nachricht an die Zentralwelten abgeschickt« teilte Simeon ihnen mit einer forschen Stimme mit, von der er hoffte, daß sie so klang, als hätte er alles voll im

Griff. »Dort beraten sie sich mit den Führungskräften der Raummarine – um zu sehen, was sich machen läßt. Ich hatte eigentlich gehofft, daß die mir mitteilen, was sie zu unternehmen gedenken, oder was wir tun können. Aber eigentlich hätte ich ja mit einem vollen diplomatisch-bürokratischen Grabenkampf rechnen müssen. Es muß erst jeder, der etwas dazu zu sagen hat, ausfindig gemacht werden, damit er Gelegenheit erhält, seine belanglose Meinung in dreifacher Ausführung einzureichen. Amos, glauben Sie mir, ich kann Ihnen gut nachempfinden, was Sie für Gefühle gegenüber Ältesten hegen. Die gute Nachricht lautet, daß die Marine schnell handeln will, nur daß im Augenblick *keine* Marineeinheiten in der Nähe verfügbar sind. Die nächste ist achtzehn Tage entfernt. Das setzt allerdings voraus, daß die Leute von der Admiralität noch heute den Marschbefehl erteilen und nicht erst, nachdem wir bereits zum Gegenstand rein akademischer Debatten geworden sind, weil wir nicht mehr existieren.

Was wiederum bedeutet, daß wir uns im allerbesten Fall auf dreizehn glückliche Tage freuen dürfen, während derer unser nackter Hintern heraushängt und auf seinen Stiefeltritt wartet. Die nächstgelegene Marineeinheit ist eine bloße Patrouillenkorvette. So etwas bezeichnet man eigentlich nur höflichkeitshalber als Kriegsschiff.«

»Dann müssen Sie fliehen!« Amos lehnte sich drängend vor. »Sie können nicht darauf hoffen, sie zu schlagen. Sie müssen diesen Ort verlassen.«

»Großartige Idee«, stimmte Simeon zu, »jedenfalls im Prinzip. Nur daß die Station sich nicht bewegen kann. Deshalb ist es ja eine Station. Sie ist nämlich stationär. Kapiert?«

»Es ist äußerst ungerecht, wie Sie sich über mich lustig machen«, erwiderte Amos mit gekränkter Würde. »Ich verstehe nichts von Raumstationen oder Ihren Fähigkeiten. Außerdem habe ich dennoch nicht unrecht. Wenn die Station selbst sich nicht bewegen kann, dann müssen es ihre Bewohner eben tun.«

»Und was diesen Ratschlag angeht«, unterbrach Gus, »liegt er nicht ganz falsch. Wir sollten so viele evakuieren, wie wir können – die Kinder, die Kranken, das entbehrliche Personal. Alle, die wir evakuieren können, und alle, die scharf darauf sind, zu gehen.«

»Meinen Berechnungen zufolge«, erwiderte Simeon und beendete sie im selben Augenblick, »sollten wir unter Ausnutzung sämtlicher Schiffe, die sich im Augenblick in mir oder in meiner Nähe befinden, über eintausend Seelen evakuieren können.« Das gefiel ihm. »Die Mannschaften nicht eingerechnet.«

Für einen Augenblick herrschte Stille. Eintausend Leute – das stellte nur einen Bruchteil der durchschnittlichen Bevölkerung der Station dar.

Zögernd unterbrach Amos das Schweigen. »Wie viele Leute bleiben dann auf der Station zurück?«

»Ungefähr fünfzehntausend«, antwortete Channa grimmig. »Unsere Bevölkerungszahl schwankt. Simeon, hast du dabei auch eine Leerung der Frachträume und die Verbringung unserer Leute dorthin in Raumzügen mitgerechnet?« Das wäre eine reine Verzweiflungsmaßnahme, die zudem einige Todesopfer zur Folge haben dürfte.

»Nein, damit könnten wir vielleicht noch ein paar hundert zusätzlich evakuieren.«

Obwohl wir wohl kaum allzu viele Freiwillige für eine solche Reise bekommen dürften, wenn man bedenkt, wie die durchschnittliche Normalperson auf langfristiges Eingesperrtsein auf engem Raum reagiert.

»Und bevor du danach fragst«, fuhr Simeon fort, »ich habe die Kapitäne noch nicht nach ihrer Meinung über einen solchen ... Exodus gefragt. Das ist alles nur der Idealfall. Die Schiffe und Leute, die nicht an der Station angedockt haben, lassen sich nicht körperlich am Abflug hindern, weshalb dieser Plan auch im Augenblick nur den Anwesenden bekannt bleiben darf. Ich denke, bevor wir noch weitere Leute mit hineinziehen, sollten wir mindestens einen Plan vorzuweisen haben.«

»Evakuierungspläne?« fragte Chaundra, und seine Stirn umwölkte sich.

»Solche Pläne«, erwiderte Simeon, »aber auch Maßnahmen, was die Verteidigung der Station betrifft.«

Am Tisch machte sich eine etwas heiterere Stimmung breit. Man konnte es zwar nicht genau festmachen, doch der Stimmungswandel war beinahe zu greifen.

»Das fällt ja nun in dein Gebiet, Simeon«, warf Channa sanft ein, »auch wenn es sich hier um keine militärische Einrichtung handelt.«

»Also kämpfen«, sagte Joseph, und seine dunklen Augen funkelten von wiederbelebter Hoffnung. Oder war es Rachsucht? »Ja, das würden wir gern tun, aber wie? Haben Sie nicht gesagt, daß Sie über keine Waffen verfügen? Und ganz gewiß werden die Ihnen keine Gelegenheit geben, sie zu bekämpfen. Weshalb sollten sie nicht einfach heranrauschen und Sie vernichten? Das wäre doch ein bloßes Kinderspiel für die.«

»Wir verlegen uns auf die List.« *Herrje, deren Ausdrucksweise ist ja richtig ansteckend,* dachte er. »Sie haben doch gesagt, diese Leute seien Piraten?«

»Ja«, antwortete Amos. »Als sie ihre erste Forderung nach Kapitulation vorbrachten, sprachen sie von der Lieferung von Material, Maschinen, Arbeitskräften. Es sind zwar Piraten, aber sie sprechen, als wären sie ein Volk, eine Nation. Der Hochklan, so haben sie sich manchmal selbst bezeichnet. Und andere, die Göttlichen ...« Er schürzte angewidert die Lippen. » ... die Göttliche Saat von Kolnar.«

»Also gut.« Simeon sprach in forschem Ton. *Das ist doch bloß ein weiteres exotisches Szenario,* sagte er zu sich selbst. *Spieltheorie, Erfahrung – verfall jetzt bloß nicht in Lethargie. So etwas hast du schon tausendmal gemacht.* »Dann sind es also bloße Kriminelle, keine richtige, disziplinierte, strategisch ausgebildete Armee. Eher wie Guerillakämpfer. Im Augenblick verfolgen die Angreifer Sie, und diese vier Schiffe wollen Sie vernichten, damit Sie keine bösen Gerüchte über sie verbreiten. Also sollten wir als erstes dafür sorgen, daß wir sie von ihrer Tötungsabsicht abbringen, indem wir sie mit jenen materiellen Dingen ablenken, die sie von Ihnen ursprünglich haben wollten. Richtig?«

Alle Stationsleiter dachten darüber nach. Dann nickte Gus langsam.

»Wenn diese Leute im Raum leben, und der Beschreibung zufolge muß das wohl sein – was wäre die SSS-900-C dann erst für eine Beute!« Er wandte sich an Amos und Joseph. »Was für Industrien hat ... hatte Bethel?«

»Sehr wenige«, erwiderte Amos und rieb sich nachdenklich das stoppelige Kinn. »Wir konnten unsere Ausrüstung warten und einige Komponenten für die Arbeit innerhalb des Systems herstellen. Wir haben seltene Lebensmittel und organische Moleküle gegen das Wenige eingetauscht, was wir brauchten. Die Händler kamen vielleicht einmal jede Generation. Die letzten waren erst ...«

Joseph fluchte zusammen mit Gus, Patsy und Simeon los. Channa schnippte mit den Fingern. »Die müssen ... wie nennt man das noch mal?«

»Den Laden begutachtet haben«, erwiderte Patsy, die über ein ganzes Arsenal solch archaischer Ausdrücke verfügte.

»Spione!« sagte Joseph. Tränen schossen ihm in die Augen, Tränen des nackten Zorns.

»Irgend jemand läßt sich immer kaufen«, warf Simeon ein und verlieh seinem Holoabbild ein weises Aussehen. *Jedenfalls behaupten das die Infobänder, obwohl ich selbst noch nie zu dieser Taktik greifen mußte.*

Joseph nickte. »Ich kannte einige, die ihre Mütter und Väter verkauft hätten ... jedenfalls ihre Väter ... für den Preis von zwei Flaschen Arrak.«

»Kehren wir doch bitte ins Hier und Jetzt zurück«, warf Gus ein, starr wie ein Fels.

Amos schüttelte den Kopf, was die langen schwarzen Locken wirbeln machte. »Wir haben ... hatten nur sehr wenig Hochtechnologie, und das, was es gab, war ... viel davon befand sich in Keriss.«

»Also suchen sie dringend nach Ausrüstung und möglicherweise nach Fachkräften«, fuhr Simeon fort. »Jede Wette, daß es sich bei dem Großteil dieser dreihundert Schiffe um Transporter, Fabrikfahrzeuge und ähnliches handelt. Es sind garantiert keine Selbstversorger, auch wenn sie eine Heimatbasis oder ein Planetensystem haben sollten.«

»Es gab schon immer Leute, die lieber stehlen als zu arbeiten«, bemerkte Gus. Dem mochte niemand widersprechen. »Und die werden es wahrscheinlich von uns klauen wollen.«

Die SSS-900-C war ein Wartungs- und Reparaturzentrum. Darüber hinaus lagerte die Station auch Mengen seltener Materialien für den Werftbetrieb und den allgemeinen Schiffsbau.

Simeon wandte sich an die beiden Anführer der Flüchtlinge. »Als erstes müssen wir sie dazu bringen, überhaupt in diese Richtung zu denken. Sonst rauschen die vielleicht wirklich nur heran und schießen ein paar Hochenergieraketen auf uns ab. Mein Plan verlangt allerdings ein Opfer von Ihnen, um das zu bitten ich zögere.«

»Fragen Sie nur«, erwiderte Amos gelassen. »Ein Ertrinkender greift sogar noch nach einer Schwertspitze. Ich möchte mich gern Guiyons Opfer als würdig erweisen. Fragen Sie!«

»Ich möchte die Angreifer mit einer Beute locken, die zu üppig ist, um ihr widerstehen zu können. Wir werden eine der Firmenjachten abkommandieren, in denen Vertreter zu reisen pflegen, wenn sie reichen Kunden ihre Muster zeigen wollen, und wir packen die Frachträume voll mit Dingen, denen die Schweinehunde nicht werden widerstehen können. Und das alles mit dem Versprechen, daß noch sehr viel mehr davon leicht zu haben ist – nämlich hier!«

»Was denn, zum Beispiel?« fragte Channa mißtrauisch.

»Technisches Zeug, Software, Computer, die neuesten Verbesserungen auf dem Gebiet der Treibstoffoptimierung. Dazu Luxusgüter, Parfüm, Schmuck, exotische Delikatessen ...«

»Durch Bestechung werden wir die nur noch begieriger machen, die Station zu schleifen«, schrie Joseph fast, während er sich halb aus seinem Sessel erhob.

»Frieden, mein Bruder«, beruhigte Amos ihn, »vergiß nicht, daß Säbelzähne kein Gras fressen. Man muß eine Ziege aussetzen, um die Falle mit einem Köder zu spicken.«

»Verstehen Sie, man erschießt doch auch nicht die Kuh, die man melken will«, meinte Gus.

»Nein, man kann schließlich nicht das ganze Schwein am Stück verspeisen«, meinte Patsy.

Simeon hätte beinahe gelacht, als er den verblüfften Ausdruck von Amos und Joseph sah. *Hervorragend, Patsy, denk immer an diese »Mein Bruder«-Nummer, die sie mit dir abgerissen haben, und laß sie bloß nicht glauben, daß sie rätselhafter sein können als wir.*

Chaundra erklärte den Besuchern die Komik und hob nur sanft die Augenbrauen, als Joseph fragte: »Was ist denn ein Schwein?« Channa war selbst überrascht. Sie hätte erwartet, daß die Einwohner einer Ackerbauwelt den Namen eines wichtigen, auf Bauernhöfen gezüchteten Tiers erkennen würden. Ihr eigenes Protein kam aus Zuchttanks, genau wie die Natur es vorgesehen hatte. Wenn das schon nicht wörtlich gemeint war, so mochte sie doch auch nicht darüber nachdenken.

»Meint ihr nicht, daß die das etwas komisch finden, wenn ein Typ so viele verschiedene Sachen verhökert?« wandte Patsy nun ein.

»Nicht, wenn er der Zwischenhändlertyp ist, Import-

Export, anstelle eines Firmenvertreters«, widersprach Simeon. »Es ist nicht so schwierig, Leute beim ersten Mal zu täuschen, Patsy.«

»Aber wir haben nichts von alledem, was Sie da erwähnt haben«, wandte Amos verwirrt ein. »Wir verfügen weder über Kleider noch Schmuck noch Software. Was soll das dann für ein Opfer sein, das Sie uns abverlangen würden?«

»Wir brauchen jemanden, den wir in die Jacht tun, die wir hinausschicken, und da werde ich bestimmt keinen Lebenden nehmen. Ich möchte einen Ihrer Leute ausschicken, der während der Überführung vom Schiff zur Station gestorben ist. Vorzugsweise jemanden, der an einem Defekt der Versorgungssysteme starb, denn das soll auch der Grund sein, weshalb er sich draußen in diesem Luxusschiff befindet und per Funk jedem, der ihn rettet, eine hohe Belohnung verspricht.«

Amos und Joseph wirkten schockiert. Reglos saßen sie einen Augenblick da, dann drehten sie sich zueinander um und sahen sich in die Augen.

»Unmöglich!« sagte Joseph, und seine Lippen bebten vor Zorn. »Was Sie da verlangen, ist ein Sakrileg!«

Channa blickte hilfesuchend zu Simeons Säule hinüber, dann stürzte sie sich ins Gespräch, obwohl sie wußte, daß es keine Möglichkeit gab, dergleichen diplomatisch auszudrücken. »Ihre Bestattungsriten sind ... streng festgelegt?«

»Jawohl!« zischte Joseph. »Wir ehren unsere Toten, wir beerdigen sie und halten ihre Ruhestätte heilig.«

»Nun«, teilte Simeon ihm mit, »wir haben hier auf der Station keinen Platz, um unsere Toten zu beerdigen, und es ist exorbitant teuer, sie zurück zu ihren Heimatplaneten zu verschiffen. Und Sie können sie auch nicht einfach im All beisetzen, weil sie dann früher oder später die Navigation gefährden würden. Hier kremieren wir unsere Toten.«

»Und die Asche?« wollte Amos wissen.

»Wenn es nicht ausdrücklich verlangt wird, gibt es dabei keine Asche.«

Amos neigte den Kopf. »Für unsere Toten erbitten wir die Asche, damit wir unsere Freunde vielleicht eines Tages nach Bethel zurückführen können. Und was Ihre ... Ihre Bitte um den Leichnam eines der unseren angeht, so denke ich, mein Bruder«, und er wandte sich wieder Joseph zu, »daß wir es eher so betrachten sollten, daß einem unserer Toten die Ehre erwiesen wird, zu dienen, wir sollten es nicht als Sakrileg ansehen. Wen immer wir auswählen – mit Sicherheit hätte er mit Freuden den Überlebenden gedient.«

»Es ist unrecht!« widersprach Joseph. »Und ich bin dagegen!«

»Mein Bruder«, sagte Amos mit zusammengebissenen Zähnen, »wenn du mit einem gerade Haken angelst, beißen nur jene Fische an, die das auch wollen. Sei vernünftig, sonst sind wir alle tot. Es ist nur eine Hoffnung, eine Möglichkeit, die man uns bietet. Wenn sie diesen Köder vernichten, werden sie auch die Station vernichten, und dann werden wir uns zu unseren toten Freunden gesellen und können alle bis in alle Ewigkeit unbestattet bleiben.« Er starrte seinen Gefährten an, bis Joseph schließlich nach einem langen Augenblick den Kopf senkte und nickte. An Simeon gewandt, fuhr Amos fort: »Suchen Sie sich unter unseren verstorbenen Brüdern die Person aus, die am geeignetsten für diese Finte ist.«

»Danke«, erwiderte Simeon schlicht, und auch die anderen am Tisch murmelten ihren Dank.

»Na gut«, sagte Channa und richtete die Aufmerksamkeit wieder auf drängendere Probleme, »diese Piraten treffen also auf diese führerlose Raumjacht. Sie fangen den Funkspruch auf: ›Hilfe, Hilfe, meine lebenserhaltenden Systeme sind defekt, ich sterbe, rette mich, wer kann und ich belohne euch mit zig Zillionen Credits.‹«

»Richtig.«

»Sie funken ihn an, erhalten keine Antwort, also hüpfen sie zu seinem Fahrzeug hinüber und besteigen es.«

»Richtig.«

»Dann finden sie – wen auch immer – seit mehreren Tagen tot vor, aufgrund eines Versagens der Systeme.«

»Richtig.«

»Warum sollen die sich nicht einfach nur die Nase zuhalten und weitersegeln?«

»Also zunächst einmal, weil es in der Natur von Piraten liegt, habgierig zu sein. Deshalb werden wir das Schiff auch mit Behältern voller Muster vollstopfen, die auch deutlich als solche gekennzeichnet sind, und deren Herkunft deutlich auf SSS-900-C hinweist. Zweitens mag niemand zu seinem befehlshabenden Offizier zurückkehren und sagen müssen: ›Das war eine völlige Zeitverschwendung, Herr Kapitän‹, weil man dann in den Augen des Kapitäns schlecht dasteht. Deshalb glaube ich, daß wir damit rechnen dürfen, daß sie das Schiff wenigstens flüchtig durchsuchen werden. Drittens habe ich vor, die luxuriöseste Jacht im ganzen Gebiet zu verwenden. Wahrscheinlich haben diese Burschen so etwas in ihren abgelegenen Systemen noch nie zu Gesicht bekommen.

Deshalb werden sie wahrscheinlich auch überall herumkriechen und nur noch sagen, ›Das ist ja unglaublich! Schaut euch das mal an! Was für ein Luxus!‹. Dabei werden sie notgedrungen auf einen Monitor stoßen, auf dem ein Bericht steht, den unser Vertreter verfaßte, als ihn die Katastrophe traf. Darin steht dann in etwa folgendes: *O himmlischer Tag, ich habe gerade den größten Verkauf meiner ganzen Karriere mit der SSS-900-C getätigt. Ich habe ihnen eine Lieferzeit von höchstens vierzehn Tagen zusichern müssen. Die Zentrale hat das Lieferdatum bestätigt. Lieferschein folgt. Hurra, hurra, hüpf, hüpf!*

Und dann folgt eine Liste, bei der selbst *ich* anfangen würde, mir zu wünschen, ich wäre Pirat geworden.«

Gus nickte. »Das klingt machbar, obwohl es mir mißfällt, auch nur ein einziges Schiff von den Evakuierungsbemühungen abziehen zu müssen.«

»Das verstehe ich, Gus, aber rechne einmal die vielleicht Dutzend Menschen, die auf der Jacht evakuiert werden könnten, gegen die über fünfzehntausend Leute auf der Station, deren Leben in Gefahr ist. Dann halte ich dieses Opfer doch für vertretbar«, erwiderte Simeon. Als er feststellte, daß seine Zuhörer aufmerksam lauschten, fuhr er fort. »So, und um den Rest der Station auf das Eintreffen der Piraten vorzubereiten, möchte ich, daß alle unersetzlichen Geräte abgekoppelt und versteckt werden oder, wenn sie sich nicht transportieren lassen, daß man sie tarnt oder abbaut, bis keine Teile davon mehr zu sehen sind. Alle Menüs auf sämtlichen Computerterminals werden verändert. Ich habe vor, sie so verwirrend und schwerverständlich zu machen, daß jeder Außenstehende, der versucht, unser Gerät zu benutzen, so viele furchtbare und katastrophale Fehler begeht wie möglich. Die Notmannschaften müssen rund um die Uhr einsatzbereit bleiben.«

Zwanzig mürrische Mienen saßen um den Tisch.

»Einen Augenblick mal«, warf Channa schleppend ein. »Willst du damit etwa sagen, daß wir diese ... diese Ungeheuer die Station besetzen lassen sollen?«

»Wir können sie nicht daran hindern«, erklärte Simeon geduldig. »Wir können nicht einmal ein einziges echtes Kriegsschiff daran hindern, einen Marschflugkörper in den Stationsäquator zu feuern und alle fünfzehntausend bis ans Ende der Galaxie zu pusten. Mir gefällt das ja auch nicht, Channa. Aber wir müssen sie daran hindern, allzu großen Schaden anzurichten, bevor die Marine nicht eingetroffen ist – und wie lange das dauert, wissen wir schon. Wenn wir sie lange genug an der Nase herumführen können, bis die Marine sie zu packen bekommt, brauchen wir uns keine Sorgen mehr darum zu machen, wie wir sie loswerden.

Sobald sie erst einige katastrophale Fehler begangen haben, werden sie es doch vorziehen, unsere Leute einzusetzen. Weshalb sollten sie auch ihr eigenes Hirn bei dem Versuch anstrengen, zu lernen, wie man eine Station führt, die sie ja doch nur solange besetzt halten wollen, bis sie sie geplündert haben? Ich will, daß unsere und nicht deren Leute die wichtigen Positionen innehalten. Egal, wie es ihnen erscheinen mag, will ich, daß die wirkliche Kontrolle über die Station in unserer Hand verbleibt. Für diesen Vorteil bin ich bereit, einige Risiken einzugehen.«

»Aha«, sagte Channa vorsichtig. »Klingt vernünftig.«

»Doktor Chaundra, das nächste werden Sie wohl verabscheuen.«

»Sie möchten, daß ich Leute krank mache.«

»Volltreffer. Wie haben Sie das erraten?«

»Ich gehe davon aus, daß Sie wohl wissen, daß ich nicht Arzt geworden bin, weil es mir Freude bereitet, Menschen leiden zu sehen«, erwiderte er ruhig. »Töten werde ich nicht. Aber davon abgesehen – wem soll ich es antun und weshalb?«

»Ich möchte eine Quarantäne der Stufe zwei ausrufen können, damit die Angreifer zögern, den Wohntrakt zu betreten. Wir können sie nicht völlig davon fernhalten, es sei denn, wir erklären, daß auf der Station eine tödliche Seuche ausgebrochen ist, aber dann könnten wir den Laden auch gleich selbst in die Luft sprengen und ihnen die Rakete ersparen. Ich möchte, daß das Lazarett von Freiwilligen überquillt, die qualvoll vor sich hin stöhnen, damit alles echt aussieht. Am wichtigsten aber ist, daß ich möchte, daß jeder der Piraten, der den Wohntrakt betritt, mit dem Erreger wieder herauskommt, den Sie verwenden wollen, und das Vieh soll dann auch sein Bestes tun. Die Piraten werden schon bald begriffen haben, daß sie ihre Kommunikation mit den Stationsbewohnern besser auf Holobilder beschränken sollten.«

Chaundra lächelte gequält. »Lepröser, unrein, unrein,« sagte er mit Singsangstimme. Patsy war neben Simeon die einzige am Tisch, die seine Anspielung verstand. Dann schüttelte Chaundra den Kopf. »Nicht genug Zeit, um diese Krankheit vorzutäuschen. Also! Einverstanden, ich werde mir einen geeigneten Virus suchen. Wir können schnell einen synthetisch herstellen – aber wir müssen hoffen, daß die ... Kolnari unfähige Mediziner sind und keine entsprechenden Versorgungseinrichtungen dabeihaben.«

»Patsy?« fing Simeon an.

»Ja, Geliebter.«

»Sobald wir ein paar Daten über diese Unholde haben, wüßte ich es sehr zu schätzen, wenn du mit irgendeiner Spore, mit Pollen oder einer Gasmischung aufwarten könntest, die unsere Besucher echt unglücklich machen. Wenn du es dann auch noch einrichten könntest, daß nur ihre Schiffe davon betroffen werden und nicht die Station, würde mir das sogar noch besser gefallen.«

»Ach, Simeon, eine echte Herausforderung! Du liebst mich ja doch, nicht wahr, Süßer?«

»Immer und ewig, Allerliebste.«

Sie musterte ihre Tastatur. »Allergien wären nicht übel. Die sind bei Gruppen mit niedriger genetischer Variationsbreite ziemlich spezifisch. Sobald wir ein paar Gewebeproben haben – juhuuuu!«

»Aber im Ernst, wir können zwar Menschen evakuieren oder kritische Vorräte wie Sprengstoffe, aber nicht beides«, wandte Channa ein.

»Darauf wollte ich gerade kommen. Wir müssen einiges davon auf Lager behalten, sonst sieht es merkwürdig aus. Immerhin sind wir ja ein Nachschubzentrum. Aber ich möchte, daß soviel von diesem Stoff umetikettiert, umgelagert oder wo auch immer versteckt wird, wie nur möglich. Wir sollten vielleicht vier Prozent weniger als die niedrigsten Reserven übriglassen, die wir je verzeichnen konnten. Die Aufzeichnungen sollen zeigen, daß wir erstens kurz vor einer Nachlieferung stehen und daß die zusätzlichen vier Prozent darauf zurückzuführen sind, daß wir einige unserer

Vorräte verbrauchen mußten, um das Kolonienschiff zu sprengen.« Simeon sah keinen Wert darin, den Kolnari auch noch zu kostenloser Bewaffnung zu verhelfen. »Das gleiche würde ich gern mit den Lebensmitteln und Medikamenten tun. Irgendwelche Fragen?«

»Ja«, meldete sich eine der Nachschubleiterinnen zu Wort, »wohin sollen wir dieses ganze Zeug denn bringen, vor allem den Sprengstoff?«

»Sammeln Sie es erst einmal ein«, sagte Simeon, »ich werde Ihnen sagen, wo. Jetzt wollen wir zunächst feststellen, welche Vorräte die Evakuierungsschiffe benötigen; und außerdem möchte ich, daß Sie auch all diese Waren zusammenstellen, mit denen wir den ... Säbelzahner in Versuchung führen wollen.«

»Wird gemacht«, meldete die Frau.

»Auch wir würden gern helfen«, warf Amos ernst ein, »wie immer wir das tun können. Sagen Sie es nur, dann werden wir Ihnen nach Kräften behilflich sein.«

Eine Horde von Bauernjungen, Viehzüchtern und Studenten von einem Planeten auf mittlerem technischen Entwicklungsstand. Für euch finden wir bestimmt jede Menge Arbeit, dachte Simeon.

Amos fuhr fort. »Es beschämt uns außerordentlich, daß wir diesen Schrecken über euch gebracht haben. Besser, wir wären alle gestorben ...«

»Halten Sie den Mund!« fauchte Channa. »Wie können Sie es wagen, so etwas zu sagen? Jedes Leben ist kostbar. Das hat auch Guiyon gemeint. Er hat erkannt, daß er so viele von Ihnen retten mußte, wie er nur konnte, und das hat er getan. Hören Sie auf, sich ständig an die Brust zu schlagen. Damit ziehen Sie sich nur noch zusätzliche Verletzungen zu. Es hätte ebensogut sein können, daß die Piraten ohnehin hierhergekommen wären.«

»Sie sind Überbringer schlechter Nachrichten, und als solche werden Sie nicht sonderlich geschätzt, aber eins möchte ich Ihnen doch jetzt sagen, nämlich daß ich, Simeon, SSS-

900-C, Ihnen dankbar dafür bin, und ganz besonders ... Guiyon. Wenn Sie alle auf Bethel gestorben wären, hätte niemand in diesem Sektor von den Kolnari erfahren und auch nicht davon, wie sie operieren.« Simeon hielt inne. »Ich vermute, sie verfolgen eine Politik der verbrannten Erde?« Als die beiden Betheliter verwundert dreinblickten, fügte er sanft hinzu: »Beseitigen sie immer sämtliche Spuren, daß sie dort gewesen sind? Daß überhaupt jemand auf dem Planeten gewesen ist? Das habe ich mir gedacht. Natürlich dürfen sie keine Indizien zurücklassen, wenn sie weiterhin den Weg der Vernichtung beschreiten wollen.«

Simeon hörte, wie Joseph ein merkwürdiges Geräusch ausstieß, und vergrößerte schnell die Aufnahme des Gesichts des Manns. Der Betheliter knirschte tatsächlich mit den Zähnen. Amos' blaue Augen wurden stumpf vor Schmerz beim Gedanken an das Objekt der völligen Vernichtung.

Inzwischen wurde es auch drei oder vier Stationsleuten bewußt, und ihre Mienen gaben den Schock wider. Piraterie und Plünderung waren schon schlimm genug, aber diese Kolnari waren offensichtlich schon mehrfach mit Völkermord durchgekommen.

»Die Zentrale und die Marine erhalten stündliche Nachrichtenstöße«, fuhr Simeon fort, um jede mögliche Versicherung zu bieten, daß die SSS-900-C den Kolnari bereits um eine Nasenlänge voraus war. »Bethel wird Vergeltung bekommen, wenn nicht sogar Pauschalreparationen, sobald der Tag der Abrechnung gekommen ist. Sie haben nicht nur sich selbst gerettet, sondern auch uns. Und das, was von Ihrer Welt übriggeblieben sein mag.«

»›Wer erst gut kämpft und ...‹« Diplomatisch wandelte Channa das alte Sprichwort ein wenig um. »› ... danach flieht, den nächsten Tag zum Kampf noch sieht.‹« Sie ließ es sogar reimen. Dann fuhr sie entschlossen fort: »Sterben wäre nur ...« Sie wedelte mit den Händen, zermarterte ihr Gehirn nach dem richtigen Begriff.

»Wäre vergeudeter Selbstmord«, schloß Simeon für sie. »Und damit würde man den Kolnari das Spielfeld kampflos überlassen.« Er fing Channas leise Grimasse bei seinem wiederholten Gebrauch der Kriegsspielterminologie auf.

»Genau, und Sie dürfen nicht diesen ...« Wieder suchte sie nach einem Wort, das schlimm genug war.

»Kaltherzigen Hundesöhnen?« bot Simeon an. *Hübsche Kombination aus Formlosigkeit und traditioneller Ausdrucksweise*, meinte er selbstzufrieden.

»Danke ... kaltherzigen Hundesöhnen gestatten, weiterhin zu töten und zu rauben. Wenn Sie sich also schon jemanden tot wünschen, dann sollten es doch wohl die Piraten sein«, endete Channa und unterstrich ihre Worte, indem sie mit der Faust auf den Tisch hieb.

Amos lächelte traurig. »Mit Ihrer feurigen Rede haben Sie meine Schwäche den Flammen übereignet, schöne Dame. Ich werde meinen Haß nach außen gegen unseren gemeinsamen Gegner richten.«

»Hervorragend! Und jetzt werde ich diese Versammlung beenden«, sagte Simeon. »Channa und ich müssen in zwei Stunden mit den Schiffskapitänen konferieren, und Sie haben auch alle viel zu tun. Von jetzt an möchte ich von jedem alle sechs Stunden einen Zustandsbericht erhalten. Sie können mich zu jeder Zeit kontaktieren, sollten irgendwelche Schwierigkeiten auftreten. Amos, seien Sie bitte so gut, Doktor Chaundra in die Leichenhalle zu begleiten, damit wir dort unseren Köder aussuchen können. Er wird Ihnen auch bei den Beisetzungsvorbereitungen für die anderen Opfer behilflich sein.«

Amos nickte feierlich. Chaundra legte dem jungen Mann wohlwollend die Hand auf die Schulter, aktivierte den Schwebesessel, und gemeinsam verließen sie den Raum. Josephs, von einem der anderen Posten aktivierter Sessel schwebte wieder zurück in Richtung Lazarett. Die Stationsleiter gingen davon; niemandem war an einer Plauderei oder einem Gespräch über die Konferenz gelegen. Nur Channa blieb zurück und starrte vor sich hin, wie in die Unendlichkeit hinaus.

»Ich nehme es zurück.«

»Was?«

»Im Augenblick bin ich zutiefst und ehrlich dankbar dafür, daß du lieber Krieg als Romantik studiert hast.«

KAPITEL 9

»Da legt schon wieder einer ab«, sagte Simeon düster.

Ein Lichtpunkt kroch durch den Plottertank, den Simeon an einer Wand des Raums beobachtete, entfernte sich aus der Umgebung der SSS-900-C und nahm Kurs auf die Niedrigmassenzone und ihren interstellaren Transitpunkt.

»Wie haben die das erfahren?« wollte Channa wissen.

»Das ist die *Traum des Herodes*. Es ist ein unabhängiges Schiff, das einer dieser Kaufmannsfamilien gehört, die sich in den Randgebieten aufhalten und dort Zeug an Bord nehmen, das sich für die größeren nicht lohnt. Denen braucht man von Ärger nicht erst zu erzählen, die riechen ihn.«

»Ja, das ist wohl verständlich. Sie haben ihre ganzen Ersparnisse in ihre Schiffe gesteckt, mit denen sie ihren Lebensunterhalt bestreiten.« Channa seufzte nachgiebig. »Was ist mit den anderen?«

»Die sollten …« Er brach ab. »Beim Ghu!«

Auch Channa vernahm das Trampeln von Stiefeln draußen im Gang und fuhr in ihrem Sessel herum, als ein halbes Dutzend unterschiedlich gekleideter Gestalten in den Konferenzraum kam.

Die können von mir aus ebenso schnell wieder verschwinden, wie sie gekommen sind, dachte Simeon, als er mitansah, wie die Kapitäne zu Paaren, in dichten Gruppen oder auch allein eintraten. *Die bunteste Mannschaft, die hier je angedockt hat.* Schiffskleidung sollte auch dann bequem sein, wenn man einen Druckanzug trug. Davon ausgehend, drückte sich der Individualismus oft schrill durch entsprechende Veränderung dieser Grundausstattung aus. So, zum Beispiel, die Frau mit dem rasierten, tätowierten Schädel, die eine besonders abstoßende Schattierung von Rosablau trug, die nicht im mindesten vorteilhaft aussah – dafür aber recht auffällig war. Die beiden Nichtmenschen brauchten nichts anderes zu tun, als sich unter die düsteren Mienen zu mischen. *Die wissen, daß irgend etwas passiert ist, aber wenigstens sind sie gekommen, um es sich anzuhören, im Gegensatz zu den anderen, die gleich abgehauen sind.*

Ach, was soll's, dachte er, *wir werden eben verwenden, was uns zur Verfügung steht, und wir wollen froh darüber sein, daß wir es überhaupt nutzen können.*

Als die Kapitäne in den Raum geströmt kamen und einige am Tisch Platz nahmen, war Channa, die in ihrem hellblauen Anzug viel zu elegant aussah, an den Kopf des Konferenztischs getreten. Nachdem eine weitere Minute verstrichen war, ohne daß noch jemand den Raum betrat, öffnete sie ihren Notizschirm auf dem Podium und musterte die versammelten Kapitäne. Sie wartete darauf, daß Ruhe einkehrte. Vor allem, nachdem zwei von Vickers Teilzeitpolizisten unmittelbar hinter dem Eingang erschienen, bewaffnet mit Atemmasken und Gasprojektoren, dazu Schockstäbe und Betäubungspistolen. Channa machte sich eine Notiz, Vicker daran zu erinnern, daß der Feind noch nicht eingetroffen war und daß auch niemand sonst an seiner Stelle zum Feind gemacht werden sollte.

»Danke, daß Sie alle gekommen sind«, fing sie an.

Wahrscheinlich werden Sie sich fragen, weshalb ich Sie heute zusammengerufen habe, dachte Simeon in Vorwegnahme von Channas Eröffnungsworten.

»Zweifellos wundern Sie sich, weshalb wir Sie hierhergebeten haben«, sagte Channa.

Dicht dran, aber was soll's.

»Auf der Station SSS-900-C herrscht gegenwärtig der Notstand. Ich bin Channa Hap, Partner von Simeon, und wir berufen uns auf Abschnitt zwei, Artikel zwei der Stationsverfassung.« Worauf sie versuchte, diese Artikel vorzulesen, damit auch jedermann wußte, daß die Station fortan über sein Fahrzeug verfügen konnte.

Ein Brüllen – überraschend laut für so wenige Kehlen,

obwohl die Nichtmenschen dabei recht hilfreich waren – hallte durch den Raum und erstickte ihre Worte. So konnte man nur ein gelegentliches »wiewohl« oder »besagter Kapitän« vernehmen.

Sollen sie sich ruhig abreagieren, dachte Simeon. Es war schließlich verständlich: Das Nichteinhalten der Fahrpläne würde teuer kommen, vor allem für die kleinen Gesellschaften und die Unabhängigen. Hoffentlich waren sie später kooperationsbereiter. Auf jeden Fall hatte er Zugriff auf sie, entweder weil ihre Schiffe an die Station angedockt waren oder weil ihre Skipper an dieser Konferenz teilnahmen. Und es würde *niemand* von hier fortgehen, ohne zuvor einen Auftrag übernommen zu haben. Kein einziger der hier versammelten Kapitäne besaß auch nur eine Unze Altruismus, aber die Garantiescheine der Station würden überall unterwegs ihre Gültigkeit behalten. Wenn sich der Staub erst einmal wieder gelegt hatte, würde es Versicherungsgelder geben, doch psychologisch gesprochen war natürlich weder ein Garantieschein noch eine Versicherung annähernd so beruhigend wie Bares auf die Hand.

Endlich hatten sie sich wieder gefangen. Simeon drehte seine Lautstärke fast auf Schmerzhöhe.

»Bitte nehmen Sie Platz.«

Das mechanische Brüllen füllte den Raum aus. Simeon gab einige unhörbare Frequenzen hinzu, die dafür sorgen würden, daß die Menschen sich verunsichert und geduckt fühlten.

»Nun, da ich Ihre vollständige Aufmerksamkeit habe«, fuhr er in verbindlichem Ton fort und drehte die Lautstärke auf ein erträglicheres Niveau herunter, »möchte ich Sie doch ganz gern daran erinnern, daß wir soeben ordnungsgemäß den Ausnahmezustand ausgerufen haben.«

Er hielt inne und musterte die trotzigen, zornigen Mienen. »Die Station rechnet damit, bald Gegenstand eines Angriffs zu werden.«

Erneutes Gebrüll – diesmal aus Angst.

»RUHE!« Eine Pause. »Vielen Dank. Wir stecken alle zusammen in der Sache. Nur daß die verehrten Herrschaften sich in Sicherheit bringen können, was weitaus mehr ist, als sich für den Rest von uns sagen läßt. Bitte behalten Sie das im Auge.

Als nächstes«, fuhr er fort, »werden wir jeden evakuieren, den wir können: Kinder unter zwölf und schwangere Frauen natürlich als erstes. Das sind ungefähr achthundert.« Tatsächlich waren es nicht ganz so viele, aber die Passagierunterkünfte auf Frachtern waren im allgemeinen entweder nichtexistent oder bestanden nur aus scheußlich engen Verschlägen. »Ich möchte sämtliche Nahrungsmittelvorräte der Station reduzieren, deshalb wurde das Kommissariat angewiesen, Ihre eigenen Vorratstürme entsprechend aufzustocken.« Anerkennendes Murmeln. »Allerdings kann ich Ihnen zum gegenwärtigen Zeitpunkt noch keine Garantie dafür abgeben, daß Sie für Ihre Fracht oder die Vertragsstrafen wegen unpünktlicher Lieferung einen vollen Ausgleich erhalten werden. Das würde ich zwar gern tun, und wahrscheinlich werden Sie ihn auch tatsächlich bekommen, aber garantieren kann ich es eben nicht.«

»Einen gottverdammten Augenblick!« brüllte ein stämmiger Kapitän mit Bulldoggengesicht. »Wer greift denn die Station überhaupt an? Bis zum nächsten Ärger sind es drei Monate Transitzeit.«

»Piraten«, erwiderte Simeon knapp, und dieses eine Wort genügte, um stämmige Kapitäne erbleichen zu lassen. Er wartete ab, während Anschuldigungen und Gegenbeschuldigungen durch den Raum hallten, bemerkte, wie Hände an Gürtel fuhren, in denen, den Stationsvorschriften entsprechend, jedoch nicht mehr die gewohnten Verteidigunginstrumente staken. Diesmal war es Channa, die die Ordnung wiederherstellte.

Sie justierte die Lautstärke ihres Mikrofons auf die höchste Stufe und brüllte: »SETZEN SIE SICH!«

»Wenn Sie die Güte hätten«, fügte Simeon zuckersüß hinzu. »Dürfen wir weitere Krawalle hinfort als erledigt und zur Kenntnis genommen betrachten, um keine wertvolle Zeit zu vergeuden? Wie ich soeben erklären wollte, befand sich eine Gruppe von vier schwerbewaffneten Piratenschiffen auf Verfolgungsjagd hinter dem Kolonienschiff, das … gestern hier angedockt ist. Nachdem wir durch die Überlebenden dieses Schiffs entsprechende Einzelheiten mitgeteilt bekamen, besitzen wir nunmehr die zuverlässige Information, daß diese Piraten ihnen dicht auf den Fersen waren. Wir haben Grund zu der Annahme, daß die Piraten entweder die Station sofort zerstören oder sie plündern und *danach* zerstören werden. Wir müssen so viele Stationsbewohner wie möglich evakuieren, was leider nicht allzu viele sind, selbst wenn Ihre Hilfe besonders großzügig ausfallen sollte. Aber Sie sind nun einmal alles, was wir haben, um so viele zu retten wie möglich. Es tut mir leid.«

»Es tut Ihnen leid?« Die Bulldogge war wieder aufgesprungen. »Es tut Ihnen also leid! Ich soll meine gesamte Fracht zurücklassen, nur wegen dieser Piraten, und Ihnen tut es leid? Na, mir tut es aber auch leid, denn mit ›Es tut mir leid‹ kann man keine Rechnungen bezahlen!«

»Kapitän … Bolist«, sagte Channa mit weicher Stimme, nachdem sie den Namen auf der Liste ihres Bildschirms überprüft hatte, »wollen Sie mir etwa sagen, daß Ihnen eine Ladung … chemischer Salze wichtiger ist als das Leben von vierzig Kindern zu retten, wie sie an Bord eines Schiffs Ihrer Größe passen würden?«

Der Mann senkte den Kopf wie ein Stier, der sich gerade einen Angriff überlegte. »Miss Hap, ich und meine Leute haben vierzig Jahre lang geschuftet, um die *Gung Ho* zu bekommen. Wir stottern immer noch unsere Kredite ab. Eine große Frachtladung zu verlieren könnte uns das Genick brechen. Dann stehen wir auf der Straße. Verdammt, ich mag Kinder genauso, wie jeder andere es tut, aber von irgend etwas muß der Mensch ja auch leben.«

»Nun, Kapitän, dann wird es sie freuen zu erfahren, daß Kinder sehr viel leichter sind als chemische Salze. Indem Sie das eine gegen das andere eintauschen, dürften Sie die Gefahrenzone in hervorragender Geschwindigkeit hinter sich zurücklassen können.« Channa gewährte ihm ein freundliches Lächeln und hielt seinem Blick stand, bis der Mann die Augen senkte. »Ja, Sie haben eine Frage?« Sie deutete auf die rasierte, tätowierte Kapitänsfrau, die aufgesprungen war und mit beiden Händen wedelte, um sich Gehör zu verschaffen.

Als die Frage, wie zu verfahren sei, wenn eine Schwangere an Bord ihres Schiffs niederkommen sollte, zu ihrer Zufriedenheit durch den Hinweis beantwortet worden war, daß ein ausgebildeter Mediziner mit an Bord kommen würde, nahm sie wieder Platz.

Am Ende kapitulierten sie alle, doch neun von ihnen erbaten sich ein paar Stunden Zeit, um wenigstens solche Fracht im All auszusetzen und mit Bojen zu markieren, die dadurch nicht gänzlich unbrauchbar werden würde.

»Großer Gott«, rief Simeon, als die Kapitäne wieder hinausgingen. »Das war ziemlich unangenehm.«

»Vergleichsweise nicht«, erwiderte Channa grimmig.

»Vergleichsweise zu was?«

»Dazu, es der ganzen Station zu verkünden«, antwortete sie.

»Oh.«

»Erzähl doch keinen Unsinn, Joat«, sagte Seld Chaundra abfällig. »Piraten! Für wen hältst du mich! Für ein Kindergartenkind?«

Ja, dachte Joat. »Ich lüge nicht, du Idiot«, erwiderte sie.

Sie befanden sich in Selds Unterkunft, die aus einem Schlaf- und einem Arbeitszimmer bestand; beide Räume lagen abseits der Unterkunft seines Vaters in der Nähe des

Hauptlazaretts der Nordkugel. Das Arbeitszimmer war vollgestopft mit Schiffsmodellen und Holopostern, die meisten davon aus Reisekatalogen, aber es waren auch ein paar aus Abenteuerserien darunter. Am besten gefiel Joat das eine mit dem glubschäugigen Mann, der zwischen den Kiefern eines mit Reißzähnen bewehrten, dreiköpfigen Ungeheuers schrie, das mit ihm über den Ruinen eines brennendes Gebäudes wedelte. Merkwürdigerweise glich der Mann dem Kapitän, der sie beim Glücksspiel von ihrem Onkel gewonnen hatte.

»Gib mir noch einen Riegel«, fügte sie hinzu. Seld schnippte ihn von der Couch hinüber, auf der er lag. Joat fing ihn in der Luft ab und warf die Hülle zu Boden. Seld zuckte zwar kurz zusammen, sagte aber nichts.

»Wie kannst du bloß so viele von den Dingern essen?« fragte er schließlich, als sie den Riegel vertilgte.

»Muß sie solange essen, wie es welche gibt«, erwiderte sie und kaute mit geöffnetem Mund. Wieder zuckte er zusammen. *Er ist ein Jammerlappen*, dachte sie. »Jedenfalls sollen sie bald hier sein.«

»Na klaaaaar ...«

Plötzlich wurde Seld gegen die Rückenlehne der Couch geschleudert. Er stieß ein ersticktes Krächzen aus, als Joats kräftige dünne Hände ihn über Kreuz unter dem Hals am Jackett packten. Ihre hageren Knöchel bohrten sich schmerzhaft in seine Luftröhre. Er konnte überhaupt nicht mehr atmen, weil sie gleichzeitig auf seinem Magen kniete.

»Hör zu, du Jammerlappen ...«

»Ich bin kein Jammerlappen!« keuchte er.

»... und ich erzähle dir keinen Unsinn! Hier.« Sie ließ ihn los, stapfte zu seinem Schreibtisch und schlug einen Chip gegen die Aufnahmeplatte seines Bildschirms. Der Schirm leuchtete auf und zeigte den Kontrollraum mit Simeons Säule und einer Menge aufgebrachter Kapitäne.

Seld hörte mit heruntergeklappter Kieferlade zu. »Piraten«, räumte er schließlich ein. »He! Das ist doch privat, du hast diesen Chip gestohlen!«

»Hab ich nicht, habe nur die Zuleitung angezapft und ihn kopiert.«

»Unbefugtes Kopieren ist aber Diebstahl, Joat. Und das Belauschen offizieller Konferenzen ist ...« Seld verstummte, unfähig, das Vergehen zu benennen.

Blöder Jammerlappen, dachte Joat. *Wenn er solche Sachen sagt, klingt er genau wie sein Vater.* Aber sein Vater war sehr viel netter, als ihrer es gewesen war. Joats Erinnerungen an elterliche Fürsorge waren von jener Art, von der man nachts schweißgebadet aufwachte. Hoffentlich war er inzwischen am Jeleb Alptraumrauch krepiert. Ihr Onkel war noch schlimmer gewesen, nachdem er sie übernommen hatte, aber wenigstens *wußte* sie, daß ihr Onkel tot war. Sie schob solche Gedanken als Zeitverschwendung beiseite.

»Okay, dann bin ich eben eine Datenbanditin – und jetzt hör dir gefälligst an, was sie sagen, ja?«

Seld blinzelte und gehorchte. »Großer Gott«, flüsterte er. »Wir werden tatsächlich bald von Piraten angegriffen.« Seine Augen leuchteten auf. »He, Joat, das ist ja wie im Holo.«

Joat verpaßte ihm einen Tritt.

»Weshalb hast du das denn getan?« wollte er empört wissen.

»Weil ich dich mag, Blödmann«, sagte sie.

»Wirklich?« fragte er, richtete sich auf und schnitt wieder eine Grimasse. »Verdammt komische Art, einem das zu zeigen, doofe Kuh.«

»Selber doof. Seld, das ist kein Holo. Diese Piraten, diese Kolnari, sind echt. Die Hälfte der Outies auf dem Schiff, das beinahe die Station wegrasiert hätte, waren tot, hast du das gespeichert? T-o-t, tot, erledigt, ab ins große Steuerparadies, tot. Wir reden hier von Schwerverbrechern, Seld. Ich meine, das könnte uns ganz schön in die Klemme bringen – dich, mich, Simeon, Channa, deinen Vater.«

»Ja«, meinte Seld kleinlaut und sah völlig verstört drein. »Aber was können wir tun?« Das letzte Wort kam nur unsicher hervor, als Seld sich mächtig mühte, sich vor Joat nicht anmerken zu lassen, wieviel Angst er wirklich hatte.

»Komm her und hör auf Mami«, sagte sie. »Simeon hat ein paar Ideen. Ich habe noch mehr.«

Rachel bint Damscus saß zitternd auf der Bettkante. Darunter gab es nichts. Nicht einmal Beine, um es hochzuhalten, nur irgendeine Art von Feldmechanismus, und doch bewegte es sich nicht. Sie zitterte wieder und blickte auf die Tablette in ihrer Hand hinunter. Der merkwürdige dunkle Mann, den sie Doktor Chaundra nannten, hatte sie ihr gegeben und gesagt, daß sie sich danach besser fühlen würde. Sie wollte sich aber nicht besser fühlen. Sie wollte den Schmerz fühlen, weil der Schmerz ihr bewies, daß sie tatsächlich noch am Leben war.

Ihr Blick huschte in der winzigen Kabine hin und her. In der Ecke stand ein Waschbecken. Sie stürzte darauf zu und warf die Tablette in den Abguß, nestelte an den unvertrauten Bedienelementen, bis Wasser herausschoß. Dann eilte sie zum Bett zurück und war sich auf demütigende Weise bewußt, wie sehr das dünne Krankenhaushemd ihren Körper enthüllte. Und sie wußte auch um die Emotionen, die unter der Oberfläche ihres Verstands kochten, die wie große Gesteinsbrocken in der Dunkelheit mahlten und sich bewegten …

Ich wünschte, ich wäre zu Hause, dachte sie niedergeschlagen. Doch das Zuhause war fort, viel weiter als all die Lichtjahre, die zwischen diesem verfluchten Ort hier und der Sonne Safran lagen. Zu Hause, das war in Keriss gewesen … aber Keriss war nur noch giftiger Staub, der über Bethels Firmament schwebte. *Mutter,* dachte sie. *Vater. Kleine Schwester Delilah.*

Die meisten anderen Betheliter, denen die Flucht gelungen war, kamen von den Ländereien der Sierra Nueva. Amos' Familie stammte in gerader Linie von dem Propheten ab, seit zwanzig Generationen waren sie Mitglieder der Synode der Patriarchen. Von Anfang an hatte ihnen die Stadt Elkbre gehört und dazu Zehntausende von Quadratkilometern um sie herum. Und es war immer eine aufgeklärte Familie gewesen, so sehr wie alle anderen, mehr als die meisten. Daher hatte sich die Zweite Offenbarung dort weit verbreitet. Rachel war erst spät hinzugestoßen. *Nachdem ich Amos sprechen hörte,* dachte sie und vergrub das Gesicht in den Händen. *Er war wie der wiedergekehrte Prophet.* Eine neue Stimme, die die unerträgliche Last der Konvention beiseite fegte. *Und er ist so schön …*

Die Tür der Abtrennung öffnete sich. Joseph kam als erster hinein, eine Hand unter dem Revers seiner Jacke verborgen, wie es seiner Sitte entsprach. Amos folgte und Rachel stürzte vor, warf sich ihm in die Arme und packte ihn heftig. Es dauerte einen Augenblick, bevor sie die Verlegenheit spürte, mit der er ihren Rücken tätschelte. Sie wich zurück, raffte ihr Kleid. Das betonte nur noch seine Fadenscheinigkeit, und sie errötete heftig und senkte den Blick zu Boden.

»Verzeih, ehrwürdiger Herr.«

Er machte eine wegwerfende Geste. »Kein Grund, förmlich zu werden, Rachel«, sagte er. »Geht es dir gut?«

»Ich bin erleichtert«, erwiderte sie. »Sie wollten mir nur sagen, daß du zurückkehren würdest, aber nicht, wohin man dich gebracht hatte oder warum. Wo bist du gewesen?« Besorgt hob sie den Blick und musterte sein Gesicht.

Er zögerte einen Augenblick. »Joseph und ich hatten eine Zusammenkunft mit den Stationsleitern. Wir haben eine Bestattungszeremonie für jene in die Wege geleitet, die auf unserer Reise hierher gestorben sind.«

Rachel wandte sich beiseite, um ihm die Verlegenheit zu ersparen. »Man darf ihnen nicht trauen.«

»Was meinst du damit, Rachel?« Sein Ton klang besorgt, aber auch streng.

»Noch nichts«, erwiderte sie mürrisch und ließ den Kopf hängen. Dann ergriff sie sein Handgelenk so fest, daß es schmerzte, und blickte ihm ernst in die Augen. »Aber wer weiß? Es sind *Mezamerin*.« *Fremde*. In der alten liturgischen Sprache, *Ungläubige*.

»Rachel, fang nicht jetzt noch damit an, die Ältesten nachzuäffen«, sagte Joseph empört. Etwas sanfter legte er ihr dann die Hand auf die Schulter. »Hast du die Medizin genommen?«

»Ja«, antwortete sie brüsk und schüttelte seine Hand ab. Dann wandte sie sich seufzend an Amos. »Es tut mir leid, ehrwürd- ... Amos.«

Wieder überkam sie die Erinnerung: die überfüllte Kabine und der üble süßliche Geschmack hinter dem Rachen, als die Kälteschlafinjektion zu wirken begann.

»Ich ... dachte, ich wäre gestorben, als ich hier aufwachte«, sagte sie. »Mein Vater ... habe ich es dir schon erzählt?«

»Nein«, sagte Amos und nahm dabei ihre Hand. Seine dunkelblauen Augen strahlten plötzlich von Mitgefühl. »Hat er dich verflucht?«

»Ja. Als ich von zu Hause fortging, um dir zu folgen, hat er den Fluch des Patriarchen über mich verhängt: Hölle und leidvolle Wiedergeburt und wiederum Verdammnis, auf alle Zeiten.«

Amos erbleichte etwas, denn obwohl sein eigener Vater von seinem Sohn enttäuscht, ja von seiner Apostasie entsetzt gewesen war, hatte er den Fluch nicht ausgesprochen. Vielleicht wäre es noch soweit gekommen, wäre sein Vater nicht bereits gestorben, als Amos noch weit unter zwanzig war. *Und wenn ich verflucht worden wäre? Vielleicht war das ja der Grund, weshalb ich, der Vaterlose, Anführer der Zweiten Offenbarung werden konnte*, dachte er. *Welchen Mut meine Anhänger doch besaßen, meinetwegen den Fluch auf sich zu laden!*

»Ich glaubte wirklich, ich sei verdammt«, flüsterte sie. »Seit ich erwacht bin ... ich ... ich habe nicht mehr das Gefühl, wirklich ich selbst zu sein, Amos.«

»Das war zu erwarten«, antwortete er und tätschelte ihr dabei die Wange. »Du wirst dich schon bald besser fühlen.«

»Und hast du ihnen davon erzählt, wovon wir verfolgt werden?« fragte sie, und die Worte sprudelten förmlich hervor, da seine Berührung ihr den Mut gegeben hatte, sie auszusprechen. »Haben sie Verteidigungsanlagen?«

Joseph hatte mit leicht abgewandtem Gesicht vor sich hin gebrütet. Jetzt lachte er verbittert auf. »Verteidigunganlagen? Diese Leute liegen so offen da wie eine Hure am Kanalufer.«

Rachel stockte der Atem vor Schreck.

»Du vergißt dich, Joseph«, sagte Amos, als Rachel näher an seine Seite trat, eine instinktive Bewegung, mit der sie sich seines Schutzes versichern wollte. »Es ist eine Dame anwesend.«

Der kleinere Mann verneigte sich. »Verzeihung, Ehrwürdiger Herr«, erwiderte er steif. Eine noch tiefere Verneigung. »Meine Dame.«

»Jetzt gebe ich dir deine eigenen Worte zurück, mein Bruder – äffe nicht die Ältesten nach«, versetzte Amos. Ohne daß die anderen es bemerkten, versteifte Rachel sich etwas.

»Ist es wahr?« wollte sie wissen. »Haben sie keine Verteidigungsanlagen?«

Amos nickte, seine Lippen bildeten eine schmale Linie. »Ja. Es sind friedfertige Leute, genau wie wir es waren. Glücklicherweise haben sie Verbindung zur Marine der Zentralwelten. Unglücklicherweise werden die Kolnari eintreffen, bevor diese Hilfe hier sein kann.«

Rachel rang nach Luft. »Wie können wir von hier fliehen?«

»Das können wir gar nicht«, erwiderte Amos und schüttelte den Gedanken an Flucht mit einem Achselzucken ab.

»Es gibt zwar Schiffe, aber die sind klein und nicht auf Passagiere ausgerichtet. Es werden nur die Kinder und die Schwangeren sowie die Kranken evakuiert. Der Rest von uns muß hierbleiben und versuchen, den Feind aufzuhalten.«

»Sie werden uns erkennen!« meinte sie mit zitternder Stimme.

Joseph schüttelte den Kopf. »Ich denke nicht, Edle Dame bint Damscus«, sagte er förmlich. »Nicht an diesem Ort und unter solchen Bewohnern. Wir haben schon jetzt mehr Menschenrassen zu sehen bekommen, als ich außerhalb der Legenden für möglich gehalten habe. Einige sehr verschiedenartige Sitten«, mißbilligend zog er die Mundwinkel herab, »und auch Nichtmenschen.«

Rachels Augen weiteten sich. Die Hauptantriebskraft für den Exodus nach Bethel war die Entschlossenheit des Propheten gewesen, das reine Blut nicht durch Verkehr mit Nichtmenschen zu schänden. Nichtmenschliche Intelligenz war das Werk des Shaithen, ob sie aus Fleisch oder eine Maschine war.

Joseph machte eine beschwichtigende Geste. »Sie herrschen hier nicht. Unter so vielen und so verschiedenartigen wird unsere Handvoll verschwinden und von den Kolnari nicht erkannt werden. Die Unholde müssen glauben, daß sie ohne Vorwarnung zuschlagen werden, daß diese Station keine Hilfe anfordern wird. Also werden sie abwarten und meinen, sie könnten sie nach Belieben plündern. Dann werden die Kriegsschiffe kommen, um uns zu retten – und uns zu unserem armen Bethel zurückzubringen.«

»Ja«, sagte sie nachdenklich. »Daran hatte ich noch nicht gedacht ... an Rückkehr.«

»In gewissem Sinne«, fing Amos an, und ihr Blick glitt zu ihm zurück, »haben wir den Krieg gewonnen: Jetzt müssen wir versuchen, ihn auch zu überleben. Bitte, Rachel meine Schwester, würdest du die anderen Frauen und Kinder aufsuchen? Sie wachen gerade auf und werden sich verloren vorkommen, werden verängstigt sein. Bereite jene, die von hier fortkönnen, darauf vor.«

»Ich gehorche, Amos.« Sie blickte sich um, als ihr klar wurde, daß sie sich in ihrem jetzigen Aufzug nicht einmal unter den Frauen und Kindern ihres eigenen Volks zeigen konnte.

Joseph öffnete einen der Schränke und reichte ihr ein langes, unförmiges Kleid. Rachel bedankte sich mit distanziertem Nicken, bevor sie es anzog und davonging.

»Wir haben etwas gemeinsam, sie und ich«, sagte Joseph bitter und warf sich auf seinen Schwebesessel. Nicht einmal seine Körpermasse konnte ihn auf seinen Stützfeldern hüpfen lassen. Amos bemerkte es und speicherte es ab.

Ich muß mich schnell belehren lassen, dachte er. *Herausfinden, welche Technologien während unserer Isoliertheit auf Bethel entwickelt wurden. Was immer diesen Sessel stützt, ließe sich auch abwandeln, um andere schwere Gewichte zu tragen.*

»Was habt ihr gemeinsam?« fragte er den anderen.

»Wir wollen beide über unseren eigenen Stand hinaus, sie wie ich«, erwiderte Joseph.

Amos blinzelte überrascht. »Oh«, sagte er nach einem Moment. »Daher weht der Wind also? Ich habe gedacht, sie sei nur der Sache ergeben.«

»Das ist sie auch, aber das ist noch nicht die ganze Geschichte.«

»Selbst wenn wir den alten Sitten folgten, würde ich sie nicht einmal zur Zweitfrau nehmen«, tat er es achselzuckend ab. »Aber da ich noch nicht einmal eine erste habe, ist jede Spekulation nutzlos.« Dann hob er eine Augenbraue. »Hast du deine Werbung nicht vorangetrieben?«

»Gab es dafür etwa Zeit«, fragte Joseph rhetorisch. Dann seufzte er. »Amos, könntest du dir das vorstellen, wie ich bei ihrem Vater um ihre Hand anhalte? *Sohn einer Hure und eines Hafenzuhälters*, hätte er mich genannt, ob er sie nun verstoßen haben mochte oder nicht – und es wäre ja auch nichts als die Wahrheit gewesen.«

Amos lachte grimmig und schlug seinem Anhänger auf die Schulter. »Joseph, mein Bruder, du bist ein tapferer Mann, der mir schon mehr als einmal das Leben gerettet hat. Aber es gibt Zeiten, da läßt du es zu, daß deine Geburt dich ebenso blind macht wie jeden Ältesten.«

Angesichts Josephs verwundertem Blick fuhr er fort: »Joseph, wo hat Rachels Vater gelebt?«

»In Keriss – aha! Ich begreife.«

»Wo haben die *Ältesten* gelebt, jedenfalls die meisten?«

»In Keriss – und jene, die es nicht taten, waren zur Ratsversammlung in der Stadt«, erwiderte Joseph. »*Du* hast anscheinend Zeit zum Nachdenken gehabt, wie?«

»Es ist auch erforderlich, daß es irgend jemand tut«, versetzte Amos. »Wir von der Zweiten Offenbarung hatten vor, fortzugehen, wollten den Fesseln der Überlieferung entfliehen, die in ihrer Unwandelbarkeit allzu fest geworden waren, Joseph. Wenn – falls – wir mit der Raummarine im Rücken nach Bethel zurückkehren, wird nur noch wenig unverändert sein, nach allem, was die Kolnari angerichtet haben. Gott hat uns eine harte Lektion erteilt. Wenn wir das Universum ignorieren, bedeutet das noch nicht zwangsläufig, daß das Universum auch *uns* ignoriert. Und auf Bethel ... die letzten werden die ersten sein, und die ersten die letzten.

Außerdem«, fuhr er mit einem Grinsen fort, »stehe ich jetzt rechtlich betrachtet an ihres Vaters Statt. Daher erteile ich dir hiermit förmlich die Erlaubnis, dein Werben voranzutreiben, und was die Eheschließung betrifft, so werde ich ihr als Mitgift die Gazellenranch am Zwillingsbach geben.«

Josephs Lachen stimmte in das seines Anführers ein. »Ich mag wohl vorantreiben, aber ich bezweifle, daß sie meine Existenz zur Kenntnis nimmt«, widersprach er. »Ihre Einwilligung ist möglicherweise ebenso fern wie die Ranch.« Eine

Pause. »Obwohl ich sie dorthin bringen würde, um da zu leben, sollten wir vermählt werden und sollte unsere Sache siegen. Ich glaube, sie ist stärker, als sie ahnt – aber ihre Vorliebe für den neuen Weg, den du predigst, ist eine des Kopfes, sie kommt nicht von Herzen. Als Herrin eines Anwesens wäre sie glücklich. Unter Fremden würde sie nicht gedeihen.«

KAPITEL 10

»Spürung. Schiffsspur.«

Belazir t'Marid sah von seiner Druckliege auf, wo er wieder ein Taktiklehrbuch am Schirm hatte abspulen lassen.

»Welche Signatur?« fragte er.

»Ionenspur, sehr schwach«, meldete Baila. »Könnte vor Wochen gewesen sein.«

Belazir fuhr sich mit der Hand durch die lange blonde Mähne und fluchte innerlich. *Schon die zweite in zwei Tagen,* dachte er. Langsam kamen sie in bevölkerten Raum, trotz der Tatsache, daß ihre Daten nur wenig oder keine Besiedlung in diesem Gebiet anzeigten. Die jahrhundertealten Berichte der Großen Vermessung listeten keine bewohnbaren Planeten auf, obwohl es einen Nebel mit potentiell wertvollen Mineralien gab. Inzwischen mußte es dort regelmäßigen Verkehr geben, vielleicht auch Lebenszellen oder kleine Raumkolonien. Gefährlich, sehr gefährlich.

Es würde einmal die Zeit kommen, da die Kolnari sich nicht am Außenrand des bekannten Weltalls würden verstecken müssen wie die Aasfresser. Doch diese Zeit war noch nicht angebrochen.

»Geschwindigkeit reduzieren«, sagte er. »Nachrichtenimpuls an die Begleitschiffe. Formation auf neuem Vektor halten.« Diese Form der Kommunikation fand nur im Nahbereich statt, so daß sie sich nicht orten ließ. »Noch irgend etwas auf den Subraummonitoren?«

»Eine Menge Verkehr in der Nähe, aber das meiste kodiert«, meldete der Nachrichtenoffizier. Belazir nickte. Perfekte Codes waren ein altes Phänomen, sie standen jedem mit einem halbwegs anständigen Computer zur Verfügung.

»Und die Beute?« fragte er.

Baila zuckte mit den Schultern. Da sie beinahe ebenso hochgeboren war wie Belazir, entschied er, die Formlosigkeit ohne Zurechtweisung durchgehen zu lassen. Außerdem war sie die Tochter eines Stabsoffiziers von Chalku.

»Die Spur ist fest und heiß«, sagte die Frau. »Wir holen zunehmend auf. Verfallsanzeichen, wie man sie von schwerbelasteten alten Triebwerken erwarten würde – sublimierte Partikel aus Außenantriebsspulen und Kühlpropellern. Sie wird nicht mehr viel länger überleben können.«

»Nicht viel länger, nicht viel länger! Das sagst du schon seit Tagen!« brüllte Belazir und richtete sich halb auf. Die Offizierin senkte die Augen vor dem Löwenblick des Kapitäns. Belazir ließ sich zurücksinken, zufrieden, daß die Unterwürfigkeit wiederhergestellt war. »Nachricht an alle Fahrzeuge«, fuhr er fort. »Höchste Wachsamkeit. Wir schlagen hart zu, dann verschwinden wir. Plasma redet nicht.«

»Paps, ich gehe nicht«, teilte Seld Chaundra seinem Vater mit.

Der Chefarzt der SSS-900-C hob überrascht den Blick. Einen Moment lang versuchte er, die Worte in einen Kontext einzubetten, der auch einen Sinn ergab, während seine Hände weiterhin wie automatisch einen Allzweckbehälter für die Reise seines Sohns packten. Dann schüttelte er den Kopf. Er war sehr müde. Seit der Ankündigung vor zwei Tagen herrschte in der Station das absolute Chaos. Das Lazarett steckte voller Verletzter, wobei das Ursachenspektrum von Achtlosigkeit über Zornesausbrüche bis zum versuchten Selbstmord reichte.

»Mach jetzt keine Schwierigkeiten, Sohn«, sagte er. »Dazu gibt es zuviel zu tun.«

»Ich gehe nicht, Paps«, sagte Seld wieder.

Ihr gütigen Götter, wie er doch seiner Mutter gleicht, dachte der Arzt verzweifelt. Sie hatte genauso störrisch gewirkt, wenn es um irgendwelche Prinzipien gegangen war. *Und ich konnte sie auch nie von ihrem Irrtum überzeugen, wenn sie so aussah.*

Glücklicherweise brauchte er seinen Sohn nicht erst zu überzeugen, denn der war noch minderjährig.

»Doch«, sagte Chaundra. »Du wirst gehen. Ich muß darauf bestehen, daß du gehst.«

»Na ja, und ich muß darauf bestehen, zu bleiben!«

Chaundra packte seinen Sohn an den Oberarmen und schüttelte ihn sanft. »Du bist alles, was ich habe, Seld. Du bist das Wichtigste in meinem Leben, und da muß ich für deine Sicherheit sorgen.« Jetzt spielte er sein As aus. »Das hätte deine Mutter auch gewollt.«

Selds Temperament wallte auf, und zum ersten Mal in seinen zwölf Jahren widersprach er seinem Vater. »Nein, das hätte sie nicht! Sie hätte gesagt, was ich auch sagen werde. *Du* bist nämlich alles, was ich habe, und wenn du nicht in Sicherheit sein kannst, dann muß ich eben bei dir bleiben!«

Mit heftiger Umarmung zog der Arzt seinen Sohn an sich, um das plötzliche Glitzern der Tränen in seinen Augen zu verbergen. Dann sank er in seinen Ohrensessel und bedeckte die Augen mit der Hand.

»Ja«, sagte er mühsam, »genau das würde sie auch sagen. Aber«, und er zeigte mit einem Finger auf Seld, »sie würde über sich selbst sprechen, nicht von dir.«

»Paps ...«

»Ich habe einen Satz Kleider zum Wechseln eingepackt, zwei Garnituren Unterwäsche und ein Ding«, er betonte es, indem er einen Finger hob, »von dem du dich ja nicht trennen kannst. Ich bin in einer halben Stunde zurück, um dich zum Schiff zu bringen.«

»Paps!«

»Eine halbe Stunde.« Er stand auf und ging. Es gab Zeiten, da durfte man nur allein weinen.

»Joat!« sagte Simeon entnervt. »Antworte mir! Ich würde es wirklich verabscheuen, jemanden hineinschicken zu müssen, um dich hinauszuspülen.«

Da hörte er den leisen Widerhall von Gelächter, irgendwo im Schachtsystem. *Verdammte Tunnelratte*, dachte er verärgert. Sie hatte den Sensor in ihrem Zimmer manipuliert, damit er ihre Anwesenheit vorgaukelte. Simeon fragte sich immer noch, wie sie das getan haben mochte.

»Du weißt doch, daß die mich hier nicht finden würden.«

»Komm schon, Joat, du mußt gehen. Channa hat ein paar von deinen Sachen eingepackt. Sie trifft dich an der Schleuse. Du gehörst zu den glücklichen Auserwählten. Du brauchst keinen Raumanzug zu tragen und die ganze Reise im Frachtraum zuzubringen.«

»Nein. Das habe ich schon getan.«

»Na ja, jetzt brauchst du es dafür nicht mehr zu tun. Komm schon! Sie legen in fünfzehn Minuten ab.«

»Ich gehe nicht.«

»Vielleicht habe ich ja irgend etwas ausgelassen? Piraten, schwer bewaffnet, der beinahe sichere Tod und die Vernichtung? Habe ich das schon erwähnt?«

»Du brauchst mich«, erwiderte sie einfach.

»Ja«, sagte er nach kurzer Pause, »aber ich denke, ich sollte für eine Weile ohne dich auskommen.«

Joat trat grinsend ins Gesichtsfeld. »Du bist ja so weich«, sagte sie kopfschüttelnd. »Du brauchst mich, weil kein Erwachsener außer dir diese Station so gut kennt wie ich.« Selbstzufrieden verschränkte sie die Arme. »Das hier ist nämlich auch mein Zuhause, und ich will versuchen, es zu verteidigen. Außerdem habe ich nicht vor, mich Dorgan der Gorgone auszuliefern.« *Sofern die noch am Leben sein sollte. Diese Demonstranten sahen reichlich bösartig aus.* »Also bleibe ich!«

»Joat, Miss Dorgan und dem Waisenheim zu entkommen – ist es das wirklich wert, dafür dein Leben aufs Spiel zu setzen?«

»Das kannst du aber glauben!« Die Bemerkung zwang Simeon zu einem unfreiwilligen Lachen.

»Hör mal, Joat, lassen wir die Kindereien. Channa und ich kämpfen um unser Leben. Wenn wir uns dann auch noch Sorgen um dich machen müssen, könnte das die Waagschale entscheidend beeinflussen und bewirken, daß wir umkommen. Wir können uns einfach keine Ablenkung durch ein Kind *leisten*.«

Joats Lippen erbleichten. »Du kämpfst wirklich mit den schmutzigsten Tricks«, flüsterte sie.

»Ich kämpfe, um zu siegen«, erwiderte Simeon.

»Na, ich aber auch!« schrie Joat. »Und ich bin immerhin am Leben, nicht wahr?« Sie hielt einen Augenblick inne, keuchte schwer. Dann kehrte das spitzbübische Grinsen zurück. »Für so etwas habe ich einen Instinkt. Vertrau mir.« Sie trat zurück und verschwand.

Ich wünschte, ich wüßte, wie sie das gemacht hat, dachte Simeon. *Es könnte sehr nützlich werden, wenn die Kolnari eintreffen.*

»Channa erwartet dich am Bootsdeck!« rief er ihr nach.

Aus dem Nirgendwo drang eine Stimme zu ihm. »Sag ihr, daß ich sie sehen werde.«

»Spürung ... *Schiff entdeckt! Schiff entdeckt!* Kapitän auf Brücke!«

Belazir t'Marid kniete zwischen den Schenkeln seiner Frau, in jeder Hand eine Ferse.

»Dämonenscheiße!« fluchte er und schoß von der Pritsche auf seine Kleider zu. Die Frau – es war seine zweite Frau und eine Cousine dritten Grades – stieß dissonante Verwünschungen aus und rollte sich in die Gegenrichtung ab.

»Die Göttliche Saat möge sie verdammen«, sagte sie und hüpfte auf einem Bein, während sie das andere in ihren hautengen Anzug schob.

»Du hast leicht reden«, fauchte er und trat nach ihr, während er mit dem demütigenden und äußerst unbequemen

Prozeß rang, im Zustand der Erregung in einen Raumanzug zu schlüpfen. Dann sprach er laut: »Gefechtsstationen, oberste Alarmstufe. Meldung machen.«

»Ein Fahrzeug. Nähert sich auf unserer ballistischen Bahn, im Normalraum.«

»Normalraum?« fragte er. Die Tür öffnete sich zischend, als er aus seiner Unterkunft getrabt kam, die sich achtern hinter der Brücke und ein Deck darunter befand.

»Bestätigt«, meldete Serig, als Belazir auf die Brücke gestapft kam. Während der Kapitän im feindseligen All schlief, übernahm der Offizier vom Dienst die Wache. Jetzt erhob er sich von der Kommandantenliege: ein sehr gedrungener Mann für einen Kolnar, etwa eine Handbreit kleiner als Belazir und muskulös wie ein Troll. »Die Brücke gehört dir, Gebieter.«

»Bestätigt.« Belazir empfand eine merkwürdige Behaglichkeit, als er auf die Andruckliege glitt und die Hände auf die Instrumente legte. »Daten!«

»Fahrzeug liegt massemäßig im Kilotonnenbereich.« Die Gefechtsmannschaft war nun auf der Brücke versammelt, und der runde Raum erhellte sich, als die Konsolen Bereitschaft zu melden begannen. »Neutrinosignatur weist auf Triebwerke der Händlerklasse hin, im Augenblick laufen sie auf ballistischer Bahn. Es könnte Energie- oder kinetische Waffen geben, aber ich kann keine Zündungen für Fusionssprengköpfe ausmachen.«

»Interessant«, meinte Belazir gelassen. »Serig.«

»Dein Wunsch ist mir Befehl, Gebieter.«

»In der Tat. Wir schauen uns die Sache näher an. Vorbereitung auf Sprung zurück in Normalraum. Benachrichtige die Flottille.«

»Gebieter ...«

»Ja, ja. Die Primärmission. Wir holen schnell auf und haben Zeit dafür. Und außerdem – wenn wir dieses Schiff entdeckt haben, könnte es auch uns entdeckt haben.« Die

Flotte der Kolnari besaß zwar die besten Instrumente, die sie stehlen oder kopieren konnten, doch ließ sich nicht sagen, welche Leistungssteigerungen sich inzwischen in Gebieten ergeben hatten, die in engem Kontakt zu den regulären Werften standen. In der Geschichte des Klans hatte es schon die eine oder andere böse Überraschung dieser Art gegeben.

»Und wenn sie uns entdeckt haben sollten, ist das erst recht ein Grund, nachzusehen und sicherzustellen, daß ihnen keine Geschichte mehr bleibt, die sie weitererzählen könnten.«

»Durchbruch vorbereiten.« Alarmglocken läuteten und schrillten. »In dreißig Sekunden, Zeit läuft.«

Eine Zerrung im Gewebe des Universums; das Bild auf den Außenmonitoren veränderte sich nicht – während des überlichtschnellen Flugs kompensierten es die Computer –, aber ein subtiles Gefühl der Wirklichkeit kehrte zurück, irgend etwas im Außenwinkel des Verstands.

Serigs Stimme ertönte neben Belazir. »Gebieter, wir haben sie auf unseren elektromagnetischen Detektoren. Keine Antwort auf unsere Funkrufe. Sollen wir die Kinetik einsetzen?«

Ihre relativen Geschwindigkeiten betrugen Tausende von Kilometern pro Sekunde; jedes feste Geschoß würde mit nuklearer Macht treffen.

»Noch nicht«, entschied Belazir nachdenklich. »Gib mir Optik.«

Wenige Sekunden später sprang das Bild vor ihm empor. Es gab eine deutliche Verzögerung, nun, da sie wieder den Beschränkungen des Einstein-Universums ausgeliefert waren. Ein abgeflachtes Sphäroid, ein ganz ordentliches kleines Schiff. Einigermaßen schnell, der Größe der Außenspulen nach zu urteilen; sauber gefertigt, fast neu. Und völlig unbewaffnet, soweit die Detektoren dies feststellen konnten. Gewiß nicht für schnellen Transport in der Atmosphäre gedacht, wie es ein Kolnari-Kriegsschiff dieser Größe gewesen wäre.

»Sie besitzen einen kleinen Laser«, meldete Serig. »Typ Meteoritenbeseitiger. Davon abgesehen – nichts.«

»Ist das Schiff tot?«

»Die Kabine liegt bei sechzehn Grad«, erwiderte er und berührte eine Schaltung. Das Bild des Schiffs teilte sich. Ein fleckiges Doppel des Schiffs erschien, eine Infrarotaufnahme, um die Temperaturen anzuzeigen.

»Aber keine Antwort auf unseren Ruf«, bemerkte Belazir nachdenklich. »Das ist zu interessant, um es zu ignorieren. An alle Schiffe – relative Nullbeschleunigung herstellen und bereithalten.«

»Großer Gebieter.« Das war der Kommunikationsoffizier. »Die *Zeitalter der Finsternis* ruft auf Dringlichkeitsstufe.«

»Schalte sie durch.« Belazir nickte bei sich; genau das, was zu erwarten gewesen war. Ein Gesicht, das seinem Bruder hätte gehören können, erstrahlte auf einem Schirm.

»Aragiz t'Varak«, meldete der Mann. Ein Gruß von Gleichrangigem zu Gleichrangigem, der volle Subklanname. Gesellschaftlich korrekt, da die t'Varak eines der Edelgene des Hochklans waren, militärisch gesehen jedoch ein Fauxpas. Eines der Probleme in einem Familienbetrieb.

»T'Varak«, sagte Belazir und erinnerte ihn damit daran. In einer anderen Situation hätte er mit seinem vollen Namen geantwortet.

»Weshalb halten wir an?« Belazir wartete ab. »Edler Herr.«

»Weil es hier um eine mögliche Beute von großem Wert geht«, erklärte Belazir in mildem Ton. »Auf jeden Fall müssen wir uns damit befassen.«

»Eine Rakete ist schnell.« *Und Vater Chalku ist ungeduldig:* Der unausgesprochene Gedanke war offensichtlich genug.

»Eine Rakete ist Verschwendung«, erwiderte Belazir. Er grinste kurz. Aragiz wirkte leicht beunruhigt. »Aber dein Einwand wurde registriert. Du wirst also nicht darauf bestehen, an der Beute beteiligt zu werden – weder du noch dein Schiff.«

Nun verwandelte sich Aragiz' Miene in undeutbares schwarzes Eisen. *Narr,* dachte der Kapitän der *Braut*. Jeder an Bord der *Zeitalter* würde die Sache mitverfolgen, da die *Braut* auf offenem Schiff-zu-Schiff-Kanal sendete. Ein intakter Händler konnte eine Beute von größtem Wert darstellen, vor allem ein neues, schnelles Schiff, das sich leicht in einen Familientransporter oder in eine Gefechtsfähre verwandeln ließ. Gleich, wie hochgeboren oder skrupellos ein Kapitän auch sein mochte, konnte er es sich doch nicht erlauben, es sich mit der gemeinen Mannschaft allzusehr zu verscherzen; ganz zu schweigen von den Verwandten, die den größten Teil der Befehlspositionen besetzten.

T'Varak hatte soeben seine Chancen auf ein Flaggschiffkommando deutlich reduziert. Belazirs Hand schnitt seine Proteste ab und löschte den Zwischenschiffbildschirm.

»Serig«, sagte er und gestattete sich ein leises Lächeln, »du übernimmst die Sturmmannschaft. Ein Boot, drei Kämpfer. Volle Überwachung zu jeder Zeit.«

Serig grinste. Als Angehöriger des Kleinadels durfte er sich eine solche unverhohlene Freude über das Unbehagen des t'Varak erlauben.

»Vielleicht ist ja eine Schlammwurmfrau an Bord«, meinte er.

Die Luftschleuse öffnete sich.

Serig na Marid deutete hinter sich: *Wenn ich bis drei zähle.* Er fühlte sich gut, locker, leicht und schnell, das Plasmagewehr in seinen Händen war ihm eine Verlängerung seines Körpers. Es gab nichts Besseres als die Spannung kurz vor dem Nahkampf: weder Sex noch Reichtum noch Rache. Das Wissen, daß sein Gebieter über die Helmsensoren alles mitbeobachten würde, erschien ihm als ein zusätzlicher Bonus. Was immer er erreichen würde, würde kein gewöhnliches kleines Byte im chaotischen Gemenge der Vernichtung großen Stils bleiben: Es würde einzig und allein ihm gehören, während Kommandanten und Offiziere auf allen vier Schiffen das Geschehen beobachteten.

»Jetzt!«

Schnell, geschmeidig schwangen sich die drei Gestalten in den dunklen Kampfpanzeranzügen in die Luke. Das Deck schepperte unter ihren Stiefeln, als sie im Innenfeld landeten.

»Immer noch kein Zeichen von Reaktion«, meldete Serig. »Feldstärke beträgt nullkommasechsdrei GK.« Das waren Kolnari-g. Es entsprach 1,0 terranischen g, dem alten menschlichen Standard. »Druckausgleich.«

Serig ließ sich kauernd auf dem Boden nieder: die Finger der linken Hand, die Zehen beider Füße, die Knie gebeugt. Die zwei Bodenkämpfer befanden sich zu beiden Seiten der Luftschleuse. Das innere Portal entsprach der Standardbauweise: Es war kreisförmig, mit einer senkrechten Naht in der Mitte, wo die Lamellen aufeinandertrafen. Luft drang zischend in die Schleuse, und das Licht veränderte sich vom vakuumflachen zu einem wärmeren Gelbton. Ganz ähnlich wie auf manchen Planeten, die er zu sehen bekommen hatte, obwohl die Flotte der Kolnari noch immer die harte Helligkeit ihrer untergegangenen Heimatwelt beibehielt.

»Los!«

Die Lamellen schnappten zurück. Im selben Augenblick stürzte Serig vor, das Plasmagewehr einsatzbereit. Vor ihm lag ein einziger, oktagonförmiger Korridor, der nach fünf Metern in eine T-Kreuzung mündete. Unmittelbar davor ging er zu Boden und preßte den Daumen gegen die Schulterstütze seiner Waffe. Ein langer steifer Faden fuhr hervor, und Serig schaltete sein Bild auf das Innere seines Helmvisiers. Noch mehr leerer Korridor, diesmal in Nord-Süd-Richtung durch die Hauptachse des Schiffs. Wiederum oktagonal, zwei Meter im Durchmesser, mit synthetischem Stoff, der die untere Seite sowie die Decke bespannte; hervorragende synthetische Seitenwände, die in regelmäßigen Intervallen leuchteten, sowie darin eingelassene Luken. Am nördlichen Ende des Korridors befand sich eine weitere Tür mit Codeschloß, desgleichen auf der Südseite.

Nach einer Sekunde vorsichtigen Wartens sprangen die beiden Ersatzleute an ihm vorbei; jeder blickte in die andere Richtung. Stumm warteten sie ab.

»Nichts«, meldete Serig, kam wieder auf die Beine und schritt in den Achsenkorridor hinaus. Er musterte die Anzeigen auf seinem Handschuh.

»Luftzusammensetzung entspricht terranischem Standard.« Dünner als auf Kolnar, aber mit höherem Sauerstoffanteil und weniger Schwefelsäure und Ozon. Auf der Heimatwelt gab es viel Ozon an der Oberfläche, dafür nur wenig in der Stratosphäre. »Leicht gesenkte Sauerstoffwerte, hoher Anteil nekrotischer Verfallsprodukte. Möchte ich nicht einatmen müssen.«

»Weiter«, sagte Belazirs Stimme.

»Wie du befiehlst, Gebieter«, erwiderte Serig. In der Sprache von Kolnar war das ein einziges Wort. »Folge nun dem Achsenkorridor hinauf.«

Fast alle von Menschen erbauten Schiffe hatten ihren gedachten »Bug« am Nordpol, und dort befand sich in der Regel auch die Kommandobrücke. Mit Handzeichen befahl Serig seinen Untergebenen den Vormarsch. Sie bewegten sich von einer Kabine zur anderen, öffneten jede davon, überprüften das Innere mit einer Optikfaser und begaben sich dann zur nächsten.

»Sensoren melden keinerlei Lebewesen«, berichtete Serig. Sie bewegten sich wieder vorwärts, wobei immer zwei Mann dem Ungedeckten Feuerschutz gaben, bis zum Kontrollzentrum des kleinen Schiffs. »Es scheint sich um Passagierkabinen zu handeln, Gebieter, die augenblicklich nicht im Gebrauch sind.«

»Das wird ja immer besser«, sagte Belazirs Stimme. Es wies auf umfangreiche Versorgungssysteme hin.

Die Luke am Nordende ließ sich mit demselben einfachen Zufallszahlencode öffnen wie das Außenschott. Die Kommandokabine war eine Kuppelkonstruktion mit drei Andruckliegen, von denen nur eine besetzt war. Sie hatte sich zur Hälfte um den Körper des Piloten in einem Kälteschlafkokon gelegt, der nicht voll aktiviert worden war.

Serig trat zu dem Körper hinüber.

»Du hast recht behalten, es ist eine Frau«, bemerkte Belazir trocken.

»Keine, die mir zusagt«, erwiderte sein Stellvertreter. »Tshakiz, Gewebeprobe nehmen.« Er war froh über die gefilterte neutrale Luft, die durch seinen Helm strömte.

Das faulende Fleisch glitt von der Sonde ab. Serig wandte den Blick und berührte die Steuerungselemente mit langsamer Vorsicht. Die schrille, akzentuierte Stimme des Sanitätsoffiziers brach ein. Das war ein minderwertiger Beruf, und der Mann war der verschnittene Sohn einer Sklavenmutter.

»Subjekt ist seit ungefähr vier Tagen tot«, verkündete er. »Bitte um Abtastung, meine großen Gebieter.«

Eine der Bodenkämpferinnen löste einen Sensorstab von ihrem Gürtel und fuhr damit langsam von Kopf bis Fuß über die Leiche. Darauf folgte einminütiges Schweigen.

»Vorläufige Analyse: Tod durch Überdosis von Kälteschlafdrogen in Verbindung mit Sauerstoffmangel und Dehydrierung, als der Kokon sich nicht richtig öffnete.«

Serig nickte. Auf Einmannschiffen pflegte der Pilot häufig in den Kälteschlaf überzuwechseln, um es den KI-Systemen zu überlassen, die anspruchslose und ermüdende Arbeit langer interstellarer Transitflüge zu bewältigen. Das war zwar etwas riskant, sparte dafür aber auch Lebenszeit ein.

»Schiffssysteme sind aktiviert«, meldete Serig. »Kryptographie, bitte.« Er schob einen Stecker in dem Empfänger und wartete, während die mächtigen Maschinen auf der *Braut* sich über die Wachprogramme des feindlichen Schiffs hermachten. »Wurm ist durch. Ich habe Kontrolle über den

Computer.« *Das war einfach*, dachte er. Fast keine Computersicherung und …

»Ah! Gebieter? Das Kälteschlafsystem wurde sabotiert.«

»Wie gemein«, sagte Belazir, und alle lachten. »Weshalb denn?«

»Einen Augenblick, Gebieter. Es ist ein Handelskurier. Die Frau war Agentin für irgendein Handelshaus, sie war unterwegs mit Mustern. Sie prahlt damit, den ›Verkauf ihres Lebens‹ bei ihrem letzten Halt gemacht zu haben, einer Nexusstation mit der Bezeichnung SSS-900-C. Das hat irgendein Konkurrent getan.«

»Es war eben der Verkauf ihres Lebens«, bemerkte Belazir.

Diesmal vernahm Serig noch weiteres Gelächter im Hintergrund. Scharf fuhr er zu seinen Assistenten herum. *»Niemand hat euch aufgetragen, die Arbeit einzustellen«*, brüllte er.

»Göttliche Saat von Kolnar! Gebieter, ich habe mir Zugang zu der Frachtdatei verschafft!«

Als die Zahlen und Daten den Kolnari-Kriegsschiffen überspielt wurden, hörte er Belazir grunzen wie ein Mann, den man in den Bauch geschlagen hatte. Computer und Computerteile; Ingenieursoftware; Herstellungssysteme; Drogen; Luxuskonsumgüter, Weine, Seidentücher …

»Und noch etwas, Gebieter! Die Frachtkabinen sind voll klimatisiert!«

Ausgerüstet für den Transport empfindlicher Fracht? Das machte das Fahrzeug für den Klan zu einer schier unschätzbaren Beute. Mit klimatisierten Frachtkabinen ließ es sich leicht und billig umrüsten, um Familien oder Truppen im Kälteschlaf aufzunehmen.

Belazirs Stimme wurde sarkastisch. »Kapitän t'Varak, ich hoffe, du bist zufrieden.« Über die Leitung kam nur ein Zähneknirschen. Einer der anderen Hauptleute wagte einen Kommentar.

»Sieht das nicht viel zu sehr wie die Antwort auf ein Gebet aus?« murmelte er. »Ich opfere meinen Hausgott und den

Ahnen viel, diesen Gefäßen der Göttlichen Saat, aber ...«
Der Hausgott hilft der stärksten Faust, lautete das Sprichwort.

»Unter anderen Umständen, Zhengir t'Marid«, erwiderte Belazir kühl, »würde ich vielleicht zustimmen. Aber Cousin, wer hätte wissen sollen, daß wir in diese Richtung fliegen? Nur jene, die wir verfolgen, und die fliehen in einem auseinanderfallenden Ungetüm ohne Funkfähigkeit, seitdem wir ihre Kommunikationssysteme zerschossen haben.« Seine Stimme nahm einen bellenden Befehlston an: »Serig. Schiff sichern. Leiche entsorgen und Ökosysteme fluten. Sind Warenmuster angemessen?«

»Mehr als angemessen, Großer Gebieter«, erwiderte Serig mit diebischer Freude in der Stimme. *Meine Götter! Meine Gier!* dachte er. Als befehlshabender Adliger des Entertrupps stand ihm ein voller Prozentpunkt zu. *Mein Gebieter ist sehr zufrieden mit mir*, entschied er. Das mußte er ja sein, wenn er seinem Bastard von Halbbruder eine solche Gelegenheit bot. Manch ein Mitglied des minderen Adels war schon aus weit geringfügigerem Anlaß in den Hochadel erhoben worden.

»Es ist reichlich Luft vorhanden«, fuhr er fort. »Überschüssiges Wasser. Die Pilotin ist nicht mehr erwacht, um es zu erneuern.«

»Gut. Warte auf das Eintreffen der Löschmannschaft – Alyze b'Marid wird sie befehligen –, dann kehre zurück. Beeilung! Wir werden in weniger als einer Stunde wieder in Überlichtgeschwindigkeit übergehen, wer bis dahin nicht bereit ist, wird gehäutet!«

Alyze war die neue, dritte Frau des Kommandanten. Serig hegte den Verdacht, daß sie schwanger sein könnte und daß Belazir darum bemüht war, sie in Sicherheit zu bringen, damit ihr nicht einmal die geringfügige Gefahr am Ende ihrer Jagd etwas anhaben konnte. Er nickte bei sich. Das war gut und edel gedacht, denn die Ehre eines Manns lag in der Mehrung seines Anteils an der Göttlichen Saat.

»Hören heißt gehorchen, Gebieter«, erwiderte er. *Und diese SSS-900-C wird ebenfalls auf unserem Verfolgungsweg liegen*, dachte Serig. *Ich werde meinen Hausgott um Verzeihung bitten, indem ich ihm zehn Lichtstäbe opfere.*

Er hatte den kleinen Götzen mit einem Fußtritt durch seine Kabine befördert, als er erfahren hatte, daß sie auf eine beute- und ruhmlose Verfolgungsjagd gehen sollten, während ihre Kameraden und Klangefährten Bethel plündern durften. Anscheinend war er doch etwas voreilig gewesen.

KAPITEL 11

»Hab ich's dir doch gesagt«, sagte Joat.

»Ja«, erwiderte Seld Chaundra und wandte das Gesicht ab.

Die Transitebenen der SSS-900-C waren immer noch das reinste Chaos, und überall herrschte kaum unterdrückte Panik. Scharen weinender Kinder drängten vorbei, von einer Erwachsenen mit einem Kind im Arm vorangetrieben. Kleinkinder hielten sich an einem Strick fest, der an ein paar protestierenden Jugendlichen befestigt war.

Joat und Seld standen abseits im Schatten eines Zugangsschachts. Davon gab es hier am Nordpol der oberen Kugel sehr viele, da der Bedarf an Pumpen, Andockmöglichkeiten und Mehrfachversorgungsleitungen hoch war. Die Hauswirtschaftsprogramme machten Überstunden, pumpten Kiefern-, Meersalz- und Kräuteressenzen in die Luft. Trotzdem roch es nach Erbrochenem und nichtgewechselten Windeln und Angst, und die Dämpfer konnten das Gebrüll der Stimmen nur leicht herunterschrauben. Die beiden Teenager wichen zurück, als ein Mann mit der Armbinde eines Aushilfspolizisten vorbeiging.

»Ich finde es furchtbar, so vor meinem Vater davonzulaufen«, sagte Seld mit erstickter Stimme. »Er wird mich umbringen, Joat.«

»Nein, die Piraten werden dich vielleicht umbringen, aber der kann dir nur ein paar Ohrpfeifen verpassen.«

Schockiert hob der Junge den Blick. »Paps haut mich nie!«

»Na, dann hast du einen ziemlich guten Paps, und außerdem rennst du ja gar nicht vor ihm davon – im Gegenteil, du bleibst bei ihm. Das willst du doch, nicht?«

»Ja.« Er kehrte das Gesicht zur Wand. »Ich kann nicht gehen ... Meine Mutter ...«, sagte er in heftigem Ton. »Ich habe sie nie wiedergesehen ... Ich bin aufgewacht, und da war sie einfach ... weg.«

Zu ihrer eigenen Überraschung – im allgemeinen verabscheute sie es, Menschen zu berühren – legte Joat unbeholfen einen Arm um seine Schultern. Schluchzend hielt er sich einen Augenblick an ihr fest.

»Tut mir leid, daß ich so unfreundlich war«, sagte er kurz darauf. Da wurde ihm der Bärenfängergriff bewußt, den er im Augenblick anwandte, und er riß sich los.

»Schon in Ordnung«, meinte Joat. *Das ist es auch irgendwie,* dachte sie. Dann richtete sie ihre Aufmerksamkeit wieder auf praktische Fragen. »Brauchst du ein Taschentuch?«

»Danke.« Lautstark schneuzte er sich in das dargebotene Taschentuch und reichte es ihr zurück. »Was sollen wir jetzt tun?«

»Wir verschwinden außer Sichtweite. Channa wird an die Decke gehen, und es ist fast so schwer, sich vor ihr zur verstecken, wie vor Simeon. Eigentlich noch schlimmer, weil ich ihre Sensoren nicht ausschalten kann.«

»Da ist sie ja«, sagte er.

Joats Kopf fuhr herum. Der Lärm schwoll um die große, hagere Gestalt von Channa Hap zu einer förmlichen Flutwelle an. Nur die Eskorte von Vickers Sicherheitspersonal bewahrte sie davor, in der Menge zu Boden gerissen zu werden. In einer Hand trug sie eine Stofftasche. Joat erkannte den Fuß des Stoffbären wieder, der an einer Seite herausragte.

»Damit habe ich Wort gehalten«, sagte sie. »Gehen wir.«

Channa kam in den Raum gestapft, öffnete die Tür zu Joats Zimmer und schleuderte die Stofftasche so fest sie konnte an die gegenüberliegende Zimmerwand. Sie bildete einen einsamen Fleck der Unordnung in dem servosauberen Raum. Dann schloß Channa die Tür und schritt steif zu ihrem Schreibtisch, nahm daran Platz und begann ihre Nachrichten abzuspulen, den Rücken abweisend gekrümmt.

»Es ist nicht meine Schuld«, wagte Simeon schließlich zu sagen.

Langsam drehte sie sich um und funkelte wütend seine Säule an.

Ach, was bin ich froh, daß es Titankristall ist, dachte Simon. *Wenn es doch nur etwas Vergleichbares für die Psyche gäbe.*

Ebenso langsam und stumm wandte sich Channa wieder ihrer Konsole zu.

Simeon schickte ihr eine Nachricht: »Es tut mir leid, daß du diese Szene im Abflugtrakt über dich ergehen lassen mußtest.«

Channa stieß ein empörtes Zischen aus und schlug mit der Hand gegen den Schirm. Simeons Abbild erschien darauf und zwinkerte realistisch.

Unwillkürlich huschte ein Lächeln über ihr Gesicht. »Simeon, ich wäre ohnehin dorthin gegangen, um Worte der Ermutigung auszusprechen, alles Gute zu wünschen, Hände zu schütteln, um Solidarität zu zeigen.« Sie schwang die Faust in einer wütenden Geste. »Aber es wäre alles sehr viel glaubwürdiger gewesen, wenn ich nicht mit einer Reisetasche in der Hand dagestanden wäre! Hast du die mißtrauischen Blicke gesehen, die ich geerntet habe? Die Hälfte der Evakuierten denkt wahrscheinlich, daß ich an Bord eines der anderen Schiffe bin. Du hättest ruhig irgend etwas sagen und mir wenigstens ein leises Wort der Warnung ins Ohr flüstern können. Dann hätte ich diese verdammte Tasche fallen lassen können!« Sie drehte sich wieder zu seiner Säule um. »Weshalb war sie nicht da?«

»Sie wollte nicht gehen«, erwiderte Simeon matt. »Sie hat gesagt, daß sie dich sehen würde. Ich dachte, sie meinte dort am Bootsdock.«

»Das hast du tatsächlich gedacht?«

»Na ja, ich habe es gehofft«, räumte Simeon ein. »Ich habe mein Bestes getan, um sie dorthin zu bringen. Hab auf jeden Gefühlsknopf gedrückt, den ich finden konnte. Habe schamlos manipuliert, du weißt ja, wie ich das kann.«

»Die alte Silberzunge Simeon hat sich wieder auf den Arsch gesetzt, wie?«

»Ich kann ja schlecht aus meiner Hülle steigen, ihr nachjagen und sie festbinden, Channa. Sie wollte nicht gehen. Sie hat mir gesagt, daß wir sie niemals in fünfzehn Minuten finden würden, und sie hatte recht. Selbst du hättest dem zustimmen müssen. Joat zu manipulieren, das ist so, als wollte man flüssigen Sauerstoff durch einen Strohhalm trinken.«

Channa seufzte. »Allerdings! Aber mit dieser Tasche dazustehen, das war mir furchtbar peinlich. Außerdem wollte ich wirklich, daß sie in Sicherheit kommt.«

»Ich weiß, wie du dich fühlst«, tröstete er sie. »Diese Sache mit den Ersatzeltern geht doch ziemlich an die Nieren.« *Und außerdem war es deine Idee,* erinnerte er sich. Merkwürdigerweise hegte er keine Lust, auch Channa daran zu erinnern. *Ich glaube, es gefällt mir,* entschied er.

Sie rieb sich die Handballen in die geröteten Augen. »Es tut mir leid.«

Na, das ist ja eine Premiere. »Angenommen.«

»Kündige mich an«, sagte Amos ben Sierra Nueva zu der Tür.

Sie klingelte leise, und er wußte, daß sie auf einem Bildschirm im Inneren sein Konterfei in Echtzeit wiedergab. Solche Dinger machten ihn immer noch etwas nervös. Auf Bethel hatte man nie allzuviel hochentwickelte Elektronik benutzt. Dort bestanden die Türen meistens aus einfachem, ehrlichem Holz. Wider Willen mußte er lächeln. Hier war Holz ein undenkbar teurer Luxus, während die hochentwickeltste Technik zum Alltag gehörte. Wenigstens hatte er sich richtig ankleiden können: aus dem Gepäck, das irgend jemand in letzter Minute in das Shuttlefahrzeug geworfen hatte. Es war demoralisierend, wie ein Ziegenhirte aus dem

Hinterwald auszusehen. Weite schwarze Hosen, die in seinen Stiefeln steckten; ein Gürtel mit Silberschnallen, die seine schmalen Hüften betonten; ein offener Umhang, der seinen Schultern Statur verlieh. Er verneigte sich förmlich, als er eintrat, und nahm vor Channa sein Barett ab.

»Kommen Sie herein.« Channas Stimme klang flach und müde, als sich die Tür öffnete, doch auf ihrem Gesicht erstrahlte umwillkürlich ein freundliches Lächeln.

Gut, dachte er und erwiderte das Lächeln. Sogar in dieser Stunde der Verzweiflung war es immer noch angenehm, von einer so exotischen und attraktiven Frau angelächelt zu werden. Dann verneigte er sich erneut, diesmal vor der Säule. Vor *Simeon*, zwang er sich zu denken. Und versuchte, nicht an das bleiche, deformierte Ding dort drin zu denken, zwischen den Röhren und Nervenbahnen. Immer, wenn ihm dieses Bild kam, wurde es von einem leichten Anflug von Übelkeit begleitet. Er fürchtete, daß Simeon seine Reaktion bemerken könnte. Er konnte sich verschiedene Sensoren ausmalen, die es schwierig oder unmöglich machten, eine Hüllenperson anzulügen. Von Guiyon hatte er nie so gedacht. Guiyon war immer im Hintergrund gewesen, eine sympathische Stimme aus seinen ersten Tagen. *Guiyon war mein Freund.*

»Es tut mir leid zu stören«, begann er. »Nun, da die dringlichsten Angelegenheiten erledigt sind, möchte ich meinem Wunsch noch einmal Betonung verleihen, bei der auf uns zukommenden Schlacht behilflich zu sein.«

»Wenn unsere Pläne festere Form angenommen haben, wird auch für Sie ein Platz darin sein, das versichere ich Ihnen«, erwiderte Simeon.

Amos' Mundwinkel zuckte. *Du meinst, wenn du dir etwas ausgedacht hast, was wir tun können,* dachte er.

»Wir sind keine ausgebildeten Soldaten«, meinte er mit einem Achselzucken. »Und wir stammen von einer rückständigen Welt. Aber«, er hob einen Finger, »ich habe mir etwas überlegt, was Sie beide möglicherweise übersehen haben könnten.« Er ließ den Blick von Simeon zu Channa und zurück schweifen. »Es war etwas, was Guiyon gesagt hat, das mich darauf brachte. Er hat zu mir gesagt: *Ich gehöre zu den wertvollsten Ressourcen der Zentralwelten. Die Kolnari haben keine Gehirn-Schiffe in ihrer Flotte, und ich habe nicht vor, das erste zu werden.*«

»Oh«, murmelte Channa.

»Verdammt«, antwortete Simeon. »Ich wußte es zwar, aber ich habe trotzdem nicht daran gedacht. In den abgelegenen Gebieten sind Gehirne ja sehr rar.«

»Wir müssen Simeons Existenz verbergen. Sonst werden die Kolnari gleich als erstes Simeons Hülle demontieren und sie zu ihrer Flotte zurückschicken. Das darf nicht geschehen.«

»Das darf es tatsächlich nicht«, bestätigte Simeon mit tonloser Stimme. Alle drei wußten, was das zu bedeuten hatte. Wenn die Kolnari *tatsächlich* ein Gehirn in die Hände bekämen, würde sie das sofort von einer umherziehenden Horde von Plünderern zu einer hochgradigen Gefahr machen.

»Simeon würde niemals ...«, begann Channa hitzig, doch dann verstummte sie wieder.

»Ja.« Simeon sprach nun so ausdruckslos wie ein Subroutinenroboter. Es gab Dutzende von unangenehmen Möglichkeiten, ein gefangenes Gehirn zur Kapitulation zu zwingen. Die wirksamste war zugleich die schlimmste: Man brauchte nur die äußeren Sensorenleitungen zu kappen, was schon binnen eines Tages ein Koma aufgrund sensorischer Deprivation zufolge hatte. »Ich neige dazu, zu vergessen, wie ... hilflos ich bin, jedenfalls die meiste Zeit«, fuhr er fort. »Gewissermaßen zu vergessen, daß ich ein Krüppel bin.«

»*Das bist du nicht!*« fauchte Channa.

Amos zuckte bei ihrem Anblick zusammen. Sie schien förmlich zu *kochen. Ich möchte es lieber nicht erleben, daß diese Dame zornig auf mich ist,* dachte der Betheliter respektvoll.

Sie zwang sich zur Ruhe. »Verglichen mit dir, sind wir alle Krüppel, Simeon«, sagte sie. »Du verfügst über mindestens einhundert Fähigkeiten, die uns fehlen.«

»Danke«, sagte er in einem etwas gemäßigterem Ton. »Trotzdem stimmt, was Amos sagt. Wir müssen um jeden Preis verhindern, daß ich den Kolnari in die Hände falle.«

Die Selbstzerstörungssequenz kam Hirn wie Partner in den Sinn, erhob sich wie ein Ungeheuer aus den Tiefen des Ozeans, eine Woge kalten schwarzen Wassers vor sich her treibend.

Amos hüstelte. »Ich glaube, es gibt einen Ausweg. Wir können sie täuschen. Sie überzeugen, daß es auf dieser Station gar keinen Gehirnmanager gibt. Sofern überhaupt«, und er bleckte die Zähne zu einem bösartigen Grinsen, »solche Barbaren wie die Kolnari von derlei Personen wissen sollten.«

Als er merkte, daß Channa etwas sagen wollte, hob er schnell die Hand, um sie daran zu hindern. »Darf ich annehmen, daß Simeons Name viel zu oft auf viel zu vielen Dokumenten oder Nachrichtenholos oder wo auch immer auftaucht, um seine bloße Existenz verschweigen zu können? Außerdem wird es nicht ausbleiben, daß der eine oder andere sich verspricht und den Namen erwähnt, was wiederum zu Fragen führen würde. Daher bin ich gekommen, um mich als falscher Simeon anzubieten. Um sie zu täuschen.« Begierig blickte er vom einen zum anderen. »Ist das keine gute Idee?«

»Es ist ...«, fing Channa an und musterte ihn mit leuchtenden Augen. »Es ist verdammt brillant!« Sie sprang auf und umarmte ihn einen Augenblick, dann ging sie im Raum auf und ab. »Sofern wir diesen Austausch tatsächlich umsetzen können.«

»Na ja, besser als Selbstmord ist es immerhin«, meinte Simeon, der darin notgedrungen seine einzige Option gesehen hatte. »Da gibt es allerdings eine kleine Diskrepanz

Amos. Ich bin schon seit vierzig Jahren hier, und Sie sind wie alt? Achtundzwanzig?«

»Ah, das ist ein ernsthaft zu überlegender Einwand«, erwiderte der Betheliter, »aber wie Sie bereits festgestellt haben, ist es unwahrscheinlich, daß sie während ihres Aufenthalts auf dieser Station Zeit darauf verwenden werden, ihre Geschichte zu studieren. Sie haben gar keinen Grund, mich nicht als Channas Assistenten zu akzeptieren. Wenn Sie meinen sollten, daß es eine ernste Sorge darstellen könnte, könnten wir ihnen immer erzählen, daß Simeon nur ein Titel ist. Dann wäre ich eben der Simeon-Amos.«

»Ja«, stimmte Channa begeistert zu, »wir könnten so tun, als sei es ein traditioneller Titel. Eine Position, die nach der ersten Person benannt wurde, die sie innehielt, eine Ehrenbezeichnung! Warum sollten die Piraten das überprüfen, wenn wir sagen, daß dem so ist und schon immer so war? Außerdem brauchten wir dann weniger Personaldateien zu manipulieren – das ist ein großer Vorzug. Vor allem bei Leuten, die schon eine Weile hier sind. So etwas zu fälschen ist, als würde man eine Karte aus einem Haus ziehen. Jede Veränderung führt weitere Veränderungen nach sich, bis es schon ziemlich bald unkontrolliert zusammenbricht.«

»Da sind auch die Durchläufer«, meinte Simeon nachdenklich. »Den meisten von ihnen ist ganz egal, wer eigentlich was organisiert, solange es für sie nicht mit Unbequemlichkeiten behaftet ist. Eigentlich haben wir schon so viele ausgemustert, die es tatsächlich wissen, daß diese List mit etwas Glück doch gelingen könnte.« Simeon begann, das Konzept der Täuschung weiterzuentwickeln. »Wir könnten das alte Zweitkontrollzentrum verwenden, das während des Baus der Station zugeschaltet war, bevor ich hier installiert wurde. Diese Quartiere sehen nicht unbedingt nach einem Büro aus. Wir könnten behaupten, daß es sich um einen Wohnraum handelt.«

»Ah! Dann nehmen Sie mein Angebot als Hochstapler

also an«, rief Amos. »Hervorragend! Dann werde ich sofort hier einziehen, sobald Sie meiner bedürfen. Bis dahin möchte ich gern bei meinem Volk bleiben. Sofern sie nichts gegen Gesellschaft in Ihren wunderbaren Räumen haben sollten?« fragte er und wandte sich schnell zu Channa um, besorgt, daß seine Anmaßung sie verärgert haben könnte.

»Wir werden Ihnen Bescheid geben, wenn es soweit ist«, sagte sie ein wenig benommen.

»Gewiß«, erwiderte er. Er nahm ihre Hand und küßte sie zärtlich, lächelte in Simeons Richtung und ging.

Einen Moment lang blickte Channa auf die verschlossenen Türen, dann drehte sie sich zu Simeons Schacht um. »Entschuldige mal, aber haben wir gerade sein Angebot angenommen?«

»Nun, nicht genau. Aber nein haben wir auch nicht gesagt.«

»Das ist mir auch schon aufgefallen. Warum wohl nicht, frage ich mich?«

Simeon fand es etwas amüsant, daß Channa von einer anderen Persönlichkeit in die Ecke gedrängt worden sein sollte. »Vielleicht, weil wir ihm zustimmen?« Heimtückisch: »Oder es könnten auch Pheromone sein, jedenfalls in deinem Fall, Happy Baby.«

Channa wurde wütend und warf mit einem Kissen nach der Säule. »Hör auf zu frotzeln. Es ist wirklich eine gute Idee, auch wenn ich sie nicht als erste hatte. Du mußt tatsächlich vor den Kolnari geschützt werden.«

»Ja«, bestätigte er, und diese Wahrheit war ihm unerträglich peinlich. »Außerdem sehe ich keinen Grund, weshalb wir sein Angebot ausschlagen sollten. Vielleicht hilft es uns, ein wenig wach zu bleiben, wenn ein Außenstehender enger in den Ratgebungsprozeß eingebunden wird.«

Channa stieß ein leises Stöhnen aus. »Wie ich schon sagte,

es ist eine gute Idee. Andererseits, wenn ich es mir genau überlege – warum ausgerechnet er? Er müßte binnen kürzester Zeit furchtbar viel lernen, damit er sich so anhört, als wüßte er die ganze Zeit, was er tut. Ich selbst habe ja immer noch Schwierigkeiten, mich hier zurechtzufinden, und dabei bin ich nicht nur auf einer Station aufgewachsen, ich hatte sogar noch Zeit, den Grundriß der SSS-900 ausgiebig zu studieren, bevor ich hierher kam. Warum nicht jemanden von der Station nehmen? Jemanden, den wir kennen und dem wir vertrauen.«

»Ich denke, vertrauen können wir ihm schon, Channa«, bemerkte Simeon nachdenklich.

»Und worauf beruht diese Annahme?« fragte sie herausfordernd, die Hände in die Hüften gestemmt.

»Autorität ist meistens eine Charaktersache, Channa. Ich habe ihn bei seinen Leuten beobachtet, und es gibt nicht den geringsten Zweifel daran, daß er dort das Sagen hat. Sie sehen zu ihm auf, wie es Menschen mit jemandem tun, auf den sie sich verlassen können. Denk doch mal an die ganzen Schrecken, die sie alle durchgemacht haben, besonders er. Vergiß nicht, daß er mit Chaundra hinunter in die Leichenhalle ging. Und dann ist er auch noch mit diesem ... wie ich glaube, machbaren Plan zu uns gekommen. Wir könnten schlimmer fahren, als sein Angebot anzunehmen. Und außerdem – wer wäre denn da noch?«

»Da du schon fragst, ich dachte eigentlich an Gus.

»Und wer soll Gus sein, während Gus mich darstellt?« Er sah zu, wie sie die Arme über dem Busen verschränkte und unverhohlen schmollte. »Wenn wir damit erst einmal anfangen, müßten wir irgendwann vielleicht sämtliche Namen der Station ändern. Da fällt dann dieses an und jenes, bis wir uns so hoffnungslos verheddert haben.«

Sie mußte loslachen, als sie vor ihrem geistigen Auge das Bild sah, wie überall in den Korridoren Leute umherirrten, die erst auf ihren Anschlagtafeln nachlesen mußten, wer sie an diesem Tag sein sollten.

»Und außerdem«, fügte Simeon hinzu, »mag ich Gus.«

»Was hat denn das damit zu tun?« wollte sie wissen. »Ach so.«

Wer immer den Stationsmanager mimte, würde auch die volle Last des Risikos zu tragen haben. Sie mochte Gus, und trotz ihrer kurzen bisherigen Bekanntschaft mochte sie auch Amos. Er war zweifellos der attraktivere Mann von beiden und hatte bereits einige Höllenkreise zurückgelegt. Andererseits – irgend jemand mußte es ja tun. Sie war ja schließlich auch noch da, um ihm mit Rat und Tat zur Hand zu gehen – und neben Amos zu stehen, war auch nicht gerade eine Strapaze. Vielleicht würden sie es gemeinsam tatsächlich ohne allzu große Schwierigkeiten schaffen.

»Also gut«, entschied sie und hob kapitulierend die Hände. »Die Leute zu verschieben könnte tatsächlich schwieriger werden, als einem Fremden das A und O der Stationsleitung beizubringen. Jedenfalls genug, um diese Strauchdiebe an der Nase herumzuführen. Aber Asche auf dein würdiges Haupt, mein tapferes Hirn, wenn er sich als Katastrophe erweisen sollte.«

»Ich nehme deine Herausforderung an, mein Partner. Soll ich ihn gleich heute abend hier einziehen lassen?«

Einen Augenblick lang sah Channa aus, als hätte sie aus Versehen eine Kröte verschluckt. »Ach so, natürlich. Wir müssen ja sofort mit seiner Ausbildung anfangen, nicht wahr?«

Amos runzelte die Stirn. Das tat er ebenso attraktiv wie zu lächeln, bemerkte Simeon.

Herrje. Wenn die Sache hier vorbei ist, könnte er Megacredits schaufeln, nämlich als Videostar bei Singari Entertainments. In historischen Streifen.

»Aber ich wollte eigentlich bei meinem Volk bleiben«, warf er ein.

»Ich weiß«, erwiderte Simeon, »aber wir verteilen die am wenigsten Verletzten auf ihre Quartiere. Wir dürfen nicht riskieren, daß sie als Gruppe identifiziert werden, verstehen Sie?«

Der junge Mann verschränkte die Hände hinter dem Rükken. »Ja, ich verstehe. Den Kolnari wird alles fremdartig erscheinen, auf verschiedenste Weise. Und unsere eigene Fremdartigkeit stellte eine weitere Anomalität dar.«

»*So* fremd sind Sie doch gar nicht«, fühlte Simeon sich veranlaßt zu sagen. *Zu verdammt gutaussehend, als ich verkraften kann. Vielleicht ist ja aber auch gerade das so fremdartig.*

Der Fahrstuhl öffnete sich auf den Korridor vor Simeons und Channas Unterkunft. Channa stand in der offenen Tür des Saals, um Amos zu begrüßen. Sie reichte ihm die Hand mit einem förmlichen Lächeln. Er nahm ihre Hand zärtlich, verbeugte sich anmutig und küßte sie sanft, ohne dabei den Blick von ihr zu wenden. Channa hob eine Augenbraue und lächelte schief, zog die Hand zurück und wies in den Saal.

»Ich weiß, daß Sie lieber bei den anderen geblieben wären«, sagte sie, »aber es gibt eine Menge Instruktionen für Sie, und so sollten wir besser gleich damit anfangen. Außerdem werden die anderen bereits heute abend in ihre eigenen Unterkünfte verlegt, wie Simeon Ihnen möglicherweise schon mitgeteilt hat.«

»Ja, das hat er mir gesagt«, erwiderte Amos leise.

Er musterte sie mit einer warmherzigen Aufmerksamkeit, die sie als entnervend intim empfand. »Das hier wird Ihre Unterkunft sein«, sagte sie und öffnete die Tür, die von ihrer eigenen am entferntesten lag.

Er trat ein, blickte sich um; einmal mehr hatte er die Hände hinter dem Rücken verschränkt. Er nickte vorsichtig. »Es ist sehr hübsch«, meinte er. Er öffnete einen Schrank, der bis auf einige Kleiderbügel leer war.

»Wir werden Sie Ihrer neuen Position entsprechend ausstaffieren müssen«, sagte Channa in der Türöffnung.

Er lächelte sie an. »Ja, ich brauche alles. Und die Kleidung von Bethel wäre nicht angebracht.«

Er kam herüber, um sich direkt neben sie zu stellen. Es war ihr schon aufgefallen, daß die Betheliter sich so verhielten: Ihre soziale Distanz war gering, und sie waren ein sehr taktiles Volk.

»Ich werde es genießen«, sagte er, »sofern Sie mir beim Auswählen helfen?«

Sie senkte den Blick. »Vielleicht, wenn die Zeit es zuläßt. Allerdings werden Sie von Experten auf dem Gebiet der Männermode angeleitet werden, zu denen ich selbst nicht gehöre.« *Fang dich, Mädchen!* sagte sie bei sich.

Die Tür läutete und Simeon öffnete sie. »Ich habe in der Kantine ein Abendessen bestellt. Ich nehme nicht an, daß Sie bisher Zeit zum Essen hatten, Amos, deshalb habe ich mir die Freiheit herausgenommen, für zwei zu bestellen«, erklärte er.

»Kochen Sie nicht gern?« fragte Amos und wandte sich überrascht zu Channa um.

»Nicht, wenn ich wichtigere Dinge zu tun habe«, erwiderte sie. »Es gehört nicht gerade zu meine Hobbys.«

»Ah, nun ja, Ihre Diener sind zweifellos gut ausgebildet.« Sein Ton deutete an, daß eine Hausherrin die Dienstboten dennoch persönlich überwachen sollte.

Ha, das war ganz gut, Amos, dachte Simeon und fühlte sich schon etwas munterer. Er war das Wenige durchgegangen, das von der Kultur der Betheliter bekannt war. Er glaubte nicht, daß es Channa sonderlich behagen würde. *Warum forderst du sie nicht auf, sich auf den Fußboden zu setzen und deine müden Füße zu massieren, wenn ihr schon dabei seid, damit sie sich später in den hinteren Teil des Hauses zurückzieht, während die Männer über ihre Geschäfte plaudern?*

Allerdings war es auch beunruhigend. *So ungern ich es auch zugebe, aber vielleicht hatte Channa recht. Dieser Plan birgt einige katastrophale Risiken. Ich hatte vergessen zu berücksichtigen, daß er aus einer insularen und wahrscheinlich rückständigen Kultur stammt.* Aber schließlich waren ihre gesamten Vorbereitungen ein einziges Durcheinander aus Improvisationen. Ob diese hier wohl eine zuviel sein würde?

Amos blickte schnell von Simeons Säule zu Channa hinüber und sagte:

»Ich war unschicklich. Bitte verzeihen Sie mir. Das war nicht meine Absicht.« Er lächelte wehmütig zu Channa herab und seufzte. »Ich habe offensichtlich noch sehr viel mehr zu lernen, als ich mir vorgestellt habe. Sogar meine Sprache – je mehr wir uns unterhalten, um so bewußter wird mir, wie altmodisch ich für Sie klingen muß. Und verzeihen Sie mir, wir Bewohner von Bethel sind es nicht gewöhnt, mit Leuten von fremden .... von anderen Sitten umzugehen. Das war ja auch etwas, was mir an meiner Heimat mißfiel.«

Verdammt noch mal, dachte Simeon. *Dumm ist er nicht. Anpassungsfähig, um genau zu sein.*

Mit einem glatten, professionellen Lächeln bedeutete Channa ihm, an einem der Sitze am Tisch Platz zu nehmen.

»Dann fangen wir an«, sagte sie.

Hinter seinem Rücken zog sie eine angewiderte Grimasse, die sich sofort wieder in ein Lächeln verwandelte, als er einen Stuhl zurückzog und sie erwartungsvoll anblickte. Sie grinste und winkte ihn an seinen Platz.

»Als erstes«, sagte sie, »müssen Sie lernen, daß wir hier sehr viel weniger förmlich sind. Wir heben uns unsere ›Gesellschaftsmanieren‹ ausschließlich für große Gesellschaften auf.«

»Aber«, meinte er lächelnd, als er sich hinsetzte, »eine schöne Frau sollte doch immer wie ein geschätzter Gast behandelt werden.«

Channa nahm sich etwas von einem Teller und reichte ihn weiter; sie ließ ihn aber beinahe fahren, bevor er ihn richtig ergriffen hatte.

»Schmeichler. Ich bin zwar nicht häßlich, aber auch keine große Schönheit.«

Beinahe hätte er den heißen Teller vor Überraschung fallen lassen, der Inhalt verschob sich bedrohlich nah an den Rand und verbrannte ihm den Daumen. Hastig stellte er den Teller ab.

»Nein, wirklich«, meinte er schließlich und wedelte mit der Hand, um sie abzukühlen. »Ich finde Sie höchst anziehend.« Die Ernsthaftigkeit in seinen großen, enzianblauen Augen war nicht zu verkennen. Ihr fiel auf, daß die Wimpern lang und geschwungen waren. Sein Blick bekam etwas Spielerisches. »Auf eine fremde, ausländische, exotische Art natürlich.«

»Nun, Sie sind auch sehr anziehend, Amos«, erwiderte Channa ernst.

»Ich mag anziehende Frauen«, erwiderte er, und sein Blick hatte etwas von einer subtilen Herausforderung an sich.

»Ich mag aber keine anziehenden Männer«, sagte sie entschieden. »Sie neigen dazu, verwöhnt und ichbezogen zu sein, und machen in der Regel sehr viel mehr Mühe, als sie wert sind. Und nun lassen Sie uns essen, bevor alles kalt wird. Wir haben sehr viel Arbeit vor uns und nicht allzuviel Zeit und Energie zu vergeuden.« Sie blickte ihn offen an. »Ich bin überzeugt, daß wir eine hervorragende Geschäftsbeziehung haben werden, so von Manager zu Manager.«

»Natürlich«, antwortete Amos mit einem neutralen, höflichen Lächeln.

»Solltest du nicht damit anfangen, Amos ab jetzt Simeon-Amos zu nennen, Channa?« warf Simeon ein, bevor die Atmosphäre noch eisiger werden konnte.

»Gute Idee«, meinte Channa.

Amos schien, soweit Simeon das feststellen konnte, leicht zu schmollen.

Aha, dachte Simeon. *Bei diesem Aussehen, dazu der Verstand, das Charisma und seine hohe Position, ist er es wahrschein-*

lich gewöhnt, daß Frauen jedem seiner Versuche erliegen. Und außerdem war der Betheliter noch in seinen Zwanzigern. In allen Textbüchern stand, daß die Weichhüllen in diesem Stadium ihrer erbärmlich kurzen Entwicklungsspanne hochgradig anfällig für hormonelle Einflüsse waren.

Ich wette neun zu zehn, sagte er sich, *daß der Teppichboden zwischen ihren Türen in einer Woche ordentlich abgenutzt sein wird.* Die Vorstellung erschien ihm merkwürdig unappetitlich. Er schob sie beiseite und stürzte sich auf einige der neunzehn Millionen Dinge, die Amos über die Stationsleitung lernen mußte.

KAPITEL 12

Haha, habe ich es! summte Simeon bei sich. »Channa? Bist du wach?«

»Du weißt doch immer, wenn ich wach bin. Weshalb fragst du erst?«

»Weil es höflich ist«, erwiderte er.

»Was ist los?« Ihr Tonfall wies darauf hin, daß bereits drei Stunden der Schlafperiode verstrichen waren und daß sie schon in fünf Stunden wieder aufstehen mußte, um die nicht enden wollenden Konferenzen und Instruktionssitzungen zu absolvieren.

»Ich habe etwas über unsere erwarteten und uneingeladenen Gäste in Erfahrung gebracht«, fuhr er fort.

Da setzte sie sich im Bett auf und beugte sich vor, um das Licht höherzudrehen und die sanfte Fuge abzuschalten, die sie schlafheischend abgespielt hatte.

»Konnte sowieso nicht schlafen«, bemerkte sie. »Sag es mir.«

»Habe einen Download von der Zentrale bekommen. Mußte einigen Leuten ganz schön Feuer unter dem Hintern machen, bis die Sache freigegeben wurde. Es ist nicht sonderlich viel. Ein Planet namens *Kolnar,* der vor langer, langer, langer Zeit besiedelt wurde. Ganz hübsches Stück von hier entfernt. Ungefähr vierzigmal soweit entfernt wie die Sonne Safran, spiralarmeinwärts.«

Channa runzelte die Stirn. »Das ist aber wirklich draußen im Busch, muß mit der zweiten oder dritten Welle besiedelt worden sein.«

»Nein. Es war die erste Welle.«

Sie schürzte die Lippen zu einem stummen Pfiff. »Gleich zu Beginn der interstellaren Kolonisation.«

Er fuhr fort. »Unfreiwillige Kolonisation. Übersetzungsprogramm läuft ... Also schön, ein ganzer Trupp von fiesen

Gruppen: die *Khimir Rotgesichtkosmetik*, die *Großen Gestreiften Katzen von Temil*, die *Menschen des Neuen Rats, die Wiederbelebte Arisch-Germanische Staatsweite Firmenarbeiterpartei, die Söhne Chakas, der Leuchtende Gehweg, die Darwin-Wilson Gesellschaft, die ...«*

»Was ist denn daran so amüsant?« fragte sie, als sie das Lachen in seiner Stimme beben hörte.

»Dazu mußt du schon Historikerin sein, um das zu verstehen«, sagte er fröhlich. »Jedenfalls haben sie den Aufzeichnungen zufolge ungefähr zehntausend von diesen Pennern losgeschickt, und ungefähr dreitausend haben ihr Ziel auch tatsächlich erreicht.«

»Schlimme Reise?«

»Zank und Streit in den Frachträumen«, widersprach Simeon. »Mit Fäusten und Zähnen und Plastikbechern, da sie sonst nichts zur Verfügung hatten. Als sie dann ankamen, wurde ihnen klar, daß sie auf Inzucht angewiesen waren, ob es ihnen paßte oder nicht.«

»Was ist denn Kolnar überhaupt für ein Planet?«

»Sein Spitzname lautete ›Höllentor‹. Den haben sie ausgewählt, weil es für zimperliche Gemüter etwas leichter kam. Dann konnte die Gesellschaft nämlich so tun, als würde der Planet die Sträflinge umbringen, die es verdient hatten, so steht es jedenfalls in den Aufzeichnungen. 1,6 g, heiße Sonne, gewaltige Schwermetallkonzentrationen, dichte Luft mit niedrigem Sauerstoffanteil, überaktive und größtenteils giftige Biosphäre. Keine Ozonschicht. Vulkanismus, unberechenbare Klimaschwankungen ... wie aus dem Bilderbuch! Wurde seitdem nicht mehr allzuoft besucht. Als einige Jahrhunderte später die Leute von der Großen Vermessung dort vorbeikamen, wurden sie beschossen. Offensichtlich veranstalten die Einheimischen ungefähr alle vierzig Jahre einen Atomkrieg, und das Schiff ist in einen davon geraten. Ihre Beschreibung des physischen Typs paßt zu dem, was Amos und die anderen erzählen. Seitdem hat es einigen Kontakt zu ihnen gegeben. Der Vorfall mit den Vermessern scheint sie daran erinnert zu haben, daß das Universum immer noch da war – leider.«

»Leider?«

»Na ja, ich habe hier weiterführende Stichwortverweise unter *Piraterie, Brigantentum, Polizeiaktionen, Kriegsverbrechen* und *Aggression*. Außerdem Eintragungen in den anthropologischen Dateien unter *Völkermord, Sklaverei, Kulturpathologie, Xenophobie* und *Gesellschaftsverfall*. Heutzutage sind anscheinend kleinere Gruppen der Abkömmlinge dieser ursprünglichen gesellschaftlichen Abweichler über eine ganze Reihe von Sonnensystemen in dem Gebiet versprengt. Kleine Asteroidenkolonien, Freibeuternester, unerschlossene Welten.«

»Charakteristika?«

»Die dunkle Haut ist eine Anpassung an das Klima – bei soviel UV-Bestrahlung –, und die Haar- und Augenfarbe genetisch verschoben, wie man es bei einer kleinen Urbevölkerung auch erwarten würde. Allerdings pflanzen die sich fort wie die ... Karnickel. Pubertät mit acht, alle Kinder Zwillinge oder Drillinge. Insgesamt scheint die Subrasse von Kolnari ein sehr wirkungsvolles Immunsystem zu besitzen. Sie sind extrem stark und schnell. Auf einem derartigen Planeten erwartet man auch gute Reflexe – wer schlechte hatte, hat auch nicht überlebt. Sie können im Dunkeln sehen wie die Katzen, und sie haben eine erstaunliche Toleranzschwelle gegenüber ionisierter Strahlung. Auf Kolnar gibt es soviel Fallout und natürliche Hintergrundstrahlung, daß sie sich genetisch daran angepaßt haben. Die Wissenschaftler scheinen sich nicht einig zu sein, ob ihre Paranoia angeboren oder nur kulturell bedingt ist.«

»Wahrscheinlich schwer loszuwerden, stelle ich mir vor.«

»Wie die Kakerlaken«, erwiderte Simeon und mißverstand sie dabei absichtlich. »Vor einigen Generationen hat mal so ein Typ von der Raummarine gesagt, daß sich das

Problem Kolnari nur lösen ließe, indem man aus dem Orbit Antimateriebomben abwirft. Aber selbst dann könnte man sich nicht sicher sein, daß man sie auch wirklich alle vernichtet hat.«

»Sehr deprimierend, danke, darf ich jetzt noch etwas ausruhen?«

Als sie später in der Nacht immer noch nicht schlafen konnte, rief Channa leise seinen Namen.

»Du solltest schlafen, Channa.«

»Ich weiß, aber ich muß erst einmal meinen Kopf wieder klar kriegen. Unterhältst du dich mit mir?«

Eine Pause schwebte in der Luft. Sie atmete durch und fuhr fort. »Ich weiß, daß ich kein so guter Partner gewesen bin wie ...«

»Das ist doch Vorgeschichte«, warf Simeon ein. »Du bist mit einer wahrlich furchtbaren Notsituation weitaus besser zurechtgekommen, als die allermeisten es getan hätten. Ich kann durchaus zuhören. Was geht dir denn durch den Kopf?«

»Er«, erwiderte sie, als deckte das Wort das Problem völlig ausreichend ab.

»Aha. Nicht ganz, was du erwartet hast, wie?«

Sie seufzte. »Nein, im Gegenteil. Viel zu sehr, was ich erwartet habe. Er ist ... ich fürchte, ich werde nicht mit ihm zusammenarbeiten können.«

Warum bin ich nur nicht überrascht? fragte sich Simeon. »Weshalb? Was stimmt denn nicht?«

»Abgesehen davon, daß er selbstzufrieden, aufdringlich und ichbezogen ist, meinst du? Nun, er hat kein Vertrauen in meine Kompetenz, und ich rechne damit, daß ich mit ihm streiten muß, damit er nicht meine Position besetzt. Er reißt die Dinge ziemlich gern an sich, darin hattest du recht. Und er respektiert Frauen nicht.«

»Wie kommst du denn darauf?« *Mal hören, wie du zu dieser schwierigen Schlußfolgerung gelangt bist.* Simeon genoß die Herausforderung, ihren Denkprozessen zu folgen.

»Na, das Offensichtlichste ist ja wohl, daß er von mir erwartet hat, daß ich für ihn koche! Ja, das hat er schon überwunden. Er ist immer schnell dabei mit einer Entschuldigung wegen ›unterschiedlicher Sitten‹. Aber tief in seinem Inneren glaubt er nicht wirklich daran. Er denkt, daß es bei ›Sitten‹ darum geht, ob man auf dem Boden sitzt oder auf einem Stuhl. Aber er begreift es nicht, wenn kulturelle Ansichten fundamental verschieden sind.«

»Channa, meine Liebe, auf Bethel gibt es eben keine fundamentalen Unterschiede. Dieser Streit, den er mit den Ältesten hatte ... es fällt schwer zu begreifen, worum es dabei eigentlich genau ging ... aber denen scheint er von überwältigender Bedeutung zu sein.«

»Oh, ich begreife schon, weshalb er so ist«, erwiderte Channa und schlug frustriert mit der Faust gegen das Kissen. »Und es ist ja auch nicht so, als wäre er dumm. Er ist intelligent und aufmerksam, aber das macht es ja noch irritierender und nicht etwa weniger. Was ein dummer Mensch tut, kann man gut ignorieren. Und was hinzukommt – plötzlich rückt er mir auf die Pelle. Ich wundere mich ein wenig, daß er nicht erst noch verlangt hat, sich die anderen Zimmer anzuschauen, um sich eins auszusuchen, das ihm gefällt.« Plötzlich nahm ihr Gesicht eine bezaubernde rötliche Färbung an.

Simeon bemerkte es. Schließlich konnte er ja auch im Dunkeln sehen. »Und er ist über dich gekommen wie das Kolonienschiff, auf dem er geflogen ist, nicht wahr?«

»Da hast du verdammt recht«, murmelte sie halblaut. »›Ich mag anziehende Frauen‹«, sagte sie in übertriebener Imitation seines Verhaltens und Akzents. »Was tut er wohl, wenn er sich mit einer *nicht*anziehenden Frau abgeben muß? Stülpt er ihr vielleicht eine Tüte über den Kopf? Ich verabscheue solche Männer!« Sie unterstrich ihre Worte, indem sie mit beiden Fäusten auf das Bett einhämmerte.

»Ich dachte, du fühltest dich von ihm angezogen«, meinte Simeon in einem ruhigen und leicht neugierigen Ton.

»Tue ich auch«, sagte sie empört. »Das mißfällt mir ja auch am meisten daran.«

»Jetzt bin ich ein bißchen verwirrt. Wie kannst du dich zu jemandem hingezogen fühlen, den du nicht ausstehen kannst?«

»Ich weiß es nicht«, erwiderte sie grimmig.

»Pheromone?« fragte Simeon heimtückisch.

»Vielleicht. So etwas kommt vor.« Sie seufzte.

Die geheimnisvollen Pheromone schlagen wieder zu, dachte er. *Es gibt Zeiten, da bin ich außerordentlich froh darüber, ein Hüllenmensch zu sein. Ich kann wenigstens meinen eigenen Hormonspiegel justieren*. Der Gedanke daran, daß seine Biochemie auf unberechenbare Weise durch emotionale Faktoren durcheinandergebracht werden könnte, war nicht auszuhalten.

»Du meinst«, fragte er vorsichtig, »daß dir so etwas schon mal passiert ist?«

Ein Ausdruck der Verärgerung überzog ihr Gesicht. »Nicht nur mir. Das ist schon sehr vielen Leuten passiert.«

Erwartungsvoll und geduldig blieb er stumm.

Mit resigniertem Seufzen fuhr sie fort. »Es war ein Wirtschaftsprofessor, ausgerechnet! Ich bin auf ihn geflogen wie eine junge Schwalbe. Und das komischste daran war, ich habe ihn nie gemocht. Ganz im Gegenteil. Sicher, er war durchaus attraktiv, aber er war auch sarkastisch und faul und ätzend – pfui! Zu mir zwar nie, aber es störte mich mitanzusehen, wie er es mit anderen Studenten tat. Eines Tages saß ich da und blickte zu ihm auf und sagte mir: *Ich liebe ihn*.« Sie riß die Augen auf und warf die gespreizten Hände auseinander, um sie schließlich wieder hilflos aufs Bett fallen zu lassen.

»Also liebst du ... Simeon-Amos?«

»Nein! Natürlich nicht! Ich habe gesagt, daß ich meinen Professor geliebt habe, nicht Simeon-Amos. Das sind zwei verschiedene Fälle.« Sie begann zu lachen. »Inzwischen bin ich etwas älter und klüger geworden, Simeon-Einfach.«

»Solange du nicht trauriger geworden bist, meine Liebe.«

Sie kicherte. »Nein, nicht trauriger.«

»Natürlich werdet ihr beide eine gewisse Zeit brauchen, um euch aneinander zu gewöhnen«, sagte er ernst, »aber er möchte wirklich gern helfen. Und dabei wird er ziemlich beschäftigt sein. Das dürfte eine ganze Menge dominierender Neigungen bremsen, die er haben mag. Laß ihm ein bißchen Spielraum, Channa. Er ist das Opfer einer Inzuchtkultur. Und außerdem schweben wir alle in Lebensgefahr.«

»Sag das mal dem Unterbewußtsein – das interpretiert Todesdrohungen als Grund, sich noch mehr für etwas zu interessieren. Ich wünschte, diese Krise wäre nicht so drängend.« Wieder seufzte sie, diesmal matter. »Vielleicht sind die ja gar nicht da draußen. Vielleicht haben sie es aufgegeben und sind nach Safran zurückgekehrt, nach Bethel. Dann brauchen wir nur eine Meldung abzusetzen, während die Flotte an uns vorbeitreibt.«

»Ich würde lieber nicht darauf wetten, Baby.«

»Ich werde langsam weich«, bemerkte sie. »Ich habe zugelassen, daß du mich ›Liebste‹ und ›Baby‹ nennst, nicht wahr?«

»Ja. Ich mache mir eine Strichliste. Vielleicht magst du mich ja?«

»Ich würde nicht darauf bauen«, erwiderte sie grinsend. »Gute Nacht, Simeon.«

»Nacht, Channa.«

»O Gott, nicht noch eine Konferenz«, murmelte Channa bei sich. Mit einer Hand hielt sie den Notizschirm, mit der anderen einen Becher Kaffee. Heiß wie die Hölle, schwarz wie der Tod, süß wie die Liebe: ganz und gar nicht so, wie sie normalerweise ihr Koffein zu sich nahm, aber doch die richtige Dosis, um einen nach einer Nacht mit zu wenig Schlaf wachzurütteln.

»Wozu Konferenzen?« fuhr sie bei sich selbst fort, während sie in den Lift am Ende des Korridors taumelte. »Warum kann ich nicht einfach nur Aktennotizen herumschicken?«

»Guten Morgen, Honigtöpfchen«, sagte Patsys Stimme.

Channa zuckte so heftig zusammen, als sie die beiden anderen im Lift bemerkte, daß sie beinahe den heißen Kaffee über ihre Hand vergossen hätte. Gus legte eine stützende Hand an ihren Ellenbogen.

»Wozu Konferenzen?« wiederholte Gus. »Weil es Zivilisten sind. Sie sind es nicht gewohnt, mit einem militärischen Notfall zurechtzukommen. Man muß ihnen die Informationen immer und immer wieder erzählen, bis sie ihnen wirklich erscheinen.«

Zischend bremste der Lift. »Mir braucht man es glücklicherweise nicht so oft zu sagen, deshalb kann ich mich auch gleich an die Arbeit machen«, fügte Gus hinzu. »Meine Damen, wir sehen uns.«

Channa sah zu Patsy hinüber. Die ältere Frau lehnte in der gepolsterten Ecke des Lifts, die Augen geschlossen und ein verträumtes Lächeln auf den Lippen. »Patsy?«

Zögernd öffnete sich ein Auge, und ein liebliches Lächeln hellte ihre Miene auf, als sie sich wohlig streckte. »Ja?«

»Sie sehen fast so erschöpft aus wie ich. Bekommen Sie etwa nicht genug Schlaf?«

Patsys Augen weiteten sich, und sie ließ melodramatisch die Brauen hochfahren. »Nicht viel«, sagte sie mit einiger Begeisterung. »Es sei denn, man verwendet ›schlafen‹ im euphemistischen Sinne.«

»Aha. Gus?«

»Con mucho Gusto!« Patsy kicherte. »Hab davon gelesen.

Leute in der Krise, die kommen einfach zusammen, wissen Sie? Fragen Sie Simeon danach. Er wird es Ihnen erzählen.«

»Ich werde mich hüten, Simeon in Privatangelegenheiten zu konsultieren. Ich hege den Verdacht, daß ihn das Thema auf morbide Weise fasziniert. Außerdem weiß ich schon, was Sie meinen.«

»Oho! Hab schon von Ihrem hübschen kleinen Zimmergenossen gehört«, meinte Patsy augenzwinkernd. Sie knuffte Channa mit dem Ellenbogen.

Channa räusperte sich, steckte den Lichtgriffel hinter ein Ohr und nahm einen Schluck von ihrem Kaffee. *Gräßlich,* dachte sie.

Patsy stellte sich auf die Zehenspitzen und schlug die Hakken ein paarmal zusammen. »Ich finde Simeon-Amos sexy«, sagte sie neckend.

»Im Augenblick würden Sie sogar ein Karamelbonbon sexy finden«, erwiderte Channa abweisend.

»Na klar, das kann man auch in die Länge ziehen ...«

»Patsy!«

»Nun seien Sie doch nicht so verkniffen, Mädchen! Sonst fallen Ihnen noch die Haare aus. Wissen Sie das denn nicht?« Sie grinste und winkte, als sie auf ihrem Deck ausstieg.

»Verdammt«, sagte Channa und lehnte sich gegen die Wand. »Es ist eindeutig viel zu lange her, seit ich das letztemal mit einem solchen Lächeln zur Arbeit gegangen bin.«

»Großer Gebieter, wir können nicht feststellen, ob das Fahrzeug, das wir verfolgen, das Gebiet der Station verlassen hat oder nicht«, sagte Baila.

Belazir strich sich nachdenklich über das Kinn. »Weshalb nicht?« fragte er in mildem Ton.

Die technische Offizierin schluckte. »Es herrscht hier zuviel Verkehr, Gebieter. Da gehen die individuellen Spuren im Hintergrundgeräusch unter.«

Belazir hob die Augenbrauen, es war das einzige äußere Anzeichen der eisigen Sorge, die ihn gepackt hatte. Ihren allerbesten Berechnungen zufolge hätte das fliehende Schiff bei seiner Überbelastung der Triebwerke schon längst in einem Ball aus Plasma und Trümmern aufgehen müssen. Selbst wenn man einräumen mußte, daß die Schiffe früher wesentlich haltbarer konstruiert wurden ... wenn die Flüchtigen durch irgendein nicht vorauszusehendes Glück tatsächlich noch vorher in eine dichtbereiste Zone gelangt sein sollten, könnte auch das Undenkbare geschehen. Dann stünde der Klan in Gefahr. Und er selbst stünde in noch größerer Gefahr – nämlich vor dem Rest des Klans.

»Computer«, sagte mit einer Kommandostimme, die die Aufmerksamkeit des Rechners an ihn band. »Extrapolation: Flugvektor der Beute in Abgleich mit ihrer letzten definitiven Lokalisation und ihren möglichen Zielen, unter Berücksichtigung der durch die Kartendateien des gekaperten Händlerschiffs auf den neuesten Stand gebrachten Daten.«

Ein Sprühwerk von Möglichkeiten flackerte im 3-D-Tank auf. »Und jetzt eliminiere alle, die vom letzten bekannten Aufenthaltsort weiter als vier Tagesreisen entfernt liegen.«

Alle verblaßten – bis auf eine. »Aha, diese Station«, sagte er. Das war ohnehin das allerwahrscheinlichste Ziel. »Wir müssen die Verfolgung fortsetzen. Bemerkungen?« fragte er die Gesichter der anderen Kapitäne. Sie waren per Holo anwesend, ein gespensterhafter Ring aus Gesichtern auf den beschatteten Kommandoliegen ihrer jeweiligen Brükken, die jener der *Braut* glichen.

Aragiz t'Varak von der *Zeitalter der Finsternis*; Zhengir t'Marid von der *Rumal* – in der alten Sprache *Würger*; Pol t'Veng auf der *Hai*, alt und narbenübersät und die einzige Frau unter ihnen, ja überhaupt die einzige mit einem unabhängigen Kommando innerhalb der Klanflotte. Feinde und Rivalen; seine Fähigkeit, sie dazu zu bringen, einmütig zu handeln, war eine weitere Prüfung, die ihm von den Klanvätern auferlegt wurde. *Was uns nicht umbringt, macht uns stark*, gemahnte er sich selbst.

»Kapitäne und Verwandte«, sagte Belazir. »Ihr habt die Daten. Wir müssen beschließen, ob wir die Verfolgung fortsetzen oder abbrechen. Ich empfehle die Fortsetzung.«

Aragiz' Gesicht schob sich vor, verspannte sich wie ein Adler, der durch eine Kette an ein feindliches Handgelenk geschmiedet war. »Wenn du nicht haltgemacht hättest, um zu plündern, wären wir der Beute jetzt dichter auf den Fersen«, sagte er scharf.

Pol schnitt ihm mit einem Schnauben das Wort ab. »Irrelevant. Wir müssen die Mission fortsetzen.«

Belazir nickte ihr zu.

»Mir gefällt das nicht«, sagte Pol in ihrem gutturalen Rumpeln. Sie war als gerissene und umsichtige Kommandantin bekannt. »Irgend etwas ist hier nicht ganz in Ordnung.« Sie machte eine schaukelnde Bewegung mit ihrer von Klauen zernarbten Hand.

Belazir dachte über ihre Bemerkung nach. Wie hatte jener Händler – einer von jenen, denen der Klan gelegentlich Beute verhökerte – einmal gesagt? »Es gibt kühne Piraten, und es gibt alte Piraten, aber es gibt keine alten kühnen Piraten.«

»Trotzdem«, fuhr sie fort, »sind die Risiken deutlich zu bestimmen. Wir müssen wissen, ob die Beute diese Station erreicht hat. Dazu müssen wir sie erst packen.«

»Und wenn sie es getan hat?« fragte Aragiz.

»Wir töten, senden einen Nachrichtentorpedo zurück zur Flotte und verschwinden«, antwortete Pol. »Mit nur einer einzigen Woche Vorsprung können wir die Marine zwischen den Sternen und dem Staub abhängen. So geht nichts verloren außer Zeit.«

»Und der Aufwand, den wir betrieben haben, um Bethel zu unterwerfen!« bellte Aragiz. »Wegen dieses Handelsschiffs anzuhalten ...«

»War irrelevant und hat keine signifikante Verzögerung gekostet!« warf Belazir ein. »Davon abgesehen besteht eine hohe Wahrscheinlichkeit, daß an Bord des Beuteschiffs niemand mehr am Leben gewesen sein dürfte, bis es diese Station erreichte. Sofern es sie erreichte. Und in diesem Fall ist da noch die Station selbst.«

»Ah«, sagte Zhengir. Er war ein enger Blutsverwandter und kein Mann von vielen Worten. »Ein Ziel mit großen Möglichkeiten.«

»Riskant«, meinte Pol und rieb sich das Kinn.

»Wir kommen schnell heran, dicht an der Leistungsgrenze ihrer Sensoren, und feuern überschnelle Antiradarraketen, um ihr Kommunikationsnetz auszuschalten«, erklärte Belazir. »Wir pulsieren unsere Triebwerke, um den Subraum für die erforderliche Zeit zu blockieren. Für die Leute, die später die Untersuchung führen, wird es ganz natürlich aussehen. Ein verdampfendes schwarzes Loch oder so etwas.«

»Ach ja.«

Pol fuhr sich scharrend mit der Hand über die scheußlichen Keloidnarben, die eine Gesichtshälfte durchfurchten. Da eine kosmetische Operation leicht genug zu bekommen war, hegte Belazir den Verdacht, daß sie sich damit zieren wollte. Doch angesichts dieser Narben vergaßen selbst die Arrogantesten meistens, daß Pol eine Frau war. Diese Furchen stammten von den Klauen eines Tiers, das Pol mit bloßen Händen erwürgt hatte. Sie trug seine gegerbte Haut um die Schultern.

»Ach ja«, sagte sie wieder. »Das wäre eine Niedrigstrisikostrategie. Allerdings können wir nicht feststellen, ob die Beute die Station erreichte, wenn wir die Station selbst auslöschen. Wir müssen sicher sein können, daß sie nicht vorgewarnt wurden. Andererseits könnten wir durch einen schnellen Überfall, der sie unvorbereitet trifft, die Wahrheit feststellen und dementsprechend weiterverfahren.«

»Und mitnehmen, was die Station birgt«, ergänzte Belazir und grinste habgierig. Die Gier war schnell entfacht, da jedermann wußte, was das Händlerschiff hergegeben hatte: ein bloßer Tropfen im Vergleich zu dem, was eine ganze Station erst zu bieten haben würde. »Abhängig davon, was wir vorfinden, haben wir möglicherweise sogar noch Zeit, die Transporter des Klans zu rufen, um die Beute abzuschleppen. Aber selbst wenn wir nur unsere Fregatten beladen könnten, würde das den Überfall schon mehr als lohnenswert machen.«

Zustimmung machte die Runde, die einzige Ausnahme blieb Aragiz. Belazir sah ihn mit hochgezogener Augenbraue an. Nachdem er seinen Kommandanten erst wegen nachlässiger Trägheit kritisiert hatte, konnte er nun keinen Rückzieher mehr machen.

»Also dann, Angriff«, schloß Belazir. Die anderen nickten. »Taktische Anweisungen folgen. Empfang ist zu bestätigen.«

Einige von Simeon-Amos' Instrukteuren waren weiblich.

Uff, dachte Simeon. Die dürre, unscheinbare und streng asketische, in ihren mittleren Jahren stehende Flimma Torkin blühte sichtlich auf, als Simeon-Amos sich über ihrer Hand verneigte.

Ihr Lächeln erstarb schon wenige Minuten später. Er schien zwar aufmerksam herumzustehen, aber ...

»Mister Sierra Nueva ...«

»Simeon-Amos«, berichtigte er.

»Hätten Sie bitte die Güte, mir zuzuhören? Als Stationschef sollten Sie wenigstens etwas darüber wissen, wie unser Kommunikationssystem funktioniert.«

»Es tut mir leid«, sagte er kleinlaut.

Das dürfte interessant werden, überlegte Simeon. Der Rest der Sitzung verlief sehr viel glatter, obwohl Amos die Kommunikationschefin gelegentlich zerstreut *nama* nannte.

Nichtstandard. Simeon aktivierte den Computer mit einem Gedanken. Wenige Nanos später lieferte er ihm eine wahrscheinliche Ableitung auf der Grundlage anderer Sprachen als Standard, die unter den ersten Siedlern von Bethel verbreitet gewesen waren, sowie der Beobachtung der Flüchtlinge.

Nama: *Tante, Tantchen. Wahrscheinliche Bedeutungen: weibliche Autoritätsperson aus der Kindheit, Kindermädchen, Lehrerin [Grundschul-].*

»Das ist doch nicht schlecht gelaufen«, bemerkte Amos, als Flimma gegangen war.

»Sie lernen schnell«, erwiderte Simeon. Das war einigermaßen wahr und diente zugleich als höfliche Ermunterung.

Inzwischen war Simeon damit beschäftigt gewesen, die Aufgaben umzuverteilen. Die stellvertretende Energieversorgungschefin war wirklich eine sehr logische Wahl. Die Tatsache, daß Holene Jagarth üppig gebaut und unter dreißig war, war da irrelevant; jedenfalls für Simeon und alle anderen, die mit ihr als Expertin für Plasmadämmung zu tun hatten.

Zwanzig Minuten später stand sie auf, schwieg einen Augenblick vielsagend, dann wandte sie sich der Säule zu.

»Sprich mit ihm, Simeon. Oder schick ihn zu mir, aber in der Zwischenzeit habe ich Arbeit zu erledigen!« sagte Holene mit angespannter Stimme, machte auf dem Absatz kehrt und stapfte in den Korridor hinaus.

Amos blinzelte erstaunt. »Was war denn mit ihr los?« fragte er klagevoll.

»Nun«, entgegnete Simeon und sah, wie Amos sich wieder dem Trainingsdisplay zuwandte, das sie benutzt hatten. »Vielleicht könnten Sie mir einmal sagen, welche gesellschaftliche Rolle die Frauen auf Bethel spielen?«

»Rolle?« Die Frage erschien ihm fast sinnlos. »Sie sind natürlich Mütter, Töchter, Schwestern, Ehefrauen. Sie führen den Haushalt, ziehen die Kinder groß, befassen sich mit

Dingen wie Medizin und Malerei, dem Verfassen von Romanen und Gedichten.« Er blickte verwundert drein. »Was meinen Sie überhaupt damit?«

»Ich habe mich gefragt, ob Frauen auf Bethel vielleicht eine eher untergeordnete Rolle spielen mögen.«

»Untergeordnet? Nein, natürlich nicht! Bethel hat immer noch eine sehr kleine Bevölkerung. Deshalb ist das Austragen und Aufziehen von Kindern für uns die höchste Berufung, die einer Frau beschieden sein kann. Wir verehren unsere Mütter, und wir meinen, daß Frauen und Kinder beschützt und versorgt werden müssen.«

Er runzelte leicht verärgert die Stirn. »Es gibt Ausnahmefälle, beispielsweise Channa. Und ich war niemals einer von denen, die der Auffassung sind, daß die Frauen in den Innenräumen verweilen und in der Gegenwart von Männern zu schweigen haben. Das ist altmodisch und albern. Ja, einige meiner Hauptverbündeten in der Neuen Offenbarung waren Frauen! Ich habe das Gefühl, Sie wollen mir erzählen, daß Respekt etwas Respektloses ist.«

»Ganz und gar nicht«, sagte Simeon beschwichtigend, »aber ich glaube, daß Sie Respekt vielleicht mit Herablassung verwechseln.« Amos' Miene verhärtete sich. »Ein bißchen weniger Handtätscheln, Simeon-Amos. Sie geben ihnen den Eindruck, als würden Sie nur wegen Ihres Geschlechts einen Anspruch auf Autorität erheben.«

»Nein, nein«, rief Amos und hob abwehrend die Hände. »Wenn ich eine Aura von Autorität habe, dann liegt das an meiner Stellung auf Bethel. Abgesehen von meiner Geburt bin ich ein Jungmitglied des Herrscherrats. Natürlich herrsche ich über die Familienanwesen. Ich bin jetzt schon einige Jahre lang Verwalter.« Er lächelte vertraulich. »Obwohl ich feststellen mußte, daß Frauen anders auf meine Anweisungen reagieren. Ich leugne nicht, daß ich es leichter finde, mit Männern zu arbeiten.« Er zuckte nachlässig mit den Schultern. »Zwischen Männern gibt es kein Problem mit Verführung.«

Na ja, immerhin ist es stringent, dachte Simeon. *Vielleicht muß er sich ja an jede Bestätigung seines Egos klammern, die er nur bekommt, weil er so verloren ist.*

»Ist Ihnen eigentlich klar«, fragte das Gehirn kalt, »daß Sie soeben herablassend zu mir gewesen sind? Auf der Grundlage Ihrer Annahme, daß es für jeden, mit dem Sie zu tun haben, ein wahrer Genuß sein muß? Ich bin Teil dieser Kultur, Sie nicht. Ich kenne diese Leute, Sie nicht. Ich leite diese Station und habe sie schon geleitet, bevor Sie überhaupt existierten, und ich werde sie auch noch Jahrhunderte später leiten, nachdem Sie schon längst tot sind. Und ich werde diese Station auch durch diesen Notstand führen, während Sie nur so tun als ob. Also hören Sie gefälligst zu! Sie behandeln Ihre weiblichen Instrukteure, als wären sie nur gut genug, bis ein männliches Wesen eintrifft, um den Laden zu übernehmen. Nun, die Experten hier sind aber zufällig Frauen! Wir haben nicht viel Zeit, deshalb werde ich Ihnen das Kompliment machen, von Ihnen zu erwarten, sich an diese fremdartige Vorstellung anzupassen. Sie müssen einer von uns werden. Dazu ist es erforderlich, daß Sie Bethel für eine Weile vergessen.

Ich weiß, wieviel wir von Ihnen verlangen, Simeon-Amos«, fuhr er fort, und seine Stimme klang nun weniger streng und verständnisvoller, »aber immerhin verlangen Sie auch von uns, daß wir Ihnen unser Leben anvertrauen.«

Amos sperrte den Mund auf, riß die Augen in einer Mischung aus Verlegenheit, Verblüffung und Erstaunen auf.

Ach, Mist, dachte Simeon. *Channa hatte recht. Ich habe wirklich die Sensibilität einer Sprengladung.* Siebenundsiebzig von Amos' Anhängern waren auf der Flucht von Bethel gestorben. Und weil er zu jener Art von pflichtbewußten Führern gehörte, zu der Simeon ihn zählte, marschierten sie wahrscheinlich nachts durch seine Träume und fragten: »Warum?«

»Tut mir leid«, sagte Simeon, »das war schlecht formuliert. Hören Sie, ich muß wissen, ob Sie das können. Ich muß es jetzt wissen. Sie werden mit Channa zu tun haben, unter ihrer Befehlsgewalt, und zwar täglich. Ich werde keine Zeit vergeuden. Wenn wir Sie durch jemand anderen ersetzen müssen, der nicht unter denselben Komplexen leidet wie Sie, dann sind sechs Stunden für einen Fehlstart gerade noch die Grenze dessen, was wir uns erlauben können. Also, können Sie oder können Sie nicht?«

Amos legte eine Hand auf die Stirn. *Sie waren auf mich angewiesen, und sie sind gestorben*, lief es wie ein Gebet durch sein Hirn. Gefolgt von: *Nein. Ich habe einige gerettet, die sonst gestorben wären. Und Bethel mag noch weiterleben, jedenfalls das, was davon übrig ist.*

»Ich bin noch nie gescheitert, wenn ich mir etwas vorgenommen habe«, erwiderte er grimmig. Er berührte Kopf und Herz mit zwei Fingern, während er sich vor Simeons Säule verneigte. »Würden Sie bitte so gut sein, der Dame, die soeben gegangen ist, meine Entschuldigung auszurichten?«

»Nein, aber ich werden Ihnen gern zeigen, wie Sie sie anrufen können, um es ihr selbst zu sagen.« Simeon sah zu, wie Amos' Adamsapfel hüpfte, als er schluckte.

»Natürlich«, sagte Amos mit gequältem Lächeln. »Das wäre wohl das beste.«

KAPITEL 13

Das ist ja schlimmer als die Kapitänsversammlung, dachte Simeon.

Es war sehr erstaunlich, das bisher sowenig Gerüchte ausgesickert waren. Das allein war bereits ein Hinweis, daß sie die ganze Sache vielleicht tatsächlich würden durchziehen können. Das Personal von SSS-900-C hatte einen untrüglichen Instinkt dafür, den Mund zu halten, wenn Schweigen mehr bedeutete als Gold.

Anders freilich auf dieser Versammlung, wo jedermann gleichzeitig sprach – mit Ausnahme von Channa und Amos – und niemand auch nur einem gesprochenen Wort zuhörte.

Die Versammlung fand im größten Auditorium der Station statt. *Und das ist, Ghu sei Dank,* dachte Simeon erleichtert, *nicht einmal annähernd groß genug, um die gesamte Bevölkerung der Station aufzunehmen.* Die Vernünftigen waren in ihren Unterkünften geblieben und verfolgten das ganze Spektakel auf Holo. Die Rumpfmannschaft, die im Augenblick die Station versorgte und bediente, würde später ihre Instruktionen erhalten. *Gut, daß ich mir nicht die Mühe gemacht habe, auch noch die Mikrofone der Bildschirme in den Privatquartieren zu aktivieren,* dachte Simeon müde. Hier bekam er schon einen hinreichenden Querschnitt der allgemeinen Meinung. *Zum erstenmal in meinem Leben glaube ich, daß ich eine Sache ganz gern durchschlafen würde. Ich kann natürlich immer den Ton abstellen … Nein, das ist nutzlos.*

Er stellte einen Kontakt zu Channa über die Implantate in ihrem Schläfenbein her. »Die Sache war ein Fehler. Wir hätten ihre Ratsvertreter instruieren sollen, die hätten wiederum ihre Assistenten instruiert, und so weiter. Die ganze Geschichte könnte die Panik bis zur kritischen Masse hochtreiben.« Aus irgendeinem Grund wurde das Geschrei im

Auditorium plötzlich lauter. »Oder es wird einfach alles so laut, daß es die Station in Stücke schüttelt und den verdammten Piraten die Mühe erspart.«

»Hinterher«, sagte sie leise, »sieht man immer alles so deutlich. Tatsächlich erscheinen sie mir eher wütend als verängstigt. Ich habe mich schon mehr an den Geruch von Furcht gewöhnt als mir zusagt, aber die Atmosphäre hier hat eine andere Witterung. Natürlich kann ich nicht verstehen, was sie sagen, weil sie alle so laut brüllen.«

Mit Peilsensoren pickte Simeon Halbsätze aus dem Aufruhr auf:

» … diese gottverdammten Idioten in dem Kolonienschiff …«

» … ja, auf wie viele verschiedene Weisen wollen die denn noch versuchen, uns umzubringen …«

»Wo bleibt eigentlich die verdammte Marine? Das möchte ich gern wissen. Erst saugen sie uns das Blut mit Steuern aus und …«

»Das ist doch verrückt. Die wissen nicht einmal sicher, ob das passieren wird? Und in der Zwischenzeit hocke ich hier rum und verliere Geld … Was erwarten die von uns?«

»WAS WIR VON EUCH ERWARTEN?« fragte Simeon in einem Ton, der das Gebrüll noch überstieg. Abrupt brach der Lärm ab, was ihn erfreute.

»Für den Anfang – haltet gefälligst den Mund und hört zu!« empfahl er in einem vernünftigen Ton. »Wir erwarten von euch, daß ihr den Notstand ernst nehmt, den Anweisungen zuhört und sie befolgt.« Er machte eine Pause. »Auf dieser Versammlung werdet ihr erfahren, wie ihr euch im Laufe des erwarteten Notfalls zu verhalten habt. Vergeßt eins nicht: Was ihr nicht wißt, könnt ihr auch nicht preisgeben. Und bei der Gelegenheit möchte ich euch daran erinnern, daß Gerüchte nur dem Feind dienen, nicht euch oder mir und auch nicht dieser Station.

Wenn ihr irgend etwas vernehmt, das ihr für ein Gerücht

haltet, dann meldet es eurem Sektionsleiter, das ist dieselbe Person, die auch eure normale Evakuierungsmannschaft leitet. Wenn es stimmen sollte und eure Sicherheit betrifft, wird er davon wissen. Wenn er nichts davon gehört hat, kann er sich bei mir erkundigen, und ich werde es dementsprechend bestätigen oder dementieren. Auf jeden Fall werde ich euch die Wahrheit sagen. Also verbreitet keine Gerüchte. Vergeßt das nicht. Wir erwarten, schon in Kürze von einer feindlichen Streitmacht besetzt zu werden, die einen außerordentlich schlimmen Ruf der Raumpiraterie hat.«

Echel Mckie, der Nachrichtenchef der Station, wedelte mit beiden Armen. Simeon erteilte ihm das Wort.

»Piraten?« fragte er. »Hör mal, Simeon, ist das wieder eins von deinen gottverdammten *Spielen?*«

»Ganz und gar nicht. Die Sache ist so wirklich wie der Tod. Sie werden in weniger als drei Tagen hier eintreffen. Wir haben die Zentrale und die Marine benachrichtigt, die uns versichert haben, daß eine Rettungsflotte bereits unterwegs ist. Aber die wird höchstwahrscheinlich erst nach den Piraten hier eintreffen. Deshalb müssen diese Station und ihr Personal alle nur möglichen Verzögerungstaktiken einsetzen. Um zu überleben!« Das brachte auch den letzten zum Verstummen.

»Warum hat man uns das nicht früher gesagt? Alle Schiffe sind fort – wir sitzen hier fest!« Mckies Gesicht war eine Studie in Empörung.

Channa trat vorn an das Podest. »Man hat es Ihnen nicht gesagt, weil wir den verfügbaren Schiffsraum dazu benutzt haben, die Kinder und Kranken zu evakuieren«, sagte sie knapp. »Irgendwelche Einwände dagegen, Mister Mckie?«

»Wie ich schon sagte«, fuhr Simeon fort, »erwarten wir nicht nur, besetzt zu werden, wir hoffen sogar darauf.« Er machte wieder eine Pause, um sicherzustellen, daß sie die Unterscheidung auch bemerkten. Er war stolz auf seine

Leute! Jedermann hatte es begriffen! Schockierte, bleiche Mienen akzeptierten, was er nun doch nicht mehr in allen Einzelheiten zu erklären brauchte.

»Hört jetzt zu. Es folgen die Befehle eures Stationsmanagers. Leistet keinen direkten Widerstand. Kooperiert, wann immer das erforderlich ist, aber bietet nichts freiwillig an. Wir erwarten, daß der größte Teil der Feinde kein Standard spricht, also mißversteht sie, wo ihr nur könnt. Antwortet immer nur so knapp wie möglich, wenn ihr nicht schweigen könnt. Wenn ihr etwas nicht wißt, sagt es, aber sagt ihnen nicht, wer es wissen könnte. Haltet euch soviel wie möglich in euren Unterkünften auf. Haltet die Notanzüge ständig einsatzbereit. Hört auf die Informationen, die euch von euren Gruppenführern übermittelt werden, und nicht auf irgend etwas, das ihr über Video empfangt. Vergeßt nicht, wir sind auf eurer Seite. Das sind die nicht.

Und schließlich«, fuhr er fort, » ... hier ist Simeon-Amos.« Amos stand auf und verneigte sich höflich. »Das ist der einzige Simeon auf der Station. Er ist der Co-Manager von Channa Hap, denn der Begriff Simeon bedeutet Co-Manager. Wir haben eine lange Tradition, männlichen Stationsmanagern diesen Namen zu geben. Das geschieht zu Ehren eines der ersten Stationsmanager. Es gibt auf dieser Station kein Hirn und keinen Partner, hat es nie gegeben. Hüllenmenschen werden nur auf Schiffen eingesetzt.«

Er hielt inne, um ihre Reaktion abzuschätzen, und musterte ihre grimmigen Mienen. »Wenn die nichts von mir erfahren, kann ich die Station ungehindert leiten – im wahrsten Sinne des Wortes hinter den Kulissen. Wenn sie mich von der Station abkoppeln sollten – und das werden sie tun, sobald sie von mir erfahren –, stecken wir alle in Schwierigkeiten. Also, von nun an und für die Dauer des Notstands existiere ich nicht mehr. Dies ist Simeon-Amos, euer Stationsmanager.«

Amos lächelte und nickte. Jetzt begannen die Gesichter

der Leute wieder Ausdruck zu entwickeln: leichte Besorgtheit, Unglauben, Skepsis.

»Dieser … dieser Hinterweltler soll uns in einem Notfall managen?« fragte jemand mit der Arroganz des Raumgeborenen. Amos wandte den Kopf um und starrte ihn an.

»Er soll so tun, als würde er den Laden leiten«, widersprach Simeon. »Und außerdem hat er sich *freiwillig* gemeldet, für mich einzuspringen! Das ist keine Rolle, um die sich unter den gegebenen Umständen allzu viele reißen würden«, fügte er hinzu und erntete zustimmendes Nicken. »Also, bevor sich jetzt irgend jemand Sorgen um Simeon-Amos' Führungsqualitäten macht, möchte ich den Mann mal in Aktion zeigen. Die Bandaufzeichnung ist echt. Ich habe sie selbst überprüft.« Das konnte niemand besser als ein Gehirn.

Nun zeigte Simeon ihnen auf den Schirmen Aufnahmen, die er Guiyons Dateien entnommen hatte. Als erstes blitzte eine Mauer von unerträglicher Grelligkeit auf, um dann wieder kleiner zu werden und Truppen in schwarzen Kampfpanzeranzügen zu zeigen, die eine brennende Straße mit Ziegelholzbauten entlangliefen. Der Sensor war tief angebracht, spähte aus einem Souterrainfenster oder einem Loch im Boden nach oben. Auf der anderen Straßenseite hing eine menschliche Gestalt aus einem Fenster, lange schwarze Zöpfe baumelten in einer Blutlache auf dem Gehsteig. Dort lag auch eine Kinderleiche: Der zerschmetterte Schädel wies darauf hin, daß das Kind gegen die Wand geschleudert worden war.

Plötzlich erlosch der Schirm. Dann leuchtete er wieder auf, diesmal zeigte er eine dunklere Szene.

Amos' aufgezeichnete Stimme schnitt durch das unscharfe Brüllen der Flammen. »Jetzt«, sagte er.

Das Bild bebte, als der Boden wackelte, die brennenden Mauern über der Straße zusammenbrachen und die schwarzen Gestalten in einer Springflut von Ziegeln, brennenden

Holzträgern und Glas erstickten. Andere Figuren huschten vor, ihren groben, improvisierten Uniformen zufolge mußten es Betheliter sein. Als die ersten Kraftanzüge sich ihren Weg aus dem Geröll zu bahnen begannen, waren die Verteidiger bereit. Amos führte sie unverkennbar an, in den Händen hielt er einen Schweißbrenner. Er stieß ihn gegen den massiven, abgeschrägten Helm, der sich gerade aus den Ruinen riß, und Helm und Kopf explodierten dampfend.

Plötzlich war eine andere Szene zu sehen: ein Landhaus in gepflegten Gärten. Infanteristen der Invasoren standen gelassen umher. Das Bild hatte die leicht glasige Wirkung eines zweidimensionalen Fotos, das von einer Fernkamera extrapoliert worden war. In Scharen standen gepanzerte Kampffahrzeuge auf den Wiesen, ihre Kanonen zeigten in einem Fischgrätenmuster nach außen, die leichteren Waffen auf ihren Oberdecks strichen rastlos den Himmel ab. Über ihnen bremste ein Luftfahrzeug seinen Flug. Klobige gepanzerte Gestalten stiegen aus, eine von ihnen trug einen Anzug, der in einer Schrift aus Winkeln und spitzen Kurven mit komplizierten Wappen markiert war.

Die Kamera zoomte heran, als eine Gruppe junger Frauen in langen Kleidern aus der Vordertür des Hauses gestoßen wurde, viele von ihnen trugen Bündel. Sie knieten unter den fremden Kanonen nieder; eine der Frauen öffnete ihre Truhe, sie war mit winzigen Kristallfläschchen gefüllt. Sie lächelte, zeigte auf die Fläschchen, öffnete eins darin, roch daran und reichte es dem Krieger in dem verzierten Anzug. Ihrem Aussehen nach war sie ungefähr sechzehn Standardjahre alt und sehr schön, mit klassischen Gesichtszügen, die jenen Amos' glichen. Der Pirat hob beide Handschuhe an seinen Helm, löste ihn, nahm ihn unter den Arm und beugte sich vor, um zu riechen. Das freigelegte Gesicht war gezeichnet vom Alter, die Haut pockennarbig von Strahlungsschäden, mit glühenden Geschwüren übersät; das schütter werdende blonde Haar wirkte überraschend vor der dunklen Farbe. Sie lächelte ...

Geiferte, dachte Simeon, als er die Szene wieder sah. *Ich habe dieses Wort zwar schon einmal gehört, aber bisher noch nie wirklich den dazu passenden Gesichtsausdruck zu sehen bekommen.*

Das Gesicht des Piraten war nur kurz zu sehen. Noch während er sich vorbeugte, erschien ein roter Punkt zwischen seinen Augenbrauen. Keine Sekunde später explodierte sein Kopf in einer Nebelwolke.

Der Körper stand aufrecht in dem Panzeranzug, Blut schoß in hohem Bogen aus dem Nackenstumpf. Das Mädchen mit der Parfümtruhe stand auf; diesmal lächelte es wirklich, als es vom Blut überströmt wurde. Bis einer der anderen Krieger vortrat, ihren Kopf mit einem kraftverstärkten Handschuh packte und zudrückte. Der Schädel zerbarst. Die anderen Mädchen nahmen sich bei der Hand und sangen, als das Plasmagewehr sie zu Asche und Rauch niedermähte.

Irgend jemand im Saal würgte; einige schluchzten.

»Was den Tod dieses Kolnar betrifft, so beanspruche ich nur die Schießkunst«, sagte Amos, und sein archaischer Akzent unterstrich die Ernsthaftigkeit seines klaren Tons. »Die Tapferkeit lag bei meiner Schwester. Sahrah führte die Mädchen an. Ich wußte nicht, was sie vorhatte. Ich versuchte gerade, das Haus vor dem Feind zu erreichen. Wir glauben ... wir glauben, daß dieser tote Hund in der Rangordnung der Piraten an vierter oder fünfter Stelle stand.«

Alle Blicke wandten sich ihm zu; er selbst hatte den Kopf leicht geneigt. »So war es in Bethel, als die Kolnari zu uns kamen«, sagte er. »Sie haben die Seelen von ...« Er sagte ein Nichtstandardwort.

»Ratten«, warf Simeon ein.

» ... Ratten, die wie Menschen gehen. Sie töten um des Tötens willen, sie vergewaltigen und foltern und stehlen, und was sie nicht stehlen können, verderben sie aus reiner Niedertracht.«

Ein weiteres Holo leuchtete auf. »Keriss«, erklärte Amos. Inzwischen herrschte völlige Stille. Eine Stadt an einer Bucht, an einem Fluß gebaut, von niedrigerer Bauweise, als sie auf den Planeten üblich war, die von den architektonischen Stilen der Zentralwelten beeinflußt waren: helle, bunte Gebäude inmitten von großen Gärten. Eine Gruppe von höheren Gebäuden im Zentrum sowie eins, das das Auge in einem Sprung von Türmen und Kuppeln immer höher führte.

»Der Tempel«, sagte Amos. »Das war ein Fernempfänger, eine Nachrichtenagenturaufnahme, kurz vor dem Ende.«

Weißes Licht blitzte. Die Stadt löste sich auf, als die Schockwelle sich nach außen blähte. Die Langsamkeit der Szene verlieh ihr eine schreckliche Anmut; Bäume explodierten in Flammen vor dem Hitzeblitz und zerbarsten schon im nächsten Augenblick in winzigste Stücke, während das Wasser der Bucht zu strudeln begann und sich zu einer Welle aufbäumte, die höher war als die Berge.

»So starb Keriss«, flüsterte Amos.

»Diesmal spiele ich nicht«, sagte Simeon im gleichen Ton. »Wenn irgend jemand Zweifel haben sollte, soll er sich jetzt melden.«

Er ließ das Schweigen widerhallen. »Glaubt irgend jemand, daß er besser dazu geeignet sei, meine Rolle zu übernehmen als Simeon-Amos?« Niemand widersprach ihm. »Dieser Notstand ist nur zu wirklich. Bis Hilfe eintrifft, werden wir uns aufeinander verlassen müssen. Ich glaube, daß wir das schaffen«, sagte er zuversichtlich. »Wenn ihr nicht ohnehin schon ziemlich tapfere und unabhängige Individuen wärt, würdet ihr gar nicht auf dieser Station sein. Dann wärt ihr irgendwo auf einem Planeten und würdet euch überlegen, wie ihr das Ungeziefer von eurem Gemüse fernhaltet.«

Das löste zwar größeres Gelächter aus, als es verdient hatte, dachte er, aber irgendwie mußten sie ja auch die Spannung loswerden.

Channa erhob sich, den allgegenwärtigen Notizschirm in der Hand.

»Um zwei findet eine Versammlung der Ratsmitglieder statt«, verkündete sie, »und um vier ein Treffen der Evakuierungsgruppenleiter. In Anschluß an diese Versammlungen kommen die Evakuierungsgruppen selbst zusammen, die Zeiten werden von den Gruppenführern angesagt. Wir werden keine Fragen beantworten, weil es jetzt nur noch darum geht, zu wissen, was zu tun ist. Wir danken Ihnen für Ihre Kooperation. Meine Damen und Herren, die Versammlung ist beendet.«

»Schön, hört mir jetzt gefälligst zu, ihr Felsenratten«, brüllte Gus.

Der Geräuschpegel in der Andockkabine sank ziemlich schnell ab. *Leuchtet ja auch ein*, dachte er. Das hier waren Raumarbeiter, keine Datenschieber und Unterhalter. Etwa fünfzig von ihnen blickten wütend zu ihm auf, als hätte er sich diese kleine Krise selbst ausgedacht. Die Gestalten der Schlepper und Schürfer im Innendock ragten riesig und schattig hinter ihrem Rücken auf, denn bis auf eine Ausnahme waren sämtliche Deckenlampen gelöscht worden. Die Lampe warf eine Lichtlache über die versammelten Piloten und ihre Mannschaften. Er hatte diese Versammlung auf Simeons Empfehlung so arrangiert, damit sie sich als Gruppe fühlten.

»Ihr wißt ja, was auf uns zukommt«, sagte er und sprach eindringlich, ohne dabei laut zu werden. »Unsere gesamte Schiffsflotte mit interstellarer Kapazität ist ausgerückt.«

»Nicht die gesamte«, widersprach eine Schürferin und fuhr sich mit der Hand über den grelltätowierten Schädel.

»Vergiß es, Shabla. Du schaffst vielleicht zehn Lichtjahre, wenn du nach Mineralien suchst. Das bringt dich aber noch lange nicht ins nächste System.«

Sie zuckte mit den Schultern und grinste die Umstehenden an.

»Was wir noch haben, sind die Schlepper«, sagte Gus, »und ein paar Minenkundschafter. Das ist nicht besonders viel gegen vier Kriegsschiffe der Fregattenklasse.«

»Das ist so gut wie überhaupt nichts«, meinte ein anderer. »Es sei denn, du erwartest von uns, daß wir sie rammen.« Der Mann schien selbst nicht viel von der Idee zu halten, als er sie aussprach.

Rammen war nicht gänzlich ausgeschlossen: Wenn man etwas, das mit hoher Geschwindigkeit auf einen zuflog, nur in kleine Stücke zerteilte, multiplizierte man damit lediglich die eigenen Schwierigkeiten. Wenn man sichergehen wollte, mußte man es durch eine Explosion in Gas verwandeln oder es deflektieren. Alle Anwesenden verstanden das Prinzip und wußten auch um seine Begrenzungen.

»Rammen geht nicht«, widersprach Gus und schüttelte den Kopf, während er gleichzeitig heimtückisch grinste. »Nicht, wenn wir dabei von irgendwelchen Strahlenwaffen weggeputzt werden könnten, die sie auf uns richten. Aber«, und er wartete, bis hinter ihm auf dem Bildschirm der Grundriß eines Standardschleppers erschienen war, »worüber verfügt ein Schlepper? Über ein großes Normalraumtriebwerk und einen großen Energiereaktor sowie über ein winziges homogenes Dreggfeld. Das gleiche gilt ungefähr für einen Erzkundschafter, nur daß der auch noch über einen Probenlaser verfügt. Es hat also nicht viel Sinn, uns auf eine Schießerei mit Kriegsschiffen einzulassen.« Er bemerkte das allgemeine erleichterte Seufzen, das nun im Dock die Runde machte. »Aber ...«, und er reckte einen knorrigen Finger, »... es gibt durchaus ein paar Sachen, die wir tun können.«

Dann erklärte er ihnen anhand des Bildschirms die erforderlichen Änderungen. Zufriedenes und leicht wölfisches Grinsen löste die mürrischen Mienen ab, als er die Strategie erläuterte, die mit solchen Änderungen umzusetzen war.

»He, warte mal«, warf Shabla ein. »Ich habe einen Ehemann – genaugenommen sogar zwei – an Bord dieser Blechbüchse. Verlangst du etwa von mir, die hier zurückzulassen, während der Laden besetzt wird?«

»Ganz genau«, entgegnete Gus. »Was willst du denn hier schon für sie tun? Dir den Kopf einschlagen lassen? In einem Korridor ein Feuergefecht anzetteln und die Druckhülle hochgehen lassen? Da draußen haben wir wenigstens eine Chance, etwas Nützliches zu unternehmen, um unsere Haut zu retten. Jeder von uns hat jemanden hier, jedenfalls die allermeisten. Und das hier können wir für die tun. Wer ist dabei?«

Das Gejohle klang schon mehr nach einem Heulen.

Er ist wirklich sehr viel attraktiver, wenn er nicht versucht, es zu sein, dachte Channa düster. *Und wenn er wirklich arbeitet*. Was er auch tat.

»Und das geht schon so lange«, murmelte sie bei sich. Amos drehte sich zu ihr um, seine Stirn furchte sich sorgenvoll. »Haben Sie irgendwelche Probleme, Channa?« Er grinste. »Ich meine, abgesehen von unserem möglicherweise unmittelbar bevorstehenden Abgang?«

Sie gewährte ihm ein gequältes Lächeln. *Natürlich muß er das erwähnen*, dachte sie, wo ich mich gerade dazu durchgerungen habe, nicht mehr daran zu denken. *Na ja, da wir alle einmal sterben müssen – warum sollen wir dann nicht den Sprung wagen*.

»Es geht mir langsam an die Nieren. Ich fühle mich so ... so allein.«

Ihre Augen leuchteten auf, und eine wunderbare, federleichte Wärme kitzelte sie im Unterleib. Ihr Lächeln breitete sich zu einem Grinsen aus; er erhob sich von seinem Platz, trat zu ihr, um sich neben sie zu setzen, und ihre Waden berührten sich leicht. Dann nahm er ihre Hände.

Ach, dachte sie. *Wenn das jetzt in einem Holo käme, gäbe es im ganzen Haus keinen einzigen trockenen Sitz mehr.*

»Sie sind nicht allein! Ich bin doch da«, sagte er, und seine Stimme klang warm vor Mitgefühl.

Eine Stunde später hatte die Sache sich soweit entwickelt, daß sie Arm in Arm in Channas Unterkunft gelangten. *Und was Simeon dazu meint, ist mir egal*, dachte Channa. *Ich werde mich jetzt amüsieren.*

Sie hatten sich beide inzwischen beinahe völlig entkleidet und für eine Menge Wärme gesorgt, als Simeon ein Klopfen an der Tür imitierte und aus dem Vorraum rief:

»Simeon-Amos, Rachel ist hier.« Die Stimme klang tonlos neutral, doch meinte Channa voller Wut, ein unterdrücktes Kichern darin mitschwingen zu hören.

»Was!« kreischte Amos leise, als sie beide kerzengerade auffuhren.

»Hier?« fragte Channa. »Was willst du damit sagen, hier?«

»Sie steht draußen im Korridor«, erklärte Simeon fröhlich. »Soll ich sie hereinlassen?«

»Einen Augenblick«, antwortete Amos verzweifelt, sprang vom Bett und griff hastig nach seinen Kleidern.

»Das ist meins«, sagte Channa und rettete ihr Hemd von dem Stapel.

Amos stürzte aus dem Raum, öffnete die Tür zu seiner eigenen Unterkunft, warf seine Kleider hinein und rannte zur Tür. Als ihm klar wurde, daß er nur eine Unterhose anhatte, raste er zurück in sein Zimmer, packte seine Robe und zog sie mühsam über den Kopf, während er in den Aufenthaltsraum zurücktaumelte. Die Arme des Kleidungsstücks schienen sich so gezielt zu verknoten und zu verwirren, daß er sich fragte, ob es möglicherweise zum Leben erwacht sei und nun Widerstand leistete. Amos stieß verzweifelte, klagende Geräusche dabei aus.

Channa rollte die Augen, seufzte und begab sich ins Bad. »Kaltwasser, Pulsstrahl, Dusche«, teilte sie der Armatur mit.

Amos atmete tief durch und zog sich schließlich die Robe über den Leib.

»Weshalb bin ich denn so aufgewühlt?« fragte er sich. »Ich brauche für mein Tun schließlich keine Rechenschaft abzulegen. Niemand hat mir etwas vorzuschreiben.« Andererseits könnte Rachel durchaus eine Szene machen. Wenigstens bestand hier keine Wahrscheinlichkeit, daß irgendein erzürnter Vater, Bruder, Onkel oder Cousin mit dem Jagdgewehr hereingestürzt kam.

Er öffnete die Tür. Gerade noch rechtzeitig hüpfte er ein Stück zurück, um einem Hieb von Rachels Faust zu entgehen, der auf die Türen des Aufenthaltsraums zielte. »Rachel!« fauchte er.

Sie stand da und funkelte ihn wütend an. Sie atmete heftig; die fahle Olivenhaut war von einem Schweißschimmer bedeckt.

»Was tust du hier?« wollte sie wissen.

Er sah sie erstaunt an.

»Du weißt ganz genau, was ich hier tue«, erwiderte er. Inzwischen hatte er sich wieder hinreichend in der Gewalt, um mit seiner üblichen, sanften Autorität zu sprechen, und er sah, wie ihre Entschlossenheit ins Wanken geriet. »Ich lebe im Quartier des Managers, weil ich Co-Manager dieser Station sein soll. Ich lerne sehr bemüht und unentwegt, um mich dieser Ehre als würdig zu erweisen. Das habe ich dir doch schon gesagt. Ich habe es allen gesagt.«

Sie verengte ihre Augen zu Schlitzen. »Das ist wahr, Amos, daß du es jedem gesagt hast. Aber mir nicht!«

»Also gut«, sagte er besänftigend, »also gut, komm herein.« Behutsam legte er ihr die Hände auf die Schultern und führte sie zur Liege. »Setz dich!«

Sie musterte erst ihn und dann die Liege, als argwöhnte sie irgendeine Falle, bevor sie sich vorsichtig auf die kissenbedeckte Fläche niederließ. Dann blickte sie zu ihm auf und tätschelte die Stelle neben sich.

»Setz dich auch«, drängte sie.

»Möchtest du eine Erfrischung?«

»Nein. Ich möchte eine Erklärung.«

Er holte einen Stuhl mit gerader Rückenlehne herbei, baute ihn vor ihr auf und nahm darauf Platz. Ihre Augen weiteten sich ein Stück, und sie versteifte sich, bis sie noch beleidigter aussah als ohnehin schon.

»Es tut mir leid«, sagte er, »wenn ich dich verärgert habe, aber ich war sehr beschäftigt.« Unausgesprochen blieb die Anspielung, daß sie das gleiche sein sollte, indem sie nämlich die Betheliter unterwies und ihnen dabei half, sich an ihre vorläufige Rolle zu gewöhnen. »Ich habe Joseph von unseren Plänen berichtet und angenommen, daß er dir alles erklären würde.«

»Ach ja!« erwiderte sie sarkastisch. »Du hast Joseph davon erzählt. Na, dann gab es natürlich keinen Grund mehr, mich aufzuklären! Dann hätte er mir von deinen Plänen berichten können, was ihm gefiel, und das wäre genug gewesen. Und ich hätte mich heute nacht ruhigen Herzens in dem Wissen schlafenlegen dürfen, daß du bei dieser schwarzherzigen Hündin von einer Schlampe eingezogen bist.«

»Rachel bint Damscus!« sagte er scharf. »Du läßt dich gehen!«

Sie hob beide Fäuste über den Kopf und schrie: »Nicht ich bin es, die mit den Töchtern der Heiden liebäugelt, ein Akt, der von sämtlichen Schriften untersagt wird! Noch steht es Joseph an, mir davon zu berichten, was wir tun werden. Das ist deine Aufgabe, und zwar deine allein! Sind wir denn nicht Braut und Bräutigam?«

Er starrte sie schockiert an. »Nein«, sagte er in blankem Erstaunen. »Wie kommst du denn auf so etwas?«

Sie blinzelte. »Nein?«

»Nein«, wiederholte er und schüttelte den Kopf.

Alle Farbe wich aus ihrem Gesicht, und er konnte das

Weiße ihrer Augen um die ganze Iris erkennen. Mit einem Geräusch wie zerreißende Seide schnaufte sie durch die Nase. Sie zitterte. Sie versuchte zu sprechen, doch es kam nur ein krächzendes Geräusch hervor, bis sie schließlich mit schneidender Stimme sagte: »Sie hat dich verführt.«

»Nein«, sagte er und schüttelte erneut den Kopf, winkte mit beiden Händen ab, ließ aber den Blick von ihr fortgleiten.

»Schon immer«, sagte sie harsch, »seit wir einander das erstemal begegnet sind, wußte ich, daß du mir gehörst. Mir!«

»Nein«, wiederholte er. »Du bist für Joseph bestimmt, der dich immer geliebt hat. Er wird dich glücklich machen, und er will dich auch haben.« Er zwang seine Stimme zur Sanftheit. *Sie ist durchgedreht*, dachte er verzweifelt. Ausgerechnet jetzt! Er hatte geglaubt, daß sie nur ein wenig mehr zur Hysterie neigte als die meisten ihrer Geschlechtsgenossinnen, doch irgend etwas hatte sie verändert; vielleicht war es das Trauma des Angriffs gewesen, vielleicht auch die massiven Drogendosen, die sie während der Reise hatten einsetzen müssen.

Sie riß die Augen noch ein weiteres Stück auf, bis das Weiße um die Iris vollends zu sehen war. Er hatte schon von solchen Dingen gehört, sie aber nie zu Gesicht bekommen, mit einer Ausnahme, als nämlich ein uralter Einsiedler in Trance gefallen war und Prophezeiungen von sich gegeben hatte.

Ich hätte meiner Erste-Hilfe-Ausbildung größere Aufmerksamkeit zollen müssen, dachte er wehmütig. Vielleicht hätte er dann gewußt, wie er mit ihrer Instabilität umzugehen hatte. Gleich welche Fehler sie auch haben mochte, hatte sie doch große Opfer erbracht, um ihm zu folgen. In den letzten Tagen des chaotischen Durcheinanders auf Bethel war sie unverzichtbar gewesen. *Meine liebe Freundin, ich habe dich im Stich gelassen.*

»Er will mich haben?« fragte sie mit demselben knurrenden Unterton. »Und du nicht?« Ihr Mund verzerrte sich, und sie biß sich auf die Lippe, als sie den Kopf von Seite zu Seite wandte und mehrmals dabei nickte. Abrupt stand sie auf und war schon aus der Tür, bevor er sich auch nur von seinem Stuhl erheben konnte.

Er fuhr sich mit beiden Händen ins Haar und riß daran. »Simeon«, fragte er, »was habe ich getan?«

»Rachel verärgert, würde ich sagen.«

Amos seufzte, dann stöhnte er. »Nein«, widersprach er verzweifelt, »ich habe Schlimmeres getan. Ich habe zugelassen, daß man mir etwas ausredete, von dem ich doch wußte, daß es richtig sei. Im Innersten meines Herzens wußte ich, daß sie hätte evakuiert werden sollen, aber Joseph bat mich, sie bleiben zu lassen. Vielleicht habe ich Ihnen heute die falsche Antwort gegeben, mein Freund. Vielleicht kann ich diese Rolle doch nicht spielen, wenn ich mich so leicht dazu bewegen lasse, wider besseres Wissen zu handeln.«

»Sie haben geglaubt, daß Joseph sie unter Kontrolle halten könnte?«

»Ja. Darauf hatte ich gehofft, weil er stets in der Nähe bleiben und gut zu ihr sein würde, so daß sie sich schließlich mehr ihm als mir zuwenden sollte.«

»Keine schlechte Überlegung«, erwiderte Simeon wahrheitsgetreu. »Sie fortzuschicken hätte ihr wahrscheinlich den letzten Rest Wirklichkeitsbezug geraubt.«

Amos blickte unberuhigt und niedergeschlagener denn je drein. Er mochte ein gutaussehender Mann sein, aber in Sachen trübseliger Blicke besaß er durchaus ein Monopol.

»Heute haben Sie völlig richtig darauf hingewiesen, daß Sie älter sind als ich und in vielen Punkten auch weiser. Heute hätte ich der Klügere sein müssen.« Niedergeschlagen schüttelte er den Kopf und schlurfte in sein Zimmer wie ein alter Mann.

Na ja, dachte Simeon, *was für ein interessanter Abend! Sieht so aus, als stünde es um die Prognose für wahre Liebe ... nicht günstig.* Wirklich hervorragendes Material, um Channa damit aufzuziehen. Welch eine Versuchung zu sehen, wie sie darauf reagierte. Nein! Er mußte sich auf wichtigere Dinge konzentrieren. Wie diese Rachel. Das Mädchen war aus dem Gespräch mit Amos gestürzt, als sei sie übergeschnappt. *Ich sollte sie wohl besser im Auge behalten*, sagte er sich. *Ebenso Doktor Chaundra, falls er Zeit dazu hat.* Der größte Teil akuter Geistesformungen war chemischen Ursprungs oder ließ sich durch umsichtigen Gebrauch neutralisierender Chemikalien umfunktionieren.

Matt und niedergeschlagen setzte sich Doktor Chaundra an seinen Schreibtisch, stellte seinen Kaffeebecher an die pillensicherste Stelle in dem Durcheinander und holte sich seine Post auf den Bildschirm. Er hatte sie seit zwei Tagen nicht mehr verfolgen können. Fünfundzwanzig Selbstmordversuche, davon vier unter den flüchtigen Bethelitern, die es mit grausigen altmodischen Methoden versucht hatten. Eine hatte sich sogar richtig erhängt! In einer Hinsicht war das gut gewesen: Die Wiederbelebung war nicht so schwierig, obwohl der Sauerstoffentzug einen gewissen Gedächtnisverlust mit sich bringen könnte und er eine Nervenweichen applizieren mußte. Schon der bloße Anblick des aufgedunsenen, bläulich angelaufenen Gesichts mit der herausquellenden Zunge hing ihm unangenehm nach.

Er verabreichte sich eine Beruhigungspille. Nur eine einzige, obwohl allein die Götter wissen mochten, wie sie sich mit dem ganzen Koffein vertragen würde, das er in letzter Zeit eingenommen hatte. Er mußte mit diesem verdammten Virenprojekt weitermachen, obwohl er doch lediglich Arzt und kein Genbildhauer war! Es bereitete ihm Unbehagen, einen Virus absichtlich schädlicher zu machen: Es hatte zuviel davon, die Medizin zu einer Waffe zu schmieden.

Chaundra war auf einem Planeten aufgewachsen, wo persönliche Gewalttätigkeit ziemlich verbreitet gewesen war, und er hatte seine Zeit als Assistent in einer Traumaabteilung absolviert. Seine eigene Familie entstammte einer pazifistischen Erblinie, und die Zeit als Assistenzarzt hatte ihn darin bestärkt.

Wenigstens ist Seld aus der Sache raus, dachte er erleichtert.

Die erste Nachricht bestand mal wieder aus einer Anforderung weiterer Beruhigungsmittel. Er gab seine Genehmigung ein. Die Organsynthetisierungsmaschinen würden Überstunden machen müssen. Ob die Piraten die übernatürliche Ruhe bemerken würden? Bei diesem Gedanken lächelte der Doktor wehmütig und forderte die Maschine auf, ihm die nächste Nachricht zu zeigen. Die war mit dem Vermerk *Persönlich* versehen, das war seltsam. Er begann zu lesen.

Sein Herz machte einen Satz; er konnte den Schmerz in seiner Brust sehr deutlich spüren, doch schien er fern und unwichtig geworden zu sein. Vor seinen Augen verschwand alles in einem grauen Tunnel; es dauerte lange Minuten, bevor er wieder sprechen konnte.

Endlich gelang es ihm zu krächzen: »Simeon? Simeon!«

»Was ist los, Chaundra?«

Mir gefällt nicht, wie er aussieht. Die Stimme des Arztes hatte hinreichend besorgniserregend geklungen, daß Simeon auch die visuelle Aufnahme aktivierte. Der Doktor war unübersehbar müde, doch das war ganz normal, wenn man sein gewaltiges Arbeitspensum bedachte. Es war auch sonst nichts Ungewöhnliches für Chaundra, der sich häufig überforderte. Wäre Simeon fähig gewesen, Müdigkeit zu empfinden, er wäre jetzt am Boden zerstört. Der schmächtig gebaute dunkle Mann war bleich im Gesicht, seine Stirn von Schweiß bedeckt. Simeon ließ ein Diagnoseprogramm ablaufen: nicht gut. Extremer Streß, der unmittelbar vor der Marke der Gesundheitsgefährdung stand. Chaundra war nicht mehr der Jüngste und hatte im Laufe seines Werdegangs einige sehr feindselige Umweltbedingungen ertragen müssen. Von den gegenwärtigen Problemen ganz zu schweigen.

»Diese Nachricht ...« Chaundra schaffte es, auf den Schirm zu weisen.

Lieber Paps ... las Simeon.

»Warum, zum Teufel, hat das meine Überwachungsprogramme nicht alarmiert – dafür werde ich Joat den Hintern versohlen, bei Gott!«

... ich konnte nicht weggehen, es tut mir leid. Ich hoffe, Du kannst das verstehen und verzeihst mir, aber sollte Dir irgend etwas zustoßen, ohne daß ich da bin, würde ich mir das niemals vergeben. Ich muß hier sein, weil Mammi es nicht ist. Ich liebe Dich.

Seld.

»Oh!« Simeon hielt inne, als er Chaundras Gemütszustand begriff. »Aber haben Sie ihn denn nicht ins ...«

»Nein«, antwortete Chaundra mit einer Stimme, in der keinerlei Gefühl mehr war. »Er stand in der Schlange, schon fast an der Schleuse. Da wurde ich angepiepst – das allerdringendste Signal. Seld sagte, ich müsse hin. Er hat es verstanden. Wir haben uns umarmt, uns verabschiedet, und dann habe ich ihn dort zurückgelassen.«

Chaundra drehte matt eine Hand um, zu größeren Anstrengungen war er nicht mehr fähig. »Er war doch schon so gut wie auf dem Schiff. Wie, zum Teufel, konnte das passieren?«

»Es tut mir leid. Ich kann es mir nur zu gut vorstellen!« teilte Simeon ihm mit. »Ich versuche herauszufinden, wo das heimtückische kleine Luder ist.« Damit meinte er zwar nicht Seld, erläuterte die Bezeichnung aber nicht weiter. Nach kurzer Pause kehrte er ergebnislos zurück. »Ich kann ihn nicht finden, also muß er gut versteckt sein. Das sollte eigentlich auch schon etwas Trost beinhalten, Chaundra«, fügte er mit sicherer, beruhigender Stimme hinzu. »Wenn ich ihn schon nicht finden kann, gilt das erst recht für unsere erwarteten Besucher. Ich halte weiterhin Ausschau. Darauf dürfen Sie zählen!«

Mit jedem Auge, das mir zur Verfügung steht, fügte Simeon grimmig hinzu. Wie konnte der wohlerzogene, artige Seld nur auf einen von Joats Plänen hereingefallen sein? Und welche Rolle sollte der Junge dabei spielen? *Und ich bin an dieser Situation und an Chaundras Herzschmerz schuld.* Joat war so lernbegierig gewesen, und er hatte keinen Grund gesehen, ihren Terminalzugang zu den Konstruktionsplänen zu beschränken.

Jetzt habe ich eine gelehrte Idiotin, die in meiner Station Amok läuft, dachte er verbittert. *Zehn Jahre frühreifen Vorsprungs auf dem Gebiet der hochtechnologischen Ingenieurswissenschaften, aber die Moral einer Fünfjährigen.* Die Selbstsüchtigkeit kleiner Kinder konnte charmant wirken, solange sie nicht die Macht hatten, allzu großen Schaden anzurichten. Bei einem größeren Mädchen liefen die Möglichkeiten dagegen voll aus dem Ruder.

»Na ja, Seld ist da – irgendwo!« meinte Chaundra schließlich und erholte sich soweit, daß er schreien und vor Zorn rot anlaufen konnte. »Dem Zeitstempel zufolge wurde diese Nachricht zehn Stunden nach Ablegen seines Schiffs eingegeben!«

»Ich weiß, ich habe es gesehen. Machen Sie sich keine Sorgen, Chaundra. Wir werden ihn schon finden.«

»Ich weiß selbst, daß wir ihn finden werden. Mir macht nur Sorgen, daß er sich versteckt! Daß er nicht mehr so sicher ist, wie ich bisher glaubte. Begreifen Sie nicht? Mein Sohn könnte umkommen. Mir rast das Herz vor Sorge.«

Simeon überwachte noch einmal schnell die gesamte Station, diesmal bezog er die von den Evakuierten zurückgelassenen freien Wohnungen mit ein.

»Ich suche immer noch. Es gibt hier so viele Stellen, wo er sich verstecken könnte, daß nicht einmal ich ihn finden kann«, sagte er, um Chaundra zu beruhigen. »Er ist ein großes, starkes Kind, das schon auf sich selbst aufpassen kann.« Genau wie jeder von uns, dachte er. Schließlich hatte niemand auf der Station allzu große Überlebenschancen, doch es hatte keinen Zweck, Chaundra ausgerechnet jetzt daran zu erinnern.

»Nein«, sagte der Arzt mit zusammengebissenen Zähnen, »er ist kein ›großes, starkes Kind‹, und er kann auch nicht für sich selbst sorgen. Er wird niemals stark werden. Die Seuche, die seine Mutter dahingerafft hat, hat bei ihm einen Nervenschaden zurückgelassen.«

»Nervenschaden?« fragte Simeon ungläubig. Die Wiederherstellung von Nervengewebe war eine alte Technologie, die sehr gut verstanden wurde. Ohne sie hätte es keine Hüllenmenschen geben können, denn mit derselben Technik wurde ihr Nervensystem auch mit der Maschinerie verbunden, die sie am Leben hielt und die andererseits von ihnen befehligt wurde.

Chaundra schüttelte den Kopf. »Ich habe getan, was ich konnte, um den Schaden per Bypass zu entschärfen, aber wenn er die reparierte Stelle zu stark belastet ...« Seine Stimme verstummte, und als er sein Gesicht wieder zu Simeons Optiksensor hob, hatte er sich in einen alten Mann verwandelt.

»Es war eine kleine Klinik, müssen Sie wissen. Mary war die Medizinaltechnikerin, ich der Arzt. Ein neuer Kontinent auf einer neuen Kolonialwelt. Viel zu tun, wir lebten von Forschungsgeldern. Dann fingen die Leute an zu sterben. Es gab nichts, was ich dagegen tun konnte ... Es wurde eine Quarantäne verhängt – eine Quarantäne, in unserer Zeit! Als ich feststellte, was geschehen war, war es für Mary bereits zu spät. Der Virus ... war ein Hybrid. Ein einheimisches Virusanalogon in Verbindung mit einer mutierten terranischen Enzephalitislinie. Der einheimische Virus hat den terranischen umhüllt, verstehen Sie? So konnte das Immunsystem ihn nicht erkennen und blieb wehrlos. Das terranische Element ermöglichte es ihm, sich als Parasit über unsere DNS herzumachen.

Seld wurde davon geschädigt, er stand kurz vor dem Tod. Wir brauchten drei Jahre Therapie, bis er wieder gehen und sprechen und sich so gut bewegen konnte wie jetzt.«

Chaundra drehte sich um, nahm irgendwelche Gegenstände von seinem Schreibtisch auf und legte sie wieder ab.

»Aber er wird niemals kräftig werden. Wenn sie ihn ergreifen, wird er so hilflos sein wie ein Kind, das nur halb so alt ist wie er. Es kann zu Krämpfen kommen: Streß beschleunigt die Schädigung. Sie ist kumulativ. Weshalb, glauben Sie, habe ich diesen Posten übernommen? Er muß jederzeit in Reichweite einer erstklassigen Klinik bleiben. Er darf keinerlei extremen Streß erleiden, sonst könnte es zu einem Schneeballeffekt kommen. Auch so wird er wahrscheinlich gerade einmal solange leben, bis er erwachsen geworden ist.«

Chaundra sackte in seinem Sessel zusammen, der Zorn, ja sogar die Sorge floß aus ihm ab, als er den Kopf in den Händen vergrub.

»Dann werden wir eben dafür sorgen, daß sie ihm nichts antun«, antwortete Simeon grimmig. »Als erstes werden wir ihn finden. Wahrscheinlich ist er bei Joat.«

»Seld hat sie erwähnt.« Chaundras Stimme klang gedämpft. »Er hat zwar viele Freunde, aber sie ... scheint anders zu sein.«

»O ja, anders ist sie ganz bestimmt. Und sie hat sich auch geweigert zu gehen. In gewisser Weise sitzen Sie und ich also im selben Boot.«

Chaundra rieb sich über Mund und Kinn mit den Bartstoppeln; das war ungewöhnlich, denn normalerweise war er ein sehr ordentlicher Mann. »Ja«, antwortete er und lachte sarkastisch, »und das Boot wird bald leckgeschlagen.«

»Nicht unbedingt.« Simeon sagte es entschieden genug, um selbst daran zu glauben. »Seld hat nämlich noch etwas anderes, was für ihn spricht.«

»Was hat er?«

»Seld hat Joat, und die hat einen derart ausgeprägten Überlebensinstinkt, daß sie selbst dann noch eine Möglichkeit fände, am Leben zu bleiben, wenn der Rest der Station hochginge ... und auch, Seld am Leben zu halten. Tatsächlich ist er mit ihr zusammen in größerer Sicherheit, als er es sonst jemals sein könnte. Deshalb würde ich mir auch keine Sorgen um seine Gebrechen oder um Streß machen. Obwohl es mir außerordentlich stinkt, es zugeben zu müssen, kenne ich niemanden, der besser qualifiziert wäre, sich um ihn zu kümmern, als Joat!«

»Seld«, rief Simeon. »Seld Chaundra, komm heraus, damit ich dich sehen kann.«

Joat erschien, sie rieb sich die Augen. »Was brüllst du so herum, Simeon?« fragte sie gähnend.

»Schick ihn her, Joat. Dies ist der einzige Ort, wo er sein könnte.«

Joat verschränkte die Arme und blickte trotzig drein.

»Dein Vater macht sich Sorgen, Seld«, fuhr Simeon fort. »Er hat dich fortgeschickt, damit du in Sicherheit bist. Also weißt du auch, daß er dich nicht umbringen wird, weil du geblieben bist. Obwohl du es verdient hättest.«

Nun erschien Seld neben Joat, die ihn mit der Schulter abdrängen wollte. »Habe dir gesagt, du sollst außer Sichtweite bleiben!«

Er ließ den Kopf hängen und sagte: »Ich weiß. Aber ich kann es nicht zulassen, daß du meine Schelte einkassierst. Das hätte meine Mutter nicht an mir gemocht. Jedenfalls behauptet mein Vater das.«

Er zuckte mit den Schultern und lächelte matt.

Joat rollte mit den Augen. »Mach doch, was du willst«, sagte sie in schneidendem Ton und verschwand.

»Tatsächlich«, teilte Simeon den beiden mit, »sehe ich keinen Grund, jetzt schon unterzutauchen. Warum schlaft ihr nicht in bequemen Betten, solange ihr noch könnt, eßt, was alle anderen auch genießen, denn wir werden es ganz bestimmt nicht für die Piraten aufheben, damit die es dann verschlingen. Ich würde es sogar vorziehen, daß ihr euch versteckt, wenn die Piraten eintreffen. Und bis dahin, Seld, kannst du deinem Vater die Freude deiner Gesellschaft machen: Das braucht er. Hebt euch eure Rationen auf, Joat. Eßt mit uns zusammen. Und das Essen ist auch besser. Im Augenblick noch.«

Er vernahm ihr angewidertes Seufzen, dann trat sie wieder vor seinen Sensor, die Miene immer noch trotzig.

Simeon erwärmte sich von neuem für sie. *Ich glaube, so jung war ich nie*, dachte er. »Also gut Leute, gehen wir.«

KAPITEL 14

»Sehr große Masse«, flüsterte Baila. »Mehrere Dutzend Megatonnen, mindestens.«

»Du brauchst nicht leise zu sprechen«, antwortete Belazir amüsiert und war noch mehr erheitert, als einige Mitglieder der Brückenmannschaft zusammenzuckten. »Wir schleichen uns zwar gedämpft an, aber im Vakuum können sich keine Schallwellen ausbreiten.«

Er wandte sich den schematischen und Fernansichten zu. *Wirklich beeindruckend*, dachte er. Bei weitem die größte frei treibende Konstruktion, die er je zu Gesicht bekommen hatte. Zwillingskugeln von jeweils mindestens tausend Metern Durchmesser, durch eine breite Röhre miteinander verbunden. Weitere Röhren auf der Nord- und Südachse, offensichtlich zum Andocken großer Schiffe, obwohl im Augenblick keine da waren. Um die Station herum war ein unglaublicher Haufen verschiedenster Stoffe und Gegenstände zu erkennen: loses Erz, riesige dehnbare Ballons aus verschiedensten Materialien, ausgeworfene Netzsysteme, Fabrikatoren.

Groß, aber weich, entschied er. Wie ein großer Brocken gutabgekochten Fleisches, der mit einer Spur Knoblauch versetzt in seinem eigenen Saft dampfte und darauf wartete, zu mundgerechten Stücken tranchiert zu werden. Es war ein derart reiches Ziel, daß er Schwierigkeiten hatte, sich von seiner Wirklichkeit zu überzeugen. Intellektuell akzeptierte er es zwar, doch seine Emotionen vermochten immer nur alle paar Minuten aufzuflackern, als Schübe beinahe orgasmischer Freude. Er streckte sich wie eine Katze, war sich nur zu sehr der erwartungsvollen Spannung bewußt, die von der leisen, geordneten Aktivität auf der Kommandobrücke verdeckt wurde. Jedes Mitglied der Flottille würde als Held aus dieser Operation hervorgehen. Er mochte nicht glauben, daß diese reife Pflaume noch weggeschnappt werden konnte – nicht vor den Kolnari, vor allem aber nicht, wenn er selbst die Flottille der Kolnari befehligte! Und er, Belazir t'Marid Kolaren, würde noch mehr sein als nur ein Held. Er würde seinen festen Platz in der logischen Nachfolgelinie von Chalku t'Marid erhalten.

»Schade, daß sie so groß ist«, überlegte er. »Eine wahre Schande, auch nur die geringste Möglichkeit der Plünderung zu vergeuden.« Er seufzte, denn natürlich würden sie zerstören müssen, was sie nicht mitnehmen konnten.

Die Flottille bestand aus echten Kriegsschiffen, keinen Lastfrachtern. Doch selbst wenn sie genügend Zeit haben sollten, um die schweren Schlepper der Klanflotte herbeizurufen, würde sich lediglich ein Zehntel der in einer Station dieser Größe vorzufindenden Güter abtransportieren lassen. Andererseits kannte die Ekstase schierer Vernichtung ihre eigene Euphorie – das Wissen darum, daß so viele Daten und Anstrengungen wie beiläufig zu Staub zertrümmert werden konnten.

»Ein Nachrichtentorpedo an die Flotte?« fragte Serig.

»Dein Reden ist das Echo meines Denkens, Serig«, bestätigte Belazir. »Für sofortigen Abschuß bereithalten, sobald sich unsere Faust um die Beute geschlossen hat.«

Die zusammen mit dem gekaperten Händlerschiff an die Flotte des Klans übermittelte Nachricht würde für Alarm sorgen. Doch die Transporter konnten noch nicht auf Bethel eingetroffen sein. Es würden sich ausreichend für den instellaren Raumflug taugliche Schiffe abkommandieren lassen, um ihn zu unterstützen, ohne dabei die Bemühungen auf Bethel zu behindern. Konservativ geschätzt, vielleicht eine zehntägige Reise von System Safran hierher; zwei bis drei Tage beladen, abhängig davon, wie viele Vater Chalku auszuschicken beschloß, dann die Anbringung der Sprengladungen, hübsch große, damit nur noch kieselsteingroße Trümmer übrigblieben. Höchstwahrscheinlich würde es auch Gefangene geben, die man für qualifizierte Arbeiten einsetzen konnte. Der riesige, rechteckige Rahmen einer Schiffswerft war nun auf einer Seite der Station auszumachen, und das bedeutete, daß es hier auch seltene und wertvolle Sklaven gab, die sich gut verkaufen ließen.

Nur mit Mühe konnte er sich selbst daran hindern, sich nicht die Hände zu reiben. »Ach, welch Überraschung ihnen noch bevorsteht«, meinte er.

»In der Tat«, bestätigte Serig. Seine Augen und Zähne leuchteten im mattblauen Licht der Brücke, und seine Stimme war heiser wie die eines Manns, den die Lust gepackt hatte. Was ja auch der Fall war, wie Belazir überlegte. Im metaphorischen und im wörtlichen Sinne.

»Halte deinen Eifer in Ketten, mein Freund«, sagte er gutgelaunt. »Er ist ein guter Sklave, aber ein erbärmlicher Herr.« Er wandte sich an Baila. »Einlaufender Verkehr?«

»Keiner, Großer Gebieter.«

»Keiner?« Belazir hob eine Augenbraue.

Merkwürdig, dachte er, *eine Raumstation, in einem Gebiet erbaut, in den so gut wie kein Verkehr herrscht. Ist sie vielleicht alt und wird bald aufgegeben? Oder ist sie ganz neu und wird im Augenblick noch selten genutzt?* Ein leises Frösteln vergällte ihm die Perfektion seiner Freude. Es gab hier Alternativen: Entweder er wurde zum Helden, der unvorstellbaren Reichtum mitbrachte, oder zum unsterblichen Schurken, der die Existenz des Klans einem übermächtigen Gegner offenbarte.

Er schüttelte den Kopf. Unmöglich. Das Händlerschiff war vor Schätzen schier übergequollen, und es hatte die Station soeben verlassen. »Anzeichen?«

»Großer Gebieter, die Hintergrundstrahlung entspricht einer großen Zahl von Anflügen im Laufe der vergangenen fünf Tage.« Baila hielt zögernd inne. »Gebieter, es ist schwierig, sich Sicherheit zu verschaffen, denn das interstellare Medium ist hier sehr dicht. Die Subraumverzerrung wird dadurch sehr schnell ausgelöscht ...«

Aus dem geringfügigen Frösteln wurden Eiszapfen.

»Ich will Informationen und keine Ausreden!« sagte er mit harter Stimme. »Suchraketen bereitstellen.« Sollten die verfluchten Betheliter *tatsächlich* die Station gewarnt und damit den normalen Verkehr zur Flucht veranlaßt haben, würden sie sie vernichten und sofort fliehen. Er war sich zwar fast sicher, daß er während der Verfolgung die Funkapparaturen der Beute zerstört hatte, aber *fast* hatte nichts zu bedeuten. Doch wenn die Beute entkommen sein sollte, wo war sie dann jetzt? Oder hatte die Station ihm die Arbeit abgenommen? Eine reiche Station hätte genügend Grund, sich vor unerwarteten Besuchern zu hüten. »Tarnkappenanflug fortsetzen.«

Das bedeutete, sich dem Ziel mit abgeschalteten Reaktoren mit Akkumulatorenenergie auf einer unterlichtschnellen ballistischen Bahn zu nähern. Zwar würde es bei dieser Geschwindigkeit Jahre dauern, bis sie es erreicht hätten, doch in einer stattlichen Entfernung war es durchaus sicher. Jeden Augenblick konnten sie die Aggregate wieder aktivieren und sich mit überlichtschneller Geschwindigkeit auf ihre Beute stürzen. Das war eine Modifikation der Taktik, die der Klan manchmal in den Außengebieten eines Sonnensystems gegen Handelsschiffe einsetzte. Und sie waren auch nahe genug am Ziel, daß Lichtgeschwindigkeit kein Problem mehr darstellte, wenn sie bemerkt wurde. Er überlegte sich kurz, ein paar Parsecs mit Überlichtgeschwindigkeit zurückzufliegen, um dort nachzusehen, ob er Spuren ein- oder auslaufenden Verkehrs im Zuge der letzten Woche dort würde ausmachen können. Doch dann verwarf er den Plan mit einem Kopfschütteln. Über große Entfernungen zersetzten sich solche Signale schnell, andererseits würde seine eigene Spur auch seine Anwesenheit verkünden. Solange die Station über die Kapazität zur Subraumkommunikation verfügte, stellte sie für den Klan ein tödliches Risiko dar.

Sich die Zeit zu nehmen, ein Problem unter sämtlichen Gesichtspunkten zu betrachten, war immer noch keine Entschuldigung für Untätigkeit. Erst den härtesten Schlag führen, um dann zu sehen, ob noch ein weiterer erforderlich war – das war die Vorgehensweise der Kolnari.

»Sieh nach, ob du irgend etwas von ihren Peilstrahlrelais am Außenrand auffangen kannst«, befahl er. In einem Staub von solcher Dichte benötigten selbst örtliche Echtraumpeilstrahler Verstärkung.

»Nachrichtenempfang, Großer Gebieter«, meldete Baila.

»Ich möchte sie hören.«

Sofort füllte die forsche Stimme einer Frau das Kontrollzentrum aus: »Warnung an alle Schiffe, Warnung an alle Schiffe. SSS-900-C steht unter Quarantäne Klasse Zwei: Ich wiederhole, Quarantäne Klasse Zwei. Die folgenden Rassen sollten unter keinen Umständen hier andocken.«

Es folgte eine Liste fremder Spezies, von denen die meisten t'Marid unbekannt waren.

»Menschlichen Besuchern ist ausschließlich der Aufenthalt in den Docks gestattet sowie in den unmittelbar angrenzenden Freizeittrakten. Es wird empfohlen, sofort den nächsten Zielhafen anzusteuern. Warnung ...«

Nun begann sich die Nachricht zu wiederholen, und Baila unterbrach sie. »Weitere Scannerergebnisse, Gebieter: Es gibt zwei Trümmerfelder. Beide befinden sich zwischen uns und der Station. Das der Station nächstgelegene setzt sich aus natürlichen Eisenverbindungen zusammen, Wahrscheinlichkeit beträgt siebenundneunzig Prozent plus, daß es sich um habverarbeitetes Asteroidenmaterial handelt. Das zweite, der *Braut* am nächsten gelegene, besteht aus ... Metall und Schiffshüllenkomponenten, säuberlich voneinander getrennt. Computereinschätzung besagt, daß die Masse der Metalltrümmer der Masse des Beuteschiffs entspricht.«

Sie betätigte mehrere Instrumente, worauf die Monitore

umherwirbelnde Fetzen aus halbzerschmolzenem Metall anzeigten, von denen kein einziges Stück breiter oder länger als ein Meter war. Die allermeisten bildeten einen Nebel aus Metallpartikeln.

Er kniff die Augen zusammen. Die Quarantäne könnte das Erliegen des Schiffsverkehrs erklären. Bailas Analyse wies darauf hin, daß das Beuteschiff, von dem er wußte, daß es uralter Bauart gewesen war, entweder infolge der Überbelastung auseinandergebrochen oder von der Station selbst zerstört worden war. Das erstere war wahrscheinlicher, da auf der Station keine Waffensysteme festgestellt worden waren. Kein Zweifel – die Wahrheit über das Ende des Flüchtlingsschiffs der Betheliter würde sich in den Stationsaufzeichnungen finden.

»Einschätzung?« fragte Belazir seinen Waffenoffizier.

»Großer Gebieter«, erwiderte der Mann und faßte eine Wahrscheinlichkeitsrechnung zusammen, »der größte Teil der Fragmente ist eindeutig das Resultat eines ultrahohen Temperaturzusammenbruchs. Das Bild entspricht vollständig einem plötzlichen Energieausstoß der internen Hauptantriebsspule eines sehr großen Schiffs. Ein Teil der anderen Trümmer …« Er ließ die entsprechenden Ansichten auf dem Monitor erscheinen, » … weist auf Schockfragmentierung hin. Das könnte entweder das Resultat direkter Treffer durch chemoenergetische Sprengköpfe sein oder von Sekundäreffekten nach der Explosion des Triebwerks. Die Wirkung der Schockwelle durch Ausbreitung in der Hülle …«

»Ich bin mit dem Phänomen vertraut«, schnitt Belazir ihm das Wort ab. Der Waffenoffizier zuckte zusammen. Belazir t'Marid hatte schon seine erste Raumschlacht geschlagen, bevor der jüngere Edelmann überhaupt geboren worden war. »Weiterhin Daten sammeln und analysieren. Meldung über jedwede Anomalitäten.«

»Die sind explodiert«, sagte Serig.

»Im Augenblick ihrer Ankunft? Wie praktisch«, meinte Belazir. Er nagte an einem Daumen. »Möglicherweise zu praktisch?«

»Möglich. Andererseits haben wir ohnehin damit gerechnet, daß ihre Triebwerke jeden Augenblick einen katastrophalen Schaden erleiden könnten. Sie haben die letzten dreißig Lichtjahre lang Teile ihrer Kühlblätter verdampft.«

»Das stimmt. Aber es bleibt ein Zufall.«

»Einmal ist Zufall«, warf Serig in rituellem Ton ein, »zweimal ist stochastisch ...«

» ... und beim drittenmal ist es Feindeinwirkung, ja«, beendete Belazir irritiert das Sprichwort. »Aber daß die Station ausgerechnet zur selben Zeit einer Seuche zum Opfer fallen soll?«

»Die Ungezieferrassen sind von schwacher Körperkonstitution, Gebieter«, erwiderte der andere.

Belazir bedeutete ihm Bestätigung. Die Saat Kolnars war stark. Das mußte sie auch sein, um so lange Zeit auf einem Planeten überlebt zu haben, der für Menschenwesen nicht geeignet und über so viele Jahrhunderte durch skrupellose Ausbeutung und fortgesetzten Krieg mit jeder nuklearen, chemischen und biologischen Waffe immer weiter verwüstet worden war, die der Einfallsreichtum nur hervorzubringen vermochte. Als der Klan vor der Niederlage geflohen war, hatte man die Tradition beibehalten, jedes Kind auszumerzen, das Anzeichen einer Infektionsanfälligkeit zeigte. Tatsächlich war es ein ausgesprochener Glücksfall, daß der Feind durch eine Gefahr gelähmt wurde, die für die Kolnari keine solche darstellte.

»Position halten. Verbindung zu Begleitschiffen herstellen.«

»Jawohl, Großer Gebieter.«

Belazir musterte seine Funkoffizierin. Auch ihr Gesicht strahlte vor Erregung. Er lächelte. Sie war jung, es war ihre erste Dienstspanne. Er konnte sich noch gut an dieses scharfe, gierige Gefühl erinnern. Er grinste. Ach, aber jetzt, im reifen Alter von dreißig Jahren, spürte er auch, daß die Hälfte seines Lebens bereits vorbei war.

»Alle Kapitäne bestätigen Empfang deiner Befehle, Großer Gebieter. Sie begeben sich in Position.«

»Hervorragend«, sagte er und blickte wieder auf die Skizzendarstellung. *Du hast bereits einen Notruf ausgestoßen, o reiche und schöne Station,* dachte er bösartig. Das ganze Universum hatte sich gegen den Klan verschworen – gegen ganz Kolnar und seine Kinder. *Bald wirst du schreien.*

Channa drehte sich an ihrem Schreibtisch um. »Hallo Joat, willkommen zu Hause.«

Ein erleichtertes, scheues Lächeln begrüßte sie. »Äh … mal duschen.«

»Du kannst sie benutzen«, meinte Channa schniefend. »Wenn du fertig bist, möchte ich dich mit jemandem bekanntmachen.«

»Ah«, bemerkte Simeon fröhlich. »Wir sind wieder eine Familie.«

»Halt die Klappe, du Blechbüchse«, sagte Channa gutgelaunt und warf ein Knäuel Zellstoffpapier in die ungefähre Richtung der Säule. »Wie sieht das hier aus?«

Sie betätigte eine Taste, um die Verteilung der Versorgungslagernischen aufzurufen.

»Nicht schlecht. Also gut, wie wäre es, wenn wir die folgenden Gänge versiegelten?« Eine Skizze von mehreren Decks erschien auf dem Schirm. »Wenn man nichts von modernen Herstellungsmethoden versteht, sieht das aus wie tragende Elemente.«

»Gut, gut – und was erhalten wir damit?«

»Ungefähr tausend Leute, die wir in Ecken verstecken können – die B-Liste.« Das waren jene, die sie wegen Transportraummangels nicht hatten evakuieren können.

»Allerdings niemand von Wichtigkeit, fürchte ich«, bemerkte Channa. Sie waren übereingekommen, die wichtigen Stationsmannschaftsmitglieder dem Risiko auszusetzen, da ihr Fehlen nur unangenehme Fragen zufolge hätte.

»Nein, aber damit reduzieren wir die Zahl potentieller Opfer ganz erheblich. Außerdem bekommen wir dadurch die Möglichkeit, ein paar Sachen zu verteilen, die später nochmal nützlich werden könnten. Ah, Simeon-Amos.«

Der Anführer der Betheliter hatte zwar rotgeränderte Augen, aber sein Lächeln ließ Channas Zwerchfell einen wohligen Satz machen. »Ich denke, ich habe jetzt die administrative Grundstruktur gemeistert«, verkündete er. »Sie ist nicht allzu fremdartig.«

Channa hob eine Augenbraue. *Eine Station der Serie 900 erscheint einem Hinterweltler als nicht zu fremdartig?* dachte sie.

Der Gedanke mußte ziemlich offensichtlich sein, doch Amos breitete nur die Hände aus und warf den Kopf zurück, was die kohlrabenschwarzen Locken seiner schulterlangen Mähne in Wallung brachte. Die blauen Augen funkelten unter der hohen, klaren Stirn.

Oooohhh, dachte Channa und mußte sich zusammenreißen, um seine Worte nicht zu verpassen.

»In jeder großen Organisation gibt es bestimmte Konstanten«, erklärte er. »Die zentrale Autorität; Offiziere oder Leiter verschiedener Abteilungen; eine Struktur für Konferenzen, um die Aktivitäten zu koordinieren; Prozeduren der routinemäßigen Entscheidungsfindung, und so weiter. Das alles ist nicht allzu verschieden von meinen Familienbesitzungen auf Bethel. Auch wir waren im Prinzip die Koordinatoren der Aktivitäten zahlreicher unabhängiger Unternehmer. Natürlich gibt es hier keine Viehzüchter oder Bauern, aber beide Kommunen verfügen über Bergbau-, Fabrik-, Erziehungs- und kulturelle Anlagen oder Institutionen ...«

»Kultur?« Joat kehrte in den Besprechungsraum zurück, während sie ihr nasses Haar mit dem Handtuch bearbeitete.

Es war das reinste Wunder, daß sie etwas Förmlicheres als die unförmigen, bunten Flickeneinteiler angelegt hatte, die zur Zeit bei der Jugend auf SSS-900-C in Mode waren. »So wie Holos und VR-Spiele und so ein Zeug?«

»Ah …« Amos zögerte. Er hatte eigentlich eher an Chorgesang und Volkstänze gedacht. »Das allgemeine Prinzip bleibt dasselbe.«

Die Servos hatten das Abendessen gedeckt. Simeon hatte sie dazu programmiert, dem Ernährungsaberglauben der bethelitischen Religion zu entsprechen, obwohl Amos sich als flexibel erwiesen hatte. Channa war ein Schauer den Rücken heruntergelaufen, als sie einige der Dinge in diesem Betheltext gelesen hatte. Wie, zum Teufel, sollten sie beispielsweise überprüfen, daß keine einzige der Zutaten jemals von einer menstruierenden Frau berührt worden war?

Sie nahmen Platz, Amos murmelte ein Gebet, und wie durch ein weiteres Wunder wartete Joat sogar eine glatte Sekunde, bevor sie sich die nächststehende Schüssel nahm. Sie hatte sich als phänomenal anspruchslose Esserin bewiesen, aber die schieren Mengen, die sie zu vertilgen imstande war, sprachen ihrem mageren, unterentwickelten Körperbau Hohn. Zwischen den Bissen fragte sie Amos über Bethel Löcher in den Bauch.

»Klingt langweilig«, meinte sie schließlich.

»Das dachte ich mir dann auch«, sagte Amos und schob ihr eine Schüssel mit gedampfter Hirse zu. Sie schaufelte einige Portionen davon auf ihren Teller, darauf einen Berg saure Sahne und Schnittlauch.

»Joat«, sagte Channa sanft, »das paßt wirklich nicht zu Ananasscheiben, weißt du.«

»Wieso nicht?« fragte Joat und wandte sich ihr mit einem weißen Milchbart zu. Befriedigt leckte das Mädchen ihn von der Lippe, als Channa nach einer Antwort suchte, es schließlich aufgab und ihre Aufmerksamkeit wieder Amos widmete.

»Dieses ganze Zeug zu verstecken war schlau von Channa«, meinte sie nachdenklich. »Man muß immer für Vorräte in seinem Versteck sorgen, wenn man nicht völlig doof ist.«

»Eine vernünftige Strategie«, meinte Amos ernst.

Er scheint jedenfalls hervorragend mit Kindern zurechtzukommen, dachte Channa und stocherte mit der Gabel in ihrem Essen herum. *Mädchen bereiten ihm keine Probleme.* Jedenfalls keine, die noch vor der Pubertät stehen.

Simeon fing an, ein uraltes Lied in ihr inneres Ohr zu säuseln: *»Durch einen vo-ho-llen Ra-ha-aum ...«*

»Halt's Maul«, erwiderte sie subvokal.

»Hier gibt es mehr Seitengassen, als man jemals glauben würde«, sagte Joat gerade. »Eigentlich überhaupt nicht wie auf einem Schiff. Man kann von überall nach überall, und *niemand* kann einen daran hindern, solange man sich auskennt.«

»Ich hätte eher geglaubt, daß es wie auf einem Raumschiff ist«, erwiderte Amos höflich.

»Das ist eine völlig andere Größenordnung«, widersprach Simeon. »Auf einer Station gibt es keine Massebegrenzungen – die SSS-900-C sollte ja nirgendwohin befördert werden. Die äußere Schale war zwar festgelegt, ebenso einige der Haupteinrichtungen, aber der Rest sollte für maximal zweihunderttausend Leute ein organisches Wachstum ermöglichen. »Wir haben festgestellt, daß die natürliche Expansion der beste Weg ist, um eine echte Kommune zu stabilisieren, im Gegensatz zu einer wechselhaften Gemeinschaft, wie auf einem Passagierschiff.«

»Das ist sehr vernünftig«, meinte Amos nachdenklich. »Auf dem Anwesen meiner Familie war es bei der Stadtplanung ähnlich: Wenn man alles in allen Einzelheiten festlegt, bekommt der Ort kein Leben. Aber wenn Onkel Habib beschließt, seinen Tabakladen neben Tante Scalas Konditorei oder Bruder Falkens Sattlerei aufzumachen, und wenn das daraufhin eine Eisdiele anzieht, wird die Stadt zu einem lebendigen und effizienten Wesen.«

»Weshalb redest du so komisch?« fragte Joat.

»Weshalb redest du so komisch?« parierte Amos, und sie lachten beide. »Weil Bethel solange abgeschnitten war. Wir haben nicht einmal die Daten von anderen Welten empfangen oder ausgestrahlt, deshalb hat sich unsere Ausdrucksweise wenig verändert. Und die wenigen Veränderungen, die es gab, waren andere als auf den Zentralwelten, die schließlich mit vielen anderen Planeten und Kulturen zu tun hatten.«

»Zentralwelten?« fragte Joat. »Ach, hier bist du doch gottverdammt ... Entschuldigung ... weitab im Nirgendwo. Das hier ist der *Hikstik*, Grenzland, weißt du.«

»Für dich vielleicht, für mich nicht.« Er hielt inne. »Ich denke, Joat, daß außer dir auch noch andere von diesen geheimen Pfaden erfahren sollten.«

»Du solltest es mal sehen«, meinte sie begeistert. »Das glaubst du nicht, was es da unten alles gibt!«

»Ich würde es wirklich sehr gern sehen«, sagte er ernst. »Aber ich habe nicht allzuviel Zeit für meine Studien übrig.« Sie zog ein langes Gesicht. »Dennoch«, fuhr er fort, »ich halte es für wichtig, daß vertrauenswürdige Personen, nicht nur du und Simeon, von diesen deinen Schleichpfaden wissen. Wärst du bereit, sie meinem Freund Joseph zu zeigen?«

»Das ist dein Obermacker, wie?«

»Mein Bruder und meine rechte Hand«, antwortete Amos ernst.

»In Ordnung, wenn er nicht zu griesig ist.«

Amos gab den Versuch auf, diese Bemerkung auszudeuten, und so blickte er statt dessen zu Simeons Abbild auf dem Monitor hinüber.

»Griesig«, erklärte das Hirn in seinem ausgeprägtesten Oberlehrerton, »ein Allzweck-Negativ. In diesem Zusammenhang – ›nicht zu griesig‹ – spießig, konventionell, langweilig, fantasielos.«

»Nein, nein. Um die Wahrheit zu sagen und dem Teufel die Schamröte ins Gesicht zu treiben, als ich Joseph kennenlernte, war er tatsächlich ein Desperado«, warf Amos ein.

Joats Miene hellte sich auf, und ihr verschmitztes Lächeln raubte ihr ein oder zwei von den Jahren, die das Leben ihr zusätzlich gegeben hatte, so daß sie nun tatsächlich aussah wie zwölf. »Na klar! Ich werde Joseph gern herumführen. Wann immer du magst.«

»Danke. Und jetzt muß ich mich wieder über meine Studien hermachen.« Er seufzte theatralisch und stand auf.

»Ich weiß, wie du dich fühlst«, meinte Joat und schüttelte resigniert den Kopf.

»Da hat er eine Eroberung gemacht«, sagte Channa subvokal. *»Ich frage mich, wie er das geschafft hat?«*

»Joat ist kein bloßer Wildfang mehr«, erklärte Simeon. »Wir haben den Boden für ihn vorbereitet. Glamourös zu sein schadet nichts. Und außerdem hört er ihr zu. Er interessiert sich von Natur aus für Leute, denke ich mir, nach alldem merkwürdigen sozio-religiösen Zeug, das man ihm eingetrichtert hat.«

»Du hast recht«, sagte Channa laut und blickte verträumt zu der inzwischen verschlossenen Tür von Amos' Unterkunft hinüber.

Na ja, Simeon-Amos, dachte Simeon, *jetzt bist du gleich bei beiden meiner Mädchen ein Heuler.* Eine kleinkarierte Beobachtung, aber durfte er sich etwa nicht im stillen Kämmerlein so etwas erlauben?

»Natürlich hab ich recht«, warf Joat ein. Sie verhalf sich gerade zu einer weiteren Portion Ananasscheiben, die sie großzügig mit Eiskrem ergänzte. »Flatterst du mit ihm schon durch die Laken?«

»Joat!« sagte Channa in einem warnenden Ton und beugte sich vor, um ihr mit Daumen und Zeigefinger gegen das Ohr zu schnippen.

»Paß bloß auf!« entgegnete Joat und rieb sich das malträtierte Ohrläppchen. »Sonst melde ich dich Gorgan dem Organ.« Sie grinste unreumütig. »Ich weiß nämlich alles darüber, weißt du.«

»Du magst es vielleicht beobachtet haben – und das würde ich keine Nanosekunde bezweifeln, wie ich dich kenne, aber du verstehst nicht, was du gesehen hast. Und außerdem hast du keine Manieren.«

»Ja, das stimmt«, meinte Joat zufrieden.

»Wegen eines Mangels brauchst du gar nicht so selbstgefällig zu tun«, warf Simeon ein.

»Warum nicht?« wollte Joat wissen. »Es gibt einen Haufen wahnwitziger Sachen, die man nicht tun darf, wenn man Manieren hat.«

Mein Gott, dachte Channa, als sie von ihrem Notizschirm aufblickte.

Sie sahen ja alle schrecklich aus, aber Doktor Chaundra wirkte richtig alt. Und heimgesucht. Channa war ein bißchen überrascht. Sie hätte gedacht, daß er einer von jenen Leuten war, die mit Angst umgehen konnten.

»Hier ist es«, sagte er verbittert und hielt einen kleinen Synthetikbehälter hoch.

Channa blickte wie automatisch auf die Schachtel hinunter, es war ein Kapselspender, ein Standardmodell. Doch dann sah sie Chaundra näher an.

»Geht es Ihnen nicht gut, Doktor?« fragte sie besorgt. Es gab zwar noch andere Ärzte auf der Station, aber nur einen Chaundra. Abgesehen von persönlichen Faktoren war er zugleich der einzige Spezialist, der über Erfahrung auf dem Gebiet echter Virenforschung verfügte.

»Nur müde«, erwiderte er. Der Nichtstandardakzent war stärker als sonst, eine Spur von fließendem Singsang. Einen Augenblick blieb er neben ihrem Schreibtisch stehen und sah auf die Schachtel hinunter, die er in den Händen hielt, dann stellte er sie vor ihr ab. »Sie sind bereit«, sagte er und zeigte darauf.

Channa berührte den Spenderschlitz, worauf ihr eine Gelatinekapsel mit einer klaren Flüssigkeit in die Hand fiel.

»Der Virus«, sagte sie.

»Ja«, murmelte er. »Ich, der ich ein Heiler bin, habe für Sie eine Waffe erschaffen.«

»Eine nichttödliche Waffe zur Selbstverteidigung«, berichtigte sie ihn sanft.

»Hoffentlich nicht tödlich. Wie kann ich mir dessen sicher sein, bei einer Population, die nicht dem genetischen Standard entspricht. Ich kann mir nicht einmal absolut sicher sein, daß niemand auf der Station daran sterben wird!«

»Die Wahrscheinlichkeit ...«, begann Simeon mit fester Stimme.

» ... ist verschwindend gering«, ergänzte Chaundra. Dann seufzte er. »Es hat keinen Sinn, sich im nachhinein zu beschweren. Wir haben genügend angefertigt, um jedermann auf der Station fünf Stück zu geben. Ich kann mir nicht vorstellen, daß irgend jemand das Pech hat, noch mehr zu brauchen. Man beißt darauf. Nicht herunterschlucken, sondern den nächststehenden Kolnari damit beatmen. Verstehen Sie, er ist zwar auch ansteckend, wenn man ihn schluckt, wirkt aber stärker bei direktem Kontakt. Wenn der Pirat Sie küssen möchte, dann lassen Sie ihn das auf jeden Fall tun.«

»Bäh!« sagte Channa und schnitt eine Grimasse.

»Ich habe die Gruppenführer angewiesen, in der Klinik zu erscheinen, um die Spender abzuholen, damit sie sie unter ihren Leuten verteilen können«, meldete Simeon.

»Erinnern Sie sie doch bitte daran«, ergänzte Chaundra, »daß jeder, der eine Kapsel benutzt, sich so schnell wie möglich in der Klinik melden soll, um sich die Schutzimpfung verabreichen zu lassen. Davon bekommt er dann zwar auch leichte Symptome, aber sein ... Opfer wird wirklich äußerst krank.«

»Symptome?« fragte Channa.

»Kopfschmerz, Übelkeit, Diarrhöe, Fieber, möglicherweise Delirium.« Ihn schauderte. »Ich muß zurück in mein Labor. Es gibt noch so viel zu tun und so wenig Zeit dafür.«

»Sie müssen erst einmal ausschlafen«, entschied Channa. »Ab ins Bett, für mindestens sechs Stunden!«

»Das ist ein Befehl, Chaundra«, teilte Simeon ihm mit, »ab sofort sind Sie bis morgen früh ihres Dienstes enthoben.«

»Ja, natürlich.« Chaundra nickte zerstreut. »Und die Freiwilligen«, fuhr er fort, »sollen ins Lazarett kommen, sobald die Piraten aufkreuzen. Wir können nämlich den Ausbruch beschleunigen ...«

»Marsch ins Bett!« Channa nahm ihn bei den Armen und schüttelte ihn leicht durch, bis er erschrak und wieder zuhörte.

»Oh ...« Er lächelte. »Gute Idee.« An der Tür blieb er stehen und blinzelte. »Ach ja. Joat – ich habe die junge Joat kennengelernt. Sie ist ein bißchen ... reifer, als ich dachte.« Er runzelte die Stirn und sah besorgt drein. »Meinen Sie, daß es in Ordnung ist, daß die beiden soviel zusammen sind? Sie und Seld, meine ich?«

Channa blinzelte. *Wenigstens war niemand so unfreundlich, irgendwelche Schauergeschichten aus Joats Leben zu erzählen,* dachte sie.

»Ich glaube nicht, daß das eine Rolle spielt«, antwortete Simeon leicht erheitert. »Sie werden gut beschäftigt sein, wissen Sie, und keiner von beiden ist körperlich erwachsen.«

»Für einen richtigen Vater einer Tochter sind Sie aber ziemlich leichtfertig«, sagte Chaundra etwas pikiert.

»Na ja, ich bin ihr Vater – oder werde es sein, sobald die Formulare fertig sind. Wirklich, Chaundra, ich denke, wir können uns darauf verlassen, daß Joat sich verantwortungsbewußt verhält. Ich vertraue ihr. Sie mag zwar ihrem eigenen Moralkodex folgen, aber darin ist sie sehr viel konsequenter als viele Erwachsene, die ich kenne. Ich mache mir deswegen keine Sorgen.«

Chaundra seufzte. »Ich wünschte, ich bekäme jedesmal einen Credit, wenn mir jemand erzählt, daß er sich keine Sorgen macht. Die beiden sind in einem labilen Alter und können sich nicht einmal selbst trauen. Herrje«, sagte er und breitete die Arme aus, »bei all diesem Druck können ja nicht einmal die Erwachsenen sich selbst vertrauen. Wie soll man das dann von diesen Kindern erwarten?«

Channa merkte, wie sie rot wurde. »Wir können das Problem nur vorhersehen, mit ihnen reden und auf das Beste hoffen. Wenn sie es tun wollen«, zu ihrer Überraschung konnte sie sich nicht dazu zwingen, etwas deutlicher zu werden, »werden sie ohnehin eine Zeit und einen Ort dafür finden, ohne daß wir eingreifen können. Also sollten wir uns auch nicht darin aufreiben, uns deswegen zu sorgen.«

Ein völlig neuer Problemkomplex, dachte sie. Den Schaden wiedergutzumachen, den Joats psychisch-sexuelle Entwicklung genommen hatte, würde wahrscheinlich viele Jahre erfordern. Im Augenblick brauchte das Mädchen Seld nur als Freund, nicht als Bettpartner. Ihr Freund war er ganz bestimmt, aber ... Auch Channa erinnerte sich daran, wie Jungen in diesem Alter waren. *Die Gefahr ist viel größer, daß sie ihm den Arm bricht. Aber sie braucht nun einmal einen Freund.* Noch etwas, um schlaflos im Bett zu liegen und darüber zu grübeln. Oder hatte irgend jemand Joat von Selds medizinischen Problemen erzählt? Seld hatte ein Recht darauf, *damit* umzugehen, wenn es ihm richtig erschien.

»He!« warf Simeon ein. »Juhuuu! Channa! Chaundra! Beide müde, wie? Nach etwas Schlaf sieht alles schon viel leichter aus. Also ab ins Bett. Wir kümmern uns um die Kapseln und organisieren die Freiwilligen. Kein Grund zur Sorge.«

Chaundra stieß erneut ein Seufzen aus und zog ein schiefes Gesicht. »Amateure«, murmelte er. »Was Sie da erleben,

Simeon, ist Verdrängung. Man kann solche Probleme nicht vermeiden, indem man nur so tut, als würden sie nicht existieren.« Seine Schultern sackten ab. »Ich werde Seld sagen, er soll sie mit nach Hause bringen, wenn sie heute mit der Arbeit fertig sind.« Er winkte ihnen zum Abschied und ging.

»Verdrängung«, wiederholte Simeon nachdenklich. Seltsam: nach allem, was er über ihre Vergangenheit erfahren hatte, wußte er, daß Joat im Sex nun am allerwenigsten eine Freizeitaktivität sehen würde. Das war das häufigste Symptom des Kindesmißbrauchs, den sie erlitten hatte – und dennoch bereitete ihm die Vorstellung Unbehagen. *Vaterschaft*.

»Ich will nicht darüber reden«, teilte Channa ihm mit und marschierte forsch an ihren Schreibtisch zurück. Dort nahm sie Platz und ließ die Kapselschachtel mit einem Finger kreiseln. »Ich habe mir überlegt«, sagte sie, »ob es nicht gut wäre, wenn wir auf die hier noch einen draufsetzen können?« Sie sah zu Simeons Säule hinüber.

»Ja, das wäre es wohl. Aber wir setzen unsere Leute ohnehin schon einem Risiko aus. Ich bin nicht bereit, dem Feind die Arbeit abzunehmen. Verstehst du?«

»Das ist wahr. Und wenn wir sie dazu bringen könnten, es für schlimmer zu halten, als es ist?«

»Schwer zu sagen, ohne ihre Physiologie zu kennen, ohne Gewebeproben ... Ach so. Du meinst Theater, nicht, Happy?«

»Natürlich hängt alles von ihrer Psychologie ab. Und ich bin übrigens ganz und gar nicht happy.«

»Na ja«, meinte Simeon zweifelnd, »die Psychoberichte der Marine sind nicht allzu detailreich. Diese Splittergruppen sind meistens deviant. Grob zusammengefaßt besagen die Berichte, daß die Kolnari extrem aggressiv gegenüber jenen sind, die sie als schwach ansehen, heimtückisch, aber bereit, mit Gleichmächtigen zu verhandeln; und daß sie einen Flucht-/Unterwerfungsreflex gegenüber Überlegenen haben – solange, bis die Überlegenen in ihrer Wachsamkeit nachlassen, was wiederum als Zeichen der Schwäche gilt.«

»Ach, was muß deren Kultur für ein Liebesnest sein!« meinte Channa. »Dann sind sie also auf der Schiene der Sorge um gesellschaftliche Stellung und Macht angreifbar. Und kennen vermutlich massenweise Grabenkämpfe.«

»Darauf kannst du wetten. Den Berichten zufolge sind sie auch ungefähr so abergläubisch wie Pferde. Sie sind zwar ein wenig mit Wissenschaft vertraut, aber sie sind nicht wissenschaftlich eingestellt, wenn du verstehst, was ich meine.«

»Ich denke schon. Und?«

»Wir könnten einige der Holoprojektoren neben den Sicherheitskameras modifizieren und jene, die sich den Virus eingefangen haben, mit ›Halluzinationen‹ anblitzen. Akustische Halluzinationen sind kein Problem. Die könnte ich jederzeit projizieren, ohne daß jemand etwas merkt.«

»Ach, wirklich?«

»Ja«, er schien es ihr direkt ins Ohr zu flüstern, *»und zwar ohne dein Implantat.«*

»Mann!« sagte sie und rieb sich das Ohr. »Das ist ja gespenstisch. Wie hast du das denn gemacht?«

»Ich habe einfach meine Stimme verlagert – heterodynamische Wellen aus verschiedenen Quellen. Es braucht zwar etwas Übung, aber wie du gesehen hast, lohnt der Effekt den Aufwand.«

Mit staunenden Augen schüttelte sie Kopf. »Wenn du dazu auch noch etwas Visuelles liefern kannst, rasen die bestimmt gleich am ersten Tag wieder zurück auf ihr Schiff.«

»Ich darf es nicht übertreiben. Am einfachsten ist es, wenn sie allein sind, wenn sie diese Dinge sehen, sonst könnte die Sache Argwohn erregen. Ich werde mal Joat befragen. Das Mädchen ist eine wahre Goldgrube an Ideen.«

Channa schnitt eine Grimasse und verbot es sich, zu fragen, was das für Ideen sein mochten. Chaundras Bemerkungen trieben fast sichtbar zurück in ihr Bewußtsein.

»Mach dir deswegen keine Sorgen, sie ist ein gutes Kind«, sagte Simeon betont.

»Ich möchte nicht darüber nachdenken.«

»Sie machen sich wirklich Sorgen um Rachels geistige Gesundheit, nicht wahr?«

Amos und Channa saßen bequem auf der Couch. Simeon hatte sein Abbild auf dem Säulenmonitor taktvollerweise gelöscht, um statt dessen ein verblüffend realistisches Kaminfeuer zu zeigen. Irgendwie war es ihm sogar gelungen, den Duft von brennendem Zedernholz nachzuahmen. Amos hatte sich erst durch Berührung davon überzeugen lassen, daß das Feuer nur ein Bild war.

»Ja, sie ist ganz definitiv labil«, sagte er, und seine Schultern fielen hoffnungslos ein. »Zu all den anderen Problemen muß ich mir jetzt auch darüber noch Sorgen machen! Es ist so ... so kleinkariert.«

»Die Menschen können eine beachtlich kleinkarierte Art sein«, meinte Channa philosophisch. *Vor allen Dingen dieses hysterische Aas Rachel.* »Wenn man sich mal die Fälle im einzelnen anschaut, stellt man fest, daß viele sogenannte ›große Dinge‹ schließlich auf rein persönlicher Basis entschieden wurden. Von Harmodias und Aristogetion bis heute.« Amos sah sie verständnislos an. »Zwei alte Griechen. Egal. Kurz zusammengefaßt, damals ist eine Regierung über ein Dreiecksverhältnis gestürzt.«

Amos seufzte erneut und griff nach seinem Branntweinschwenker. »Ich mache mir nichts aus ihr, aber mein bester Freund würde sein Leben für sie hingeben«, sagte er kopfschüttelnd. »Channa ...«

»Ja?«

»Ich weiß zwar hier ...« Er faßte sich an den Kopf. » ... daß diese ... daß ihre Fixation nichts mit mir zu tun hat. Aber hier ...« Nun berührte er sein Herz. » ... habe ich einfach das Gefühl, daß ich irgendwie daran schuld sein muß. Ich war ein ... Rufer des Geistes – Sie würden sagen, ein Prediger. Ja, ich wußte natürlich, daß die Hälfte der Frauen in diesen Menschenmengen in mich verliebt waren. Na und? Ich hätte nie eine von ihnen angerührt, denn das wäre unehrenhaft gewesen und hätte meiner Sache sicherlich mehr Schaden zugefügt als jedes andere Vergehen. Die Bevölkerung von Bethel ist ... unflexibel, was solche Dinge angeht. Aber wenn ich Liebe als solche erkannte und akzeptierte, weil sie meiner Eitelkeit schmeichelte, bin ich dann nicht auch irgendwie dafür verantwortlich? Wie verzweifelt muß sie sein, und wie einsam. Es ist traurig.«

Channa tätschelte seinen Arm und lächelte tröstend. »Ihrer Beschreibung nach war es früher nie so schlimm wie jetzt. Wenn Ihnen ein Vorwurf zu machen ist, dann muß man den auch jedem charismatischen Politiker und Holostar seit Anbeginn der Zeiten machen. Ihre ... Fixation ... wurde möglicherweise von diesen Drogen verschlimmert, obwohl sie nicht auf Medikamente anschlägt. Simeon, hat irgend jemand schon mit Chaundra darüber gesprochen?«

»Noch nicht«, sagte er nach einer taktvollen Pause, um anzudeuten, daß er nicht zugehört hatte.

»Ich habe beschlossen, ein Auge auf sie zu halten«, sagte Amos und fügte zögernd hinzu, »geistige Fürsorge, das Heilen der Seele. Es ist Teil unserer Religion, daß nur die Geweihten die menschliche Seele heilen können.«

Deine Religion ist der letzte Blödsinn, dachte sie stumm. Natürlich hatte es keinen Sinn, Amos zu verärgern. Menschen sollten nicht dazu gezwungen werden, eine Religion anzunehmen. Das sollte eine Sache der freien Wahl bleiben. »Vielleicht sollten wir Chaundra mitteilen, daß Rachel nicht auf die Behandlung reagiert. Möglicherweise braucht sie stärkere Beruhigungsmittel. Machen wir uns doch nichts vor – wenn die Piraten eintreffen, haben Sie sowieso schon mehr als genug Probleme, die Sie im Auge behalten müssen.«

»Ich kann mehr als eine Sache gleichzeitig im Auge behalten, Channa«, unterbrach Simeon abrupt. »Simeon-Amos?«

Er nickte. »Ich stimme Channa zu. Ich werde mit dem Doktor darüber sprechen. Das ist meine Last, meine Pflicht. Ich werde es tun.« Er stand auf und verschwand mit eingefallenen Schultern in seinem Zimmer.

Channa schüttelte den Kopf. »Man könnte denken, daß er sie zur Hinrichtung schickt.«

»Wer weiß schon, wie sein Volk psychiatrische Behandlung sieht? Die Beichte scheint in ihrer Religion eine herausragende Stellung einzunehmen. Für ihn könnte es gleichbedeutend mit Blasphemie sein, die Sache als medizinisches Problem zu behandeln.«

Mit schräggelegtem Kopf blinzelte sie seine Säule an. »Ach, noch etwas, versuch gar nicht erst mir weiszumachen, daß du diese kleine Unterbrechung nicht genossen hast, Simeon. Inzwischen kenne ich dich zu gut dafür.«

»In Ordnung.« Seine Stimme war unverschämt fröhlich.

Sie lächelte wehmütig. »Aber laß es dir nicht zur Gewohnheit werden, ja?«

»Im Leben gibt es niemals Garantien, Channa.«

»Ach, wirklich nicht? Sollte ich jemals auf den Gedanken kommen, daß du noch weitere kleine Störungen meines Liebeslebens inszenierst, garantiere *ich* dir aber, daß es dir leid tun wird.«

»He, sei doch vernünftig, Channa! Was soll ich denn wohl damit zu tun haben, daß Rachel plötzlich durchdreht? Ich hab sie ja nicht mal ins Zimmer gelassen. Eigentlich hätte ich das nämlich tun sollen, weißt du.«

Channa zuckte nur mit den Achseln.

»Ich habe sogar daran gedacht, dir gar nicht mitzuteilen,

daß sie gerade versuchte die Tür einzuschlagen, wirklich. Aber dann habe ich mir überlegt, daß sie sich wahrscheinlich irgendwo einen Laser besorgt und sich den Weg hineinscheidet. Und wenn sie euch beide noch dazu in flagranti erwischt hätte, hätte sie sich auch nicht damit begnügt, Türen zu zerschneiden.«

»Ach, *danke*, Simeon, du bist ja auch *so* ein Held, daß du mich vor einem Schicksal, schlimmer als der Tod, und vor dem Tod selbst errettest hast. Betrachte dich hiermit als umarmt und als in einer Ekstase der Dankbarkeit gebührend bespeichelt.«

»Verkürzt gesagt soll das wohl heißen, ›meine Attitüde ist wieder da‹, nicht wahr?«

Sie erhob sich und ging auf ihr Zimmer zu. »Ja, Simeon, meine Attitüde ist wieder da.«

»Nun, warum denn? Was habe ich denn getan?«

Sie wirbelte auf dem Absatz herum und warf die Hände hoch. »Ich bin geil, ja? Ich bin geil und frustriert!« Die Tür knallte hinter ihr zu.

Simeon schaltete die Sensoren im Aufenthaltsraum ab, floh die geladene Atmosphäre auf die einzige Weise, die ihm möglich war. *O Mann*, dachte er. Weichhüllen waren vielleicht merkwürdig.

KAPITEL 15

»Nichts, Großer Gebieter. Nichts als Wiederholungen derselben Warnung.«

»Kein Erfolg bei der Überwachung der internen Kommunikation?«

»Nein, Großer Gebieter.«

Diesmal schwang in Bailas Stimme eine Spur Verärgerung mit. Sie befanden sich hier nicht in irgendeinem Hinterland, in keiner barbarischen Elendsgegend, wo man elektromagnetische Signale für interne Kommunikation benutzte. Was sie da angreifen wollten, war eine technologisch hochentwickelte Installation der Zentralwelten. Sie verfügte über interne optische Schaltkreise. Was erwartete der Große Gebieter von ihr? Daß sie zu der Station hinüberflog und sich den Weg hineinschnitt, um eine Leitung anzuzapfen?

Wir sind alle ungeduldig, dachte Belazir. Der Klanimpuls bestand darin, die Beute anzuspringen und einzunehmen. Sie bis auf die Knochen zu plündern und weiterzuziehen. Lange Zeit waren sie damit sehr erfolgreich gewesen.

»Irgendwelche anderen Schiffe?«

»Nicht seit diesem Frachter, der den Empfang ihres Warnstrahls bestätigt und abgedreht hat.«

»Serig.«

»Ich erwarte deinen Befehl, Gebieter.« Aus Serigs Mund war das keine bloße Floskel: Er bebte förmlich vor Erwartung.

»Wir setzen uns in genau einskommafünf Stunden nach Beendigung des nächsten Tageszyklus in Marsch.« Das entsprach ungefähr drei Stunden terranischer Zeit, da Kolnar seine Sonne langsamer umrundete als Menschenheim. »Alle Fahrzeuge feuern ihre Sucher gleichzeitig ab und beginnen dann mit den subraumsperrenden Impulsen. Die *Würger* und die *Zeitalter der Finsternis* verharren in Kampfbeobachtung, um gegebenenfalls Feuerschutz sicherzustellen. Die *Schreckliche Braut* und die *Hai* fliegen jeweils die obere und untere Polarachse an, wo sie andocken und danach die Station besetzen. Es folgen die zu sichernden Gebiete.«

Mit den Händen gab er eine Sequenz ein, worauf sich über den Grundriß der SSS-900-C ein farbkodierter Marschbefehl legte.

»Schnell zuschlagen! Jedes Anzeichen von Gegenwehr mit größtmöglicher Gewalt niederschlagen. Sollte feindlicher Widerstand die Infanterie aufhalten, sind diese Decks zu sichern und raumseitig aufzusprengen. Ich befinde mich bei der zweiten Welle an der nördlichen Polachse.«

»Gebieter.«

»Kapitän Gebieter Pol wird nicht von Bord gehen, bevor das Ziel nicht voll gesichert ist. Das sind meine Befehle. Sie sind mir in der Mitteilung zu wiederholen.«

»Ich höre und gehorche, Großer Gebieter«, sagte Serig. Er machte sich ein paar Notizen. »Kompaktstrahl?«

»Natürlich.«

»Darf ich den Sturmtrupp anführen?«

Belazir und sein Gefolgsmann hatten dasselbe Wolfsgrinsen. »Natürlich.«

Joseph ben Said nickte ernst. »Ich bin froh, daß du mir diese Dinge gezeigt hast, Joat.«

Joat blickte schachtabwärts zwischen ihren Beinen hindurch – anders konnte sie das Gesicht des Betheliters nicht erkennen, da sie beide gerade im Aufstieg befindlich waren –, sie lächelte keck. An dieser Gabelung mit zwei Versorgungsschächten hatten sie haltgemacht, damit sie ihm Orientierungshinweise geben konnte. Er hatte einen dicken Arm in einer Leitersprosse verhakt, um in die anderen Schächte spähen zu können.

»Du lernst ziemlich schnell«, meinte sie. »He, und du zuckst auch nicht zurück, wenn es mal haarig wird.«

Ein raubvogelartiges Lächeln überzog Josephs kantiges Gesicht. »Joat-meine-Freundin, dort, wo ich aufwuchs, hat man entweder schnell gelernt oder man war tot. Und ich habe auch viel Zeit an engen Orten zugebracht. Mehr in Kanälen und Tunnels, nicht in Schachtsystemen, aber das Prinzip ist dasselbe.«

»Ja, ich denke, wir haben eine Menge gemeinsam«, sagte sie. *Du armes Schwein,* fügte sie bei sich hinzu. Nicht laut. Offensichtlich waren diese Typen ziemlich empfindlich, wenn es um Sprache ging.

»Aber ich bin überrascht, daß du dich mit solcher Freiheit umherbewegen kannst, wo sich doch jeder Abschnitt versiegeln und entlüften läßt«, fuhr Joseph fort. Nachdenklich knackte er seine dicken Finger und holte ein langes, gebogenes Messer hervor, um eine Schwiele zu stutzen. »Und außerdem gibt es noch die Wartungsservos, die ebenfalls zentral kontrolliert werden.«

»Na ja, man muß sich die Sache mal von unten anschauen«, erwiderte Joat. »Komm mit.«

Sie stemmten sich hinauf, den Rücken und die Beine gegen die gegenüberliegende Seite des Schachts gepreßt, dann krochen sie in eine etwas breitere Verbindungsröhre hinein.

»Siehst du? Da ist das Siegel«, sagte sie und fuhr mit einem Finger den Rand der achteckigen Öffnung entlang, wo die beiden Schächte sich kreuzten.

»Aha.« Joseph spähte genauer hin. »Ich verstehe – eine dünne Schicht?«

»Nö, verzahnte Spitzkeile, das ist irgendwie stärker. Komm bloß nicht dazwischen, wenn es sich gerade schließt. Hier, wo eigentlich keine Leute sein sollten, gibt es auch keine Sicherheitsdruckbremsen, die schneiden dich also glatt in zwei Stücke.«

Joseph nickte und setzte dabei seine Untersuchung fort. »Und das hier?« Er berührte eine kleine Ausbuchtung.

»Zugangspaneel. Hier.«

Joat holte ein eckiges Stück Elektronik aus ihrem Geschirr und berührte es. Die Ausbuchtung verschwand in der Wand. Im Inneren waren Anzeigen, eine Tastatur und eine Datenschnittstelle zu erkennen. Sie zappelte umher, bis der Rucksack zwischen ihren Knien auf dem Boden stand, dann holte sie ein Zugkabel hervor und stöpselte es in die Dose.

Die Maschine leuchtete auf. *Hallo, Joat*, spulte darauf ab. *Simeon macht ciao-ciao knurps!*

»Was ist das denn?« fragte Joseph fasziniert.

»Ich habe zuerst geglaubt, daß das Simeon in einer griesig merkwürdigen Laune ist«, antwortete Joat, während ihre Finger in einem schnellen *Tapptapptapptipptipptipp* über die Tasten huschten. »Aber das ist es nicht. Es ist nur so ein wirklich raffiniertes KI-Programm, das auf den Hauptrechnern der Station läuft. Legt dich rein, verstehst du? Da glaubst du schnell, daß es eine echte Person ist, ist es aber nicht. Schlaues Stück Blech, aber ich kann es umgehen. Wenn es dich für Simeon hält, wird es richtig zahm wie ein Tier.«

Hallo, Simeon, erschien auf dem Schirm. *Was gibt's, Boß? Hä? Hä?*

Joats Finger rasten. *Nicht viel*, gab sie ein. *Update von Schande über mich*, fügte sie hinzu.

Den kenne ich noch nicht, Kumpel, erwiderte die Maschine. *Yippy!* Joat hatte vor Konzentration die Zunge zwischen die Zähne gepreßt. Endlich lehnte sie sich zurück und seufzte, ließ die Finger beider Hände knacken.

»Jetzt hält es mich wieder für Simeon«, sagte sie.

»›Schande über mich‹?« fragte Joseph.

»Legst du mich einmal rein«, zitierte Joat, » – Schande über dich. Legst du mich zweimal rein – Schande über mich.«

Joseph lachte leise und anerkennend. Joat spürte das ruhige Glühen der Befriedigung, wie man sie nur bei einem anderen Gleichgesinnten bekommen konnte. Seld war ja nett, aber er war kein ... Na ja, er war eben nicht erwachsen, nicht auf jene besondere Weise, wie Joseph es war. Sie hatte zwar viele Leute gekannt, die auf diese Weise erwachsen waren, aber Joseph war der erste, den sie jemals gemocht oder dem sie vertraut hatte.

»Dann manipulierst du das System also durch den Zentralcomputer?« fragte er.

»Nö, die meiste Zeit nicht. Zu auffällig. Verdammt offensichtlich, um genau zu sein. Es gibt hier ein verteiltes Netzpunktsystem, praktisch Tausende von kleinen Compies, und alle mit Stellvertreterautorisierung, sofern man hineinkommt. Und niemand kommt dort hinein wie ich, guter Mann.«

Joseph schlug ihr mit der Hand auf die Schulter. Sie versteifte sich und starrte sie an. Er nahm sie wieder fort, weder hastig noch zögernd.

»Wie hast du das alles aufgeschnappt?« fragte er bewundernd und zeigte auf ihren Spuglish.

»Vater.« *Die Drecksau.* »Hab noch mehr von dem Drecksack gelernt, der mich von meinem Onkel gewonnen hat«, fuhr sie fort. »Der war schlau, echt schlau, wenn er nicht betrunken war oder ... na ja, wenn er eben nüchtern war. Kannte sich in jedem System aus, das es gab. Ist nie erwischt worden, nur einmal.«

»Von wem?« fragte Joseph.

Joat kehrte ihm das Gesicht zu, und für einen Moment war es alles andere als ein Kindergesicht. »Von mir«, sagte sie leise. »Er hat mich vergessen. Und ich habe sein System geknackt. Die glauben, daß er immer noch am Leben ist. Er ist schnurstracks durch die Schleuse und hat dabei Blut gepißt. Sein Schiffscomputer hat behauptet, daß alles in Ordnung wäre.«

»Na ja«, meinte Joseph mit einem kalten Lächeln, »wenn es für den amtlichen Bericht genügt, genügt es mir allemale. Und jetzt zeig mir noch mal, wie du die lokalen Subsysteme entkoppelst.«

»Nun, das muß physisch gehen«, fuhr Joat fort, wieder aufgekratzt. »Du ...«

»Es freut mich zu sehen, daß ihr beide euch angefreundet habt«, meinte Amos.

Joat und Joseph waren unter heftigem Gelächter durch die Tür gekommen und hatten einander auf die Schulter geschlagen.

Joseph lächelte seinen Anführer an und verneigte sich förmlich, die Hand aufs Herz gelegt. »Mein Bruder, du hast mir eine große Gunst erwiesen, indem du mich dieser jungen Zauberin vorgestellt hast«, sagte er. »Und unserer Sache.«

»Seid ihr Burschen Brüder?« fragte Joat plötzlich.

»Nein«, erwiderten Channa, Simeon und Amos gleichzeitig.

»Nicht?« Joat blickte von einem zum anderen, runzelte leise die Stirn, dann verscheuchte sie das Problem mit einem Kopfschütteln. »Ja, wir hatten eine Menge Spaß!« fuhr sie fort. »Joe hier begreift ziemlich schnell für einen Erwachsenen.«

»Für einen Erwachsenen?« fragte Amos mit hochgezogener Braue.

»Du weißt schon«, erklärte Joat gütig, »für jemanden, der *alt* ist.«

Amos schürzte die Lippen. Er war ein Jahr älter als Joseph. »Ich bin erfreut zu sehen, daß du ihn für würdig befunden hast«, meinte er trocken.

»Ja, habe ich.« Joat schnitt eine Grimasse. »Kann ich dich etwas fragen?« fragte sie.

»Aber sicher, Stieftochter Channas«, sagte Amos.

»Die meisten Erwachsenen sind ziemlich komisch, wenn Kinder Sachen wissen«, fuhr sie fort. »Du nicht. Wie kommt das?«

Amos blinzelte. »Du bist ... wie alt, zwölf?« fragte er.

»Ungefähr. Läßt sich schwer sagen, wenn man viel überlichtschnellen Flug und etwas Kälteschlaf hinter sich hat.«

»In deinem Alter habe ich meinen Familienbesitz geleitet«, sagte Amos. »Das hätte ich natürlich nicht getan, wenn mein Vater noch am Leben gewesen wäre. Söhne ärmerer Eltern werden mit zwölf in die Lehre geschickt, dann arbeiten sie jeden Tag und kommen für ihr eigenes Essen auf. Warum sollte ich da überrascht sein, wenn du das gleiche kannst?«

Joat strahlte. »*Endlich*«, sagte sie und wandte sich triumphierend an Channa. »Habe dir doch gesagt, daß ich mehr lernen kann, wenn ich einen richtigen Job habe!«

»Was habe ich denn gesagt?« fragte Amos und zuckte zusammen, als Channa ihm einen bösen Blick zuwarf.

»Habe versprochen, daß ich Seld einfangen gehe«, verkündete Joat. Sie schlang den Rest ihres Frühstücks herunter und steckte sich noch ein paar Stücke Obst in die Taschen ihres unförmigen Einteilers. »Macht's gut, zusammen.«

»Da wir gerade von den Chaundras reden«, sagte Channa bedeutungsvoll und musterte dabei Amos. »Ich muß los. Noch mehr Konferenzen. Nicht vergessen.«

Joseph wartete, bis erneut Schweigen eingetreten war, dann sah er Amos besorgt an. »Stimmt irgend etwas mit dir nicht, mein Bruder?«

Amos sah auf seinen Teller hinunter. »Nein«, antwortete er. Er wies Joseph mit einem Winken an, sich zu setzen, stand aber selbst auf und legte die Hände auf den Rücken. »Mit mir ist alles in Ordnung. Es geht um Rachel.« Er hob die Hand, um Josephs Protest zu unterbinden. »Laß mich ausreden. Sie ist neulich abend hierhergekommen, wütend, tobend. Sie hat behauptet, wir seien verlobt. Ihre Augen, Joseph, waren ganz wirr und sie hat gezittert ... ihr Gesicht war so bleich.« Er blickte seinen Freund an. »Unsere Rachel zerfällt vor unseren Augen in Stücke. Ich werde Chaundra mitteilen, was ich dir schon gesagt habe, und wenn er entscheidet, daß sie eine Behandlung braucht, dann soll sie sie bekommen.«

Joseph nickte abgehackt, stemmte sein Gesicht auf eine Hand. Seine Schultern zuckten krampfhaft, dann beruhigte er sich wieder.

»Ich bin dankbar, daß du deine Gedanken mit mir teilst«, sagte er. »Obwohl du ja nun an ihres Vaters Statt stehst.«

»Wir haben keinen Seelenheiler hier, Joseph«, erwiderte Amos mit tiefempfundenem Bedauern.

»Also muß Rachel die Geschütztheit ihrer Seele vor einem Ungläubigen, einem Außenstehenden verlieren«, erwiderte Joseph.

»Ich hätte nicht gedacht, daß du so fromm bist.«

Joseph seufzte und schüttelte müde den Kopf. »Es ist doch merkwürdig, wie tief die Erziehung der eigenen Kindheit greift. Am Ende werde ich noch feststellen, daß auch ich ein Sohn des Tempels bin.«

»Wenn du wirklich gegen ein solches Vorgehen bist, werde ich sie nicht zwingen«, warf Amos ein.

Joseph erhob sich und umarmte Amos nach Art des Bruders. »Danke«, erwiderte er, »aber wenn mein Herz auch rebelliert, so sagt mir mein Verstand doch, daß du recht hast ... verdammenswert recht. Das ist eine irritierende Angewohnheit von dir, Amos ben Sierra Nueva.«

Amos grinste. »Das hat man mir schon öfter gesagt. Mich selbst irritiert es auch, Bruder. Willst du bei ihr sein?«

Joseph zögerte, dann schüttelte er den Kopf. »Nein«, sagte er nach einer Weile. »So, wie es ihr geht ... wäre es keine Freundlichkeit. Ich werde meine Arbeit fortsetzen.« Sein Mund zuckte. »Die Arbeit ist wahrhaftig die Gnade Gottes, wie der Prophet gesagt hat. Nicht wahr?«

»Ich finde immer mehr Wahrheit in seinen Worten, je öfter ich auf sie zurückgreife«, antwortete Amos ernst, die Hand auf die Schulter des anderen gelegt. »Wahrheit, die zu stark für die Ketten des Dogmas ist. Gehe in Frieden.«

»Um den Krieg vorzubereiten«, bemerkte Joseph.

Amos lachte wehmütig. »Eine weitere Wahrheit, die der Prophet uns hinterlassen hat: ›Wenn du den Frieden wünschst, dann bereite den Krieg vor.‹«

»Welch ein Jammer, daß die Ältesten glaubten, daß dies nur den geistlichen Kampf meint«, konterte Joseph.

»Der Prophet war ein überraschend praktisch gesinnter Mann«, bemerkte Amos. »Ich bemühe mich, ihn nachzuahmen.«

»Das tust du auch. Das tust du sehr gut«, gab Joseph zur Antwort und verneigte sich förmlich: eine seltene Geste zwischen ihnen.

»Gehen wir Seld Chaundra holen«, schlug Joat vor, als Joseph sie am Fahrstuhl einholte. »Wir sollen uns verstekken, sobald die Piraten aufkreuzen, deshalb sollte er diesen Kram auch zu sehen bekommen.«

»Ich habe keine Einwände«, erwiderte Joseph milde.

»Haben du und Simeon-Amos sich über irgend etwas gestritten?« fragte sie unverblümt.

»Nein.« Joseph zuckte mit den Schultern. »Wir sind zusammen wütend, auf das, was ist und sich nicht ändern läßt.«

»Ja, so ist das Leben«, bemerkte Joat.

Sie erreichten den Hauptkorridor und nahmen zwei Personentransporter von der Wand. Joseph blickte ein wenig zweifelnd drein, als er auf die Scheibe stieg. Als sie sich lautlos vom Boden hob, hielt er sich mit einer breiten Hand am Griff fest. Joat zeigte Joseph die einzutippende Adresse, um zur Wohnung der Chaundras zu gelangen. Die kleine Schwebescheibe setzte sich in Bewegung, huschte geschmeidig durch den Verkehr und rief Fahrstühle herbei, wenn ihr Weg sie auf die oberen Decks führte.

Seld öffnete die Tür persönlich.

»Hallo«, sagte er etwas nervös.

»Hallo, das ist Joseph ben Said«, antwortete Joat und zeigte auf den dunkelhäutigen Mann neben ihr. »Simeon-Amos hat vorgeschlagen, daß ich ihn herumführe, und ich dachte, du möchtest vielleicht mitkommen.«

»Ach, das würde ich gern«, sagte er voller Freude, die jedoch im nächsten Augenblick wieder verschwand. »Ich kann aber nicht. Ich bin festgenagelt.«

»Was bist du?« fragte Joat verwundert.

Seld errötete bis zu den Wurzeln seines rotbraunen Haars. »Strafmaßnahme. Ich habe Hausarrest, darf nicht raus.«

Joats Miene war eine Mischung von Erheiterung und Abscheu. *Bin froh, daß ich keine Eltern habe*, dachte sie. *Ich lasse mich doch nicht irgendwo festnageln, wo ich gar nicht sein will.*

»Mensch, Seld, dein Vater kriegt die Sache wohl überhaupt nicht auf die Reihe. Erst ist es zuviel ›geh‹, und jetzt ist es zuviel ›bleib‹.« Sie schüttelte ehrfürchtig den Kopf. »So kann man das Spiel nie gewinnen. Komm doch trotzdem«, setzte sie hinzu und blickte ihn mit schräggelegtem Kopf an.

»Ich *kann nicht*«, wiederholte er und warf einen nervösen Blick auf Joseph. Der Betheliter verschränkte die Arme, blickte an die Decke und summte locker vor sich hin.

»Der ist schon in Ordnung«, versicherte Joat. »Weshalb nicht?«

»Weil mein Vater mich anrufen und überprüfen wird.«

Joat rollte die Augen. »Dann hörst du eben ab und zu den Anrufbeantworter ab. Wenn er angerufen hat, kannst du zurückrufen und sagen, daß du gerade auf dem Klo warst. Er macht sich soviel Sorgen um deine Sicherheit, Seld, dabei sollte er sich mehr Sorgen machen, wenn du das nicht weißt. Du mußt dich doch im hinteren Teil der Station auskennen. He! Wenn es dir wirklich zu schaffen macht, können wir Simeon bitten, uns zu helfen, oder Joseph ...?« Sie blickte ihn mit flehenden Augen an.

Joseph löste seine Arme wieder. »Ich glaube, man könnte

es deinem Vater erklären …« Da brach er ab, sein Blick war auf jemanden im Gang hinter Joat fixiert. »Rachel?«

Rachel bint Damscus blieb stehen, musterte ihn kalt von Kopf bis Fuß. »Nun, Joseph ben Said. Ich frage mich, ob du vielleicht irgendwelche Botschaften hast, die du mir vorenthältst?«

Er war verblüfft. »Wovon redest du, meine Dame?«

»Deine Dame bestimmt nicht, Bauer«, sagte sie und spuckte ihm das Wort förmlich entgegen, die Augen aufgerissen und blitzend. »Amos hat mir mitgeteilt, daß er dich dazu abgestellt hat, mir darüber Nachricht zu geben, daß er bei dieser dürren, teiggesichtigen Schlampe einzieht. Aber du hast es anscheinend nicht für nötig gehalten, es mir zu sagen. Warum dies?«

»Wir befinden uns im Kriegszustand«, sagte er kurzangebunden. »Die Zeit ist knapp. Rachel bint Damscus, ich stelle dir Joat vor«, sagte er und machte eine höfliche Geste in ihre Richtung, »die Stieftochter von Simeon. Und ich möchte dich mit Seld Chaundra bekannt machen.«

Rachel musterte die beiden jungen Leute, als hätte er sie soeben einem Paar von Nagern vorgestellt. »Simeon …?« fragte sie und nahm nur auf, was ihr wichtig schien.

»Ja«, zischte er mit einem Flüstern, wobei er gleichzeitig näher an sie herantrat. *Jetzt nicht*, sagte seine Miene. *Verschone diese Kinder.*

»Wer ist denn dieser ›Simeon‹, daß jeder so respektvoll von ihm redet?«

»Er und Channa leiten die Station«, teilte Joat ihr mit.

»Aha«, machte Rachel und sah sie mit falschem Lächeln an, »dann bist du somit also auch die Stieftochter der Hure?«

Josephs Hand schoß blitzschnell vor, lenkte Joats ab, die schon die halbe Strecke zurückgelegt hatte, um einzusetzen, was sie gerade festhielt.

»Laß es fallen«, sagte er. »*Sofort*, Joat.«

Joat wehrte sich gegen seinen Griff, bleckte dabei die

Zähne, mußte aber nachgeben. Der Griff um ihr Handgelenk war zwar nicht fest genug, um weh zu tun, aber von der ungerührten Festigkeit eines mechanischen Greifers. Der Betheliter entriß ihr mit der anderen Hand die kleine quadratische Schachtel.

»Eine Waffe?« fragte er und drehte sie kurz um. »Schlage niemals unüberlegt zu, Joat. Und möglichst selten im Zorn. Das bringt nur Probleme.« Er reichte ihr das Gerät zurück. »Warte ab.«

Rachels Gesicht hatte eine häßliche, gescheckte Färbung angenommen, teils aus Furcht und teils aus Demütigung. Sie lief leuchtendrot an, als Joseph sie am Oberarm packte und ein Stück den Gang entlang zerrte.

»Nimm gefälligst die Hände von meinem Arm, Bauer«, brüllte sie. Joseph ignorierte sie ungerührt, ebenso ihre Versuche, stehenzubleiben. »Laß mich los!« kreischte sie.

Beim Klang ihrer Stimme blieben Passanten stehen. Joseph blickte den Gang hinauf und hinunter. Hier konnte man nicht ungestört sein, und der nächste Ort dafür war fern. Er ließ ihren Arm fahren und sprach mit fester, leiser Stimme auf sie ein.

»Meine Dame, du bist nicht mehr du selbst. Die Kälteschlafmedikamente haben dein ... Gleichgewicht beeinträchtigt. Bitte begleite mich ins Lazarett und ...«

»Ja! Zurück zu dem ungläubigen Arzt, damit er mich unter Drogen setzen, mich vergiften kann, auf daß der wunderbare Amos sich zwischen den Schenkeln dieser Schlampe suhlen kann, dieser Hure ...«

In einer bittenden Geste streckte er die Hand aus. Rachel schlug sie verächtlich beiseite wie eine Spinne.

»Rühr mich nicht an, du Bauer von einem Zuhälter! Mir wird schlecht vor dir. Rühr mich nicht an!«

Sie schlug wieder zu, eine harte, schallende Ohrfeige, dann erneut mit dem Handrücken, und immer wieder. Josephs Kopf bewegte sich nur wenig auf seinem muskulösen Hals, obwohl ihm nun Blut aus Nase und Mundwinkel hervorströmte. Beim vierten Schlag ergriff er ihre Hand. Sie begann auf ihn einzuprügeln, versuchte, sich aus diesem ungerührten Griff zu befreien. Er drehte ihre Hand um, legte die blutenden Schnittwunden frei, wo ihre Knöchel gegen seine Zähne und Knochen geschlagen waren.

»Meine Dame«, sagte und durchschnitt ihre schrillen Schreie, »schlage mich, wenn du willst, aber du wirst dir dabei nur die Hand verletzen. Hier, nimm dies.«

Mit der freien Hand machte er einen kleinen Schlenker und ein Messer erschien darin: ein Kurzdolch mit einem in schlichtes Leder gewickelten Griff, der scharf genug aussah, um selbst Licht noch zu schneiden. Rachel kreischte und wich wieder zurück, doch Josephs Hand vollzog eine weitere Bewegung und streckte den Griff vor. Dann wartete er, die Augen auf ihre geheftet. Schweigen setzte ein, nur unterbrochen von Rachels schnellem, raspelndem Atem. Die Umherstehenden drängten davon und ihre Stimmen wurden zu einem bloßen Gemurmel. Dann riß Rachel sich los und rannte, prallte dabei gegen eine Ecke, als sie in einem Seitengang verschwinden wollte.

Joseph schob das Messer klickend in seine Scheide am Handgelenk, sein Blick war nachdenklich. Während er zu den beiden Jugendlichen zurückkehrte, wischte er sich mit einem Tuch das Gesicht ab.

»Ich glaube, ich mag sie nicht«, bemerkte Joat lakonisch.

»Ich entschuldige mich«, erwiderte Joseph ruhig. »Die Dame Rachel wurde sanft erzogen. Sie leidet unter Streß, und ihr bekommt die Medizin nicht.«

»Die ist reif für die Klapsmühle« erwiderte Joat roh. *Er steht auf sie,* dachte sie. *Mist! Was für eine furchtbare Vergeudung.* Die Menschen sollten sich lieber wie Bakterien durch Zellteilung fortpflanzen. Das war um einiges sauberer. Selbst ungriesige Leute wie Joe wurden merkwürdig, sobald sie scharf waren.

Joseph blickte sie stirnrunzelnd an. »Ihr bekommen die Medikamente nicht, wie ich schon sagte.«

»Ja, Klapsmühle, wie ich schon sagte ... Also schön, vergessen wir es. Wie hast du die Nummer mit dem Messer abgezogen?«

»Ein Federmechanismus in der Scheide«, erklärte Joseph, offensichtlich froh, das Thema wechseln zu können. Er bog sein Handgelenk zurück und zeigte es ihnen.

Joat musterte Seld, fing seinen Blick auf. In stummer Bestätigung schüttelte er den Kopf. *Erwachsene! Die sind doch plemplem.*

Channa kam in den Aufenthaltsraum gestolpert und ließ sich mit dem Gesicht zuerst in die Kissen auf der Couch fallen. »Ich *hasse* das Pendeln«, sagte sie mit theatralischem Stöhnen.

»Ha!« lautete Simeons neckender Kommentar. »Das nennst du pendeln? Zur Zeit meines Großvaters ...«

»Zur Zeit deines Großvaters«, sagte sie und richtete sich in eine sitzende Stellung auf, »ist man wahrscheinlich mit dem Ochsenkarren durch den Subraum gependelt, durch Schneewehen von vierzehn Fuß Höhe, und das war noch im Hochsommer, während sich Insekten von der Größe eines Erzfrachters im Flug auf einen stürzten, und das alles nur, um sich beim drei Lichtjahre entfernten nächsten Nachbarn eine Tasse Zucker auszuleihen. Ich«, fuhr sie fort und zeigte auf sich selbst, »bin aber nicht so widerstandsfähig. Und ich hasse es zu pendeln.«

»Kein Problem, mit dem ich zu tun bekommen dürfte«, bemerkte er.

»Nein!« pflichtete sie ihm bei.

»Daher sollte ich dir also nur Sympathie und Verständnis anbieten«, schlug er vor.

»Absolut, und ich werde es natürlich dankbar als genau

den Balsam annehmen, nach dem sich mein geschundener und zerschlagener Geist sehnt.«

»Armes Baby.«

»Ach«, seufzte sie. »Nun! Jetzt geht es mir besser. Was gibt es Neues an der Heimatfront?«

»Anscheinend hat Joat dafür gesorgt, daß Seld Hausarrest bekommt, bis er einundzwanzig geworden ist.«

»Wie hat sie denn das geschafft?«

»Chaundra hat ihm Hausarrest aufgebrummt, aber sie hat ihn dazu überreden können, zusammen mit ihr und Joseph die Station zu erkunden.«

»Armer Seld. Und wie reagiert Joat darauf?«

»Oh, es ist alles ihre Schuld, sie hat den Kuß des Todes oder so etwas an sich ...«

»Daß Seld zurückbleibt, ist ihre Schuld?«

»Nein, nein. *Alles* ist ihre Schuld. Im selben Augenblick, da wir sie adoptierten, wurde Bethel angegriffen, so daß Amos fliehen mußte, worauf die Piraten ihn verfolgten, wodurch die Station jetzt in Gefahr schwebt. Du siehst schon die logische Ereigniskette. Sie ist mal wieder in einer ihren deprimierten Launen.«

Diese waren zwar meistens nur vorübergehend, aber von unberechenbarer Länge.

»Ich kann nicht leugnen«, meinte sie und rang mit einem Lachen, »daß die Logik unbestechlich ist, wenn man die Daten auf diese Weise zubereitet.«

Sie lachten beide noch, als Amos entrat.

»Was ist denn die Ursache für solche Heiterkeit?« fragte er grinsend.

Channa musterte sein anziehendes Gesicht, und es schien ihr, als stünde die Station für einen Augenblick still.

»Ach«, teilte Simeon ihm mit, »die Schrecken, zwölf Jahre alt zu sein.«

Amos erschauerte. »In der Tat«, sagte er schmunzelnd. »Wenn doch nur alle Schrecken gleichzeitig so vorübergehend und im nachhinein so amüsant wären. Ich habe mich damals in die Köchin verliebt. Als das vorbei war, gelangte ich zu dem Schluß, daß ich religiös inspiriert sei – und davon habe ich mich nie mehr erholt.«

Channa schnaubte unwillkürlich vor Lachen, dann sah sie ihn wieder an, um sich zu überzeugen, daß es in Ordnung war, um sich schließlich in einem tobenden Lachanfall beinahe aufzulösen.

»Wenigstens«, sagte sie schließlich und fuhr sich mit dem Handrücken über die Augen, »nehmen Sie sich selbst nicht allzu ernst.«

»Das kann ich mir nicht leisten«, antwortete Amos und verneigte sich mit einer Hand auf der Brust. »Das tun schon viel zu viele andere. Wenn ihr Prophet nicht über sich selbst lachen kann, dann sind sie auch verloren.«

»Meine Jugend war noch schlimmer«, warf Simeon ein. Sie wandten sich der Säule zu. »Man stelle sich vor – meine reine, unbefleckte, junge Seele, plötzlich einem Haufen abgehärteter Asteroidenschürfer ausgesetzt.«

»Ja, das hat unverkennbar Narben hinterlassen«, bemerkte Channa trocken.

»Niemand entkommt ohne Narben«, meinte Amos weise.

»Und niemand kommt lebend heraus«, sagten sie alle gemeinsam Chor.

»Sprecht ihr etwa über die Station?« fragte Joat entsetzt, als sie aus ihrem Zimmer trat.

»Nein, nein«, widersprach Channa. »Über das Leben.« *Tatsächlich über das Teenagerleben, aber wir wollen jetzt mal lieber nicht allzusehr in die Details gehen.*

Joat begann damit, Channas Schreibtisch umzuorganisieren, indem sie die Geräte herunterwischte.

»Einfach zu doof!« sagte sie und ließ einen elektronischen Notizschirm herunterkrachen.

»Was denn?« fragte Simeon in tröstendem Ton. Manchmal irritierte dieser Ton Joat so sehr, daß sie darüber vergaß, was ihr Sorgen bereitete. Doch diesmal war sie allzusehr darauf konzentriert.

»Seld«, erklärte sie. »Ich meine, das könnte die letzte Woche unseres Lebens sein, und Seld ist in seinem Zimmer eingesperrt! Hervorragender Abgang! Oder was meint ihr?«

Niemand antwortete ihr. Channa und Amos wichen ihren Blicken aus. Ein Ausdruck leiser Empörung überzog ihre Gesichtszüge, und sie versuchte es auf einer anderen Schiene.

»Hört mal, ich brauche ihn«, sagte sie ernst. »Er ist wirklich ziemlich gut, auf eine jung-griesige Weise, ja? Ich will helfen. Kapiert? Deshalb habe ich mir gedacht, daß wir, Seld und ich, vielleicht ...« Sie brach ab, preßte die Fingerspitzen gegeneinander und starrte zur Decke, wobei sie auf ihrer Lippe herumkaute. »Ich habe mir gedacht, daß wir vielleicht ein paar von diesen Signalunterbrechern bauen könnten, die ich immer verwende«, platzte es aus ihr hervor.

»Du meinst die Dinger, mit denen du mich daran hinderst, dich zu sehen oder zu hören?«

»Ja.« Joat schien von ihren eigenen Fingernägeln fasziniert zu sein. »Genau die.«

»Joat, das könntest du auch im Konstruktionslabor tun. Dort werden alle nur zu gern bereit sein, dir zu helfen. Wenn wir genügend Leute haben, um die Bauteile zusammenzusetzen, könnten wir in der Zeit, die uns noch bleibt, eine ganze Menge davon herstellen.«

»Nein«, widersprach Joat und nahm Platz, den Blick auf Simeons Säule geheftet. »Ich meine, mir gefällt die Idee, im Konstruktionslabor zu arbeiten, versteh mich da nicht falsch. Aber der Signalunterbrecher ist *meine* Idee, und die werde ich nicht einfach preisgeben. Ich weiß ja, daß ich nur ein Kind bin, aber ich weiß auch, daß man so was nicht tut.«

»Ich werde schon nicht zulassen, daß irgend jemand die Anerkennung für deine Erfindung einheimst, Joat. Ich habe vor, voll und ganz für deine Interessen einzutreten. Darauf gebe ich dir mein Wort.«

»Danke«, erwiderte sie schlicht. Ein merkwürdig feierliches Schweigen machte sich breit. Dann fuhr Joat fort: »Wißt ihr, es ist wahrscheinlich keine allzu gute Idee, zu viele von den Dingern zu haben. Ich meine, je mehr es davon gibt, um so wahrscheinlicher ist es, daß irgendein Penner einen verliert und die Piraten ihn finden, dann stellen die fest, was los ist, und wo bleiben wir dann?«

»Ein berechtigter Einwand«, bemerkte Channa vorsichtig.

»Also«, Joat klatschte sich auf die Beine, dann fuhr sie mit den Handflächen die Oberschenkel hinauf und hinunter, »ich habe mir folgendes gedacht. Seld und ich bauen gerade genug für euch Leute«, sie drehte sich zur Seite und zeigte auf Amos und Channa. »Und so viele für die Ratsmitglieder oder Gruppenführer, wie wir können.« Sie musterte die Mienen der Erwachsenen, prüfte ihren Ausdruck, um sich schließlich wieder Simeons Säule zuzukehren. »Was meinst du dazu?«

»Ich meine, daß du eine hartherzige, harte Feilscherin bist; eine Erpresserin und eine Technohexe. Davon abgesehen werde ich mit Chaundra sprechen, und ich glaube schon, daß er es Seld gestatten wird, an einem autorisierten Projekt teilzunehmen. Aber nächstes Mal solltest du mehr Vernunft walten lassen, Joat. Wenn ich dich adoptiere, wirst du auch deine Grenzen haben. Ach ja, und treib ihn bei der Arbeit nicht allzusehr an. Er ist einfach nicht ...« Simeon versuchte, seine Ermahnung diplomatisch zu formulieren. » ... der zäheste.«

»Ich weiß«, sagte sie leise und nickte feierlich. »Ich werde auf ihn aufpassen, ich verspreche es.« Dann lächelte sie ein angespanntes, leises Lächeln und erhob sich. »Also dann, gute Nacht.«

»Gute Nacht«, wünschten sie ihr.

Als sich die Tür hinter ihr geschlossen hatte, blickte Amos Channa strahlend an, dann senkte er die Augen. »Auch ich bin müde, und es gibt noch so viel zu lernen.«

»Tun Sie, was Sie können«, riet Channa ihm. »Und machen Sie den Rest nach Gefühl.«

»Und vergessen Sie nicht«, teilte Simeon ihm mit, »daß Sie nur zu fragen brauchen, dann werde ich Ihnen schon zu helfen versuchen. Channa, warum gibst du ihm nicht jetzt den Kontaktknopf?«

»Ja.« Sie holte eine kleine Schachtel aus der Schreibtischschublade, um sie Amos zu überreichen.

»Wir sollten Joat und Seld wohl auch jedem einen geben«, schlug Simeon vor.

Channa nickte.

Amos musterte den kleinen Knopf neugierig.

»Dieses Gerät ermöglicht es mir, zu sehen, was Sie sehen, zu hören, was Sie hören, und relativ ungestört zu antworten«, erklärte Simeon ihm.

»Es ist so klein«, meinte Amos, während er den winzigen Apparat untersuchte.

»Aber so effizient«, erwiderte Simeon durch den Knopf.

Erschrocken ließ Amos ihn fallen.

»Jetzt begreife ich, wie nützlich er sein könnte«, meinte er lachend, als er ihn wieder aufhob. »Danke, Simeon.«

Channa zögerte. »Bis morgen früh.«

»Ja, es wird nur allzu kurz sein«, erwiderte er und verneigte sich wehmütig vor ihr.

Channa gähnte gewaltig und sah gleichzeitig auf das Display. Es war schon wieder Abend, beinahe Zeit für das Essen. Hoffentlich verlief es etwas fröhlicher als das Frühstück, bei dem es äußerst gedämpft zugegangen war. »Schon wieder ein Tag vorbei? Gütige Götter! Wo sind denn überhaupt die anderen?«

»Amos ist gerade auf dem Heimweg und dürfte jeden Augenblick eintreffen«, meldete Simeon. »Joat verstößt soeben im Konstruktionslabor gegen einen Haufen Vorschriften, wo sie heftigst mit Seld kichert, wenn ich die beiden überhaupt mal beobachten kann. Sie wird zum Essen wieder hier sein, glaube ich.«

Channa streckte sich. »Ich brauche eine Pause.« Sie ließ sich in einen Liegesessel fallen und bat: »Würdest du bitte mal die ›Hebriden Suite‹ auflegen?«

Er lauschte ihr einen Augenblick und sagte schließlich: »Die ist schön.«

»Eins meiner Lieblingsstücke. Meine Urgroßmutter hat mir mal erzählt, daß diese Musik die Seele der irdischen Ozeane umfängt. Seitdem liebe ich sie.«

»Stammt denn deine Urgroßmutter von der Erde, Channa?«

»Nein, aber sie war mal dortgewesen. Ach, jetzt kommt meine Lieblingsstelle – etwas lauter, Sim.«

Sie hob die Hand mit der Fläche nach oben, um ihm zu bedeuten, daß er die Lautstärke erhöhen sollte. Die Tür öffnete sich, und Amos trat ein, wich aber sofort wieder einen Schritt zurück, als hätte ihn das großartige Anschwellen der Musik wie eine Klangwelle fortgespült.

Channa lachte über seinen überraschten Ausdruck und wies Simeon mit einem Handzeichen an, die Lautstärke zu drosseln. »Entschuldigung«, rief sie.

Amos schob vorsichtig den Kopf in den Raum. »Hoppla!« sagte er. »Channa, es ist gefährlich, Musik in solcher Lautstärke abzuspielen. Das macht Ihr Gehör kaputt.«

Sie schnitt eine Grimasse. »Seien Sie kein Frosch, Simeon-Amos. Noch nie hat jemand sein Gehör verloren, weil er sich klassische Musik anhörte.«

»Und Beethoven?« warf Simeon ein.

»Ha!« machte sie. »Ihr Männer steckt doch alle unter einer Decke«, dann stolperte sie zu der Kombüse hinüber, um Kaffee zu machen. Nachdem sie ihn mit Sahnelikör versetzt und Sahne darauf gegeben hatte, nippte sie froh daran. »Ach! Das tut gut!«

»Also das ist nun etwas, von dem ich das Gefühl habe, daß mir etwas entgangen ist«, meinte Simeon.

»Was?«

»Kaffee, Essen. Jeder, der sich im Perimeter zum Essen setzt, sagt, ›Herrlich! Das riecht vielleicht gut!‹, worauf sofort folgt, ›Das ist köstlich!‹, und ich besitze keine Analogie für beide dieser Empfindungen. Geruch und Geschmack – man hätte doch meinen können, daß sie mir eins davon verliehen hätten. Sicher, ich kann schon *schmecken*, wenn in den Chemosyntheseanlagen irgend etwas nicht in Ordnung ist, und ich kann auch eine Ionenspur *riechen*, aber das ist nicht dasselbe. Manchmal sind die Leute bei der Medizinabteilung der Zentrale regelrecht unmenschlich utilitaristisch.«

»Weshalb setzt du Joat nicht darauf an?« schlug Channa vor.

»Worauf soll er mich ansetzen?« fragte Joat, die genau in diesem Augenblick eintraf.

»Ich habe gerade erzählt, daß es mir entgangen ist, wie Kaffee schmeckt oder auch nur riecht, wo doch alle sagen, daß er gut riecht. Ich weiß nicht einmal, was das bedeutet. Ich kann mir das Konzept nicht einmal so recht vorstellen. Mir gefällt das Gefühl nicht, daß mir eine der größten Freuden des Lebens versagt bleiben soll. Der Gedanke allerdings, daß sich irgend jemand an meinen Neuralschnittstellen zu schaffen macht, genügt, die ganze Überlegung beiseite zu wischen.«

Channa und Amos hefteten ihre Blicke kurz aufeinander, dann lösten sie sie wieder. Doch nicht, bevor Simeon es bemerkt hatte.

»Das ist ja schrecklich«, meinte Joat mitfühlend, »obwohl, wenn du mir vielleicht deine Parameter nennen ...«

»Also Sex dagegen ... Sex sorgt für eine Menge mentaler Freude«, fuhr Simeon mit Genuß fort. »Ich möchte wetten, daß ich beinahe soviel sexuelles Vergnügen aus meiner eigenen Phantasie ziehe, wie jeder, der tatsächlich welchen hat.«

Joat schnitt eine abfällige Grimasse.

»Ich würde sagen, in deinen Träumen, Simeon, aber das wäre wohl redundant«, versetzte Channa steif und kehrte an ihren Schreibtisch zurück. »Was hast du da?« fragte sie und wies auf die Schachtel in Joats Hand.

»Das ist etwas für euch.« Joat machte sie auf und zeigte die beiden kurzen, glitzernden Metallstäbe vor. Sie waren ungefähr drei Zentimeter lang und an beiden Enden mit einem Kristall bestückt. Joat musterte Channa erwartungsvoll.

Channa nahm einen der Stäbe aus der Schachtel und drehte ihn um. An seiner Mitte befand sich eine kleine Lücke, die beiden Hälften wurden von einer schmalen Röhre überbrückt. Sie berührte die Kristalle probehalber, dann warf sie Joat einen fragenden Blick zu. »Ist es hübsch?« fragte sie, seine Anwendung war ihr ein Rätsel.

Joat lachte. »Seld meinte, wir könnten Schmuck daraus machen, aber ich dachte mir, daß wir keine Zeit hätten, erst damit zu experimentieren, welchen Effekt das hätte. Ich trage meinen in einem Stiefelschaft.« Sie zog ihr Hosenbein hoch und stülpte den oberen Teil ihres Stiefels um, womit sie die Spitze eines identischen Stabs freilegte.

»Wie funktioniert denn dieses Gerät?« wollte Amos von ihr wissen und nahm dabei das andere auf.

»Man muß die beiden Hälften zusammenschieben, um einen Kontakt herzustellen.« Amos tat es. Sie hörten ein Klicken, als die beiden Hälften sich zu einer glatten, ebenen Oberfläche verbanden. Er blickte erst Channa und Joat an, dann sich selbst. »Ist ... funktioniert es?«

»Frag ihn doch«, erwiderte Joat und deutete mit dem Daumen auf Simeons Säule.

»Simeon?«

Simeon antwortete nicht, weil er die Frage nicht vernommen hatte. Allerdings hatte er mitangesehen, wie Amos ganz plötzlich aufgehört hatte zu existieren, und dieses Verschwinden bereitete ihm beträchtliches Unbehagen. Plötzlich war er sich nicht sicher, ob es außer Joat noch jemanden geben sollte, der über diese Fähigkeit verfügte. Ein solches Verschwinden jagte ihm jedenfalls einen fürchterlichen Schreck ein.

»Anscheinend nicht«, meinte Channa zufrieden. Sie ließ ihre eigenen Stabhälften zusammenklicken und verschwand aus Simeons Sicht und Gehör.

Amos beugte sich zu ihr vor. »Ich sehe bereits eine Menge Anwendungsmöglichkeiten für dieses Gerät.« Seine lächelnden Augen blickten sie warm und vielsagend an.

»Seld und ich haben heute sieben von den Dingern abgedrückt«, erklärte Joat, an Simeon gewandt. »Morgen machen wir noch mehr, denn jetzt haben wir endlich die Teile gefunden, die wir brauchen. Was ist denn los?« fragte sie, als sie Simeon stöhnen hörte.

»Tut mir leid, Joat, sieben ist schon ziemlich gut und es spricht ja auch nichts dagegen, daß wir sie abwechselnd benutzen. Richtig, Channa? Channa? Huhu-hallo!«

Channa grinste Amos selbstzufrieden an. »Er kann uns wirklich nicht sehen, wie?« Dann zog sie sanft an dem Stab.

»Wie nett von dir, mal vorbeizuschauen«, sagte Simeon in säuerlichem Ton. *Verdammt will ich sein, wenn ich dir verrate, wie sehr mir das zu schaffen macht.*

»Tut mir leid«, erwiderte Channa. *»Ich weiß, daß es dir zu schaffen macht«*, fügte sie subvokal hinzu. Irgendwie assoziierte Sim es mit einem Abgeschnittensein von seinem sensorischen Input. *Und ich, bin ich jetzt etwa sensorischer Input?* Sie wandte sich an Joat. »Muß man es unbedingt am Leib tragen, damit es funktioniert? Oder würde es auch funktionieren, wenn ich es beispielsweise neben mir auf dem Schreibtisch hätte?«

»Wenn du ganz dicht dranbleibst, müßtest du auch weiterhin verschwunden bleiben. Du bist ja nicht wirklich ausradiert. Es ist mehr wie ein örtlicher Generalbefehl an den Sensor, dich nicht zu registrieren, verstehst du? Ich habe ihn nicht sehr eng kalibriert.« Joat zuckte entschuldigend mit den Händen. »Dazu brauche ich mehr Theorie, verstehst du.«

»Na, ich bin jedenfalls beeindruckt, Joat.« Sie klatschte in die Hände. Dann nahm sie Amos den Stab ab und löste ihn wieder.

»Weißt du«, bemerkte Simeon, als Amos wieder erschien, »Joats Erfindung könnte das größte Geschenk für Einbrecher seit Erfindung des Hackens sein.«

Channa erstarrte und blickte zu Joat hinüber. Das Mädchen schaffte es, süß, unschuldig und verstohlen zugleich auszusehen. Er hatte recht. An öffentlichen Orten war die KI-gesteuerte Überwachung allgemein verbreitet. Ebenso die Versuche, ihr etwas entgegenzusetzen. Joats Bemühungen schienen besser zu funktionieren als die meisten. Sicherlich, war das Gerät erst einmal allgemein bekannt, würden Gegenmaßnahmen getroffen werden. Kein Wunder, daß Joat sich ihr As im Ärmel aufheben wollte.

Natürlich, sie stiehlt doch! flüsterte Simeon ihr ins Ohr. *Was glaubst du wohl, wie sie vorher überlebt hat, bevor du die Dinge in die Hand genommen hast?*

»Wie so viele Schwerter«, pflichtete Amos ihm bei, »ist es eine zweischneidige Sache. Aber sie werden hilfreich sein, und ich freue mich darauf, meinen zu überprüfen.« Dabei lächelte er Channa an.

Channa sah auf Simeons Säule. »Denk dir nur, jetzt werden wir in der Lage sein, vor dir Geheimnisse zu haben, Sim. Wie hältst du das nur aus?«

Auf Zehenspitzen kam Amos aus Joats Zimmer. »Sie ist nicht einmal aufgewacht«, sagte er halb flüsternd. »Ich habe sie zugedeckt.«

Channa schüttelte den Kopf. Joats Unterbewußtsein schien zu wissen, wem es vertrauen konnte. Heute war der erste Abend, an dem das Mädchen wie ein vertrauensvolles Kind eingeschlafen war. Aber sie hatte ja auch einen langen, anstrengenden Tag hinter sich.

»Ich habe schon geglaubt, daß sie nie mehr genug von Ihren Geschichten über Bethel bekommt«, antwortete sie. *Und ich selbst auch nicht.* Dort ging es zwar nicht so urbanhochentwickelt zu wie auf Senalgal, aber Amos konnte seine Welt und seine Lebensweise durchaus so klingen machen, daß ... *Schön*, entschied sie. Gewiß, er war ein eloquenter Mann und schilderte damit, was er wahrhaft liebte. Er hatte beschrieben, wonach sie sich bei einem Planetenposten immer gesehnt hatte: die Größe, die Vielseitigkeit, die Lebendigkeit einer atmenden Welt.

»Für mich war es genauso bedeutungsvoll wie für sie«, sagte Amos und lehnte sich auf der Couch zurück, das Gesicht gegen die Decke gewandt, die Augen geschlossen. »Ich spreche, und während ich das tue, sehe ich, was niemals wieder so sein wird.«

Channa legte eine Hand auf seine. »Bethel wird befreit und wieder schön werden. Die Kolnari haben nur die Oberfläche, nicht das Wesen des Planeten geplündert.«

»Ja. Ja, das glaube ich – ich muß es einfach glauben.« Seine Finger schlangen sich um ihre feinen, langgliedrigen Hände, mit ein paar Schwielen.

Reiten, dachte sie. Ein Sport, von dem sie bisher nur gelesen hatte. Simeon hatte sie mit Holos versorgt, und das Reiten sah darauf gefährlicher und aufregender aus als das Steuern von Minishuttles.

»Aber selbst wenn der Feind vertrieben wurde, bleiben die Wunden ... und manch anderes. Wir müssen uns ändern, wir *brauchen* Veränderung. Weitaus mehr als ich glaubte oder wünschte, und dabei war ich schon ein rebellischer Jugendlicher, ein Radikaler, ein Bilderstürmer, jedenfalls hat man mich so genannt.« Er wandte ihr den Kopf zu. »Die Gewaltigkeit der vor mir liegenden Aufgabe erschreckt mich, sie überwältigt mich. Mit entsprechender Hilfe allerdings …«

Ach, großartig, dachte sie. Und bei sich: »Verlorener Prinz von schönem, exotischem Planeten sucht Helferin/Gefährtin/Geliebte, um bei Rettung/Wiederaufbau behilflich zu sein. Braucht intelligenten, durchsetzungsfähigen Manager mit ausgeprägtem Pflichtbewußtsein. Bietet lebenslange Liebe und Zuneigung, dazu Paläste, Güter, interessante Erfahrungen. Zuschriften an Amos ben Sierra Nueva.« Wie lautete dieses eine Zitat noch? Weiche von mir, Satan?

Amos saß stumm neben ihr und legte ihr Joats Schachtel in den Schoß. Sein Blick war bedeutungsschwanger. Channa öffnete die Schachtel, dann nahm sich jeder einen mit Kristallspitzen versehenen Stab. Mit dem gleichen verschwörerischen Lächeln sahen sie zu Simeons Säule hinüber und ließen die beiden Stabhälften gegeneinanderklicken.

Amos beugte sich vor. Sie küßten sich; Channa streichelte sein dunkles Haar und legte seinen Hinterkopf sanft in ihre Hand.

»Es ist gut, mal ungestört zu sein«, sagte er heiser.

»Ja«, pflichtete sie ihm bei, »es ist gut.« *Und es verleiht der Sache Würze,* dachte sie. *Wie in der Schulzeit, wenn man sich auf verbotenes Gebiet schleicht.*

Simeon sah zu, wie sich Channas Tür öffnete und wieder schloß, obwohl niemand in der Nähe zu sein schien. Er kämpfte einen Anflug von Wut nieder. Er hatte ihnen doch *gesagt,* daß er die Sensoren abschalten würde, wenn sie es verlangten. Aber nein, sie hatten ihn einfach ohne jedes Wort umgangen …

Was soll noch aus dem Universum werden? dachte er irritiert. *Und außerdem ist hier auch ein Kind anwesend!*

Ein Kind, das ihn mit einem Technojucken beglückt hatte, das er nicht durch Kratzen wegbekam. Bei genauerer

Betrachtung gelangte er zu dem Schluß, daß diese Analogie scheußlich genau war. Wie sehr er es auch versuchte, kehrte seine Aufmerksamkeit immer wieder zu den irritierenden Lücken in seinen Aufzeichnungen zurück. Er war es gewöhnt, alles zu wissen, was hier vorging. Verglichen mit diesem neuesten Gerät waren Joats frühere Maschinen mit dem weißen Rauschen und der Aufmerksamkeitsablenkung nur unwichtige Nadelstiche. Aber natürlich hatte sie bisher ja auch keinen Zugang zu den Konstruktionslabors gehabt.

»Das Kind ist wahrscheinlich schon mit einem Mikrowerkzeug in der Hand geboren worden«, brummte er. Aber wie funktionierten die Stäbe denn nun eigentlich? Immerhin hatte Joat ihm einen Tip gegeben. Sie mochte vielleicht ein Genie sein, aber Simeon war ein Hüllenmensch mit all der dazugehörigen Computermacht und Erfahrung.

Und außerdem kann ich es von meinem ganzen Wesen her nie auslassen, einen Fehdehandschuh auch aufzunehmen, dachte er glücklich. Es gab Zeiten, da bestand die einzige Möglichkeit, eine Versuchung loszuwerden, darin, ihr nachzugeben ...

Nicht zu glauben, sagte er sich fünfzehn Minuten später. Geräte, die von den fähigsten Köpfen der Zentralwelten entwickelt worden waren – von einem Mädchen ausgeschaltet, das noch nicht einmal ein Teenager war! Was nur einmal mehr lange gehegte Mutmaßungen über die Fähigkeit der Köpfe bestätigte, die sich von der Bürokratie der Zentralwelten angezogen fühlten. Simeon war schon lange der Auffassung, daß es geradezu ein kleines Wunder war, daß man ihn nicht mit Kamelprothesen ausgerüstet hatte, da die Konstruktionsmannschaften aus Komitees bestanden. Und nun mußte er diese Herausforderung annehmen.

Channa krümmte den Rücken unter Amos' Gewicht, ihre Hände streichelten die glatte, seidige Haut seines Rückens. Er küßte ihren Hals, und sie seufzte glücklich, bereit ...

»Ach, Chaaannaaa, ich kann dich se-he-hen.«

»Was!«

Amos hob den Kopf aus ihrer Halsbeuge, um sie anzusehen. Die Mischung aus Verblüffung und Sinnlichkeit in seinem Gesicht sah äußerst albern aus, sogar ein wenig abstoßend. Simeon lachte.

Ach, das ist ja schrecklich, dachte Channa. Und doch war es unmöglich, die Sache mindestens für eine Sekunde mal aus Simeons Sicht zu betrachten. Sie lachte, gefangen zwischen Zorn und hilfloser Heiterkeit. Amos wurde von ihrem Lachen auf ihr durchgeschüttelt. Er nahm eine Märtyrermiene an, was dazu führte, daß sie gänzlich die Beherrschung verlor.

»Channa«, sagte er verzweifelt, wälzte sich von ihr herunter und hielt sie in den Armen. »Channa, mein Liebling – geht es dir gut?«

Sie kämpfte um Worte, um ihm zu versichern, daß sie noch bei geistiger Gesundheit war. »Sim ... Sim ... er ... hihihi ... er ...« Das mußte unbedingt aufhören. »Sim ...« Sie keuchte, »Mein Implantat ... er ... kann uns sehen.«

Keuchend brach sie ab und sah, wie sein besorgter Blick dahinschmolz. Plötzlich empfand sie eine leise Angst. Dieser Mann war es gewöhnt, Beleidigungen zu sühnen, und seinem Ego war soeben eine schrecklich demütigende Beleidigung zugefügt worden.

»Simeon!« brüllte er. Die Tür schien vor seinem Ansturm zurückzuweichen, und der kühle Luftzug aus dem Aufenthaltsraum bereitete Channa Gänsehaut.

Amos packte den ersten Gegenstand, der ihm in die Hände kam, eine Vase, und schleuderte sie gegen Simeons Säule.

»Du Inzestfresser!« brüllte er. »Du dreckiger Straßenköter! *Banchut*!«

Channa erschien in der Türöffnung, in ein Bettlaken gewickelt. *Ich habe noch nie einen nackten Mann in einem Wutan-*

fall gesehen, dachte sie benommen. *Ach, ich hätte nicht abbrechen sollen. Männer sind dann immer so furchtbar konzentriert!*

»Wie konntest du nur so etwas Widerliches tun! Hast du denn überhaupt keinen Anstand?« fragte Amos.

»Was, zum Teufel, ist denn hier los?« fragte Joat und blieb stehen, verblüfft vom Anblick des nackten, tobenden Amos.

Amos stürzte auf Channas Bettlaken zu, und dann rangen sie darum. Schließlich begnügte er sich damit, eine Ecke davon über seine Hüften zu zerren.

Er richtete sich auf. »Geh wieder ins Bett, Joat, das betrifft dich nicht.« Der schiere Zorn war aus seiner Stimme entwichen. Auf Bethel gab es ein Nacktheitstabu, und er war sich plötzlich nur zu bewußt, daß er nackt vor einem zwölfjährigen Mädchen stand.

»Laß es nicht an ihr aus, Simeon-Amos, schließlich bin ich derjenige, auf den du wütend bist«, meldete sich Simeon zu Wort.

Amos wirbelte herum, wobei er das Laken fahrenließ. »Es ist ziemlich unwahrscheinlich, daß ich das jemals vergessen könnte!« preßte er zwischen den Zähnen hervor.

»Nette Möpse«, murmelte Joat in zerstreuter Bewunderung.

Channa und Amos starrten sie gemeinsam an.

»He, Leute«, sagte sie errötend. »Ich bin jung! Ich bin doch noch nicht tot.«

»Was für ein Volk seid ihr eigentlich?« murmelte Amos schockiert. »Eure Kinder geifern lüstern, eure Hüllenmenschen sind Voyeure ...« Sein Blick fuhr zu Channa herum. »Und du – was für eine Perverse bist du?«

»Ich? He, einen Augenblick mal, Simeon-Amos, ich bin hier ebenfalls das Opfer.«

»Das glaube ich kaum. *Du* findest die Sache amüsant, ich aber nicht!« Dann kehrte er allen den Rücken zu und stolzierte wütend in seine Unterkunft zurück. Gelassen schoben sich die Türen hinter ihm zu.

»Junge, Junge!« sagte Joat begeistert. »Was ist denn ein Voyeur?«

Channa preßte die Lippen fest aufeinander. »Ein Voyeur, Joat, ist ein Widerling mit schmutzigen Gedanken, der seine Nase ständig in anderer Leute Angelegenheiten steckt.«

»Aha. So wie Dorgan das Organ vom Jugendamt.«

Aua, zuckte Simeon zusammen.

Channa nickte mit forscher Bösartigkeit. »Ich verspreche dir, daß ich es dir morgen erklären werde, aber jetzt muß ich mit Simeon reden.«

»Junge, Junge, Junge«, meinte Joat. »Da steckst du aber ganz schön tief in der Klemme, Simeon.« Auf dem Weg zurück in ihr Zimmer verpaßte sie der Säule einen Klaps. »So was Ungezogenes!«

Channa nahm das Laken auf und setzte sich in einen der Sessel. Dann verschränkte sie die Hände im Schoß. Sie sagte nichts und kaute auf ihrer Unterlippe herum.

»Äh«, machte Simeon. »Er ist immer noch wütend. Er schmeißt dort mit Sachen um sich.«

»Hör gefälligst auf, ihm nachzuspionieren!« konterte Channa gereizt.

»Dazu brauche ich ihm nicht nachzuspionieren. Hör es dir selbst an.«

Es stimmte, selbst bei geschlossener Tür war der Aufprall von Gegenständen an den Wänden zu vernehmen. Und dann eine unheilvolle Stille. Nach einer Minute kam ein voll angekleideter Amos heraus und verließ die Unterkunft, ohne auch nur einen Blick zurückzuwerfen oder ein Wort zu sagen. Channa stand hastig auf und tat einen Schritt in seine Richtung.

»He! So kannst du ihm nicht folgen! Außerdem, wo will er überhaupt hin?«

»Na ja ... ich schätze, an dieser deiner Vorführung von Wachsamkeit sind wir wohl selbst schuld«, meinte Channa grimmig. »Wir wollten dich ja auch herausfordern.« Sie lächelte. Es erinnerte an Winter. »Ich schätze, du hast es uns gegeben.«

Simeon stieß ein sanftes Stöhnen aus. »Ich würde den Abend lieber etwas heiterer beenden. Ich weiß jetzt, daß ich zu euch Kontakt aufnehmen kann, selbst wenn ihre Sensoren euch nicht aufspüren können.«

»Na schön, hat die Erfahrung des heutigen Abends also auch ihren Nutzwert«, meinte sie müde. »Ich werde nicht versäumen, Simeon-Amos darauf hinzuweisen, wenn ich ihn das nächstemal sehe.« *Sofern* ich ihn sehe.

»Es tut mir leid, Channa«, sagte Simeon reumütig nach einer verlegenen Pause. »Da habe ich über das Ziel hinausgeschossen.«

»Allerdings. Für diese Art von Aktivität bedarf es einer ausdrücklichen Einladung.«

»Und ich weiß auch, daß es euch Leuten Schwierigkeiten macht, wenn der Koitus unterbrochen wird.«

Sie hob eine Augenbraue. »Rufst du gerade Informationen ab?«

»Nein«, meinte er hoffnungsfroh.

»Du bist *wirklich* ein Schwein, Simeon, eine richtige dreckige Sau! Wenn du es genau wissen willst, dann lies es in einem Medizintext nach und überspring dabei die Pornographie.« Dann stieß sie ein verzweifeltes Lachen aus. »O Gott, er wird kein Wort mehr mit mir sprechen. Wo ist er hin?«

»Es ist immer noch in Bewegung. Ich schätze mal, daß er zu Joseph geht. Das ist eigentlich auch das Beste für ihn, ein wenig Männerfreundschaft. Vielleicht besaufen sie sich zusammen und beschweren sich darüber, wie schlimm sie von den Frauen in ihrem Leben behandelt werden.«

»Diese Frau in seinem Leben hat ihn gerade hervorragend behandelt, bis du aufgekreuzt bist!«

»Ist es etwa meine Schuld, wenn er so provinziell ist?«

»Provinziell!« rief Channa. »Simeon, da hast du dich in der Vokabel vergriffen. Ein Mann, jeder Mann, der auch einer ist, nimmt es übel, wenn man ihn im Bett beobachtet. Aber Hauptsache, du hast ihm ein Etikett aufgeklebt, jetzt ist alles seine Schuld, und du bist völlig raus aus der Sache, wie?«

»Nein«, erwiderte er ruhig, »ich übernehme immer noch die Verantwortung für das, was ich getan habe. Streiten wir uns nicht wegen Simeon-Amos, Channa.«

Sie lehnte den Kopf gegen die Rückenlehne des Sessels. »Nein, streiten wir uns nicht wegen Simeon-Amos. Dazu haben wir keine Zeit.« Sie musterte seine Säule aus dem Augenwinkel. »Mir fällt übrigens ein, daß du ihn vor gar nicht allzu langer Zeit noch verteidigt hast.«

»Vielleicht habe ich mich ja geirrt.«

»Nein, hast du nicht. Und das weißt du auch. Wir haben ihn ziemlich unter Druck gesetzt, obwohl er bereits eine geradezu erdrückende Last auf den Schultern trug, als er hier eintraf. Er hat alles verloren, Sim, eine ganze Welt, seine Familie, seine Freunde. Er macht sich Vorwürfe, weil er uns die Piraten ins Haus holt. Jetzt schuftet er sich zu Tode, um uns vor ihnen zu retten. Wir sollten uns wirklich sehr bemühen, ihn nicht zum Opfer unserer kleinen Machtspielchen zu machen.«

»Äh … na klar.«

»Denn wenn du das nicht kannst, Simeon, dann bist du auch nicht der Mensch, für den ich dich gehalten habe. Und wenn du der nicht sein solltest, will ich auch nichts mehr mit dir zu tun haben, sobald diese Sache vorbei ist.«

»Channa!«

»Denk darüber nach, Simeon. Du bist jetzt achtundsechzig Jahre alt. *Werde endlich erwachsen!*«

Am nächsten Morgen kehrte Amos bleich, distanziert und höflich zur Arbeit in den Aufenthaltsraum zurück. Simeon fand Gelegenheit, sich bei ihm zu entschuldigen und den

Betheliter von seiner Ernsthaftigkeit zu überzeugen, und er schwor ihm, so etwas nie wieder zu tun. Amos akzeptierte die Entschuldigung mit derselben distanzierten Höflichkeit, mit der er Channas Erklärung entgegennahm, dann schloß er sich in sein Zimmer ein.

Das Tischgespräch an diesem Abend verlief so gestelzt, daß es selbst Joat auffiel. So war es noch nicht sehr spät, als Channa schließlich allein neben der Titansäule sitzen blieb.

»Simeon, kommst du, um dich mit mir zu unterhalten?«

»Aha, jetzt bittet sie ja, anstatt zu fordern.«

»Dein Charme hat mich demütig gemacht«, erwiderte sie mit einem Grinsen. »Außerdem langweile ich mich und sehne mich tatsächlich nach deiner Gesellschaft.«

»Bist du dir auch sicher, daß es wirklich meine Gesellschaft ist, nach der du dich sehnst?«

»He! Letzte Nacht war ich eben geil! Heute bin ich gelangweilt. Das sind zwei völlig verschiedene Paar Schuhe, Bursche.«

»Ich glaube, wenn ich du wäre, wäre ich lieber geil.«

»Dann wärst du auch ein Idiot«, entgegnete sie verächtlich.

»Aber ich würde mich nicht langweilen.«

Sie schwieg eine Weile. »Simeon, ich habe Angst. Wir könnten sterben.«

»Ja«, erwiderte er. »Ich habe auch Angst, Happy. Furchtbare Angst. Wir haben nicht mehr viel Zeit.« Eine weitere Pause, dann fügte er fröhlicher hinzu: »Das war ein Wink mit dem Zaunpfahl.«

»Nö!« machte sie kopfschüttelnd. »Der Augenblick kam, wurde unterbrochen und verflog. Amos braucht jemanden, der gütiger ist als so ein Trampel wie ich.«

»Channa!« rief Simeon, gleichzeitig lachend und entsetzt. »Als Trampel würde ich dich nun wirklich nicht bezeichnen.«

»Das hast du wahrscheinlich schon.«

»Ja, aber das war, bevor ich dich kannte«, räumte er ein. »Rachel ist ein Trampel. Du bist nur ein bißchen stachlig.«

»Stachlig?«

»Ja.«

»Vielleicht bin ich ja doch geil«, meinte sie nachdenklich. »Du liebe Güte, wieviel männliche Reproduktionsorgane sich schon wieder in diese Konversation eingeschlichen haben. Aber du weißt, daß ich recht habe. Wir müssen eine gewisse Distanz wahren, um diese Sache abzuziehen ... Simeon, sag doch irgendwas, damit ich mich besser fühle.«

»Wie wäre es mit ...

Strenge Tochter du, der Stimme Gottes!
O Pflicht! Ja ob du diesen Namen liebest ...
So leerer Schreck dich überkömmt;
von eitel Trug befreiest du ...

»He!«

»Nicht in Ordnung? Verkehrte Stimmung?«

»Das kannst du wohl sagen«, preßte sie zwischen zusammengebissenen Zähnen hervor. »Im Augenblick ist die strenge Stimme der Pflicht in meinem Denken absolut überrepräsentiert.«

»Das stimmt. Hm. Andere Stimmung. Also gut, wie wäre es mit ...

Ein ruhiger Schlaf bei Nacht,
ein Studium mit Muße vermengt;
der Lieblichkeit Bestimmung
und Unschuld *auch, die putzet sehr*
in Harmonien Besinnung.

»Sarkasmus steht dir nicht besonders, Sim. Willst du mir eigentlich gar nicht helfen?«

»Tut mir leid, letzter Versuch:

Ich bin der Leu und bin sein Hort!
Ich bin die Furcht, die mich erschreckt!
Bin der Verzweiflung öder Ort!
Die Nacht, die meine Qualen weckt!
Ob Nacht, ob Tag, was es auch ist,
ich muß allein durchs wüste Land,
die Furcht erschlagen, bis er frißt,
der Leu, mir zahm aus meiner Hand.

Sie schwieg lange Zeit. An ihrer Atmung konnte er erkennen, daß sie nicht wütend war, und er wartete ab, bis sie die Sache überdacht hatte. Schließlich seufzte sie.

»Dafür, daß wir uns erst vor so kurzer Zeit begegnet sind, kennst du mich schon recht gut, Sim.«

»Channa, er wird dich nicht ablehnen. Er braucht dich ebensosehr, wie du ihn jetzt brauchst. Ich habe die Sache versiebt! Das gebe ich zu. Meine einzige Entschuldigung ...« Sie gewährte ihm ein müdes Lächeln. » ... ist die, daß es sich dabei um ein Gebiet des Lebens handelt, das zu begreifen ich nicht sonderlich gut ausgerüstet bin. Warum solltet ihr beide allein und unglücklich bleiben, wenn ihr doch zusammen viel glücklicher sein könntet?«

»Nach allem, was letzte Nacht geschah? Vergiß eins nicht, ich habe ihn schon einmal abgelehnt, Simeon. Damit hat er also noch eine Ablehnung gut.«

»Was soll das sein? Ein sportlicher Wettkampf? Gibt es da Tore und Freiwürfe und Strafpunkte?«

Sie lachte. »Manchmal. Kommt darauf an, mit wem man spielt.«

»Befaß dich mal mit Militärgeschichte, Channa. Das belastet die Psyche sehr viel weniger.«

Sie seufzte wieder. »Nicht, wenn man im Begriff steht, zur Militärgeschichte *zu werden*.«

»Ach, herrje, Happy, nun heb endlich den Hintern von der Couch und klopf an seine Tür! Du weißt doch, daß du es tun willst. Komm schon, sei wenigstens ehrlich.«

»Ich will mich wenigstens erst umziehen«, erwiderte sie düster und schlenderte in ihr Zimmer. »Und nenn mich nicht Happy«, rief sie ihm über die Schulter gewandt zu.

Warum sollte ich dir diesen Gefallen tun, Channa, da ich doch festgestellt habe, daß du immer dann, wenn ich dich »Happy« nenne, auch tust, was ich dir sage. Einen solchen Vorteil werde ich doch nicht preisgeben.

»Fertig?« rief er.

»Was denkst du denn?«

Er öffnete einen Sensor in ihrem Raum. Sie hatte einen schlichten schwarzen Badeanzug an, doch er fand, daß er ihr gut stand.

»Damit kommst du schon durch.«

Mürrisch ging Channa auf die Tür zu. »Da gehe ich nun und bettle darum, abgewiesen zu werden. Man hätte eigentlich denken sollen, daß ich *damit* schon in Joats Alter abgeschlossen hätte.«

Die Tür glitt beiseite – und da stand Amos auf ihrer Schwelle, er hatte gerade die Hand gehoben, um anzuklopfen. Sie tauschten Blicke aus. Dann griffen sie nacheinander und berührten sich. Amos trat ins Zimmer und hinter ihm schloß sich fest die Tür.

Sie verschmolzen in einer Umarmung, die die erste Stufe auf dem Weg zu den Gipfeln der Leidenschaft markierte.

Simeon spielte den Gedanken im Computer ab. Als er wiederkehrte, war er mit einer fruchtigen Ansagerstimme versetzt. Er aktivierte Ravels *Bolero*, eine eindringliche, unterschwellige Tonfolge, die nach und nach anschwoll und an Intensität und Lautstärke zunahm, bis sie schließlich ihren leidenschaftlichen, hallenden Höhepunkt erreichte. Auf den Monitor am Konferenztisch projizierte er verschiedene Szenen: Palmen, die im Wind entwurzelt worden waren, Wellen, die sich auf einladende Strände wälzten, Eisenbahnen, die brüllend in Tunnels verschwanden und wieder hervortraten, wilde Tiere, die in den Wäldern brüllten, und Menschen, die aus feuchtem Ton auf drehenden Töpferscheiben klebrige Phallussymbole fertigten.

»Perfekt«, entschied er und speicherte das Programm fest ab. Es wäre nicht sonderlich taktvoll, es allzufrüh vorzuzeigen, doch irgendwann würden sie sehr viel älter und weicher geworden sein. Vorausgesetzt, natürlich, daß sie die nächsten Wochen überlebten. Hüllenmenschen hatten immer viel Zeit, die es auszufüllen galt. Er lauschte der Musik, wie sie wallte.

Seid gesegnet, meine Kinder, dachte er in Richtung Amos und Channa. *Und jetzt werde ich wieder die Behelfskommandobrücke überprüfen.* Das bald zu aktivierende falsche/echte Kommandozentrum der SSS-900-C bei ihrer Begegnung mit den Kolnari.

KAPITEL 16

»He, Simeon«, sagte der Wachhabende in der Verkehrsleitzentrale.

»Ja, Juke?«

»Ich glaube, ich habe da etwas.«

Simeon verlagerte einen großen Teil seiner Aufmerksamkeit auf die Sensoren. Das war auch einer der Gründe dafür, weshalb kein Computer jemals ein kolloidales Gehirn ersetzen konnte, natürlich ganz abgesehen von seinem Mangel an Selbst-Bewußtheit. Computer waren zwar hervorragend dazu geeignet, Daten zu sammeln und zusammenzustellen, aber sie konnten sie nie wirklich so interpretieren, wie es ein Mensch vermochte.

Und es gibt auch keine derartige Schnittstelle zwischen einem Hüllenmenschen und seinen Erweiterungen, dachte Simeon selbstzufrieden.

»Ja, da ist tatsächlich etwas«, sagte er laut. »Aber was?«

»Keine Reaktoren-Neutrinospuren«, sagte Juke Cielpied. Er war ein junger Mann mit einem wirren Schopf blonden Haars. »Aber die Masse dort, die ist … !«

Plötzlich verwandelte sich die schläfrige Trägheit der Kommunikations- und Navigationsabteilung in hektischste Aktivität. »Raketenspuren, im Anflug!«

Simeon stieß ein unzusammenhängendes Gebet aus. Jetzt war es also soweit. Möglicherweise hatten sie nur noch dreißig Sekunden zu leben.

»Aktiviere Notruf«, meldete er. »Blockiert! Triebwerke pulsieren.«

»Junge, *jetzt* bekomme ich Reaktorspuren«, sagte Juke. »Die sind einfach aus dem Stand angesprungen und haben sich sofort stabilisiert. Vier Stück. Stark überlastet, bei dieser Masse, sogar noch mehr als ein Schlepper.«

»Kriegsschiffstriebwerke«, warf Simeon grimmig ein.

Die Raketen schossen von allen Seiten heran. Er aktivierte den Antimeteoritenlaser. Sekunden später verwandelte der sich in Schlacke und explodierte in einem spektakulären Platzen von verdampftem Synthetikmaterial und Metall.

»Neutralpartikelstrahl«, meldete Simeon. »Schadensanalyse folgt.« Ein Glück, daß sie wenigstens keinen bewohnten Trakt getroffen hatten. »Alarmstufe Rot. Sämtliches Personal auf Notstation.«

Diesmal würde es kein Herumgehampel geben. Jetzt war Ernstfall.

Hoppla.

Simeon aktivierte seine Sensoren im Aufenthaltsraum und lauschte in der Hoffnung, daß sich die Dinge in den wenigen Augenblicken, die inzwischen verstrichen waren, seit er sie höflicherweise abgeschaltet hatte, noch nicht allzuweit entwickelt haben mochten. Den leisen Geräuschen zufolge, die aus Channas Unterkunft drangen, schien diese Hoffnung allerdings vergeblich zu sein.

Sie wird mir niemals glauben, daß ich das nicht geplant habe, dachte er und zögerte. *Es dauert noch eine Stunde, bis sie hier eintreffen werden.* Seine Sensoren zeigten an, daß die Schiffe auf äußerst respektable Normalraumbeschleunigung gingen. *Aber wenn ich ihr keine Mitteilung mache, geht sie mir auch an die Gurgel, nur aus anderem Grund.* Aus sehr viel wichtigerem Grund. *Also gut, dann eben alles auf eine Karte gesetzt.* Er klopfte an.

Channa erstarrte, und Amos wurde langsamer. »Ich bringe ihn um«, sagte sie.

Amos kicherte; seine Hüften bewegten sich, und sie keuchte auf. »Warum fragst du ihn nicht erst, was er will?« riet er.

»WAS IST DENN JETZT SCHON WIEDER LOS?«

»Äh, der Feind ist soeben in Sensorenreichweite eingedrungen, vier schwerbewaffnete Schiffe, erwartete Ankunft in einundvierzig Minuten. Tut mir leid, Leute, aber ich mußte es euch sagen!«

Channa umschlang Amos mit Armen und Beinen. »Das ist noch ... genug Zeit«, keuchte sie. »Und wenn du ... jetzt aufhörst, bringe ich dich um.«

Die Hülle der Station hallte wider wie eine riesige Glocke, als die Schrotgeschosse in die Subraumantennen einschlugen. Automatische Alarmanlagen aktivierten ihr gespenstisches Jaulen. Pflichtgetreu mit abgeschalteten Sensoren wartend, hätte Simeon Channas schrillen Schrei unter anderen Umständen für einen Notruf halten können.

»Kurzer Lagebericht«, rief sie wenige Augenblicke später.

Wirklich sehr kurz, dachte Simeon, sagte es aber nicht. Er begann damit, bediente sich dazu eines Bündelstrahls, um damit das Geräusch einer sehr schnellen Duschaktion zu übertönen.

Die Korridore waren voll von umhereilenden Leuten gewesen. Jetzt jagten ihre Schwebescheiben durch leere Gänge, hielten, Notfallprogrammen folgend, an den Ecken an, während die Bevölkerung sich in Anzüge hüllte und in die Schutzabteile begab. An der Stelle war eine derart starke Spannung, daß Channa schon damit rechnete, ihr Haar könnte Funken sprühen. Sie packte den Handgriff und warf Amos neben ihr einen Blick zu. Seine Miene war gelassen und distanziert, ein gemeißeltes Bild, das von den wehenden schwarzen Locken seines Haars umrahmt wurde.

»Es tut mir leid«, sagte Simeon zu Channa, indem er es ihr zum zehnten Mal durch ihre Implantate zuflüsterte. »Ich wünschte, es wäre nicht passiert.«

»Ach, jetzt hör endlich auf, Simeon. Ich werde dir kaum die Schuld dafür geben, daß sich der Rest des Universums nicht so organisiert, wie es mir paßt.«

»Na klar! Entschuldigung!«

Sie grinste. »Und nur für die Akten, Kumpel, ich ziehe die *Carmina Burana* den Alarmsirenen eindeutig als Hintergrundmusik vor.«

Inzwischen waren die feindlichen Kriegsschiffe deutlich zu erkennen. Simeon vergrößerte, analysierte und projizierte die Ergebnisse auf den großen Schirm in der Zweitkontrollkabine. Der Raum hatte eine ungewöhnliche Form, ein C mit einem großen virtuellen Schirm an der flachen Seite sowie einer Reihe von Stellungen und Konsolen. Die letzten paar Tage war er ständig mit voller Mannschaft besetzt gewesen, um die etwas muffige Luft einer lange nicht in Betrieb gewesenen Einrichtung zu vertreiben. Jetzt machten die Umwälzer Überstunden, um die Ketone des Spannungsschweißes abzusaugen, und neben den meisten Liegesesseln waren sehr überzeugende Kaffeeflecken auszumachen.

»Das ist der Feind«, sagte Amos düster.

Die Schiffe unterschieden sich deutlich von der üblichen, stumpfen Gestalt eines Eies: längliche Pfeile mit dreieckigen Flossen, die sich fast über ihre gesamte Länge erstreckten wie die Stabilisatorfedern auf einem Pfeil. An ihrer Seite waren Markierungen in der Spitzen-Kurven-Schrift zu sehen.

»Ja, Marinearchitektur der Kolnari«, bestätigte Simeon. Er setzte den Computer auf die Namen an. »Phonetisch: *Shuk, Kelyug, Dhriga, Rumal.*«

»Weshalb diese merkwürdige Konstruktion?« fragte Patsy und beugte sich dabei vor. »Das ist ja nun wirklich nicht die effizienteste Bauweise.«

»Sie ist für schnellen Atmosphärentransit optimiert«, erklärte Simeon grimmig. »Kurierdienstschiffe sind sehr ähnlich. Ich denke, die Kolnari wollen mit ihren Fahrzeugen unterschiedlichste Manöver absolvieren. Beispielsweise im Sturzflug auf einen Planeten hinuntergehen, um eine Stadt zu schleifen. Man beachte, daß die Bauart nicht einheitlich ist. Wahrscheinlich bauen sie nach Gelegenheit neue oder sie rüsten eroberte Hüllen um. Aber es bleibt ein Klassentyp. Entspricht ungefähr einer Fregatte der Marine, würde ich sagen. Allerdings eine größere Hülle. Sie müssen eine verdammt große Mannschaft an Bord haben. Mindestens hundert.« Er untersuchte die Waffensysteme und stieß einen Pfiff aus. »Und bei so vielen Waffenanlagen müssen sie in Schichten schlafen.«

»Ich bin ja so froh, daß du endlich Gelegenheit bekommst, in deinem Hobby zu schwelgen«, sagte Channa angespannt.

»Tue ich gar nicht«, erwiderte Simeon. *Merkwürdig*, dachte er. *Das stimmt sogar.*

»Sie kommen näher«, meldete Juke und fuhr sich mit der Zunge über die Lippen. »Zwei von ihnen umrunden die Station auf unserem gedachten Äquator. Die beiden anderen nähern sich den Polen. Sehr schnell. Verdammt!«

Außenschirme erloschen, um den Energieeinstrom der plötzlichen Bremsung zu unterbinden. Alarmanlagen fiepten, als Energiepartikel gegen die äußeren Schutzfelder prasselten.

Eine Stimme brüllte durch die Hülle: ein Induktionsfeld, das die Substanz der Station selbst in Schwingung versetzte. Die Worte wurden durch die Grobheit des Übertragungsmediums und durch einen starken Akzent verzerrt. Es hörte sich an wie das Geschrei eines zornigen Gotts.

»DRECKSUNGEZIEFER, UNTERWERFT EUCH!« Dann zerrte ein Rückkopplungsquieken an ihren Trommelfellen, als sich der Sender einstellte. *»SKLAVEN DER SAAT DES HOCHKLANS VON KOLNAR SEID IHR, PERSON WIE NICHTPERSONENDING UNSER BESITZ. SOFORT DIE AUSSENÜBERWACHUNG BEENDEN!«*

»Was ...« fing jemand an.

Da erloschen die Lichter für eine Sekunde. Alles keuchte als der Druck zu schwanken begann und die Temperatur sich merklich erhöhte. Im Gefolge der Druckwelle schwoll eine Schwingungswelle durch die Hülle. Ganze Anzeigenkonsolen schalteten von Bernstein auf Rot.

»Treffer! Wir sind getroffen worden!« schrie Patsy von ihrer Ökosystemkonsole aus. »Massig Druck von N-7 bis 11!«

Simeon juckte es in den Händen, metaphorisch gesprochen. Er mußte in den Hintergrund treten und *seine* Station, seinen Leib den irritierend langsamen Reflexen der Weichhüllen überlassen. Er konnte nur eins tun: Er konnte alle aktiven Außensensoren sofort ausschalten. Natürlich bis auf den einen, der soeben zusammen mit einem Abschnitt der Hülle verdampft worden war.

»Nur noch passive Scanner«, meldete Juke. »D-das ... war ein Hochenergiepartikelstrahl.«

»Hier Chaundra.« Die Stimme des Doktors hatte den etwas flachen Klang eines Druckanzugmikrofons. »Rettungsmannschaften bereit. Die Leute hatten alle Anzüge an. Bisher keine Toten. Es werden Strahlungsprobleme erwartet.« Aus sekundärem Gamma-Beschuß, wo der Strahl auf Materie getroffen war.

Channa bestätigte den Empfang seines Berichts. Die Zahl der Opfer hätte sehr viel höher sein können. So wäre es auch gekommen, wenn das Kriegsschiff ohne jede Vorwarnung über sie hergefallen wäre. Ein Monitor erwachte zum Leben, zeigte Gestalten in Druckanzügen, die sich einen Innenkorridor entlangbewegten, aber mit der tiefenlosen Lichtschärfe des Vakuums, bei der keine Schattenkanten verschwammen.

Die gewaltige Stimme donnerte erneut. *»GEHORCHT. SANFTE ERMAHNUNGEN KEINE MEHR IN EWIGKEIT. ERWARTET EINNAHME DURCH FAUST DES HOCHKLANS VON KOLNAR, DRECKSUNGEZIEFER!«*

»Freßt doch Scheiße und kippt tot um, ihr gottverdammten Wahnsinnigen«, brummte Channa. Amos warf ihr einen kurzen Blick zu, dann nickte er und reckte den Daumen hoch.

»Kommen immer noch mehr«, flüsterte Juke. Die Infrarot- und die anderen passiven Rezeptoren waren immer noch funktionstüchtig. »Nähern sich den Andockröhren, aber bordeinwärts der Andockringe.«

»Schnell«, sagte Simeon zu Channa, es klang wie ein Gedanke in ihrem inneren Ohr. *»Schaff alle Leute von den Röhren fort.«*

»Alles Personal in den nördlichen und südlichen polaren Andockröhren sofort in Richtung Kern! Bewegung!« brüllte Channa. Und dann, lautlos an Simeon gewandt: »Warum?«

»Sie werden zwangsandocken. Davon habe ich schon gehört.«

Die *Schreckliche Braut* schwebte dicht an die Andockröhre heran. So dicht, daß sie Belazir plötzlich winzig erschien, wie er ungeduldig, von seiner Leibwache umringt, in der gegenüberliegenden Zustiegsröhre wartete. Er verfügte über einen externen Dateneinspeiser, einen von vielen winzigen Monitoren, die am unteren Rand seines Helminneren angebracht waren. Es bedurfte einer langen Ausbildung, um die Informationen aufzunehmen, ohne sich dabei ablenken zu lassen. Vor der riesigen Masse des Zielobjekts wirkte sein eigenes Schiff wie ein winziger Lichtpunkt.

»Jetzt«, befahl er. *Aber ein Messer ist schließlich auch kleiner als ein Mann*, dachte er mit hämmernder Freude.

Serig trat vor und schlug eine gepanzerte Handfläche auf das Schott neben der Kampfschleuse. Der Sturmtrupp füllte den Vorraum aus. Das Deck erzitterte unter ihren Füßen. Durch die externen Sichtgeräte seines Helms konnte Belazir die Ziehharmonikafalten der Zustiegsröhre ausmachen, die soeben ihre Panzerung ausstreckte. Greifer und Schneidestrahler ragten aus der vorderen Kante hervor wie die Zähne eines hungrigen Ungeheuers. Mit einem leisen *Kleng*, das durch das ganze Schiff hallte, traf die Röhre ihr Ziel. Dann ertönte ein heftiges weißes Rauschen, als die Waffen eine ovale Öffnung durch Hüllen, Leitungen und Innenwand in das feindliche Fahrzeug schlugen und es mit einer groben Sofortschweißnaht versiegelten.

Aus der unter höherem Druck stehenden *Braut* pfiff die Luft in die Station.

»Los!« schrie Serig. Die erste Mannschaft sprang vor und trieb eine schwebende, gepanzerte Schwerkanonenplattform vor sich her. »Los, los, los!«

Serig folgte ihnen. Belazir biß sich auf die Zunge, unterdrückte den Impuls, sofort das Kommando an sich zu reißen. Statt dessen fror er die Gelenke seines Panzers ein und gab der Visierscheibe den Befehl, Serigs Input wiederzugeben, damit er sehen konnte, was dieser erblickte.

»Oh, glatt, sehr glatt«, sagte Simeon mit einiger Bestürzung. Channa gab ein fragendes Geräusch in der angespannten Stille des Kontrollraums von sich.

»Es fängt schon mal damit an, daß sie schwere Gefechtspanzerung tragen«, erwiderte er und gab die Innenaufnahmen wieder.

Die Kolnari trugen Vakuumanzüge mit eigener Energieversorgung. Die waren gleichzeitig massiver und schlanker als die entsprechende Ausrüstung der Zentralweltenmarine, von einem sanftmatten Schwarz, und sie bewegten sich darin mit der ruckarigen Schnelligkeit servogetriebener Systeme. In einer geschlossenen Umgebung wirkten sie noch elefantinischer als in Amos' Aufnahmen von Bethel, unbremsbarer. Das Deck donnerte unter ihrem Gewicht, obwohl sich die Piraten mit fließender Präzision und der fugenlosen Schnelligkeit langer Übung voranbewegten. Mannschaften aus drei oder mehr Feinden sicherten Korridorverbindungen; hinter ihnen folgten Techniker, die eine Einrichtung nach der anderen unter ihre Kontrolle brachten.

»Und schaut nur, wie sie sich bewegen«, fuhr Simeon düster fort. »Seht mal.« Er brachte einen Grundriß der Station auf den Schirm. »Energieversorgung, Atmosphärenregelung, Kommunikationssysteme. Sie kommen auch hierher. Die haben so etwas schon mal gemacht.« *Und diese Plasmakanonen, die sie da wie Gewehre mit sich tragen, werden in der Marine von ganzen Mannschaften bedient und gewartet*, fügte er bei sich hinzu.

»Ja«, erwiderte Channa, »den Eindruck habe ich auch. Die haben so etwas schon mal gemacht. Aber wo?« *Und ist die damalige Station dabei untergegangen? Habe ich eigentlich jemals von einer toten Station gehört?* In morbider Fasziniertheit sah sie mit an, wie sich die Einheiten stationeinwärts bewegten, der Richtung der Leitungssysteme folgend. »Natürlich kommen sie jetzt hierher.«

»Kein Widerstand«, meldete Serig.

Entweder es sind weise Feiglinge, oder sie sind einfach nur weise, dachte Belazir. »Kontrollzentrum sichern! Pol?«

Eine Miniatur des Narbengesichts der Kommandantin der *Hai* erschien auf seinem Helmmonitor.

»Meine Leute treffen auf keinen Widerstand«, meldete sie. »Alle Zielobjekte planmäßig besetzt. Wir haben die Nuß im Knacker.«

»Gut, klanverwandte Kapitänsfrau«, erwiderte er. Er vertraute Pol mehr als den meisten. Sie hegte keine Ambitionen, über ihre gegenwärtige Stellung hinauszusteigen. Jeder, der von seinem Rang und Alter war, war auch zugleich ein gefährlicher Rivale – ein Rivale schon per Definition, und gefährlich, wenn er überlebt hatte und so weit gekommen war. »Jetzt werden wir ihre Steine zermalmen. Serig! Beobachten und abwarten, wenn du ihr Kommandozentrum gesichert hast. Ich werde dort zu dir stoßen.«

»Ich höre und gehorche, Gebieter«, sagte Serig und stieß mit seinem Sturmtrupp durch eine weitere Tür.

Serigs Aufnahmesensoren zeigten einen Raum voller Gestalten in Schutzanzügen. Es waren einfache Vakuumanzüge, einige klein genug, um Kinder zu enthalten, und bei der Kabine schien es sich um einen verstärkten Schutzraum im Zentrum der Station zu handeln. Die Leute wichen vor der gepanzerten Gewalt der Kolnari zurück wie Grashalme im Wind. Für Serig war ihr Zusammenzucken ein zutiefst befriedigender Anblick.

»Pfui!« sagte er in scharfem Ekel. »Hier sind auch *Nichtmenschen*! Soll ich das Feuer eröffnen, Gebieter?«

»Nein, Serig«, erwiderte Belazir geduldig. Natürlich waren nichtmenschliche vernunftbegabte Wesen noch schlimmer als Ungeziefer. Denn sie trugen nichts von der Göttlichen Saat in sich, die Kolnar erschaffen hatte. »Wir werden diesen Ort und alles, was darin ist, vernichten, Serig. Oder hast du das schon vergessen? Bis dahin muß er funktionstüchtig bleiben.«

»Ich erniedrige mich vor dir, Großer Gebieter«, sagte Serig förmlich – in ihrer Sprache war es wiederum ein einziger Begriff. »Gehen vor nach Plan.«

»Uff«, machte Channa.

Sie lagen alle mit dem Gesicht nach unten auf dem glücklicherweise weichen Deckboden, die Hände hinter dem Rükken gefesselt. Seit sie den anderen befohlen hatten, sich auf den Boden zu legen, hatte die Kolnari kein einziges Wort mehr gesprochen und sich auch nicht bewegt – es sei denn, daß einer der Stationsbewohner auch nur gezuckt hatte, dann hatten sie ihm die Mündung eines Plasmagewehrs in den Leib gerammt. Hart, wie es gerade auch mit Channa geschehen war. Keiner von ihnen spricht Standard, dachte sie, vielleicht mit Ausnahme des Anführers mit den goldenen Streifen am Arm. Er hatte denselben starken Akzent wie die verstärkte Stimme, die die Station angerufen hatte.

Draußen im Gang hallte das eiserne Stampfen kraftgetriebener Panzerstiefel. Ein weiterer Trupp Kolnari trat ein. Channa konnte nur die Füße ausmachen und sehen, wie ein Schwerer Gegenstand von den letzten beiden hereingetragen wurde. Eine Stimme sagte etwas in der unpassend musikalischen, sibilierenden Sprache der Invasoren, und die Füße mit der Last stellten etwas auf die Hauptkommunikationskonsole. Sie vernahm ein *Kleng*, dann eine Minute lang schrilles Summen, gefolgt von Stille.

Weiteres Scheppern und klickende Geräusche. *Die ziehen ihre Panzer aus*, dachte sie, als sie ein Paar nackter Füße auf den Deckboden steigen sah.

»Ihr dürft knien«, sagte eine Stimme in Standard, mit sehr viel weniger Akzent als die andere. Entweder ein Dolmetscher oder der große Boß persönlich. Der Ton war jedenfalls höchst gebieterisch. »Wer hier einst die Leitung hatte, soll sich identifizieren.«

»*Gehorche*!« schrie die andere Stimme, es war die erste, und ein Fuß senkte sich in ihre Seite.

Channa grunzte und ging in die Knie, sackte auf die Fersen. Dann hob sie die Augen und keuchte.

Der Piratenhäuptling stellte sich als der allerschönste Mensch heraus, den sie je zu Gesicht bekommen hatte. Er war fast zwei Meter groß, aber so perfekt proportioniert, daß er durchaus kleiner wirkte. Seine Haut war schwarz – doch nicht von jenem Dunkelbraun, das normalerweise fälschlich so genannt wurde, sondern von echtem Stahlschwarz; sie spannte sich eng über die langgezogenen, gewölbten Muskeln, und er stand und bewegte sich so leichtfüßig wie ein Rennpferd. Vieles davon war gut sichtbar, weil die Piraten unter ihrem Panzer nur ein Paar enge Hosen von derselben Farbe wie ihre Haut trugen, dazu ein Ausrüstungsgürtel. Das Gesicht des Häuptlings war von der gleichen unmenschlich-exotischen Vollkommenheit wie sein Körper: hochstehende Wangenknochen, leicht gebogene Nase, volle Lippen, geschlitzte gelbe Augen und die lange Mähne aus weißblondem Haar, die im Nacken mit einer Klammer aus Silber und schillernden Federn zusammengehalten wurde.

Channa blinzelte, schüttelte den Kopf und zwang sich

dazu, auch die anderen anzusehen. Abgesehen von einem Paar, das immer noch in seiner Rüstung steckte, sah der Rest dem ersten gespenstisch ähnlich. Zwei davon waren Frauen mit den gleichen Gesichtszügen und großen, schlanken Körpern. Selbst ihre Brüste sahen aus, als wären sie aus Ebenholz geschnitzt ... und ihr Gesichtsausdruck war natürlich anders. Der Pirat neben dem Häuptling schnitt sich gerade mit einem kleinen scharfen Messer die Nägel. Er musterte sie und lächelte. Channa senkte wieder den Blick.

Ach, das ist großartig, dachte Simeon, der auch die Reaktionen der anderen registrierte. *Wir sind soeben von den Ultimativen Höllen-Elfen eingenommen worden. Aua!* Das *hat weh getan.* Irgend etwas zerrte an ihm, rief ihn.

Hinter Channa berührte einer der gepanzerten Soldaten seinen Gürtel. Die leeren Anzüge machten kehrt und marschierten wie eine Reihe schrittverfugter Golems ab, um sich an den Wänden aufzustellen.

Aua! Schmerzsignale fluteten durch die Computererweiterungen von Simeons Verstand. Notprogramme übernahmen die Kontrolle. Er richtete seine Aufmerksamkeit einwärts.

»Simeon?« rief Channa subvokal. Keine Antwort. *»Simeon!«*

Schweigen.

»Ich bin Gebieter Kapitän Belazir t'Marid Kolaren«, sagte der Piratenanführer sanft. »Fortan bin ich als Eroberer hier. Euer Leben liegt in meiner Hand, ich kann es verschonen oder zermalmen, wie es mir beliebt. Wer hatte hier vor unserem Eintreffen die Leitung inne?«

KAPITEL 17

hilfeboßhilfeboßauauau AU!

Simeon hatte noch nie jemandem von dem KI-System erzählt. Na ja, niemandem außer Tell Radon. Natürlich verfügte er über eine Direktschnittstelle zu den Computern; er konnte sich an alles »erinnern«, was in den Datenbanken gespeichert war, und sich ihrer Kapazität bedienen, wie er es auch mit seinem eigenen menschlichen Gehirn zu tun vermochte. Das KI-Programm jedoch war etwas anderes. Es war das hochentwickeltste diesseits der Zentralwelten. Zusammen mit Tell hatte er manch glückliche Stunde damit zugebracht, es noch weiter zu frisieren. Simeon brauchte das allerbeste. Es gab durchaus Grenzen, wie viele Aufgaben selbst eine Hüllenperson gleichzeitig absolvieren konnte, und viele davon bestanden aus bloßen Routinen, die keiner fortgesetzten Überwachung bedurften. Ein gewöhnlicher Mensch besaß sein Stammhirn, um das Herz, die Lungen und andere Körpergrundfunktionen zu steuern, ein Bewußtsein für das Denken und ein Unterbewußtsein zur Überwachung und Reinigung des Mentalen. Simeon hatte die KI.

hilfe! boß!

Natürlich war es unmöglich, wirklich zu visualisieren, was in dem KI-System vorging, so wenig wie man jedes Neuron visualisieren konnte, das im eigenen Hirn aktiviert wurde. Simeon hatte sich dazu entschieden, daraus eine Art Spielwiese mit etwas zu machen, was er schon immer gewollt hatte.

»Hier, Junge!« rief Simeon.

Er stand auf einer grasüberwachsenen Ebene – in der virtuellen Welt der KI besaß er einen Weichhüllenkörper –, die von hohen Hecken unterteilt war. Die Empfindungen waren taktil; es fehlte nur Geruchs- und Tastsinn. Dieser Teil der Landschaft war die Speicherüberwachung und das Grundzugangsprogramm, die alle analog ins Physische übersetzt worden waren. Empfindung wie Reaktion wurden durch ein Subprogramm automatisch in Algorithmen übersetzt.

»Hier, Junge!« Er stieß einen scharfen Pfiff aus. »Ich bin hier, Junge!«

Ein Hund kam um eine Ecke gestürmt. Es war der Hund seiner Träume, groß und von zottigem Rot, mit Schlappohren und einer kalten nassen Nase. Zugleich war er das KI-Hauptprogramm der SSS-900-C.

Im Augenblick war er von einem Wespenschwarm umgeben, riesige, bösartige Dinger mit einer Flügelspanne von einem Meter. Ihre Schnäbel waren hohl; lange rosa Zungen traten aus ihnen hervor, und seitlich waren sie mit schartigen Zähnen besetzt, die knirschend nach dem Hund schnappten. Seine Seiten waren von einem Dutzend blutiger Wunden übersät. Eine der Wespen haftete an seinem Kopf und ließ die Zunge immer wieder ins Ohr des Tiers schnellen.

boß! hilfe!

Die bellende Stimme des Hundes wurde schwächer. Simeon trat vor, und der Boden bebte von seinem Zorn. Darunter lauerte die Furcht. Die Piraten hatten etwas an die Kommunikationskonsole geschnallt, und nun wußte er auch, was es war. Ein spezialisierter Schlachtcomputer, mit Würmern und Subversionsprogrammen ausgerüstet. Wenn der seine Hardware übernehmen sollte, war sein Untergang besiegelt.

Er drehte die Mütze der Jets auf seinem Kopf nach hinten und machte eine Geste. Ein leuchtendgrüner, verzauberter Schläger erschien in einer Hand, die selbst wiederum plötzlich in Stahl steckte, Teil des Panzers, der ihn bedeckte. Mit dem anderen Stahlhandschuh packte er die Wespe am Kopf des Hundes und zerdrückte sie, während er sie herauszog. Die lange Zunge peitschte, als er sie aus dem Hirn riß, zappelte und durchschnitt mit kreischendem Geräusch die Knochen.

Dann bin ich also auf mich allein gestellt, dachte Channa. »Ich bin Stationschefin Channa Hap«, sagte sie. »Dies ist mein Kollege Simeon-Amos.«

Der Kommandant der Kolnari verharrte regungslos wie eine Statue aus geöltem Ebenholz. Sein Gefährte griff nach unten und riß sie an der Brust ihres Einteilers auf die Beine. Wie Stahlstäbe schlugen Finger auf Schulter, Rippenkäfig, Hüfte ein. Schmerz durchglühte sie in einer Welle, die ihre Kieferlade mit malmendem Klicken zuschlagen ließ und machte sie schlaff mit dem Gesicht nach vorn zu Boden sinken, als er sie schließlich losließ.

Minutenlang war sie zu kraftlos, um irgend etwas anderes zu tun als dazuliegen. Amos war halbwegs auf die Beine gekommen. Der Kolnari, der Channa niedergeschlagen hatte, drehte sich um und verpaßte ihm wie beiläufig einen Hieb seitlich an den Kopf. Amos wurde zwei Meter nach hinten geschleudert und krachte auf den Deckboden. Einer der anderen schleuderte ihn mit einem Fußtritt zurück an Channas Seite. Dort blieb er mit glasigen Augen liegen, atmete mit einem heftigen Rasseln, das ihm die Blutblasen aus Nase und Mund trieb. Sie kämpfte einen überwältigenden Impuls nieder, zu ihm zu stürzen, denn jetzt hing ihrer aller Leben von ihrem wachen Verstand ab.

»Ungeziefer redet die Göttliche Saat von Kolnar als ›Große Gebieter‹ an«, verkündete der stellvertretende Kommandant. Er stemmte einen Fuß in Channas Nacken. »Wenn der Gebieter Kapitän Belazir mit ihm spricht, antwortet es mit ›Herr und Gott‹!«

Friß deine Scheiße und verrecke, Herr und Gott, dachte Channa.

»Herr und Gott«, gelang es ihr hervorzuhusten.

Belazir nickte gütig, und auf seinen geschnitzten Lippen erschien ein leises Lächeln. »Sie möge sich noch einmal auf die Knie erheben. Unwissenheit entschuldigt nichts, erklärt aber vieles. Verstehst du?« fragte er Channa.

»Ich verstehe vollkommen, Herr und Gott«, antwortete sie dem Anführer der Kolnari. »Du bist der Gute Pirat, und er ist der Böse Pirat, wie?«

Belazir runzelte einen Augenblick die Stirn, dann warf er den Kopf zurück und lachte entzückt, als er die Anspielung verstanden hatte.

»Nein, nein«, widersprach er und zügelte seinen Gefährten mit einer leisen Geste. Die raubtierhafte Aggressivität des anderen Manns blieb zwar bestehen, doch er trat gehorsam zurück. »Du verstehst ganz und gar nicht die Rolle meines guten Serig.« Er wandte sich an die anderen liegenden Gestalten. »Auf die Knie, Ungeziefer. Verkündet eure Funktionen.«

Die Lichter flackerten. Belazirs Kopf ruckte scharf hoch. Neben dem an das Kommunikationsterminal gekrampten Mechanismus meldete sich einer der Kolnari zu Wort.

Channa spürte, wie sich ihr Magen vor Furcht verkrampfte. Irgend etwas machte sich an den Grundfunktionen der Station zu schaffen.

Der Hund lag japsend da, heilte zwar sichtlich, aber langsamer, als er sollte. Die Wespen lagen entweder zermalmt am Boden oder summten bösartig in der Ferne. Simeons großer Bronzeschild hinderte sie am Näherkommen. Auf seiner Oberfläche waren konzentrische Ringe mit Figuren zu erkennen. Große Helden: Armstrong, da Luis, Helva.

Schließlich kroch der Hund herbei und leckte jaulend Simeons Knöchel.

gut besser duverjagstsie(!) boß

Simeon untersuchte den Hund, der keine bleibenden Schäden davongetragen hatte, obwohl etwas Gedächtnisverlust zu verzeichnen war.

»Steh auf«, sagte er. »Lauf.«

lauf!

»Ändere es beim Laufen«, befahl Simeon. »Faß.« Er fügte genauere Anweisungen hinzu.

faß!

Die Hecken zerschmolzen und verschoben sich, während der Hund davonrannte, seine langen Ohren flatterten in der milden Nachmittagssonne. Ein neues Geräusch ertönte durch einen langgezogenen Korridor im Gedächtnisspeicherlabyrinth. Ein langes, rohes Raaaaaaaaaaaaaa, wie – war das etwa ein uraltes Holo? Wie eine Kettensäge! Dann kam die Bestie, die das Geräusch von sich gab, um die Ecke.

Mann! dachte Simeon. *Das kann man wirklich ein Wurmprogramm nennen.*

Das Ende der Kreatur befand sich irgendwo in der Ferne, ein graurosa Tentakel, der von rauhkantigen Schuppen bedeckt war. Das Wesen war zwei Meter dick, ein endloser, segmentierter Arm aus zähen Fasermuskeln, der säurehaltigen Schleim absonderte. Wo es durchkam, begann der kahle Boden zu rauchen. Jeder Tropfen Schleim verwandelte den Staub in eine pulsierende Kugel von Faustgröße, wie eine nasse Zyste. Wenn sie platzten, krochen langzüngige Wespen hervor, breiteten die Flügel aus und schossen in die Luft davon, um sich der summenden Wolke anzuschließen, die den Wurm umgab. Der Kopf des Dings hob sich plötzlich, sprang auf wie eine fleischige Blüte. Zwanzig schlaufenförmige Pseudopodien umwirbelten ihn, jedes trug an der Spitze ein lidloses Auge. Wo sie sich trafen, war eine Reihe kreisförmiger Mäuler zu erkennen, eins im anderen verschachtelt, jedes mit pyramidenförmigen Zähnen aus urinfarbenem Diamant besetzt. Die Zähne wirbelten herum und schlossen sich knirschend über ihre harten Oberflächen in einem fortgesetzten, verschwommenen Brüllen feindseliger Laute.

»An ihren Programmen sollt ihr sie erkennen«, intonierte Simeon und wünschte sich plötzlich, daß er das Konstrukt, das er in dieser virtuellen Realität bewohnte, nicht ganz so lebensecht gemacht hätte. So könnte er im Augenblick sehr gut auf den ausgetrockneten Mund, das hämmernde Herz und den sich verkrampfenden Magen verzichten. Zwar könnte er den Aufbau des Ganzen ändern, aber das würde ihn eines weiteren, geringfügigen Vorteils berauben: seiner Vertrautheit damit. Solange die Matrix bestehenblieb, mußte der Eindringling sich seinen Bedingungen anpassen.

»Diese Leute werden ganz bestimmt nicht allzu viele Punkte für Gesellschaftlichen Nutzen einheimsen«, sagte er entschieden und trat mit erhobenem Schild vor. Die Zentrale gewährte diese Prämien zwar normalerweise einer wahren Unzahl der unwahrscheinlichsten Leute, aber das hier würde doch die Grenzen der Zulässigkeit gewaltig strapazieren.

»Komm schon, du Dreckskerl!« schrie er aggressiv. »Meinem Hund tut niemand etwas zuleide!«

Das Wurmprogramm schlug zu. Simeon stöhnte, stampfte auf dem Boden auf und stemmte die Schultern gegen seinen Schild. Daten/Fänge nagten daran, wichen mit einem Geräusch wie brutzelnder Speck in erstickenden Wolken aus grünem Dampf zurück. Sein Schläger flatterte, schleuderte Augententakel und Zungenwespen beiseite. Eine lange, subjektive Zeit herrschte nur Ansturm und Handgemenge, Sprung und Zappeln und Ausweichen. In ständiger Bedrohung ragte das triefende, schartige Maul in die Höhe. *Es will mein Muster gleich als Ganzes verschlingen und es mit einem Happen assimilieren!* Zungenwürmer schnippten beunruhigend um seinen Kopf. *Die wollen die Hauptkontrollprogramme mit ihren Sonden unterlaufen.* Er fuhr fort, die Wespen aus der Luft zu klatschen, sie mit dem Fuß zu zermalmen, schwang den Schläger, und ein Auge explodierte in einer Sprühfontäne aus schwarzem Sirup wie eine riesige, überreife Feige. Schließlich wich der Wurm für einen Augenblick zurück und Simeon stürzte beiseite und floh, schlug Haken und huschte durch das Labyrinth.

Ich muß es verwirren und fortgesetzt aus dem Gleichgewicht bringen, dachte er, als er dem dicht hinter ihm folgenden triumphierenden Kreischen lauschte. Jeder Partner seines ›Körpers‹ fühlte sich bereits zerschunden an. Doch war es auf diese Weise auch befriedigender. Das Wissen, einen Programmcodeabschnitt durcheinandergewirbelt zu haben, machte nicht halb soviel Spaß, wie Blut – oder, in diesem Fall, Ichor – spritzen zu sehen und zu spüren, wie das Fleisch unter einem Hieb zu Brei wurde. Wieder ertönte das Heulen, diesmal ein Stück näher.

»Soviel zum Thema wildes Datensammeln«, keuchte er im Rhythmus seines hämmernden Schritts. Was für Verrückte mußten das sein, so etwas in einem Informationssystem loszulassen? Es mußte doch mindestens ebensoviel vernichten, wie es an Daten einsammelte.

Am Schluß muß ich es glauben machen, daß es gewonnen hat. Es in den äußeren Subsystemen des Computers isolieren und die letzthinnigen Kontrollelemente hinter Barrieren verbergen, die der Wurm für den Außenrand des Gesamtsystems halten mußte. Sonst würde er das System befallen wie die Maden faulendes Fleisch. Eingeschlossen seinen eigenen Verstand, wenn er nicht vorher Selbstmord beging, indem er alle Verbindungen zwischen seinem organischen Gehirn und dem Datensystem kappte.

Das war ein ungutes Bild. Er blitzte sich zurück zum Schiff der Flüchtlinge und den toten Bethelitern, deren Leiber von grabendem und bohrendem Leben wimmelten.

Ich werde jedenfalls als erster den Stöpsel ziehen, dachte er grimmig. Theoretisch war es der Station zwar unmöglich, sich selbst zu vernichten. Tatsächlich würde er es aber wahrscheinlich schaffen. *Sieg oder Tod.*

»Raaaaaaaaaaaaaaaaaa!« kreischte der Wurm.

»Wie Channa so schön sagen würde, friß doch deine Scheiße und verrecke.« Simeon keuchte die Worte hervor, als er um eine Ecke kam und wieder in Stellung ging. Dornen und Laubwerk stoben durch die Luft, als der Wurm versuchte, sich direkt zu ihm durchzuschlagen. Dann ein gewaltiges Krachen und ein jaulender Aufschrei des Schmerzes, als er gegen das steinerne Innere der Hecke prallte. Das überzeugte ihn davon, sich doch um die Ecke zu winden. Er wirkte größer als vorher; schaumiges rosa Blut umströmte die malmenden, platzenden Mäuler. Einige der Zähne waren am Stein zerschmettert, regenerierten sich aber, während Simeon zusah. Das Nahen des Wurms ließ den Boden erbeben. Hinter sich hörte Simeon das Bellen und Grollen der KI, die neue Barrieren und Irrwege anlegte.

»Komm her und geh in Stellung!« brüllte Simeon. *Kümmere dich nicht um die anderen. Dies wird eine Weile deine ganze Aufmerksamkeit erfordern.*

»Raaaaaaaaaaaaa!«

Diesmal schleuderte die Gravitation sie umher, als die Lampen flackerten. Mit einem beherrschten Fauchen der Ungeduld wandte Belazir sich an die Techniker.

»Was ist denn jetzt?«

»Großer Gebieter, wir stoßen auf unerwarteten Widerstand. Wir dachten, daß der Wurm sich erfolgreich in die Hauptkontrollprogramme durchgebohrt hätte, aber sie haben sich wieder freigezappelt. Wir kommen zwar voran, aber die KI ist außerordentlich wendig – die parallele ...«

Belazir schnitt ihnen mit einer Geste das Wort ab. »Mich

interessieren nur Resultate und kein Jargon von Ausflüchten. Packt euch den Kern, und zwar schnell.«

Dann drehte er sich wieder zu seinen Gefangenen um. *Was für nackte Gesichter sie doch haben*, dachte er. Das war häufig so bei neuen Eroberungen. Jene, die lange überlebten, wurden zwar eines Besseren belehrt, doch es konnte unterhaltsam sein.

Inzwischen strömten Berichte über die Güter und Vorräte der Station ein.

Besser, als ich erwartet habe, dachte er jubilierend. *Sehr viel besser. Unvorstellbar reich!* Diese Anlage könnte richtige *Schlachtschiffe* bauen, wenn man etwas Zeit hat und die Pläne in den Computern des Klans dazu einsetzt.

Die größte Schwäche des Hochklans war sein Mangel an großen, echten Kriegsschiffen. Sie konnten zwar mehr oder weniger eigene Fregatten bauen, aber um größere Fahrzeuge zu erhalten, konnten sie nur eroberte Exemplare umbauen. Doch kein zusammengeschustertes Händlerschiff konnte es mit einem echten Schlachtfahrzeug aufnehmen. Ein Kriegsschiff war eben mehr als nur ein Schiff mit ein paar Waffen und Verteidigungssystemen: Es war ein zusammenhängender Organismus, der beinahe über eigenständiges Leben verfügte. *Müssen wir die Werft wirklich aufgeben?* Die Frustration war ebenso qualvoll wie die Befriedigung, die Station einzunehmen, euphorisierend war, wobei ihre Vernichtung den zweiten orgasmischen »Volltreffer« versprach. Andererseits könnte der Besitz einer solchen Ausrüstung den großen Plan abkürzen, nämlich die Ausbreitung der Göttlichen Saat von Kolnar und der Macht des Klans.

Schlimmer noch war die Demütigung, die der Klan schon viel zu lange über sich hatte ergehen lassen müssen. Die menschliche Galaxie *wimmelte* geradezu von solcher Beute, und doch war die Flotte des Klans dazu verdammt, sich in den Außenwelten herumzutreiben und den ausgemusterten Schrott zu fressen: Grenzwelten, und von Armut befallene

Exilsiedlungen wie Bethel. Wie die Schakale mußten die Kolnari herumschleichen, seitdem sie einst aus ihrer alten Heimatwelt von ihrem Land und Besitz vertrieben worden waren. An kahlen Knochen nagen, während üppige Bankette vor ihnen ausgebreitet dalagen. Unerträglich! So etwas war nicht zu dulden!

Seine Freude verflüchtigte sich. »Ihr habt doch physische Trennung aufrechterhalten?« fragte er, und seine beherrschte Gereiztheit war förmlich zu greifen.

Der Techniker zog den Kopf ein. »Selbstverständlich, Großer Gebieter. Keine Daten können aus diesem System in unsere Maschinen gelangen außer per Dataeder. Alle solche Dataeder werden bis zum letzten Informationsbyte vorher analysiert. Unsere Reservekopien werden abgeschaltet und physisch abgekoppelt, solange gekaperte Daten laufen.«

Belazir nickte. »Weitermachen!« befahl er, befriedigt, daß die elementaren Schutzmaßnahmen eingehalten wurden. *Ihr werdet noch leiden, ihr werdet noch leiden, und* wie *ihr noch leiden werdet*, dachte er und bleckte im Geiste die Zähne wider das Universum, das zwischen dem Klan und seiner Apotheose stand. Alle würden sie sich eines Tages im Griff seiner Faust winden. »Vorbericht?«

»Rektifiziert, Großer Gebieter«, erwiderte der Techniker.

Warum können Techniker eigentlich niemals einfache Worte benutzen, sobald ihre verdammte Fachsprache sich bis auf Paßlänge dehnen läßt? fragte sich Belazir, als er dem Techniker lauschte.

»Wir haben die Nachrichtenspeicher während der ersten Penetration gekapert, bevor die KI reagierte. Keine außerplanmäßigen Meldungen an die Zentrale, bis auf die Ankunft und spontane Vernichtung eines großen, rätselhaften Schiffs. Es sind nur wenige Beweismittel übriggeblieben. Die Zentrale meldete, daß man dort die Dateien absuchen würde.«

Mit einem weißzahnigen Grinsen geruhte Belazir, zur

Antwort zu nicken. »Hervorragend! Befehl: Nachrichtentorpedo abfeuern. Alle entbehrlichen Transporter anfordern, dazu auch Personal für die Demontage.«

Lächelnd blickte er sich unter seinen Kämpfern um. »Gute Arbeit. Wir werden uns einrichten, die Beute nehmen und bis auf den Knochen abnagen, wie es uns beliebt. Stab, vorläufigen Plan erarbeiten, um soviel wie möglich zu demontieren und nach Eintreffen der Transporter effizient umzuladen.«

Die kleinere, hochwertige Beute würde natürlich an die siegreiche Flottille gehen. Er würde die Prioritäten festsetzen müssen: Prioritäten, die der *Braut* die erste und beste Auswahl zugestanden und t'Varaks *Zeitalter der Finsternis* natürlich die letzte und schlechteste.

Einen Teil seiner Aufmerksamkeit hatte er auf Serigs Verhör der Gefangenen gerichtet. Nun hob er den Kopf und lächelte über den Witz des ausführenden Offiziers.

»Er sagt«, dolmetschte er für das Drecksungeziefer, das Serig gepiesackt hatte, »daß er nun deine innere Umwelt erforschen will, Ökosystemleiterin Coburn.«

Nein! Channa versuchte angestrengt, ihr den Gedanken zu übertragen. *Wehr dich nicht, Patsy!*

Das helle Gesicht der älteren Frau war gerötet, lodernde Flecken auf ihren Wangen verrieten ihren Zorn. Der Pirat griff in ihr Hemd und preßte lässig eine Brust.

Patsy spuckte ihm ins Gesicht.

Channa wollte sich erheben. Belazir stieß ihr mit wohlberechneter Kraft einen Zeh in die geschundene Magengrube. Sie sackte wieder zu Boden. Der Pirat packte ihr Ohr mit kräftigen Zehen und zwang ihren Kopf herum.

»Sieh zu, Ungeziefer«, sagte er freundlich. »Und lerne, dem Hochklan nicht den Gehorsam zu verweigern.«

Hinter ihr vernahm sie ein Scharren, als Amos wieder versuchte sich aufzustellen. Eine Kolnari stieß ihm die Ferse über den Nieren in den Rücken und er brach mit einem erstickten Kreischen um sich schlagend zusammen. Sonst bewegte sich niemand.

Simeon, dachte sie verzweifelt. *Simeon!*

Serig berührte sein Gesicht an der Stelle, wo der Speichel herabrann, und sagte etwas in seiner eigenen Sprache. Die anderen Kolnari lachten oder grinsten und sahen mit interessiert leuchtenden Augen zu. Patsy nutzte seine Abgelenktheit und ließ einen Tritt gegen seinen Unterleib los. Eine Faust schlug herab und traf den sich hebenden Fuß mit einem Geräusch, als würde ein Hammer gegen Fels prallen. Patsy stieß ein scharfes Keuchen aus. Mit ihren gefesselten Händen verlor sie das Gleichgewicht und taumelte rückwärts gegen den Kaffeetisch. Der Kolnari lachte, als sie beinahe zu Boden stürzte, nahm sein Geschirr und warf es beiseite. Die Hose folgte, das intelligente Plastik rollte sich in seinen Gürtel auf. Als nächstes kam die Kleidung der Stationsbewohnerin an die Reihe und wurde ihr vom Leib gerissen wie Papier, während eine Hand sie am Kiefer festhielt und bewegungsunfähig machte. Er trat zurück und stand da wie eine lüsterne griechische Statue, gestikulierte.

»Runter«, sagte er auf Standard. »Spreizen.«

Ja, dachte Belazir mit einem Blick auf Channa. *Am Schluß wird sie mein sein. Aber nicht sofort. Mit Subtilität.*

Als Kind hatte Belazir t'Marid seine Mütter und Kindermädchen in die Verzweiflung getrieben. Trotz ihrer Peitschenhiebe und der Behandlung mit Schockstäben, trotz tagelanger Arreste im Wärmekäfig, hatten sie ihm nie die widerliche Angewohnheit austreiben können, mit seinem ›Essen‹ zu spielen.

KAPITEL 18

Keuchend sackte Simeon zu Boden. Auf dem fernen Berg brach ein weiterer Flügel der Burg ein und stürzte mit einem erdbebenartigen Felsenrumpeln in die darunterliegende Schlucht. Der Wurm schrie triumphierend auf und wand sich ein Stück weiter um den Mittelturm, während Flammen am dunkler werdenden Himmel loderten. Auf den Zinnen stand eine winzige Gestalt über dem Ungeheuer, wedelte mit einem schillerndgrünen Schläger. Mit weichen Knien tauschte Simeon die Perspektive, gerade noch rechtzeitig, um zu sehen, wie der offene Schlund sein Pseudokonstrukt-Duplikat verschlang. Die malmenden Zähne rissen es in Stücke. Die Illusion verflüchtigte sich, und das Letzte, was er von ihr sah, war ein heranrauschendes Universum aus Licht und das *Einauseinauseinauseinauseinaus*, als der Programmcode disassembliert und von dem Eindringling ›verdaut‹ wurde.

Puh, dachte er und drehte die Mütze der Jets zitternd wieder richtig herum. *Das sollte ihn aufhalten*. Jedenfalls für eine Weile. Der Wurm würde hierbleiben und unentwegt bohren und stochern, solange der Schlachtcomputer der Kolnari an das System der SSS-900-C geschnallt blieb. Selbst wenn er das Programm vernichtete und sein System säuberte, würde das nur alle Alarmmechanismen auslösen, über die der Feind verfügte. Dann würden sie lediglich sofort einen weiteren Wurm mit einer anderen Konfiguration losjagen. Aber trotz seiner Selbstmodifikationsfähigkeiten *kannte* er diesen jetzt wenigstens!

Vorsichtig ging er rückwärts, verwischte seine Fußspuren im Sand und löste sich in der verbrannten Landschaft aus verbrannten Holzstücken auf, wo die Pusteln im Boden Reihe um Reihe suchender Wespen hervorspieen.

Der Ritter kehrt' heim von der Suche,
schlammbedeckt und auch wund;
zerschunden ihm Schild und Wappen,
das Banner; er blutet und lahmt …

Channa weinte. Das war sein erster Gedanke, als seine *andere* Bewußtheit wieder aufflackerte. Alles war ein wenig verschwommen, doch konnte er deutlich genug ins Innere des Versammlungsraums blicken. Sie saß neben Amos auf der Couch, den Kopf an seine Schulter geschmiegt, und schluchzte in trägem Leid. Beide sahen sie zerschunden aus, als hätte man sie aus einem beweglichen Fahrzeug geworfen. Amos zuckte bei jeder Bewegung zusammen.

»Channa!« sagte Simeon, als er nach einer Überprüfung von wenigen Mikrosekunden festgestellt hatte, daß der Raum sicher war. Eine winzige weitere Abgleichung speiste das Überwachungssystem der Kolnari und ihrer Computer mit einer unscheinbaren Szene. »Channa, bist du in Ordnung?«

»*Wo warst du!*« rief Channa und sprang auf. »Wo warst du, Simeon?«

»Ich war …«

Simeon bemerkte, was über den allgemeinen Kanal kam, immer und immer wieder, aus den Befehlsschaltkreisen zugeschaltet. Am Ende einer Schlaufe kniete Channa an Patsys Seite, wo sie versuchte, die Blutung mit Fetzen ihrer Kleidung zu stillen.

»Bitte, Herr und Gott, darf ich den Arzt herbeirufen?«

»Natürlich«, erwiderte der Piratenführer. »Wir sind ein entgegenkommendes Volk.« Ein breites Lächeln. »Wie du siehst, hast du dich geirrt. *Ich* bin der ›böse‹ Pirat. Serig ist der *bösere* Pirat.«

Simeon blinzelte sich in die Gegenwart zurück. Er spürte, wie seine automatischen Speisesysteme sich einschalteten, den Hormonstrom und die Adrenalindrüsen dämpften, sein

Blut filterten. Dennoch kam er der Ohnmacht dabei so nahe wie noch nie.

»Ich ... o Gott, Gott«, flüsterte er. »Verdammt.« Es gab kein Lexikon, in dem die passenden Vokabeln zu finden gewesen wären.

»Wo warst du, Simeon?«

»Ich habe gekämpft«, erwiderte er. »Channa, die haben ein Wurmprogramm ins Stationssystem eingeschleust. Ich mußte es bekämpfen, es war – es ist ein Ungeheuer. Hätte ich es nicht getan, hätte es sich regelrecht in mein Hirn eingegraben und mich aufgefressen. Dann wäre ich außerdem in ihre Gewalt geraten und würde ihnen alles erzählen, was sie wissen wollen. Ich konnte mich nicht einmal mehr selbst vernichten!«

»Ich verstehe«, sagte Channa. »Nicht daß du irgend etwas für uns hättest tun können. Entschuldige.« Sie kehrte schnell in ihre Unterkunft zurück, wo er kurz darauf Wasser spritzen hörte.

Amos stand auf, die linke Hand um die rechte Faust geklammert. »Wenn sie auch von Geburt an Diebe sein mögen, dafür werden sie büßen«, sagte er leise, beinahe bei sich. »Für Patsy, für Keriss, für meine Schwester und meines Vaters Haus und für alles, was sie getan haben, bei der lebendigen Seele Gottes, sie werden es büßen, für jede kleinste Winzigkeit.«

Channa kehrte zurück, ihre Miene war härter, als Simeon es je gesehen hatte. Sie winkte Amos zurück und wandte sich der Säule zu.

»Welchen Schaden hast du davongetragen?« fragte sie in professionellem Ton.

»Nichts Lebenswichtiges – bisher«, berichtete Simeon. »Ich muß einen großen Teil meiner Aufmerksamkeit und Systemkapazität nur für das Aufpassen und Abwarten reservieren. Dieses Wurmprogramm mutiert wie ein Retrovirus: die Sorte, die nie aufgibt. Ich könnte es ausmerzen – wenn ich das wagte. Davon abgesehen habe ich ungefähr ein Drittel des Gedächtnisspeichers und meiner Rechnerfähigkeit eingebüßt. Die könnte man im Augenblick als ›besetztes Gebiet‹ bezeichnen. Mit etwas Glück wird ihr Computer denken, daß das alles ist. Er ist zwar mächtig, aber hochspezialisiert. Noch haben sie ihre Schiffscomputer nicht an die Station angeschlossen. Wahrscheinlich befürchten sie, daß wir uns hineinhacken könnten.

Aber«, fuhr er fort, »ich muß wirklich vorsichtig sein. Alles, was ich im mutmaßlich sicheren Gebiet unternehme, muß sorgfältig abgeschirmt werden. Die Aufzeichnungen kann ich manipulieren. Aber nicht einmal ich kann das Unmögliche überzeugend erscheinen lassen.«

Sie verengte die Augen. »Könntest du diese Funktionen auch wieder sehr schnell zurücknehmen?«

»Das kann Sekunden bis Minuten dauern. Sie würden es ziemlich schnell merken, und ihr Schlachtcomputer, den sie gerade eingestöpselt haben, könnte ... Wenn ich darüber nachdenke, könnte ich den wahrscheinlich auch noch übernehmen. Aber sie würden es erfahren.«

»Kein Problem ... später. Können wir eine Konferenz abhalten?«

»Ja, ich habe alle ihre Leute unter ständiger Bewachung.«

»Dann sollten wir uns besser so schnell in Bewegung setzen, wie wir können«, sagte sie.

Simeon gab ein bestätigendes Geräusch von sich. »Unsere Leute sehen ziemlich mitgenommen aus«, sagte er. *Und ich selbst bin es mit Sicherheit.* »Wir müssen die Sache in die Hand nehmen, bevor sie anfangen auszuteilen. Aber es wird etwas Zeit dauern, einen Zyklus lang, sofern sie alle zur Verfügung stehen.«

»Gut. Dann wollen wir, Chaundra, die Abteilungsleiter und ...«, fing Amos an.

»Es sind alle fort«, sagte Seld Chaundra mit leiser, vorsichtiger Stimme. »Bist du sicher, daß wir das tun sollten, Joat? Joseph hat gesagt ...«

»Joe kann mal eine Minute warten und du auch, Karottennase«, flüsterte sie. »Und jetzt halt das Ding am Laufen, ja?«

Er nickte und beugte sich wieder über die breiten Module und den Stecker, die an die Hauptstromleitungen über ihnen angeschlossen waren. Dieser Schacht war sehr schmal – ein Erwachsener hätte sich weit vorbeugen müssen, um hindurchzugelangen –, dafür lag er praktischerweise über dem Lazaretteingang.

»Hör mal«, fuhr er fort, ohne den Blick zu heben. Er atmete immer noch schwer von der Anstrengung des Kriechens durch den quer verlaufenden Abluftschacht. »Hör mal, vielleicht kann das Miss Coburn im Augenblick gar nicht so gut gebrauchen, daß jemand mit ihr redet? Es ist noch keinen Tag her und ...«

»Ja, ich habe die Übertragung auch gesehen«, antwortete sie. Und das hatte sie auch. Seld war dabei in Ohnmacht gefallen. Seine Medikamente taten ihm nicht so gut, wie es eigentlich hätte sein sollen. »Du bleibst hier.«

Sie kroch voran, schob dabei die lokale Sensorenüberwindungseinheit vor sich her. Für das unbewaffnete Auge sah die Abdeckung des Schachts aus, als sei es ein Paneel wie jedes andere. Der einzige wirkliche Unterschied bestand darin, daß sie selektiv durchlässig und sehr viel dünner war. Gehorsam zog sie sich zurück, und Joat blickte in einen abgedunkelten Raum hinunter. Ein Schwebebett, das übliche Mobiliar und eine Gestalt unter dem Laken. Joat kauerte sich zusammen und machte einen Purzelbaum durch die Öffnung, hielt sich mit den Fingerspitzen fest und ließ sich den letzten Meter zu Boden fallen.

»Bist du wach?« fragte sie und trat an das Bett. »Ich bin es, Joat.«

Coburns Augen standen offen. Sie lag bewegungslos da,

die Augen aber schweiften durch die Dunkelheit. Joat hielt sich eine kleine Lampe unter das Kinn. Sie hatte sich einen sehr teuren Einteiler aus anpassungsfähigen Lichtfasern besorgt. Simeon hatte ihn ihr beschafft, weil er gerade in Mode war, doch mit etwas Kreativität konnte man ihn soweit verändern, daß er die Farbe des Hintergrunds annahm, und das war im Augenblick ein fleckiges Holzkohlengrau. Im matten, schwachen Glühen des Lichtstabs schwebte ihr Kopf darüber.

»Geh weg, Joat«, antwortete die Frau mit stumpfer Stimme. Unter den Selbsthaftverbänden wirkte ihr Gesicht alt. »Ich brauche kein Mitleid mehr. Laß mich allein.«

»Großartig, denn Mitleid würde ich dir auch nicht geben«, antwortete Joat. Sie schob ihr Gesicht dichter an Patsys, und ihre eigenen Augen hatten dieselbe flache Ausdruckslosigkeit. »Ich will dir etwas über mich erzählen.« In nüchternem, sachlichen Ton erklärte sie ihr alles über ihren Vater, ihren Onkel und den Kapitän.

»Ich weiß also, was das heißt, Miss Coburn«, fuhr sie fort. »Vergiß, was alle anderen gesagt haben. Die haben doch alle keine Ahnung. Aber Joat, die weiß genau, wie du dich fühlst. Und wie ich schon sagte, im Augenblick brauchst du auch kein Mitleid. Ich weiß aber, was du statt dessen brauchst.«

Langsam stemmte Patsy sich auf den Ellenbogen. »Und was soll das sein?«

Stumm griff Joat hinter sich und öffnete ihren Rucksack. Ihre handschuhbewährte Hand holte daraus Patsy Sue Coburns Halfter und die Bogenpistole.

»Genugtuung«, wisperte Joat ruhig. »Und das geht so ...«

Der Lagerraum für Medikamente und medizinisches Zubehör besaß seine eigene Überwachungsunterschlaufe. Das machte ihn zu einem guten Ort für das geheime Treffen.

Außerdem war er eiskalt, kahl und überfüllt. Die Wände bestanden aus grauen, mit Leuchtfarbe in ihren Umrissen markierten Metallschränken.

Sehr angemessen, wenn man den Zustand unserer Moral bedenkt, dachte Channa.

»Es sind jetzt zweihundertsiebenundfünfzig Leute an dem Virus erkrankt«, sagte Chaundra. »Die Symptome sind zwar spektakulär, aber nicht lebensbedrohlich, solange sie an die Maschinerie angeschlossen bleiben. Außerdem habe ich vierundsechzig Patienten wegen Traumen und verschiedenster Verletzungen behandelt. Bisher keine Todesfälle. Ein oder zwei befinden sich zwar in einem kritischen Zustand, dürften sich aber wieder erholen. Eingerechnet sind dabei auch einige meiner Sanitätshelfer, die von den Kolnari angegriffen wurden, als sie herkamen, um unsere ›Kranken‹ zu überprüfen. Sie scheinen den Anblick leicht ekelerregend zu finden, aber auch ... aufregend, beides zur selben Zeit. Einige der Patienten wurden angegriffen.«

Soviel zur Abschreckungswirkung des Virus, dachte Channa. »Patsy?« fragte sie laut. *Sie ist meine Freundin.* Patsy hatte weder mit ihr noch sonst jemandem reden wollen, was verständlich war. *Aber ich will wissen, wie es ihr geht.*

»Sie ... keine Knochenbrüche bis auf den Fuß. Den habe ich innerlich geschient ...« Er hatte die Knochen also in einer synthetischen Schiene zusammengeleimt, die stärker war als das ursprüngliche Material, so daß sie eine Form zum Verheilen hatten. » ... Blutverlust ausgeglichen und die Weichgewebeverletzungen plastiziert. Miss Coburn ist bewegungsfähig, wenn sie auch einiges ... körperliches ... Unbehagen empfindet. Mit den üblichen Wachstumsstimulatoren sollte die volle Genesung nicht länger als eine Woche brauchen.«

Er fuhr sich nervös mit der Zunge über die Lippen. »Was ihren geistigen Zustand angeht, kann ich allerdings nicht viel sagen. Ich befürchte Katatonie. Ich habe die üblichen

Psychotropika verabreicht, aber der Geist besteht eben doch aus mehr als dem Gehirn und seiner Chemie.«

Channa nickte. »Sonst noch etwas?«

»Ja. Ich verfüge jetzt über ... reichlich Gewebeproben der Kolnari. Es gibt Dinge, die wir unter vier Augen besprechen sollten.«

Amos musterte die Gesichter auf dem Schirm. »Fahren Sie fort wie geplant«, sagte er. »Der Feind zwingt Sie zur Arbeit. Geben Sie sich dabei so dumm, wie Sie sich trauen. Begehen Sie so viele Fehler, wie Sie sich trauen. Vor allem aber sorgen Sie dafür, daß soviel wie möglich an Material nur halb zusammengebaut bleibt.«

»Wann werden wir denn gegen die kämpfen?« platzte es aus jemandem heraus. »Sie und Simeon haben von einem ordentlichen Kampf gesprochen, von Cochise und den Viet Gong ...« *Cong*, berichtigte Simeon stumm. » ... aber bisher halten wir bloß den Arsch hin!«

»Wir haben den Virus«, warf Simeon ein. »Der funktioniert, sie stecken sich an. Ich habe mit psychologischen Operationen begonnen. Was aber am wichtigsten ist, ich habe ihre Sprache dechiffriert.« Das löste ein Geraune aus. »Sie hat nicht allzuviel Ähnlichkeit mit den Sprachen in den Vermessungsdateien – beides Pidgin-Sinhala-Tamilisch, aber ... egal, ich habe sie jedenfalls. Sie haben sechzig Einheiten angefordert.«

»Oh, großartig!« rief der Mann. »Noch mehr von der Sorte!«

»Halten Sie den Mund«, entgegnete Channa. »Das bedeutet, daß sie die Station nicht einfach plündern, bis ihre Kriegsschiffe voll sind, um sie dann zu sprengen. Man kann eine Kuh nicht gleichzeitig töten und melken. Es dauert mindestens eine Woche, bis die Transporter eintreffen. Es müßten ungefähr sechzig werden. Sie wissen selbst, wie lange wir schon brauchen, um sechzig Frachter mit einem so homogenen Material wie Erz zu beladen, wenn wir versuchen, schnell zu arbeiten. Stellen Sie sich erst einmal vor, wie lange es dauern wird, festmontiertes Gerät zu entfernen und umzuladen, wenn alle nur noch vor sich hinschlurfen. Und je mehr von ihnen hier sind, um so mehr werden auch erwischt werden, sobald die Flotte hier eintrifft.«

»Und das«, fügte Amos mit raubtierhaftem Lächeln hinzu, »bedeutet wiederum, daß wir in der Zwischenzeit direkter vorgehen können. Keine Sorge, meine Freunde. Die werden schon erfahren, was Leid, Furcht und Schmerz bedeuten.«

Das trug ihm einen Chor der Befriedigung ein.

Wir finden Rache primitiv, dachte Simeon, *bis wir sie brauchen, um Genugtuung für Entwürdigung und Demütigung zu bekommen.* Er hegte selbst ein beachtliches Verlangen in diese Richtung.

Amos hob eine Hand. »Warten Sie. Wir müssen so viele von ihnen in die Station locken, wie möglich – als Lebensversicherung und um sie zu zermürben. Aber wir können nicht das Risiko eingehen, daß Leute in Schlüsselpositionen, die eine Menge über unsere Pläne wissen, und unsere Stationsgefangenen zum Verhör geschleppt werden, weil sie geglaubt haben, daß sie clever seien. Ohne meinen ausdrücklichen Befehl wird nichts unternommen. Das Personal, das diese Befehle ausführen soll, wird mit einer Giftkapsel im Zahn ausgestattet und über ein psychologisches Profil verfügen, das auch ihren Einsatz sicherstellt. Warten Sie also, bis Sie Befehle bekommen. Wir haben einen hervorragenden General ...« Mit einem Nicken wies er in Simeons Richtung, » ... und wir müssen seinen Befehlen folgen.«

Daraufhin trat Schweigen ein.

»Wir werden versuchen, Druck auf sie auszuüben, damit sie die Greueltaten einschränken«, fuhr Channa fort. »Wir werden behaupten, daß die Produktivität und Effizienz darunter leiden – und das ist ja auch nur zu wahr. Bleiben Sie gefaßt, halten Sie durch! Wir werden sie uns schon noch alle auf kleiner Flamme garkochen! Ende.«

Nacheinander verschwanden alle Gesichter von dem Monitor bis auf Chaundras.

»Und jetzt die schlechte Nachricht, Doktor«, sagte sie.

Dieses Treffen war eine flüchtige Angelegenheit, Zeit, die sie sich einfach genommen hatten, während sie angeblich auf dem Weg irgendwohin waren. Sie konnten die Sensoren eine Weile täuschen, doch niemand hätte erklären können, wieso er gleichzeitig an zwei verschiedenen Orten war, vor allem nicht, wenn einer davon sich in Echtzeit vor den Augen des Gegners befand. Nur die Tatsache, daß sie ungefähr fünfzehntausend Stationsbewohner waren und die Kolnari weniger als ein Zehntel davon ausmachten, ermöglichte die ganze Geschichte überhaupt. Wie auch die unvollkommene Beherrschung der Überwachungscomputer durch die Invasoren.

Channa musterte Chaundras grimmige Miene. »Was ist los?« fragte sie ihn.

Er rieb sich mit beiden Händen über das Gesicht und zuckte mit den Schultern. In seiner Stimme schwang Erschöpfung mit. »Es funktioniert nicht.«

»Was funktioniert nicht?« fragte Amos ungeduldig.

»Der Virus«, erklärte Chaundra. »Sie sind zwar infiziert, aber es macht ihnen kaum zu schaffen.«

»Verdammt!« fluchte Channa. Sie hatte gehofft, daß die Erkrankung die Kolnari dazu bringen würde, die Zivilisten von sich aus in Ruhe zu lassen. »Hat es denn überhaupt keine Wirkungen?«

»Leichte Kopfschmerzen, etwas Übelkeit, ein oder zwei Fälle von Durchfall, der vielleicht einen Tag andauert. Alles in allem sehr viel weniger, als unsere Leute sogar mit Immunisierung durchmachen mußten. Die betroffenen Individuen verhalten sich verlegen, nicht erschreckt, und ihre Gefährten lachen sie aus.« Chaundra zuckte verzweifelt mit den Schultern. »Ich beantrage, daß wir diesen Plan nicht länger fortsetzen. Unsere Leute werden vergewaltigt, zusammengeschlagen, gedemütigt und bekommen auch noch die Grippe, während die Kolnari nur ihren Spaß haben. Ich habe ihre Gewebeproben untersucht – das Immunsystem der Kolnari ist kaum menschlich zu nennen. Wenn einige der Vergewaltigungsopfer nicht schwanger geworden wären, hätte ich Zweifel gehabt, daß die Kolnari überhaupt Menschen sind. Nein, das muß ich berichtigen. Menschlichen Ursprungs. Ihr Vorgehen ist es ganz bestimmt nicht«, fügte er verbittert hinzu.

»Schwanger?« wiederholte Channa verblüfft.

»Ich habe terminiert«, sagte er. »Ektopische Schwangerschaften in den fallopschen Röhren. Und das trotz implantierter Langzeitkontrazeptiva.« Die sorgten dafür, daß das körpereigene Immunsystem Spermien wie Fremdkörper behandelte, bis ein Gegenmittel eingenommen wurde.

»Channa, die Piraten scheinen Metallsalz- und andere Kontaminationspegel zu besitzen, die eigentlich jeden von ihnen so steril wie einen Kieselstein machen müßten. Statt dessen sind ihre Spermien um eine ganze Größenordnung beweglicher als die Norm. Der Rest ihres Organismus ist ähnlich aufgebaut. Ihre Antikörperreaktion ist ... ihre Körper benutzen die Gifte, um bakterielle oder virale Invasoren abzutöten. Ihre DNS ist mit Redundanz- und Selbstheilungsmechanismen positioniert, wie ich sie noch nie zu Gesicht bekommen habe, sie ist sowohl gegen Strahlung als auch gegen Vireneinfluß resistent.«

»Ich weigere mich zu glauben, daß diese Tiere Übermenschen sein sollen«, warf Amos ein.

»Oh, das sind sie durchaus nicht«, beschwichtigte ihn Chaundra. »Ihrer DNS zufolge würde ich vermuten, daß ihre Lebensspanne kürzer ist als unsere. Ich könnte mir denken, daß die Degeneration nach dem mittleren Alter ... spektakulär und schnell abläuft, daß der Organismus abrupt zusammenbricht. Und sie haben auch zahlreiche andere Nachteile. So könnten sie beispielsweise nicht ohne

Dioxin- und Arsenverbindungen im Essen oder in ihrer Nahrung überleben. Dann würde sie das Gegenstück zum Skorbut wegraffen.« Er verstummte.

»Da ist doch noch etwas, was Sie uns verbergen, Doktor«, sagte Channa ruhig. Amos richtete sich ein Stück auf, blickte mit verengten Augen von der Frau zum Monitor hinüber. »Sagen Sie es uns!«

Bingo, dachte Simeon, als er Chaundras Pupillen und seine Atmung genauer unter die Lupe nahm.

»Es gibt eine Möglichkeit«, antwortete Chaundra, wandte den Blick von dem Aufnahmegerät ab. »Einen anderen Virus.« Eine lange Pause. »Den, der Mary umgebracht hat. Er ist von unvergleichlicher Virulenz. Möglicherweise die schlimmste natürliche ... unnatürliche Krankheit, die je entdeckt wurde.«

Amos' Kopf schoß vor. »Warum haben Sie das nicht früher erwähnt?« fragte er barsch.

»Weil er meine Frau umgebracht hat!« schrie Chaundra plötzlich; das war um so erschreckender, weil er sonst ein so mildgesinnter Mann war. »Weil er gerade meinen Sohn umbringt!« Und dann, weicher, vernünftiger: »Weil ich geschworen habe, daß diese üble Krankheit nie wieder ein Menschenwesen umbringen soll. Die Kolnari kann ich inzwischen nicht mehr in diese Kategorie einreihen.«

»Dennoch«, meinte Channa, »der Virus ist ein guter Plan. Der Gegner verfügt nicht über allzuviel medizinische Kapazität. Und Chaundra hat uns unmißverständlich erklärt, weshalb er sie auch nicht braucht. Verglichen mit uns, sind sie medizinisch völlig unwissend. Tatsächlich können sie kaum mehr tun, als Wunden und Knochenbrüche zu behandeln. Ich habe den Eindruck, daß sie irgendwie jeden, der kränker wird ... gewissermaßen auf den Müll werfen.«

Chaundra blickte nachdenklich drein, wieder gewann die professionelle Kompetenz die Oberhand. »Ich habe den lebenden Virus nicht zur Verfügung, müssen Sie wissen.

Aber ich habe die Information darüber auf einem Minihedron. Das Protein ist nichts, das kann der Replikator sofort herstellen. Aber Modifizierungen ... ja. An was für eine Art von Krankheit haben Sie gedacht?«

»Etwas Furchteinflößendes«, sagte sie.

»Etwas Tödliches«, ergänzte Amos.

»Wenn möglich«, stimmte sie zu. »Aber wenigstens spektakulär schwächend, ekelerregend, grausig. Vielleicht zusammen mit geistigem Verfall? Wir wollen ihnen Entsetzen einflößen, und was wäre wohl entsetzlicher als Wahnsinn?«

»Hoppla, da bin ich mir aber nicht so sicher«, wandte Simeon ein. »Willst du wirklich eine ganze Station voll wahnsinniger Kolnari haben? Noch wahnsinniger, als sie schon sind, meine ich.«

Sie blickte nachdenklich drein, auch leise Übelkeit schwang dabei mit.

»Nein, warten Sie einen Augenblick«, warf Chaundra ein und hielt inne. »Wie Channa schon vorgeschlagen hat, könnten wir ausschließlich auf jene abstellen, die bereits den Virus bekommen haben. Immerhin stecken die sich ja durchaus an. Er kommt nur nicht viel tiefer als die ersten paar Zellen. Die Antikörperreaktion ist eben sehr schnell. Dieser Anteil der Kolnari-Streitmacht ist handhabbar, es genügt, um ihnen weh zu tun und sie aus der Fassung zu bringen, ohne gleich in mörderischen Irrsinn zu verfallen. Es wäre kumulativ, würde sich unter ihnen ausbreiten. Dazu ist enger Kontakt erforderlich, und das könnte ich verstärken. Ich könnte unsere Leute heimlich immunisieren, unter dem Deckmantel normaler Behandlung. Das ließe sich machen, davon bin ich überzeugt.«

»Dann machen Sie sich daran«, sagte Channa. Und als das Bild des Doktors verblaßt war: »Damit wäre das erledigt!«

Simeons Abbild nickte. Da soviel seiner Rechenkapazität im Augenblick beansprucht wurde, war es weniger mobil als sonst. »Hier geht es um einen Krieg der Moral. Das sind Guerillakriege immer. Wir müssen sie demoralisieren, und, was noch sehr viel wichtiger ist, unsere eigene Kampfmoral wahren.«

Sonst brechen unsere Leute zusammen, und dann wird irgend jemand zu den Kolnari überlaufen, lautete der unausgesprochene Teil des Satzes.

»Da wir gerade dabei sind«, sagte Amos und erhob sich.

»Mußt du?« fragte Channa ruhig.

»Ja, ich muß«, erwiderte er, trat zu ihr hinüber und hob eine Hand an die Lippen. Die Geste wirkte weitaus natürlicher als beim erstenmal.

»Das wird nicht allzulange funktionieren«, meinte Channa, an die Luft gewandt, nachdem er gegangen war.

»Das braucht es auch nicht«, erwiderte Simeon. »Nur lange genug.«

»Mach dich bereit, Seld«, hauchte Joat.

»Ich bin bereit«, erwiderte er flüsternd. Er war bleich und schwitzte.

Ihre Hand ruhte auf der Membran, die den Schacht vom Korridor trennte. Mit der anderen ergriff sie das mit Federspannung geladene Gerät und stellte es so ein, daß der rote Punkt auf dem Notizschirm neben ihr genau über einer bestimmten Stelle im Gang zur Ruhe kam. Unter ihnen wartete Patsy an der Verbindungsstelle der Gänge, eine Hand hinter die schützende Wand gelegt. Diese Hand hielt die Bogenpistole, doch wenn alles gut lief, würden sie sie nicht brauchen.

Wenn nicht alles gutging, würden sie wahrscheinlich innerhalb der nächsten zwanzig Sekunden sterben. Schnell sterben, falls sie Glück hatten.

»Einer von ihnen«, meldete Seld. »Immer noch nur einer.« Er spähte in den Minischirm, der an die örtliche Schnittstelle der Sicherheitskamera angesteckt war. »Immer noch nahend.«

Unten scharrten leise nackte Füße. Die Kolnari kamen stets schnell, ohne zu laufen: Sie schienen die meiste Zeit in einer Art Trott über die Fußballen abzurollen. Als der Kolnari Patsy erblickte, verlangsamte er seine Geschwindigkeit etwas.

»Wer geht?« rief er.

Stationsbewohner, die keinen unverzichtbaren Tätigkeiten nachgingen, hatten in ihren Kabinen zu bleiben. Da erkannte er sie und lächelte. Wer von den na Marid einmal genommen worden war, war ein prestigeträchtiges Opfer, und da ging sie nun allein vor sich hin. Er setzte sich in ihre Richtung in Bewegung, wurde schneller, als sie um die Ecke huschte.

Der Krieger hielt an und drehte sich um, als Joat die Membran mit einem Tastaturbefehl öffnete. Seine Geschwindigkeit war ehrfurchtgebietend, aber sie hatte das von Hand zusammengebaute Gerät im selben Augenblick ausgelöst, als das Paneel sich senkte. Hinter ihr ertönte ein Klicken, ein Hinweis darauf, daß Seld den Dämpfer eingeschnitten hatte. In den nun folgenden paar Minuten würden die Sicherheitsaufzeichnungen nur einen leeren Korridor zeigen. Völlig sicher, es sei denn, ein Mensch schaute gerade hin. Selbst eine Überprüfung der Dateien würde lediglich einen Aufzeichnungsfehler ergeben, was auch kein Wunder war, wenn man bedachte, welche Schäden die Kolnari den Stationscomputern zugefügt hatten. Die Pfeile trafen den Kolnari, als sein Finger sich um den Abzughahn seiner eigenen Waffe spannte. Hunderttausend Volt strömten hinter ihm durch die fadendünnen Supraleiterdrähte. Er krampfte sich zusammen.

K-tasch. Von dem Plasmagewehr löste sich heiße Luft wie eine Blüte um einen Stengel aus sonnengleißender Gewalt. Tatsächlich war sie auch sonnenheiß: Es handelte sich um ein ultraminiaturisiertes, lasergezündetes Deuteriumfusionsgeschoß, das durch Magnetfelder gesteuert wurde. Normalerweise hätten Partner und Reflexe des Piraten ausgereicht, um die Waffe gerade auf sein Ziel zu halten. Doch jetzt schleuderte das supererhitzte Gas seinen leblosen Körper hin und her und die Substanz der Wände verdampfte, der Strahl schlug sich durch Synthetikmaterial und Leitungen und die leeren, dahinterliegenden Kammern. Ein Zischen ertönte, dann das *Tschörp-tschörp-tschörp* der Druckalarmanlagen, als die Außenhülle durchbohrt wurde.

Joat zuckte zusammen. *Das* war eigentlich nicht Teil des Plans gewesen. »Schnell«, sagte sie in leisem Drängen. Sie ließ sich in den Gang hinunterfallen, packte die Waffe des Piraten und stemmte sie hoch.

»*Da*«, keuchte sie, schwankend unter der Last des klobigen Dings. Zusammen schafften Seld und Joat es in den Schacht. Dann beugte sie sich vor und ergriff einen Arm des Kolnari. Sie riß daran, und ihre Fußsohlen glitten aus. Der zuckende, sich windende Körper war schwer, sehr viel schwerer, als es ein Mann mit Gürtel und kurzer Hose eigentlich hätte sein dürfen. Patsy kam zurückgestürzt.

»Das ist er nicht«, sagte sie.

»Für den Anfang wird es genügen«, antwortete Joat grunzend. »Komm schon!«

Gemeinsam zerrten sie den Körper zur um die Ecke liegenden Luftschleuse und bugsierten ihn hinaus.

»Wir treffen dich bei N-7a x L«, keuchte Joat und lief zu der geöffneten Membran zurück. »Brauche das Zeug auf der Liste.«

»Ich bin da«, erwiderte Patsy.

»Es wird funktionieren«, sagte Joseph beruhigend. »Wenigstens einmal«, berichtigte er sich. »Joat ist ein merkwürdiges Kind, aber wenn sie behauptet, daß ein Gerät funktioniert, wird es auch funktionieren.«

Amos nickte zweifelnd. *Bisher hatte ich nie einen Grund an dir zu zweifeln, wenn es um Gewalt ging,* dachte er. Das war beruhigend. Andererseits war kein Mensch unfehlbar, und selbst Joseph war ein Amateur, was den Krieg betraf.

Sie befanden sich im Park unter dem Äquator, in der Nähe des Kerns der oberen Stationskugel. Wie durch ein Wunder gab es hier *keine* Überwachungskameras. Das Gesetz der Zentralwelten schrieb vor, daß jeder bedeutendere Lebensraum solche Orte einzurichten hatte. Da die meisten Bewohner gesetzestreue Leute waren, hatte SSS-900-C den Park dafür eingerichtet. Mit mehreren hundert Hektar war er ziemlich groß, und ein Teil der Wasserreserven der Station wurden hier als Seen und Teiche gelagert. Im Augenblick herrschte hier Nachtzyklus, was die Kolnari faszinierend zu finden schienen. Das konnte Amos verstehen. Er hatte festgestellt, daß der Park ihm fast das Herz brach, so sehr ähnelte er Bethel und zugleich doch auch wieder nicht. Die Düfte waren fremdartig, es war grüner und frischer als in den kahlen Bergen der Sierra Nueva Anwesen, milder als im bewässerten Tiefland. Seltsame Vögel – oder waren es kleine Tiere? – zwitscherten und raschelten im Unterholz. Er war ein Mann der freien Natur, aber dies waren nicht die Felder, die er kannte.

»Sie kommen«, sagte Joseph. »Um zu bleiben«, fügte er hinzu.

Er huschte in den Schatten des Gesträuchs, beugte sich hinunter, bewegte sich mit einer Geschmeidigkeit, die er in den Seitengassen seiner Kindheit und in späteren Jahren in den Jagdrevieren der Güter seines Anführers erlernt hatte.

Gott war doch nicht völlig ungerecht. Das Gehör der Kolnari war nicht ganz so gut wie das des durchschnittlichen Menschen; in der dichteren Luft ihrer Heimatwelt war das auch nicht erforderlich. Amos kauerte sich mit der Geduld des Jägers nieder, wartete wie auf einen Säbelzahner.

Gott unserer Väter, sei jetzt mit mir, betete er in völliger Ernsthaftigkeit. *Stärke meinen Arm gegen die Kinder des Höllenschlunds.*

»Holla, was führt euch in dieser schönen Nacht hierher?« Josephs Stimme war deutlich zu vernehmen. »Seid ihr es müde, eure Mütter zu bumsen oder Ausschau nach Schafen zu halten?«

Amos verspürte einen Anflug von Furcht. Sie rechneten mit der Unerfahrenheit des Gegners und mit seiner Arroganz. Das aber kam einem Zählen auf die Dummheit der Kolnari schon gefährlich nahe, was wirklich sehr riskant wäre.

Trampelnde Füße näherten sich: Josephs schwererer Schritt und das leichtere, schnellere Geräusch des Volks vom Höllenplaneten. Joseph jagte mit gesenktem Kopf und pumpenden Armen und Beinen durch die Bäume. Seine Verfolger dagegen schienen geradezu zu schweben, sprangen mühelos dahin wie Männer auf einem Mond niedriger Gravitation. Ihre Augen und die wehenden Mähnen schimmerten im simulierten Sternenlicht, und ihre Bewegungen besaßen die schmerzliche Anmut abhebender Schwäne. Sie waren schön und schrecklich jenseits aller Vorstellung, und er fürchtete sie auf eine Weise, die nichts mit den langen Messern in ihren Händen zu tun hatte.

Amos trat hervor. Mit abruptem Poltern blieben sie stehen. Ihre Köpfe drehten sich mit der geschmeidigen Präzision von Kanonentürmen unter Computerkontrolle zu ihm um. Bei der Konstruktion ihres Geräts hatte Joat darauf gezählt. Ein Scanner bestimmte die Ausrichtung ihrer Augen.

Das an seine Brust geschnallte *Ding* krächzte. Dann war es auch schon glühendheiß, und er zerrte daran, um es abzureißen und fortzuwerfen. Die Piraten stolperten, als wären sie gegen eine Eisenwand geprallt. Sie schrien auf, als sei dieses Eisen weiß vor Glut, und ließen ihre Messer fallen, um in wahnwitzigem Schmerz an ihren Gesichtern zu reißen.

Schreit, Hunde, dachte Amos befriedigt. *Schreit, wie Bethel geschrien hat, wie Patsy geschrien hat, Ungeziefer – Abschaum.*

Schmerzensschreie würden auf der SSS-900-C keine Aufmerksamkeit erregen: nicht, solange sich die Station in der Faust des Hochklans Kolnar befand.

Ein Dutzend Männer und Frauen stahlen sich aus den Schatten. In den Händen trugen sie Metallschneider und stumpfglitzernde Synthoröhren. Amos griff sich über die Schulter und zog ein langes Krummschwert aus der Scheide – mit dem schlanken Geräusch von Stahl auf Stahl, die Bewegung durch lange Schwerttanzübung so geschult, daß sie ihm so bewußt war wie das Atmen. Die Köpfe der Kolnari richteten sich den Geräuschen zu. Ihre zerstörten Augen waren nur noch blutrote Kreise, und blutige Tränen troffen ihre Wangen herab. Sie stöhnten in ihrer Qual, kamen aber auf ihn zu, die Zähne gebleckt in einem Krampf aus Schmerz und wilder Wut.

»Schnell, aber vorsichtig«, sagte Amos zu den anderen, die nun auf ihre Opfer zukamen.

Danach müßten sie ihre Kleider in den Entsorger werfen und eine volle Dekontamination ausführen.

Joseph stand hinter den geblendeten Piraten, ein halbes Dutzend Stationsbewohner im Rücken. Zwei Messer glitzerten in seinen Händen.

»*Jetzt!*« befahl Amos.

»Soll ich eine Autopsie vollziehen, Großer Gebieter?« fragte der Medizin-Eunuch in seinem schrillen Winseln.

Belazir t'Marid sah auf die Leichen in ihren separaten Säkken herab. Separate Säcke, aber wer wußte schon, was wohin gehörte? So, wie es aussah, könnte es durchaus sein, daß in dem einen Sack ein paar Teile fehlten, während der andere zu viele enthielt.

»Kreatur«, sagte er zu den Eunuchen und hieb einen von ihnen beiseite, »wenn man Männern mit schweren Hieben den Schädel einschlägt und wenn man ihnen die Augen aussticht und wenn man ihnen die Kehle bis zum Nackenknochen durchschneidet und wenn man ihre Leiber in Stücke schneidet, *wie es diesen geschehen ist*, dann werden sie, in der Regel sterben. Da erscheint eine Autopsie doch etwas überflüssig.«

Die Stimme des Edelmanns klang gelassen und angenehm wie meistens, doch der Medizinsklave kauerte sich mit jedem Wort ein weiteres Stück in die Erniedrigung hinein, als seien es Hiebe der Strompeitsche, die ihm normalerweise zuteil wurden. Schließlich konnte der Eunuch nur noch wimmern.

»Genug«, sagte Belazir. »Und nun zu dem anderen. An diesem habe ich Interesse.«

Der Mediziner versiegelte die Säcke mit den Körperteilen der beiden toten Kolnari und hastete zu dem intakten Opfer hinüber. Relativ intakt. Er fuhr mit einer Hand über das undurchsichtige Material, worauf es völlig transparent wurde.

»Was immer ihn umgebracht hat, es hat ihn nicht vergnügt«, bemerkte Belazir zu Serig, als er die hervorquellenden, starren Augen des Toten musterte. Und in die Frageform übergehend: »Kreatur?«

»Es ist ungewiß, Großer Gebieter. Sowohl der Stromschlag als auch die explosive Dekompression hätten natürlich tödlich wirken können. Hier ist der Pfeil eingeschlagen. Sieh, ein verbrannter Fleck hoch oben an der Schulter, im Winkel zum Kiefer. Als er sich zu dem umdrehte, was ihn tötete, schlug es von hinten zu.«

»Von blendender Offensichtlichkeit«, bemerkte Belazir scherzend. »Los. Konserviere die Leichen.«

»Und was hast du vor zu unternehmen, t'Marid?« fragte der dritte anwesende Kolnari.

»Zu unternehmen, Gebieter Kapitän t'Varak?« antwortete Belazir und wandte sich mit einem Ausdruck vollkommenster Höflichkeit zu ihm um.

Die Anwesenheit t'Varaks bot willkommene Abwechslung. Ein Feind-Verwandter war immer noch unterhaltsamer als Außenstehende, wenn auch berechenbarer. Mit träger Hand wies er auf das kühle Gras, auf die Holos hoch oben, die den blauen, bewölkten Himmel der Erde nachahmten. Die Temperatur war sehr viel niedriger, als es den Kolnari behagte, doch konnten sie alles bis zum Gefrierpunkt und darunter ohne allzu große Unbequemlichkeit erdulden. Keiner von ihnen brauchte mehr am Leib zu tragen als seine Hosen und den Schiffsgürtel mit Gerät. Als Statussymbol trugen die Adligen lange, am Hals offene Roben aus gewässerter Seide, Schmuck aus gehämmertem Silber und Feueropale der Heimatwelt. Ihr Haar war zu schimmernden, schulterlangen Wasserfällen gebürstet, mit Kämmen aus Meereselfenbein und Edelmetallen sowie den messerscharfen Federn von Kolnarivögeln nach hinten gerafft.

Belazir streckte sich. Seine Robe war von strenger Schlichtheit, ein blendendes Weiß mit einer Bordüre aus Gold und Indigo.

»Ich werde die Schönheit dieses Orts genießen. So hübsch und auch so tragisch, weil er schon bald vergehen wird, als hätte es ihn nie gegeben.« In der Dreitonskala fügte er ein klassisches Zitat über Vergänglichkeit und Tod hinzu.

Zorn durchglühte den anderen Mann, so strahlend wie heißes Metall. Er hätte Belazirs Zwillingsbruder sein können, bis auf eine Haarspange aus Gold statt Silber, und den Unmut seiner Miene. Belazir t'Marid offenbarte einem Feind niemals seine Frustrationen.

»Drei meiner Männer sind tot, t'Marid«, sagte er.

»Tot!« stimmte Belazir ihm in mildem Ton zu. »Einer aus dem Hinterhalt erschlagen, zwei weitere von Mann zu Mann, und zwar durch Ungeziefer. Natürlich hat sie das selbst zu Ungeziefer gemacht, sich so achtlos erwischen zu lassen. Um so besser für den Klan, daß sie ausgemerzt wurden, bevor sie züchten konnten.« Oder sehr viel züchten; Kolnari waren schon sehr früh fruchtbar. »Auslese durch das Universum, nicht wahr? So werden sie wenigstens keine Söhne der Schande hinterlassen, um mitten in der Göttlichen Saat Erblinien der Schwäche fortzusetzen.«

Einen Augenblick lang glaubte er, daß Aragiz ihn hier angreifen würde, während Belazir eindeutig das Kommando hatte, Serig an der Seite und gepanzerte Mannschaften aus der *Schrecklichen Braut* im Rücken. Wenn er das tun sollte, würde er tatsächlich besser durch Auslese aus der Göttlichen Saat entfernt. Auf Bethel hatte der alte Azlek t'Varak seinen Helm einen Augenblick zu früh abgenommen und durch diese Unvorsichtigkeit seinen Kopf verloren. Das hatte für einen gewissen Skandal gesorgt und das Prestige und die Ehre aller seiner Söhne überschattet – nicht zuletzt auch Aragiz t'Varaks. *Die t'Varak waren schon immer Hitzköpfe*, dachte Belazir, amüsiert von seinem eigenen Wortspiel. Azlek war allerdings schon fast fünfzig gewesen; Zeit genug, um langsam und senil zu sein. Aragiz dagegen sollte es besser wissen.

Das tat er auch. »Du solltest das Ungeziefer hier besser unter Kontrolle bringen«, sagte Aragiz in einem ausdruckslosen Tonfall. »Bring ein paar hundert um. Hundert für jeden.«

»T'Varak, t'Varak«, murmelte Belazir. Er beugte sich vor, pflückte eine Blume ab und zog beim Riechen tief die Luft ein. »Es gibt ungefähr fünfzehntausend von dem Ungeziefer auf diesem großen, von Fett triefenden Happen, den der Klan und auch Vater Chalku sich begierig in ihren nimmersatten Schlund schieben wollen. Und wenn das Ungeziefer argwöhnen sollte, daß fast alle von ihnen sterben werden, wenn wir erst einmal fertig sind, dann werden einige diese Station sabotieren und den Klan dieser Festlichkeit berauben, gleichgültig, was wir dagegen unternehmen. Verzweiflung läßt selbst Ungeziefer tapfer werden. Hoffnung dagegen fördert die Feigheit, wenn jeder für sich selbst hofft.«

Ein Singvogel kam vorbeigeschossen. Belazirs Hand schnappte hervor wie eine Forelle nach der Fliege und fing die winzige Kreatur in ihrer Höhle. Er hob sie Aragiz unter die Nase, wo die sanften Federn im Rhythmus mit ihrem Herzschlag über seine Haut strichen.

»Ich habe sie in meiner Faust, Cousin«, fuhr er fort. »Soll ich sie öffnen ...« Er folgte in seinem Tun den Worten. » ... und freilassen?« Der Vogel flog davon.

»Blut ruft nach Blut«, erwiderte Aragiz. »Räche unser Blut, oder du bis kein Klanführer.«

»Der Ruf nach Blut kann ein paar Tage warten«, erwiderte Belazir mit harter Stimme, als sich die beiden Männer anstarrten. »Bis die Transporter eintreffen«, fügte er lässig hinzu. »Acht Tage, um zu laden und abzureisen und um mitanzusehen, wie diese Station bei unserem Aufbruch in einem Feuerfunken untergeht. Denn Vater Chalkus Nachricht, die mir bei dieser Operation das Mandat über den gesamten Hochklan überträgt, ist schon eingetroffen, ist dem nicht so?«

»Dem ist so«, erwiderte Aragiz. »Sei froh, o Cousin, sei sehr froh darüber!«

»Dessen darfst du gewiß sein«, antwortete Belazir vieldeutig. »Und nun, Gebieter Kapitän, belade dein Schiff mit ausgesuchter Beute. Mögen du und deine Kämpfer sich unter dem Ungeziefer vergnügen, wie es ihnen behagt, solange sie nicht die Arbeitsleistung der Sklaven mindern.« Er ließ seine Stimme zu einem Flüstern absinken. »Behindere mich nicht, t'Varak. Nicht bevor du dem Klan nicht eine solche Beute eingebracht hast.«

»Nein. Noch nicht.«

Belazir sah zu, wie er davonging. »Serig«, sagte er, »beachte dies. Unterschätze niemals einen Feind.«

»*Aragiz,* Gebieter?« fragte Serig ungläubig.

Belazir warf den Kopf zurück und lachte fröhlich. »Nein, nein. Ich hätte mich genauer ausdrücken müssen. Unterschätze nicht einmal ein Ungeziefer. Wie dieser Tölpel es tut. Die beiden Führer dieser Station verfügen jeder über mindestens dreihundert Prozent von Aragiz' Gesamtverstand. Er hat die Technik eines *Tunglor.*«

Das war eine Metapher, mit denen jüngere Kolnari bezeichnet wurden, die noch nie die Heimatwelt gesehen hatten. In den Meeren Kolnars gab es ein Tier, das die im Meerwasser reichlich vorhandenen Transurane in einem spezialisierten Teil seines Gedärms konzentrierte. Es saugte Wasser ein und sprühte es auf die dadurch entstehende erhitzte Kammer, um es als Triebkraft für die Fortbewegung in Form von Dampf hinter sich auszustoßen. Tunglor besaßen eine Körpermasse, die etwa jener der *Schrecklichen Braut* entsprach, und sie griffen an, indem sie aus einer Tiefe von fünfzig oder sechzig Knoten aufstiegen und den Gegner mit ihrem Bug aus Metallsaphirfasern rammten, ohne jemals vom kürzesten Weg abzuweichen. Belazirs Vorfahren waren zu Adligen geworden, indem sie Tunglor jagten, um aus ihnen Plutonium für Waffen und Kraftwerke zu gewinnen.

»Genau wie du, wenn du dein Vergnügen nimmst«, fuhr Belazir fort und schlug seinen Gefährten in gespieltem Tadel in den Nacken.

Serig grinste heimtückisch. »Es ist ja nicht so, als wären es Frauen.« Dieses eine Mal ließ er den »Gebieter« aus, sprach von Mann zu Mann. »Und wie wirst du diese Channa-Kreatur nehmen?«

»Mit bedächtiger Sorgfalt, wie man es mit allen wahren Genüssen tun sollte: Wein, Frauen, Rache. Und auf der *Schrecklichen Braut*, nachdem wir fort sind«, erklärte Belazir.

Überrascht hob Serig die Augenbrauen. »Du hältst sie für würdig, Sklaven zu gebären, Gebieter?« fragte er.

»Viele.« Die männlichen Nachfahren würden kastriert – so stellte man Wesen wie den Mediziner her –, die weiblichen in die Göttliche Saat zurückgezüchtet. Bei sorgfältigster Überprüfung würden sie dann nach vier oder fünf Generationen zu Kolnari der niedrigsten Kaste werden.

»Ich werde etwas Freude brauchen, um mich nach unseren Mühen zu entspannen«, fügte Belazir hinzu.

Serig nickte, er brauchte keine weiteren Erklärungen. Sie würden die Station sofort vernichten und nach Bethel aufbrechen müssen. Die Raummarine der Zentralwelten würde sich in diesem ganzen Gebiet ausschwärmen, sobald sie von der Vernichtung der SSS-900-C Kenntnis erlangte. Der Klan würde eine weite, weite Strecke fliehen, um in unbevölkerten, unerschlossenen Systemen abzuwarten, während er diesen Schatz assimilierte und die Kraft heranzüchtete, ihn zu nutzen. Unbewohnte Systeme bargen haufenweise Rohmaterial und Energie, wenn man die Werkzeuge dazu besaß, und das Universum war unvorstellbar groß. Diese Reise würde ein riesiger Schritt auf jenen guten Tag zu sein, da das Ungeziefer der Zentralwelten selbst die Flüchtigen stellt, während die Göttliche Saat die Macht war, die Welt auf Welt auf Welt überzog. Doch ein solch langer, wenn auch erforderliche, Flug würde langweilig werden.

»Und nun verlasse mich«, sagte Belazir. »Kümmere dich um die Vorbereitungen für die Transporter. Ich werde jetzt mit den beiden Ungeziefern reden.«

Ihre Kolnariwächter schienen unfähig, sie einfach nur durch eine Tür gehen zu lassen. Die Gefangenen wurden stets mit einem beherzten Stoß über die Schwelle geschleudert. Bislang war es Channa und Amos gelungen, auf den Beinen zu bleiben, was das Stoßen aber immer heftiger werden ließ. Channa fragte sich, ob die beiden Wächter es wohl wußten und Geld darauf wetteten, wer von beiden als erster stolperte. Eine derartige Behandlung irritierte sie und mußte Amos unerträglich erzürnen, da er als Edelmann unter einem sehr förmlichen Volk geboren worden war.

Die letzte Tür öffnete sich auf das Naturdeck, eines der Juwelen der SSS-900-C. Amos richtete sich auf, lächelte beinahe. Das Deck umfaßte mehrere hundert Hektar: Seen, mehrere kleine Haine und Wiesen. Ein Bach mäanderte von Savanne zu Miniaturregenwald, durch Prärie und in die sanft-formlosen Umrisse eines klassischen Landhausgartens hier am Eingang hinein. Reiher stakten durch das Schilf am Ufer, hielten wachsam Ausschau nach den Fischen, die den Libellen hinterhersprangen. Der Geruch war von überwältigendem Grün. In mittlerer Entfernung äste eine Schar kleiner Rehe. Die Luft war angefüllt von Vogelgezwitscher. Normalerweise gab es hier Leute, die picknickten, und Kinder. Jetzt dagegen richtete sich ein Plasmagewehr auf sie.

»Erwartet das Belieben des Großen Gebieters, Ungeziefer«, sagte die lautsprecherverstärkte Stimme des Kolnar.

Oh-oh, dachte Channa mit einem flauen Gefühl im Magen. *Das hört sich schlimm an.* Zwar hatte sie sich mit Amos darüber verständigt, was sie im Falle eines Verhörs unternehmen würden, doch hegte sie Zweifel an seiner Fähigkeit, sein Temperament unter Kontrolle zu halten.

Was mich betrifft, so werde ich schon überleben, was ich zu tun habe. Und danach auf ihren Gräbern tanzen, dachte sie grimmig. Sie war eine der ersten gewesen, die den neuen Virus aufgenommen hatte.

»Kopf hoch, Kindchen«, flüsterte Simeons Stimme ihr ins

innere Ohr. Sie hatte den merkwürdigen Ton, den er immer in Augenblicken großer Spannung annahm. »Denk dran, ich habe hier drin keine festen Sensoren, also muß ich mich mit den Implantaten behelfen. Ich bin bei dir und sorge für eine Simultanübersetzung von allem, was die Piraten an Kauderwelsch von sich geben. In Ordnung? Und der Struktur ihrer Sprache zufolge bedeutet der Satz, den sie gerade verwendet haben, so etwas wie ›vorn und hinten‹.«

»*Verstanden*«, erwiderte sie subvokal.

Sie sprangen zackig an die Wand zurück, als ein Vorgesetzter der Kolnari durchkam und den Anschein erweckte, als würde er lieber über sie hinwegtrampeln. Einen Augenblick lang dachte Channa, es sei Belazir, dann bemerkte sie die wenigen geringfügigen Unterschiede, die ihr das Gegenteil sagten. Simeons Stimme bestätigte es. Eine Minute später folgte Serig. Beide senkten sie den Blick, um ihre gemeinsame Blutrunst nicht zu offenbaren.

»Jetzt, Ungeziefer«, sagte der Wächter.

»Mann, was habe ich dieses Wort satt!« sagte Channa subvokal.

»Du und ich und Simeon-Amos«, pflichtete Simeon ihr bei. Der Betheliter hatte den Knopf im Ohr, hatte es aber nicht geschafft, sich auf subvokale Lautstärke zu trainieren, die äußerlich unhörbar blieb. Die Hörfähigkeit der Kolnari war im Extrembereich nicht sonderlich entwickelt, und sie hatten keinen Grund, empfindliche Hörgeräte zu verwenden.

Belazir hatte seinen Befehlsstand unter einer riesigen Eiche errichtet. Gelassen ruhte er auf einem Liegesessel, das Haar mit einem Kranz frischer Wildblumen geschmückt, fleckiger Schatten bewegte sich über seine glatte Haut und die kostbare Seide seiner Kleidung. Zu einer Seite stand eine mobile Konsole und ein Tisch mit verschiedenen Notizschirmen, Druckerfahnen und kleinen Ausrüstungsgegenständen. Dazu auch einige Kunstwerke, wie Simeon erkannte, die aus den Galerien und dem Museum stammten.

An ein Stück konnte Channa sich nicht erinnern, und das Gehirn wußte es nicht zu benennen, eine Schnitzarbeit in Knochen oder Elfenbein, die ein ... *Unterseeboot mit Fangzähnen oder einen düsengetriebenen Schwertfisch* zeigte. Was es auch sein mochte, es machte denselben Eindruck gnadenloser Schnelligkeit, wie es ein schlagender Falke hätte tun können.

»Ah, deine Augen heften sich auf den Tunglor«, sagte Belazir verbindlich. Wie stets, wirkte die schiere körperliche Präsenz des Manns wie ein Schlag auf sie. »Aus der Heimatwelt ... Kolnar.«

Der Wächter hinter ihnen schob den Arm vor, um sie hinunterzuzwingen.

»Nein, auf ein Knie genügt«, widersprach Belazir locker. Schon in diesen wenigen Tagen war sein Standard besser geworden. »Wünscht ihr Erfrischungen?«

Er winkte zur anderen Seite zu dem Tisch, wo Speisen und Weinflaschen standen, offensichtlich vom Restaurant Perimeter angeliefert. Auch die junge Kellnerin stammte aus dem Perimeter, wo sie allerdings noch Kleidung getragen hatte.

»Nein, mein Herr und Gott«, erwiderte Amos und Channa in demütiger Einträchtigkeit.

Belazir lächelte und streckte die Hand aus. Die Kellnerin reichte ihm ein Wasserglas voll Mart'ans berühmtem Aprikosenlikör. Er leerte es in zehn langen Zügen, und Channas Herz begann hoffnungsfroh zu klopfen.

Doch Simeons Stimme klang säuerlich. »Kein Grund zur Freude«, übertrug er ihr. »Ich habe es von Chaundra überprüfen lassen. Die verarbeiten Äthanol so schnell, daß er davon nur leicht beschwipst werden wird.«

»Nun«, sagte der Pirat mit einer Stimme wie eine dröhnende Bronzeglocke. »Es gibt Arbeit. Die Angelegenheit des Angriffs auf die Göttliche Saat von Kolnar.«

»Ich glaube, er ist nicht allzu verärgert«, teilte Simeon

ihnen mit. »Herzschlag auf absolutem Kolnar-normal, keine Pupillenweitung. Könnte mir vorstellen, daß die Opfer von einem der anderen Schiffe stammen. Seid höflichbestimmt.«

»Herr und Gott«, sagte Channa. »Die Verbrecher werden gefaßt und bestraft.«

Subvokal von Simeon: *»Damit hast du seinen Musikknopf gekitzelt, Happy. Innerlich lacht er sich fast zu Tode.«*

Channa fuhr fort. »Ich habe mehrere allgemeine Rundsprüche abgestrahlt, die nach Gehorsam verlangen, Herr und Gott.«

»Das hast du. Mir fällt auch auf, daß es immer nur du bist und nicht dein Gefährte ... Kollege?«

»Simeon-Amos ist ...« Channa verstummte, als die Hand des Kolnari ihr bedeutete, daß Simeon-Amos selbst antworten solle.

»Ich bin der Junior, Herr und Gott«, erwiderte Amos, den Blick auf den Boden geheftet.

»Schau mich an, Simeon-Amos.« Lange Sekunden trafen sich ihre Blicke. Dann gestikulierte Belazir wieder und richtete seine Aufmerksamkeit zurück auf Channa. »Schön und gut. Da wir damit rechnen, die Station einige Zeit in unserer Hand zu halten, müssen diese törichten Aktionen aufhören.«

»Lügt wie gedruckt, Baby.«

»Du hast Nachricht geschickt, daß du Audienz begehrst, Channahap«, fuhr Belazir fort. Er erhob sich wie ein schwarzer Quell mit weißgoldener Spitze, die lockeren Ärmel strömten von seinen Armen wie Flügel. Aus seinen annähernd zwei Metern Höhe sah er auf sie herab. »Fahre fort.«

»Herr und Gott«, sagte sie in einem Tonfall, der so gut es ging nur den formalen semantischen Inhalt übertrug, »deine Truppen kopulieren wie die ...« Sie hielt inne, suchte nach einem passenden Wort. » ... Rottweiler.«

»Das löst gewaltiges Kichern aus, Channie.« Simeon war wütend.

Belazir verschränkte die Arme. »Warum sollte das nicht als Kompliment aufgefaßt werden?«

Channa sah zu ihm auf. »Sie beißen«, erwiderte sie emotionslos und verbarg ihren Ekel, »die ganze Zeit.«

»Dann sollte das Dr- … sollten die Auserwählten ihrem Schicksal nicht widerstehen«, meinte Belazir. »Das ist unsere Sitte, wenn wir auf Widerstand treffen.«

»Sie leisten doch gar keinen Widerstand!« erwiderte Channa scharf, dann gelang ihr ein verspanntes Lächeln. »Sollen wir zurückbeißen?«

Ein Raunen ging durch die Reihe gepanzerter Truppen hinter Belazir und der Versammlung von Offizieren mit Federn und Juwelen im Haar. Der Adlige brachte sie mit einem Kopfrucken zum Schweigen.

»Das würde ich nicht empfehlen«, versetzte er sarkastisch. »Die Sitte, auf die ich mich beziehe, ist der Genuß des Siegs. Gewiß eine höchst altehrwürdige Sitte, selbst du mußt doch davon wissen? Halte wieder eine von deinen Reden. Erkläre ihnen ihre Pflichten. Dann sollen sie bei der Arbeit gestreichelt und nicht mißhandelt werden.«

»Herr und Gott, wenn man den Genuß allzusehr beeinträchtigt, wird er schal! Das Problem ist, daß ich hundert Leute im Lazarett habe, die wieder zusammengenäht und wegen menschlicher Bisse und verschiedener anderer Verletzungen versorgt werden müssen. Ursprünglich waren es ohnehin schon dreihundert Kranke, nicht eingerechnet jene, die man ausgepeitscht hat.«

»Sind sie verletzt?«

Nein, abgesehen vom Zittern und Heulen und Erwachen aus Alpträumen, dachte sie. Die Kolnari besaßen eine Peitsche, die irgend etwas mit dem Nervensystem anrichtete. »Herr und Gott …« So sehr sie sich auch bemühte, schaffte sie es doch nie, aus diesen Worten den Sarkasmus herauszuhalten. » … bei dem Problem geht es um lebenswichtige Arbeitsplätze, die nun verwaist sind. Dies ist kein Planet.

Hier läuft nichts von allein. Alles muß fehlerfrei erledigt werden. Erschöpfung führt zu Fehlern, Fehler führen zum Versagen, und Versagen kann zum Tod führen. Ich kann nicht das Unmögliche vollbringen, egal, was du mir befiehlst.«

»Also das«, erwiderte er, »ist der verkehrte Ton.« Plötzlich war er ein gutes Stück näher gekommen und nahm nun ihr Kinn zwischen Daumen und Zeigefinger. »Ganz und gar. Hast du verstanden, Channahap?«

»Ja«, murmelte sie, »ja, ich verstehe.« Die Zeit schien sich zu verlangsamen.

Er lächelte. »Ausgezeichnet. Deine Bemerkungen sind allerdings, wenn auch nicht die Art und Weise, in der du sie vorgebracht hast, vernünftig. Ich werde Anweisungen geben, daß meine Truppen ... sanfter zu ihren Sklaven sein sollen. Nachdem du ihnen die richtige Einstellungen zu ihren Pflichten eingeschärft hast.«

Channa riß die Augen auf.

Diesmal lachte er sogar richtig. »Ja«, versicherte er ihr, »auch das ist unsere Sitte. Jene von euch, die uns zu Gefallen oder nützlich sind, werden diesen Ort an Bord unserer Schiffe verlassen.« Er beobachtete, wie sie dieses Privileg aufnahm.

»Geh ein Stück mit mir«, sagte er und legte eine Hand unter ihren Arm. Bei dem Kontakt zuckte sie leicht zusammen, als hätte sie eine Stromleitung berührt.

Amos wollte folgen. Ein servogetriebener Panzerhandschuh legte sich auf seinen Schädel, so sanft, daß er nicht einmal ein Ei zerbrochen hätte. Ein Duplikat des Handschuhs, der seiner Schwester den Schädel zertrümmert hatte. Wind blies durch die Bäume über ihnen und ließ das Laubwerk sich in einem Tanz bewegen, der im Gegensatz zu der Stille der unten stehenden Menschen stand.

»Eine merkwürdige Art, soviel Mühe aufzubieten«, sagte Belazir und wies mit einem Blicken auf die sie umgebende Landschaft. Ein leises Glucksen kam über seine Lippen. »Es ist vorzuziehen, Anstrengung und Mühe auf dies zu verwenden statt auf Waffen.«

»*Wer, meint er, hat wohl seine Schiffe und die Waffen gebaut, die sie tragen?*« flüsterte Simeon ihr ins Ohr.

Mit einem Achselzucken antwortete Channa auf beides.

»Trotzdem ist es schön«, meinte er. Seine Hand fuhr ihre Nackenlinie entlang, leicht genug, daß seine Fingerkuppen das Haar berührten. Channa zitterte ungewollt.

»Ich bin nicht Serig«, fügte er hinzu, fuhr ihr mit den Fingern die Wirbelsäule hinab und löste die Berührung wieder. »Das hier ist wie die Erde, nicht wahr?«

»Überwiegend«, meinte Channa. Unbewußt legte sie den Kopf etwas schräg, von Belazir fort, als Simeon ihr die relevanten Informationen lieferte. »Einige der Pflanzen und Organismen stammen von Rigel 4, aber die sind kompatibel.«

»Wie ein Blick zurück in die Vergangenheit«, bemerkte er. Dann blieben sie stehen, außer Sichtweite der Tische. Er sah zum Himmel hinauf. »Computer«, sagte er. »Nacht.«

Die Konstellationen der nördlichen Hemisphäre der Erde erglühten, wie sie es in der Wirklichkeit nie getan hatten, seit die Menschen gelernt hatten, aus Elektrizität Licht zu schmieden.

»Ja«, fuhr t'Marid fort, das Gesicht dem falschen Firmament zugewandt, »sehr schön, aber es wirkt doch zu offen. Als könnte man nach oben fallen und in den grenzenlosen Raum hinausgesaugt werden.«

Aha, eine Schwäche, dachte sie. Viele Raumgeborene waren leicht agoraphob. Das könnte nützlich werden, sollte Belazir ein Raumgeborener sein.

Sie hielt ein Lächeln für angebracht. »Diese Empfindung nennt man Schwindel. Ich habe sie gelegentlich selbst gehabt, wenn ich auf einem Planeten war. Ich wurde auf einer Raumstation geboren und großgezogen, deshalb fühle ich mich unter einer Decke behaglicher.«

»Daran ist Wahres«, räumte er ein. »Aber auch ... Computer! Nacht auf Kolnar. Von Maridapore aus.«

Channa stockte bei der Veränderung der Atem. Der dunkle Himmel über ihnen verschwand. An seine Stelle trat eine glühende mondfarbene Wolke voller bunter Lichter von Horizont zu Horizont. Wenn sie blinzelte, dann merkte sie, daß das Licht nicht sehr viel heller als der terranische Himmel war. Und doch war dieses Phänomen kein Himmel – es war eine Decke über dem Himmel.

»Ein Dutzendmal lunare Helligkeit«, teilte Simeon mit.

Oben im Norden kreisten und bewegten sich Nordlichter, Schriftrollen, größer als ganze Welten, von elektrischem Blau und Weiß und Perlmutt. Unter ihnen, am Horizont, glühte ein Vulkan und spie einen Feuersturm hervor, von seinem eigenen natürlichen Spaltungsreaktor angetrieben. Ein riesiges, geflügeltes Etwas glitt über die fremden Konstellationen. Kleinere Dinger verfolgten es, stießen hinab und rissen an ihm, während es einen ziselierten Trauergesang flötete.

»Ich habe diesen Himmel nie gesehen«, sagte er nachdenklich. »Nicht wirklich. Nicht einmal eine Simulation von dieser Qualität.« Er gab einen zweiten Befehl, und die Erdennacht kehrte zurück. »Das ist beruhigender.«

»Äh ... es wird den Vögeln nicht gefallen, wenn du einfach so den Tag in Nacht verwandelst«, warf Channa ein. »Du solltest es lieber wieder zurücknehmen, wenn du gehst. Herr und Gott«, fügte sie zerstreut hinzu.

Er musterte sie in erstaunter Belustigung. »Es wird den Vögeln nicht gefallen?« fragte er. »Channahap, du bist ein Wunder. Den Vögeln wird es nicht gefallen, die Insekten werden gestört ... Spielt das denn einen Rolle?«

»Wir haben sie hierhergebracht, in eine völlig unnatürliche Umgebung. Wenn wir wollen, daß sie gedeihen, obliegt es unserer Verantwortung, sie mit allem zu versorgen, was sie brauchen. Sie sind Teil von alledem«, sagte sie und machte eine weitausholende Geste. »Ohne die Vögel und Insekten wäre es nur ein steriles, ein lebloses Tableau. Deshalb müssen wir auf ihre Bedürfnisse achten.«

Er nickte. »Ich werde die Nachteinstellung beibehalten, die Morgendämmerung soll dann in zwölf Stunden sein. Die Dinge hier haben sich geändert. Das müssen selbst die Vögel erkennen.«

Auf diese Arroganz wußte Channa keine Antwort.

»Das ist natürlich das oberste Gesetz«, fuhr er fort, »für die Erde, für Kolnar, für das Universum.«

Sie machte ein fragendes Geräusch.

»Anpassung! Meistere veränderte Bedingungen, oder stirb, ohne dich fortgepflanzt zu haben. Die Saat – du würdest sagen, die Gene – ist die Wirklichkeit, die hinter allem steht. Sie nimmt die Energie der Toten Welt, wächst an Komplexität und Anpassungsfähigkeit. All dies«, und mit einer schnellen Bewegung seiner Hand ergriff er für eine Sekunde eine Libelle, um sie dann wieder freizulassen, »sind nur Wogen an der Oberfläche. Darunter liegt die Saat, die sich vermehren will. Alle Wesen, aller Geist, aller Krieg und Handel, alle Kunst und Wissenschaft – nur Wellen auf dem unwandelbaren Meer.« Er lächelte gütig. »Und am geeignetsten von allen ist natürlich die Göttliche Saat von Kolnar. Und von dieser Saat ist am geeignetsten der Hochklan. Weshalb du dich nach Vereinigung mit ihm sehnst, ob solcher Unsterblichkeit.«

»Ich widerspreche. Herr und Gott.«

»Nein, das tust du nicht. Dein Verstand vielleicht, aber der ist nur ein Vehikel der ... Gene. Paß auf, wenn wir zurückkehren. Dein Simeon-Amos wird erzürnt sein. Ganz natürlich, denn er argwöhnt, daß die Unsterblichkeit, die du bietest, von seinem Samen geraubt werden soll.« Er seufzte und wandte sich wieder den hinter einer Baumreihe verborgenen Tischen zu. Sie mußte traben, um mit ihm Schritt zu halten, obwohl er nicht so wirkte, als würde er sich beeilen. »Genug der angenehmen Muße und des Philosophierens. An die Arbeit!«

»Simeon, weshalb stellen sich eigentlich alle meine Märchenprinzen irgendwann als Kröten heraus?« fragte Channa subvokal. Amos stand steif und abweisend neben ihr auf dem Personenbeförderer, als sie durch den Korridor glitten. *»Ist er etwa wirklich eifersüchtig? Das ist doch lächerlich, unter solchen Umständen!«*

»Möglicherweise ist es ja auch ungewollt. Da geht dein Mädchen mit Luzifer im Wald spazieren, hält ein Schäferstündchen …«

»Absurd!«

»Das verstehe ich auch nicht, Channa. Mir kann das nicht passieren!«

»Ja, und du kannst mich auch nicht anmachen. Es ist doch nett, jemanden zu kennen, in dessen Anwesenheit man nicht gleich Ängste ausstehen muß.«

Hoppla! Tritt mich doch ruhig noch einmal, Channa, ich glaube, ein Teil meines Egos ist noch immer unverletzt.

»Das ist wirklich der furchterregendste Hundesohn, dem ich zu meinem Bedauern bisher begegnen mußte«, sagte sie. Amos nickte stumm.

»Simeon-Amos?«

»Ja, Channa?«

»Halt mich mal fest, ja?« Er schlang den Arm um sie und sie zerschmolz in seiner Wärme. »Danke«, sagte sie.

»Wofür?« Sein Ton klang heiter.

»Dafür, daß du nicht wirklich grün und warzig bist und Fliegen frißt.«

»Ach, übrigens, Leute?« Diesmal meldete Simeon sich bei beiden. »Mir ist gerade etwas eingefallen.«

»Was denn?« wollte Amos wissen.

»Schlechte Nachricht, was Bethel betrifft.«

Der Betheliter versteifte sich wieder, seine Miene nahm harte Züge an, die eine Andeutung davon gaben, wie er wohl auf seinem Totenbett aussehen würde – in dem ziemlich unwahrscheinlichen Fall, daß er tatsächlich einmal an Altersschwäche sterben sollte.

»Was denn?« wiederholte Amos, und diesmal klang es wie ein Befehl.

»Diese Drecksäcke haben vor, mich auszuplündern und dann zu sprengen.«

Simeon war verständlicherweise empört, wenn er die SSS-900-C schon als ›ich‹ bezeichnete.

»Das ist schlechte Nachricht für dich«, antwortete Amos und stellte sich für die Mitteilung, inwieweit das auch schlechte Nachricht für Bethel bedeutete.

»Aber wenn sie das tun, wird die Raummarine der Zentralwelten es herausbekommen – sie würde es sogar herausbekommen, wenn die Kolnari diese Plünderung tatsächlich so abgezogen hätten, wie wir es sie glauben gemacht haben. Die Zentralwelten würden Flottillen durch diesen ganzen Sektor schicken und hinter jedem Stein im Raum nachsehen. Mit Sicherheit würden sie jedes bewohnte System darauf inspizieren. Das System Safran mag ja ziemlich weit abgelegen sein, aber es ist immerhin noch auf den Karten. Und die Kolnari wissen das, verstanden? Das bedeutet, daß sie ihre Chancen, Bethel auszuräumen, gegen die Station eintauschen wollen. Es bedeutet, daß sie beide verlassen müssen, und zwar schnell. Und was werden sie dann wohl mit Bethel tuen, wenn sie verschwinden? Das gleiche wie mit mir, sie werden es in die Luft jagen und alle Spuren verwischen, die sie nicht ohnehin schon unter den Teppich haben kehren können. Diese Burschen sind zwar Schweine, aber dumm sind sie nicht.«

»Ja, ich verstehe«, entgegnete Amos, wobei er kaum die Lippen bewegte. »Eine saubere strategische Analyse. Danke, Simeon.«

Schöner Dank, dachte das Gehirn niedergeschlagen. Amos hatte wenigstens den Trost gehabt, zu wissen, daß die Marine die Überlebenden auf seiner Heimatwelt retten würde, ob sie nun hier auf SSS-900-C siegten oder untergingen.

»Können wir irgend etwas dagegen unternehmen?« fragte Channa, als sie den Aufenthaltsraum betraten.

»Nicht viel mehr als das, was wir ohnehin schon tun«, erwiderte Simeon. »Aber es wird ein ziemlich knappes Rennen werden. Wir müssen bereit sein, um jeden Preis. Möglicherweise geht es um Minuten.«

Keri Holen versuchte zu lesen, hatte sich aber schon eine ganze Weile mit derselben Seite aufgehalten und wußte immer noch nicht, was darin stand. *Banalitäten,* dachte sie. Bevor ihr Leben in Gefahr geraten war, hatte sie nicht gewußt, was Banalität war. Das war alles, was nichts mit Überleben zu tun hatte; alles, was nichts mit Sieg zu tun hatte.

»Andererseits nützt es mir auch nichts, mir die Haare zu raufen«, sagte sie. *Weshalb habe ich mich freiwillig gemeldet?* fragte sie sich. *Na ja, das Risiko war ohnehin da, und wir müssen den zweiten Virus nun mal zum Laufen kriegen,* überlegte sie sich. Außerdem war nun einmal nicht jeder ein Kampfkünstler.

Frustriert warf sie das Lesegerät neben sich auf das Kissen und stand auf, um durch den Raum zu schreiten. Ein leises Läuten ertönte, und am Wandschirm erschien Simeons öffentliches Antlitz.

»Die Kolnari sind in eurem Gebiet«, sagte er und warnte damit alle im bedrohten Sektor. »Bringt eure Viruskapseln in Position. Keine Panik. Widersprecht nicht, sonst werden sie euch wirklich weh tun. Vergeßt nicht, die Kapsel in den Mund, draufbeißen, möglichst nicht schlucken. Viel Glück«, setzte er nachdrücklich hinzu.

Keri stürzte zu dem Schrank, wo sie ihren Vorrat zusammen mit anderen Pharmazeutika aufbewahrte. Ihre Hände waren so zittrig, daß die Kapseln wie Konfetti aus der Flasche flogen, als sie sie schließlich geöffnet hatte. Stöhnend beeilte sie sich, sie aufzuheben und zu verstauen, bevor die Kolnari eintrafen. Sie gab eine in ihren Mund und hielt sie zwischen Wange und Vordergaumen.

Dann kehrte sie in den Aufenthaltsbereich zurück und beobachtete die Tür, während ihre Finger an ihrem Kleid nestelten. Sie spürte, wie der Puls in ihren Lippen und Fingerspitzen hämmerte, hatte ein Gefühl, als sei sie gerade vom Laufen gekommen.

Die Tür ging auf.

Mein Gott, dachte sie, als sie die Kapsel zerbiß. *Es sind ja vier!* Die Kapsel löste sich mit einem Kälteschwall auf. Keri lächelte breit und ließ das Kleid zu Boden fallen.

»Willkommen in meinem Heim.« *Sagte die Spinne zur Fliege.*

KAPITEL 20

Mazkira betrat den Lift und wählte ihr Ziel aus. Der Fabrikator für Abbaukomponenten war ein Schatz von ungeheurem Wert für den Klan. Damit konnten sie bei Bedarf zahlreiche unverzichtbare Stoffe auf unbewohnten Asteroiden bergen. Außerdem bereitete es Vergnügen, den Ungezieferdiener auf verschiedenste Weise zu quälen. Sie grinste. Da verflüchtigte sich ihr Gesichtsausdruck. Sie konnte ihn riechen, der Geruch war stark in dem Käfig – viel stärker, als er es gewesen wäre, wäre er nur mehrmals am Tag vorbeigekommen.

Sie hob den Blick … und sah in die Mündung eines Felsschneiders, darüber das grinsende Gesicht von Kevin Duane.

»Friß das hier, du Sau!« fauchte er und aktivierte den Schneider. Er schnitt die Kolnarifrau der Länge nach in zwei Teile und lächelte, als die beiden Hälften zu Boden sackten.

Der Lift erreichte seine Ebene, und er schloß wieder den Lukendeckel. Da war auch schon der Zugangsschacht, genau dort, wo Joat es angekündigt hatte.

Er reichte Joat den Felsschneider und sie hob fragend eine Augenbraue. Kevin grinste und zeigte ihr den hochgereckten Daumen. Plötzlich sackte der Fahrstuhl unter ihm ab. Er hielt sich mit den Ellenbogen fest, schabte mit den Füßen gegen die glatten Schachtmauern. Stück um Stück kroch er hinein, mit seinen breiten Schultern fiel ihm das Manövrieren schwer. Tief unten hörte er, wie der Fahrstuhl wieder aufstieg.

»Beeilung!« sagte Joat, schob den Felsschneider in den Zugangsschacht und drehte sich um, um ihn am Hemd hereinzuziehen.

Statt dessen zog sie es ihm nur über den Kopf; seine Arme waren in dem festen Stoff fast bewegungsunfähig.

»Hör auf«, sagte er.

»Beeilung!« wiederholte sie und glitt ein Stück zurück, um ihm Raum zu lassen. »Sonst verschmiert dieser Fahrstuhl deinen Kadaver bis nach oben zur Stationsspitze.«

Inzwischen war er schon fast ganz im Schacht, konnte aber seine Füße irgendwie nicht nachziehen. Er geriet in Panik, schabte sich die Knie an den Seitenwänden des Tunnels auf, es war zu eng hier, um sich umzudrehen oder die Beine einzuziehen. Außer sich, bekam er Joats Beine zu pakken und riß daran. Quietschend fuhren ihre Handflächen über das glatte Metall, als sie sich vergeblich abmühte, ihre Stellung zu halten.

Der Zug reichte gerade aus, um ihn ganz in den Schacht zu zerren, und so streiften die Seiten des Fahrstuhls nur sanft im Vorbeifahren seine Fußsohlen.

Kevin ließ den Kopf auf die Arme sinken und kicherte leicht hysterisch.

Joat musterte ihn einen Augenblick mit bösem Funkeln, dann grinste sie und flüsterte: »Hurra! Wieder ein Tor.«

»Ja?« fragte Belazir und hob den Blick von seinem Notizschirm.

Es war wieder der Mediziner. Der Kolnari unterdrückte einen Impuls, der Kreatur einen Tritt zu verpassen. Wenn man Boten prügelte, kamen irgendwann auch keine schlechten Nachrichten mehr. Andererseits war seine Zeit kostbar. Ganz besonders jetzt, da die Transporter eingetroffen waren und rund um die Uhr beladen wurden.

Der Gedanke stellte seine gute Laune wieder her. Sechzig Schiffe, ein Fünftel der gesamten Klanflotte, und alles unter seinem Kommando. Nicht nur Transporter, auch eine Gefechtsplattform und zwei von den Fabrikschiffen. Das war so gut, als hätte Chalku ihn gleich zu seinem Nachfolger ernannt. Besser sogar, da seine Aussichten, lange genug zu leben, um auch Anspruch auf die Nachfolge zu erheben, dadurch sehr viel größer geworden waren. Eine förmliche Ankündigung könnte einen Betonschädel wie Aragiz t'Varak zu einer Verzweiflungstat treiben.

»Großer Gebieter, es gibt da ein Problem …«

»Für mich oder für dich, Kreatur?« fragte er ungeduldig. Das Beladen verlief ja so langsam!

»Großer Gebieter, wir haben es mit einer Krankheit mit schweren Folgen zu tun.«

»*Was?*« Plötzlich ragte er hoch vor dem Eunuchen auf.

»Nein, bitte! Tu mir nicht weh. Ich bin doch nur der alte Veskis, der Knochenrichter. *Bitte*, mein Großer Gebieter?«

Belazirs Nasenflügel bebten. »Sprich.«

»Mehr als sechzig kranke Krieger haben um medizinische Behandlung ersucht, Großer Gebieter. Noch nie haben wir so etwas gesehen.« Die Kreatur schluckte. »Großer Gebieter, wir wissen nicht, wie man diese Krankheit heilen kann!«

Belazir hatte gerade eine üppige Mahlzeit beendet. Nun lag sie ihm wie heißes Blei im Magen. *Unmöglich*. Er tippte auf den Monitor und ging neue Dateien durch. Ja, über dreißig Krieger niedergestreckt oder wegen Infektion suizidiert. Kein ausgesprochener Präzedenzfall, doch zahlenmäßig einer der größten Verluste der bekannten Geschichte. Bei dreißig weiteren Krankmeldungen mußte es noch viele geben, die sich nicht gemeldet hatten.

»Wie verläuft die Krankheit?« fragte Belazir.

»Bei manchen recht schnell, Großer Gebieter. Fieber, Verlust der Beherrschung des Nervensystems, Debilität, Übelkeit. Bei anderen etwas milder. Wiederum andere erholen sich schnell und werden wieder gesund. Aus ihrem Blut könnte ich mit der Zeit ein Serum gewinnen.«

»Tu das«, befahl Belazir. »Und zwar schnell.« *Rechtzeitig, um mir meinen Triumph hier nicht zu verderben*, dachte er. »Warte.«

Er berührte wieder seinen Bildschirm. Die meisten Kranken hatten keinen festen Dienst. Davon wies t'Varaks Schiff die meisten Opfer auf. Belazir zermarterte sich sein Gehirn darüber, was er über Krankheiten wußte. Das war nicht viel, da die Kolnari nur selten von Erkrankungen heimgesucht wurden; Unfälle, ja. Er dachte über dieses Problem nach, befragte die Informationsdatenbanken, grübelte erneut.

»Befehle«, sagte er. »Die Infizierten sind zu isolieren.« Das hieß, jene, die man auch isolieren konnte. Einen Adligen konnte man zwar umbringen, aber nicht einschränken. »Dies kann ...« Er zögerte. »Kann mit der Krankheit zu tun haben, die dem Ungeziefer zusetzt.« Ein furchtbarere Gedanke, daß eine Krankheit die Göttliche Saat stärker treffen könnte als das bloße Ungeziefer. »Kontakt mit infiziertem Ungeziefer ist zu vermeiden. Geh, verbreite die Befehle.«

Daß eine solche Geißel ausgerechnet jetzt auftreten mußte, dachte er, während er wieder auf den Monitor sah. Das Beladen verlief viel zu langsam. Chalku hatte ihm eine Frist gesetzt; danach sollten sie alles stehen- und liegenlassen, die Stationsbewohner töten und abfliegen. Wenn er sehr viel weniger mitbrachte, als er versprochen hatte, würde er den raschen Abstieg vom Helden zum Sündenbock vollziehen. Selbst wenn die Gesamtsumme dessen, was er anschaffte, mehr sein mochte, als es jemals ein anderer Kolnari zusammengerafft hatte, würde man Ergebnis und Prestige doch nur an den Erwartungen messen.

»Zeit«, murrte er. Die Zeit verging und damit auch die Fehlertoleranz. Er stand auf. »Computer. Kolnar, Mittagszeit auf Maridapore.«

Weißblaues Licht blitzte über das Parkland und tat sogar ihm in dem kurzen Augenblick weh, bevor seine Pupillen sich auf die Größe eines Nadelkopfs zusammenzogen.

Jekit nor Varak strich durch die Gänge. Er trug keine motorisierte Rüstung. Es gab nicht genügend Anzüge für alle, und die Wartungsvorschriften waren äußerst streng. Die Patrouille sollte die Ausgangssperre durchsetzen und Sabotageakte verhindern, die langsam zum Problem wurden. Er steckte in einem Flexanzug und war mit einem Comlink sowie einem Plasmagewehr ausgerüstet. In diesem Abschnitt waren die Korridore abgedunkelt, was seinen infrarotempfindlichen Augen allem Ungeziefer gegenüber einen Vorteil verlieh.

Als wenn ich den nötig hätte, dachte er. Sein Hauptgegner war die Langeweile. Die Korridore waren alle ohne Abwechslung und identisch miteinander. Zehn Schritte nach links, willkürlich und planlos abbiegen. Ein Stück weitertraben, überprüfen, daß die Siegel an den Türen noch intakt waren. Flach gegen eine Wand pressen und warten. Dann vollführte er Isometrik, ließ Partner auf Partner gegen die kräftigen, biegsamen Knochen seines Körpers drücken. Viel mehr gab es nicht zu tun; nur daß er zu schnell ermüdete, was wahrscheinlich an dieser verdammt leichten Gravitation lag, mit der er auf dieser Station hatte leben müssen. Es würde eine Erholung sein, wieder den Kolnar-Standard auf dem Schiff zu spüren.

Obwohl es auch Ausgleich gab. Keri Holen, zum Beispiel. Jekits Zähne schlugen aufeinander, als er sich daran erinnerte, wie sie sie genommen hatten, er und seine Brüder. Viele Male seit der ersten Gelegenheit.

Die ist die Anstrengung wert, dachte er. *Beweglich wie ein Aal und unermüdlich wie eine echte Frau.* Frauen waren rar für die Gemeinen. Die Adligen beanspruchten so viele. Er und seine vier Brüder – sie waren alle zusammen geboren worden – besaßen gemeinsam nur zwei Frauen und bloß acht Kinder.

Jekit schwitzte. Er wischte sich das Gesicht am Ärmel ab und setzte den Marsch fort, versuchte, derlei Gedanken zu verdrängen. Nicht vor Ende der Wache. Es war *heiß,* was immer die Meßinstrumente meinen mochten. Er hatte ein merkwürdiges Gefühl im Magen. Vielleicht war die geplünderte Nahrung schlecht, obwohl die Göttliche Saat so gut wie alles Organische verdauen konnte.

Simeon beobachtete den Piraten. Dieser Jekit war der ideale Kandidat. Ganz eindeutig war er von dem Virus Typ II befallen und viel zu dumm, um es zu merken. Außerdem schlief er ohnehin fast ein vor Langeweile. Eine kleine Überraschung würde seinem Kreislauf guttun.

Er überprüfte den Fortschritt der Entsatzgruppe, zehn Soldaten und ein Gruppenführer. Jede Menge Zeugen, ebenfalls ideal. Die Zeitplanung war das Wesentliche. Sie mußten nur noch zwei Wachposten ablösen, bis sie Jekit erreichten.

Meinem Volk willst du weh tun, Jekit? dachte Simeon. *Na schön, dann wollen wir doch mal sehen, wie es dir gefällt, am Ende des Stocks zu stehen.*

Er begann zu flüstern. Die Worte waren laut genug, um hörbar zu sein, aber nicht laut genug, um sie zu verstehen. Einfach nur unsinnige Silben, mit Inflektionen betont, wie sie der Sprache der Kolnari glichen, minutenlang, nicht etwa durchgängig, sondern anschwellend und absinkend. Dann eine Steigerung der Lautstärke, bis der Unsinn irritierend den Rand der Hörbarkeit besetzte. Dazu subsonare Frequenzen, die einem garantiert die Haare an der Wirbelsäule zu Berge stehen ließen, obwohl die Kolnari keine Körperbehaarung aufwiesen.

Dann eben Gänsehaut, entschied Simeon. Jekit ging ein weiteres Stück vor, blieb stehen, schüttelte den Kopf und brachte das Plasmagewehr in Anschlag, wobei er die Sicherung mit dem Daumen löste.

Hat der Bursche denn überhaupt keine Nerven? fragte Simeon sich frustriert. Dann gab er die Verfeinerungen hinzu: Am Rande des Gesichtsfelds begannen Dinge aufzuflackern.

Höchstwahrscheinlich sah der Pirat ohnehin schon alle möglichen Dinge, auch ohne Simeons visuelle Unterstützung, da die Sensoren anzeigten, daß seine Körpertemperatur bereits fünf Prozent über Normal war, Tendenz steigend. Schweiß troff ihm das Gesicht herab. Das war selten, da der Stoffwechsel der Kolnari im allgemeinen keine Flüssigkeit vergeudete.

Simeon konstruierte ein weniger transparentes Bild. *Aha, das hat ihn zusammenzucken lassen,* dachte Simeon. »Rahkest!« flüsterte er, gerade laut genug, um verstanden zu werden.

Stirb, auf Kolnari.

»Wer ist da?« rief Jekit und schwang seine Waffe herum. »Wer geht da? Antworte mir!«

Inzwischen hatte Simeon eine regelrechte Unterhaltung in die Wege geleitet; heftig flüsterten männliche und weibliche Stimmen einander zu. Er bewegte die Flüsterer die Gänge hinunter, durch Kabinen und Säle und Galerien. Mal ertönten sie um die Ecke, mal oben an der Decke, dann wieder direkt hinter dem Kolnari.

Jekit wirbelte herum, die Waffe im Anschlag. »Ungeziefer!« schrie er. Die Warnanzeige flackerte, als sein Zeigefinger den Auslöseknopf ein Stück herunterdrückte.

Der Trupp war auf Jekits Ebene aus dem Fahrstuhl getreten und marschierte nun auf seinen Posten zu. Eigentlich war es eher ein Traben wie ein Wolfsrudel; der Anführer trug Panzerung und bewegte sich im selben Tempo. Mit jedem Schritt hämmerte eine halbe Tonne auf den Boden.

Der Kolnari hatte den Rücken an die Wand gepreßt. Simeon überlagerte das Schrittgeräusch des Kraftanzugs und verwandelte es in einen Trommelschlag, der im Rhythmus des eigenen Herzens des fiebernden Kriegers hämmerte. Jekits Kopf ruckte wild vor und zurück, um das Bernstein seiner Augen zeigten sich weiße Ränder.

Zur Rechten ertönte eine Stimme.

»Jekit!« rief sein Offizier. »Hierher, Blödmann! Meldung machen.«

Jekit stöhnte fast auf vor Erleichterung und öffnete den Mund, um den Ruf zu erwidern. Als er es tat, stellte er fest, daß die Worte überlagert, übersprochen wurden, von irgend etwas neutralisiert. Schrei, Ruf – alles nur dasselbe verschwommene Jammern.

»Schmerzstab für dich, saatloser Müßigmann«, ertönte die Warnung seines Offiziers.

Jekit duckte sich und schickte sich an, die Wand entlang auf die Stimme zuzukriechen. Auf halber Strecke zuckte er zusammen und erbrach sich krampfhaft, verwirrt. Es war ihm noch nie passiert, daß er seine Nahrung nicht halten konnte.

Um die Ecke ertönten Schritte, als der Ersatztrupp forsch auf ihn zukam. Er hörte ein leises Zischen hinter sich und drehte sich um. Er schrie auf, als er eine Gestalt aus der Legende der Heimatwelt erblickte, einen zwanzigäugigen Wurm mit knirschenden, konzentrischen Mündern, von größerem Durchmesser als ein Mann hoch war.

»*Ancha*!« kreischte er und feuerte. *Malmer.* Noch waren seine Reflexe funktionstüchtig, und der Speer nuklearen Feuers bohrte sich durch das Ungeheuer.

Erwischt, dachte Simeon wieder. Er war sich ziemlich sicher gewesen, daß das Wurmprogramm irgendeinem auf Kolnar heimischen Wesen nachgebildet war. Es hieß also »Malmer«! Durchaus passend.

»Malmer« verschwand. Dahinter stand eine Gestalt in Gefechtspanzerung, die träge nach hinten kippte und der ganze Oberkörper abgerissen worden war. Der Trupp dahinter war bereits in Stellung gegangen und hatte das Feuer erwidert. Ein Lichtstrahl berührte Jekit an der rechten Schulter, und das Plasmagewehr fiel ihm aus der Hand. Die verwaschene, alles andere auslöschende Mauer aus Un-Geräusch fiel so plötzlich von seinen Ohren ab, daß er sogar das leise Heulen vernehmen konnte, als die Waffe automatisch ein weiteres Deuteriumgeschoß in die Kabine jagte. Ein Plasmastrahl leckte nach Jekit, und seine Beine verschwanden knieabwärts unter ihm.

Und ihm war immer noch heiß. Noch taten seine Wunden nicht weh, isoliert durch den Schock, obwohl er den schweren Geruch von gebratenem Fleisch wahrnahm. Aber sein Kopf tat weh, tat so weh ... Die anderen stürmten gerade herbei, um ihn für das Verhör sicherzustellen. Es würde ziemlich schlimm für sie aussehen, sollte er vorher sterben.

Schön! dachte Simeon. Immerhin dürfte es Spaß machen, Jekit zuzuhören, dem mächtigen Krieger, wie er erklärte, wieso er derartig aus der Rolle fallen konnte. *Und was nun?*

Belazir und Aragiz knieten gemeinsam vor Pol t'Veng. Sie trug die schwarze Robe und die Kapuze eines Rechtsprechers, und so war in dem matten Licht nur noch das gelbe Glühen ihrer Augen zu sehen. Belazir kniete mit Anmut nieder. Die t'Veng stand zwar von Rang und Geburt unter ihm, aber sie war effizient. Und natürlich auch eine Frau, aber das hatte heutzutage weniger zu bedeuten als früher auf Kolnar. Alles im Weltall war eine geschützte Umwelt, wie Festungsgräben. Im allgemeinen überlebte man entweder oder starb. Aragiz kniete in zitternder Spannung, und der Geruch seines Zorns war moschushaft, was Belazir irritierte.

»Ich stelle fest«, sagte Tol t'Veng schließlich, »daß Jerik nor Varak, freier Gemeiner und Kämpfer des Subklans t'Varak, das Feuer auf feindlichem Boden ohne vorhergehenden Angriff gegen Klanverwandte eröffnet hat.« Das wäre die einzige Entschuldigung gewesen, Motive oder Gründe galten nach Kolnari-Recht nichts.

»Er hat getötet: einen adligen Offizier des Subklans t'Marid. Er hat vernichtet: einen Panzerkraftanzug. Nun folgt das Urteil des Hochklans.

Beim nächsten Zusammentreffen aller Einheiten werden Sippenmitglieder der t'Varak an Belazir t'Marid vierzighundert Klancredits oder Güter desselben Werts aushändigen, wobei letztere von neutraler Stelle zu schätzen sind. Sie werden ferner fünf gebärfähige aber noch ungeschwängerte Frauen des niederen oder höheren Adels aushändigen, die eine volle Ausbildung genossen haben. Darüber hinaus darf Belazir t'Marid für die Dauer eines Zyklus unter den Konkubinen und Frauen von Aragiz t'Varak wandeln und nach Beblieben säen. Aragiz t'Varak wird das gleiche unter den Frauen und Konkubinen von Belazir t'Marid tun. Das Urteil ist verkündet.«

Wie ein einziger Organismus verneigten sie sich tief genug, um mit der Stirn das Deck zu berühren. *Ein gutes Urteil,* dachte Belazir. Gerecht, weise und, vor allem, nützlich. Ein Teil des langwierigen Ärgers bestand aus der Tatsache, daß die t'Varak nicht so eng durch die Saat miteinander verbunden waren wie der Rest der Hochklanfamilien. Auf der Heimatwelt waren es landlose Söldner gewesen, die das Pech gehabt hatten, sich dem Hochklan unmittelbar vor Ausbruch eines Krieges anzuschließen, der einen halben Kontinent aufgerissen hatte und in der überstürzten Flucht der Überlebenden endete. Formal betrachtet unterlagen Söldner nicht der Extermination-Proskription des besiegten Adels. Wie Bauern und Gemeine konnten sie ihre Treue der Siegerseite übertragen. Allerdings neigten rechtliche Betrachtungen dazu, im strahlenden Leuchten des Sieges unterzugehen …

Natürlich war es unwahrscheinlich, daß Aragiz t'Varak die Sache genauso sah. Dennoch – das Wissen um die engere verwandtschaftliche Verbindung würde auf lange Sicht die Feindseligkeit begrenzen. Ohne ein weiteres Wort oder eine Geste stand Aragiz auf und stolzierte hinaus. *Überhaupt kein Stil,* dachte Belazir. Die Strafe war ein Trinkgeld verglichen mit dem, was die Station einbrachte, und sie hatten beide schon sechzig oder siebzig Kinder. Er hoffte nur, daß der Intellekt der t'Varak sich entwickelte und nicht bloß ein Schandfleck blieb.

Das Licht ging an, und Pol streifte die Kapuze ab. Damit war sie vom Rechtsprecher wieder zu einer gewöhnlichen Adligen geworden. »Narr«, sagte sie, ohne genau spezifizieren zu müssen, wen sie damit meinte.

»Tölpel«, stimmte er zu und schnippte mit den Fingern.

Serig trat ein.

»Das Beladen verläuft zu langsam«, verkündete Belazir.

»Das ist Wahrheit, Gebieter«, erwiderte Serig.

»In Ordnung«, flüsterte Simeon Channa ins Ohr. *»Er ist in Position.«*

Die Ladebucht am südlichen Andockschacht war voller als je zuvor in den ungefähr siebzig Lebensjahren der Station; den größten Raum nahmen demontierte Ausrüstungsteile der zwei Decks tiefer befindlichen elektronischen Fabrikatoren ein, die man genug abmontiert hatte, um sie durch die Frachtaufzüge zu bekommen. Es wäre zwar effizienter gewesen, sie noch weiter zu demontieren und die Bestandteile in Kisten zu laden, doch das hätte auch die Sabotage vereinfacht. Nachdem Inspektionen der Kolnari gezeigt hatten, wie einfach es tatsächlich war, war es zu Hinrichtungen von Stationspersonal gekommen. Empfindliche Elektronik …

Gespenstisch, dachte Channa und tat, als würde sie auf ihren Notizschirm blicken. Es hatte keinerlei Vergeltungsmaßnahmen wegen der Tode gegeben, und das war doch immerhin schon eine recht erkleckliche Anzahl. Statt dessen haben die Kolnari nur ihre Patrouillengänge verstärkt.

Channa wandte sich wieder der Piratentechnikerin zu. *Noch gespenstischer.* Normalerweise stellte man sich unter Piraten keine Techniker vor. Sie sahen den aalglatten, gefährlichen Kriegern und den flamboyanten Adligen sehr ähnlich, waren aber forscher im Auftreten.

Immerhin haben sie Tausende von Leuten und Hunderte von Schiffen drei Generationen lang durchgebracht – sieben ihrer eigenen Generationen.

»Gebieterin«, sagte sie in angemessen unterwürfigem Ton, »hier ist die nächste Ladung. Nimmst du sie an?«

Die Kolnarifrau musterte den Fabrikator. Es war eine spindelförmige Maschine aus Synthetikmaterial und Metall, ungefähr drei Meter lang und an der dicksten Stelle etwa einen Meter breit; er bestand zur Hälfte aus Röhren und Molekülformkammern, zur anderen aus Modulen. Beide Enden der Spindel ragten in spundbefestigte Halbkugeln hinein, die wiederum in Kugellagergelenke paßten. Darunter befand sich eine Schwebewiege mit – wie es schien – sechs Armen und einer zwanzig Zentimeter dicken Basis.

Die Kolnari teilte ihrer eigenen Mannschaft etwas in ihrer Sprache mit – offensichtlich waren Frauen in ihrer Technikerklasse häufiger vorzufinden –, dann machten sie sich ans Werk, stöpselten ihre eigenen Informationssysteme ein, dazu einen tragbaren Akku, der den Fabrikator in Bereitschaftsstellung hochfuhr.

»Alles Ordnung ist«, sagte die Piratin zu ihr und winkte sie zurück. »Ungeziefer, nächstes bring.«

Die Ladebucht hatte die Ausmaße von einhundert mal zweihundert mal dreihundert Metern. An den äußeren Schotten waren zwei Klantransporter angedockt. Auf zwei Dritteln der Strecke hatte der Gegner eine Rote Linie auf das Deck gemalt. Zu beiden Seiten stand ein Trupp in Kraftpanzern. Darüber schwebten Lafetten mit kleinen Servokanonen, Stoppwaffen, schwere Nadler, die sich abfeuern ließen, ohne die Station dabei zu gefährden. Natürlich waren die Waffen für jeden außerordentlich gefährlich, der keinen Kampfpanzer trug. Stationsseitig der Linie befanden sich Zivilisten, die zumeist in eigenen Gruppen arbeiteten und von einigen wenigen Kolnari beaufsichtigt wurden. Dockseitig der Linie befanden sich nur Klanmannschaften. Bis zur Linie fanden drei Überprüfungen statt: einmal bei der Montage des Geräts, das zweite Mal, wenn der Stationslagerverwalter das Kommando übernahm, und das dritte Mal vor Überschreiten der Linie selbst.

Wenn sich bei den Überprüfungen Beschädigungen zeigten, wurde das zuständige Stationspersonal mit einer Energiepeitsche zu Tode geprügelt. Das Unterschreiten der festgelegten Quote brachte zehn Hiebe ein, was zwar die Effizienz der Mannschaft drastisch reduzierte, zugleich aber ein sehr mächtiger Motivator war.

Es war raffiniert ausgeklügelt und funktionierte viel zu gut.

Simeon murmelte wieder. *»Ja, sie sind eingesperrt.«*

Channa zwang sich, nicht in die Augen der Kolnari zu blicken. Simeon jedoch tat es, es war keine bloße holographische Projektion. Vielleicht ein Bündelstrahl auf die Retina ...

Amos pfiff fröhlich vor sich hin, als er den Heber herumschwang. *Mein Gott, der ist sogar noch tapferer als er hübsch ist,* dachte Channa. Sie hatten sich freiwillig dazu gemeldet. Die Übertragung der Holoaufzeichnungen von den Auspeitschungen hatte allzu vielen Leuten zugesetzt. Irgend jemand mußte das Selbstvertrauen wiederherstellen. Den Kolnari erschien es, als wollten die Anführer ein Beispiel für eifrigen Gehorsam bieten. Joseph verneigte sich tief, als er die Kontrolleinheit für die Wiege übergab. Auf dem Rücken seines Einteilers prangten die Worte *Ungeziefer-Herrschaft geht O. K.*. Einer von Simeons Vorschlägen, um die Moral zu heben.

Die Wiege folgte gehorsam über die rote Linie hinter die Kolnari-Techniker, dann schwebte sie auf den wartenden Frachtraum des Transporters zu. Die Linie markierte auch die Grenze der Gravitationsfelder. Bis zur Linie selbst herrschte Standardgravitation, die sich bis zum heruntergelassenen Rampeneingang schnell auf 1,6 g erhöhte. Der Arbeitstrupp schritt durch die Menge und zwischen den wartenden Heberketten zurück. Es gab einen Aufschrei, als die vier leichten Arme – plötzlich waren es nur noch vier – der Wiege nachgaben. Die Kolnari-Mannschaft sprang furchtlos herbei, doch der Heber versagte mit einem Feuerwerk von Funken und fiel mit hohlem Dröhnen auf die Deckplatten. Der Fabrikator glitt aus der zerborstenen Wiege und prallte auf die gekrümmten Beine der Mannschaftschefin, die versucht hatte, eine Masse ihres zehnfachen Körpergewicht aufzuhalten.

Die Alarmanlagen der Piraten schrillten wie zornige Windglocken. Channa und die anderen erstarrten. Ebenso die verletzte Technikerin. Die anderen Kolnari hoben den beschädigten Fabrikator auf und stellten ihn in der Nähe auf einem Bündel Packfasern ab. Das gelang ihnen mit einem einheitlichen angestrengten Grunzen, und die sechs Schritte bewältigten sie mit einem leisen Singsang. Mit der Behutsamkeit einer Mutter setzten sie die Maschine ab. Die Technikerin lag mit gebrochenen Knochen da, die aus der dunklen Haut ihrer Kniescheiben herausragten. Die Schwebegewehre schwenkten ein. Channa blickte plötzlich in die Mündung einer solchen Waffe, und den anderen Mitglieder ihrer Gruppe, die die zerstörte Maschine bis zum Rand der Kolnari-Linie geschafft hatten, ging es ebenso.

Es folgten Kämpfer. Nicht die gepanzerten Spezialisten, sondern Mannschaften, die zur Ablösung anstanden. Einer von ihnen zog eine Strompeitsche aus dem Gürtel. Channa schloß die Augen, doch der erwartete erste Hieb blieb aus. Sie hörte ihn, wie er das Kolnari-Äquivalent für »Jawohl, Edler Herr« murmelte.

Channa öffnete die Augen. Amos und Joseph wiegten wieder auf den Fersen, als seien sie sprungbereit gewesen.

»Er hat den großen Boß gefragt«, sprach Simeons Geister-

stimme aus dem Implantat. *»Belazir fordert ihn auf, die Inspektionslisten zu überprüfen.«*

Das tat der Kolnari auch, indem er ihren Notizschirm schnappte und dann zu der verletzten Technikerin hinüberschritt. Niemand hatte sich um sie gekümmert. Obwohl es ja eine Feindin war, fühlte Channa sich doch ziemlich unbehaglich, als sie die weißen Knochensplitter und das Zucken sah, das sich über das feingeschnittene ovale Gesicht zog.

»Sie sagt, daß es ein üblicher mittelschwerer Heber war, als sie ihn überprüfte«, meldete Simeon. *»Er sieht gerade nach. Belazir sagt, daß es nicht deine Schuld ist.«*

Schweiß troff Channa den Rücken herab. Sie begann sich zu entspannen, dann fluchte sie halblaut, als der Krieger ein Messer zog. Die Technikerin schloß die Augen und legte den Kopf schräg; ein schneller Stich in den Nacken, und sie war still.

»Na ja, das hat geklappt«, sagte Channa zu Simeon.

»Was meinst du damit?«

»Ich bin mir nicht ganz sicher.«

Der Fabrikator mußte zurück in die Maschinenwerkstatt zwei Decks höher, um dort repariert zu werden. Die Maschinen, die zur Herstellung der Ersatzteile benötigt wurden, durften nicht demontiert werden, bevor die Arbeit nicht erledigt war.

Belazir verschob eine Schwadron leichter Kreuzer in einen neuen Quadranten und lehnte sich zurück. *So*, dachte er.

Erstaunlich. Channahap hatte ihn in diesem Strategiespiel in eine Pattsituation manövriert. Tatsächlich hatte sie sogar eine der früheren Runden *gewonnen*. Ein sehr, sehr gute Spielerin; nur wenige erfahrene Offiziere der Kolnari hätten es besser vermocht, und dabei waren Kriegsspielwettbewerbe einer ihrer Hobbys.

»Die Channahap spielt gut?« fragte Serig. Er spähte seinem Kommandanten über die Schulter in den Displaytank der *Braut*, dann ließ er die Eröffnungszüge auf einem kleineren Schirm in der Nähe noch einmal abspulen. »Wirklich sehr gut.«

Belazir nickte. *Was für eine Frau!* dachte er begeistert. Er hatte schon vor einiger Zeit damit aufgehört, sie bei sich als Ungeziefer zu bezeichnen. Die Taktik der Verzögerungen und der Finten, die sie gegen ihn geführt hatte, war ebenso raffiniert und heimtückisch wie die Kriegsspiele. Es war wirklich eine Schande, daß sie nicht zur Göttlichen Saat gehörte; und noch eine größere Schande, daß sie unter den Umweltbedingungen der Klanschiffe nicht allzu viele Jahre überleben würde. Außenstehende empfanden die Luft, die Nahrung und das Wasser Kolnars nur selten als lebensförderlich. Die Vorfahren der Kolnari selbst hatten es auch nicht getan, bis sie sich schließlich angepaßt hatten.

Aber ich werde sie sehr genießen, solange sie lebt.

»Nun zu diesen Berichten«, fuhr er, an Serig gewandt, fort. »Die lesen sich wie das Toben der Wahnsinnigen. Was haben sie zu bedeuten?«

»Eine hervorragende Frage, mein Gebieter. Eine, die ich gern einigen von diesem Ungeziefer stellen würde.«

»Du meinst, es handelt sich um das Ergebnis von Feindaktivitäten?«

»Das erscheint mir naheliegend, mein Gebieter. Drogen gegen betroffene Truppen. Oder sonst wissen sie vielleicht etwas über diese Phänomene.«

Belazir musterte seinen Stellvertreter. »Vielleicht wissen sie auch gar nichts. Es könnte sogar ein Sabotageplan Aragiz' sein, so schwer es auch fällt so etwas zu glauben. Oder eine Nebenwirkung dieser ... Krankheit.«

»So oder so ist es schlecht für die Moral, mein Gebieter. Und auch die Krankheit selbst könnte eine Waffe sein.«

Er nickte. »Also gut. Nimm fünf Sklaven, die du zufällig

aussuchst, keine, die an für das Funktionieren der Station kritischen Positionen stehen, und foltere sie.«

»Nur fünf, mein Gebieter?« Serigs leise Stimme verlieh seinem Erstaunen Ausdruck.

»Es ist ein ungewöhnlich weiches und empfindliches Volk«, antwortete Belazir. »Fünf werden durchaus genügen. Mehr würde Panik auslösen. Fürs erste soll das Ungeziefer als Ganzes ruhig und zufrieden und kooperativ bleiben. Sollen sie doch später in Panik geraten, zu einem Zeitpunkt unserer Wahl. Foltere die fünf, um die Informationen zu bekommen, die wir über dieses … Phänomen brauchen. Wenn sie nichts wissen, nimm andere.«

»Soll ich das öffentlich verkünden?«

»Nein, Serig. Wenn wir unsere Unwissenheit bekanntmachen, sagen wir damit auch, daß es etwas gibt, wovor sich unsere Krieger fürchten. Sollte es sich um eine Feindoperation handeln, werden sie schon wissen, was wir suchen – oder die nächsten fünf wissen es.«

Serig verneigte sich. »Sehr gut, mein Gebieter.«

Belazir richtete seine Aufmerksamkeit wieder auf das Spiel.

»Warum?« fragte Channa.

»Du nimmst die Hände von meinem Schreibtisch und stellst dich gerade hin«, teilte Belazir ihr gelassen mit und zeigte mit einem schlanken Dolch auf sie. Er starrte Channa solange an, bis sie gehorchte.

»Zwei dieser Leute werden wahrscheinlich sterben«, flüsterte sie schweratmend. »Herr und Gott. Sie wurden *gefoltert*.«

»Natürlich wurden sie das. Das hatte ich angeordnet.«

»Aber warum?«

Er stand auf und trat langsam um den Tisch, bis er dicht hinter ihr stand, dann sprach er ihr leise ins Ohr. »Wir sind Eroberer. Wir erklären unser Tun nicht. Das hier ist keins dieser Spiele, wie wir sie in deiner Unterkunft spielen, liebliche Channa, das hier ist die Wirklichkeit.«

Sorgfältig verschränkte sie die Hände vor sich und senkte den Blick.

»Ich bitte um Verzeihung wegen meiner Anmaßung«, sagte sie unterwürfig. »Ich wurde dazu ausgebildet, meine Pflichten ernstzunehmen, und das macht mich manchmal voreilig. Deshalb muß ich auch wegen dieser schrecklichen Angelegenheit nachfragen. Ich kann nicht glauben, daß du es genießt, solche Dinge zu tun.« Sie blickte ihn flehend über die Schulter an. »Bitte tu meinem Volk nichts.«

»Und du lügst so schlecht«, meinte er. Er studierte ihr Gesicht einen Augenblick. »Meine Truppen«, fuhr er nachdenklich fort, »sprachen von ›Dingen‹, die ihnen im Augenwinkel flackerten, von ›Stimmen‹, die beinahe unhörbare Sachen flüsterten.«

»Was hat denn das mit uns zu tun?«

Er schritt um sie herum und nahm auf einer Ecke des Schreibtisches Platz. »Vielleicht nichts, vielleicht aber auch alles. Genau das wollten wir auch wissen.«

»Und es ist euch nie der Gedanke gekommen, daß vielleicht irgend etwas an dem Gasgemisch, das wir atmen, diese Wirkung auf eure Leute haben könnte? Oder daß diese ›Dinge‹, die da unmittelbar außerhalb des Gesichtsfelds flakkern, vielleicht auf Insektenschwärme zurückzuführen ...«

»O nein. Den Meldungen zufolge waren sie viel zu groß für bloße Insekten.«

»Dann eben anderes Ungeziefer.«

»Zweifelhaft.«

»Nun, wie steht es dann um meinen ersten Vorschlag, vielleicht müßte unsere Atmosphäre ja angepaßt werden?«

»Möglich.«

»Dann könntest du doch vielleicht einige Freiwillige in unser medizinisches Zentrum schicken, um Tests durchzuführen.«

Belazir lachte. »Nein. Wir wissen, daß sich ein Virus augebreitet hat. Aber wir haben kein Interesse an einem Gegenmittel. Wenn er bewirkt, daß Truppen ausfallen, töten wir sie selbst. Solange es diese Mission nicht gefährdet, werden wir keine Gegenmaßnahmen treffen.«

Channa starrte ihn einen Augenblick mit aufgesperrtem Mund an.

»Wir sind nicht die Göttliche Saat geworden«, fuhr er fort, »indem wir Schwäche fördern. Nachdem man allerdings soviel Kapital und Zeit auf die Ausbildung verwendet hat, ist es lästig, wenn Erwachsene sterben. Nach unserer Rückkehr werden wir unter den Kindern des Hochklans den Virus selbst verbreiten, ganz gezielt. Wenn diese Krankheit euer Werk sein sollte, tut ihr uns damit einen Dienst – so wie jene, die unsere Truppen in den Korridoren überfallen. Das merzt die unvollkommene Saat aus.«

»Ach, sie ist großartig«, zitierte er bei sich in seiner eigenen Sprache. »Ihr Schritt ist das Zucken des Blitzes. In der rechten Hand hält sie das Flammenschwert, in der linken die Geißel des Schmerzes. Ihre Stimme ist das Schrillen des Nordwinds. In ihren Augen blitzen Kometen, Wunderzeichen, und ihr Haar ist ein Sturm um Mitternacht. Zwischen ihren Schenkeln liegt der Weg ins Paradies. Ich schaue sie, und meine Kraft erhebt sich, und doch wüte ich ohne Erfüllung.« Er beugte sich näher, und Channa konnte seinen Atem auf ihren Lippen fühlen.

Na ja, dachte Simeon, *das letzte Stück faßt meine Beziehung zu Channa recht gut zusammen.* Er übermittelte eine durchgehende Übersetzung.

»Da hast du eine hübsche Eroberung gemacht, Happy.«

»Ich finde das alles andere als komisch«, antwortete Channa subvokal.

Der Kolnari berührte sie leicht mit der Dolchspitze, dann kehrte er zu seinem Sessel zurück und ließ sie zitternd stehen. Er führte seine Zunge an die Blutspur auf dem Stahl.

»Vielleicht«, sagte Belazir mit amüsierter Stimme, »sollte ich dich mitnehmen, wenn wir gehen. Ich werde dir noch etwas anderes zu bekämpfen geben als nur die Langeweile. Du hast die Herausforderung verdient.« Dann lächelte er. »Du kannst gehen.«

Channa machte kehrt und ging auf zittrigen Beinen davon. Als sie im Fahrstuhl war, ließ sie ihren Gefühlen in heftigem Ton freien Lauf.

»Ich will ihn wirklich umbringen, Simeon. Ich sehe schon, wie ich es tue, und ich glaube, ich würde es sogar genießen.« Sie hielt inne. »Siehst du, wie schlechte Gesellschaft meine Moral korrumpiert?«

»Was hältst du von dem Gedicht?«

»Ich habe nicht zugehört.«

»Ich glaube, er wollte dir schmeicheln.«

»›Ihre Stimme ist das Schrillen des Nordwinds‹?«

»Ich dachte, du hättest nicht zugehört?«

»Na ja, das habe ich mitbekommen.« Sie lachte matt. »Erzähle einer Frau nie, daß ihre Stimme dich an irgend etwas Schrilles erinnert. Damit gewinnst du keinen Blumentopf.«

»Wichtiger Tip, Channa, danke.«

»Ach ... ich liebe dich, Simeon. Du sorgst dafür, daß ich nicht durchdrehe. Und der Prinz der Finsternis kann von mir aus ...«

» ... Scheiße fressen und verrecken.« *Ich liebe dich auch, Channa, und du treibst mich dafür in den Wahnsinn.*

KAPITEL 21

Im Holotank blitzte ein weiterer Lichtpunkt auf.

»Du hast mein Schlachtschiff zerstört«, sagte Belazir mit Überraschung und Erheiterung in der Stimme. Er sah zu Channa auf. Sie schwitzte, schwarze Haarsträhnen klebten an ihrer Stirn. Der Kolnari war so gelassen wie immer, als er einen weiteren Schluck von dem Sprudelwasser nahm, das mit metallischen Salzen gewürzt war.

»Das bedeutet ...« Er machte eine Pause, um nachzurechnen. »Fünfundsiebzig Siege für mich und drei für dich. Ach ja.« Er klatschte in die Hände, und Adjutanten brachten ihm seine Ausrüstung. »Genug des Vergnügens. Es gibt Arbeit zu tun.«

»Also gut, Leute«, sagte Simeon. Die Stimmen verstummten. »Wir haben nur wenig Zeit. Unser Ihr-wißt-schon-wer schläft nämlich den Schlaf der Ungerechten.«

Die Schirme blieben still, ebenso das kleine Häuflein von Männern und Frauen, die um den Tisch saßen.

»Es wird noch ungefähr einen Tageszyklus dauern, dann sind sie fertig«, fuhr er fort.

»Nur einer?« fragte Amos. »Die haben aber mehr Gegenstände für den Abtransport markiert, als sie in einem Tag bewältigen könnten.«

»Vertraut mir. Ich habe gelauscht. Das tun sie, um uns in die Irre zu führen. Fast hätten sie das mit mir auch geschafft! Nur ihre obersten Leute wissen davon.«

»Wie lange ist es schon her?« flüsterte Patsy.

»Sechzehn Tage«, gab Simeon zur Antwort.

Doktor Chaundra schluckte. »Einhundert Tote. Das Vielfache davon ... auf verschiedenste Weise verletzt. Das können wir nicht länger ertragen.«

»Das brauchen wir auch nicht. Noch einen Tag, dann sind wir alle entweder gerettet oder tot.«

»Die Marine?« fragte Joseph.

»Sie haben heute einen Kundschafter im System abgesetzt«, antwortete Simeon. Sein Abbild hob eine Hand, um das Geraune zu unterbinden. »Er ist stark abgeschirmt. Ich habe die Erkennungscodes, sonst hätte ich ihn nie entdeckt. Ja, die Flottille ist unterwegs. Sie sollte also eigentlich eintreffen, und zwar bald. Trotzdem brauchen wir einen Plan für den schlimmsten aller Fälle.« Er hielt kurz inne, bevor er weitersprechen konnte. »Der schlimmste Fall wäre der, daß die Marine nicht rechtzeitig hier eintrifft. Wir müssen unser Bestes geben. Die Kolnari haben eine Menge ihrer Leute verteilt, und ihre Schiffe sind angedockt. Das soll auch bis zur letzten Minute so bleiben. Ich habe ein paar Indikatoren ermittelt, die mir alles auf die Minute genau anzeigen werden.«

Channa schluckte und nickte. Einer davon würde darin bestehen, daß Belazir sie abholte, um sie an Bord der *Schrecklichen Braut* zu bringen.

»Die Gefechtsplattform wird als erstes ablegen. Wenn sie damit anfangen, müssen wir mit unserem Aufstand beginnen! Wenn wir genügend von ihnen von ihren Schiffen abschneiden und die Schiffe daran hindern können abzulegen, dann können sie die Station gar nicht sprengen.«

Amos nickte düster. »Die Kosten … die Kosten an Leben werden sehr hoch sein. Aber es gibt keine Alternative.«

»Wir können nicht lange kämpfen«, wandte Joseph ein. »Bestenfalls ein Verzögerungsgefecht. Sie haben die Waffen, die Panzer, die Organisation. Und sie brauchen auch nicht um Schaden an der Station zu fürchten. Sie werden ihre wachhabenden Schiffe durch die Hülle zwangsandocken lassen, uns in die Zange nehmen. Wir besitzen keine richtigen Waffen.«

»Wie oft haben wir den Aufstand durchgespielt?« fragte

Amos und rieb sich mit der Hand über das Gesicht. »Vierzig, fünfzig Mal? Wir haben kein einziges Mal gesiegt, gleich ob Sie oder ich das Kommando führten.«

Simeon nickte. »Besser auf den Beinen zu sterben als auf den Knien«, meinte er. Grimmiges Lächeln begrüßte die Aufmunterung. Die meisten hatten seine Bänder über den Aufstand im Warschauer Getto gesehen. »Ich kann sie sehr viel mehr desorganisieren, als sie erwarten«, fuhr er fort. »Außerdem haben auch wir einige Waffen.«

Alle blickten auf die Säule.

»Mikesun?« sagte er.

Der Sektionsvertreter war hager und ausgemergelt, wie man es auch von jemandem erwarten konnte, der seit mehr als zwei Wochen auf allerengstem Raum hatte arbeiten müssen.

»Ich habe alles ausgepackt und bereitgestellt«, meldete er. Seine Hände bewegten sich ins Licht. »Ungefähr tausend. Dazu die Explosivstoffe, die du uns zu besorgen aufgetragen hast.«

Plötzlich hielt er einen Nadler in den Händen. Ein riesiges, klobig aussehendes Ding von keiner ihnen bekannten Bauart.

»Wo, zum ... wo hast du denn die her, Simeon?« fragte Channa.

»Äh.« Simeon klang etwas verlegen, fand sie. »Na ja, du weißt doch, daß ich gern Zeug sammle. Sie waren billig – ein Schiff, das ganz dringend Treibstoff brauchte und keinen Kredit hatte. Und mir behagte einfach der Gedanke, mein eigenes Waffenarsenal zu besitzen. ›Eines Tages können wir das Zeug vielleicht brauchen.‹ Ich hatte ja auch recht, nicht wahr?«

»Ja, das kann mal wohl sagen«, sagte sie nur, denn die Erleichterung, die sie beim Anblick dieser guten, ehrlichen Waffen empfand, war viel zu intensiv für eine andere Entgegnung.

Irgend jemand fluchte. »Warum haben wir die nicht schon früher gehabt? Ich habe meine Leute mit leeren Händen die Kolnari-Patrouillen angreifen lassen …«

»Weil wir nicht zulassen durften, daß sie uns zu früh ernstnehmen!« versetzte Channa scharf. »Jede förmliche Bewaffnung hätte sie alarmiert. Wir mußten so viel Schaden anrichten, wie wir ohne solche Hilfsmittel nur konnten, bis zum letzten Augenblick. Jetzt rechnen sie nicht damit, daß wir Nadler besitzen. Jetzt haben wir die Überraschung und den Schock auf unserer Seite.«

Amos beugte sich vor und sein Ton klang sehr viel wärmer als gewöhnlich, wenn er mit dem Gehirn sprach. »Wie sollen sie verteilt werden?«

»Erinnern Sie sich, als ich sagte, daß ich einiges von dem anderen Zeug, das sich als nützlich erweisen könnte, in den versiegelten Abschnitten unterbringen würde? Und Patsy und Joat haben auch schon Zeug in den Schächten verteilt.«

»Mit eintausend Nadlern …« fing Amos an, doch dann zuckte er seltsam entmutigt die Schultern. Joseph nickte.

»Wer hat die eigentlich gebaut?« wollte Patsy in einem Anflug ihrer alten Interessen wissen.

»Sie sind ursinischer Bauart«, teilte Simeon ihr mit. »Eine obskure Rasse, groß und haarig, haben immer darauf bestanden, daß sie das Recht hätten, Bären mit Waffen zu beliefern.«

»Das kann die Qual doch nur verlängern und das Unausweichliche hinauszögern«, meinte Amos. »So wenig gegen so viel.« Dann schüttelte er sich. »Trotzdem, es ist besser, kämpfend zu sterben.«

»Herrje, es ist besser, zu siegen und zu überleben«, widersprach Simeon.

»In der Zwischenzeit«, fuhr Amos fort, stand auf und ließ seinen Blick von Schirm zu Schirm schweifen, »machen Sie ihnen Druck. Sie sind unfähig, einer territorialen Herausforderung durch einen schwächeren Gegner zu widerstehen –

selbst wenn es logischer wäre, sich zurückzuziehen. Gehen Sie größere Risiken ein.«

Na ja, der geht auch keine größeren ein als wir alle, überlegte Channa. *Trotzdem – ganz der kleine Kommandant*. Wehmütige Heiterkeit färbte ihre Erschöpfung.

»Sicherheitsmonitor ist blockiert«, sagte Joat. »Jetzt bist du dran.«

Seld begab sich an das elektronische Zugangspaneel und begann damit, an seinen Innereien herumzunesteln. Dann schob er den Dataeder ein, den er vorbereitet hatte. Das dadurch entstehende Bild würde auf eine Weise verzerrt sein, wie es die Überwachungscomputer ohnehin schon waren, seitdem das Wurmprogramm der Piraten sie befallen hatte. Doch würden sie die Abbilder von Joat und Seld sehr selektiv verändern. Sie größer erscheinen lassen, viel dunkler ...

Joat ging in die Gegenrichtung, baute sich am Ende des Gangs in Beobachterstellung auf.

Als er fertig war, schloß er sich ihr an und tippte ihr auf die Schulter. »Zeit«, flüsterte er.

»Eine Sekunde.« Sie öffnete ihren Rucksack und holte einen Monokristallfadenspender heraus. Der Faden hatte einen Durchmesser von einem Molekül, war aber unglaublich kräftig. Und gefährlich in der Handhabung. Dünner, als die allerdünnste Messerklinge je hätte sein können.

»Was hast du denn damit vor?« fragte er verwundert. »Ich dachte, du wolltest hier irgend etwas aufbauen.«

»Bleib da, dann siehst du es«, antwortete sie mit zuckenden Augenbrauen.

Sie kniete neben der Wand nieder und befestigte ein Ende des Beryll-Monokristallfadens ungefähr in Kniehöhe am Korridorpaneel. Mit Hilfe des winzigen Lasers, der in den Spender eingebaut war, verschweißte sie das Ende, das sich an der Wand wie ein klebriger Fleck anfühlte, als sie darüberfuhr. Dann spulte sie die unsichtbare Faser ab und befestigte das andere Ende an der gegenüberliegenden Wand, wobei sie sich die Stelle vorsichtig einprägte.

Seld wurde bleich. »Du kannst doch nicht ... du weißt doch, was das Zeug anrichtet!«

»Und ob ich das weiß«, versetzte sie selbstzufrieden. »Der gute alte Hans-Dampf-in-allen-Gassen wird dem Begriff ›Knieamputation‹ von nun an eine weitere Dimension hinzufügen.«

»Das kannst du nicht!« sagte er und packte sie am Arm. »Es sind Drecksäcke, aber sie sind doch ... es sind doch vernunftbegabte, empfindungsfähige Wesen. Du kannst sie doch nicht einfach so verstümmeln.« Seine Stimme hatte wieder den Akzent seines Vaters angenommen, und er zitterte vor Anspannung. Schweißperlen erschienen am Ansatz seines rotbraunen Haars. »Das ist böse! Was denkst du dir dabei?«

Sie riß ihren Arm aus seinem Griff. »Ich denke mir dabei, was die getan haben. Leute gefoltert. Was sie mit Patsy und deinem Freund Juke angestellt haben. Ich denke an Genugtuung.«

Er fuhr sich mit der Zunge über die Lippen. »Aber doch nicht so, damit will ich nichts zu tun haben. Könntest du sie nicht einfach ... sauber töten? Komm schon, Joat?«

Sie drückte ihn mit der Schulter beiseite und befestigte eine weitere Leine in der ungefähren Hüfthöhe eines Erwachsenen.

»Sim sagt«, fuhr sie fort, während sie drei weitere Fäden in Schienbeinhöhe spannte, »daß es besser ist, den Feind in Stücke zu schneiden, als ihn umzubringen. Das schüttelt ihn mehr durch, und außerdem müssen sie sich um die Leute kümmern.«

»Wenn wir so etwas tun, wodurch unterscheiden wir uns dann noch von denen?«

Fauchend fuhr sie zu ihm herum. »Dadurch, daß wir hier leben und es nicht zum *Spaß* tun! Und auch keinen einzigen lausigen Credit damit holen!«

Seld setzte sich abrupt an die Korridorwand.

»Seld?« fragte sie. Ihre Miene glättete sich sofort, und die Stimme veränderte sich. »Seld, bist du in Ordnung? Brauchst du deine Medikamente?«

»Ich bin in Ordnung. Ich ... ich mag dich nur nicht, wenn du so bist, Joat. Und ich mag dich eigentlich wirklich. Weißt du das?«

Manchmal mag ich mich selbst auch nicht besonders, dachte Joat. Sie wandte sich ab und schürzte empört die Lippen. »Komm mir jetzt bloß nicht mit den Tränendrüsen, Seld, denn hier wird es erst noch sehr viel schlimmer werden, bevor es wieder besser wird. Falls es überhaupt besser wird.« *Alles wird immer nur schlimmer.*

Er hob den Kopf von den Knien. »Wenn ich schon sterben soll, will ich es wenigstens sauber tun«, warf er ein. »Gib mir deine V-Pillen.«

»Weshalb?«

»Habe meine verloren.«

»In Ordnung.« Sie sollten die Pillen nehmen, falls sie in Kontakt mit einem Kolnari gerieten. Joat hatte nicht vor es zu tun, ebensowenig aber auch, die Begegnung zu überleben. Seld steckte die Pillen ein und schritt in Richtung seines eigenen Fluchtwegs davon.

Joat schürzte wieder die Lippen und befestigte eine weitere Leine an der Wand, an der Öffnung des Verbindungskorridors.

Dann duckte sie sich mit großem Abstand und schlich sich auf Zehenspitzen zur ersten Leine zurück. In sicherer Entfernung blieb sie stehen und lauschte.

Kommt schon, dachte sie. *Etwas Bewegung, wenn ich bitten darf.*

Es sollte sie eigentlich wundern, daß die erste Patrouille so lange brauchte, um zu reagieren. Sie stellte sich neben das sabotierte Paneel und lauschte, vernahm aber nur das Klopfen ihres eigenen Herzens, das sich so anfühlte, als wollte es sich aus ihrer schmalen Brust befreien. Und dann endlich fingen ihre scharfen Ohren das Geräusch von Bewegung auf. Sie zählte bis fünf und begann mit dem Rückzug zur zweiten Leine. Sie gelangte gerade in den Korridor, als sie ein gerufenes »Halt!« auf Kolnari vernahm.

Perfekt, dachte sie, *die haben nur den Einteiler gesehen!* Und sie hatten auch nicht *Halt, Ungeziefer!* gerufen.

Zwei Schüsse wurden abgefeuert; leichte Waffen, Nadeln, die scheppernd vom Metall abprallten. Joat beugte sich aus ihrer niedergekauerten Position vor und blickte um die Ecke. Sie hatte ein bösartiges Grinsen im Gesicht, doch das erstarb schnell. Zwei der Kolnari-Krieger lagen in einer Blutlache am Boden, hingen über dem ultrastarken, unsichtbaren Draht, der sich durch ihre Beine gesägt und sie vom Nabel bis zum Rückgrat aufgeschlitzt hatte. Noch während sie zusah, stürzte einer der Leiber in zwei Stücken zu Boden.

Eine Kolnari-Kriegerin griff nach ihren abgetrennten Beinen und riß sich dabei die Hand in zwei Stücke auf. Zwei Finger hingen nutzlos herab, als sie ihren Arm ergriff und schrie, nicht aus Schmerz oder Furcht, sondern aus schierem Entsetzen vor dem unsichtbaren Etwas, das sie umgebracht hatte.

»Oho, das ist aber multigriesig«, flüsterte Joat bei sich. Der Klang der Worte schien ihr angesichts dessen, was sie da vor sich sah, so deplaziert, daß sie hysterisches Kichern in sich aufsteigen fühlte. Doch irgend etwas ermahnte sie, daß diese Art von Kichern wohl nur sehr schwer abzustellen sein würde, wenn es erst einmal angefangen hatte. Ihre Augen waren riesige Untertassen in ihrem hageren, fahlen Gesicht.

Am anderen Ende von Joats Korridor befand sich einer von Simeons verborgenen Aufzügen. Sie schleuderte die

Drahtspule in den Gang hinaus, bevor sie ihn betrat. Hinter ihr ertönten Schreie: die nächste Feindesgruppe. Den scheppernden Geräuschen zufolge versuchten sie, die Drähte mit den Läufen ihrer Waffen ausfindig zu machen. Es gab einen doppelten dumpfen Aufprall, als ein unvorsichtiger Kolnari zu schnell in den Korridor einbog und sich an der letzten Falle selbst köpfte.

In forschem Schritt verließ Joat den Fahrstuhl drei Ebenen höher und begab sich in einen Zugangsschacht, der für elektrische Reparaturen gedacht war. Von dort wechselte sie in einen der kleinen Ventilationsschächte über und kroch schnell und effizient in ein größeres, offeneres Stück, wo sich gleich eine Vielzahl von Schächten trafen. Hier war sie in Sicherheit: Es war eine ihrer Basen, mit einer Pritsche und einigen Rationskisten ausgerüstet, ebenso mit Werkzeugen, die sie in der Konstruktionsabteilung geplündert hatte, sofern man es Plündern nennen konnte, wenn sie einem die Sachen freiwillig gaben. Sie nannten Joat den ›Geist der SSS-900-C‹ oder auch ›Simeons Kobold‹.

Dann überkam Joat heftige Übelkeit und sie mußte sich erbrechen. Servos trafen ein, um alles aufzuwischen.

Joat legte sich hin, das Gesicht auf die Arme gestützt, und weinte bitterlich. Lange Schluchzer, wie sie sie noch nie geweint hatte.

»Joat … Liebling, bist du verletzt?« Simeons Stimme klang weich und warm.

Sie hob ihr vom Weinen gerötetes Gesicht, doch ihre Lippen waren weiß.

»Ich bin nicht so zäh, wie ich dachte«, sagte sie durch ihr Schluchzen. »Ich hätte nicht gedacht … Ich habe doch ein Herz wie Felsgestein. Das bin ich doch – Joat die Killerin! Hast du gehört, wie ich Seld die Hölle heißgemacht habe, weil er ein Jammerlappen ist?« Ein Husten packte sie und sie fuhr sich mit den Handrücken über die Augen. »Verabscheuen wird er mich! Ich verabscheue mich ja selbst! Es war so …« Und sie warf sich wieder zu Boden, biß in die Matratze. Ein gespenstisches Geheul hallte durch den Korridor.

»Na, na, ist ja alles gut.«

»Ich will nach Hause!«

»Joat, Liebes. Ich bin bei dir. Du bist zu Hause. Bei mir wirst du immer ein Zuhause haben. Ich verabscheue dich nicht, Joat. Du bist nicht schlecht, Liebes. Aber manchmal dringen die Dinge bis zu dem guten Teil von dir durch, der den harten Teil von dir nicht mag, und genau das ist gerade passiert.«

Die Servos rollten vor und zogen eine Decke um sie. Simeon begann zu singen.

»Ich will Channa.«

Ich kann sie nicht umarmen, dachte Simeon. *Aber ich kann singen …*

»Nennst du mich offen einen Lügner, Aragiz?« fragte Belazir.

»Meine Leute wurden getötet«, antwortete Aragiz t'Varak. »Die Überwachung hat aufgezeichnet, daß Kolnari die Falle gelegt haben, vielleicht in der Absicht, dem Ungeziefer die Schuld dafür geben zu können. Ich wußte doch, daß Ungeziefer gar nicht fähig …«

»*Zeihst du mich der Lüge, t'Varak?*«

Der Kapitän hielt inne, war hin- und hergerissen zwischen seiner Unwilligkeit, einen Rückzieher zu machen, und der Unfähigkeit anzugreifen. Belazir unterlag keinen solchen Einschränkungen.

»Ist dir niemals der Gedanke gekommen, Cousin, daß es möglicherweise Ungeziefer war, das sich als Klan gekleidet hat? Daß sie ebenso fähig sind, unsere Zerrissenheit auszuspielen, wie wir es mit ihrer tun?«

»Du behauptest, ich habe mich von Ungeziefer hereinlegen lassen?«

»Ich sage, daß du mich langweilst, Gebieter Kapitän Aragiz t'Varak. Du langweilst mich unsäglich. Deine bloße Existenz macht das Universum zu einem Ort schier unglaublichen Stumpfsinns!«

Aragiz' Miene entspannte sich zu einem weichen Lächeln. »Wann?«

»Wenn der Urteilsspruch von Gebieter Kapitän Pol t'Veng erfüllt ist. Bis auf die Faust.« Ein Todesduell nach alter Manier, mit dornbewehrten Stahlhandschuhen.

»Und nun«, fuhr Belazir fort, »schaff deinen Haushalt und alles andere auf dein Schiff.« Plötzlicher Argwohn zeichnete sich in der Miene des anderen Kapitäns ab. »Ja, ich weiß, daß du deine Bodenkämpfer zusammenziehen wolltest. Hier ist keine Zeit für Fehden, t'Varak. Glaube mir.«

Der Schirm erlosch. Serig trat vor, er hatte eine Augenbraue hochgezogen.

»Gebieter, er ist tatsächlich der Tölpel, als den du ihn bezeichnet hast. An seinen Reflexen allerdings ist nichts auszusetzen.«

»Nun«, erwiderte Belazir. »Ich habe die Wahrheit gesagt. Es treibt mich zur Weißglut, diesen Kerl als Cousin bezeichnen zu müssen.« Er schüttelte den Kopf. »Heute triumphieren wir, Serig. Indem wir fliehen, ja: aber ein Triumph bleibt es dennoch. Deshalb werden wir ...«

Der Signalton der Dockwachen hallte durch die Brücke. »Großer Gebieter, hier steht eine Ungezieferfrau und behauptet, Informationen für dich zu haben.«

Serig lachte. Es waren schon eine ganze Menge Ungezieferfrauen ans Dock gekommen und hatten nach Belazir gefragt. Einige wenige hatte er selbst genommen und die anderen an Serig oder die Mannschaft weitergereicht.

»Nein, warte«, wandte Belazir ein. »Informationen worüber?«

»Über eine Verschwörung, bei der es um die früheren Ungezieferanführer und das Beuteschiff gehen soll, Gebieter.«

»Schick sie hoch.« Belazir blickte Serig an und zuckte mit den Schultern. »Warum nicht?«

Das Warten war von kurzer Dauer. »Ich möchte mit dir allein sprechen, Gebieter«, begann die Frau und warf einen bedeutungsvollen Blick auf Serig.

»Ich bin großzügig zu Frauen«, erklärte Belazir. Sehr wahr, sonst wäre sie nicht einmal in seine Nähe gelangt. »So großzügig, daß ich dich nicht gehört habe, Ungeziefer.«

Sie zuckte mit den Augen und schluckte schwer, blickte vom einen zum anderen.

»Weshalb bist du gekommen?«

»Die ... sie haben mich gefangengehalten, Herr und Gggg- ...« Selbst jetzt konnte sie sich nicht ganz dazu überwinden, die Blasphemie auszusprechen. Dann sah Belazir zu ihr auf, und sie hatte das Gefühl, als würde sie sich hinter den Panzer ihres Schädels verkriechen. So blickte ein Säbelzahner auf ein Lamm.

» ... Gott«, vollendete sie den Satz, unsicher, ob es nun die obszöne Ehrenbezeichnung war, die sie verlangten, oder ein Stoßgebet. »Ich ... ich habe Informationen«, stammelte sie und legte eine Hand vors Gesicht. *Ich bin entkommen*, dachte sie. Sie mußten sich wirklich gegen sie verschworen haben – und auch gegen Amos. Ihn so vor ihr abzuschotten. Sie wimmerte leise. Sie konnte sich seiner Worte der Liebe erinnern, der Versprechungen – und der Alpträume der Zurückweisung. Die messingfarbenen Augen warteten.

»Ich bin Rachel bint Damscus. Ich stamme von Bethel. Ich war an Bord des Schiffs, das ihr verfolgt habt. Vierzig von uns haben die Reise überlebt und Schutz auf dieser Station gesucht.«

Keiner der Kolnari bewegte sich oder sagte etwas.

»Du bist also ... von Bethel?« Belazir lehnte den Kopf auf

seine Faust. »Wende deinen Kopf. Steh auf. Beuge dich vor. Setz dich wieder hin.«

Belazir wandte sich an Serig. »Möglich«, meinte er nachdenklich. »Eine ähnliche Ungezieferrasse, aber es gibt hier viele Varianten.«

»Unwahrscheinlich, Gebieter.«

Belazir nickte. Und in jedem Fall ohnehin nur noch von theoretischem Interesse. Sie waren beinahe abflugbereit. *Selbst wenn sie uns getäuscht haben, was spielt es schon für eine Rolle?* Die Erinnerung an seine Ohrfeige für den Hausgott der *Braut* kehrte zu ihm zurück. Vielleicht war an den alten Sitten ja doch etwas dran ...

Die Frau starrte ihn an. Etwas war merkwürdig an ihren Augen, entschied Belazir. Ihre Lippen zitterten, ebenso ihre Finger, aber nicht vor Entsetzen; denn das konnte er immer ausmachen. Vielleicht irgendeine Nervenstörung? Er beugte sich vor und schnüffelte. Kein gesunder Geruch.

»Ja.« Sie nickte einmal, scharf. »Herr und Gott.«

»Warum erzählst du mir das? Du weißt doch sicherlich, daß das gefährlich ist?«

Die Frau begann vor Zorn zu zittern, und Tränen schossen ihr in die Augen.

»Sie ... diese schwarzhaarige, schwarzherzige Hure hat meinen Bräutigam verführt! Sie hat ihm Macht versprochen! Aber sie hat gelogen. Er spielt für sie den Narren, tut, was sie ihm sagt, schläft in ihrem Bett ...« Ihre Stimme kippte über, und sie hielt inne, schluckte erst einige Male, bevor sie wieder sprechen konnte. »Der Mann, den man dir als Simeon-Amos genannt hat, ist in Wirklichkeit Amos, unser Anführer, der uns von Bethel hierhergebracht hat. Der wirkliche Simeon ist eine Hüllenperson, ein Ding, das sie Gehirn nennen, und er leitet nach wie vor diese Station.«

»Eine ... Hüllenperson?« Für einen Moment schloß Belazir t'Marid die Augen. »Ach ja! Wir haben davon gehört, aber nie eine gesehen.«

Serig beugte sich zu ihm vor. »Gebieter, eine Art Proteincomputer, nicht? Aber unser Wurm hat ihr System doch unterwandert und hält es in unserer Faust. Hätten wir das nicht erfahren müssen?«

»Es würde Anomalitäten erklären«, erwiderte Belazir. »Und ... ach! Ich bin ein ebensolcher Narr wie Aragiz t'Varak!«

»Gewiß nicht, Gebieter«, widersprach Serig überrascht. »Nicht einmal an deinem allerschlimmsten Tag. Nicht an meinem eigenen allerschlimmsten Tag. Nicht am allerschlimmsten Tag dieser Ungeziefergebärmutter hier.«

»Ich wollte die Sache schon abtun, weil die Zeit drängt. Möglicherweise das wertvollste Beutestück der ganzen Station abtun!«

»Eine Hüllenperson ist soviel wert?«

»Ein strategischer Vorteil«, erläuterte Belazir. »Komm, wir gehen der Sache nach. Es wird ohnehin Zeit.«

Er richtete seinen Blick wieder auf das Ungeziefer. Nach allem, was er feststellen konnte, war sie manisch-depressiv, schwankte vom gesunden, normalen Entsetzen in einen exaltierten Zustand, da sie volles Vertrauen in sein Interesse, in seine Unterstützung setzte. So, als wäre er ein Stein in ihrem Spiel ...

»Verrückt«, sagte er. »Und doch ... vielleicht ist es ja meine Eitelkeit, aber die kleine Channahap spielt das Kriegsspiel viel zu gut. Doch mit einem verkapselten Gehirn, das an große Computer und ihre Datenbanken angeschlossen ist ...?« Mit hochgezogener Augenbraue musterte er Rachel.

»Ich kann dir nur berichten, was ich gehört habe«, sagte die Frau, plapperte in ihrem Verlangen drauflos, daß man ihr glauben möge. »Man hat mir erzählt, daß es Leute gibt, die man als Säuglinge in eine Hülse gibt, wodurch sie später wie Computer werden.« Händeringend blickte sie verzweifelt vom einen zum anderen. »Ich sage dir die Wahrheit. Sie schmieden Pläne gegen dich, Herr und Gott!«

Belazir lächelte in freundlicher Zustimmung. »Natürlich tun sie das.« Wenigstens in diesem Punkt waren sie sich einig. Er stand auf. »Komm, wir werden gehen und mit ihnen reden.« Er wandte sich an Serig. »Baila soll Channahap mitteilen, daß ich sie in ihrem Büro sprechen will. Und sie soll auch Simeon-Amos mitbringen.«

Simeon unterbrach Channa an ihrer Rechnerstation. »Channa, Belazir t'Bastard kommt gerade hierher, mit Rachel im Schlepptau. Ich weiß zwar nicht, was los ist, aber er sieht gleichzeitig grimmig und zufrieden aus.«

Bevor Channa etwas erwidern konnte, ertönte das Intercom, und Bailas Gesicht erschien.

»Channahap«, sagte sie. »Der Gebieter Kapitän t'Marid befindet sich auf dem Weg in dein Büro. Du wirst ihn dort erwarten. Er befiehlt die Anwesenheit von Simeon-Amos. Gehorche.« Der Schirm erlosch.

»Verdammt«, rief Channa und trommelte nachdenklich mit den Fingern. »Du hast recht, Simeon, das sieht nicht allzu gut aus. Ich habe dieses Mädchen so satt. Sie treibt mich ... in den Wahnsinn. Simeon?«

»Was ihren Geisteszustand angeht, bist du voll auf Kurs, Channa. Unsere Rachel ist verrückt, sie wird nicht erst verrückt, sie ist völlig durchgedreht, ballaballa, abgedreht ...«

»Sim!«

»Richtig, ich werden Chaundra eine Fallgeschichte aufziehen lassen, irgend etwas mit Geistesgestörtheit. Unterrichte du Simeon-Amos, dann verbreite ich die Nachricht.«

»Alles klar. Simeon-Amos«, sagte ins Intercom, »begib dich hierher.«

»Und Channa?«

»Ja?«

»Ich glaube, jetzt ist es soweit. Die Gefechtsplattform hat soeben begonnen, ihre stationsseitigen Energiezuleitungen zu unterbrechen. Wir bekommen eine hervorragende Gelegenheit, ihnen einen echten, schweren Schlag zu versetzen, wenn wir Belazir kommunikationsmäßig von seinen Leuten abschneiden. Das könnte den entscheidenen Unterschied ausmachen.«

Channa nickte. Sie war bereit gewesen, ein Attentat an Bord der *Braut* zu versuchen, doch das wäre selbst im allerbesten Fall unwahrscheinlich gewesen. Die Furcht war fern – keine Zeit dafür.

»Simeon-Amos«, setzte sie an, als er in den Raum kam. »Belazir kommt, zusammen mit Rachel.« Seine Miene gefror. »Wir werden folgendes tun – keine Zeit für Streitgespräche.«

Die Kisten machten sanfte Geräusche, als sie aus dem metertiefen grünen Wasser der Algenteiche glitten und triefend auf dem verfugten Metall der Gehsteige standen. Schiffe besaßen ein geschlossenes System der Röhrenleitungen und versiegelten Tanks, doch diese Anordnung – offene Metallrechtecke, die wie Tabletts übereinandergestapelt waren – war für Stationen besser geeignet. Die Ökosystemarbeiter bewegten sich schnell, ohne zu großen Aufwand oder allzuviel Gerede. Seit der Rückkehr ihrer Chefin war es keine sonderlich fröhliche Sektion mehr, doch lag eine störrische Befriedigung darin, als die Vakuumabdeckungen abgeschraubt wurden und die Waffen unter den etwa hundert Technikern, Büroangestellten und Arbeitern von Hand zu Hand gingen.

Patsy Sue Coburn sah zu, wie die Nadler hervorkamen: brutal und kompakt. Einen davon schlang sie sich um die Schulter. Ursinische Waffen hatten für Menschen die Größe von Maschinengewehren. Dann griff sie in den Teich, holte ihre Bogenpistole hervor und riß die Plastikschicht ab.

»Warte nur ab«, flüsterte sie. Wenn die Kolnari auf ihrem

gewöhnlichen Wachgang ein letztes Mal vorbeikommen sollten, würde es in etwa einer halben Stunde soweit sein.

Die Mannschaft scharte sich um die Aufseher und ließ sich schnell darin einweisen, wie man einen Nadler optimal einsetzt. Glücklicherweise besaßen die Waffen nur sehr schlichte Kontrollelemente: den Knopf an der Seite im Uhrzeigersinn bis zum Anschlag drehen und dann den Abzughahn leicht bis zum Widerstand anziehen. Den Lauf entlang auf das Ziel blicken und den Abzughahn ziehen. Bei solchen Nahsichtwaffen mit geringem Rückstoß dürften sie auf kurze Entfernungen ganz gut zurechtkommen.

Und es ist alles, was wir haben, gemahnte Patsy sich. Sie fühlte sich vollkommen gelassen. In gewisser Weise war sie schon gelassen gewesen, seit sie erwachte und Joats Gesicht vor sich schweben sah, wie ein Gespenst in einer Lichtlache.

»Schätze, darauf kann ich noch warten«, sagte sie sich.

Die anderen blickten sie an.

»Einfach abwarten, bis sie vorbeikommen«, sagte sie geduldig zum hundertsten Mal. »Simeon hält uns alle auf dem laufenden.« *Das hoffe ich, das hoffe ich inständig.* »Und wenn sie hier sind, fackelt ihr sie ab. Dann geht ihr nach unten, axial G-8, und schießt auf den Trupp da unten. Bis dahin wird auch Amos hier sein. Und wenn nicht er, dann ich.«

Sie nickte knapp und schob sich den Nadler auf den Rükken, um die Hände für den Aufstieg auf der Leiter zwischen den Tanks frei zu haben. Am Eingang zum Belüftungssystem würde sie auf Joat treffen. Am Anfang war der Aufstieg überhaupt nicht beschwerlich, dies waren schließlich die größten Schächte der Station. Unter ihr wurde der Kreis von Gesichtern immer kleiner, sah richtig winzig aus zwischen den rechteckigen Teichen und den riesigen, farbcodierten Labyrinthen aus Röhren für Nährstoffe, Wasser und Abfall.

Amos stand ungerührt hinter Channa, die Hände auf dem Rücken verschränkt. Als Belazir eintrat, verbeugten sie sich knapp. Er nahm den Sessel vor ihrem Schreibtisch und bedeutete Channa Platz zu nehmen. Der Kriegertrupp begann sich in das kleine Büro zu drängen. Der t'Marid bellte einen Befehl in seiner eigenen Sprache, worauf sich alle bis auf zwei zurückzogen.

Rachel stellte sich neben seinen Sessel. Sie musterte Channa finster und wandte dann das Gesicht ab, die Hände an der Seite zu Fäusten geballt. Amos dagegen warf sie ein zaghaftes Lächeln zu.

Channa verschränkte die Hände im Schoß. »Herr und Gott, welchem Anlaß verdanke ich die Ehre dieses Besuchs?«

Belazir lächelte und wies mit der Hand auf Rachel. »Ich habe einige interessante Informationen erhalten.«

»Ich habe ihm alles erzählt!« warf Rachel gehässig ein.

Channa und Amos musterten sie ausdruckslos, dann schüttelten sie den Kopf und wandten sich wieder Belazir zu.

»Alles?« fragte Channa.

»Sie hat mir erzählt, daß sie und vierzig andere die Reise von Bethel überlebt haben und daß dieser Mann«, er wies mit dem Kinn auf Amos, »ihr Bräutigam ist. Sie sagt mir, daß er sich für Simeon ausgibt, daß der wirkliche Simeon aber tatsächlich ein Gehirn in einem Behälter ist, das diese Station leitet und den Widerstand gegen den Hochklan anführt.«

Er verschränkte seinerseits die Hände und musterte sie gelassen. »Das würde gewisse Schwierigkeiten erklären.«

Channa bemühte sich nicht zu lächeln, sondern riß die Augen ungläubig auf. Belazir musterte sie eindringlich. Mit Erheiterung hatte er nicht gerechnet.

»Simeon-Amos«, sagte sie schließlich, »bitte informiere Doktor Chaundra, daß Rachel gefunden wurde, und sage ihm, er möchte doch vorbeikommen und sie abholen. Und teile ihm auch mit, daß sie möglicherweise ein chemisches Beruhigungsmittel braucht.«

Belazir hob eine Augenbraue.

Channa sah t'Marid erlaubnisheischend an, damit Amos ihren Anweisungen Folge leisten konnte. Belazir schnippte mit den Fingern. Amos nickte und begab sich in sein eigenes Büro, um den Anruf zu tätigen.

»Sie lügt schon wieder, Gebieter«, versetzte Rachel, verstummte aber, als Belazir ein zweites Mal mit den Fingern schnippte.

Channa setzte eine verständnisvolle Miene auf. »Diese junge Frau ist geistesgestört. Wir sperren sie nicht ein, weil sie normalerweise harmlos ist, genau wie ihre Fantastereien. Ein tragischer Fall, sehr resistent gegen Psychotherapie.«

»Dreckige Hure ...«, fing Rachel an und trat besorgt vor.

Belazir machte eine Bewegung mit der Hand. Ein Wächter trat vor, und Rachel schloß den Mund.

»Wer ist sie denn?« fragte Belazir.

»Wir wissen es nicht genau«, erörterte Channa. »Sie wurde hier zurückgelassen, anscheinend von irgendeinem Händler. Sie besitzt keine Identifikation. Niemand hat irgendwelche Informationen über sie liefern können. Der Arzt ist sich nicht sicher, ob ihre Geistesgestörtheit auf Drogen oder Traumen beruht. Er meint, die einzige Möglichkeit, es mit hundertprozentiger Sicherheit festzustellen, sei eine Autopsie, was natürlich nicht in Frage kommt. Meistens ist sie sehr freundlich, schlimmstenfalls ein wenig lästig. Vielleicht die Umstände ...« Und Channa machte eine vage Geste, um anzudeuten, daß die Besatzungszeit Rachels Labilität vielleicht verstärkt haben könnte. Channa ließ sich locker im Sessel zurücksinken, sie wirkte gelassen. »Vielleicht ist es sogar ein Zeichen von Fortschritt, daß sie sich der ... aktuellen Ereignisse bewußt wird, Herr und Gott. So wird sie sich beispielsweise diese Fantasterei über Bethel aus den Nachrichtenbändern zusammengebraut haben.«

Rachel explodierte. »Sie lügt!« Sie sprang auf Channa zu, wurde aber in ihrer Bewegung gebremst, als der Wächter sie am langen Haar zog. Ihre Gorgonenmaske des Zorns registrierte den Schmerz nicht einmal. Sie wehrte sich kurz und gab schließlich auf, als Amos in den Raum zurückkehrte. »Amos«, flehte sie schluchzend, »hilf mir doch!«

Er blickte sie voller Mitgefühl an.

»Natürlich werde ich dir helfen, Rachel«, erwiderte er ihr. »Wir möchten dir doch alle helfen.« Er beugte sich zu Channa hinüber. »Der Arzt ist unterwegs.«

»Nein!« kreischte Rachel. »Nein! Wie kannst du mir so etwas antun? Sie benutzt dich nur, mein Geliebter! Verrate mich nicht! Bitte ...« Tränen strömten ihre Nase herab. »Bitte ... bitte.«

Channa drehte sich der Magen um. *Sie ist tatsächlich verrückt.* Wahrscheinlich heilbar – das waren sie fast immer. Die Gereiztheit verblaßte vor dem Mitleid, und das Mitleid verblaßte vor der Drohung, daß der Kolnari Rachels Erzählung irgendwelches Gewicht beimessen könnte.

Amos' Mitgefühl dagegen war nur zu real.

»Na, na«, sagte er beruhigend. »Du bist krank, Rachel. Papi wird den Doktor rufen, damit er dich wieder gesundmacht.« Er bot ihr die Puppe an, die er in der Hand hielt. »Du kannst Siminta mitnehmen.« Er drückte sie ihr in die Hand.

Einen Augenblick lang hörte Rachels Schluchzen auf, und sie starrte ihn verwirrt an. »Was?« sagte sie. »Du bist mein Bräutigam, nicht mein Vater!« Sie blickte auf die Puppe hinunter, schleuderte sie zu Boden und stampfte mit dem Fuß auf. »Hör auf, mich zu verhöhnen!«

Amos regte sich voller Unbehagen. »Ich halte das nicht mehr aus. Darf ich mich so lange entschuldigen, bis Doktor Chaundra eintrifft?«

»Das könnte das beste sein«, meinte Channa zu Belazir.

Die Augen des t'Marid richteten sich flackernd auf die drei. »Papi?« fragte er zweifelnd, dann mußte er wider Willen lächeln.

Channa seufzte. »Letzte Woche dachte sie, sie sei fünf Jahre alt und Simeon-Amos sei ihr Vater. Wenn er den Raum verließ, fing sie an zu weinen. Aus irgendeinem Grund ist sie völlig auf ihn fixiert. Chaundra vermutet, daß er demjenigen gleicht, der sie hier bei uns zurückgelassen hat. Wir wissen es nicht wirklich.«

»Lügen!« kreischte Rachel. »Lügen.«

»Der Arzt sollte inzwischen da sein«, sagte Amos, dem sichtlich unwohl zumute war. Er hob die Puppe auf und legte sie sorgfältig auf einen Sessel. »Äh ... später ist sie sonst traurig, wenn sie nicht da ist.«

»Du kannst gehen«, teilte Belazir ihm mit. Seine Augen blieben auf Channa gerichtet.

Chaundra trat ein. Er schritt zu dem weinenden Mädchen und berührte sanft ihre Schulter. »Arme Rachel«, sagte er tröstend, »armes kleines Mädchen.«

»Doktor«, warf t'Marid in scharfem Ton ein. Chaundra drehte sich um, richtete sich steif auf und senkte den Blick. »Ist das deine Patientin?«

»Jawohl, Herr und Gott.«

»Ich schätze es nicht, meine Zeit mit den Tagträumen dieser Verrückten zu vergeuden. Wenn sie auch nur einmal wieder auftauchen sollte – nein, das hat keinen Zweck. Du kannst gehen. Warte. Du hast ihren Krankenbericht? Ich will ihn einsehen.«

»Jawohl, Herr und Gott, aber ich komme von diesem Computer aus nicht an ihn heran. Die ärztlichen Berichte sind in einem geschlossenen System gespeichert, um den Intimbereich des Patienten zu schützen.«

Belazir machte eine ungeduldige, wegwerfende Geste. »Serig, sorge dafür, und dann zurück auf die *Braut*, wo du die Sache weiterführst, die wir geplant haben. Ich werde in Kürze nachkommen.« Serig verneigte sich tief.

»Wie du befiehlst, Gebieter«, sagte er. »Die Puppe auch?«

Belazir schnaubte. »Fort!«

Rachel atmete tief durch und schien um ihre Würde zu ringen. Die Zuckungen in ihrem Gesicht ließen nach. »Sie lügen tatsächlich, Herr und Gott, du wirst noch sehen. Ich sage die Wahrheit.«

Es endete mit einem Krächzen, als Serig sie umdrehte und in den Rücken stieß. Sie mußte ein Stück laufen, um nicht zu stürzen; vor ihr öffnete sich zischend die Tür.

»Jetzt«, bellte Belazir. Chaundra folgte.

In der angespannten Stille, die nun folgte, musterten Belazir und Channa einander.

Endlich ergriff Belazir das Wort. »Laß deinen Mann zurückkommen.«

Channa preßte den Schalter des Intercom. »Simeon-Amos, würdest du bitte wieder hierherkommen?«

»Diese Rachel ist in dich verliebt«, bemerkte t'Marid, eine Spur von Gelächter in den gelben Augen.

»Ich gestehe«, antwortete Amos verbittert, »daß mir langsam schon ihr bloßer Anblick Übelkeit bereitet.«

Der Kolnari hob fragend eine Augenbraue.

»Eines Tages«, erklärte Channa ihm, »gelangte sie zu der Überzeugung, daß Simeon-Amos Gott sei, da ist sie durch die ganze Station gelaufen und hat versucht, die Leute zu bekehren, damit sie ihn verehren. Sie hat uns allen das Leben ziemlich schwergemacht, ganz besonders aber Simeon-Amos.«

»Simeon-Amos«, bemerkte Belazir, »ist ziemlich offensichtlich das Opfer einer ähnlichen Fixation auf dich, Channahap. Was ein gewichtiger Grund ist, euch eure Geschichte zu glauben.«

»Ja, Herr und Gott«, erwiderte Channa. Sie schloß die Augen. *Simeon?* fragte sie.

»Er ist halbwegs überzeugt, zweifelt aber immer noch etwas. Ungeduldig. Channa, es geht los. Keine zwanzig Minuten mehr, bis die Piraten Alarm geben.«

Sie öffnete die Augen wieder. »Simeon-Amos«, sagte sie. »Geh doch mal und sieh nach der Primärlagerung.«

Er zögerte eine lange Sekunde. »Wie du wünschst.«

Jetzt, befahl Simeon.

Der Wurm hob sein Haupt aus den Ruinen des Schlosses, blickte über eine Ebene vulkanischer Dampfwolken und blauglühender Lava. Schwärme von Zungenwespen flogen dort Patrouille, und Blitze tauchten Krater und Schlucht in abgehackte Muster.

Donner grollte. Ein Gebell brach aus, lauter als der Donner, und das Gewölbe des Himmels teilte sich. Der Wurm erhob sich, endlos, länger als die Zeit, satt von der Fütterung.

Simeon brach durch, und neue Firmamente erblühten über der verwüsteten Landschaft. Das Licht verwandelte sich von einem gnadenlosen Weiß in das sanftere Gelb des Sonnenscheins. Die Wespen stürzten ab, zuckten, starben. Dreiköpfig und so groß wie ein Elefant, schritt der Hund neben ihn. Er hob den Schläger und schlug zu.

Der Malmer zuckte vor, und die Mäuler schlossen sich um das Ende der Waffe. Dann wich er zurück, als das Holz sich in eine Zwinge verwandelte und ausdehnte. Er versuchte sich loszureißen, doch die drei Köpfe des Hundes preßten seinen Leib gegen den Boden. Immer breiter und breiter schwoll der glühende grüne Kreis an, bis die Mäuler zu einem Tor geworden waren.

Skalpell und Eispickel erschienen in Simeons Händen. Er schritt in die Schlünder des Wurms hinein und hob die Werkzeuge.

»Hiiieeeer ist Sim!« rief er. »Öffne dich weit.«

Auf dem Hilfskommandodeck der SSS-900-C wollte der Kolnaritechniker soeben nach der hinteren Verschalung des Gefechtscomputers greifen, als er die Indizien bemerkte.

»Gebieter!« schrie er. »Der ...«

In diesem Augenblick detonierte die Selbstzerstörungsladung im Boden des Computers. Es war keine allzu gewaltige Explosion, aber mehr als genug, um die empfindlichen Innenteile zu vernichten. Der Erbauer hatte diesen Mechanismus als Sicherung gegen Manipulation erdacht. Doch war das Gehäuse hart genug, um dem Piraten den Kopf abzureißen.

Sein Gefährte reagierte mit tigerhafter Präzision, griff nach seiner Waffe und sprang zur Türöffnung. Die Tür schloß sich mit einem Schnappen, und der Krieger wurde in die Kontrollkabine zurückgeschleudert. Die Kabine war ansonsten leer, und es gab keinen weiteren Ausgang. Mit gedrücktem Abzughahn wirbelte er herum und feuerte mit seinem Plasmagewehr aus der Hüfte auf die Konsolen.

»Wie ungezogen«, sagte eine Stimme aus der Luft. Die Belüftungsschächte begannen zu zischen. Der Kolnari taumelte bei der ersten Berührung mit dem Gas. Sein letzter Akt bestand darin, eine Granate von seinem Gürtel zu enthaken und sie zu aktivieren, wobei er sie sorgfältig an seinen eigenen Kopf hielt.

»Verdammt«, brummte Simeon. Die Schweinerei war beachtlich, und das Gerät würde für eine Weile nicht zu gebrauchen sein. Dann atmete er mental tief ein und konzentrierte sich. Jetzt mußten mehrere Dutzend Dinge gleichzeitig erledigt werden.

»Laß mich auf«, sagte Channa und streichelte über Belazirs Rücken.

»Noch nicht«, widersprach Belazir träge. »Ich habe mich beeilt. Wir haben noch fünf Minuten.« Sein Körper war trokken, ihrer dagegen schweißnaß, aber er war viel wärmer, wie es dem stärkeren Stoffwechsel seiner Rasse entsprach.

»Bleiben wir denn?« hauchte sie ihm ins Ohr.

»Nein«, erwiderte er. »Du hast es vermutet?«

»Daß du mich mitnehmen würdest oder daß heute der Tag der Abreise sein würde? Beides.« Sie wand sich. »Bitte. Ich muß etwas holen.«

»Ich werde gut für dich sorgen«, sagte Belazir und rollte sich von ihr ab. »Beeil dich.«

Er lag träge auf dem Sofa und sah zu, wie sie im Schlafzimmer verschwand. *Erinnerungswürdig*, entschied er. Angefangen damit, wie sie sich ihrer Kleider erledigte, sobald sie allein gewesen waren. Der Kolnari überprüfte sein inneres Zeitgefühl: zwanzig Minuten, ungewöhnlich schnell. Und auch noch im Zeitplan des Tages. Er grinste bei sich, streckte sich und warf Strähnen seines weißblonden Haars zurück. Vor ihm lag das Morgen: ein Weg aus Feuer, Blut und Gold.

»Sind wir in der Nähe von Channas Unterkunft?« fragte Joseph.

Sie krochen gerade auf allen Vieren den Schacht hinunter; etwas, das für jemanden von seiner Statur recht anstrengend war. Patsy, die ihnen folgte, hatte weniger Probleme.

»Ja ...« Joat hielt inne. »Weißt du, ich bin eigentlich noch nie hier gewesen. Ich habe ja versucht, mich vor Simeon zu verstecken.« Wieder eine Pause. »Wir sind jetzt direkt über dem Hauptkorridor zum Fahrstuhlschacht. Glaube ich.«

»Ich glaube, das sollte ich wohl besser überprüfen«, meinte Joseph mit angespanntem Lächeln. »Ist alles mit dir in Ordnung, Joat?«

»Ja.« Sie erwiderte sein Lächeln. »Nur ... ich war etwas durchgeschüttelt, das war alles. Mir geht es gut.«

Sie berührte den Verbindungsknopf und ihren Verzerrer. Die Membran unter ihnen wurde durchsichtig. Chaundra blickte nicht auf. Statt dessen sah er hinter sich, schüttelte den Kopf und ging weiter. Joat kroch ein Stück, dann erstarrte sie plötzlich, als unten zwei weitere Gestalten vorbeikamen. Rachel lief, aber Serig fing sie mühelos mit einer Hand wieder ein, preßte sie gegen die Korridorwand. Sie kreischte schnaufend und mit einem Würgen in der Kehle wie jemand, der von einem Alptraum erwachte.

»Tu es nicht, Joe, er bringt dich um!« rief Joat *sotto voce*, als sie nach dem Gürtel des Betheliters sprang. Sie verfehlte ihn und begriff, daß es ohnehin nichts genützt hätte. Nie hätte ihre Hand das gesamte Gewicht des vorstürmenden Manns aufhalten können. Noch bevor sie den Satz beenden konnte, war er losgesprungen und auf dem Deck gelandet. Seine Messer hielt er in den Händen: ein langes, dünnes, das andere kurz und gekrümmt.

Der Kolnari hatte ausgeholt, um Rachel eine weitere Ohrfeige zu verpassen, als sie ein zweites Mal aufschrie, völlig hoffnungslos.

»Pirat«, sagte ein Stimme hinter ihnen.

Der Krieger schleuderte sie so leicht beiseite wie einen Sack Wolle, und sie schlug krachend gegen die Korridorwand. Dieselbe Bewegung verwandelte sich in einen wirbelnden Stoß, ein Hieb, der solides Teakholz zerschmettert hätte. Joseph stand ihm nicht im Weg, dafür aber das Langmesser in seiner Rechten. Die gelben Augen schlitzten sich im Schmerz, und ein breiter Blutstrom schoß in hohem Bogen gegen die Seitenwand. Der Klankämpfer sprang ein halbes Dutzend Schritte zurück, außer Reichweite der Klingen, ebenso aber auch von dem abgelegten Ausrüstungsgürtel. Er war nackt und unbewaffnet, und die Schnittwunde in seinem Unterarm war tief. Er wagte nicht einmal, sie mit der anderen zuzupressen. Der rohe Kupfersalzgeruch des Bluts war stark. Überschnelle Gerinnung würde ihn noch retten ... sofern er sich nicht überanstrengte.

»Komm zu mir, Pirat«, sagte Joseph leise. »Komm und sieh, wie wir in Keriss gekämpft haben, auf den Docks.«

Der Kolnari fauchte und sprang beiseite, wirbelte in der Luft herum und prallte von der oberen Wand ab. An die Wand gekauert, stieß Rachel ein verzweifeltes Wimmern aus, aber Joseph war nicht mehr da. Er hatte eine derartige Taktik vorhergesehen und sich auf den Rücken geworfen. Beide Messer zeigten nach oben. Der Pirat klappte im Sprung zusammen, doch als er sich wieder aufrollte, hatte er zwei weitere lange Wunden auf der Brust.

Sein Grinsen war eine Grimasse des Schmerzes, als er vorwärts glitt. Die langgezogenen Wunden waren orangerot, das strömende Blut von erschreckend tiefer Schattierung auf seiner rabenschwarzen Haut.

»Komm«, flüsterte Joseph. Mit einem Blinzeln erwachte Rachel zu vollem Bewußtsein, und der Anblick seines Gesichts ließ sie gefrieren. »Komm zu mir, ja, komm.«

Die Messer glitzerten in beiden Händen, als sie kleine, präzise Kreise schnitten.

Was nun folgte, war ein wilder Wirbel. Es endete damit, daß ein Messer davongeschleudert wurde und Joseph zusammenbrach und sich seitlich abrollte. Das zweite Messer schimmerte immer noch herausfordernd. Der Kolnarikrieger taumelte und zitterte einen Augenblick, dann zog er den Fuß zum letzten Stoß zurück. Rachel stürzte vor und griff blindlings um sich. Ihre Arme schlossen sich um das erhobene Bein. Es war, als würde sie einen Baum ergreifen, nein, ein Stück Stahlmaschine, die hämmerte wie ein riesiger Kolben. Doch der Blutverlust und das unerwartete Gewicht rissen den Piraten aus der Balance. Er taumelte vorwärts, in Joseph hinein. Einen Augenblick standen sie, Brust an Brust, wie einander umarmende Brüder. Schwarze Hände klammerten sich in Josephs Schultern, bereit, ihm mit schierer Gewalt die Partnern aus dem Stiernacken zu reißen.

Da sah Rachel, wie sich der linke Arm des Betheliters bewegte. Der rechte hing schlaff herab, der linke aber preßte sich dem Kolnari in die Seite. Er hielt irgend etwas in der Hand. Die Klinge war bis zum Heft eingegraben; die gekrümmte Klinge des *sica*, deren Schneide selbst Stahl durchtrennen konnte. Sie fuhr durch die Rippen, als der tödliche Griff des Piraten sich in einen wilden Stoß verwandelte, der ihn krümmte wie einen Bogen.

Die beiden Männer hatten stumm gefochten, bis auf das Keuchen ihres Atems. Jetzt begann der Kolnari zu schreien. Er schlug zu Boden, krümmte sich und starb. Joseph riß sein Messer hervor und kniete nieder. Er zwang seine rechte Hand zum Handeln, packte die Genitalien des toten Piraten und trennte sie mit einem Hieb ab. Dann stopfte er sie in den aufklaffenden Mund des Leichnams und spuckte in die toten Augen, die immer noch geöffnet waren und wie verblassende Bernsteinjuwelen empor starrten.

Blut. Rachel fuhr sich über den Mund und wurde sich plötzlich des Bluts gewahr: im Haar, über ihrem Leib, an Wänden und Decken – mehr Blut, als sie je für möglich gehalten hätte. Joseph war davon bedeckt, seine Augen starrten aus einer Blutmaske hervor, die Zähne waren rotgefärbt.

Sie blickte auf den verstümmelten Leichnam. »Serig«, sagte sie. »Sein Name war Serig.«

»Der Name eines toten Hundes stirbt auf dem Misthaufen«, erwiderte Joseph fauchend. Dann drehte er sich zu ihr um, und seine Augen erwachten einmal mehr zum Leben. Er verneigte sich, brach kurz mit scharfem Keuchen ab, dann vollendete er die Geste. »Meine Dame, bist du verletzt?« fragte er besorgt.

Rachel stockte der Atem, und sie taumelte, sah erst auf den Leichnam hinunter und dann auf den Mann, den sie verachtet hatte.

»Joseph!« rief sie und griff nach seinem Arm. »Ich ...

Irgend etwas ist mit mir geschehen. Ich ... ich erinnere mich an Dinge, die gar nicht sein können. Ich ...« Sie errötete. » ... ich erinnere mich, daß ich so grausam zu dir war, so bösartig. Und, und ich ...« Sie sah zu ihm auf, schüttelte leugnend den Kopf, während sie mit wachsendem Entsetzen flüsterte: » ... habe Amos an die Kolnari verraten?«

Er berührte ihre Wange, ein federleichtes Streicheln. »Edle Dame, du warst krank. Du warst vergiftet durch die Kälteschlafdrogen, die wir einnahmen. Es ist nicht deine Schuld.«

»Oh«, sagte sie und warf sich ihm schluchzend in die Arme. »Bitte verzeih mir«, flehte sie, »ich bin unwürdig, ich bin befleckt, aber ich bitte dich, Joseph, verachte mich nicht. Verlasse mich nicht.«

»Niemals könnte ich meine Herzendame verachten«, antwortete er schlicht. Er streckte eine Hand vor, die sie ergriff, obwohl seine Finger schlüpfrig vom Blut waren.

»Komm, wir haben wenig Zeit«, sagte er. »Wir müssen dich an einen sicheren Ort bringen, und ich habe an diesem Tag viel Arbeit zu tun.«

»Dann wollen wir uns beeilen, Joseph«, erwiderte sie.

Joat und Patsy sprangen hinunter und blieben beim Anblick des Leichnams stehen. Eindringlich ließen sie den Blick durch den Korridor schweifen, dann traten sie langsam näher. Joat betrachtete ihn nur aus den Augenwinkeln, doch die ältere Frau sah ihn neugierig an.

»Das ist er«, flüsterte sie. »Er ist es. Und es ist erledigt!« Ihr Ton klang empört, wütend.

Joat trat neben sie. *Junge, ist der vielleicht erledigt, ein für alle Male,* dachte sie und versuchte, den Gestank zu ignorieren. *Dieser Schlammfresser hat sich fürchterlich viele Feinde gemacht.* Nicht, daß sein Tod sie dauerte, nur ...

»Tut es dir leid, daß nicht du es gewesen bist?« fragte sie und sah an ihrer Gefährtin hoch.

Zum erstenmal seit ihrer Vergewaltigung weinte Patsy Sue Coburn.

»Nein«, erwiderte sie mit heiserer Stimme. »Nein, es tut mir nicht leid. Nicht leid, daß er tot ist, nicht leid, daß nicht ich es war. Bin einfach nur froh, daß dieser Hund nie wieder jemandem weh tun wird. Ich ... werde mich jetzt nicht mehr daran erinnern müssen, es getan zu haben.«

»Ja, das stimmt«, meinte Joat betreten. »Komm, es gibt Arbeit.«

Sie wandte sich Joseph und Rachel zu. »Befördern wir sie hoch«, fuhr Joat fort. »Ein Stockwerk axial sollte genügen, um sie in Sicherheit zu bringen. Dann können wir weitermachen.«

»Simeon?« sagte Channa leise. »Bist du wieder da?«

»Teile von mir.« Seine Stimme klang matt, obwohl die Lautstärke des Implantats immer dieselbe blieb. »Ich tanze gerade auf einem Sägeblatt, blockiere ihre Schiffscomputer. Werde sie nicht bis in Ewigkeit abschneiden können.« Etwas schärfer: »Alles in Ordnung?«

»Willst du es wirklich wissen?« fragte sie und zog sich mit gelassener Eile an.

»Ja.«

»Es war verdammt lästig ... und irgendwie auch anstrengend.« Ein kurzes, diebisches Grinsen. »Und um die Wahrheit zu sagen, ich hätte mich in Ewigkeit vor Neugier verzehrt, wenn ich es nicht getan hätte. Was ich aber wirklich gern täte«, fuhr sie fort, während sie ihren Einteiler schloß, »ist, sein Gesicht zu sehen, wenn er begreift, daß ich nicht wieder durch diese Tür zu ihm zurückkehren werde.«

»Ich werde es aufzeichnen.«

»Und sag Amos nichts davon.«

Ein Teil des Deckenpaneels wurde transparent und glitt zurück. Joats Gesicht zeigte sich, dann purzelte sie auch schon herunter.

»Da ist ein Kriechraum, in den wir jetzt können, der führt zu einem Haufen Luft- und Elektroleitungsschächten. Komm schon.«

Channa musterte die Lukc in der Decke und lächelte schief. »Genau wie in einem Holovideo«, murmelte sie.

Joat grinste. »Ja, nur sehr viel kleiner.« Besorgt musterte sie Channas Statur. »Wird dir wahrscheinlich ziemlich eng vorkommen. Mußte die anderen ein ganzes Stück zurücklassen. Macht es dir was aus, wenn du dich zusammenkauerst?«

»Habe ich eine andere Wahl?« fragte Channa.

»Dann tu es nicht. Beweg dich mit Händen und Zehen. Versuch bloß nicht, die Knie zu benutzen, sonst fällst du noch in Ohnmacht vor Schmerz.«

»Sprichst du aus Erfahrung?«

»Ich hab schon gesehen, wie es passiert ist. Hilfst du mir hoch?«

Channa hob Joat an die Deckenluke.

»Fertig.« Joats Stimme klang ein wenig hohl.

»Mach Platz.« Channa ging in die Hocke und sprang hoch, ergriff die Seiten der Luke und stemmte sich kerzengerade auf, die Arme zitterten ihr von der Anstrengung.

Der Kriechraum war ungeheuer eng. Sie konnte nur abwechselnd atmen und sich bewegen. Es war wunderbar.

KAPITEL 22

»In Ordnung«, krächzte Florian Gusky. »Los.« Er hustete, seine Lungen und sein Hals bestanden nur noch aus Schmerz und Feuer. Das Belüftungssystem war nicht für zweiwöchige Aufenthalte entworfen worden. »Los, ihr Hundesöhne.«

Acht Schlepper und der Erzkundschafter *In Deinen Träumen* warfen ihre Systeme an. Ursprünglich waren es zehn Schlepper gewesen, aber Lowbau und Wong hatten schon seit vier Tagen nicht mehr auf Bündelstrahl geantwortet. Wenn irgend etwas mit ihren lebenserhaltenden Systemen schiefgegangen sein sollte, hatte keiner von ihnen dabei einen Ton von sich gegeben und den Tod in der Stille ihrer heruntergefahrenen Schiffe hingenommen.

»Jetzt geht's nach Hause«, flüsterte Gus.

Die Schlepper waren zusammen mit dem anderen Müll umhergetrieben, der den unmittelbaren Nahbereich der Station umgab. Stumm bedankte er sich für die Tatsache, daß Simeon nie ein besonders ordentliches Haus geführt hatte. Und dafür, daß Channa nicht die Zeit gehabt hatte, ihn umzukrempeln, bevor der Ärger losging. Nun färbte die Energie ihrer Triebwerke den halben Himmel. Die Beschleunigung drückte Gusky ins Polster zurück, stärker als es die Kompensatoren abpuffern konnten. Der Monitor vor ihm zeigte eine hologetriebene Skizze, Ziel und Anflugbahn als Kasten markiert, der Schlepper ein Lichtpunkt, den er in der Umrahmung halten mußte. Für ein Militärfahrzeug kein Problem, aber diese Schlepper waren eigentlich für hartes, träges Ziehen eingerichtet, nicht für schnelle Wendemanöver. Nichts anderes zählte als der Anflugvektor sowie die Ladung Schrott und Erz, die hinter ihm folgte. Die Triebwerke durchsummten seinen Körper, wurden jenseits aller Vorsicht und Hoffnung belastet.

Sein Geist fand noch die Zeit, den grellen Funken zu registrieren, der einen hochgehenden Schlepper markierte, ein Pulsieren der Triebwerksdetonation und dann den noch helleren Blitz des destabilisierten Reaktors.

»Na, jetzt müßten sie eigentlich wissen, daß wir da sind«, meinte er. Bartstoppeln kratzten gegen das Nahrungsmundstück und das Mikrofon, als er den Kopf im Helm bewegte. Er wußte, daß sein Gesicht weder gesund noch angenehm aussehen mußte. Der Schlepper torkelte, als Gusky die Bahn korrigierte. Die Station füllte einen Seitenmonitor aus, und da war auch schon die Kolnari-Gefechtsplattform, die an ihrer nordpolaren Röhre andockte wie eine monströse Zecke.

»Du gehörst *mir*«, rief Gus heiser. »*Ganz allein mir!*«

Simeon stand im Gang. Um ihn herum rumpelte Gestein, weiter oben explodierte die Bombe, Chips stachen ihm in die Augen und prallten von seinem Panzer ab. Der lange Schädel, der hindurchstieß, war mit Saphirschuppen besetzt und hatte überall Augen. Die Schnauze schlitzte sich vierfach auf, und jedes Segment war mit Fangzähnen besetzt. Die Zunge dazwischen war eine Lanze mit metallener Spitze: bereit zum Zustoßen.

Simeon jedoch stieß als erster zu, packte sie mit einem gepanzerten Handschuh und warf sich zurück, bevor die vier Kieferladen sich schließen konnten. Als sie es taten, marterten sie ihre eigene Zunge. Ein schrilles Schmerzgewinsel trieb Simeon Nadeln in die Ohren. Er hielt seinen Griff um das peitschende Ende aufrecht, schlug sie dreimal um die Schnauze und band sie zu einem schnellen Knoten. Dann trat er zurück und packte mit beiden Händen seinen glühenden Baseballschläger. *Tschack!* Das Schutzprogramm erzitterte, sackte zusammen, löste sich in metallische Fragmente auf, die desorganisiert vor und zurückhuschten, um sich mit einem Mal in schwebende Bytes zu zersetzen.

»Der nächste«, sagte er und trat auf die eisenverstärkte Tür zu, die *wahrscheinlich* den Eingang zur CPU darstellte. »Junge, ich muß mir diese KI-Schnittstelle patentieren lassen«, sagte er, als er sich wieder aufbaute. »Sie ...«

Krach. Eichenholz zersplitterte, Gußeisen verbog sich und kreischte.

» ... verdammt ...«

Krach.

» ... *Spaß.*«

»*Gebieter, Gebieter*!«

Der Kommandant der Gefechtsplattform *Herzensbrecher* fuhr auf einem Absatz herum. Der große kreisförmige Raum war halb leer; die Besatzung mit Freigang kehrte erst allmählich zurück.

»Was ist?« bellte er den Wachoffizier an den Informationssystemen an. *Nicht jetzt.* Er hatte den Auftrag, als erster abzulegen und mit dem Transitflug zu beginnen, um bereits am Ziel zu sein, wenn die Transporter zum Rendezvous mit dem Rest des Hochklans eintrafen.

»Gebieter, unser System wird angegriffen!«

»Das Wurmprogramm?« Chindik t'Marid war Spezialist auf diesem Gebiet. Er hatte den Angriffswurm des Klans selbst entworfen. Außerdem war er in seiner Freizeit ein anerkannter Spieleprogrammierer.

»Nein«, erwiderte der Techniker. Seine Finger huschten über das Paneel. »Irgend etwas prügelt sich einfach herein.«

»Beiseite.« Chindik rief eine Grafik auf. Er stieß einen stummen Pfiff aus. Irgend etwas mit gewaltiger Rechenleistung hämmerte gegen die Verteidigungslinien, versuchte alle Lösungen. Es gab keinen Hinweis auf Echtraumortung. Seine Computer verbrauchten ihre gesamte Kapazität darauf, den Gegner aufzuhalten. Aber da es nur eine einzige feindliche Einrichtung in Sicht gab ...

»Kabelleitungen zur Station kappen«, befahl er. »Gefechtsalarm an alle anderen Fahrzeuge.«

»Ich kann die Kabelleitungen nicht kappen«, widersprach der Techniker. »Die Retraktoren antworten nicht. Ebensowenig die On-Verbindungen mit dem Rest der Flottille.«

»Nun, dann ...«, fing Chindik an. Da unterbrach ihn ein weiterer Schrei.

»Spürung«, meldete der Sensorenoperator. »Mehrfache Spürung. Reaktorsignaturen. Sehr nahe, Gebieter. Im Anflug befindlich.«

»Angriffsvektoren«, verkündete der taktische Computer. »Fahrzeug wird angegriffen.«

»Das sind keine Kriegsschiffe«, sagte Chindik erstaunt und bestürzt zugleich, als er den Schirm musterte. Sein Kopf peitschte vor und zurück, der Reflex einer Kreatur, die von allen Seiten angegriffen wurde. Dann richtete er sich auf, schritt zur Kommandantenstation und ließ sich auf die Liege sinken.

»Gefechtsalarm«, befahl er. Die Alarmglocken begannen zu läuten. »Gefechtsstationen. Kurzstreckenenergiewaffen aktivieren. Jede dieser ... Mücken unter Feuer nehmen, soweit die Waffen reichen. Gantry?«

»Gebieter?« Die Wachen hatten den Blick vom Aufnahmesensor abgewendet. »Gebieter, wir hören ...«

»Ruhe! Trupps durch die Seitenschleuse schicken und die Leitungen sprengen, die uns mit der Ungezieferstation verbinden.«

»Gebieter?«

»Gehorsam!«

Die Wachen stoben auseinander wie Quecksilber unter dem Hammer.

»Sprengungsmeldung durchgeben«, fuhr Chindik fort.

»Fünfminutensignal, gesamte Mannschaft zurück an Bord des *Brechers*. Danach ablegen.«

»Gebieter, ich habe versucht, die Abkopplungsprozedur zu aktivieren.« Die Kommandobrücke füllte sich, als die Reservemannschaft hereinkam und auf Station ging. »Meine Meßgeräte behaupten, daß es funktioniert, aber die Sichtüberprüfung zeigt keinerlei Aktivität.«

»Einen Trupp Techniker losschicken, um sie manuell einzuleiten. Triebwerke, vorbereiten auf Manöver.«

»Gebieter, wir sind immer noch physisch verbunden.«

»Ich weiß. Wir reißen uns frei und riskieren die Beschädigung. Schätzung.«

»Sechs Minuten bis Bereitschaft, Gebieter.«

Die Waffenmannschaft begann zu arbeiten. »Feind kommt näher. Beschleunigungsdaten folgen. Vorbereitung der Zielaufnahme ... Gebieter, wir brauchen Manövrierraum! Sie sind zu nahe für Abfangraketen.«

»Maschinenraum, verkürzen auf drei Minuten.« Er wandte sich wieder der Kommunikationskonsole zu. *»Gebt mir den Befehlshaber!«*

»Zwei Decks tiefer, nehmt den Notschacht. Zwei Decks tiefer, nehmt den Notschacht.«

Simeons Stimme hallte durch den Korridor. Überall öffneten sich die Türen zu den Wohnräumen. Stationsbewohner kamen heraus, erst vereinzelt, dann in Gruppen. Sie rasten an dem Arbeitstrupp an der Gangverbindung vorbei, packten alles, was man ihnen in die Hände drückte: Nadler, Industrieschweißbrenner, Sprengstoffbündel, Taschenlampen und überschüssige Konsumgüterchips. Ihre Mienen waren ruhig und angespannt.

Simeon teilte ein weiteres Mal seine Aufmerksamkeit, als Amos herankam.

»Channa?« fragte der Betheliter. Und dann, als sie hinter

Joseph erschien, rief er erleichtert: »*Channa!*« Sie nahmen sich die Zeit für eine kurze Umarmung.

Amos' Augen weiteten sich leicht, als er Josephs mit Blut überströmten Körper erblickte.

»Nicht mein Blut, Bruder«, erklärte Joseph grinsend.

»Du bist verletzt.«

»Eine gebrochene Rippe. Das ist nichts.«

Amos nickte. »Bislang sind sie noch überrascht«, sagte er zu Channa. »Aber das wird nicht lange so bleiben.« Die Station bebte unter ihren Füßen.

Belazir t'Marid trat von der Tür zurück. Er sah sich mit zu Schlitzen verengten Augen um.

Narr, dachte er und unterdrückte seinen Zorn. Später würde Zeit für Vorhaltungen sein. Vielleicht ... Er holte seinen Ausrüstungsgürtel und nahm das universelle Mikrowerkzeug heraus. Es mußte doch irgendeine Verbindung in der Nähe der Türöffnung geben. Über die Schulter gewandt, warf er einen Blick auf die Titansäule, die sich unter den Wandbehängen verborgen hatte.

»Dafür wirst du bezahlen, mein Freund«, sagte er. »Und zwar lange, lange Zeit.«

»Friß Scheiße und verrecke, Herr und Gott«, erwiderte Simeon. *Mein Gott, wie lange ich das schon sagen wollte.* »Du hast Mist gebaut. Hast die Sache fürchterlich versiebt. Jetzt ist dir ein Platz in der nächsten Ausgabe von *Die gigantischen Dilettanten unserer Zeit* sicher.«

Mit einem Achselzucken wandte Belazir sich ab und machte sich am externen Zugangspaneel an die Arbeit.

»Kannst du Schmerz empfinden?« fragte er, als er damit begann, es mit dem Schneidelaser in dem Werkzeug aufzuschlitzen. »Ich hoffe es sehr.« Er holte die haardünne Sonde hervor.

»Und ich habe bei den Kriegsspielen immer unter meinem Niveau gespielt«, fügte Simeon hinzu.

»Barrikade an der nächsten Verbindung, Gebieter.«

Die Stimme des Bodenkämpfers hallte in ihren Kopfhörern. Pol t'Veng speicherte sie zusammen mit den anderen Stimmen, die ihren Helm ausfüllten, komprimierte sie mit Willenskraft, bis sie ein bestimmtes Muster anzunehmen begannen.

»Takiz«, sagte sie zu ihrem Stellvertreter. Er wandte den Blick von den sechs Gestalten in ihren Kraftpanzern an der Kreuzung ab. Unmittelbar vor ihnen war der Korridor von einer Sprengung zerstört worden: Das Gewirr der Wände, Röhren und der Trümmern der Schwebekanone war immer noch glühendheiß. Zwei der gepanzerten Kolnari bahnten sich ihren Weg in den schmalen Gang und richteten sich auf. Metall kreischte auf, als es ein weiteres Mal deformiert wurde. Heiße Gase bildeten sich um sie.

»Takiz, wenn wir hiermit fertig sind, gehst du mit vier Mann los und unternimmst einen weiteren Versuch am letzten bekannten Aufenthaltsort von Gebieter Belazir. Ein Höchstmaß an Anstrengung.«

Was sich als ›Bring ihn entweder mit oder komm nicht mehr zurück‹ übersetzte.

»Ich höre und gehorche, Gebieter Pol.«

»Gebieter Pol, wir haben eine Leitung zum Hauptachsenkorridor hergestellt.«

»Gut«, sagte sie. Die erste gute Nachricht seit langem. »Meldungen.«

»Kämpfe auf allen Dockebenen, Gebieter. Daten folgen.«

Nicht nur Daten, auch Sensorbilder. Eins war nur eine Sekunde lang: die Perspektive aus einem Kraftpanzeranzug, als sein Träger rückwärts in die geöffnete Luke eines Klantransporters zurückwich. Hinter Barrikaden aus

Maschinen und Kisten gaben Stationsbewohner Feuer. Die Beleuchtung erlosch, und das Bild bekam das glasige Aussehen eines Lichtverstärkers. Mannschaften in Weichkleidung liefen an dem Bodenkämpfer vorbei. Sein Plasmagewehr fauchte wieder, und ein improvisiertes Bollwerk explodierte zusammen mit den Leibern des dahinter in Deckung gegangenen Ungeziefers. Dann blitzten alle Anzeigen unter dem optischen Bild rot auf. Keine gute Nachricht für den Träger dieses Kampfanzugs, da die Innentemperatur inzwischen über zweihundert Grad betrug. Die Szene verschwamm, als sie Bündel drahtverschnürter Plastikziegel in einem Bogen auf die Luftschleuse zufliegen sah. Dann brach die Übertragung abrupt ab.

Schlecht. Dieses Fahrzeug würde nur noch unter extremen Schwierigkeiten ablegen können. Pol t'Veng projizierte eine Skizze auf die Korridorwand und studierte sie, während die Informationen hereinströmten. Noch mehr schlechte Nachrichten, aber jetzt hatte sie wenigstens ein Gesamtbild.

»Übertragung an alle«, sagte sie. »Gebieter Pol t'Veng übernimmt in Abwesenheit von Gebieter Belazir das Kommando. Mannschaften melden sich beim nächstgelegenen Fahrzeug. Mannschaften in den Außensektoren sprengen sich den Weg durch die Druckhülle frei und begeben sich im freien Raumflug zum nächsten Fahrzeug.«

Viele von ihnen trugen Anzüge, und Notfallhaftmasken gehörten zur Standardausrüstung. Davon abgesehen konnte ein entsprechend ausgebildeter und vorbereiteter Kolnari im Vakuum ungefähr vier Minuten überleben.

»Führen wir den Rückzug durch?« fragte jemand schokkiert.

»Nein, Narr!« Der Sprecher war ein Offizier, hinter dem eine intakte Kompanie aufgereiht war. Es lohnte sich, Zeit auf eine Antwort zu verwenden, da sie selbst fallen könnte; dann würde er die Information brauchen. »Sieh her!« Pol t'Veng überspielte ihre Lagebeurteilung. »Sie kämpfen, um uns hier zu binden. Wir kämpfen um Manövrierraum. Wir haben unsere Mission abgeschlossen.«

»Ich höre und gehorche, Gebieter.«

»Das solltest du auch besser«, murmelte sie bei sich. Jetzt, da die Blockade beseitigt war, versammelten sich weitere Kolnari in den Korridoren.

»Wir kämpfen uns bis zum Achsenkorridor durch«, sagte sie. »Du da, Dittrek! Hält diese Barrikade immer noch stand?«

»Jawohl, Gebieter. Ich habe nicht genug Männer, um sie erneut zu stürmen.«

»Spreng die Zugangswände zu beiden Seiten deiner Position«, befahl sie. »Dann spreng die verbindenden Abtrennungen und nimm sie in die Zange. Schnell.«

»Gebieter.«

Sie wandte sich an die anderen. »Zu den Docks – folgt mir!«

»Jetzt!« murmelte Gus bei sich. Der Computer sorgte für die eigentliche Auslösung. Der Schlepper gab sein Dreggfeld frei und aktivierte Seitenschub, gerade genug, um der Station weiträumig auszuweichen.

Gus nahm die Hände von den Instrumenten und schlug auf den Hauptenergieschalter. Das war jetzt das sicherste. Draußen gab es jede Menge Hochgeschwindigkeitsmüll ... darunter die Wracks der anderen Schlepper. Er empfand einen merkwürdigen Frieden, fast so, als könne er schlafen.

»Gebieter, geben Schub«, meldete der Maschinenkommandant der *Herzensbrecher*. Im selben Augenblick stieß die Waffenkonsole einen wütenden Ruf aus.

»Kinetische Geschosse im Anmarsch. Vorbereiten auf Treffer. Interne Verteidigungsbatterien auf Automatik geschaltet.«

»Volle Manövrierkraft. Schub an.«

Chindik t'Marid betete stumm zu dem Hausgott der Plattform. Das große Gefährt machte einen Ruck, und ächzende Geräusche hallten durch das Material seiner Hülle, als die blockierten Verbindungsstücke wie Wurzeln aus dem Erdreich ausgerissen wurden. Die wirkungsvollsten Waffen befanden sich auf der Unterseite, die auf die SSS-900-C zeigten. Er konnte nichts tun, niemand konnte etwas tun, bis auf die KI-Systeme, die die Nahverteidigung übernahmen – etwas, das selbst die Kolnari-Reflexe überfordert hätte.

Ein Schauer von Geschoßbahnen zog über die Monitore. Zerstreut registrierte der Kommandant, wie das vorletzte der angreifenden Fahrzeuge von einem Strahl getroffen wurde. Das war jetzt irrelevant, nach dem riesigen Schauer von Hochgeschwindigkeitsprojektilen, die gegen seine Plattform abgefeuert worden waren. Die Punkthaufen verkleinerten sich, als die Strahlen ihre Bögen zogen.

Der Kommandant wartete gespannt. Kein Kontakt mehr. Der Rest des nahenden Treibguts war entweder aufgehalten worden, hatte sein Ziel verfehlt oder statt dessen die Station getroffen.

»Schadensüberprüfung!«

Einige wenige Lichter gingen von Grün über Bernstein ins Rote über. Der Monitor des Triebwerkraums erhellte sich.

»Gebieter ... die Zündungsspulen für den Überlichtantrieb sind getroffen worden.«

»Wie lange?«

»Eine Woche, Gebieter. Das ist Werftarbeit.« Die Kolnari auf der Kommandobrücke wechselten Blicke. Soeben hatten sie die Nachricht von ihrem eigenen Tod empfangen.

»Du«, brüllte Chindik einen Reservemann an. »Nimm den dort ...« Er zeigte auf den Götzen. » ... und schmeiß ihn raus.«

»Wir haben Gebieter Pol auf Leitung, Gebieter.«

Die Türen öffneten sich zischend. Belazir machte einen Satz zurück und stieß einen Schrei aus, als sich das Plasmagewehr auf ihn richtete.

»Gebieter!« Der Mann schien gleich vor Erleichterung in Tränen ausbrechen zu wollen. Belazir ignorierte ihn, sprang auf den leeren Kampfpanzeranzug zu, der dem Krieger folgte. Wie durch ein Wunder war es sogar sein eigener.

»Wo ist Serig?« schrie Belazir. Er hatte damit gerechnet, daß er hier war oder das Kommando übernommen hatte. Die Angelegenheit hätte nicht so weit aus dem Ruder laufen dürfen.

Bei geöffneten Türen waren Gefechtgeräusche laut und deutlich zu hören: dumpfe, hallende Töne, als Explosionen an der Station rissen, weit entferntes Dröhnen von Strahlenwaffen. Belazir faltete den Anzug um sich, sparte sich die Katheter für später auf. *Wenn ich mir ins Bein pissen muß, dann soll es eben sein.* Mit einem Ruck erwachte der Anzug zum Leben, und Belazir streckte die servogetriebenen Gliedmaßen und Handschuhe mit Entzücken.

»Gebieter Serig ist tot, Großer Gebieter. Gebieter Pol hat das Kommando. Wir haben Verbindung.«

Die Nachricht erschreckte Belazir einen Augenblick. *Serig tot?* »Gebieter Pol?«

»Hier! Bericht folgt.« Überwiegend Katastrophen. »Sie sind uns aus den Wänden angesprungen, müssen sich seit Beginn der Besatzung dort versteckt gehalten haben.«

Belazir nickte.

»Wir halten die Schiffe«, meldete Pol knapp. »Bis auf einen Transporter, der überrannt wurde. Sie greifen die Docks an und kesseln Teile unserer Truppen ein.«

»Fortsetzende Konsolidierung der eingekesselten Gruppen und des Durchstoßes zu den Schiffen«, befahl er. »Statusmeldung?«

»*Herzensbrecher* ist frei, aber der Überlichtantrieb ist defekt«, berichtete Pol. »Meine *Hai* ist ebenfalls frei, und ich werde sie nicht zurückführen. Die Hälfte der Transporter haben sich in Bewegung gesetzt, einige davon allerdings mit schweren Schäden. Die *Schreckliche Braut* besitzt fast volle Mannschaftsstärke, hat ihr Dock unter Kontrolle und ist bereit zu starten.«

»*Zeitalter der Finsternis?*«

»Antworten immer noch nicht über Comlink«, erwiderte Pol, und ihre Stimme zeigte zum erstenmal Gefühl. »Ihre Außenverbindung wurde penetriert, und sie haben es nicht einmal«, sie spuckte das Wort förmlich aus, *»bemerkt.«*

Belazir griff über die Schulter und schwang die Stoßgewehrlafette herunter. Mit einem Klicken rastete sie an seinem rechten Arm ein. Die Zielbalken leuchteten auf seinem Helmvisier auf, als er sich umdrehte und die Säule mit dem Gehirn sonar und mit Infrarot abtastete. *Das ist die Innenstruktur, und dort die Zugangsluke.* »Du kannst das taktische Kommando von der *Zeitalter der Finsternis* aus übernehmen, Gebieter Pol, sobald du sie erreicht hast. Ich werde zur *Braut* folgen. Hier ist noch etwas zu erledigen.«

»Dort durch«, sagte Amos. Er zeigte auf zwei zerborstene Zugangstüren, die auf der anderen Seite des kreisförmigen Platzes standen. Noch vor einer Stunde war der größte Teil davon mit Läden, Restaurants und anderen Bauten bedeckt gewesen. Jetzt waren es nur noch rauchende Ruinen, über die sich die Körper und Wrackteile der Servomechanismen verstreuten, die die Stationsbewohner als erste Angriffswelle eingesetzt hatten. »Die sind vom zweiten Eingang rechts zurück.«

»Wir gehen subaxial E-9 und stoßen durch«, erwiderte Keri Holen. »Das ist einer der verborgenen Abschnitte.«

Sie wandte sich wieder ihrer Gruppe zu, Mechanikern mit ihren Arbeitswerkzeugen und gewöhnlichen Zivilisten, die mit allem bewaffnet waren, was sie in die Finger bekommen konnten.

»Kommt schon, Ungeziefer«, verkündete sie. »Zeigen wir den Gebietern mal, was wir von ihnen halten. Mir nach.«

»Wie stehen wir?« fragte Channa neben Amos, während sie aufsprang und einen Feuerstoß aus ihrem Nadler abgab. Alle Stationsbewohner gaben Feuerschutz in die Austrittsschächte, während sich der Angriffstrupp vorwärts schlich. Die Barrikade vor ihnen bestand aus Korykium, das von den Lastenservos herbeigeschafft worden war, und die Plasmageschosse hatten die Barren miteinander verschweißt und die Barrikade dadurch verstärkt. Zum Schießen mußten sie sich allerdings immer noch eine Blöße geben.

Amos duckte sich zusammen mit ihr, als eine weitere Reihe von Bolzen das Metall traf. Sie spürten, wie die Barrikade erzitterte. Die innere Schicht war kaum erwärmt, doch oben war die Temperatur durch die Energiestöße ausreichend in die Höhe getrieben worden, um sie schaudern zu lassen. Der Gestank von heißem Korykium ließ sie husten, und Channa dachte daran, welche Sorgen sie sich deswegen in gewöhnlichen Zeiten gemacht hätten; die Dämpfe waren alles andere als gesund. Da erzitterte die ganze Station, und die Schwerkraft schwankte merklich.

Es geht doch nichts über einen Plasmabolzen, um den Sinn für Größenverhältnisse wiederherzustellen, dachte sie.

»Nicht allzugut, mein Liebling«, erwiderte Amos zerstreut. Eine Mannschaft vom Restaurant Perimeter kroch vom einem zum anderen, mit Tüten voller belegter Brote und Saft. Weitere Mitglieder des Restaurantpersonals befanden sich zwei Kreuzungen zurück, wo sie unter der Anleitung eines Medizinaltechnikers von Chaundra eine Sanitätsstation führten. »Sie benutzen die Gefechtsplattform und das Kriegsschiff zur Feuerunterstützung von außen, und wir können sie nicht daran hindern, ihre versprengten Gruppen zusammenzuführen. Das heißt, jene Gruppen, die überlebt haben.« Er seufzte und lächelte sie durch die schwarzen Schmierflecken des pulverisierten Metalls an. »Ich kann mir keine bessere Gesellschaft als deine wünschen, um Gott entgegenzugehen, Channa Hap«, meinte er.

»Ich bin auch froh«, erwiderte sie. »Tut mir allerdings leid, daß es ausgerechnet so sein muß.«

Er griff nach ihrer Schulter. Da gefror ihre Miene. Einen Augenblick fürchtete er schon, daß sie getroffen worden sei, bevor er den Ausdruck wiedererkannte. Sie kommunizierte gerade mit Simeon. Ihre Kehle malmte. »Amos!« platzte es aus ihr hervor. »*Die holen Simeon aus seiner Säule!*«

Der Betheliter erbleichte. Ohne ihren allessehenden Kommandanten und Generalsstabschef war die Station dem Untergang geweiht. Channa machte kehrt und kroch auf allen Vieren zurück. Er griff nach ihrem Bein.

»Du kannst nichts tun«, zischte er.

»Ich bin sein Partner! Ich *muß*!« schrie sie und wand sich frei. Amos sah ihr fluchend nach.

»Joseph!« sagte er. »Wir müssen den Hauptachsengang wieder einnehmen, jedenfalls für einen Moment – auf dem Weg zum Zentralkommando. Nimm ...«

Die letzte Leitung, die Simeon mit der Station verband, wurde gelöst. *Nein!* schrie Simeon in die Dunkelheit hinaus. Die Selbstzerstörung war zu spät eingeleitet worden. Die Marine war nicht gekommen, und der Feind befreite sich. Wenn sie ihn erst einmal an Bord hatten, würde die Station sterben.

Jetzt hatte er nichts mehr, nichts als den einzigen optischen und Audioschaltkreis, der zu seiner inneren Hülle gehörte. Die Lebenserhaltung wurde von den Notaggregaten übernommen. Die würden seine Nährstoffzufuhr einige Tage aufrechterhalten ... aber eine einzige Hand konnte ihn nun in die völlige Finsternis stürzen, in die totale Isolation. Wahnsinn, Tod ohne die Gnade des Vergessens. *Nein!*

Belazir war immer noch zu sehen; er beugte sich über die Hülle, nahm seinen Helm mit beiden Händen ab und zeigte sich vor dem Aufnahmegerät, um ein strahlendes Lächeln von sich zu geben. Die Hülle hob sich, als die Krieger sich in ihren Kraftanzügen vorsichtig vorbeugten, sie ergriffen und das gewaltige Gewicht langsam hochhievten. Es gab ein leises Scheppern, als sich der Helm auf die Oberfläche der Hülle legte.

»Damit mein Gesicht dein letzter Anblick sei«, sagte der Kolnari-Häuptling und griff nach der Tastatur auf der Außenseite der Hülle. »Wenn du wieder sehen kannst, wirst du mich Herr und Gott nennen ... und dann wirst du es auch ehrlich meinen.« Er legte einen Finger auf das Instrument. »Simeon.«

»Friß Scheiße und verrecke!«

Der Kolnari lachte. »Nicht gut genug«, sagte er und drückte auf den Schalter.

Die Türen zu Channas Raum schlugen auf. Channa trat herein, den Nadler schußbereit. Belazir spürte den Zielpunkt auf seiner Stirn.

»Du wolltest mich wiederhaben, Belazir?« sagte sie. »Besser spät als nie. Hier bin ich.« Eine leise Bewegung ließ die Mündung wackeln. »Er ist auf Streuschuß eingestellt. Ganz und gar tödlich. Und nun bitte weg von der Hülle.«

Belazir lächelte sie an. *Was für eine Frau!* dachte er. *Ich werde sie schlagen, aber nicht allzu schlimm.* »Wir sind zu dritt«, sagte er und verlagerte sein Gewicht. *Obwohl ich leider meinen Helm abgelegt habe und diese beiden von der Last gelähmt sind, die sie gerade tragen.* »Wir tragen Panzer. Da kannst du kaum erwarten, uns allein mit diesem Spielzeug zu erschrecken.«

Patsy Sue Coburn folgte ihrer Freundin aus der Unterkunft, in der Hand hielt sie ihre Bogenpistole. An ihrer Wange blühte ein roter Brandfleck; blutende Knie und Ellenbogen waren durch die Löcher ihres Einteilers zu erkennen, doch ihr Lächeln kündete von echter Freude.

»Das Leben ist doch voller Überraschungen, nicht wahr?« fragte sie, als Belazir stumm vor sich hinfauchte. Channa warf den Kopf in dem vergeblichen Versuch zurück, das schweißgetränkte Haar aus ihren Augen zu schütteln.

»Ja«, sagte sie gelassen, »ich habe tatsächlich vor, euch zu erschrecken. Und jetzt legt die Hülle wieder ab und stellt die Verbindungen wieder her. Dann werft ihr alle eure Helme beiseite und begebt euch dorthin.« Sie zeigte auf die Tür zu Amos' Quartier. »Ich denke, eure Piraten werden sich auf ein gutes Geschäft einlassen, um euch wiederzubekommen.«

»Und haltet die Hände hoch«, rief eine Stimme von oben.

Die Köpfe der Piraten schnellten zu der Deckenöffnung empor. Dort ragten ein Kopf und zwei Arme heraus, viel zu klein für einen Erwachsenen, aber diese schwachen Ärmchen hielten den Lauf des Plasmagewehrs ohne zu schwanken.

»Hoch damit«, wiederholte das Kind und ließ die Mündung ein Stück emporschweben.

Belazirs Verstand berechnete die Winkel. *Gut. Meine linke Hand ist nicht zu sehen,* dachte er.

»Ihr laßt uns wenig Wahl«, sagte er laut. Pol t'Veng oder auch jeder andere Kolnari-Adlige würde es eher frohgemut zulassen, daß Vater Chalku oder auch ihre eigenen Väter bei lebendigem Leib gehäutet wurden, ehe sie ihre Verwandten entehrten, indem sie Lösegeld zahlten. Noch weniger würden sie es für *ihn* tun. Ja, er selbst würde sich lieber bei lebendigem Leib die Haut abziehen lassen, als unter solchen Bedingungen zu überleben.

»Bewegt die Hülle«, befahl er den beiden Kriegern. »Es sind nur *drei* Schritte.«

Er hob seine handschuhbewehrten Hände, schloß die Augen und berechnete Positionen. Das Deck hallte wie eine

Trommel, als die Bodenkämpfer einen Schritt machten, das Tonnengewicht ihrer Anzüge addierte sich zum dreifachen des Titans und der Maschinerie ... und den wenigen Kilo eines Körpers, der nie das Tageslicht geschaut hatte.

Drei, zählte er und ließ die Blendgranate fallen. Bevor sie die Hülle traf, machte er bereits einen Satz zurück, ebenso die beiden anderen Klankrieger. Er preßte die Augen zu und zwang seine Pupillen mit Willenskraft, sich zu schließen, dennoch blendete ihn der Blitz. Er schlug gegen den Türrahmen, ging zu Boden und nestelte an dem Helm, den er sich über den Kopf gestülpt hatte. Das Plasmagewehr war gleichzeitig mit der Granate losgekracht. Ein kurzer Aufschrei und der Geruch aus dem Inneren sagten ihm, daß es immer noch sein Ziel im Visier gehabt hatte.

Blinzelnd öffnete er die Augen, als der Verschlußring des Helms einschnappte. Das Medizinalsystem sprühte ihm etwas in die Augen, doch seine Sicht war ohnehin erheblich beeinträchtigt. Er aktivierte den Sonarsensor, damit ihm dieser Sensor wenigstens akustische Ortungen gab.

»Takiz!« rief er.

»Voll funktionsfähig, Gebieter«, erwiderte der Krieger. »Kintir ist tot.«

Ich werde sie sehr *heftig schlagen*, berichtigte sich Belazir. Trotz der Blendflecken vor den Augen konnte er mehrere Bogenpistolenschüsse durch die Türöffnung fauchen sehen, und sein maschinengestütztes Gehör nahm auch das verräterische Klicken eines sich aufladenden Plasmagewehr wahr. Die Wände waren hier ebenfalls verstärkt. Die Sache würde heikel werden, und er hatte nicht viel Zeit. Inzwischen traute er es diesen außergewöhnlichen Ungeziefern durchaus zu, die Station aus freien Stücken zu sprengen.

Das Comlink meldete sich, und Bailas Gesicht füllte einen der Kinnmonitoren aus, ein vager blauer Fleck. Ihre Stimme klang kratzig von Interferenzen, war aber vernehmbar.

»Großer Gebieter«, sagte sie ruhig. »Einlaufende Schiffe geortet.«

Nein! schrie er innerlich. *Nein!*

»Gebieter«, meldete sich eine weitere Stimme. Es war der älteste Bodenkämpferoffizier. »Wir wehren einen Gegenangriff gegen die Hauptachse ab, aber ich kann deinen Rückzug nicht garantieren. Nicht, wenn er nicht spätestens *jetzt* stattfindet.«

Ungefähr zehn Sekunden lang keuchte Belazir scharf.

»Ich werde in fünf Minuten dort sein oder überhaupt nicht«, antwortete er. »Raus. Takiz, du folgst mir. Zu den Docks.« *Dank sei dem Hausgott,* dachte er mit böser Ironie, *daß die nördliche Andockröhre in der Nähe ist.*

Ich bin blind, dachte Channa, als sie auf den Griff der Servopanzerhandschuhe wartete. Patsy war neben ihr und schoß.

»Vorsicht, Pats«, keuchte Channa. Inzwischen war die Schwärze von roten Flecken punktiert, und sie verspürte schmerzhafte Nadelstiche in der Stirn. Ihre Hand tastete sich nach oben, berührte die Augen. Feuchtigkeit ... Tränen, nur Tränen. Für ihre Fingerspitzen *fühlten* die Augen sich eigentlich ganz normal an. Einen langen Augenblick befürchtete sie, daß so etwas wie dieser gräßliche Platzer sein könnte, den Joat konstruiert hatte.

»Bin schon vorsichtig«, erwiderte Patsy. »Halte meinen Schießprügel direkt auf den Türeingang. Die können sich in diesen Blechanzügen nicht leise bewegen.«

»Joat?«

»Mir geht es gut«, erwiderte die Stimme des Mädchens. Allerdings hatte sie einen Unterton, der ihre Worte Lügen strafte. »Aber es tut weh, und ich kann auch nichts sehen. Ich komme runter.«

»Komm bloß nicht zwischen mich und die Tür!« versetzte Patsy scharf.

Channa ging auf die Knie und kroch mit ausgestreckter Hand vor. Da berührte sie etwas Heißes und stieß ein schmerzerfülltes Keuchen aus; als nächstes eine warme Feuchtigkeit. Sie wischte sich die Hand am Teppichboden ab und versuchte es noch einmal. Die glatte Titanmatrixoberfläche der Hülle war ihr wie ein Segen. Als sie sich zu der Tastatur vorbewegte, wurde sie von einer kleineren Hand berührt. Sie drückten einander einen Augenblick, dann betätigten sie die Taste.

»*Nneeeeiiiiiiin ...*« Der Schrei war ohrenbetäubend, aber immerhin hatten Simeons Reservelautsprecher seiner inneren Hülle nur eine begrenzte Kapazität. Er stotterte, stammelte, dann organisierte er seine Stimme wieder.

»*Dddd ... anke*«, sagte er. »Channa? Joat?« Patsy trat in sein Gesichtsfeld. »Was ist passiert?«

»Er hat etwas fallenlassen«, erklärte Channa. »Es gab ein weißes Aufblitzen, und jetzt können wir nichts mehr sehen.«

»Blendgranate«, antwortete Simeon. »Keine Sorge! Das ist nicht von Dauer!«

Channa stieß ein erleichtertes Schluchzen aus. »Wie lange?«

»Na ja ... wie dicht wart ihr dran?«

»Zwei bis sechs Meter.«

»Oh.« Eine Pause. »Ungefähr einen Tag, mit Medikamenten, fürchte ich«, sagte er. *Jedenfalls was die Person betrifft, die sechs Meter entfernt war. Die anderen machen mir Sorgen.* Die Langzeitfolgen waren unterschiedlich.

»Ach, großartig. Dann kommen sie möglicherweise gleich wieder durch die Tür ...«

»Nein. Ich höre, wie sich ihr Panzer entfernt, der Andockröhre entgegen. Jede Menge Kämpfe. Hört mal, es ist zwar das reinste Gedicht, drei schöne Frauen hier zu haben, die gerade meine Hülle umarmen, aber könntet ihr mich vielleicht wieder anstöpseln? Bitte? Es ist wichtig.«

»Zurücktragen können wir dich jedenfalls nicht«, erwiderte Joat.

»Die Kabel haben noch jede Menge Spiel«, warf Channa ein. »Wie haben sie ...?« Taktvoll verstummte sie.

Simeon merkte, wie er sich wieder zusammenkrampfte.

»Nein, ist schon in Ordnung.« *Natürlich ist es das.* »Die haben die Kabelverschlüsse geöffnet und dann einfach die Stecker herausgezogen«, sagte er. *Und damit meine Kraft abgeschnitten, meine Sicht, mein Gefühl,* mich. »Das Problem ist ... sie sind farbcodiert. Und möglicherweise sind auch die Rezeptoren beschädigt.«

»Ich werde sie schon sortiert bekommen«, sagte Channa und trat aus seinem extrem begrenzten Gesichtsfeld heraus.

Wie können Normalpersonen es überhaupt ertragen, nur über einen einzigen Satz optischer Sensoren zu verfügen? fragte er sich. Selbst in den wenigen Minuten war seine Selbstbeherrschung bis an den Rand ihrer Belastbarkeit getrieben worden.

Sie kehrte mit den Kabeln zurück, darunter sogar die ultrahochverdichteten Optikdatenleitungen. Die Stecker sahen aus wie ein Sprühgespinst feiner Haare.

»Oh, oh«, machte Simeon.

»Was soll das heißen, ›oh, oh‹?« erwiderte Channa.

»Das weiß doch jeder, was ›oh, oh‹ heißt«, meinte Simeon. »Es heißt, ›Ich habe Mist gebaut‹. Deine Hände ...«

»Sind zu groß«, antwortete sie. *Verdammt.*

»Ich kann es machen«, warf Joat ein.

»Du kannst aber nichts sehen, Joat.«

»Das kann Channa auch nicht. Ich habe irrsinnig oft im Dunkeln gearbeitet. Habe auch diesen Gürtel mit den Mikrowerkzeugen aus der Konstruktionsabteilung.«

»Haben die den dir etwa gegeben?« fragte Simeon, für einen Augenblick war er erschrocken.

»Nein.«

»Erzähl es mir lieber nicht«, fuhr er hastig fort. »Also

schön. Irgend jemand sollte Schmiere stehen. Ich werde hören, wenn jemand kommt, und gebe euch dann eine Peilung. Patsy?«

»Mach ich doch sofort«, erwiderte Patsy. Sie tastete sich zur Türöffnung hinüber.

»Und du hältst die Kabel fest, Channa.«

»Dir wollte ich schon lange mal an der Strippe ziehen, Simeon«, sagte sie in einem Versuch des Galgenhumors. Simeon spürte, wie sein Herz einen Satz machte, als sie auf ihn herunterlächelte.

»Also schön, dann taste dich zur Oberfläche der Hülle vor, Joat.« Ihre kleinen Hände glitten hinauf über die glatte Oberfläche bis zur abgerundeten Spitze. »Stopp!«, sagte er, um ihre Finger daran zu hindern, die haarfeinen Drähte zu verheddern, die aus den Rezeptorenkupplungen hervorragten.

»Sei du meine Hände, Kind. Dann werde ich deine Augen sein, alles klar?«

Sie atmete tief durch. »Alles klar. Was soll ich tun?«

»Spazier mit den Fingern deiner rechten Hand zwei Schritte vorwärts, einen Schritt nach links. Fühlst du diesen Draht?«

»Ja.«

»Jetzt folgst du ihm bis zur Leitung. Und jetzt, mit der linken Hand ...«

Eine Minute später schrie Simeon erneut, diesmal war es ein langes, schrilles Kreischen, das sich ein wenig wie Patsy anhörte, wenn sie beim Spiel für die Heimmannschaft jubelte.

»Tut mir leid, Simeon, ich wollte dir nicht weh tun, ehrlich!«

»Hast du auch nicht.« Ein Trompetenstoß hallte durch den Aufenthaltsraum, ging in einen Marsch von Souza und dann in die ganymedschen Harfenvariationen über.

»Du hast seine Sauerstoffzufuhr überdreht«, sagte Channa panisch und tastete sich eilig vor.

»Hier kommt die Kavallerie! Ta-ta-tata-ta ra tat-teraaaa!«

»Simeon!«

»Ist er jetzt durchgedreht?«

Aragiz t'Varak hatte die Zunge ausgestreckt, er träumte. Ein sehr angenehmer Tagtraum. Er war wieder auf der Heimatwelt, ein Herrscher wie in den alten Aufzeichnungen, und irgendwie war auch Belazir t'Marid dort. Aragiz hatte ihn gerade nach alter Manier besiegt, eine spektakuläre Schlacht zwischen schreienden radioaktiven Geysiren. Er hatte sich den Zugang zur Verteidigungsanlage mit primitiven Spaltwaffen freigesprengt, handgeformtes Plutonium, mit Schwarzpulver gezündet. Belazir kroch vor ihm im Staub, flehte um Gnade für seine Erblinie, doch man führte seine Nachkommen heraus und metzelte sie vor seinen Augen nieder. Aragiz wollte gerade zu dem interessanten Teil nach dem Sieg übergehen, als der Kommunikationsoffizier ihn unterbrach.

»Spürung … Außenbahnsatelliten. Schiffssignaturen, einlaufend.«

Die Kommandobrücke der *Zeitalter der Finsternis* erwachte zum Leben. Alle hatten sie gewartet, hatten nichts anderes zu tun, bis sie im nächsten Zyklus ablegen sollten, um den Transportern Geleitschutz zum nächsten Rendezvous zu geben. Er hatte alle an Bord gebracht, alles war abflugbereit. Und jetzt …

»Noch ein Hühnchen zu rupfen«, sagte Aragiz träge. Er fühlte sich müde. Vielleicht lag es an diesem Ungezieferjungen, wie hieß er doch gleich, Juke. Ein hübscher, aktiver Kreischer, nicht wie dieser Widerling, der schon nach dem ersten Kuß im Korridor einen Anfall bekommen hatte. Den hatte er schaudernd beiseite getreten. Nicht für einen

Augenblick kam ihm der Gedanke, daß *er* erkranken könnte, aber es war doch ein unangenehmer Anblick gewesen.

»Gefechtsstationen bereitmachen.« Die leisen Glocken ertönten, ihre sanfte Harmonie hatte etwas Gespenstisches an sich. »Peilung machen und an Flottillenkommandant sowie Station weiterleiten.«

Der Sensorenoffizier befragte die Maschine. »Sehr große Masse, Großer Gebieter. Siebzig bis achtzig Kilotonnen.«

»Wahrscheinlich ein Erztransporter«, meinte der Kapitän. »Nützlich, wenn auch nicht gerade aufregend.« Der Klan hatte immer Verwendung für …

»Verbindung ausgefallen«, meldete die Kommunikation.

»*Schon wieder?*« brüllte Aragiz. Ohne Bestätigung konnte er nicht von der Station ablegen. Das hatte dieser schreckliche *chugrut* Belazir ziemlich deutlich gemacht. Außerdem konnte es heikel werden, einen einlaufenden Frachter abzufangen. Und er hatte Kopfschmerzen, als hätte ihn jemand bewußtlos geschlagen und …

»Klimakontrolle überprüfen«, ordnete er an. Es war *heiß*. Er schwitzte, was er nur selten tat, nicht einmal beim Kampftraining zu Kolnar-Mittagstemperaturen.

»Ja, Großer – *wir haben keine Verbindung mehr zur Wache auf der Station*.«

»*Was?*« Aragiz fuhr kerzengerade in die Höhe. »Seit wann?«

»Seit einer Weile. Wir haben Wiederholungen der letzten Routineanrufe empfangen.«

Nun machte sein Magen einen Satz und plötzlich beugte er sich über den Arm und spuckte.

»Narr!« schrie er. »Alarm …« Er würgte an seiner Galle. *Was passiert mit mir?* Er versuchte sich zu erheben, fiel zurück, schlug um sich und glitt über den Arm der Kommandantenliege in das Erbrochene.

In der Mannschaft erschollen besorgte Rufe. Die Bodenverbindungsmonitore flackerten. Als sich einer von ihnen stabilisierte, zeigte er das Gesicht eines Kolnari, der gegen die Aufnahmesonde geprügelt wurde.

Der wachhabende Offizier blickte auf die zuckende Gestalt des Kapitäns herunter und übernahm das Kommando.

»Restmannschaft, Landoperation vorbereiten. Anzüge anlegen und ...«

»Ersatzlos streichen«, sagte eine laute Stimme.

Der Offizier blinzelte, dann hätte er vor Dankbarkeit fast losgebrüllt. Pol t'Veng kam hereingetrabt, ihr Kampfpanzeranzug wies Schmauchspuren auf und qualmte noch immer an einigen Stellen, genau wie jene, die ihr folgten. Trotzdem, es war t'Veng ...

»Gebieter Kapitän«, begann er. Es gab ein sorgfältig ausgearbeitetes Protokoll, was die Schiffshoheit der Subklans betraf.

Sie schnitt ihm das Wort ab. »Erhebung. Haben es nicht bis zur *Hai* geschafft. Stationierungselektronik sabotiert, vom Feind kontrolliert. Notfall. System abkoppeln und Notsystem aufrufen.«

Pol sah ihn funkelnd an, nahm sich die Zeit, bis er salutierte. Dann ließ sie sich auf die Kommandantenliege sinken. Innerlich seufzte sie. Jedesmal, wenn der Götze dem Klan ein bißchen Glück vor die Füße warf, wurden sie wieder zusammengeschlagen, bis sie nur noch ein Häuflein heimatloser Flüchtlinge waren. Sämtliche Bordsysteme sackten ab, dann stabilisierten sie sich wieder, als die Reservecomputer online gingen. Mit einem Blick auf die Kapitänsanzeigen erfaßte sie die Situation.

»Einlaufendes Schiff überwachen«, befahl sie.

»Gebieter Kapitän, es ist ein Frachter. Sollten wir nicht dabei helfen, die Station wieder in den Griff der Faust zurückzuführen?«

»Maul halten. Du hast nur angenommen, daß es ein Frachter ist. Messungen erneut überprüfen. Sofort!« Ihre Stimme war ein Dröhnen, die natürliche Lautstärke wurde durch das Anzugsystem zu einem ohrenzerschmetternden Gebrüll verstärkt.

»Überprüfung ... anomale Meßdaten, Gebieter.«

»Mal sehen.« Er speiste ihr die Daten ungefiltert ein. »Junger Narr, das ist nicht anomal, das ist die Flotte!«

Sie hielt einen Augenblick inne, um eine Handfeuerwaffe hervorzunehmen und einen Energieimpuls in Aragiz' um sich schlagenden Körper zu pumpen. Er schrie.

»Notabkopplung«, ordnete sie an. Außerdem hatte sie ihn schon seit Jahren umbringen wollen. Man hätte ihn ausmerzen sollen, bevor er das Laufen gelernt hatte.

»Wir laden gerade Treibstoff!«

»Bewegung.«

Er gehorchte. Seine Hand fuhr über die Kontrollen und die *Zeitalter der Finsternis* erzitterte, als die Sprengladungen sie von der nördlichen Andockröhre der SSS-900-C lösten. Feuer erblühte hinter ihnen aus dem Andockschacht, zusammen mit Dampf, Fracht und Menschen. Kolnari wohl ebensosehr wie Ungeziefer, vermutete sie.

»Funkmeldung, höchste Dringlichkeitsstufe, Hochklan – Refugium aufsuchen, Hochklan – Refugium aufsuchen«, brüllte sie. »Sendeschleife auf offener Klanfrequenz.«

Der Offizier riß die Augen weit auf. Das war der Befehl, alles abzubrechen, zu fliehen und sich zu zerstreuen; erst Jahre später und nur unter allergrößten Sicherheitsvorkehrungen würden sie sich dann an vorher festgelegten Punkten erneut zum Rendezvous zusammenfinden. Diese Punkte standen in keiner Datei, auf keinem Dataeder, nur in wenigen lebenden Hirnen. Es war die letzte Verzweiflungsmaßnahme zum Schutz der Göttlichen Saat, auf daß sie wieder wachsen mochte.

»*Herzensbrecher*. Chindik t'Marid.«

»Durchstellen.«

»Gebieter Pol, empfängst du auch, was ich empfange?«

»Ja.«

»Datenempfang«, meldete der Sensorenoffizier.

Pol t'Veng blickte wieder hinab. Die Kriegsschiffe der Flotte brachen aus dem Subraum hervor wie Tunglor aus den Meeren Kolnars: riesige Massen, Neutrinosignaturen von gewaltigen Reaktoren, die gewaltsam in das Gespinst der Realität einstürmt.

»Rundruf auf Kommandantenfrequenz. Identifizieren folgende«, meldete sie, »Raummarineeinheiten treten aus Subraum ein, Koordinaten folgen. Wahrscheinlichkeitseinschätzung: Zerstörer, sechs – Berichtigung, sechs Zerstörer sowie drei leichte, ein schwerer Kreuzer und möglicherweise … bestätigt, drei Sturmtransporter. Alle Klanschiffe, sofortigen Zustandsbericht. Gebieter t'Marid, Zustandsbericht.«

»Koordinieren wir?« fragte Chindik.

»Nein. Dazu habt ihr nicht genug systeminternen Schub. Benutzt die Station solange als Deckung, wie ihr könnt. Sie werden sie nicht in Gefahr bringen.«

»Wiederholung?«

»Abmarsch. *Gebieter t'Marid, Zustandsbericht*.«

»T'Marid hier«, ertönte die vertraute Stimme, härter, als sie sie je erinnern konnte. »*Braut* legt ab. Können Feuerschutz geben.«

»Nein, bei allem Respekt. Deine Saat ist die wertvollere.« *Vor allem, da dieses Schiff hier t'Varaks Müll zur Mannschaft hat.* »*Braut*, *Hai* und *Würger* sollen die Transporter decken.«

Eine Pause. »Bestätigung. Warte auf uns bei den Ahnen, Pol t'Veng.«

»Schütze unsere Saat und unseren Klan, Belazir t'Marid«, erwiderte sie.

Dann richtete sie die Aufmerksamkeit wieder auf die anstehende Arbeit. Eine mittelgroße Sturmgruppe der Raummarine der Zentralwelten schoß auf sie zu. Sie verfügte über die dutzendfache Feuerkraft, die dem Hochklan angesichts des gegenwärtigen, armseligen Durcheinanders zugänglich war. Sie entsprach ungefähr jener der gesamten gegenwärtigen Klan-Armada, plusminus ein Dutzend Faktoren. Pol hatte schon gegen die Flotte gekämpft und hegte einen gesunden Respekt für ihre Leistungskraft. Das hier war *gefährliches* Ungeziefer.

»Steuermann«, fuhr sie fort, »auf Kurs gehen. Koordinaten folgen.« Sie hatte die Leitungen des Anzugs in die Liege gestöpselt. »Maximale Schubkraft.«

»Gebieter Kapitän«, sagte der wachhabende Offizier. »Das ist der Kurs in Richtung der feindlichen Flotte. Was sollen wir dort tun?« Mit einer einzigen, unterbesetzten Fregatte, wollte er damit sagen.

»Tun?« Pol t'Veng ließ ein einziges Lachen ertönen. »*Sterben*, Narr!«

Die Kommandantenliege senkte sich und arretierte in Gefechtsstellung. »Wir werden versuchen, zu den Transportern durchzubrechen«, erklärte sie. »Die Kriegsschiffe werden manövrieren, um sie zu schützen. Wir kämpfen um maximale Verzögerung. Irgendwelche Fragen?«

»Befiehl, und es soll geschehen, Gebieter!«

»Alles gefechtsklar machen.«

»Sie zermalmen uns wie rohe Eier«, sagte Joseph.

Amos nickte. Ohne Simeon hatten die Stationsbewohner ihren Vorteil der überlegenen Koordination eingebüßt.

»Simeon war ein ... ein tapferer Mann«, sagte Amos. *Und wenn er wirklich ein* Mann *gewesen wäre, ein gefährlicher Rivale*, fügte er bei sich hinzu. »Und sehr geschickt. Ich halte ihn in Ehren.« Joseph nickte. Sie legten Hand an Unterarm. »Lebwohl, mein Bruder.«

»Ganz schön rührend«, meinte eine Stimme in seinem Ohr.

Amos schoß in die Höhe, dann duckte er sich wieder hektisch, als ein Bolzen in der Nähe seines Gesichts einschlug.

»Simeon?« fragte er keuchend.

»Nein, das Gespenst vom Nikolaus«, erwiderte das Gehirn. »Ich bin wieder da. Und ebenso einige andere Leute.«

Hinter der Barrikade formte sich ein Holo: Eine Gestalt im grünen Gefechtspanzeranzug tauchte auf. Im Hintergrund war die Kommandobrücke eines großen Fahrzeugs zu erkennen, Gestalten in Kampfanzügen bewegten sich dort umher. Eine Frau und ein Mann in ähnlicher Kluft.

»Admiralin Questar-Benn«, sagte die Frau. »Und Kommodore Tellin-Makie vom Schlachtkreuzer *Santayana*.«

»Gott ist Groß, Gott ist barmherzig«, murmelte Amos mit tauben Lippen. »Bethel?«

»Keine Sorge. Die Marine ist groß. Wir haben zugeschlagen, als sie aufbrechen wollten. Den Berichten zufolge wurde auf dem Planeten nicht allzuviel Schaden angerichtet, seit Sie ihn verlassen haben, sofern Sie Benisur ben Sierra Nueva sein sollten.«

»Feuer beibehalten!« brüllte Joseph die anderen auf der Barrikade an. »Man kann als Sieger genausogut sterben als Verlierer.«

Der Kommodore lachte knapp. »Nur zu wahr«, meinte er. »Simeon, Miss Hap, Sie alle – Sie haben sehr gute Arbeit geleistet. Heldenhaft, um genau zu sein. Wir haben nicht erwartet, noch etwas anderes vorzufinden als Leichen und Wracks.«

»Es war ziemlich knapp«, erwiderte Simeon mit Gefühl. »Eine wirklich verdammt knappe Sache.« Das schienen beide Offiziere amüsant zu finden.

»Hier ist mein Bericht über die ganze Angelegenheit von Anfang bis Ende«, warf Channa ein, und die Marineoffiziere richteten ihre Blicke auf sie. Offensichtlich hatten sie ein Videobild von ihr. Amos beschwerte sich leise zischend, worauf sich drei weitere Holos zu dem Bild vom Deck der *Santayana* gesellten.

»Wir haben immer noch viele Piraten auf Station«, sagte Channa. »Sollen wir jetzt aufhören?« Sie schluckte. »Viele von unseren Leuten sind verwundet worden.«

»Nein«, entschied die Admiralin kopfschüttelnd. »Wenn man denen Zeit zum Nachdenken läßt, wird einer von ihnen früher oder später eine Möglichkeit finden, die Station hochgehen zu lassen. Ich habe ein Marinekampfregiment auf den Transportern. Wir werden zwangsandocken, sobald ich die Kolnari-Kriegsschiffe ausgelöscht habe. Die Gefechtsplattform könnte heikel werden.«

Der Kommodore beugte sich aus dem Sichtfeld und sprach mit jemanden. »Nun, dann sollen die Zerstörer es eben umhüllen!«

»Es ist erst vorbei, wenn es zu Ende ist«, bemerkte Questar-Benn.

»Äh ... doch nicht die Questar-Benn?« fragte Simeon ehrfürchtig.

»Nicht, wenn sie Micaya meinen sollten«, erwiderte sie trocken. »Ich bin nur die langweilige Schwester, die Spießerin.« Sie musterte den Datenstrom, der von der SSS-900-C bei ihr eintraf. »Vielleicht nehmen diese inkompetenten Korruptokraten aus den pfennigfuchsenden Inzucht-Hochfamilien, ja jetzt endlich mal den Daumen aus dem Arsch und lassen uns wegen Kolnar und seiner ganzen kleinen Zweigfirmen etwas unternehmen.«

»Madam«, sagte Tellin-Makie warnend.

»Ich bin nicht scharf auf einen weiteren Stern, Eddin«, antwortete sie. »Ich kann es mir leisten, die Wahrheit zu sagen, ohne erst einen Eimer Sirup darüber zu kippen.« Sie sah auf und blickte die Stationsbewohner an. »Wir möchten, daß Sie folgendes tun«, setzte sie forsch hinzu.

Gott, dachte Amos. *Danke.* Für den Sieg und dafür, daß ihm zur Abwechslung mal jemand anders sagte, was zu tun war. Führung konnte sehr ermüdend sein. Er hegte den Verdacht, daß das Schicksal für ihn noch mehr davon bereithalten könnte. Die Aussicht darauf erschien ihm nicht mehr so verlockend wie früher.

»Früher habe ich nie verstanden, was er gemeint hat«, sagte Simeon, als er auf die riesige Andockkabine blickte, die nun nur noch die Toten aufbewahrte. »Ich glaubte es zwar, aber das stimmte nicht.«

Die Sanitäter und ihre Patienten waren fort, entweder in den Lazaretten oder den Notambulanzen der Kriegsschiffe. Ebenso stumm waren die bewegungslosen Marineposten, die mit umgedrehten Waffen vor den toten Marinesoldaten standen. Der Trupp an der Andockluftschleuse nahm bei jedem verhüllten Leichnam Haltung an. Die Zivilisten, die unter den Stationstoten nach Freunden und Verwandten suchten, waren fast ebenso stumm, nur einige wenige schluchzten leise.

»Was hast du verstanden, was wer gemeint hat?« fragte Channa und blinzelte hinter der dunklen Brille, die ihre Bandagen verbarg. Sie wirkte distanziert, fast unnahbar, genau wie die beiden Marinebefehlshaber, die zusammen mit der kleinen Gruppe von Stationsbewohnern neben ihr standen.

»Wellington«, erklärte Simeon. »›*Ich weiß nicht, was es heißt, eine Schlacht zu verlieren; aber gewiß kann nichts schmerzvoller sein, als eine um den Preis des Verlusts so vieler Freunde zu gewinnen.*‹ Das hat er nach Waterloo gesagt.«

Die Admiralin nickte. »Ich kann mich noch daran erinnern, als ich das herausfinden mußte«, sagte sie sehr leise. »Und wenn man nur einen Funken Verstand hat, vergißt man es nie wieder.«

»Wenn das nicht wahr ist!« warf Patsy Sue Coburn ein. Neben ihr legte Florian Gusky seinen synthogeschienten Arm freundschaftlich um ihre Schultern. Sie versteifte sich erst, dann zwang sie sich dazu, eine Hand zu heben und ihn zu streicheln. »Vergessen tut man überhaupt nichts. Aber man lernt, damit zu leben. Komm schon, Gus. Ich finde wirklich, daß du mir einen Drink schuldig bist.«

Channa wandte den Kopf um. »Ja«, sagte sie mit bitterem Lächeln. »Wir lernen, damit zu leben. Wenn das Heldentum sein soll, warum fühle ich mich dann so miserabel?«

»Weil Sie hier sind«, entgegnete Questar-Benn. »Heldentum ist etwas, das jemand anders ganz weit weg tut. Persönlich betrachtet, ist es eine Tragödie.« Ihre Stimme wurde schärfer. »Und es hätte schlimmer, sehr viel schlimmer kommen können, wenn Sie nicht gewesen wären. Wir haben gesiegt. Sie sind nun einmal hier. Und außerdem«, fuhr sie etwas heiterer fort, »sind Sie alle nun wenigstens Medienhelden. Was nebenbei bemerkt bedeutet, daß Sie sich ihre eigenen Fahrkarten schreiben können.«

»Fahrkarten?« fragte Simeon.

»Sie wollten doch immer einen Posten auf einem Kriegsschiff, nicht?« antwortete sie. »Nachdem Sie das hier alles vorzuweisen haben ...«

Simeon zögerte. Joat hatte an Channas Seite gestanden, still und innerlich distanziert. Nun begann sie langsam zurückzuweichen.

Alle haben sie immer verlassen oder betrogen oder geschunden, dachte Simeon.

»Da bin ich mir nicht mehr so sicher«, sagte er laut, »daß ich mir wirklich noch eine Militärkarriere wünsche.«

Die Admiralin Questar-Benn nickte heftig. »Das qualifiziert sie um so mehr. Ruhmsüchtige spucken sie bei der Akademie im Dutzend billiger aus, und wir müssen dann Jahre darauf verschwenden, ihnen diesen Blödsinn wieder auszutreiben.«

»Außerdem habe ich eine Tochter«, und sein sofortiger Lohn war das Aufleuchten der Hoffnung in Joats Gesicht. »Aber vielen Dank. Eines Tages vielleicht.« *Manche Träume lassen sich nicht allzugut in die Wirklichkeit übersetzen,* sagte er sich. Er sah, wie sich Joats Brust beim Atmen schwer hob und senkte, und sie nicht mehr nach einer Möglichkeit suchte, sich vor ihm zu verstecken.

»Und erscheint Ihnen Senalgal inzwischen auch nicht mehr so verlockend?« fragte der Kommodore an Channa gewandt.

»Es ist immer noch eine schöne Welt«, meinte sie mit leisem Kopfschütteln. »Aber nicht mein Heim.« Sie griff nach Joat, berührte das Gesicht des Mädchens mit ihren Fingerspitzen und verspürte den allerleisesten Widerstand gegen ein solches Streicheln. Zu lernen, zu vertrauen und ein Mensch zu sein, das war nichts, was schnell oder leicht kam. Aber irgendwo mußte man damit anfangen, sonst gelangte man nie ans Ziel. »Außerdem ist Joat auch meine Tochter. Und ich habe Freunde hier, die besten, die es gibt.«

Questar-Benn hob die Hände. »Simeon, Sie werden uns ja noch sehr lange erhalten bleiben. Das Angebot steht. Ich werde es aktenkundig machen.«

»He, Paps«, sagte Joat, und ihre Stimme klang trotz des etwas frechen Tons noch ein wenig unsicher. »Ich meine dich, Simeon.«

»Gütiger Ghu! Kannst denn ausgerechnet du von allen Leuten dir nicht einen angemesseneren Titel als ›Paps‹ ausdenken, mit dem du mich anreden kannst?« wollte Simeon wissen, doch hätte er sich auch mit allem anderen abgefunden, was aus Joats Mund nach Familie klang.

»Klar, aber ich glaube kaum, daß du die gern hören würdest!« Sie grinste sein Abbild spitzbübisch an. »Außerdem bin ich in ein paar Jahren sechzehn Standardjahre alt. Meldealter. Und ich möchte nicht, daß du mir die Schuld zuschiebst, ich hätte deine Karrierepläne durcheinandergebracht. Ich ... würde gern verhindern, daß das jemand anderem passiert, verstehst du?« Sie wandte sich an die Admiralin. »Denkst du, diese Lamettafritzen ... Generalstypen hätten Verwendung für mich?«

Questar-Benn erschauerte. »Wahrscheinlich beschwöre

ich damit das Grauen auf das Haupt irgendeines nichtsahnenden Kommandeurs herab, der in Zukunft mit dir zu tun bekommt, junge Dame, aber ich wäre sehr überrascht, wenn wir nicht für alle hier Verwendung fänden.« Sie ließ ihren stechenden Blick über die Anwesenden schweifen.

»Dann kommen wir ja vielleicht auf Ihr Angebot zurück«, meinte Simeon. Obwohl er viel zu erschöpft war, um Rachegedanken zu genießen, konnte nichts die Notwendigkeit überdecken, etwas gegen die Kolnari zu unternehmen. Nächste Woche, vielleicht. »Aber im Augenblick würde ich die Dankbarkeit gern für einen Gefallen in Anspruch nehmen, wenn Sie nichts dagegen hätten, Admiralin«, fügte er hinzu.

»Gefallen? Für wen?«

»Einen Freund«, erklärte er. Vor ihnen entstand ein Holo, es zeigte einen Jungen, der ungefähr in Joats Alter war.

Joat zuckte heftig zusammen. »Seld! Die haben mich nicht zu dir gelassen, haben gesagt, du wärst krank!«

Die Gestalt nickte. »Das wußtest du ja. Du weißt doch, daß ich schon sehr lange krank bin, Joat«, erklärte er mit der unglaublichen Geduld des chronischen Invaliden. »Nur daß es dann außer Kontrolle geraten ist. Ich kann das hier zwar sehen«, und er blickte an seinem zerbrechlichen, schlaffen Körper herab, der in aufrechter Stellung ans Bett geschnallt war, »aber ich kann nichts mehr spüren oder bewegen, ja eigentlich überhaupt nichts mehr tun.«

»Au, verdammt!« Joat schob eine Hand durch das Holo, als könnte sie den Schaden irgendwie rückgängig machen.

»Die Marineärzte haben mich an einen Nervenspleißmonitor angeschlossen, damit mein Herz weitermacht. Simeon hackt sich ganz persönlich dort hinein.« Jetzt gelang ihm sogar ein stolzes Grinsen.

Joat blinzelte. »Das tut mir leid«, sagte sie kleinlaut. »Ich hätte dich nicht Jammerlappen nennen dürfen. Habe selbst danach meine Kekse wieder von mir gegeben. Ist wohl mein

Fehler, wie? Weil ich von dir erwartet habe, daß du mehr tust, als du eigentlich konntest!«

»Nö«, meinte Seld im Holo. »Ich war dumm, weißt du. Du konntest so viele Sachen machen, die ich nicht konnte, und ich war ... Mist, Joat, ich wäre doch früher oder später ohnehin so geendet. Ich wußte es, und Paps wußte es auch. Ich habe viel Zeit gehabt, um darüber nachzudenken.«

Joat nickte, dann verengte sie die Augen. »Diese Kapseln waren der letzte Anstoß, nicht? Warum hast du denn dann eine davon benutzt?«

»Weil ich soviel Angst davor hatte, sehen zu müssen, wie du umgebracht wirst, Joat. Du bist meine beste Freundin. Außerdem«, fuhr er fort, »hat mich dieser Kolnari-Gebieter wirklich hart geschlagen. Und dann ... ich sage dir, das war wirklich ultimoriesig, als er mich *geküßt* hat, da wollte ich es ihm doch heimzahlen.«

»Ja.« Joat nickte zustimmend. »Das kann ich dir nachempfinden!«

»Da bekam ich dann auch einen Anfall. Es wäre auch sonst irgendwann passiert, Jo. Paps sagt, spätestens in zehn Jahren.«

Joat blickte sich zu den Offizieren um. »Ich finde nicht, daß das gut genug ist. Könnt ihr Burschen seine Chancen nicht erhöhen? Hat er nicht mehr verdient als zehn Jahre?« Ihre harte Stimme klang etwas brüchig.

Questar-Benn zuckte leicht zusammen, und der Kommodore richtete seinen Blick auf etwas anderes.

»Ich werde mich nie daran gewöhnen«, sagte er halblaut. »Um welchen Gefallen bitten Sie, Simeon?«

Channa hob scharf den Kopf. »Simeon? Du hast einen Vorschlag?«

»Den habe ich«, sagte Simeon mit fester Stimme.

»Ich habe ein bißchen recherchiert, und AlexHypatia-1033 hat mir mitgeteilt, daß er von einigen neuen Tricks weiß, an denen Dr. Kennet Uhua-Sorg arbeitet. Niemand ist bisher dazu in der Lage, die Nervenhaut des Rückenmarks zu regenerieren. Kenny Sorg hat eine Prothese entwickelt – ursprünglich für sich selbst, aber die würde auch Selds speziellen Anforderungen genügen. Junge, du bist zu alt, um zu einer Hüllenperson zu werden: Die psychologische Anpassung wäre zuviel für dich. Kenny Sorgs Zustand ist in etwa mit deinem zu vergleichn, und er kommt ganz gut damit zurecht.« Und Simeon projizierte ein Holo von einem Mann, der sich einen Korridor entlangbewegte, doch geschah es viel zu geschmeidig, um reines ›Gehen‹ zu sein. Zwar ›ging‹ er tatsächlich aufrecht, aber sein Körper befand sich in einem schlanken Exoskelett, das ihn aufrechthielt, wobei die Füße auf einer Plattform standen, die den Schwebescheiben der Station glich. Diese Plattform beherbergte zugleich die Energieversorgung und die Überwachungsinstrumente. »Wie man mir sagt, Seld, wirst du deine Arme benutzen können, und die Plattform ist technisch hochentwickelt genug, um für deinen Körper das gleiche zu leisten, wie es meine Hülle für mich tut. Solange du nicht versuchst, durch Belüftungsschächte zu schlüpfen, oder kopfüber aus Wartungsluken springst, müßtest du eigentlich genauso lang durchhalten wie die meisten Weichhüllen!«

In diesem Fall erhielt Simeon gleich vielerlei Lohn: Joat, die auf und ab hüpfte und vor Freude lachte, während ihr die Tränen das Gesicht herabströmten; dazu Channa, die freudig aufschrie, und schließlich Seld, der plötzlich loskrähte, als hätte er sich in einen Gockel verwandelt. Über die Mienen der Admiralin und des Kommodores legte sich ein Ausdruck größter Erleichterung.

»Mir sind alternative Lösungen immer das liebste«, sagte Questar-Benn, »und wir werden Seld und seinem Vater ein Kurier-Gehirn-Schiff der Marine zur Verfügung stellen, um sie zur Krankenstation der Zentralwelten zu befördern, wo Dr. Sorg gegenwärtig praktiziert. War das der Gefallen, den Sie erfüllt wissen wollten, Simeon?«

»Genau«, erwiderte die Station.

»Fantastisch, Skelly Seld«, sagte Joat zu Seld, »ich komme gleich runter, dann können wir zusammen feiern.« Und sie winkte den anderen ein fröhliches Lebewohl zu, während sie davoneilte.

Channa sank in ihren Schwebesessel zurück. Sie war ebensosehr von diesem unerwartet glücklichen Ausgang erschöpft wie von der Last der Probleme, die es erst noch zu lösen galt.

»Ein Pluspunkt mehr«, murmelte sie, um sich selbst Mut zu machen. »Simeon, ich bin ziemlich müde. Könntest du ...?«

Die anderen entschuldigten sich murmelnd und traten beiseite, während Simeon ihren Sessel fortlenkte.

»Einen Moment noch, Amos ben Sierra Nueva«, sagte Questar-Benn. Amos drehte sich überrascht um, warf Channa einen besorgten Blick nach, hatte aber keine andere Wahl, als der Admiralin seine Aufmerksamkeit zu schenken. »Wenn Sie vielleicht so gut wären, den Kommodore und mich in unser Quartier zu begleiten ...«

Er war froh, die traurige Szene des Frachtdocks hinter sich zu lassen, obwohl hier nur einer seiner Betheliter lag.

Admiralin und Kommodore bemerkten sein Interesse am Inneren ihres Flaggschiffs und erklärten es ihm, während sie durch das Labyrinth schritten und zerstreut militärische Ehrenbezeugungen zur Kenntnis nahmen, als sie an emsig umhereilenden Gruppen von Männern und Frauen vorbeikamen.

Keins der Schiffe der Zentralwelten hatte sehr viel Schaden davongetragen, obwohl die Schlacht mit den verzweifelten Kriegsschiffen der Piraten heftig gewesen war. Die Besichtigung genügte, um Amos einmal mehr darüber staunen zu lassen, wie es Guiyon nur geschafft hatte, die alte *Exodus* überhaupt irgendwohin zu manövrieren.

Er seufzte angesichts all der Probleme, vor denen er nun

stand, wenn er seinen armen, ausgeplünderten Planeten auch nur annähernd auf das Niveau bringen wollte, das für die Zentralwelten selbstverständlich zu sein schien.

»Ja, da wären wir nun, Benisur ...«, sagte der Kommodore, und Amos berichtigte ihn mit angemessener Bescheidenheit, ein schlichtes Amos genüge. »Wir haben die neuesten Berichte über den Stand der Dinge auf Bethel erhalten und bedürfen Ihrer Hilfe.«

Fünf Männer und Frauen saßen im Besprechungsraum, die zwei jüngsten – ein Mann und eine Frau Anfang Zwanzig – sprangen sofort auf die Beine, als die Admiralin, der Kommodore und ihr Gast eintraten.

»Hier ist er, meine Damen und Herren«, verkündete Questar-Benn. »Benisur ben Sierra Nueva, alias Simeon-Amos und Anführer der Betheliter.«

»Nein«, sagte Amos und wehrte mit einem Kopfschütteln diesen Titel ab.

»Wie Sie wünschen, junger Mann«, meinte Questar-Benn knapp, »aber Sie waren der Anführer der Dissidenten und auch der Verteidiger von Bethel, und da brauchen wir Ihren Rat.« Und während Amos noch auf Abstand ging, überrumpelte sie ihn, indem sie die Gruppe vorstellte: »Oberberater Agrum von der GWRIM, Abgeordneter Fusto von den MM, Beobachterin Nilsdotter sowie die Rechtsanwälte Ferryman für die GWRIM und Losh Lentel von den MM. Simeon, sind Sie da?«

»Bin ich«, ertönte Simeons Stimme aus der Kommunikationseinheit.

Er hätte mich warnen können, dachte Amos säuerlich. *Aber vielleicht geht es so doch schneller und besser.* Er gewährte ihnen eine würdevolle Begrüßung. Die junge Beobachterin reagierte verblüfft und bezaubert zugleich.

Plötzlich saß er da und die Stewards versorgten die Gruppe mit Erfrischungen.

Vielleicht bin ich auch nur ein wenig matt vom Hunger gewesen, dachte Amos und fühlte sich schon um einiges besser, nachdem er ein nahrhaftes Getränk zu sich genommen und von den angebotenen Delikatessen gekostet hatte.

»Um es ganz einfach zu sagen, ben Sierra Nueva ... also gut, Amos«, begann der Oberberater ohne weitere Umschweife, »wir brauchen Ihre Hilfe, um jene Elemente ihres Volks zu beruhigen, denen es gelungen ist, sich den Kolnari zu entziehen. Sie sind völlig verschreckt und nicht bereit, dem Wort irgendeines Fremden zu glauben, obwohl wir ihnen per Holo jeden Bericht mit Aufnahmen der Marine von der Gefangennahme der Kolnari überspielt haben.«

»Und davon, wie sie dazu gezwungen wurden, ihre ganze Beute wieder abzuladen«, ergänzte der Abgeordnete Fusto mit den buschigen Augenbrauen. Er sah aus, als hätte er diese Operation persönlich überwacht und genossen. Sein Gesicht war schmal, und die Augen standen eng zusammen, die Schultern wirkten viel zu muskulös für den schlanken Kopf.

»Haben Angehörige meines Volkes überlebt?« Amos versuchte, keine Grimasse zu schneiden, obwohl die Antwort nur die Unausweichlichkeit seiner Rückkehr bekräftigen würde.

»Die genaue Zahl der Überlebenden beläuft sich auf 15000 ...«

Die Bevölkerung – die ehemalige Bevölkerung – dieser Station, dachte er, unfähig, ein Stöhnen zu unterdrücken.

Mit einem Lächeln, das von großer Trauer und Verständnis kündete, mißdeutete die Beobachterin ihn. »Ihr Volk war sehr tapfer und hat schrecklich gelitten. Wir von der GWRIM und dem MM sind ermächtig worden, Ihnen beim Wiederaufbau ihrer Welt behilflich zu sein ...«

Amos stöhnte erneut. Es gab soviel zu tun. Und sein Volk würde die Einmischung von Ungläubigen verabscheuen.

»Natürlich dürfen wir uns nicht in die Regierungsgeschäfte eines Planeten einmischen«, sagte Agrum, räusperte sich und warf der Frau einen tadelnden Blick zu, »aber humanitäre Hilfe fällt in unseren Zuständigkeitsbereich, und wir sind dazu in der Lage, über eine befristete Zeit die erforderlichen Versorgungsgüter und Materialien zur Verfügung zu stellen.«

Fusto warf seinem Gegenpart von der GWRIM einen finsteren Blick zu. »Die MM verlangen von Ihnen, daß Sie aus eigener Anstrengung überleben, aber wir verhindern die Ausbeutung von Minderheiten aus welchem Grund auch immer. Wir ziehen es in der Regel vor, mit einem bedeutenden Regierungsvertreter Kontakt aufzunehmen. Aber Sie sind – wie Simeon uns mitteilt – in diesem Fall der naheliegendste und am leichtesten zu erreichende Vertreter.«

Dafür danke ich dir aber, Simeon, sagte Amos und hoffte, daß niemand sein Zähneknirschen dabei vernahm.

»Ihr Planet ist ziemlich rasiert worden«, warf der Kommodore ein. »Sie werden *Hilfe* brauchen, um einen Neuanfang zu machen.« Er warf nun seinerseits dem Abgesandten der MM einen drohenden Blick zu, während er Amos ansah, als wollte er sagen: »Die meinen es zwar gut, sind aber etwas ungeschickt«.

»Wir mußten einen Sender errichten«, fuhr er fort und zuckte dabei mit den Schultern, als sei eine solche Einrichtung das blanke Nichts, »und die Pioniere haben eine provisorische Station auf dem Raumhafen eingerichtet – der übrigens von zahlreichen Raumschiffhüllen übersät ist, von denen sich einige durchaus wiederherstellen ließen, um damit lunaren Rohstoffabbau zu betreiben, was Sie dort wieder ins Rennen brächte.«

Ein Sender und eine Raumfluganlage? Wiederverwendbare Hüllen für die Fahrzeuge, die die Kolnari vernichtet hatten. Amos begann, sich schon etwas weniger niedergeschlagen zu fühlen.

»Die humanitäre Hilfe wird ausreichen, um dafür zu sorgen, daß Ihr Volk gut durch den nächsten Winter kommt«, setzte Agrum hinzu, »wobei Sie alle von Ihrer Kultur bevorzugten Unterkunftsformen verwenden können ...«

»Natürlich dürfen wir keine Mitglieder anderer Kulturen auf Bethel absetzen«, unterbrach Fusto, »aber Mannschaften im Orbit gelten nach Maßgabe der Zentralweltbehörden nicht als Gefährdung indigener Integrität ...«

»Wenn Sie wünschen, können Sie aus freien Stücken zusätzliche Kolonisten anfordern ...« Das war Nilsdotter.

Etwas benommen wandte Amos sich vom einen zum anderen.

»Gebt dem Jungen doch mal eine Verschnaufpause«, schaltete Simeon sich plötzlich ein. »Warum lassen Sie ihn nicht die Berichte lesen, damit er auch weiß, wovon Sie überhaupt reden?«

»Natürlich«, sagte GWRIM.

»Ganz unsere Absicht, Station Simeon«, verteidigte sich MM.

»Dann wollen wir es auch so tun«, entschied Admiralin Questar-Benn und lächelte Amos aufmunternd zu, als sie ihm mehrere Disketten überreichte und ihn in eine andere Kabine führte, wo er diese Informationen ungestört verarbeiten konnte.

»Nicht, bevor es nicht vorbei ist«, bemerkte die Admiralin zu dem Kommodore, als sie mitansahen, wie die mitunter zu zänkische Delegation ihr Quartier verließ.

»Und es ist nie vorbei«, ergänzte Tellin-Makie und schenkte beiden im Flaggschiffsquartier ein Glas Brandy ein. »Ich habe es nicht übers Herz gebracht, sie daran zu erinnern, daß das nicht die einzigen Kolnari sind, die frei herumlaufen.«

»Und wenn man von denen irgendwo ein Paar übrigläßt, fangen sie wieder mit der Zucht an«, sagte sie matt. »Das wissen sie. Was auch ein Grund dafür ist, weshalb ich damit rechne, daß wir Simeon und die anderen in ein paar Jahren auf unseren Lohnlisten haben werden. Die Kolnari bleiben solange eine Bedrohung, wie auch nur zwei von ihnen am Leben sind.«

»Die Psychos schwören, daß sie sich rehabilitieren ließen.«

»Ja, rehabilitieren zu e gleich m und c im Quadrat«, meinte sie und nahm einen Schluck. »Verdammte Kakerlaken.« Ein weiteres Seufzen. »Vielleicht sorgt diese kleine Greueltat ja doch dafür, daß sie für uns ein paar Mittel lockermachen.«

»Für eine Weile – solange, bis das allgemeine Publikum sich für diese besonderen Greueltaten nicht mehr begeistern kann«, schränkte Tellin-Makie ein, »dann können wir wieder versuchen, mit der Gießkanne Großbrände zu löschen. Es ist ja auch nicht so, als stellten sie das einzige Problem dar.«

»Wenn es doch nur so wäre.

Sie musterte den Bildschirm, der eine Außenansicht von SSS-900-C zeigte. Reparaturservos und in Raumanzüge gehüllte Gestalten waren bereits damit beschäftigt, die gröbsten Schäden zu beseitigen, obwohl es noch eine ganze Generation dauern würde, bis man das gesamte Ausmaß der Zerstörung wettgemacht hatte. Sie machte sich eine geistige Notiz, die Pioniere auch daran zu setzen, solange sich die Eingreiftruppe hier auf Station befand.

»Aber alles in allem betrachtet, bin ich doch froh, daß wir nicht ihre Probleme haben, die armen, heroischen Teufel«, sagte sie.

»Amen.«

»Ja, ja«, sagte Joseph, als Amos damit fertig war, ihm von der durch die GWRIM und die MM versprochenen Hilfe zu berichten, zu der sogar ein planetarer Gehirnmanager gehörte, um Guiyon zu ersetzen. »Wir müssen so schnell wie möglich zurückkehren.«

»Ja, du und Rachel müßt das tun.«

»Rachel und ich?« wiederholte Joseph und blickte Amos beunruhigt an.

»Ja, weil es am Boden noch soviel zu organisieren gibt, bevor wir diese Wohltaten annehmen ...«

»Aber du bist es doch, Amos ben Sierra Nueva, der zurückkehren *muß*!« Joseph sah bestürzt aus. »Das ist deine Pflicht. Unsere Welt ist im Augenblick nur ein einziges Meer der Trauer. Sie brauchen dich. Sie brauchen einen Helden – und ihren Propheten.«

Amos schritt in seinem Zimmer in Simeons Quartier auf und ab.

»Zugegeben, sie brauchen einen Helden, Joseph«, sagte er plötzlich und blieb vor seinem Freund stehen. »Aber wenn ich schon ein Held bin, dann bist du auch einer!«

»Ich?« Joseph lachte. »Ich bin dein Gefolgsmann. Deine rechte Hand, und ich bin auch stolz darauf. Aber du bist der Prophet, der Held, dem das Volk folgt.«

Amos packte ihn an den Schultern. »Du bist mein Bruder, so wahrhaftig, als hätte uns dieselbe Mutter ausgetragen.«

Joseph zuckte zusammen, als Amos ihm die zweifache Kinnberührung gab, wie sie unter engen Verwandten üblich war. »Und du bist es auch, der zurückkehren wird, während ich mit diesen Ungläubigen verhandle und sicherstelle, daß die Barmherzigkeit, die sie uns zuteil werden lassen wollen, unser Volk nicht schwächt, sondern es ihm gestattet, so stark zu werden, daß uns kein weiterer Räuber jemals unachtsam vorfinden wird.« *Wer erlöst die Erlösten vor dem Erlöser?* fragte er.

»Und ich ... ich frage mich«, fuhr Amos laut fort, »ich

frage mich, ob es gut ist, wenn der neue Anführer aus der Linie des alten Propheten stammt – möge Gott ihn anlächeln! Allzu viele Generationen lang sind die Menschen den alten Familien gefolgt.« Er schnitt eine Grimasse. »Und zwar in das Verderben.«

»Du würdest uns zur Größe führen!« sagte Joseph eindringlich. »Du hast deine Stärke als selbständiger Denker bewiesen, als Verteidiger deines Planeten, als listenreicher Stratege …«

»Die Geschichte kennt nicht viele Kriegsherren, die auch gute Friedensherren waren!«

»Aber du bist doch von friedlichem Wesen, bis du dazu gezwungen wirst, zu verteidigen, was dir lieb und teuer ist«, wandte Joseph ein. »So wie du jetzt deine Pflicht darin siehst, uns vor jenen zu schützen, die den Wunsch hegen, uns zu beschützen!« Seine Miene wurde streng und grimmig. »Es ist das blinde Antlitz Channas, das dir den Weg verstellt.«

Amos' Blick war so heftig, daß Joseph das Gesicht abwandte und seine Schultern sich kapitulierend senkten.

»Ich kann auch nicht jene hier im Stich lassen, denen wir um unseres bloßen Lebens willen Dankbarkeit schulden. Wenn in diesem einen Fall der Pflicht und der Ehre gleichermaßen Genüge getan werden kann, so will ich es auch tun.« Amos seufzte schwer, hin und hergerissen zwischen Liebe und Pflicht. »Sollen Simeon, Joat und Channa etwa ein bloßes Kapitel meines Lebens bleiben, nur weil vor vierzehn Generationen der Prophet meinen Urahnen zeugte? Wir haben doch schon auf Bethel gesehen, wo so etwas endet.«

»Ja, Amos, das haben wir tatsächlich. Und du hast auch recht mit deinem Wunsch, allen Stationsbewohnern dankbar zu sein, obwohl die Notwendigkeit für deine spezielle Rolle nun vorbei ist.«

»Ja, die Rolle ist vorbei. An ihrer Stelle muß ich nun gleich mehrere Rollen übernehmen und jede davon in Ehre ausfüllen.« Dann gewährte er dem jüngeren Mann ein Lächeln, wie es bisher noch nie seine Wirkung verfehlt hatte. »Und ich werde Rachel Gelegenheit geben, die Ehre ihres Namens wiederherzustellen.«

Plötzlich sah Joseph ihn so finster an, wie es Amos vorhin getan hatte. »Was soll das heißen?«

»Schließlich ist sie als Systemverwalterin ausgebildet. Es ist ihre Pflicht, dir dabei zu helfen, unser Volk aus seinen Verstecken zu rufen, die Berichte zu organisieren, die ich benötige, um zu wissen, was alles gebraucht wird. Ihr beide, Seite an Seite – das wünschst du doch, oder nicht, Joseph? Rachel an deiner Seite?«

Der jüngere Mann lachte und errötete. »Du weißt, daß ich das möchte, Amos, aber mach ihr keine Vorwürfe für das, was sie getan hat.«

»Das tue ich auch nicht«, log Amos mannhaft, »aber sie wird ihre Scharte erst wieder auswetzen müssen!«

»Ja«, sagte Joseph seufzend. »Das möchte sie auch gern tun. Sie spricht zu mir darüber«, fuhr er mit sanfterer Stimme fort. »Aber sie spricht auch von dir.«

»Dann gehe zu ihr, Joseph mein Bruder, mein Freund. Wenn du schon darauf bestehst, nur den Mantel des Führers umzuhängen, dann habe ich dir soeben einen Befehl gegeben. Aber denke auch an das, was ich dir gesagt habe. Du kehrst nach Bethel als mein Bruder und Gleichrangiger zurück, nicht als mein Lehnsmann. Die Zeit solcher kleinlicher Protokolle ist vorbei.«

»Ich gehe«, verkündete Joseph. An der Türschwelle drehte er sich noch einmal um. »Und auch du hast dir ein wenig Glück verdient, denke ich. Wenn es Gottes Wille ist, sollst du es auch finden!«

Channa hatte darauf bestanden, in ihre Unterkunft zurückzukehren, indem sie darauf hinwies, daß Chaundra oder sein Stab im Lazarett nicht mehr allzuviel für sie tun konnten.

»Dort wird es mir sehr viel besser gehen«, hatte sie ihm mitgeteilt, »weil ich mich auskenne. Simeon kann mich daran erinnern, wo ich Sachen ablege, damit ich sie bei Bedarf auch wiederfinde. Jetzt spielt nur noch Zeit eine Rolle.«

Nachdem Simeon den Schwebesessel neben ihr satinbezogenes Bett manövriert hatte, legte sie sich hin, ohne zu sehen, ohne zu sprechen und nahm die jüngsten Ereignisse in sich auf. Nicht, daß sie nicht gewaltig darüber erleichtert gewesen wäre, daß Seld eine Chance bekommen hatte. Aber es gab so viele zu treffende Entscheidungen, die noch in der Schwebe waren.

»Einen Taler, wenn du mir verrätst, was du denkst.«

Weil Simeon genau den richtigen lockeren Ton gewählt hatte, gewährte sie ihm ein abgekämpftes Lächeln.

»Ich habe keine klaren Gedanken«, erwiderte sie, »es ist alles ein Wirrwarr. Kopfschmerzen kann man dabei bekommen.«

»Hast du etwa welche?« Die plötzliche Sorge färbte seine Stimme.

»Nein, nein«, widersprach sie und schüttelte dabei den Kopf auf dem Kissen.

»Hör mal, Channa, es wird alles wieder gut werden«, sagte er in festem Tonfall.

Sie nickte einmal knapp. »Ja, ganz bestimmt.« Ihre Stimme war angespannt.

»Ich bin sämtliche Berichte durchgegangen, die ich über diese Art von vorübergehender Blindheit finden konnte, Channa«, fuhr er fort und verlieh seiner Stimme noch mehr Zuversicht. *Ich würde alles dafür geben, dich in den Armen halten und trösten zu können, aber alles, was ich habe, ist Stimmkontakt.*

Sprich mit mir, Channa. »Selbst im allerschlimmsten Fall wirst du immer noch sehen – nämlich durch meine Sensoren. Vergiß das nicht, Channa. Ich kann verdammt gut sehen!«

Sie hatte sich versteift. »Simeon, erspar mir das … würdest du das bitte für mich tun?«

»Na klar«, erwiderte er überrascht und gereizt zugleich. »Aber das hast du doch bestimmt gewußt. Du benutzt doch schon die letzten beiden Wochen meine Sinne!«

Ein bebendes Lächeln legte sich auf ihre Lippen. »Tatsächlich, nicht wahr?« fragte sie mit brüchiger Stimme. Nach kurzem Schweigen setzte sie reumütig hinzu: »Ich schulde dir und allen anderen eine Entschuldigung, weil ich mich aufgeführt habe wie ein Jammerlappen!«

»Na ja, es war ja auch eine ganz schöne Umstellung für dich.«

»Deshalb hätte ich dich trotzdem nicht gleich anzufauchen brauchen.«

»Ich hätte doch gar nicht gewußt, wie ich so gewandt darauf antworten soll, wenn du es nicht getan hättest. Leg diese Gewohnheit bloß nicht ab, Channa.«

Ihr Lächeln wurde kräftiger. »Also schön, dann werde ich es ganz bestimmt nicht tun.«

»Weil du die Herausforderung magst, nicht wahr? Und im großen und ganzen bin ich ja auch eine ganz angenehme Gesellschaft.«

»Und so bescheiden.«

»Und so geistreich und intelligent«, erinnerte er sie.

»Und so gutaussehend.«

»Meinst du wirklich?«

»O ja«, erwiderte sie, »ganz besonders mag ich deinen Schmiß.«

»Danke«, sagte er zufrieden. »Du bist die erste, die ihn je erwähnt hat. Seit Jahren warte ich schon darauf, daß mich jemand danach fragt. Manchmal meinen die Leute, es sei nur Schmutz auf der Projektorlinse.«

Sie grinste. »Er paßt gut zu der Baseballmütze.«

Verunsichert hielt er einen Augenblick inne. »Äh ...«

»Nein, wirklich«, bekräftigte sie, »diese Projektion ist ein perfektes Porträt deiner Persönlichkeit. Sie beruht doch wohl nicht auf einer Chromosomenextrapolation, oder?«

»Nein«, entgegnete er. »Die zeigt nur, wie ich gern wäre. Ich hätte es verabscheut, wenn ich bei einer Extrapolation am Schluß mit fliehendem Kinn und Riesennase dagestanden hätte, deshalb habe ich mir gar nicht erst die Mühe gemacht, es zu überprüfen. Ich bin Simeon der Selbsterschaffene!«

»Weise«, stimmte sie zu, »sehr weise.«

Die Tür ging auf, und Amos stand auf der Schwelle. »Channa!« rief er mit leidenschaftlicher Stimme.

Kerzengerade fuhr sie auf dem Bett auf. »Ich dachte, du wärst fort.«

Er stürzte an ihre Seite und nahm sie in die Arme. »Wie könnte ich dich so verlassen?« fragte er und streichelte ihr Haar.

Simeon fluchte lautlos. Typisch Amos, all seine Anstrengungen zunichte zu machen. *Gerade jetzt, da sie wieder zu ihrem normalen Gemütszustand zurückzufinden beginnt.*

Channa hob eine Hand, fand Amos' Gesicht und beugte sich vor, um ihn zu küssen, dann lächelte sie, weil sie seinen Mundwinkel erwischt hatte.

Als der lange Kuß beendet war, sagte Amos mit einem Seufzen: »Du willst mich!«

Nein, du Esel! Sie will einen doppelten Whiskey und eine Eintrittskarte zu ›Tod im einundzwanzigsten Jahrhundert‹. Ach, wenn ich doch bloß Hände hätte, o Amos ben Sierra Nueva, um dir damit eins überzubraten.

Channa gab keine Antwort, hielt ihren Kopf aber so, als würde sie Amos durch ihre Bandagen anblicken. Amos lächelte sie an, es war das Lächeln eines Manns, der daran glaubte, daß er alles vollbringen könnte.

»Ich bin gekommen, um dich zu bitten, mit mir zu gehen«, sagte er lachend.

»Wirklich?« fragte sie mit verträumter Stimme. Sie küßten einander noch einmal. Channa vergrub sich in seiner Umarmung.

»Ich liebe dich, Channa«, sagte er.

»Ich liebe dich, Simeon«, flüsterte sie.

Amos versteifte sich. Channa hob ihr blindes Gesicht und wiederholte: »Ich liebe dich.«

Er ließ sie fahren und wich zurück. Sie zögerte und drehte den Kopf von einer Seite zur anderen. »Amos? Was ist denn? Ist noch jemand hier?«

»Ja«, erwiderte er verkniffen, »jemand, der zwischen uns steht.«

Verwundert streckte Channa blindlings eine Hand aus, die andere ruhte auf Amos' Brust. »Es ist doch niemand hier außer uns. Was redest du da?«

»Simeon, dem du gerade deine Liebe erklärt hast.«

Ihre Miene wechselte abrupt von Freude in Bestürzung. »Ich ... ich ...«, fing sie verwirrt an.

»Ein Edelmann der Sierra Nueva drängt sich nicht auf. Ich stehe im Weg«, verkündete Amos, schüttelte ihre Hände ab und sprang auf die Beine. »Ich werde euch alleinlassen.« Und schon war er fort.

Channa schwang die Beine vom Bett und sprang ihm nach. Sie bewegte sich mit unerwarteter Geschwindigkeit, und noch bevor Simeon sie warnen konnte, lief sie direkt neben der Tür gegen die Wand. Schluchzend trat sie an die richtige Stelle, und die Tür öffnete sich vor ihr.

»Amos! Warte!« rief sie, und diesmal öffnete Simeon auch die Außentür, doch an der Schwelle blieb sie stehen und vernahm wie sich der Fahrstuhl schloß.

»Amos! Geh nicht!« schrie sie und hörte ihn losfahren. Dann stand sie da, den Kopf gegen das Metall gestützt, schluchzte leise, während die Tränen das synthetische Haftgewebe ihrer Bandagen tränkten.

In dem absteigenden Fahrstuhl lehnte Amos den Kopf gegen die Wand, während Channas verzweifelte Stimme in seinem Geist widerhallte. Fast lauter als ihr Flüstern: »Ich liebe dich, Simeon.«

»Wo wollen Sie denn hin?« fragte Simeon ihn.

Er richtete sich auf und biß die Zähne zusammen. »Zu den Docks«, sagte er barsch. »Ich muß nach Bethel zurück!«

Simeon stieß ein dramatisches Seufzen aus. »Und wer soll dann zwischen Bethel und GWRIM und MM vermitteln? Wer erlöst die Erlösten von dem Erlöser?«

Amos war entsetzt, daß Simeon ihm seine eigenen Gedanken zurückgab.

»Irgend jemand muß sich mit denen befassen«, fuhr Simeon fort.

»Das kann Rachel tun. Sie ist eine ausgebildete Systemspe-...«

»Rachel!« brüllte Simeon überrascht. »Die kann doch nicht mit denen umgehen.«

»Sie haben gesagt, daß sie sich nicht einmischen dürfen ...«

»Sie haben gesagt, sie haben gesagt«, wiederholte Simeon im Singsang. »Benutzen Sie mal Ihren Verstand, Amos, und schlagen Sie bloß nicht Joseph vor. Das ist nämlich der Bursche, den Sie auf dem Planeten brauchen, damit er Ihre Leute aus ihren Verstecken lockt. Nein, Sie sind der einzige, der hier das Mädchen für alles spielen kann!«

»Was ich jetzt tun werde, ist meine Angelegenheit«, entgegnete Amos grob. »Sie haben auch kein Recht, sich einzumischen ...« Erst da bemerkte Amos, daß der Fahrstuhl sich nicht mehr bewegte. Er verschränkte die Arme. »Aha, wollen Sie mich jetzt hier gefangenhalten, bis Joseph, Rachel und die anderen abgereist sind?«

»Emotional sind Sie doch schon ein Gefangener, seit Sie

hierhergekommen sind. Weshalb, glauben Sie, habe ich mir solche Mühe gemacht, die GWRIM und die MM dazu zu bringen, sich mit Bethel zu befassen?«

»*Sie* haben das getan? Aber die Admiralin und der Kommodore …«

» … haben sich angehört, was ich ihnen zu sagen hatte, was man von Ihnen ja nicht behaupten kann. Sie müssen hierbleiben …«

Empörung, Wut, Ekel und Zorn rasten ungebremst über Amos' Antlitz. »Aha? Sie geben es also zu.«

»Was?«

»Sie geben zu, daß Sie aus mir nur ein Spielzeug machen wollen«, rief Amos voller Leidenschaft. »Ihren Ersatz bei Channa!«

»Was will ich?« Simeons Stimme hallte in der kleinen Fahrstuhlkammer wider. »Sie sind ja wirklich verrückt! Vielleicht ist es eine ganz interessante Idee, aber das haben Sie gesagt, nicht ich. Trotzdem, Sie sollen nicht *meinetwegen* hierbleiben. Es geht um Channa. Sie liebt Sie wirklich, Amos. Geht das eigentlich überhaupt nicht in Ihren arroganten Dickschädel?«

»Liebt mich? Weshalb umarmt sie mich dann und sagt, *Ich liebe dich, Simeon*?«

»Ja, und die letzten beiden anstrengenden Wochen, da hat sie Sie nie Simeon-Amos genannt, wie?«

»Banchut!« Amos schlug sich mit der Handfläche gegen die Stirn, er sah völlig bestürzt aus.

»Das war bestimmt nicht ich oder mein Holo, ja nicht einmal meine Hülle, die sie eben geküßt hat! Lassen Sie ihr doch etwas Zeit. Sie ist *blind geworden*, verdammt! Sie hat Angst, sie ist erschöpft, sie steht unter Druck. Reißen Sie ihr doch nicht gleich wegen eines Ausrutschers das Gedärm aus dem Leib!«

»Wegen eines Ausrutschers?«

»Wegen eines Ausrutschers! Sie egozentrischer, stumpfsinniger, selbstsüchtiger Schweinehund!«

»Aber Sie lieben sie doch auch!« Amos schüttelte die Faust, sah wütend um sich und suchte ein Ziel, um seine Frustration und Wut daran auszulassen.

»Ja, ich liebe sie. Genauso wie Sie. Aber ich kann sie nicht berühren, Amos. Ich kann sie nicht in den Arm nehmen, wie gern ich es auch täte. Was macht Ihnen da noch Sorgen?«

»Daß sie von Ihnen träumt und sich fragt, wie es wohl wäre, in *Ihren* Armen zu liegen.« In der Enge der Fahrstuhlkabine hörte Amos seine eigenen zornigen, eifersüchtigen Worte widerhallen. »Ich denke, daß sie gern die Augen zumachen und Ihre Stimme ihr etwas zuflüstern hören würde, während ich mit ihr Liebe mache.«

»Schön, dann sage ich Ihnen mal, was *ich* denke. Ich denke, daß Sie ein schmutziges, dickköpfiges, provinzielles, kleinkariertes, eifersüchtiges Stück Schweineschmalz sind. Ich will Ihnen mal eine kleine Kostprobe davon geben, was Channa im Moment durchmacht und womit Sie sie alleinlassen wollen.«

Simeon schaltete die Beleuchtung im Fahrstuhl ab. Amos stand in völliger Dunkelheit da. Gerade lange genug, bis er die Phase erreichte, da er sich Lichter und Farben vorstellte, nur um sich zu beruhigen. Das menschliche Auge war nicht für völlige Dunkelheit geschaffen. Selbst in einer verhangenen Nacht und mit geschlossenen Augen gab es immer noch ein wenig Licht.

Die Dunkelheit und die Bewegung wirkten desorientierend.

Und beängstigend, wie sich der Betheliter eingestand.

»Hören Sie auf.« Amos sagte es gelassen, aber entschieden. Simeon antwortete nicht. »Hören Sie auf, habe ich gesagt.« Eine Spur Verunsicherung schlich sich in seine

Stimme. *Wenn jetzt ein Unfall passierte, wer würde schon an seinem Wort zweifeln?*

Simeon ließ den Fahrstuhl erneut stocken.

»Unangenehm, nicht wahr?« fragte Simeon ruhig.

»Ja«, antwortete Amos knapp. »Bitte, würden Sie wieder die Beleuchtung anschalten?«

»Channa kann das nicht«, bemerkte Simeon. »Möglicherweise geht das Licht für sie nie wieder an, dann braucht sie eine Prothese, eins von diesen Geräten, das sie einem vors Gesicht hängen. Ja, für sie könnte das bis in alle Ewigkeiten so aussehen.«

»Was wollen Sie von mir?« verlangte Amos zu wissen. »Ich würde ihr mein Augenlicht geben, wenn ich könnte.«

»Das ist ein risikoloses Angebot«, bemerkte Simeon verächtlich, »denn Channa würde ein solches Opfer nicht einmal annehmen, wenn es erforderlich wäre.«

»Was soll ich denn dann tun?« Amos schrie die Worte beinahe heraus.

»Halten Sie sie fest. Legen Sie einfach nur die Arme um sie und halten Sie sie eng an sich gepreßt. Weichhüllen brauchen so etwas. Ich habe es nie gebraucht, deshalb fehlt es mir auch nicht.«

Amos stöhnte in der Dunkelheit auf.

»Ich würde meine Hülle verhökern, wenn ich Channa körperlich trösten könnte. Aber das kann ich nicht. Allerdings kann ich dafür sorgen, daß sie das bekommt, was sie braucht, und zwar von der einzigen Person, von der sie es annehmen würde. Und ich will Ihnen noch etwas sagen, Gebieterchen, nicht einmal, um Channa zu trösten, würde ich eine Weichhülle bleiben wollen. Gegen uns seid ihr doch alle Krüppel! Ist Ihnen das klar? Wir haben Sinnesorgane und Fähigkeiten, die Sie sich nicht einmal vorstellen können. Aber es stimmt schon, auf diesem einzigen Gebiet bin ich tatsächlich eifersüchtig auf Sie. Trotzdem habe ich dafür gesorgt … ja, so ein edles Wesen bin ich nun einmal …

dafür gesorgt, daß Sie an Bord dieser Station bleiben müssen, um sich um all die Einzelheiten zu kümmern, mit denen sich der Anführer der Betheliter nun einmal herumplagen muß. Damit Sie auch die Frau trösten können, die wir beide lieben. So, das war ja wohl deutlich genug!

Ich habe alles getan, was ich konnte, Amos.« Ein hilfloser Unterton schwang plötzlich in Simeons Stimme mit. »Ich bin bei ihr geblieben, seit sie ins Krankenhaus verbracht wurde. Ich habe sie nicht alleingelassen. Wenn sie aufwacht, wünsche ich ihr einen guten Morgen, und meine Stimme hört sie nachts als letzte. Ich bin derjenige, der sie sicher durch einen Raum dirigiert. Ich bin es, der ihr erzählt, daß das, wonach sie sucht, ein Stück weiter rechts liegt. Ich bin es, der dafür sorgt, daß sie auch ihre Mahlzeiten bekommt. Ich habe ihre Wutausbrüche und ihre Anfälle von Selbstmitleid ertragen und ihr die Panik ausgeredet. Ich bin ständig bei ihr. Aber Sie kommen in den Raum spaziert, und es ist so, als hätte ich nie existiert. Haben Sie sie denn nicht gesehen? Sie ist doch aufgeblüht und hat angefangen zu strahlen wie ein Stern, der gleich zur Nova wird. Und dann besitzen ausgerechnet Sie die Frechheit, wieder hinauszustolzieren!«

Simeon schaltete die Beleuchtung wieder ein, und Amos blinzelte kurz, als sich seine Augen an das Licht gewöhnten.

Die Tür ging auf, und Channa hob den Kopf. Sie glaubte es kaum, als sie das Geräusch *seiner* Schritte hörte.

»Ach, Amos!« Zaghaft streckte sie ihm die Arme entgegen.

»Ach, Channa«, und Amos nahm sie bei den Händen und zog sie in den Kreis seiner Arme. *Das darf nur ich allein,* dachte er besitzergreifend.

»Es tut mir leid. Verzeih mir«, flüsterte er und strich ihr dabei über das Haar.

Channa schluchzte einmal kurz auf und versuchte sich zu entschuldigen, doch er unterbrach sie mit einem Kuß.

Simeon sah zu, wie sie in den Aufenthaltsraum kamen, entschied sich aber, ihnen nicht zu folgen. *Das wird schon schwer genug werden,* dachte er. *Ich schätze, ich werde mich schon irgendwann damit abfinden können. Aber war ich nicht großartig, wie ich gespielt habe?*

»Vorhin ... da bin ich gekommen, um dir zu sagen, daß ich doch länger auf der Station bleiben muß, als wir gedacht haben«, erklärte Amos. »Wenn ich dann nach Bethel zurück muß ...«

»Hierbleiben?« Die Freude in ihrer Stimme bewies Amos mehr, als es jedes Argument Simeons vermocht hätte, wie sehr Channa ihn tatsächlich liebte.

»Bleiben ... bis auf weiteres«, ergänzte er und fuhr mit streichelnden Finger über ihr wunderschönes Gesicht.

»Bis auf weiteres?«

»Ich muß nach Bethel zurückkehren«, sagte er schleppend. »Ich habe dort Verpflichtungen.«

»Und ich habe hier Verpflichtungen. Ich kann Simeon oder Joat nicht verlassen«, antwortete Channa leise.

Und Amos wußte, daß sie auch dieses Quartier meinte, das sie selbst in ihrer Blindheit noch kannte, und diese Station, die ihr so zur Heimat geworden war, wie Bethel es für ihn blieb.

»Und ich kann auch nicht mein Volk, meinen Planeten verlassen. Ebensowenig würde ich von dir ein solches Opfer verlangen«, sagte er. Er lächelte sie an und strich mit seinen Daumen über die Samthaut ihrer Schläfen. Sie tastete sein Gesicht mit den Fingerspitzen ab und erwiderte das Lächeln.

»Aber ich werde jedes Jahr mehrmals auf diese Station zurückkehren müssen, um mich um die Geschäfte meines

BASTEI LÜBBE
Science Fiction
Bücher mit Zukunft
Die größten Erzähler der SF
holen Ihnen die Sterne vom Himmel
ISAAC ASIMOV
ROBOTER-TRÄUME
und 20 andere SF-Geschichten
ISBN 3-404-24144-4
DM 10,–
IAN McDONALD
REBELLIN DES GLÜCKS
Science Fiction Roman
ISBN 3-404-24147-9
DM 9,80
MARGARET WEIS
☆ DIE STERNENHÜTER ☆
DER LETZTE KÖNIG
Science Fiction Roman
ISBN 3-404-24156-8
DM 12,80
LARRY NIVEN
STEVEN BARNES
DIE WAHL DES ACHILL
Science Fiction Roman
ISBN 3-404-24157-6
DM 8,80
ORSON SCOTT CARD
XENOZID
Der Sprecher für die Toten kämpft um seinen Planeten
ISBN 3-404-24153-3
DM 12,80
ALLEN STEELE
MONDHUNDE
ISBN 3-404-23129-5
DM 9,80